전남대학교 한국어문학연구소 총서 1

1960년대 한국문학

초판 1쇄 인쇄 | 2015년 6월 20일
초판 1쇄 발행 | 2015년 6월 30일

편저자 | 임환모
펴낸이 | 지현구
펴낸곳 | 태학사
등 록 | 제406-2006-00008호
주 소 | 경기도 파주시 광인사길 223
전 화 | 마케팅부 (031)955-7580~82 편집부 (031)955-7585~89
전 송 | (031)955-0910
전자우편 | thaehak4@chol.com
홈페이지 | www.thaehaksa.com

값은 뒤표지에 있습니다.

ISBN 978-89-5966-701-7 93810

1960년대 한국문학

전남대학교 한국어문학연구소 총서 1

1960년대 한국문학

임환모 편

태학사

서문

> 문학은 문예란 속에서 편집되는 쓰라림을 겪게 된다. 이러한 생산물은 모두 이제 막 상품으로 시장에 들어갈 참이었다. 하지만 아직 문턱에서 주저하고 있다. 아케이드와 실내, 박람회장과 파노라마는 이러한 주저의 시대의 산물이다. 꿈의 세계의 잔재인 것이다. 눈을 떴을 때 모든 꿈의 요소들을 살리는 것이 변증법적 사고의 정석이 되어야 한다. 따라서 변증법적 사고는 역사적 각성의 도구이다. 사실 모든 시대는 바로 다음 시대를 꿈꾸는데, 뿐만 아니라 꿈을 꾸면서 꿈으로부터의 각성을 재촉하기도 한다. 모든 시대는 자체의 종말을 안으로 감추고 그러한 종말을 — 이미 헤겔이 간파했듯이 — 간지(奸智)로 전개해나간다. 상품 경제의 동요와 함께 우리는 부르주아지가 세운 기념비들이 실제로 붕괴하기도 전에 이미 그것들을 폐허로 간파하기 시작한다.
>
> —발터 벤야민, 『아케이드 프로젝트』 I (조형준 옮김, 새물결, 2005), 112쪽.

1960년대 한국문학은 미래에 대한 꿈의 세계를 다양한 모습으로 보여주었다. 이 시기의 문학은 자본주의의 시장 경제에 편입되어 들어가지도 못하고 그렇다고 그것에 저항하지도 못하는 주저의 시대의 산물이다. 1960년대부터 한국 사회는 진정한 의미의 자본주의적 삶의 체제가 구축되기 시작했다. 5·16 이후 군부의 개발 독재에 의해 강력하게 추진된 근대화의 프로젝트는 우리 사회를 빠르게 산업화·도시화하였다. 이 과정에서 전통적인 질서와 사유 방식이 파괴되고 새로운 감성의 분할이 가능해져 자기반성적 주체가 4·19와 5·16이라는 혼융된 역사적 사건 너머의

미적 근대를 하나가 아니라 여러 개의 모습으로 형상화할 수 있었다.

오늘날 한국문학에서 1960년대가 중요한 이유는 한국의 근대화 모델이 이 시기에 본격화되었다는 점 때문이다. 물론 1930년대에도 세계적인 공황을 극복하기 위해 유입된 일본의 독점 자본이 만들어낸 불구적 형태의 자본주의가 근대화를 추진한 것은 사실이다. 그러나 주권이 없는 자본주의의 시장 논리는 근대적 주체의 분열을 야기할 수밖에 없었다. 당시의 사회 분화 현상을 선취하거나 반영한 1930년대의 한국문학이 다양성을 담보할 수 있었던 것은 이 때문이다. 그러나 주체적 근대화의 모델은 1960년대 이후부터 구체적인 형태를 갖추기 시작했다고 보아야 할 것이다.

한국의 근대화 모델은 4·19의 정신주의 계열과 5·16의 기술주의 계열 사이의 길항관계에서 찾을 수 있다. 모든 권위와 억압으로부터 자유롭고자 하는 '해방으로서의 근대성'을 추구한 4·19 추종 세력과 도구적 합리성에 입각하여 생산성을 극대화하려는 '기술로서의 근대성'을 추구한 5·16 추종 세력 간의 대립과 갈등은 많은 혼란과 무질서를 야기했다. 그럼에도 불구하고 두 계열의 길항과 협력 과정에서 감수성이 길러지고 감성적인 것들의 언어적 분할이 가능해졌다. 1960년대 문학의 스펙트럼이 넓고 화려한 이유도 여기에 있다. 특히 문학의 경우는 근대성의 기원이 원인과 결과의 관계로 밝힐 수 있는 것이 아니라 '내발적 발전'이라고 하는 한국문학의 전개에 따라 근대성의 일련의 구체적·역사적 형태들을 자신 속에서 출현시키는 감성의 분할을 탐색함으로써 이미지 형태로 드러날 것이다.

본 총서의 연구자들은 이런 시각에서 1960년대 작가들의 치열한 꿈 작업의 세계에 대한 분석과 해석을 시도하고 있다. 4·19와 5·16의 격동을 온몸으로 경험한 지식인 작가들의 사회에 대한 진단과 처방이 자신들의 실존적 선택이었음은 말할 나위도 없다. 그래서 책 제목을 『1960년대

한국문학』으로 삼았다. 이 책은 구체적으로 편제를 나누지는 않았지만 크게 세 부분으로 배치하였다. 먼저 총론격의 글을 싣고 이어서 1960년대의 시, 소설, 그리고 비평 순으로 연구의 결과물을 배치한 것이다.

전남대학교 한국어문학연구소에서 발행하는 이번 총서는 한국문학에서 1960년대의 문학이 중요하다는 인식하에 이 시기의 문학을 총체적으로 이해해보자는 의도에서 기획되었다. 연구소의 활성화를 위해서 시작된 콜로키움이 확대되어 많은 연구자들의 관심과 참여를 유발하고 이것이 발전하여 이만한 정도의 성과를 얻었다. 이런 성과를 얻기까지 적극 참해주신 연구자들에게 먼저 고맙다는 말씀을 드리고, 공동 연구에 물심양면으로 도움을 아끼지 않은 전남대학교 국어국문학과 BK21 플러스 사업 단장 신해진 교수님께도 깊이 감사드린다.

아무쪼록 이 연구물들이 한국의 현대문학, 특히 1960년대의 문학을 이해하고 평가하는 데 조그마한 보탬이 되었기를 기대한다. 아직도 1960년대 문학에 대한 연구가 일천한 오늘의 현실에서 미흡하나마 이 시기에 대한 총체적인 연구를 한 권의 책으로 묶어 전남대학교 한국어문학연구소 총서 첫 번째 권으로 상재한 것을 매우 기쁘게 생각한다.

2015년 4월 30일

전남대학교 한국어문학연구소장 임환모

차례

1960년대 한국문학의 분기 현상

임환모

1. 머리말

인간의 개별 주체는 저마다 '욕망하는 자아'를 가지고 있기 때문에 사회 구성체는 대단히 복잡한 양상을 보인다. 자본주의 사회는 타자의 욕망을 욕망하기 때문에 더욱 그렇다. 지금의 '나'는 어제의 '나'가 경험했거나 추구하려고 했던 흔적들을 재구성해서 내일의 '나'를 설계하려고 한다. 그런데 프로이드의 말대로 '나'가 진정한 '나'의 주인이 아니라서 이 불완전하고 의심스러운 주체는 무의식적 충동에 따라 존재하려는 경향을 보인다. 그래서 그 개별 주체는 기존의 어떤 사회 조직에 끼어들려고 하거나 아니면 새로운 사회 구성체를 만들려고 한다. 작가들의 경우도 크게 다르지 않다.

어느 시대를 막론하고 문학은 사회를 반영하고 사회는 문학을 모방해 왔다. 문학에는 실재의 세계와 가상의 세계가 뒤섞여 허구의 세계가 만들어져 있다. 과거와 미래가 현재 속에 종합되어 형상화된 문학의 공간이 허구의 세계이다. 그래서 문학 속에는 당대 현실에 대한 진단과 처방 및 미래에 대한 공동체의 꿈이 들어 있다. 자본주의적 삶의 양태에 대한 언어적 예술화라고 할 수 있는 근대문학이 매우 다양한 모습으로 분기한 것도 이런 문학의 속성 때문일 것이다.

사회적 삶의 토대와 문학은 매우 밀접한 연관이 있다. 한국의 현대문학사에서 전 시대와 구별될 만큼 다양한 분화가 이루어진 시기는 1930년대와 1960년대이다. 1930년대는 세계적인 경제공황을 극복하기 위해 일본의 독점자본이 한반도에 대거 유입되면서 불구적 형태의 자본주의 경제체제가 형성된 시기이다. 일본제국주의는 자국 농민을 보호하고 경제공황을 타개하기 위해서 조선의 식민정책을 수정하지 않을 수 없었다. 일제는 산미증산 정책을 남면북양 정책으로 변경하고, 대륙 침략을 위한 병참기지화 정책을 폈다. 한반도의 남쪽에는 면화를 가공하기 위한 제면소, 제사공장, 방직공장이 들어서고, 북쪽에는 비료공장을 중심으로 다양한 중화학공장이 세워졌다. 그 결과 인구의 도시 집중이 이루어지고 다수의 노동자 계층이 생겨났다. 불구적이기는 하지만 산업사회의 자본주의 체제와 시장 논리가 형성된 것이다. 서구적인 문화가 유행하면서 서울에서는 '땐스홀'을 허용하라는 요구가 비등했다. 이러한 자본주의 사회의 분화현상을 선취하거나 반영한 문학 역시 미적 형식에 대한 다양한 실험을 가능하게 했다.

1930년대가 한국문학의 원형이라고 할 만한 씨앗들이 뿌려지고 길러지는 못자리 역할을 했다면, 1960년대는 분단된 남한만의 못자리가 되었다. 대한민국 정부의 수립 이후 한국의 근대화 모델은 4·19의 정신주의 계열과 5·16의 기계주의 계열에서 그 형체를 드러내기 시작했다. 일제강점기 때 형성된 불구적 형태의 근대화가 제국주의의 논리를 재생산하면서 민족담론을 형성한 특수성을 인정한다고 하더라도 해방공간의 정치적 혼란과 6·25전쟁, 그리고 1950년대 이승만 정권의 독재는 근대화의 모델을 마련할 수 없게 하였다. 이 시기는 이념의 갈등이나 6·25전쟁의 상처로 말미암아 근대화의 방향성이 뚜렷하게 잡히지 않고 잠재적인 상태에 머물러 있었다. 더욱이 이승만의 독재정치는 근대와 전근대가 착종하는 기현상을 야기했다. 매판자본과 주관적 폭력이 난무한 1950년대를 박경리 선생은 '불신시대'라고 명명했다. 이런 상황에서 1960년의 4·19와 1961년의 5·16이 한국 근대화의 모델을 마련할 수 있는 두 계열을 형성한 것이다. 한국적인 근대화/근대성의 두 가지 계기라는 측면에서 4·19와 5·16은 마주보는 거울과 같은 것이었다.[1]

지금까지 1960년대 이후 한국문학에 대한 연구는 대부분 '4·19정신'의 발전적 계승에 초점이 맞추어져 있다. 이런 현상은 아마도 5·16으로 탄생한 박정희식 개발 독재의 폐해와 주관적이고 객관적인 국가 폭력에 대한 피해의식이 그들에 의해 추진된 '기술의 근대성'을 애써 외면하려고 했기 때문일 것이다. 그러나 이제는 가치중립적으로 당시의 문학현상을 천착해야 할 필요가 있다. 자유와 자주 및 평화 통일을 추구했던 4·19의 '관념의 근대성'과 경제 발전을 통한 5·16의 '기술의 근대성'이 서로 길항작용을 하면서 한국 문학의 다양한 분화를 가능케 했다는 점을 부인할 수 없기 때문이다.

따라서 이글의 목적은 한국의 근대화 모델을 4·19의 정신주의 계열과 5·16의 기술주의 계열의 길항관계에서 설정하고, 문학적 주체가 어떻게 형성되어 1960년대의 한국문학을 다양하게 분기하도록 만들었는가를 지성사적 관점에서 탐구하는 데 있다. 달리 말하면, 1960년대의 한국문학 연구가 오늘날 왜 중요한가를 밝히는 데 있다.

2. 한국 근대화의 두 계열

혁명은 점진적인 기술적 발전에 의해서 결정되는 것이 아니다. 그것은

---

1 이광호, 「4·19의 '미래'와 또 다른 현대성」, 『4·19와 모더니티』, 문학과지성사, 2010, 44쪽 참조.

기술적 발전의 부분들로서 기능하는 경제적이고 정치적인 총체성의 보수(補修)를 요구하는 기계화의 계열과 사회적 총체성의 계열 사이의 거리에 의해서 가능하다.[2] 그러나 4·19는 특정한 순간의 사회적 총체의 리듬에 맞추어 기호화가 가능한 것, 또는 인식된 것의 총체화를 구성하고자 하는 '전체주의의 오류'를 범하였고, 5·16은 기술적 진보의 리듬에 맞추어 사회적 관계들의 부분적 정비를 증진시키거나 강요하려는 '개량주의 또는 기술주의의 오류'를 범했다. 다시 말하면, 전자는 관념의 세계에서 총체성을 구성하는 데 만족했고, 후자는 총체적 이상이 없는 상태에서 기술적 진보만을 꾀하는 오류를 범했던 것이다. 기술주의는 자연스럽게 개발을 다그치는 독재 정치와의 친연성을 갖게 되었다.

이 두 계열의 상호작용 속에서 참된 근대화가 가능했을 터인데, 한국의 경우는 4·19가 이상 세계에 대한 사회적 총체성의 모델을 마련하여 실천하기도 전에 5·16의 기술주의가 개발 독재를 불러왔다는 점에 문제의 심각성이 있다. 물론 박정희 정권에 의해서 추진된 '기술의 근대성'이 계몽주의 이후 서구 역사의 진로를 규정해온 실천적 프로젝트로서의 서구의 근대화를 짧은 기간 동안에 달성할 수 있었다는 장점도 없지는 않았다. 여기에는 이성에 기반을 두고 인간 주체가 자기의 바깥 세계를 합리적으로 파악하여 역사를 진보·발전시킨다는 논리가 숨어 있다.[3] 그들이 추구하는 '생산주의적 합리성의 구체화'로서의 근대화는 선취 의식과 기도(企圖)하는 정신이 자유롭게 활동할 수 있는 경제-기술주의를 신봉하는 것이었다.

그러나 합리적인 노동 형식을 전제하지 않고는 산업자본주의의 장(場)[4]을 만들기는 매우 어렵다. 생산주의적 합리성을 구체화하려는 인간

---

2 질 들뢰즈, 『의미의 논리』, 이정우 옮김, 한길사, 1999, 116~117쪽 참조.
3 김성기, 「세기말의 모더니티」, 『모더니티란 무엇인가』, 민음사, 1994, 16쪽.

의 모든 노력을 근대성/근대화이라고 할 때, 이것은 현대인의 삶을 편리하게 하고 기능 중심의 효율성을 제고할 수는 있었지만, 그 역기능으로 배제의 역학과 차별의 체계를 견고히 하여 인간 소외를 부추기는 결과를 가져왔다. 이것이 자본주의의 객관적 폭력(상징적 폭력과 구조적 폭력)일 것이다.[5] 근대 시민적 인간의 윤리와 정신이 아직 충분히 합리적이지 못하거나 자기 입법적이 아니기 때문에 차별과 배제가 생기는 것이 아니라, 반대로 근대 세계가 충분히 '합리적'이기 때문에, 근대적 시민의 내면이 너무나도 충분히 '자기 통제적', '자기 입법적'이기 때문에 도리어 근대성은 배제와 차별의 성격을 갖는 것이다.[6]

특히 1960년대 한국의 근대화는 합리적인 노동 형식을 갖추지 못했기 때문에 불구적인 형태의 산업자본주의가 급속히 팽창하여 노동 소외와 인간 소외를 가속화했다. '잘살아보자'라는 구호 아래 경제개발5개년계획이 수립되어 실천되고, 국익이라는 미명 아래 노동자와 농민의 등을 밟고 산업사회가 굳건하게 자리를 잡은 것이다. 이 시기 한국의 운명공동체가 경험한 가장 심각한 사회적 불평등은 가진자와 못가진자 사이의 상대적 빈곤이었다. '보릿고개'를 넘어 절대 빈곤에서는 벗어났으나 많은 부를 축적한 사용자들과는 달리 대부분의 한국인들은 더욱 내면화된 구조적 국가 폭력에 시달리면서 노동력을 착취당하는 계급 모순과 민족 모순이 극대화된 시기가 1960년대 이후 한국의 모습일 것이다.

---

4 여기에서 '산업(industry)'이란 단순히 '공업'을 말하는 것이 아니라 자기 통제와 자기 입법에 의해 계산적 혹은 훈련적인 기계로서 구축된 인간의 한 행동양식을 말한다. 자기 내부를 상세히 조사하여 낭비를 없애고 생산적인 생활을 향해 조직해 가는 그런 정신을 '근면'이라고 부른다면, 바로 이런 근면으로서의 산업이 구석구석까지 효과를 미치는 것이 산업자본주의라는 장(場)이다. 이마무라 히토시, 『근대성의 구조』, 이수정 옮김, 민음사, 1999, 155쪽.

5 슬라보예 지젝, 『폭력이란 무엇인가』, 이현우 외 옮김, 난장이, 2011, 30~42쪽 참조.

6 이마무라 히토시, 위의 책, 175쪽.

그러나 "한 점 균열 없이 황홀할 만큼 일체화된 공동의 경험"으로서의 "4·19가 대학생이라는 사회·문화적 주체를 탄생"시켰기 때문에 이 새로운 대학생 지식인 주체들이 5·16 이후 기술주의의 양적 팽창에 걸 맞는 사회적 역할을 수행할 수 있었다.[7] 인간의 사회적 삶의 조건을 개선하는 일과 인간다운 삶을 영위하는 것이 근대성의 근간임에도 근대화 과정에서는 이 두 지향점이 우선순위를 두고 심각하게 다툼과 갈등을 겪었다.

3. 4·19와 5·16의 길항 관계

한국의 근대화 모델을 4·19의 정신주의 계열과 5·16의 기술주의 계열에서 찾는다면 이 두 역사적 사건에 대한 구체적인 이해가 선행되어야 할 것이다.

역사적 사건으로서의 4·19[8]는 1960년 2월 28일 대구 경북고교생 시위에서 시작하여 마산 제1차 의거(3.15), 마산 제2차 의거(4.11)를 거쳐 4월 19일 서울의 '피의 화요일' 이후 전국으로 확산되었다. 4월 26에는 대통령 이승만이 하야하고, 이어서 허정 과도정부가 수립되어(5.3) 민·참의원 총선거가 실시되고(7.29), 8월 23일에 장면 정권의 제2공화국이 탄생함으로써 4·19가 마무리되었다. 학자들에 따라 이승만 대통령의 하야까지를 4·19로 인식하는가 하면 오늘날까지 계속 진행 중인 사건으로

7 권보드래·천정환, 『1960년을 묻다 - 박정희 시대의 문화정치와 지성』, 천년의상상, 2012, 28쪽, 39쪽 참조.

8 역사적 사건으로서의 4·19에 대한 용어는 사용자에 따라 각기 다르다. 국가 차원에서는 문교부에서 이 사건의 명칭을 '4월혁명'으로 부르기로 용어를 통일했지만(1960. 7. 28) 5·16쿠데타 세력에 의해 '4·19학생의거'로 격하되고, 사용자의 필요에 따라 '3, 4월 혁명', '4·19혁명'으로 부르기도 하며, 학술 담론에서는 주로 '4·19'라는 용어를 사용해 왔다.

인식하기도 한다.

독재자 이승만의 하야와 장면 정권의 수립으로 마무리된 역사적 사건이라면 4·19는 억압으로부터의 해방과 자유를 쟁취하기 위한 혁명이 결과적으로 사회적 이념적 기반에서 자유당과 사실상 동일한 민주당에게 정권을 넘겨준 꼴이다. 허정 과도정부와 민주당이 "혁명적인 정치 개혁을 비혁명적으로 단행"하고자 하면서 사회 각 부문들의 개혁을 거부하고 공짜로 떨어진 권력과 이권을 나누어 가지는 데만 혈안이 될 것임은 자명한 일이다.[9] 변혁에의 의지가 전혀 없었던 허정 과도정부의 국가 시책에 대한 기본 방침은 다음과 같다.

> 1) 현정부는 과거보다 일층 더 견실하고도 확고하게 반공산주의 정책을 전진시킬 것이다.
> 2) 부정선거의 처벌 대상은 고위 책임자와 공산주의 잔학행위를 한 자에게 국한시킬 것이다.
> 3) 혁명적인 정치 개혁은 비혁명적으로 단행할 것이다.
> 4) 4월혁명에서 미국의 역할을 내정간섭 운운하는 것은 이적행위로 간주할 것이다.
> 5) 한일관계의 정상화를 위하여 노력할 것이다.[10]

이 국가 시책에는 4·19의 '숭고한 이념'이나 정신이 어디에도 들어있지 않다. 반공산주의를 국시로 하여 친미 정권을 수립하겠다는 의지만 강하게 표출되어 있다. 4월혁명 과정에서 미국의 역할이 어떻게 작용했는지는 확인된 바가 없지만 과도정부의 국가 시책에는 국제적 냉전체제

---

9 박태순·김동춘, 『1960년대의 사회운동』, 까치, 1991, 66쪽.
10 위의 책, 82쪽.

에서 한미일 삼각구도로 공산주의의 확산을 막으려는 미국의 정책이 짙은 그림자를 드리우고 있다. 이러한 국가 시책은 제2공화국에서 성실하게 수행되지 못하고 5·16 이후 박정희 군사정권과 제3공화국에서 착실하게 추진되었다.

1961년 5월 16일 발생한 군사 쿠데타는 독점자본주의체제를 확립함으로써 한국 사회의 급격한 사회 변동을 야기했다. 쿠데타에 성공한 박정희 군부 세력은 사회정화 차원에서 깡패와 불량배 5,000여 명을 검거하고, 공산주의 동조자 및 협조자 2,000여 명을 구속했다. 또 많은 부정축재자를 구금하고 57억 5,000여만 환을 국고로 환수하였으며, 41,000여 명의 공무원을 부패 및 무능 혐의로 쫓아냈다. 김종필 중령을 부장으로 중앙정보부를 신설(6.10)하여 공안정치를 시작하고, 박정희가 국가최고회의 의장이 되었으며(7.3) 방공법을 공포하였다.(7.4) 이듬해에는 제1차 경제개발5개년계획을 성안하고 3월에 윤보선 대통령이 사임하고 박정희가 대통령 권한을 대행했다. 11월에는 1963년 봄까지 한일 청구권 문제를 타결하기로 '김종필 - 오히라 메모'를 합의했다. 1963년 1월에 민주공화당이 창당되고 10월 15일 대통령 선거에서 박정희가 당선되어 12월에 제3공화국이 발족됨으로써 역사적 사건으로서의 5·16은 종결된다.

물론 이 군사 쿠데타는 4·19 이후 군내 내부의 '정군운동'과 관련이 없지 않다. 이승만의 추종 세력들의 비리를 척결하려는 젊은 군인들이 자정 운동에서 리더 격인 박정희 소장을 중심으로 5·16 주도 세력을 형성하고, 이들이 4·19 정신을 계승한다고 자처하면서 '자립 경제', '자주 국방'을 슬로건으로 내걸고 군사 쿠데타를 일으켰던 것이다. 제2공화국의 정국 운영이 자유당 정부와 다를 것이 없었기 때문에 군부 세력의 '거사'를 국민들이 어느 정도 인정한 것이다. 이런 점에서 보면 5·16은 "미시적으로 보면 한국 지배층의 친미 일변도의 사상 또는 그것과 결부되어 있는 무사안일주의가 만들어낸 걸작품인 셈"[11]이다.

5·16 주도 세력들은 4·19를 계승한다고 역설하면서 2주기를 맞는 1962년 4월 19일에 혁명 당시 죽은 186명 중 서울, 경기지구 103명에게 건국포장을 추서하고 구속 학생 54명을 석방했다. 그들의 전략은 4·19가 부패한 정권에 대한 투쟁이었는데 결과적으로 다시 부패한 정권이 들어섰기 때문에 어찌할 수 없이 새로운 군부가 나서서 그 혁명을 완성했다는 논리이다. 이것이 5·16을 4·19의 계승이라고 보는 '연속론'의 실체이다. 그들이 부정부패를 일소하고 사회 비리를 척결하기 위해 노력한 것은 사실이다. 그래서 쿠데타 당시 진보적 잡지였던 『상상계』의 발행인 장준하나 주요 논객이었던 함석헌 등이 5·16에 일정한 기대를 보이면서 가능한 빨리 정권을 이양하고 물러나야 한다는 강한 의지를 보여주었다.[12] 4·19세대 문인을 자처한 작가들도 역사적 사건으로서의 5·16군사 쿠데타에 대해서는 부정적이지만 박정희의 국가 운영에 대해서는 긍정적인 시각을 가지고 있었다.[13]

---

11 위의 책, 147쪽.

12 "학생이 잎이라면 군인은 꽃이다. 5월은 꽃달 아닌가? 5·16은 꽃 한 번 핀 것이다. 꽃은 찬란하기가 잎의 유가 아니다. 저번은 젊은 목청으로 외쳤지만 이번은 총·칼과 군악대로 행진을 했고, 탱크로 행진했다. 그러나 잎은 영원히 길어야 하는 것이지만 꽃은 활짝 피었다가 깨끗이 뚝 떨어져야 한다. 花落能成實이다. 꽃은 떨어져야 열매 맺는다. 5·16은 빨리 그 사명을 다하고 잊어져야 한다." 함석헌, 「5·16을 어떻게 볼까?」, 『사상계』 통권 96호, 1961. 8. 『사상계 영인본』 제11권, 세종문화원, 1989, 195쪽.

13 예를 들면 「4월혁명과 60년대를 다시 생각한다」라는 좌담에서 작가 김승옥은 다음과 같이 말하고 있다. "4·19 때도 군에 대해서 좋은 인상을 가지고 있었지요. 그때는 군인이 학생들의 데모를 보완해주는 세력이었으니까. 그런데 치사스럽게 쿠데타가 나다니 대한민국이 이렇게 한심한 나라였던가 하는 낙심천만이 말도 못할 정도였죠. 그런데 이 자리에서 고백할 게 하나 있는데, 나중에 박정희 대통령이 민정이양 형식으로 대통령선거에 나왔을 때 나는 박정희에게 투표했어요. 학교 친구들은 다 아니라고 하는데, 아까 염형도 야당이 보수적이었다고 얘기했지만, 그 무렵 내 눈에는 4·19 이후 집권한 민주적 세력들이 어쩐지 미국 원조물자 가지고 나눠먹고 사는 똘마니구나 싶은 느낌밖에 안 들었단 말예요. 별로 기대할 것이 없었어요. 그 사람들보다는 차라리 촌티나는 박정희의 민족주의가 낫겠다, 그래서 나는 정말 박정희한테 표를 찍었어요." 최원식·임규찬 엮음, 『4월혁명과 한국문학』, 창작과비평사, 2002, 46쪽.

그러나 박정희의 군사정권은 제1, 2공화국 때와 마찬가지로 반공산주의를 국시로 한 개발 독재를 강화한다. 한일회담을 반대 시위하는 학생들을 무자비하게 탄압하면서 한미일 반공체제를 견고하게 하기 위한 한일회담을 성사시킨다. 이 과정에서 인민혁명당 사건이 발생하고(1964), 1969년에는 통일혁명당 사건으로 『청맥』의 편집장 김질락과, 주간 이문규를 사형에 처하게 된다. 1965년에는 월남에 군대를 파견하고, 「홍길동전」을 패러디한 「분지」가 반미를 노골화했다고 작가 남정현을 반공법 위반으로 구속하기도 했다. 또한 반공사상과 더불어 경제 개발의 의한 '조국의 근대화' 정책은 개발 독재로 이어진다. 그들이 주장한 '선성장 후분배론'이나 '선건설 후통일론'의 실체는 국가 경제 규모가 증대하면 국민 모두에게 혜택을 부여해 줄 것이며, 통일도 자연스럽게 이루어질 것이라는 논리이다. 이런 정책의 논리가 계급 모순과 민족 모순을 불러와 인간 소외와 노동 소외를 가속화했던 것이다.

어쨌든 8·15가 이민족의 족쇄로부터의 벗어남을 알리는 것이었다면, 그러한 벗어남이 새로운 이민족의 진주에 의해 불발로 끝나고 우리 자신의 힘으로 나라를 건설해보고자 하는 노력이 좌절된 이후, 4·19는 역사를 우리 민족이나 민중의 것으로 만들어보자는 또 한 번의 처절한 시도였음에는 틀림이 없다.[14] 4·19가 초기 단계에는 반독재 민주화의 수준이었을지라도 한국 역사의 거대한 변화의 출발점이었던 것은 분명하다. 4·19가 5·16에 의해 고립되고 억압되었을지라도[15] 자유를 열망하는 '관념의 근대성'이 5·16 세력에 의해 추진된 '기술의 근대성'과 길항 관계를 맺으면서 점차 민족적 자주와 조국의 평화적 통일이라는 이념적 지향으로 발전하게 된 것이다.[16] 한 마디로 말하면, "남한 민중의 민주적 민족

---

14 박태순·김동춘, 앞의 책, 297쪽.

15 권보드래·천정환, 앞의 책, 59쪽 참조.

자주의 대각성"이 4·19를 기점으로 점화됐다고 볼 수 있는 것이다.[17]

4·19와 5·16의 길항 관계에서 1960년 지식인의 분화가 구체화되었다. 지식인들은 박정희 정권의 근대화 논리에 적극 협력하는 근대화 세력과 그것에 대한 비판적 입장의 민주화 세력으로 이원화되었다. 민족문제와 근대화에 대한 관심의 증대 자체는 1950년대의 암울한 상황으로부터 벗어나려는 몸부림이었다고 볼 수 있다. 당시 가장 시급한 현실적인 문제는 억압에서의 '자유'와 헐벗음에서의 '빵'이었다. 무엇보다도 우리는 이러한 논쟁의 분위기가 4·19혁명의 피의 대가 위에서 이루어졌으며, 그리고 부분적으로는 5·16쿠데타가 만들어준 '공간'의 덕택이기도 하다. 4·19가 만들어준 대지 위에서 호흡하면서 1960년대의 지식인들은 비로소 '민족,' '근대화'에 대해서 이야기할 수 있게 된 것이다.[18] 그러나 엄밀한 의미에서 1960년대 이 두 계열의 대립과 갈등 및 길항 관계는 우파 체제의 민주주의를 실현하려는 노력이었다고 할 것이다.

4. 1960년대 한국문학의 분화 양상

1960년대 한국 문단의 분화는 4·19와 5·16을 자기화하려는 노력의 결과인 것만은 분명해 보인다. 4·19세대의 문인들은 4·19정신을 '자유의 확보', 또는 '선택할 수 있는 권리'로서의 자유로 인식했다. "내가 주체적으로 선택할 수 있는 권리를 가지는 체제를 만든다는 것"을 4·19정신의 핵심으로 간주한 것이다. 심리적인 측면에서는, 밑으로부터의 혁명이었

---

16 고성국, 「4월혁명의 이념」, 사월혁명연구소 편, 『한국 사회변혁운동과 4월혁명』, 한길사, 1990, 171쪽.

17 김낙중, 「4월혁명과 민족통일 운동」, 사월혁명연구소 편, 위의 책, 234쪽.

18 박태순 · 김동춘, 앞의 책, 262쪽.

기 때문에, 수동적이고 의타적이었던 심리상태를 극복하여 무엇이든 바꿀 수 있고, '하면 된다'는 자신감을 심어준 것이다.[19] 이 '자유'로 상징되는 4·19의 정신주의가 '빵'으로 상징되는 5·16의 기술주의에 의해 고립되고 억압되었을지라도 '감성의 분할'[20]을 가능하게 하는 문학적 주체를 탄생시켰다. 새로운 주체들은 4·19나 5·16이라는 역사적 사건을 새로운 언어적 표상 방식으로 구체화하려고 다양하게 시도하였다. 4·19의 정신주의를 지향하든 5·16의 기술주의를 신봉하든 1960년대의 문학인들은 각자 자신의 위치에서 벗어나 아직 개념화되지 않거나 말할 수 없는 어떤 문제의식을 가지고 현실을 진단하고 미래를 전망했다.

지성사적 시각에서 보면 1960년대 한국문학은 다음과 같은 몇 가지의 특성을 공유하고 있다. 첫 번째로는 자유와 민주주의, 합리성의 정신이 지식인 사회에 정착하면서 사회 현실에 대한 반성적 인식과 합리적 성찰이 가능한 근대적 주체가 출현했다는 점이다. 이런 주체에 대한 새로운 자각은 문인들에게 개성의 발견을 가능하게 했다. 1960년 11월에 발표한 최인훈의 『광장』은 1960년대 이데올로기적인 삶의 선택과 실천만이 강요되는 한국의 현실에서 보람 있는 일을 해보겠다는 한 지식 청년이 남북한 간의 전쟁의 체험을 통해서 인식의 지평을 넓혀가고, 존재에 대한 깨달음에 이르렀을 때는 이미 현실과 허구가 하나가 된다는 비극적 아이러니를 형상화하고 있다.[21] 남정현의 「분지」(1965), 김정한의 「모래

---

19 김병익, 김승옥, 염무웅, 이성부, 임헌영, 최원식, 「4월혁명과 60년대를 다시 생각한다」(좌담), 최원식·임규찬 엮음, 『4월혁명과 한국문학』, 창작과비평사, 2002, 61쪽 참조.

20 '감성의 분할'은 '문학의 정치'를 말하는 랑시에르의 개념이다. "어떤 공통적인 것의 존재 그리고 그 안에 각각의 몫들과 자리들을 규정하는 경계설정들을 동시에 보여주는 이 감각적 확실성의 체계를 나는 감성의 분할이라고 부른다. 감성의 분할은 따라서 분할된 공통적인 것과 배타적 몫들을 동시에 결정짓는다." 자크 랑시에르, 『감성의 분할』, 오윤성 옮김, 도서출판 b, 2008, 13쪽.

21 임환모, 「『광장』의 서사성과 텍스트의 무의식」, 『한국 현대소설의 서사성과 근대성』,

톱 이야기」(1966), 이청준의 「병신과 머저리」(1966) 등도 민족의 주체성이나 자유를 위한 합리적인 사유체계를 소설 형식으로 보여주었다. 자유를 위한 자아성찰을 온몸으로 실천한 김수영 시인은 "어째서 자유에는/ 피의 냄새가 섞여있는가를/ 혁명은/ 왜 고독한 것인가를"(「푸른 하늘을」 부분) 심각하게 고민했다. 또 "조국과 민족과 인간의 고통을 직시하고 사회와 현실 속에서 시정신의 뿌리를 찾으려는"[22] 저항시의 흐름은 박봉우와 신동문을 거쳐 신동엽에게서 꽃을 피웠다.

> 4월 19일, 그것은 우리들의 조상이 우랄고원에서 풀을 뜯으며 양달진 동남아 하늘 고흔 반도에 이주 오던 그날부터 삼한으로 백제 고려로 흐르던 강물, 아름다운 치맛자락 매듭 고흔 흰 허리들의 줄기가 3·1의 하늘로 솟았다가 또 다시 오늘 우리들의 눈앞에 솟구쳐 오른 아사달 아사녀의 몸부림, 빛나는 앙가슴과 물굽이의 찬란한 반항이었다.

물러가라, 그렇게
쥐구멍을 찾으며
검불처럼 흩어져 역사의 하수구 진창 속으로
흘러가 버리려마, 너는.
오욕된 권세 저주받을 이름 함께.

—신동엽의 「아사녀」 부분

4·19를 치르고 나서 대부분의 시인들이 감격과 추모 일변도의 작품을

태학사, 2008, 48쪽.

22 신동엽, 「60년대 시단 분포도」, 『조선일보』, 1961. 3. 30~31, 『신동엽전집』, 창작과비평사, 1985, 379쪽.

썼지만 신동엽은 그의 혁명기념시 「아사녀」(1960.7)에는 일방적인 감정 표출의 기호는 거의 없고 오히려 그 특유의 역사의식과 민중적 연대의식이 전면에 드러나 있다.[23] 4·19를 정시하고 발전적으로 계승한 신동엽은 "껍데기는 가라,/ 사월도 알맹이만 남고/ 껍데기는 가라"(「껍데기는 가라」)면서 민족적 주체성의 복원과 자유에의 의지를 염원했다.

우리나라에서 4·19가 근대적인 의미의 주체를 자각한 최초의 시민혁명이었다는 평가를 인정한다면 전근대적인 공동체주의와 집단주의와 변별되는 근대적 주체에 대한 자각이 집단적으로 태동되었던 시기가 바로 1960년대라고 할 수 있을 것이다.

두 번째로 1960년대는 속칭 '한글세대'의 등장과 새로운 감수성의 발현이 광범위하게 이루어진 시대이다. 국가적 차원으로 강력하게 진행된 자본주의화는 당대 작가들에게 새로운 경험이었고, 근대성에 대한 종전과는 다른 인식과 감각을 추동했다.[24] 여기에서 몸의 감각을 중심으로 감성적인 것의 언어적 분할이 가능해져 도시적 감각과 심성 구조의 형성에 대한 반성적 탐구가 드러나게 되었다.[25] 1940년을 전후로 태어나 1960년대에 등단한 작가군들은 실질적인 의미에서 한국어로 교육 받고, 한국어로 사유하기 시작한 최초의 세대라고 할 수 있다. 이런 인식은 김현의 비평에서 연유한다.

> 사일구가 성공한 혁명은 아니지만 실패한 혁명도 아니었다. 그것은, 한글로 사유하고 글을 쓰고 행동하는 세대가 하나의 실천적 세력으로 존재하고 있다는 것을 보여준 사건이었으며, 민주주의가 책에서만 씌어져 있는 제도

---

23 이숭원, 「1960년 '저항시'의 위상」, 『논문으로 읽는 문학사』 2, 소명출판사, 2008, 369쪽.

24 하정일, 「주체성의 복원과 성찰의 서사」, 『1960년대 문학연구』, 깊은샘, 1998, 33쪽.

25 이광호, 앞의 글, 앞의 책, 48쪽.

가 아니라 한국민이 싸워 얻어야 하는 제도라는 것을 가르쳐준 사건이었다. 사일구는 해방 직후 마주쳤던 문화적 혼란, 일본어로 사유하고 한국어로 글을 쓰고 행동하는 사유 유형과 분단으로 인한 이데올로기의 경직성을 비판할 수 있는 문화적 역량이 어느 정도 성숙되어 있음을 보여주었다. 사일구 후에 열병처럼 번져나간 주체성 · 근대화 · 세대교체 등의 구호들은 그러한 역량의 발현이었다. 그런 구호들은 한국학이 깊이 있게 발전해가면서 더욱 강력한 힘을 발휘하게 되었다.[26]

한글로 사유하고 행동하는 실천적 세력인 젊은 학생들이 4·19의 주체라는 인식이다. 언어와 사유와 행동의 일치를 통해서 자기의 모순을 스스로 해결할 수 있는 능력을 가졌기 때문에 4·19세대의 문학이 한국 현대문학의 뿌리를 이룬다는 해석과 평가가 가능했던 것이다.[27] 김현이 말한 4·19세대란 시 분야에 황동규, 이성부, 정현종, 이승훈, 최하림, 김지하, 소설 분야에 김승옥, 이청준, 서정인, 박태순, 박상륭, 홍성원, 김원일, 김용성, 이제하, 이문구, 비평 분야에 김현, 백낙청, 김병익, 김치수, 김주연, 염무웅, 임중빈, 이광훈, 조동일 등을 일컫는 말이다.[28] 이들은 말할 수 없을 만큼 다양한 문학 세계를 형성하고 있지만 공통적으로 가지고 있는 문학적 특성은 언어에 대한 철저한 인식을 바탕으로 문학의 자율성을 신뢰하고 있고 새로운 감수성을 드러내고 있다는 점일 것이다.

그럼에도 이들은 크게 두 경향으로 나누어진다. 하나는 미학적 자율성과 근대적 개인주의에 근거한 '문지' 계열과 사회적 근대성을 중시하여

---

26 김현, 「비평의 유형학을 향하여」, 『예술과비평』 1985년 봄호. 김현문학전집 7권 『분석과 해석』, 문학과지성사, 1992, 231쪽.

27 정과리, 「김현비평의 현재성」, 『문학과사회』 2000년 여름호. 432쪽.

28 김현, 「60년대 문학의 배경과 성과」, 김현문학전집 7권 『분석과 해석』, 문학과지성사, 1992, 241쪽.

문학적 실천을 문제 삼는 '창비'계열이 그것이다. 전자는 동인지 『산문시대』(1962)에서 발원하여 『사계』(1966), 『68문학』(1969)을 거쳐 『문학과 지성』(1970)으로 결실을 맺는다. 이 문단 권력의 중심에는 김현이 자리를 잡고 있다. 김병익, 김치수, 김주연 등과 함께 동시대의 비평을 주도하면서 김승옥, 이청준, 황동규, 정현종, 최하림 등의 소설과 시를 옹호하면서 그들의 작품에 실현된 문학의 자율성과 다양성, 그리고 심미적 상상력을 높이 평가했다. 후자는 『사상계』의 진보적 성향을 이어받은 『한양』(1962, 장일우, 김순남)과 『비평작업』(조동일, 임중빈, 주섭일), 『청맥』(1964, 구중서, 백낙청)을 거쳐 『창작과비평』(1966, 백낙청, 염무웅)에 이르러 문학적 실천을 강조하는 진보적 문단 세력이다. 이 '창비' 계열에서는 김현 중심의 '문지' 계열이 4·19를 살아 생동하는 삶에서 강제로 끌어내어 형식주의 속에 환원시켰다고 비판한다.[29] 그들이 신봉하는 문학의 자율성은 당연한 것이지만 문학이 현실 사회와 맺고 있는 실천성과 변혁성을 고민하지 않으면 안 된다는 것이다. 특히 김현이 4·19 혁명의 주체에 대한 논의를 애써 피하는 대신 그 근거와 의미가 확실치 않은 '한글세대' 이야기로 논의를 끌어가는 것은 주체의 문제를 구조의 문제로 치환하려는 것에 지나지 않는다는 것이다. 다시 말하면 엘리트주의적인 문학관에 따라 이루어진 문학의 자율성이라는 현상 자체는 현대적 양상의 일부이지만, 이를 넘어서자는 것이 아니라 오히려 축복하는 유형의 문학 이념이란 현 질서에 대한 철저한 종속이요 그 극복의 전망부터 포기한 결과라는 것이다.[30] 따라서 그들의 논리에 따르면 '문지' 계열의 문학인들은 '강력한 지배이념의 대변자'에 불과한 것이다. 그럼에도 불구하고 이 두 계열의 대립과 갈등, 그리고 상보적 관계는 한국문학의

29 윤지관, 「세상의 길: 4·19세대 문학론의 심층」, 최원식·임규찬 엮음, 앞의 책, 257쪽.
30 위의 글, 위의 책, 278쪽.

진폭과 스펙트럼을 깊고 다양하게 만드는 데 기여했는데, 이것이 대부분 1960년대부터 본격화되었다는 점이 중요하다.

세 번째로는 1960년대부터 한국 사회가 자본주의적 삶의 체제가 구축되기 시작했다는 점이다. 근대적인 의미의 대학제도가 정비되어 지적 훈련이 체계화되고, 산업사회의 근대화와 도시화가 전개되었다. 많은 대학들이 설립되어 외국문학과 국문학의 전공자를 배출해냄으로써 학술적 기반이 공고해지고 창작의 기회가 그 만큼 더 많아졌다. 그리고 5·16의 기술주의가 경제개발5개년계획에 따라 경제적인 근대화를 강력하게 추진함으로써 많은 문제점을 배태하기는 했지만 산업자본주의의 삶의 체제가 일반화되었다. 이에 따라 인구가 도시로 집중하고 대중문화가 활성화된 것이다. 이런 점을 반영한 1960년대 문학은 '자본주의 시대의 문학이 전면화되기 시작한 것'이라고 할 수 있다.[31]

이러한 도시화, 산업화의 징후에 대한 대응과 처방의 방식은 '문지' 계열과 '창비' 계열이 서로 달랐다. 전자는 문학의 자율성이나 미학성의 탐구에 집중하면서 도시화된 일상 세계에 대한 지식인의 고뇌와 자기 인식을 보여주었다고 한다면, 후자는 문학의 현실적, 역사적 맥락을 중시하고 민족문학을 수립하려고 했기 때문에 소외된 노동자나 농민의 민중적 세계관을 드러내려고 했다.

서울이라는 공간은 해방 직전에 80만 명 정도의 사람들이 살고 있었지만 1960년에는 244만 명으로 3배 이상 인구가 늘었다. 서울이 1930년대에는 파행적인 식민자본주의화가 인구를 늘려 불구적인 자본주의적 삶의 양태를 보여주는 공간이었다면, 1960년대에는 기계적 근대화가 대중문화를 활성화시키고 온갖 문화 기호가 풍요롭게 넘쳐흐르는 신천지인 동시에 소외와 결핍을 부추기는 이중적인 공간이 되었다. '문지' 계열

---

31 하정일, 앞의 글, 앞의 책, 33쪽.

의 대표 주자인 김승옥은 「서울, 1964년 겨울」이나 「무진기행」 등의 초기 소설을 통해 도시적 감수성과 지식인의 자의식을 바탕으로 전후 사회의 허무주의적 분위기를 극복하고 구체적인 일상과 역사를 개인의 체험으로 끌어들일 수 있는 문학적 공간을 마련했다. 그 공간은 도시화된 세속의 땅과 원초적 자연으로서의 고향이 뒤섞인 허구적 공간이다. 기계주의적 자본주의가 야기하는 타자의 욕망에 사로잡히지 않기 위해 김승옥 소설의 주인공들은 자아의 위악적 유희를 극대화하고 있는데, 이 지점에 그 소설의 매력이 있다.[32] 결국 도시화, 산업화된 사회 속에 살아남기 위한 지식인의 고뇌와 자기 인식이 주된 과제였던 것이다.

이와는 달리 김수영이나 신동엽, 신경림, 방영웅 등을 선호하는 '창비' 계열에서는 4·19혁명의 지속성과 파시즘 체제에 대한 저항과 실천을 강조하였다. 김수영의 경우, 혁명을 노래하는 시는 혁명을 염원하는 '의식'에 포획되는 순간 그로 인해 놓칠지도 모를 소중한 것들이 있지 않을까 하는 사려의 그림자를 지녀야 온전한 것이며, 마찬가지로 의식적 결단과 용기도 정직한 자기 점검과 자기 성찰을 동반할 때 든든한 공감대를 형성할 수 있다고 본 것이다.[33] 이런 경향은 김지하나 양성우, 김남주 등으로 이어지면서 1970~80년대에 이르러야 시적 성과를 얻게 되었다. 이것 역시 자본주의의 병리 현상을 극복하기 위한 문학적 주체화의 개별성이라고 할 것이다.

1960년대는 '4·19세대'라고 일컬어지는 젊은 작가들만 문학 활동을 했던 것은 아니다. 『현대문학』이나 『자유문학』 등에서 활동했던 구세대 작가들이 함께 활동했지만 신진 세력에 의해 뒷전으로 물러났던 것이다.

---

32 백지연, 「도시의 거울에 갇힌 나르키쏘스 - 김승옥론」, 최원식·임규찬 엮음, 앞의 책, 90쪽.

33 임홍배, 「총체성의 탐구와 치열한 객관정신」, 위의 책, 227쪽.

민족을 주체로 하는 자각과 언어를 다루는 감수성의 측면에서 신구 세대의 격차는 그만큼 컸다고 할 것이다. 그러나 4·19세대의 문학적 성과는 몇몇 사람을 제외하고는 1970년대 이후에 구체적으로 드러났다.

1960년대 한국문학은 신진 세력에 의해 주도됐다고 해도 과언이 아닌데, 그들은 모든 권위와 억압으로부터 자유롭고자 하는 '해방으로서의 근대성'을 추구한 4·19 추종 세력과 도구적 합리성에 입각하여 생산성을 극대화하려는 '기술로서의 근대성'을 추구한 5·16 추종 세력 간의 대립과 갈등, 그리고 더 나아가서 협력 관계를 유지하면서 화려하게 꽃피울 수 있었다. 그래서 이 시기에는 문학의 스펙트럼이 넓고 화려했던 것이다. 이들을 통상 '4·19세대'라고 불렀던 것이다. 그들의 문학사적 의의는 다음과 같이 요약할 수 있다.

> 결국 세상 속에서 혁명의 꿈을 간직하고 지속시키고자 하는 움직임과, 그 꿈의 '허구성'을 진작 간파하면서 끊임없이 세속의 땅으로 그것을 끌어내리려는 움직임 사이의 대립은 4월 이후 문학담론에서, 그리고 세대론을 포함한 담론 일반의 투쟁에서 핵심의 자리를 차지하고 있다. 그러나 세상의 길을 인정할 수밖에 없는 사정 한편으로, 세속주의를 벗어나 그 길 자체를 바꾸어갈 수 있다는 믿음과 전망이 다름 아닌 4월이 우리 문학에 준 힘이며, 그것이야말로 몽상만이 아닌 문학의 진정한 꿈이 존재하고 있음을 증거해주는 것이다. 젊음과 혁명의 기억을 그 원천으로 하는 4·19세대론이 아직도 유효할 수 있는 것은 바로 이 때문이다.[34]

자본주의적 자유주의를 전복하려고 하지 않는 한 아무리 아름다운 이념과 정신이라고 하더라도 '세속의 땅'에 발붙이고 사는 세상의 길속에

---

34 윤지관, 「세상의 길: 4·19세대 문학론의 심층」, 앞의 책, 280~281쪽.

서 찾지 않을 수 없었을 것이다. 그런 점에서 1960년대 문학은 정도의 차이는 있지만 진정한 의미의 민주주의를 모색하려는 문학의 정치, 달리 말하면 문학적 혁명을 시도했다고 할 것이다.

5. 맺음말

한국 현대문학사에서 이런 문학적 혁명은 1930년대에 이어서 1960년대에 와서 더욱 구체화되었다. 1960년대의 한국문학은 1930년대와 같은 '감성의 분할'이 이루진 시기이다. 한국의 근대화 모델은 4·19의 정신주의 계열과 5·16의 기술주의 계열 사이의 길항 관계에서 찾을 수밖에 없다. 문학의 차원에서 보면 모든 권위와 억압으로부터 자유롭고자 하는 '해방으로서의 근대성'을 추구한 4·19 추종 세력과 도구적 합리성에 입각하여 생산성을 극대화하려는 '기술로서의 근대성'을 추구한 5·16 추종 세력 간의 대립과 갈등은 많은 혼란과 무질서를 야기했다. 그럼에도 이 두 계열의 협력과 길항이 새로운 감수성을 길러내고 감성적인 것들의 언어적 분할이 가능했기 때문에 이 시기의 문학 스펙트럼은 매우 넓고 화려할 수 있었다.

지상사적 차원에서 보면 1960년대의 한국문학은 첫째, 자유와 합리성의 정신이 지식인 사회에 정착하면서 근대의 비판적 지성에 의한 문학적 주체가 탄생했다. 최인훈, 김정한, 이청준의 소설과 김수영, 신동엽의 시는 개인과 민족적 주체에 대한 자각을 보여주었다. 둘째, 이 시기는 '한글세대'의 등장과 새로운 감수성의 발현이 광범위하게 이루어져 감성적인 것의 언어적 분할을 불러오는 미적 주체의 탄생을 가능케 했다. 속칭 '4·19세대'라고도 불리는 이들 젊은 작가들은 언어에 대한 철저한 인식을 바탕으로 문학의 자율성을 신뢰하였다. 이들은 크게 미학적 자율성과 근대적 개인주의에 근거하는 '문지'계열과 사회적 근대성을 중시하여 문학적 실천을 문제 삼는 '창비'계열로 나뉘어 대립 갈등하면서 한국문학의 진폭을 확장하였다. 마지막으로, 1960년대부터 한국 사회가 진정한 의미의 자본주의적 삶의 체제가 구축되기 시작했다는 점이다. 개발 독재에 의해 강력하게 추진된 근대화의 프로젝트는 우리 사회를 산업화, 도시화하였다. 이 과정에서 전통적인 질서와 사유 방식이 파괴되고 새로운 감성의 분할 방식이 등장하여 자기반성적 주체가 4·19와 5·16이라는 혼융된 역사적 사건 너머의 미적 근대를 하나가 아니라 여러 개의 모습으로 형상화했던 것이다.

그러나 문학연구에서 정작 중요한 것은 역사적 사건으로서의 4·19와 5·16의 정신과 이념을 얼마나 적확하게 서술하고 있는가가 아니라 작가가 혁명의 과정에 열광했던 사람들과 그 열광을 가능하게 했던 도덕적 경향성을 발견하고, 이것을 사건 이후 우리의 삶속에서 작동해가는 과정을 어떻게 보여주고 있는가를 분석하는 일이다. 이 작업은 그 역사적 사건들의 이념과 정신이 문학 속에서 어떻게 실현되고 있는가보다는 감성적인 것들을 언어적으로 분할하여 그 사건들의 정신사적 지향을 새로운 예술 양식으로 변용해서 재창조해가는 분기 양상을 살피는 일이 될 것이다. 이러한 작업이 역사적 사건을 언어의 예술로 전유하는 방식이다.

참고문헌

권보드래 · 천정환, 『1960년을 묻다 - 박정희 시대의 문화정치와 지성』, 천년의 상상, 2012.

김성기, 「세기말의 모더니티」, 『모더니티란 무엇인가』, 민음사, 1994.

김 현, 「60년대 문학의 배경과 성과」, 김현문학전집 7권 『분석과 해석』, 문학과 지성사, 1992.

_____, 「비평의 유형학을 향하여」, 『예술과비평』 1985년 봄호. 김현문학전집 7권 『분석과 해석』, 문학과지성사, 1992.

김형중, 「문학, 사건, 혁명 : 4·19와 한국문학 - 백낙청과 김현의 초기 비평을 중심으로」, 『살아 있는 시체들의 밤』, 문학과지성사, 2013.

들뢰즈, 질, 『의미의 논리』, 이정우 옮김, 한길사, 1999.

랑시에르, 자크, 『감성의 분할』, 오윤성 옮김, 도서출판 b, 2008.

민족문학사연구소 현대문학분과, 『1960년대 문학연구』, 깊은샘, 1998.

박태순 · 김동춘, 『1960년대의 사회운동』, 까치, 1991.

사월혁명연구소 편, 『한국 사회변혁운동과 4월혁명』, 한길사, 1990.

신동엽, 「60년대 시단 분포도」, 『조선일보』, 1961. 3. 30~31. 『신동엽전집』, 창작과비평사, 1985.

우찬제 · 이광호 엮음, 『4·19와 모더니티』, 문학과지성사, 2010.

이마무라 히토시, 『근대성의 구조』, 이수정 옮김, 민음사, 1999.

이승원, 「1960년 '저항시'의 위상」, 『논문으로 읽는 문학사』 2, 소명출판사, 2008.

임환모, 「『광장』의 서사성과 텍스트의 무의식」, 『한국 현대소설의 서사성과 근대성』, 태학사, 2008.

정과리, 「김현비평의 현재성」, 『문학과사회』 2000년 여름호.

지젝, 슬라보예, 『폭력이란 무엇인가』, 이현우 외 옮김, 난장이, 2011.

최원식 · 임규찬 엮음, 『4월혁명과 한국문학』, 창작과비평사, 2002.

함석헌, 「5·16을 어떻게 볼까?」, 『사상계』 통권 96호, 1961. 8.

김수영 시론의 담론적 의미
-'참여시' 논의를 중심으로

김동근

1. 머리말

김수영에게는 시의 현실 참여를 실천적으로 보여주었다는 평과 함께 종종 '참여시인'이라는 수식어가 뒤 따른다. 창작 태도로서의 김수영의 시 쓰기는 분명 '참여시'로 응축될 수 있는 지점을 가지고 있다. 또한, 김수영은 1960년대 우리 문단에 일었던 순수참여논쟁의 주도적 위치를 차지하기도 하였다. 이 과정에서 김수영이 자신의 비평적 입장을 적극적으로 피력하고 있음은 물론이다. 그러나 이때의 순수참여논쟁은 '앙가주망'의 개념과 방법론에 대한 이해의 차이로 인해 각각 다른 실천적 태도를 보이게 된다. 이는 김수영에 있어서도 동일하게 발견되는 문제로, 일반적으로 순수진영과 참여진영에서 사용한 '참여시'와 김수영이 언급하는 '참여시'는 다른 층위의 개념화로 이해되어야 할 것이다.

따라서 김수영의 시론을 담론의 차원에서 재검토하기 위해 우선 김수영의 '참여시'에 대한 개념적 태도와 방법론적 관점을 재조명해보고자 한다. 나아가 김수영 시론이 갖는 미적 담론으로서 그리고 비평담론으로서의 의미를 분석적으로 추적해 들어갈 것이다. 이를 위해 김수영의 산문 「참여시의 정리 - 1960년대의 시인을 중심으로」와 「반시론(反詩論)」, 「시여, 침을 뱉어라 - 힘으로서의 시의 존재」를 분석 텍스트로 삼아 그의 참여시론이 의도하고 있는 담론적 의미를 밝히고자 한다. 이처럼 1960년대 참여 논쟁 속에서 시 쓰기에 대한 김수영의 견해와 현실문제에 대한 그의 태도를 담론의 층위에서 이해하는 일은 나아가 그의 시 작품의 의미구조를 재해석하는 데도 하나의 토대를 마련해 줄 것이다.

김수영의 시와 산문은 대부분 전집으로 묶여 출판[1]되어 있다. 특히 『김수영전집』 2권 '산문' 편에는 김수영이 집필한 모든 산문들이 수록되어 있다. 이는 김수영의 시에서 간접적으로 느낄 수 있었던 시작 태도와 생각을 더욱 가깝게 만날 수 있는 곳이다. 특히 제3부에 수록된 글[2]들은 김수영의 시에 대한 견해를 분명하게 해 주고 있다. 시 속에 함축되어 있던 김수영의 시론이 산문 속에서 구체화되고 있는 것이다.

김수영은 시론을 포함한 번역물, 문화·사회비평, 일기, 시 창작노트 등에서 자신의 시적 사유를 폭넓게 개진해 나갔다. 이런 점에서 김수영의 산문은 단지 시에 종속된 글쓰기 양식으로만 여길 수 없게 한다. 김수영의 산문을 시의 해석을 위한 참조 자료로 읽을 것이 아니라, 그의 시적 사유와 그 의의를 검토하는 주된 텍스트이자 완결된 담론체계[3]로 다루어

---

1 김수영, 『김수영전집』 1·2, 민음사, 2003.
초판 발행은 1981년 9월 20일이며, 이를 증보하여 2003년 6월 25일 2판을 발행함.

2 제3부에는 「새로움의 모색」, 「시의 〈뉴 프런티어〉」, 「평단의 정지 작업」, 「시의 완성」, 「세대교체의 연수표」, 「시인의 정신은 미지」, 「생활현실과 시」, 「〈난해〉의 장막」, 「대중의 시와 국민가요」, 「히프레스 문학론」, 「신비주의와 민족주의의 시인 예이츠」, 「도덕적 갈망자 파스테르나크」, 「진정한 현대인의 지향」, 「문맥을 모르는 시인들」, 「연극 하다가 시로 전향」, 「〈평론의 권위〉에 대한 단견」, 「예술작품에서의 한국의 애수」, 「작품 속에 담은 조국의 시련」, 「안드레이 시냐프스키와 문학에 대해서」, 「변한 것과 변하지 않은 것」, 「가장 아름다운 우리말 열 개」, 「새로운 윤리 기질」, 「참여시의 정리」, 「시여, 침을 뱉어라」, 「반시론」, 「죽음에 대한 해학」의 글이 수록되어 있다.

3 담론(discourse)은 발화자와 수신자를 상정한 언술이며, 이 때 발화자는 이미 사회적 존재이다. 즉 담론은 대화자를 향해 있으며, 이 대화자의 존재를 향해 있다. 또한 담론은 언어적으로 실현된 부분과 암시된 부분으로 나누어지고, 이 암시된 부분은 시공적, 의미적, 가치평가적 요소로 구성된다. (츠베탕 토도로프, 『바흐친 : 문학사회학과 대화이론』, 최현무 옮김, 까치, 1987, 69~109쪽 참조.)

야 한다는 것이다. 즉, 김수영의 다양한 면모를 단일한 특질로(문학의 참여성이 명확히 드러난 '불온성' 논쟁 관련한 글 같은) 단정 짓지 않으려면 시적 사유를 개진한 산문을 시와 별도로 다시 섬세히 살피는 연구 태도가 필요할 것이다.

2. 순수참여논쟁과 김수영의 시적 지향

김수영에 대한 지금까지의 수많은 논의들은 김수영의 시적 지향을 주로 모더니즘이나 리얼리즘의 틀로 규정하고자 하여왔다. 이는 김수영의 시가 모더니티와 리얼리티를 동시에 구유한 근대성의 담론으로 읽힐 수 있다는 점 때문이었다. 또한 '참여'의 문제에 있어서도 릴케나 하이데거에 영향 받은 존재론적 의미로 이해[4]하거나, 1930년대에서 1970년대로 이어지는 리얼리즘 시의 흐름 속에서 파악하고자 하여왔다. 그러나 김수영의 시론을 담론의 차원에서 면밀히 검토할 경우, 김수영의 시적 지향성이 좀 더 복합적인 양상을 띠고 있음을 짐작할 수 있게 된다.

시문학에서 리얼리즘의 특성은 어떻게 나타날 수 있을까? 이는 시인이 사회나 세계를 문학적으로 창조 또는 형상화하고 있는 문학적 세계의 이념적 문제라는 측면과 현실의 문제를 문학적으로 형상화하는 방법의 문제로 나누어서 접근할 수 있다.[5] 이러한 리얼리즘 시의 모색이 가장 구체화 되었던 것이 바로 1960년대 우리 문단을 뒤 흔들었던 '순수참여논쟁'이다. 이 순수참여논쟁을 통하여 시의 문학적 세계와 현실적 세계

4 김유중, 「김수영 시의 모더니티(5) - 존재시론의 이론적 근거와 그 구체적인 발현 양상」, 『국어교육』 제114호, 2004, 125~141쪽.

5 윤여탁, 『리얼리즘시의 이론과 실제』, 태학사, 1994, 16~17쪽.

사이의 거리를 조절해 줄 참여적, 실천적 시에 대한 모색을 활발하게 진행할 수 있었던 것이다.

순수참여논쟁은 1960년대의 한국문학에서 보여준 상반되는 두 얼굴이다. 이 두 얼굴은 순수문학파와 참여문학파의 논쟁으로 요약되어진다. 이는 하나의 리얼리즘 논쟁의 연장이 될 수 있다.[6] 여기서의 순수문학은 문학의 현실참여를 반대하고 복고주의적 전통에의 민족문학을 확립시키려는 데 기초를 둔다. 이를 지향하기 위한 문학의 자율성과 독창성, 인간이 영원성을 추구하는 보편성, 그로부터의 예술적 가치의 옹호 등으로 집약된다. 이에 반해 참여문학은 냉전체제의 분단이념을 반영한 순수문학파로부터 비문학이라는 맹렬한 공격을 받기 시작한다.

1960년대 초반 이형기의 '순수론'과 김병걸, 김우종의 '참여론'으로부터 쟁점화 된 순수참여의 문제는 1966년 10월 12일 〈세계문학자회의〉에서 발표한 김붕구의 「작가와 사회」라는 논문을 계기로 다시 관심을 증폭시키면서 파문을 일으켰다. 김붕구는 "앙가즈망(참여)이란 정신적 윤리적 타락의 영합이요, 무책임한 곬이며, 인간부재의 허점을 지니기에 작품 속에 〈나〉를 송두리째 투입시키는 성실성이 무엇보다도 소중하다."고 주장한다. 이에 임중빈은 "사회적 자아를 도외시하기에 급급한 김붕구의 단도직입적인 선고야말로 일고의 가치가 없는 이데올로기 노이로제 증세"라고 반박한다. 여기에 이어서 이호철, 이철범, 김현, 정명환, 임중빈, 임헌영, 선우휘 등의 활발한 논의가 이어졌다.[7] 이 두 번째 시기의 논쟁은 창조적 자아와 사회적 자아 사이의 관계 설정을 통한 참여의 방법론에 관한 논의였다 할 수 있다.

---

6 장병희, 「한국문학에서의 순수와 참여논쟁 연구」, 『어문학논총』 제12집, 국민대학교 어문학연구소, 1993, 59쪽.

7 위의 글, 65~67쪽 참조.

김수영의 참여문학 논의가 본격화된 것은 1967년 12월에서 1968년 3월에 걸친 이어령과의 논쟁을 통해서이다. 이어령이 「에비가 지배하는 문화 - 한국 문화의 반문화성」(『조선일보』, 1967년 12월 28일)이라는 '세모시론'을 발표하자 김수영은 「지식인의 사회참여 - 일간신문의 최근 논설을 중심으로」(『사상계』, 1968년 1월호)에서 이어령의 견해에 반론을 편다. 김수영은 먼저 언론의 애매성과 무기력, 안이함과 보수적이고 방관적인 타성의 태도를 신랄하게 꼬집는다. 이른바 정치의 기상도에 순응하는 언론의 무주체성과 비주체성을 비꼰다. 즉, 언론에선 예술과 문화의 자유를 인정해야 한다면서도 학문이나 문학작품이 문제돼야 할 때는 제재를 받아야 한다고 논리를 뒤엎는 언론의 자가당착적 양면성을 쏘아붙인다. 이러한 양면성은 문학인에서도 드러나는 데 그 대표적인 것이 이어령의 '에비가 지배하는 문학'이라고 지적한다.

오늘날 우리들의 〈에비〉는 결코 〈구체적인 대상을 가리키는 명사(名詞)가 아닌〉 〈가상적인 어떤 금제의 힘〉이 아니다. 그것은 가장 명확한 〈금제의 힘〉이다. 8·15 직후의 2, 3년과 4·19 후의 1년 동안을 회상해 보면 누구나 다 당장에 알 수 있는 일이다. 물론 이 필자가 강조하려고 하는 점이 우리나라의 문화인들이 실제 이상의 과대한 공포증과 비지성적인 퇴영성을 나무라고 독려하려는 데 있다는 것을 모르는 바가 아니다. 그러나 이 필자의 말대로 〈이러한 반문화성이 대두되고 있는 풍토 속에서 한국의 문화인들의 창조의 그림자를 미래의 벌판을 향해 던지기 위해서〉, 〈그 에비의 가면을 벗기고 복자(伏字) 뒤의 의미를〉 아무리 〈명백하게 인식해〉 보았대야 역시 거기에는 복자의 필요가 있고 벽이 있다.[8]

---

8 김수영, 「지식인의 사회참여 - 일간신문의 최근 논설을 중심으로」, 『김수영전집』2, 민음사, 2003, 218~219쪽.

이에 이어령은 「누가 그 조종을 울리는가? - 오늘의 한국문화를 위협하는 것」(『조선일보』, 1968년 2월 20일)을 통해 "문화를 정치수단의 일부로 생각하고 문학적 가치를 곧 정치 사회적인 이데올로기로 평가하는 오늘의 오도된 사회참여론자들이야말로 스스로 예술 본래의 창조적 생명에 조종을 울리는 사람들이다."고 비난한다. 그러자 김수영은 「실험적인 문학과 정치적 자유 - '오늘의 한국문화를 위협하는 것'을 읽고」(『조선일보』, 1968년 2월 27일)를 발표하며 이어령의 반론에 대한 재반론을 편다.

> 8·15 후도 4·19 직후도 실정은 좀더 복잡한 것이었다. 〈문예시평〉자의 말마따나 그 당시의 문학이 정치 삐라의 남발 같은 인상을 주었다고 해서 그 책임이 그 당시의 정치적 자유에 있다고 생각하거나, 일부의 〈문화를 정치사회의 이데올로기와 동일시하는 문화인〉에게만 있다고 생각하고 그 폐해를 과대하게 망상하는 것은 지극히 소아병적인 단견(短見)이라고 아니할 수 없다.[9]

김수영은 문화의 위기가 문화를 정치사회의 이데올로기와 동일시하는 것이 아니라, 문화를 단 하나의 이데올로기와 동일시할 때 일어나며, 우리의 경우가 바로 그러하다고 본다. 하나의 정치사회의 이데올로기만을 강조하는 사회에서는 이어령이 주장한 바의 응전력과 창조력이 정당한 순환작용을 얻지 못한다는 것이다. 따라서 문화의 순환작용을 억압하는 '숨어 있는 검열자'는 대중의 검열자가 아니라 획일주의를 강요하는 대제도의 문화기관이라고 본다. 그리고 이 획일주의의 검열과 대중의 검열이 공존하는 길을 모색하는 것이 참여문학 발전의 실질적인 계기가 될 것이라 주장한다.

---

9 김수영, 「실험적인 문학과 정치적 자유」, 위의 책, 221쪽.

이런 점에서 김수영의 시적 지향이 기존 참여파의 참여시와는 그 궤적을 달리하고 있음을 짐작할 수 있다. 김수영은 시·시론·시평 등의 왕성한 발표를 통해 우리 사회의 후진성과 허위의식을 비판하고 진정한 참여를 하지 못하는 자기 자신을 폭로하였다.[10] 또한 그는 문학의 실천과 참여를 옹호하고 있지만, 당시의 참여파 시인들에 대해 신랄한 비판을 가하기도 하며, 동시에 순수문학의 미학적 측면을 긍정적으로 평가하기도 한다. 비록 이어령과의 논쟁 속에서 '참여'를 강조하고 있지만, 그것은 곧 이어령의 논점을 반박하기 위한 것이었다고 볼 수 있다. 시에 대한 담론으로서의 김수영의 시적 지향이 구체적으로 드러난 글은 그 이후에 쓰인 「참여시의 정리」, 「시여, 침을 뱉어라」, 「반시론」 등이다. 여기에서 김수영은 그의 참여시론의 핵심을 이루는 '온몸', '반시' 등의 개념어를 사용하면서 시가 지향해야 할 예술성과 현실성에 대한 그의 생각들을 구체화하고 있는 것이다. 따라서 이 세 편의 산문을 텍스트로 삼아 거기에 내포된 담론적 의미를 살핌으로써 김수영 시론의 지향성을 찾아보기로 한다.

3. 이념과 의식의 합치로서의 '반시(反詩)'

김수영과 관련한 지금까지의 연구들은 주로 시론보다는 시 작품세계의 특징이나 변모양상을 중심으로 논의를 전개시켜 왔다. 비록 김수영의 시론에 관한 연구라 할지라도 잘 알려진 「시여, 침을 뱉어라 - 힘으로서의 시의 존재」에 집중적으로 주목했던 것이 사실이다. 그러다보니 김수영의 산문을 텍스트로 하여 그의 시론이 갖는 의미를 밝히고자 한 연구

10 강웅식, 「김수영론 : 언어의 윤리와 시의 완성」, 『새로 쓰는 한국시인론』, 상허학회, 백년글사랑, 2003, 289쪽.

들은 대체로 다음과 같은 평가에 동의하고 있다.

> 사실 지금까지 나온 김수영에 관한 연구들은 대부분 그의 시에 관한 것들이고, 그가 쓴 시론에 관한 것은 그리 많지 않다. 그것은 무엇보다도 그의 시론이 소략할 뿐 아니라 내용 면에서 볼 때도 그리 명확하지 않은 탓으로 보인다. 우선 양적인 면에서 볼 때 그가 쓴 글 중 시론으로 묶일 수 있는 글은 「시여, 침을 뱉어라 - 힘으로서의 시의 존재」와 「반시론」 정도가 고작이다. 기타 시 월평으로 쓴 글이 10여 편 정도가 있기 하지만 이 정도의 글을 가지고는 시에 대한 그의 생각을 충분히 개진하기가 쉽지 않다. 그의 문장이 지닌 난해함은 그의 사상이 지닌 난해함에서 기인한 것이라기보다는 그가 구사하는 문장 자체가 명확하지 못한 데서 기인하는 것이 아닌가 생각된다.[11]

그러나 위의 글에서 "그의 시론이 소략할 뿐 아니라 내용 면에서 볼 때도 그리 명확하지 않은 탓으로 보인다."랄지, "그의 문장이 지닌 난해함은 그의 사상이 지닌 난해함에서 기인한 것이라기보다는 그가 구사하는 문장 자체가 명확하지 못한 데서 기인하는 것이 아닌가 생각된다."는 의견은 재고의 여지를 갖고 있다. 김수영은 스스로 "시인은 시를 쓰는 사람이지 시를 논하는 사람이 아니며, 막상 시를 논하게 되는 때에도 그는 시를 쓰듯이 논해야 할 것이다."라고 밝힘으로써 시 창작과 시론이 별개의 것이 아님을 전제하고 있다. 이는 그의 산문 텍스트 역시 시 텍스트와 마찬가지로 담론으로서의 내포적 의미로 읽혀져야 함을 암시하고 있는 것이다. 즉, 그의 문장 자체가 명확하지 못하기 때문에 시에 대한 생각을 제대로 개진하지 못하다는 것은 오해의 소지를 불러일으킨다. 오히려 시론 또한 시를 쓰듯이 논하기 때문에 더 분명한 시작 태도와 의도

---

11 정영훈, 「김수영의 시론 연구」, 『관악어문연구』 제27집, 2002, 457~458쪽.

를 파악할 수 있는 여지를 남기고 있는 것이다.

사실, 참여시에 대한 김수영의 본격적인 논의는 「시여, 침을 뱉어라 - 힘으로서의 시의 존재」보다 먼저 발표된 「참여시의 정리 - 1960년대의 시인을 중심으로」(『창작과비평』, 1967, 겨울호)부터라고 할 수 있다. 이 글에 대한 질적, 양적 평가를 차치하더라도 이는 김수영의 시론이 완성되어가는 과정, 그리고 참여시에 대한 자신의 신념과 태도를 보여주는 좋은 자료인 것이다. 또한 이 글의 담론적 의미는 나중의 「반시론(反詩論)」으로 이어짐으로써 더욱 구체화된다 하겠다.

'참여시의 정리'라고 제목 붙인 이 글에서 김수영은 당시의 참여파 시인들의 경향, 또 참여시라고 불리는 시들에 대한 평가를 덧붙이고 있다. 주로 유치환의 시 「칼을 갈라」를 비롯해 김재원과 신동엽의 시를 비교 평가하고 있다. 특히 그 평가의 관점이 참여시로서의 요건을 충족하고 있는지에 맞춰져 있다는 점에서 김수영의 참여시에 대한 생각을 살펴 볼 수 있는 충분한 자료가 될 것으로 여겨진다.

이 글에서 김수영은 4·19를 경계로 그 이전을 모더니즘의 시기로, 이후를 참여시의 시기로 구분하고 1950년대 모더니즘 시인들에 대해 "그들이 칼을 쓰지 않았다는 것"을 비난한 것이 아니라, "이성의 언어의 힘의 한계를 뼈저리게 실감하고 있었"으면서도 "베어지는 칼을 가지고"도 있지 않았다고 비판한다. 또한 이후의 새로운 유파, 소위 참여파 시인들에 대해서도 그들의 시가 '현실 응시'의 측면에서 모더니즘 시에 비해 별로 나아진 것이 없다고 지적한다. 이는 김수영이 생각하는 참여시의 본질이 따로 존재함을 의미하는 것이다.

초현실주의 시대의 무의식과 의식의 관계는 실존주의 시대에 와서는 실존과 이성의 관계로 대치되었는데, 오늘날의 우리나라의 참여시라는 것의 형성 과정에서는 이것은 이념과 참여의식의 관계로 바꾸어 생각할 수 있다.

우리나라와 같은 기형적인 정치 풍토에서는 참여시에 있어서의 이념과 참여의식의 관계가 더욱 미묘하고 복잡하며, 무의식과 의식의 숨바꼭질과는 다른 외부적인 터부와 폭력이 개입하게 된다. 그런 의미에서는 우리나라의 오늘의 실정은 진정한 참여시를 용납하지 않는다. 그러니까 나쁘게 말하면 참여시라는 이름의 사이비 참여시가 있고, 좋게 말하면 참여시가 없는 사회에 대항하는 참여시가 있을 뿐이다.

그러나 진정한 참여시에 있어서는 초현실주의 시에서 의식이 무의식의 증인이 될 수 없듯이, 참여의식이 정치 이념의 증인이 될 수 없는 것이 원칙이다. 그것은 행동주의자들의 시인 것이다. 무의식의 현실적 증인으로서, 실존의 현실적 증인으로서 그들은 행동을 택했고 그들의 무의식과 실존은 바로 그들의 정치 이념인 것이다. 결국 그들이 추구하고 있는 것은 하나의 불가능이며 신앙인데, 이 신앙이 우리의 시의 경우에는 초현실주의 시에도 없었고 오늘의 참여시의 경우에도 없다. 이런 경우에 외부가 허락하지 않기 때문에 없다는 것은 말이 안 된다. 외부와 내부는 똑같은 것이다. 그리고 그것은 죽음에서 합치되는 것이다.[12]

위의 글에서 김수영은 1950년대를 초현실주의 시대로, 1960년대를 실존주의 시대로 파악하고 있다. 또한 1950년대의 시가 '무의식과 의식의 관계'에 의해 설명될 수 있다면, 1960년대의 시는 '실존과 이성의 관계'에 의해 설명된다는 점을 내포적으로 함의하고 있다. 나아가 참여시에 있어서는 이 '실존'이 곧 '이념'이며, '이성'이 곧 '참여의식'이라고 전제한다. 이런 측면에서 1960년대의 참여파 시들은 김수영에게 '사이비 참여시'이자 '참여시가 없는 사회에 대항하는 참여시'일 뿐인 것이다.

그렇다면 여기에서 '이념'과 '참여의식'은 어떻게 의미화될 수 있는가?

---

12 김수영, 「참여시의 정리 - 1960년대의 시인을 중심으로」, 앞의 책, 389~390쪽.

김수영은 진정한 참여시에서는 "참여의식이 정치 이념의 증인이 될 수 없"다고 한다. 이는 곧 의식이 이념을 증거할 수 없다는 말이며, 그것은 곧 불가능한 신앙과 같은 것이고, 나아가 '죽음'에 이르러서만 합치되는 것이다. 따라서 김수영에게 진정한 참여시란 시인의 이성으로서의 내적 의식과 그의 실존을 규정하는 외적 이념이 합치되는 순간, 곧 죽음의 순간을 노래한 시여야 하는 것이다. 김수영이 말하는, 이 모호하기 짝이 없는 '죽음'이 무엇을 의미하는지는 김재원과 신동엽의 시를 평가하는 다음 부분에서 그 단초를 찾아볼 수 있다.

> 김재원(金在元)은 5.16 후의 사회상을 풍자한 「입춘에 묶여온 개나리」와 「무너져 내리는 하늘의 무게」 등으로 주목을 끈 유니크한 조숙한 시인인데, 요즘에 나온 「못 자고 깬 아침」 같은 작품을 보면 이제까지 풍자를 위한 풍자가 많이 가시고, 사회의 일시적인 유동적 현실에 집중되어 있던 풍자의 촉수가 소시민의 생활 내면으로 접근해 들어가려는 차분한 노력이 보인다.
> (……)
> 그가 참여시의 뒷받침이 될 죽음의 연습을 잊지 않고 있다는 것이 무엇보다도 그의 장점이다. 이러한 죽음의 노동을 성공적으로 통과해 나올 때 그의 참여시는 국내의 사건을 세계 조류의 넓은 시야 위에서 명확하고 신랄하게 바라볼 수 있는 여유를 얻게 될 것이다. 우리는 이제 불평의 나열에는 진력이 났다. 뜨거운 호흡도 투박한 체취에도 물렸다. 우리에게 필요한 것은 불평이 아니라 시다. 될 수 있으면 세계적인 발언을 할 수 있는 시다.[13]

> 신동엽(申東曄)의 이 시에는 우리가 오늘날 참여시에서 바라는 최소한의 모든 것이 들어 있다. 강인한 참여 의식이 깔려 있고, 시적 경계를 할 줄

---

13 위의 글, 392~394쪽.

아는 기술이 숨어 있고, 세계적 발언을 할 줄 아는 지성이 숨쉬고 있고, 죽음의 음악이 울리고 있다. …… 그의 업적은 소위 참여파의 다른 어떤 시인보다도 확고부동하다.[14]

김재원의 시를 분석하며 김수영은 '불평의 나열'이 아닌 '시'가 필요함을 역설했다. 이때의 시는 세계적인 발언을 할 수 있는 시이다. 이는 '세계적 보편성'을 취득한 시로, 리얼리즘의 시와 연결될 수 있는 고리가 된다. 또한, 진정한 참여시의 뒷받침이 될 '죽음의 연습' 또한 잊지 않았다는 점에서 높이 평가하고 있다. 하지만 김수영이 가장 높이 평가한 참여시인은 바로 신동엽이다. 신동엽의 시 「아니오」와 「껍데기는 가라」를 들어 "오늘날 참여시에서 바라는 최소한의 모든 것이 들어 있다"는 극찬을 아끼지 않는다. 이어서 그가 생각하는 진전한 참여시의 조건들을 열거하고 있다. 그것은 바로 강인한 참여 의식과 시적 경제를 할 줄 아는 기술, 세계적 발언을 할 줄 아는 지성, 그리고 죽음의 음악이다. 따라서 김수영이 말하는 '죽음'의 순간은 동시에 '삶'의 순간이 된다. '죽음의 연습'과 '죽음의 음악'은 곧 삶의 연습과 삶의 음악에 대한 고통스러운 반어(反語)인 것이다. 여기에서 우리는 김수영이 말하는 '진정한 참여시'가 이념과 의식이 죽음의 연습으로 합치된, 반어로 써진 '반시(反詩)'라는 변증법적 의미임을 유추할 수 있는 것이다.

귀납과 연역, 내포와 외연, 비호(庇護)와 무비호, 유심론과 유물론, 과거와 미래, 남과 북, 시와 반시의 대극의 긴장, 무한한 순환, 원주(圓周)의 확대, 곡예와 곡예의 혈투, 뮤리얼 스파크와 스푸트니크의 싸움, 릴케와 브레히트의 싸움, 앨비와 보즈네센스키의 싸움, 더 큰 싸움, 더 큰 싸움, 더, 더,

14 위의 글, 394~395쪽.

더 큰 싸움……반시론의 반어.[15]

위의 인용문은 「반시론」의 마지막 부분이다. 여기에 나열된 대립항들은 김수영이 지속적으로 고민하고 사유했던 개념들의 총합이라 할 수 있다. 김수영은 자신의 시적 사유를 '혼돈'이라고 말한 바 있다. 그 결과 김수영의 시는 이 혼돈 자체를 표현하게 될 것이다. 이에 대한 다음과 같은 해석적 고찰은 매우 타당한 시사점을 던져주고 있다. '시와 반시의 대극적 긴장'이라는 구절이 암시하는 대로, 그가 지향하는 바는 '시가 되려는 열망과 시가 되지 않으려는 열망 사이의 긴장', 즉 '의미를 구하려는 시어'와 '의미를 배제시키려는 시어'의 싸움, '세계와 대지'의 대극적 긴장, '시와 반시'의 긴장 사이에서 탄생하는 '시'로 귀결된다고 할 수 있다는 것이다.[16]

4. 예술성과 현실성의 육화(肉化)로서의 '온몸'

김수영 시론의 집약된 결정체라 할 수 있는 글은 펜클럽 주최로 1968년 4월 부산에서 열린 문학 세미나에서 발표한 원고 「시여, 침을 뱉어라 - 힘으로서의 시의 존재」이다. 이 글은 김수영의 여타 산문들과 달리 비교적 논리적으로 시에 대한 그의 생각을 개진하고 있다. 시에 있어서의 형식과 내용의 관계, 나아가 이의 확장으로서의 예술성과 현실성의 관계에 대한 그의 논의가 우리에게 어떤 담론적 의미를 전달하고 있는지 살펴보자.

---

15 김수영, 「반시론」, 앞의 책, 416쪽.

16 박지영, 「김수영의 「반시론」에서 '반시'의 의미」, 『상허학보』 제9집, 상허학회, 2002, 297~298쪽 참조.

시를 쓴다는 것은 무엇인가? 그리고 시를 논한다는 것은 무엇인가? …… 시를 쓴다는 것 — 즉, 노래 — 이 시의 형식으로서의 예술성과 동의어가 되고, 시를 논한다는 것이 시의 내용으로서의 현실성과 동의어가 된다는 것도 쉽사리 짐작할 수 있는 것이다. …… 시작(詩作)은 〈머리〉로 하는 것이 아니고 〈심장〉으로 하는 것도 아니고 〈몸〉으로 하는 것이다. 〈온몸〉으로 밀고 나가는 것이다. 정확하게 말하자면, 온몸으로 동시에 밀고 나가는 것이다. ……그런데 시의 사변에서 볼 때, 이러한 온몸에 의한 온몸의 이행이 사랑이라는 것을 알게 되고, 그것이 바로 시의 형식이라는 것을 알게 된다. …… 나는 이미 〈시를 쓴다〉는 것이 시의 형식을 대표한다고 시사한 것만큼, 〈시를 논한다〉는 것이 시의 내용을 가리키는 것이라는 전제를 한 폭이 된다.[17]

위의 인용은 김수영의 시적 사유를 '온몸의 시학'으로 부르게 한 출발점이 된 부분이다. 김수영에 있어 시를 쓰는 것은 시의 '형식'에 다름 아니며, 시를 논하는 것은 시의 '내용'에 다름 아니다. 그리고 그것은 다시 예술성과 현실성의 동의어로 각각 대위된다. 김수영에게는 "온몸에 의한 온몸의 이행"이 곧 시 쓰기이며, 사랑이고, 시의 형식이다. 또한 시를 논하는 것, 즉 시론은 끊임없는 '모험'이며 '세계의 개진(開陣)'이다. 김수영은 시에 대한 이러한 자신의 입장 때문에 사람들로부터 '참여시의 옹호자'라는 달갑지 않은, 분에 넘치는 호칭을 받고 있다고 한다. 그는 '참여시'로써 참여시인이 되고자 했던 것이 아니라 '시'로써 참여한다는 의미에서의 참여시인을 신용하였을 따름이었다.[18] 여기에서 '당대의 참여시'와 본인 '김수영의 참여시'가 다름을 말하고 싶어 하는 시인의 태도가 읽혀진다.

---

17 김수영, 「시여, 침을 뱉어라 - 힘으로서의 시의 존재」, 앞의 책, 398쪽.

18 윤여탁 · 이은봉 편, 『시와 리얼리즘』, 소명출판, 2001, 619쪽.

시에 있어서의 모험이란 말은 세계의 개진(開陣), 하이데거가 말한 〈대지의 은폐〉의 반대되는 말이다. 엘리엇의 문맥 속에서는 그것은 의미 대 음악으로 되어 있다. 그리고 엘리엇도 그의 온건하고 주밀한 논문 「시의 음악」의 끝머리에서 〈시는 언제나 끊임없는 모험 앞에 서 있다〉라는 말로 〈의미〉의 토를 달고 있다. 나의 시론이나 시평이 전부가 모험이라는 말은 아니지만, 나는 그것들을 통해서 상당한 부분에서 모험의 의미를 연습을 해보았다. 이러한 탐구의 결과로 나는 시단의 일부의 사람들로부터 참여시의 옹호자라는 달갑지 않은, 분에 넘치는 호칭을 받고 있다.

나아가 김수영은 예술성의 편에서도 하나의 시작품은 자기의 전부이고, 현실성의 편에서도 하나의 작품은 자기의 전부라고 말한다. 그리고 시의 본질은 이러한 개진과 은폐의, 세계와 대지의 양극의 긴장 위에 서 있는 것이라고 규정한다. 결국 김수영이 말하는 '온몸'은 곧 '세계의 개진'과 '대지의 은폐', 의미와 음악, 현실성과 예술성의 육화(肉化)이며, 시와 시론이 만나는 지점이라고 할 수 있을 것이다. 이렇게 출발한 '온몸의 시학'은 시적 언어에 대한 끊임없는 탐구의 결과임과 동시에 삶의 양식을 변화시킬 시 창작 원리에 대한 고투이다. 김수영의 사유는 현실 그대로의 재현이 아니라, 현실을 해체시키는 방식에 관한 담론으로서 시의 본질을 드러내준다. '온몸의 시학'에서 김수영이 의도한 것은 차이성과 타자성을 확장시켜 나가는 시적 사유의 모험[19]이었던 셈이다. 또 김수영에게 '양심의 살아있는 시화'와 '시의 완성'은 두 가지 가능한 선택 사항이 아니라 필연적 과정의 절차였던 것이다. 다시 말해, 그는 '양심의 살아있는 시화'가 전제되지 않은 언어는 결코 '시의 완성'에 도달할 수 없다고 보았던 것이다. 왜냐하면 '양심의 살아있는 시화'가 전제되지 않을 때,

19 박연희, 「김수영 시론 연구 : '온몸의 시학'을 중심으로」, 동국대 석사논문, 2004, 9쪽.

'시의 완성'이란 한낱 고급 수사학 연습에 불과한 것이 되고 말 것이기 때문이다.[20]

> 지극히 오해를 받을 우려가 있는 말이지만 나는 소설을 쓰는 마음으로 시를 쓰고 있다. 그만큼 많은 산문을 도입하고 있고 내용의 면에서 완전한 자유를 누리고 있다. 그러면서도 자유가 없다. 너무나 많은 자유가 있고, 너무나 많은 자유가 없다. 그런데 여기에서 또 똑같은 말을 되풀이하게 되지만, 〈내용의 면에서 완전한 자유를 누리고 있다〉는 말은 사실은 〈내용〉이 아니라 〈형식〉이 하는 혼잣말이다. 이 말은 밖에 대고 해서는 아니 될 말이다. 〈내용〉은 언제나 밖에다 대고 〈너무나 많은 자유가 없다〉는 말을 해야 한다. 그래야지만 〈너무나 많은 자유가 있다〉는 〈형식〉을 정복할 수 있고, 그때에 비로소 하나의 작품이 간신히 성립된다. 〈내용〉은 언제나 밖에다 대고 〈너무나 많은 자유가 없다〉는 말을 계속해서 지껄여야 한다. 이것을 지껄이는 것이 이를테면 38선을 뚫는 길인 것이다. 낙숫물로 바위를 뚫을 수 있듯이, 이런 시인의 헛소리가 헛소리가 아닐 때가 온다. 헛소리다! 헛소리다! 헛소리다! 하고 외우다 보니 헛소리가 참말이 될 때의 경이. 그것이 나무아미타불의 기적이고 시의 기적이다. 이런 기적이 한 편의 시를 이루고, 그러한 시의 축적이 진정한 민족의 역사의 기점(起點)이 된다. 나는 그런 의미에서의 참여시의 효용성을 신용하는 사람의 한 사람이다.[21]

위의 인용을 통하여 김수영이 신용하는 '참여시의 효용성'이 무엇인가를 발견할 수 있다. 김수영은 시와 관련한 자신의 사유의 과정에서 여러 유형의 대립항들을 이끌어 낸다. 그들 대립항들의 핵심은 예술의 자율적

---

20 강웅식, 앞의 글, 301~302쪽.

21 김수영, 앞의 책, 400쪽.

본질과 사회적 본질의 첨예한 대립의 문제이다. 이러한 대립항들을 합치시키고 육화시키기 위한 시적 과정을 김수영은 "헛소리다! 헛소리다! 헛소리다! 하고 외우다 보니 헛소리가 참말이 될 때의 경이. 그것이 나무아미타불의 기적이고 시의 기적"이라고 말한다. 이 글의 부제인 '힘으로서의 시의 존재'에서 '힘'의 성격은 바로 이러한 시의 영원성에서 온 것이다.[22] 김수영은 그가 서로 긴장 관계에 놓여 있는 그 두 가지 요인들을 추상적인 이분법의 구도에 머무르게 하지 않고 그것들이 통일될 수 있는 어떤 지점에 대해 고민하였다는 것이다. 다시 말해 그는 예술의 내용과 형식의 문제를 현실성과 예술성의 문제와 함께 거론하고 있다는 점이다. 이 점은 김수영이 예술의 사회적 본질과 자율적 본질에 대한 해명에 관심을 기울이고 있었음을 알게 해준다. 바로 이 지점에서 '김수영 참여시'의 본질을 찾을 수 있다.

> 나는 아까 서두에서 시에 대한 나의 사유가 아직도 명확한 것이 못 되고, 그러한 모호성은 무한대의 혼돈에의 접근을 위한 도구로서 유용한 것이기 때문에 조금도 부끄러울 것이 없다는 말을 했다. 그리고 이러한 모호성의 탐색이 급기야는 참여시의 효용성의 주장에까지 다다르고 말았다. 그러나 나는 아직도 〈여태껏 없었던 세계가 펼쳐지는 충격〉을 못 주고 있다. 이 시론은 아직도 시로서의 충격을 못 주고 있는 것이다. 그 이유는 여태까지의 자유의 서술이 자유의 서술로 그치고 자유의 이행을 하지 못한 데에 있다. 모험은 자유의 서술도 자유의 주장도 아닌 자유의 이행이다. 자유의 이행에는 전후좌우의 설명이 필요 없다. 그것은 원군이다. 원군은 비겁하다. 자유는 고독한 것이다. 그처럼 시는 고독하고 장엄한 것이다. 내가 지금 — 바로 지금 이 순간에 — 해야 할 일은 이 지루한 횡설수설을 그치고, 당신

22 박지영, 앞의 글, 300쪽.

> 의, 당신의, 당신의, 얼굴에 침을 뱉는 일이다. 당신이, 당신이, 당신이 내 얼굴에 침을 뱉기 전에, 자아 보아라, 당신도, 당신도, 당신도, 나도 새로운 문학에의 용기가 없다. 이러고서도 정치적 금기에만 다치지 않는 한 얼마든지 〈새로운〉 문학을 할 수 있다는 말을 할 수 있겠는가. 정치적 자유를 인정하지 않는 사회에서는 개인의 자유도 인정하지 않는 것이다. 〈내용〉을 인정하지 않는 사회에서는 〈형식〉도 인정하지 않는 것이다.[23]

김수영은 모호성의 탐색 결과가 곧 참여시의 효용성을 주장하는 것으로 이어졌다고 말한다. 김수영이 참여시의 효용성을 강조하게 된 이유가 바로 내용과 형식을 어떻게 균형을 이루도록 할까하는 데에서 시작했음을 알 수 있다. 그리고 참여시의 효용성은 바로 '여태껏 없었던 세계가 펼쳐지는 충격'을 주는 데 있다고 한다. 그러나 자신의 참여시론은 아직 참여시로서의 충격을 주지 못하고 있는데, 그것은 자신의 시론(여기에서는 '모험')이 자유의 이행에 이르지 못하고 자유의 서술에 그치고 있기 때문이라고 스스로 진단한다. 결국 김수영에게 있어서 진정한 참여시란 자유를 이행하는 시, 즉 예술적 형식으로서의 자유뿐만 아니라 현실적·정치적 내용으로서의 자유까지도 육화되어 그 자체가 자유를 이행하는 시어야 한다. 바로 이 지점에서 「참여시의 정리 - 1960년대의 시인을 중심으로」를 통해 김수영이 제시했던 진정한 참여시의 요건들, 즉 강인한 참여 의식이 깔려 있고, 시적 경제를 할 줄 아는 기술이 숨어 있고, 세계적 발언을 할 줄 아는 지성이 숨 쉬고 있고, 죽음의 음악이 울리고 있어야 한다는, 이 네 가지 요건들의 담론적 의미가 대응하고 있는 것이다. 그 의미는 곧 이 네 가지 요건들이 '온몸'으로 육화되어 시의 침을 뱉는 것이며, '여태껏 없었던 세계가 펼쳐지는 충격'을 주는 것이어야 한다.

---

23 김수영, 앞의 책, 401쪽.

5. 맺음말

이 논문은 김수영의 산문 「참여시의 정리 - 1960년대의 시인을 중심으로」, 「시여, 침을 뱉어라 - 힘으로서의 시의 존재」, 「반시론(反詩論)」을 분석의 텍스트로 삼고 있다. 이를 통해 1960년대 참여 논쟁 속에서 시 쓰기에 대한 김수영의 견해와 현실문제에 대한 그의 태도를 담론의 층위에서 이해하고 나아가 그의 시 작품의 의미구조를 재해석하는 데도 하나의 토대로 삼고자 하였다.

김수영은 1960년대 우리 문단에 일었던 순수참여논쟁의 주도적 위치를 차지하고 있다. 그러나 이때의 순수참여논쟁은 '앙가주망'의 개념과 방법론에 대한 이해의 차이로 인해 각각 다른 실천적 태도를 보이게 된다. 따라서 김수영의 시론을 담론의 차원에서 재검토하여 '참여시'에 대한 개념적 태도와 방법론적 관점을 재조명하는 데 이 논문의 목적을 두었다. 이를 위해 김수영 시론이 갖는 미적 담론으로서, 그리고 비평담론으로서의 의미를 분석적으로 추적해 보았다.

이러한 연구 과정을 통해 김수영의 시론은 모더니즘과 리얼리즘, 또는 순수시와 참여시의 경계를 넘나들며 독자적인 논리를 의미화하고 있음을 밝혔다. 즉 김수영의 시론이 도달하고자 한 시적 지향은 첫째, 정치이념과 참여의식이 변증법적으로 합치된 상태를 추구하며, 이를 '반시'로 개념화하고 있다. 둘째, 형식과 내용, 즉 예술성과 현실성이 육화된 상태가 '온몸'이며, '온몸의 시학'은 예술성과 현실성에 있어서의 자유의 이행이어야만 가능한 것이다. 따라서 김수영이 추구하는 진정한 참여시란 이런 자유의 이행으로서의 '힘의 문학'이라 하겠다.

참고문헌

『김수영전집』 1 · 2, 민음사, 2003.

강웅식, 「김수영론 : 언어의 윤리와 시의 완성」, 『새로 쓰는 한국시인론』, 상허학회, 2003.

김유중, 「김수영 시의 모더니티(5) - 존재시론의 이론적 근거와 그 구체적인 발현 양상」, 『국어교육』 제114호, 2004.

박연희, 「김수영 시론 연구 : '온몸의 시학'을 중심으로」, 동국대 석사논문, 2004.

박지영, 「김수영의 「반시론」에서 '반시'의 의미」, 『상허학보』 제9집, 상허학회, 2002.

백운복, 『한국현대시론 - '리얼'과 '모던'의 지평』, 새문사, 2009.

오문석, 「김수영의 시론 연구」, 연세대 박사논문, 2002.

윤여탁, 「리얼리즘 시의 이론과 실제」, 태학사, 1994.

______, 「리얼리즘 시와 시론의 창조적 수용」, 『한국시학연구』 제3집, 한국시학회, 2000.

윤여탁 · 이은봉 편, 『시와 리얼리즘』, 소명출판, 2001.

장병희, 「한국문학에서의 순수와 참여논쟁 연구」, 『어문학논총』 제12집, 국민대 어문학연구소, 1993.

정영훈, 「김수영의 시론 연구」, 『관악어문연구』 제27집, 서울대, 2002.

함돈균, 「오염된 시인과 시 - 김수영 시의 아이러니와 현대성」, 『한국문학이론과 비평』 제53집, 한국문학이론과비평학회, 2011.

츠베탕 토도로프, 『바흐친 : 문학사회학과 대화이론』, 최현무 옮김, 까치, 1987.

상징의 항상성과 알레고리의 가변성
-김수영의 「폭포」를 중심으로

전동진

1. 서론

상징은 언어의 원리이자 속성으로서의 제일의 위상과 지위를 근대기 내내 누려왔다. 그런데 20세기 후반기 포스트모던 시기를 지나오면서 상징의 엄숙성은 조롱의 대상으로까지 전락하기에 이르렀다. 그러면서 상대적으로 알레고리의 파편성과 역동성이 각광을 받게 되었다. 상징과 알레고리를 함께 논하는 자리에서는 여전히 배타적 특성을 강조하면서 한 쪽의 상대적 우월성을 드러내는 데 논의의 초점을 맞추고 있는 실정이다.

상징은 전통시학의 핵심에 자리하고 있는 언어의 원리이자 속성이다. 전통 시학에서 긍정적인 것은 상징이었고, 상대적으로 부정적인 것은 알레고리였다. 수사법으로서의 알레고리는 아예 가장 하급의 상징으로 취급되었다. 외형은 상징이지만 그 원관념은 언어 공동체의 성원이라면 누구나 쉽게 짐작할 수 있기 때문에 문학적 효과의 강도가 클 리가 없었다.

본고는 이러한 논의를 반성적으로 성찰하면서 둘의 배타성보다는 이면성 혹은 순차적 동시성을 강조하는 입장을 취하고자 한다. 이 입장에는 상징의 항상성과 알레고리의 가변성이 텍스트 해석에 동시에 작동할 때 텍스트의 효과를 획기적으로 배가시킬 수 있다는 믿음이 깔려 있다. 김수영의 시 「폭포」를 대상으로 해서 시 언어의 상징성과 알레고리를 동시에 탐색해 보고자 한다.

전통 시의 위반과 전복을 시정신으로 삼았던 이가 김수영이다. 반시의 '반(反)'을 가장 좁은 의미에서 보면 변증법에서 정(正)의 상대적 위치에 놓이는 것이다. 그런데 김수영의 '반'의 범주는 이보다는 훨씬 더 넓다. 기존의 서정시를 정(正)으로 놓는다면 김수영의 반시(反詩)는 ~(正詩) 혹은 정시의 여집합이다. 서정시가 쓰기의 영역에서 점하고 있는 부분은 극히 미미하다. 서정시를 제외한 쓰기의 전 영역이 '반시'의 영역이라고 한다면, '反'은 '자유'의 다른 이름이라고 할 만하다. 「폭포」는 김수영의 이러한 시 정신을 가장 잘 드러낼 수 있는 텍스트라고 판단하였다.

서정시는 자아(의식)와 세계의 동일성, 주체와 대상의 (상호)주관적 미메시스를 추구하는 정신적 소산으로 자리매김했다. 서사나 드라마 양식은 행동이나 극적 긴장을 통해서 중요한 의미를 형성한다. 행동이나 극적 긴장은 일정한 시간의 흐름 위에서 전개되는 것을 전제로 한다. 반면 서정시는 주체와 객체의 거리를 무화하고, 상호 습합하는 일체의 순간을 창조하고자 했다. 순차적 연속이나 인과적 배열이 극과 서사의 시간적 특성이다. 이와 달리 서정시의 시간은 순간을 절대화하는 방식으로 텍스트 내부에서 생성하거나 소멸한다.

다른 서정시로서 반시는 서정시의 핵심에도 균열을 가한다. 일체의 순간을 깨뜨려 파편화시킨다. 순간을 절대화하지 않고 파편화된 것들에 편재시킴으로써 텍스트를 개방한다. 김수영의 반시론은 언어적 아포리즘의 향연과 같다.

> 귀납(歸納)과 연역(演繹), 내포(內包)와 외연(外延), 비호(庇護)와 무비호(無庇護), 유심론(唯心論)과 무심론(無心論), 과거와 미래, 남과 북, 시와 반시(反詩)의 대극(對極)의 긴장, 무한한 순환(循環), 원주(圓周)의 확대, 곡예와 곡예의 혈투, 앨비와 보즈네센스키의 싸움, 더 큰 싸움, 더 싸움, 더, 더,

더 큰 싸움……반시론(反詩論)의 반어(反語).[1]

이런 반어적 마주봄은 단순한 이분법에 의한 것이 아니다. 단순한 마주봄에 그친다면 언어적 상상력을 발현하기 어렵다. 이분법을 넘어 그 자체에서 에너지를 생산하기 위해서는 짝을 이룬 두 말이 뫼비우스띠처럼 연결되지 않으면 안 된다. 그럴 때 언어는 진정한 아포리즘을 품게 된다. 본고는 이 대극적 긴장의 리스트에 '상징'과 '알레고리'를 추가하면서 논의를 본격적으로 전개하고자 한다. 우선 대극적 긴장을 마련하기 위해서는 그 동안의 논의들의 상징에 치우쳐 있었음을 「폭포」에 대한 논의를 통해 살펴볼 것이다. 다음으로 알레고리를 통해 해석의 지평을 확장하는 작업이 뒤따를 것이다. 최종적으로 이 둘의 대극적 긴장을 통해 확장된 의미와 그것의 의의를 살펴볼 것이다.

2. 상징과 알레고리

한 시인이 상징과 알레고리 가운데 어느 것 하나를 시적 언어의 핵심 구성 원리로 삼았다는 것은 수사적 차원에서의 선택을 넘어서는 것이다. 이것은 의미와 가치를 부여하는 관점의 지향성을 드러내는 의지의 표명이다. 상징과 알레고리의 대척 지점을 잘 보여주는 것이 코울리지와 폴 드만의 언급이다. 코울리지는 상징은 "시간을 통하여 그리고 시간 속에서 영원을 투명하게 드러내는 양식"이라고 말했다. 폴 드만은 알레고리가 보여주는 세계는 "시간의 지배하에 있는 유한한 세계이며 이곳에는 종결을 회피하고자 하는 화해 불가능한 아포리아만 존재할 뿐이다"고 말했다.

---

1 김수영, 「반시론」, 『김수영 전집2 - 산문』, 민음사, 1997, 264쪽.

수사적 측면에서 상징과 알레고리는 우열의 관계를 유지했다. 상징은 주체와 대상이 직관에 의해 용해되는 비유 현상이라 하여 높은 평가를 받았다. 반면 알레고리는 미숙하고 기계적인 상상작용의 소산이라 하여 상대적으로 경시하였다. 상징이 초역사성과 총체성을 속성으로 하고 있다면 알레고리는 역사적이고 파편적인 특성을 지니고 있다. 상징은 지시하는 것과 지시 되는 것, 외면(기호)와 내면(의미) 사이에 괴리가 존재하지 않는 신비한 일치의 순간을 목표로 한다. 반면 알레고리는 양자의 관계가 임의적이고 불완전하기 때문에 작위적이고 단조로운 언어 표현이라고 폄훼 받았다.

상징은 언어의 원리로서도, 수사적 측면에서도 절대적인 위치를 차지해 왔다. 야성(동물성)에서 벗어나 신성을 지향하던 시대는 마법의 시대이고 낭만의 시대였다. 근대의 이성은 인간을 마법으로부터 벗어나게 해주었다. 마법에서 깨어난 근대의 인간은 '역겨움, 어지러움, 환멸'과 '전망, 벅차오름, 자유로움'을 동시에 느끼게 된다.

영어 'disenchantment'라는 말은 고대와 중세를 지나 근대로 넘어오는 시기에 서양인들이 겪은 이중적인 감정, 정서를 드러낼 때 자주 쓰는 말이다. 'chant'는 노래, 주문이라는 의미를 담고 있다. 'en'은 'in'과 같은 의미를 나타내는 말이다. 'enchant'는 '노래 안에서', '주문 안에서'라는 뜻이다. 여기에 '부정'의 의미를 담고 있는 'dis'가 결합하였다. 'disenchantment'는 "마법에서 풀리다", "주문에서 풀려나다", "미몽에서 깨어나다", "자유롭게 해주다"라는 뜻을 지니고 있다

그런데 이 말은 또 "환멸을 느끼다"라는 뜻도 가지고 있다. 주문과 마법 그리고 종교는 충만한 황홀감을 준다. 여기에서 벗어나야 한다는 것에서 일종의 환멸을 느꼈을 것이다. 이 단어의 한 극단에는 마법과 주문, 종교로부터 풀려나 자유를 누리게 된 데에서 오는 해방감이 있다. 다른 한 극단에는 그곳으로부터 풀려나 더 이상 충만한 황홀을 느낄 수 없게

된 데에서 오는 환멸감이 자리한다.

벤야민이 바로크의 비애극을 통해 탐색하고자 한 것이 바로 이와 같은 이중성이다. 이 이중성 안에서 벤야민의 바로크는 진동하고 있다. "침잠에 대항하기 위해 알레고리적인 것은 끊임없이 새롭고 지속적으로 사람들을 놀라게 하면서 전개되지 않으면 안 된다. 그에 비해 상징은 낭만주의 신화연구가들이 통찰한 대로 끈기 있게 동일한 것으로 머문다."[2]

개인의 자기 동일성이 전방위적으로 위협받고, 상실되는 근대사회에서 서정시는 상징이라는 수사를 통해 일상에서 벗어나 고유한 시적 순간을 재현했다. 영원의 시간이자 일체의 순간을 언어적으로 재현하는 상징을 통해 개인은 동일성을 회복할 수 있다고 믿었다. 상징은 단순히 여타의 수다한 수사적 비유 가운데 하나가 아니라 예술 언어가 지향해야할 절대적인 규범이자 목표가 되었다.

상징을 핵심적 원리로 삼아 구현된 서정시를 통해 독자는 '카타르시스의 의사소통'이라는 즐거움을 얻게 된다. 이것은 '동의를 통해 소출되는 즐거움'의 형태이다. 문학의 기본적인 기능이 동의를 확보하는 것이라고 할 때, 자신의 뜻과는 무관하게 살게 된 그들의 세계에서 편안함을 느끼고, 안정감을 갖기를 원하는 것은 당연하다. 이것은 기존의 문학적 규범에 별다른 문제의식 없이 순응하도록 한다. 이와 함께 부지불식간에 지배적인 기존의 문화적 규범과 즐겁게 타협할 수 있도록 하는 데 결정적인 역할을 수행하는 측면도 무시할 수 없다.[3]

상징이 차지한 우월적 지위는 알레고리의 폄훼를 통해 상대적으로 얻어진 것이다. 코울리지는 상징은 전체를 드러내면서도 통합체의 살아있

---

2 발터벤야민, 『독일비애극의 원천』, 최성만·김유동 옮김, 한길사, 2009, 273쪽.

3 최미숙, 「모더니즘 문학 읽기의 한 방식 - 김수영 문학으르 중심으로」, 『독서연구』 제2호, 한국독서학회, 1997, 269쪽.

는 일부로 남아 그것을 대표한다고 말했다. 그러면서 알레고리는 추상적인 개념을 그림언어(picture language)로 옮겨 놓은 것에 지나지 않는다고도 했다. 그림언어가 지칭하는 것에 대해서는 다시 따져볼 필요가 있겠으나, 그는 알레고리를 공상(fancy)와 더불어 저급한 미적 양식으로 취급했다.[4] 그런가 하면 괴테는 특수한 것 속에서 보편적인 것을 찾는 것을 상징이라 하고, 보편적인 것을 위하여 특수한 것을 찾는 알레고리로 규정했다. 괴테는 상징의 '특수한 것'에는 자율성, 독립성을 부여하고 있다. 반면 알레고리의 '특수한 것'에는 타율성, 예속성을 부여하고 있다. 괴테는 진정으로 문학의 본성을 이루고 있는 것은 상징이라고 결론을 맺는다.[5]

상징과 알레고리에 대한 이해와 오해는 근대를 관통하면서 축적된 것이다. 일반적으로 상징이 알레고리보다 우월하다는 믿음의 저변에는 절대적인 순간에 대한 낭만적인 비전이 깔려 있다. 예술에 있어서 상징의 기능을 강조한 대중적 이론가 중 한 사람이 수잔 랭거이다. 그에 따르면, 우리는 상징을 통해 신비한 일체감을 조성하며 경험, 논리를 초월한 심오한 비전을 구현할 수 있다. 활기 없고 냉담한 세계에서 시는 상징을 통해 객관적 현실의 반영을 넘어 가상적인 경험을 창조하고 즉각적인 정서적 상태를 독자에게 제공한다. 초월적 세계와 접속하는 시인은 늘 영감 속에서 시를 옮겨 적게 된다. 근대의 많은 시인들이 시간을 초월한 깨달음에 많은 관심을 쏟은 것은 이와 같은 연유에서이다. 그들은 자신이 지닌 유한한 언어로 절대적 현존을 포착하고자 부심했다. 현재가 그것의 기원을 만나고, 유한한 존재가 영원성과 접촉하는 순간을 그리고자 했다.[6]

그러나 이러한 기획은 허위에 가까운 것으로 판명나고 있다. 현실을

---

4 Brett. R. L., 『공상과 상상력』, 심명로 옮김, 서울대출판부, 1979, 76~83쪽.

5 Lukas. G., 『미학』, 반성완 외 옮김, 미술문화, 2002, 148쪽.

6 김기상, 「수잔 K. 랭거 미학에 있어 "상징"의 의미」, 『사색』 제12집, 1996, 숭실대학교 철학과, 수잔랭거, 1996, 397~401쪽.

초월한 그들의 시선은 미필적 고의라고 하더라도 현실정치에서 지배세력에 복무한 결과를 가져오기도 했다. 김수영은 시적인 것과 정치적인 것이 서로 이면을 이루고 있다고 누누이 강조한 바 있다. "정치적 자유를 인정하지 않는 사회에서는 개인의 자유도 인정하지 않는다"[7]고 말한다. 자유의 실현은 시의 목표, 시 언어의 목표 중 하나이다. 만일 시적인 것 스스로 정치적인 것을 등지게 되면, 정치적인 것은 더 이상 어떤 언어적인 눈치도 보지 않고 권력을 휘두르게 된다는 것이다.

이성에 의해 기획된 근대 안에서, 상징은 그 기획의 핵심원리로 작용했다. 이성을 초월하고자 하는 상징의 또 다른 기획은 철저히 이성적인 것들에 기반할 수밖에 없는 태생적인 한계를 지니고 있다. 이렇게 내재되었던 근원적인 모순이 근대를 지나면서 표면에 드러나게 되었다. 순수를 지향한 상징의 언어는 근대라는 순수하지 못한 토대로부터 비롯된 것이다. 따라서 기존에 전체라고 구축된 것이 허위로 판명난 만큼 이것을 깨뜨리고, 그 파편들로 처음인 것을 구성해야 한다는 필요성이 광범위하게, 날카롭게 제기되기에 이른다.

이러한 점을 근대 안에서 예리하게 포착한 이가 벤야민이다. 벤야민은 독일 바로크 비애극에 대한 연구를 통해 기존의 통념을 날카롭게 비판한다. 알레고리가 유기체적 총체성을 취하지 않는 것은 그것의 무능 때문이 아니라, 총체성이라는 거짓된 가상에 대한 믿음을 철회한 결과라고 그는 말한다. 주체와 대상 사이의 초월적 합일과 그것을 통한 총체성의 구현은 낭만주의자가 만들어 퍼뜨린 신화에 불과하다. 근대세계가 제공하는 새로운 경험 속에서 모든 사물은 알레고리의 형식을 취하게 되는 숙명을 부여 받았다. 오직 하나를 위한, 하나에 의한, 하나의 존재는 더 이상 없다. 따라서 예술가가 미학적 장치로 알레고리를 선택하기 전에

---

7 김수영, 「시여, 침을 뱉어라 - 힘으로서의 시의 존재」, 앞의 책, 252쪽.

근대세계 자체가 그것을 객관적으로 파악하려는 주체에게 알레고리적 인식을 강제한다는 것이 벤야민의 주장이다.[8]

폴 드만은 알레고리 양식은 모든 언어를 비유적인 것으로 묘사하는 가운데 그리고 이러한 통찰을 반영하는 데 필연적으로 작용하는 통시적인 구조 가운데 드러난다고 말한다. 그는 근대라는 시간성의 영향 아래 씌여진 모든 글쓰기는 불가피하게 알레고리적 속성을 지닌다고 단언한다. 드만은 전통적으로 우세한 지위를 누려왔던 상징의 가치를 부정하면서 그에 대조되는 알레고리의 의미를 복권시키고자 한다. 상징이 지향하는 것은 영원성의 시학이다. 반면, 알레고리는 시간성의 시학을 지향한다. 그에 따르면 상징은 인간이 처한 시간적 제약을 인정하지 않고 신의 시간인 영원만을 지향한다. 반면 알레고리는 상징의 그러한 자기기만을 통과하고 난 다음 자신의 죽음을 직시하는 예지의 소산인 것이다. 드만은 상징이 주는 헛된 믿음에 안주하기보다는 알레고리가 주는 고통스러운 현실을 직시해야 한다고 주장한다. 알레고리만이 인간 실존이 처한 시간적 곤경에 대한 언어적 대응을 제대로 수행할 수 있다는 것이다.

그럴 때 독자는 상징과는 다른 즐거움, 충만한 즐거움이 아닌 고통의 즐거움을 누릴 수 있게 된다. 텍스트가 독자 스스로의 능력을 가동시키도록 해줄 때 특별한 즐거움이 산출된다는 측면에서 좀 더 주목하게 한다. 그러면서 자신의 내면에 잠겨 있는 다양한 담론의 형태들을 드러내 보임으로써 자신을 성찰하고 반성하는 기제로 삼을 수 있게 된다. 이것은 매우 고통스러운 것이지만 한편으로는 깨달음을 동반하는 것임으로 독자는 전에 없는, 독특한 즐거움을 얻을 수 있게 된다.[9]

8 발터 벤야민, 앞의 책, 244~246쪽.
9 최미숙, 앞의 글, 269쪽.

3. '폭포'의 항상성과 가변성

서정시에서 중요하게 다루는 시간은 객관적인 시간, 물리적인 시간이 아니다. 그렇다고 서정시의 시간이 주관적 시간이거나 본질적인 시간인 것만은 아니다. 서정시의 시간은 주관적 정서의 파장, 그리고 경험적 시간을 집약하는 의식의 현재성 곧 현상학적 시간을 반영한다. 끝없이 순환하거나 무의미하게 흘러가며 소모되는 시간의 어느 한 자락이 시인의 개입에 의해 재탄생한 자족적 순간을 담고 있다. 그러나 이러한 시적 현재를 협소화시킬 우려가 있다. 여기에서 말하는 '자족적 순간'은 하나의 '에피파니'이다. 에피파니는 초월적 존재와의 순간적인 조우를 내포한다는 점에서 다분히 낭만적인 발상이라고 할 수 있다.

에피파니, 즉 현현의 순간은 절대적 순간의 드러남만이 아니라 순간의 소멸을 가리키기도 한다. 동질적이고 공허한 일상의 시간을 비집고 출현한 순간은 더할 나위 없이 충만한 시간, 유토피아의 기호, 행복의 이미지에 그치는 것이 아니라 이미 그 자체에 균열과 단절을 품고 있다. 절대적 시간의 드러남이라는 에피파니의 순간 속에도 시간은 종결되지 않고, 의미는 지연되며, 생의 의미를 찾는 탐구는 지속될 수밖에 없다. 삶은 부재의 흔적을 좇아가는 기나긴 추적이다. 이러한 세계 인식을 실질적으로 재편하는 수사는 상징이 아니라 알레고리일 수밖에 없다.

그러나 상징의 시대에 알레고리를 돌보지 않은 시인들은 스스로를 신(神)에 비유하고, 작품은 신이 창조한 우주에 비유하였다. 작품은 저자의 사유 안에 먼저 있었던 기의의 총체성에 근거하고 있는 것이다. 작품이라고 하는 것은 기의의 총체성을 재현하는 기표의 총체성이다. 이 총체성의 공간은 동일적이며 단일한 중심을 지닌다.[10] 신의 자리를 대신하게

10 김상환, 「데리다의 텍스트」, 『철학사상』 제27집, 서울대 철학사상연구소, 1995, 100

된 저자만이 표상된 기표들이 드러내고자 하는 본질적 의미를 말할 수 있을 뿐이다. 알레고리만을 강조할 경우, 텍스트는 저자의 의도와 무관한 일탈적 의미작용이 일어나는 공간이 된다. 다양한 관점, 다양한 언어와 문화가 함께 엮기는 그야말로 빈 공간인 것이다.[11]

상징과 알레고리를 놓고 양자택일을 한 후 가해지는 해석과 비평은 텍스트의 효과를 최대치로 끌어올리는 데는 모두 한계를 가지고 있다. 그렇다고 이 둘의 변증법적 지향을 모색하는 것은 '정(正)'과 '반(反)'의 자리다툼이라는 근대적 체계를 벗어나기 힘들다. 후설의 현상학과 불교의 유심론을 함께 읽어내고 있는 김영필의 「후설 자아론과 유식의 앙상블」은 상징과 알레고리가 공존하면서 융합할 수 있는 하나의 가능성을 제시한다. 자아는 고정된 국면에 구속당하지 않고 폭류같이 흘러가기 때문에, 지속의 얼굴을 갖는다. 항상 흐르기 때문에, 순간적 흐름 국면으로 끝나지 않고 지속적 항상성을 가진다는 것이다.[12]

> 철저한 환원에 의해 개시된 절대적 자아는 모든 의식흐름을 가능하게 하는 근원적 흐름이면서 동시에 그 흐름속에 항상적인 동일한 자아로서 남아있는 자아이다. 모든 생멸과 유를 떠나 있으면서도 동시에 생멸의 흐름속에 동일한 자아로 남아 있고 동시에 생멸의 흐름을 떠나 그 생멸의 체로 남아 있으면서도 동시에 생멸의 흐름에 따라 흘러가는 구체적 자아이다.[13]

자아는 흐르면서 흐르지 않는다는 아포리아가 발생한다. 이 역동성에

~101쪽.

11 위의 글, 101쪽.

12 김영필, 「후설 자아론과 유식의 앙상블」, 『한국동서정신과학지』 제1권1호, 한국동서정신과학회, 1998, 55쪽.

13 김영필, 위의 글, 57쪽.

의해 삶은 추동된다. 하나의 사물로서 작품이 지닌 항상성은 상징의 측면에서, 의미의 미결정성의 핵심 요인인 가변성은 알레고리의 측면에서 살펴볼 수 있을 것이다. 그럴 수 있다면, 상징과 알레고리는 서로의 이면을 이룰 수 있다. 두 면으로 나누어진 이면을 넘어 뫼비우스의 띠처럼 한 움직임으로 연결될 때, 텍스트의 효과는 극대화 된다. 그 과정을 김수영의 시 「폭포」를 통해 살펴보고자 한다.

폭포는 곧은 절벽(絶壁)을 무서운 기색도 없이 떨어진다.

규정(規定)할 수 없는 물결이
무엇을 향(向)하여 떨어진다는 의미(意味)도 없이
계절(季節)과 주야(晝夜)를 가리지 않고
고매(高邁)한 정신(精神)처럼 쉴 사이 없이 떨어진다.

금잔화(金盞花)도 인가(人家)도 보이지 않는 밤이 되면
폭포(瀑布)는 곧은 소리를 내며 떨어진다.

곧은 소리는 곧은 소리다
곧은 소리는 곧은
소리를 부른다.

번개와 같이 떨어지는 물방울은
취(醉)할 순간조차 마음에 주지 않고
나타(懶惰)와 안정(安定)을 뒤집어 놓은 듯
높이도 폭(幅)도 없이
떨어진다.

－김수영, 「폭포」, 『달나라의 장난』, 1959.

폭포는 낙하의 순간이 아니라 낙하 이후의 사후성, 다시 말하면 그 '소리'에 의해서 최종적으로 구성된다. 이 소리는 수직성과 수평성이 무화되는 자리에서 솟아오른다. 그 이미지는 아래로 타오르는 불꽃을 닮기도 했다. 그래서 소리는 빛처럼 퍼진다.

1) '폭포'의 항상성

'폭포'는 개념과 이미지가 상충, 상보하는 언어적 공간이다. 폭(暴)이라는 말은 수직과 파고듦의 이미지를, 포(布)라는 말은 수평과 넓게 펼침의 이미지를 담고 있다. 상징은 한결같은 폭포의 이미지를 포착해 개념화하고자 한다. 극단적으로 폭포를 상징화시켜 '얼어붙은 폭포'를 노래하기도 한다. 상징의 전략은 가장 폭포다운 한순간을 포착해 그것을 전체화시키는 것이다.

> 이것은 폭포의 본질을 내포하여 그 본질에 우선하는 현상으로서의 전제가 가능해진다. 따라서 "떨어진다"란 이 시에서 충분히 전체적 의미를 갖는다고 할 수 있다. 그것은 변별성으로서가 아닌 불변하는 동의성을 통한 자체의 강조라는 점에서도 주목할 만한 것이다.[14]

김수영의 폭포를 통해 순수 본질로서 폭포의 개념을 포착하려는 시도는 자연스럽다. 이경희는 '떨어진다'는 현재형에 주목한다. "폭포가 마르지 않는 한은, 그 물의 떨어짐이란 과거에도 미래에도 떨어질 불변하는

---

14 이경희, 「김수영 시의 언어학적 구조화와 의미」, 『이화어문논집』 제8집, 1986, 112쪽.

물리적 현상을 나타내는 현재형"이라는 것이다.[15] 그런가 하면 시의 해석을 좀 더 사회적으로 확대하는 경우도 있다. 이때에는 시대적 상황을 염두에 두고 폭포를 '자유'의 상징으로 읽는다.

> 「폭포」에서 "곧은 절벽을 무서운 기색도 없이" 떨어져 내리는 폭포는 의미나 목적을 규정할 수조차 없는 고매한 정신으로 비유되며 그것은 어둠 속에서 더욱 곧은 소리를 내며 떨어지는 폭포가 의미하는 것처럼 시인에게 시대의 어둠과 타협하지 않는 훌륭한 시이기도 하다. 이 시에서 폭포가 뛰어내리는 곧은 절벽은 화자에게 한계상황으로서의 벽이다. 이 벽은 육체를 가진 지상적 존재로서 화자에게 한계상황이며 두려움과 공포의 대상이다. 벽에 대한 두려움과 공포는 화자로 하여금 그것과 대결하는 것을 피하고 '나타(懶惰)와 안정(安定)'에 취하게 한다. 지상적인 존재로서 이러한 속물적인 근성에 대한 정직한 인식은 그것과 대결하여 폭포처럼 구속 없이 자유로운 정신을 지향할 수 있게 한다.[16]

폭포 자체가 아니라 폭포의 물살이 낙하는 것에 초점을 맞춘 해석도 있다. 그런가 하면 '폭포'를 죽음의 상징으로 보는 견해도 있다. 떨어진다는 것은 곧 깨진다는 것과 직결되는 의미이기 때문에 추락하는 물은 부서지고 죽을 수밖에 없는 비극성을 암시한다는 것이다.[17] 또한 폭포의 낙하를 심리적인 추락, 즉 정신적인 죽음의 상징으로 보면서, 희생의 의미까지도 가미하는 견해도 있다.[18] 폭포에서 죽음의 의미를 읽어내는 것은

---

15 위의 글, 112쪽.

16 유재천, 「김수영론」, 『배달말』 제21호, 1996. 12, 배달말학회, 7쪽.

17 오형엽, 「김수영 시의 미적 근대성 연구」, 『국어국문학』 제125호, 국어국문학회, 1999, 340쪽.

18 한명희, 『김수영, 정신분석으로 읽기』, 월인, 2002, 186쪽.

폭포의 물이 밀려 떨어지는 것으로 보기 때문이라고 지적하기도 한다. 그런가 하면 반대로 물줄기를 끌고 뛰어내리는 것으로 보고, 폭포를 자유의 정신 곧 능동성의 상징으로 읽기도 한다.

> 자유정신에는 무서움도 두려움도 없다. 폭포가 '곧은 절벽을 무서운 기색도 없이 떨어'지는 것은 폭포가 가지고 있는 자유정신 때문이다. 자유정신은 무엇이라고 규정할 수 없는, 규정되어서는 안 되는 인간의 본성이며 '계절과 주야를 가리지 않고' 추구되어야 하는 가치로운 정신일 뿐 아니라 절대 시간과 절대 공간 속에서 추구되어야 하는 '고매한 정신'인 것이다. 자유정신은 곧 정신이어서 떨어지며 내는 소리는 곧은 소리이고 '곧은 소리는 곧은/소리를 부르는' 것이다. 공은 소리는 자유정신을 지키고자 하는 함성이며 외침이며 속삭임이다. 곧은 소리가 부르는 곧은 소리는 자유와 정의와 평등이며 인간이 지향하려는 선의 다른 이름들이다.[19]

'폭포'에서 자유정신을 읽어내는 비평 중에는 주체적인 측면을 강조한 경우도 있다. 황혜경의 경우에는 폭포는 있음으로써 세계와 조화를 이룰 수 있지만, 없음으로써 그 관계에서 스스로 벗어나게 된다고 말한다. 있으면서도 없는 폭포의 아이러니는 관계를 가지고 있는 세계에 의해 좌우되지 않는 주체의 자유를 추구하고 있는 것이라고 말한다.[20] '폭포'를 자유정신으로 읽는 비평들이 공통적으로 주목하는 것은 '고매한 정신'이다. 고매한 정신이 인간 정신의 궁극에 해당한다면 폭포는 그 상징이 되는 것이다.

---

19 김윤배, 「김수영시 연구 - 모더니티와 리얼리티의 회통을 중심으로」, 인하대 박사논문, 2003, 45~46쪽.

20 황혜경, 「김수영 시의 아이러니 연구」, 이화여대 박사논문, 1998, 127쪽.

자조적(自嘲的)이고 사설적(辭說的)이며 누워있는 듯한 표현술이 이 작품에 이르러선 벌떡 일어나 정공법(正攻法)을 쓴 듯한 곧은 정신이 선명히 드러나 있다.

혁명의 과잉을 요구하는 밤에 그는 곧은 소리를 내는 데 주저하지 않는다. 첫 연 〈…… 무서운 기색도 없이 떨어진다〉에서 보여주듯 진리를 향한 나의 이행에는 어떤 두려움이나 주저가 있을 수 없다.[21]

고매한 정신이 폭포를 매개로 진리에로 이행한다고 보는 견해는 이 시를 존재론적 차원에서 해석하는 대표적인 것이다. 이 시를 현실 참여적으로 해석하는 것을 경계해야 하는 것은 "금잔화도 인가도 보이지 않는 밤'에 폭포가 떨어다는 점 때문"[22]이라는 해석은 이채롭다. 폭포를 불안한 감정이 내재되어 있는 개인의 내면 상징으로 보는 견해도 있다. 시 「폭포」를 시인의 불안한 감정의 유출로 보는 견해가 그것이다. 감정의 적나라한 유출은 그의 정직성에서 기인한 것이라고 한다.

그의 작품 가운데 명백성의 대표적인 일례를 찾는다면 이것일 것이다. 각 어절의 끝 어미나, 토씨는 어딘지 말도 붙이기 어려운, 어떤 단서, 상상도 허락하지 않는 냉기까지도 느끼며, '곧은 소리'의 반복은 곧다는 말을 강조하기는커녕 힘없는 뇌까림으로 주문을 외는 기분이 들 뿐이다. 폭포가 떨어진다는 것을 표현하다가 별안간 소리를 연상시키는 제3연의 출현은 시의 앞 · 뒤의 유기성이 결여되어 있는 듯하면서도 새로운 이미지를 부각시킨다. 그러나 끝부분에서 별안간 끊긴 듯한 맛은 그의 정직성으로 인한 것 같다.[23]

---

21 허행석, 「김수영론」, 『군산수산전문대학연구보고』 제16권 1집, 군산대학교, 1982, 74~75쪽.

22 위의 글, 75쪽.

23 윤해옥, 「김수영론」, 『군자어문학』 제2집, 세종대 국어국문학과, 1975, 69쪽.

시 「폭포」가 정제되어 있지 않는 것은 형식의 미완결성이라는 취약성을 드러내지만 이것은 오히려 시인 김수영이 그의 내면을 정직하게 드러낸 증거라는 것이다. 이런 평가에 전면적으로 동의할 수는 없지만 내면을 정제하지 않고 드러내는 것은 의미의 다양성이라는 측면에서 볼 때는 참고할 만한 부분이 없지 않다. 시에 대한 해석은 폭포를 신화적 상징으로 보는 데까지 나아간다. 폭포는 초월적 존재의 상징이 되는 것이다.

> 폭포가 곧은 절벽을 무서운 기색도 없이 떨어진다는 것은 인간의 공포를 초월해 있음을 말한다. 그 까마득한 절벽이라면 떨어질 때 두려움을 느끼는 것이 당연함에도 불구하고 폭포는 무서운 기색이 전혀 없으니 인간의 능력을 초월한 신이라 볼 수 있을 것이며, 신화에서처럼 자연 자체가 신격화된 예라고 볼 수 있다. 폭포의 신이 폭포를 관장하는 신이 아니라 폭포 그 자체라는 것은 2연이 증명한다.[24]

시 「폭포」를 상징으로 읽어내고 있는 해석 중에서 가장 흥미로운 것은 시 자체가 하나의 상징이라는 견해이다. 김윤식은 "겁도 없이 떨어지는 직선의 폭포와 같아서 단숨에 읽어야 하며 그 폭포소리 때문에 귀가 멍멍하여 정신을 차리기까지에는 여러 날이 걸리도록 되어 있다.[25]"고 말한다. 시 「폭포」 자체가 한국시의 하나의 상징이 될 것임을 예단하고 있다. 그의 예지는 적확하게 들어맞아 오늘에도 「폭포」에 대한 해석은 계속해서 쏟아지고 있다.

---

24 차창용, 「김수영 · 신동엽 시의 신화적 상상력 연구」, 중앙대 박사논문, 2008, 48쪽.
25 김윤식, 「모더니즘의 파탄과 초월」, 『심상』, 1974년 2월호.

2) '폭포'의 가변성

적정한 거리에서 보면 상징화된 폭포는 한결같아 보인다. 반면 '현미(顯微)'의 눈으로 밀착해 들어가면 폭포는 수억만 개 물방울의 각축장으로 변한다. 개별적인 물방울의 움직임에 주목하면 폭포는 폭포인 이래로 단 한 번도 같은 모습을 반복하지 않았다. 그런 점에서 폭포는 흐르는 물의 이미지가 아니라 타오르는 불꽃의 이미지와 흡사하다. 바슐라르는 『불의 시학 시학의 단편들』을 다음과 같이 맺고 있다.

> 정직한 사람들은 이미지가 피상적이고 덧없기를 바란다. 움직이지 않는 모래 위로 빠르게 흘러가는 물, 그 흐름에 아득한 하늘을 반사하는 물…… 그러나 하늘과 대지는 모두 이미지에 수직성을 부여한다. 상승하는 모든 것은 깊이의 힘을 감추고 있다.[26]

빠르게 부서지며 흐르는 여울물에서 바슐라르는 수직성의 이미지를 읽어내고 있다. 견고하게 굳어있는 상징의 벽을 쏜살같이 부서지며 수직낙하하는 폭포라면 강렬하게 타오르는 불과 같다고 할 수 있다. 폭포만큼 그 수직성의 강한 '깊이의 힘'을 감추고 있는 것도 드물 것이다.

타오르는 불은 긍정에서 나오는 상징의 이미지이다. 알레고리의 역동성은 아래로 타오르는 불(폭포)과 같은 부정적인 것을 원천으로 삼는다. 이 시에서 폭포는 규정, 정의에 의해 의미가 적극적으로 부여되지 않는다. 그보다는 부정적인 표현에 의해 그 윤곽을 가늠하게 된다. 2연에서 의미 구성의 핵심에 자리하고 있는 어휘는 '없이'와 '않고'이다.

---

26 가스통 바슐라르, 『불의 시학의 단편들』, 안보옥 옮김, 문학동네, 2004, 237쪽.

규정할 수 없는 물결이
무엇을 향하여 떨어진다는 의미도 없이
계절과 주야를 가리지 않고
고매한 정신처럼 쉴 사이 없이 떨어진다.(밑줄 필자)

폭포는 무엇이 '아니고' 어떤 것이 '없다'는 것을 통해 규정성을 벗는다. 잘 알려져 있다시피, '규정'은 헤겔의 공리이다. 헤겔은 '모든 규정은 부정'이라고 말한 바 있다. 이 규정에는 형이상학적 존재이해의 핵심을 깨트리는 파괴력이 극대화되어 있다.[27] 표면적으로 화자는 일련의 묘사와 진술을 통해 '폭포는 무엇이다'고 정의를 시도하는 것처럼 보인다. 하지만 이 규정은 스스로 규정성을 벗어나기 위한 전략으로 기능하고 있어 궁극의 의미는 유예된다. 눈앞에 분명하게 현현하고 있는 폭포지만 그 본질은 끝내 드러나지 않는다.

부정성(negativity)은 부정 자체를 부정하는 계기에 의해 추진력을 얻는다. 그러므로 부정성은 영원히 스스로를 거부하는 움직임, 그 자체를 운명으로 안을 수밖에 없다. 따라서 이 시의 언술 가운데 선택적으로 '폭포는 곧은 소리를 내며 떨어진다'는 표현만을 강조해서 폭포를 단일한 의미망 속으로 수렴하고자하는 시도는 좌절할 수밖에 없다.

축구장이나 야구장에서 울려퍼지는 함성은 그야말로 '곧은 소리'이다. 이 소리는 응원하는 팀에게는 힘을 주고, 상대팀의 기는 꺾는다. 그러나 운동장에서 들리는 함성은 한통속의 곧은 소리인가. 한 경기에서 들리는 곧은 소리는 언제나 같은 소리인가. 이 함성은 수만 가닥의 목소리가 뭉쳐진 것이다. 개별자들의 목소리가 모여 이루는 함성은 매번 달라질 수밖에 없다. 개별인자들이 많으면 많을수록 매번의 '곧은 소리'는 외적인

27 김상환, 앞의 글, 109쪽.

측면에서는 같은 밀도와 강도의 소리로 반복해서 들릴 것이다. 그러나 실제의 측면에서는 반복 가능성은 '0'에 가까운 것이다. 찰나의 순간 폭포를 이루는 물방울의 수는 거의 무한에 가깝다. 그 물방울들이 내는 소리의 총체는 단 한 번도 같은 소리를 반복하지 않는다.

김수영의 「폭포」에서 좀 더 주목을 요하는 것은 '곧은 소리'를 잇고 있는 '번개와 같이 떨어지는 물방울'이다. 떨어지는 것은 전체로서의 폭포가 아니라 '물방울'이다. 이 시는 상징화를 통해 유기체적 통일체, 총체성으로서 '폭포'의 개념을 드러내는 것만을 목표로 삼고 있지 않다. 그보다는 물방울이라는 단자의 개별성이 부각되어 있다.

폭포라는 개념의 항상성과 물방울의 생멸(生滅) 즉 가변성이 대조됨으로써 특별한 시적 긴장을 유발하고 있다. 그러면서 폭포의 중단되지 않는 운동으로 말미암아 존재/의미는 찰나적 현현마저도 허락하지 않는다. 폭포의 역동성은 도도한 흐름에서 기인하는 것이 아니라 방울방울 부서지는 파열된 물방울에서 유발된 것이다. 그러니 역사의 궁극적인 필연성도 드러나지 않으며, 의미의 완전한 체현을 지향하지도 않는다.

'폭포'는 자연물인 동시에 시인의 영혼, 정신의 풍경이기도 하다. 폭포의 상징을 배경으로 열렬하고 역동적으로 낙하하는 물방울들은 어떤 것(흔히들 민중이라고 풀고 있다) 자체를 상징하는 것이 아니라 어떤 것 속에 잠재되어 있는 혁명적 에너지의 알레고리라고 할 수 있다. 그렇기 때문에 다양한 해석들 중에서 어느 것이 더 유력한 것인가를 따지는 것은 별로 의미가 없다는 것이다. 「폭포」의 최종적 의미나 절대적 진실은 포착할 수 없다는 것이다. 어떤 의미도 잠정적인 것일 뿐이며 그 다음 차례에 의해 곧 밀려나고 무화되어버린다.

생명의 공간인 폭포는 종결을 허용치 않는다. 끝이 없으며, 단일화할 수 없는 존재의 '무규정성'을 나타내는 것이 3연의 어둠이다. 데리다는 사물의 영혼은 검은 페이지가 대부분이라고 말한다. 그런 의미에서 사물의 내면은 이미 텍스트인 것이다.[28] 모든 텍스트는 어둠의 텍스트라고 말한다. 어둠의 밀도가 크면 클수록 별은 빛나듯이, 텍스트의 어둠의 짙으면 짙을수록 의미는 빛을 발하며 떠오른다는 것이다. '금잔화(檎盞花)' 가장 낮은 곳으로부터의 자연을 나타낸다면, '인가(人家)'는 가장 멀리에 있는 비자연을 나타낸다. 두 극단이 이루는 세계 전체를 무화시킬 때, 곧은 소리는 찬란한 알레고리의 별로 또렷하게 떠오른다.

3) 삶의 지속 가능성

전통적으로 알레고리는 현실비판의 기능을 수행한다고 평가받았다. 상징의 본뜻은 신적 위치에 있는 작가 외에는 알 수가 없다. 상징의 일종으로서 알레고리는 그 본뜻을 누구나 직감할 수 있는 매우 저차원적인 상징으로 취급받았다. 반면 문학의 본령은 현실언어와 절연하고 순수언어의 이미지를 획득하는 것이라고 믿어 왔다. 내면의 자아를 분열시킴으로써 문학은 자기 반성, 자기 비판적 기능을 수행한다. 수사적 측면의 알레고리가 현실의 윤리성을 토대로 삼는다면, 언어 구성 원리로서 알레고리는 자기 윤리성을 기반으로 삼는다.

김수영은 "단순한 외부의 정치세력의 변경만으로 현대인의 영혼이 구제될 수 없다는 것은 세계적인 상식으로 되어 있다"[29]고 말한다. 김수영에게 윤리적인 것은 어떤 확고한 도덕적 신념이나 정치적 이데올로기에 대한 헌신을 가리키는 말이 아니었다. 오히려 이러한 것들의 정당성과 확실성을 끊임없이 회의하고 심문하는 것, 지속적으로 자아성찰을 해나감으로써 자신의 의식을 막다른 지점까지 추구해 들어가는 것, 이런 것

---

28 김상환, 위의 글, 98쪽.

29 김수영, 「변한 것과 변하지 않는 것」, 앞의 책, 246~247쪽.

들이 윤리라는 말에 합당한 것이다.

시인 김수영이 지향하는 바가 상징화된 '폭포'이냐, 아니면 '번개와 같이 떨어지는 물방울'이냐에 따라 그의 위상은 달라진다. 전자는 상징주의자의 면모를 보여주는 것이고, 후자에서는 알레고리스트로서의 면모가 드러난다. 김수영에게 중요한 것은 시간을 초월한 세계로의 월경은 아닐 것이다. 삶의 현장에 남아, 일상적 시간과 벌이는 힘겨운 투쟁을 그의 시 곳곳에 펼쳐놓고 있다. 상징의 경우에는 인간과 세계의 본질이 그 자체로 고정되어 있으며, 선험적으로 주어져 있다는 전제가 깔려 있다. 알레고리는 인간이 시간의 근원이며 글쓰기가 곧 시간성이라는 것을 바탕으로 삼고 있다. 그러기에 삶의 일시성과 유동성에 훨씬 더 긍정적으로, 역동적으로 반응할 수 있다.

알레고리스트는 매순간 자기 동일성의 확립을 연기한다. 끝없는 자기비평의 여정에 스스로를 열어두는 자세를 취한다. 김수영 역시 일상의 파편을 쌓아 올리면서 거의 요설에 가까운 말로까지 자신과 언어를 확대한다[30]. 그렇게 이룩한 그의 시세계는 시원적 시간의 근원인 자기 자신을 능동적으로 상실하고, 기계적 시간의 곤경에 처해 있는 근대인의 내면을 생생하게 포착해내고 있다.

텍스트에 대한 상징적 독해 방식은 삶과 세계를 투명하게 정식화하고자 한다. 이와 달리 알레고리적 독해 방식은 의미의 끝없는 해체, 재구성을 통해 고정 관념을 산산이 깨뜨리고 그 파편들로 새로운 쓰기를 시도한다. 이러한 일련의 과정을 통해 텍스트에 드러나 있는 통찰, 성찰을 반복해서 거론하는 수준에서 벗어난다. 총체적인 것들이 숨기고 있는 '맹점' 즉 텍스트의 사각(死角)에 위치한 의미를 끄집어낸다. 그러나 이런 사각이 존재하기 위해서는 상징화가 전제되어야 함은 물론이다.

---

30 김수영, 「시작노우트(7)」, 위의 책, 307쪽.

'폭포'는 두 가지의 시간성을 동시에 지니고 있는 텍스트이다. '한번 폭포는 (거의) 영원한 폭포이다'. 이것은 상징에 의해 표상된 언어적 이미지이다. 폭포는 영원성이라는 하나의 전체를 찰나에 구현해 낸다. 찰나의 영원성이 곧 상징인 것이다. 수사적 측면에서 상징의 흉내내기 정도로 취급받았던 알레고리는 영원한 찰나성을 지향한다. 찰나의 영원성, 영원한 찰나성은 상징과 알레고리가 이루는 아포리즘이다.

작품은 태생적으로 주체와 대상이 일치를 이루는 충만의 장을 희망한다. 언어는 상징을 통해서 일체를 이루고자 한다. 그러나 설혹 일체를 이루었다고 하더라도 그 일치의 상태마저 조만간 상실하고 말 것이라는 예감이 필연적으로 뒤따른다. 이러한 예감은 불안과 안타까움을 불러일으킨다. 영원히 그것에 도달하지 못할 것이라는 것만 영원성의 부정성으로 주어진다. 알레고리가 환기하는 것은 바로 부정성으로서의 영원성이다. 영원성을 지향하는 대신 아득한 거리감을, 스스로를 파편화함으로써, 영원한 찰나성으로 전회한다.

영원과 찰나 사이에서 일체가 되고 파편이 되는 순환을 거듭하면서 독자 역시 찰나와 영원 사이에서 폭포의 삶과 물방울의 삶을 동시에 획득하게 되는 것이다. 이것이 항상성과 가변성으로 이루어진 우리 삶의 '지속'이다. 시의 분석과 해석에서 차지한 상징의 절대적인 지위가 무너지고, 알레고리를 적극적으로 반영하고 있는 것은 고무적인 일이다. 그러나 여기에 그치지 않고 둘의 변증법적 지향을 통해 다양한 의미를 이끌어낼 때 문학은 문학 자체만이 아니라 우리의 삶을 변화시키는 동인으로 작용할 수 있을 것이다.

4. 결론

본 논문에서는 영원성 시학을 대표하는 언어 원리로서 상징과 시간성 시학을 대표하는 언어 원리로서 알레고리를 함께 적용하여 텍스트 해석의 확장을 꾀하고자 하였다. 이를 위해 먼저 상징과 알레고리의 특성, 위상의 변화를 사적 전개를 통해 살펴보았다. 아울러 현재적인 측면에서의 의의도 탐색해 보았다. 상징의 항상성은 절대적인 존재 혹은 선험적인 것에 대한 확신에 기초했던 근대 사회의 언어적 원리의 핵심을 이루는 것으로 보았다. 반면 알레고리의 가변성은 이러한 믿음의 토대가 무너지면서 파편화된 언어들과 이로써 얻게 된 자유, 역동성에 기반하고 있다는 것을 살펴보았다. 상징이 충만한 즐거움을 준다면, 알레고리를 통해서는 고통의 즐거움과 같은 색다른 즐거움을 얻을 수 있다는 것을 전제로 삼고, 김수영의 시 「폭포」에 접근했다.

먼저 '폭포'를 상징으로 보고, 그것이 상징하는 것이 무엇인지를 탐색한 기존의 논의를 정리하였다. 순수 본질로서 폭포, 죽음으로서의 폭포, 자유정신으로서의 폭포, 인간 정신의 궁극으로서의 폭포, 신화적 상징으로서의 폭포 등 그 해석은 다채롭게 펼쳐져 있었다. 이러한 기존의 해석에 알레고리적인 해석을 더해 의미의 확장을 꾀하고자 하였다. 상징화된 폭포는 거대한 하나의 전일체가 아니라 수만, 수억 개의 물방울들이 모인 것이며, 단 한 번도 같은 모양과 소리로 떨어진 적이 없다는 데 주목해, 폭포의 속성은 가변성에 있음을 강조하였다. 「폭포」를 상징의 항상성과 알레고리의 가변성으로 동시에 읽어내는 것은 시 해석의 통로를 다채롭게 한다는 것 이상의 의미를 지닌다. 우리의 삶은 상징의 항상성과 알레고리의 가변성을 함께 지닌다. 이 둘은 변증법적 지양을 통해 지향성을 얻게 된다. 이 지향의 속성이 지속성이라는 것을 강조했다.

본 논문에서 내세운 상징의 항상성과 알레고리의 가변성이라는 방법론과 김수영의 「폭포」의 의미 사이에는 맞붙기 힘든 틈새가 있는 것은 분명하다. 틈새를 메우기보다는 이 틈새에서 방법론과 작품의 분석・해석이 뫼비우스 띠처럼 만나는 변곡의 장으로 펼쳐지기를 바랐다. 이것은 작품을 위한 방법론이나 방법론을 위한 작품이라는 일방향의 쓰기를 극복해 보려는 바람에서 나온 것이다.

분명한 것은 「폭포」는 상징의 영원성과 알레고리의 파편화된 시간성을 함께 지니고 있다는 것이다. 상징으로 표상되는 영원성과 알레고리로 표상되는 부정성의 아포리즘을 통해 폭포와 비견할 수 있는 우리 삶의 지속성은 유지된다. '영원의 부정성과 부정의 영원성'이라는 아포리즘은 뫼비우스의 띠처럼 교차하면서 삶을 밀고 나가는 원동력으로 작용한다. 영원과 찰나가 교차하는 이 아포리즘이 우리가 삶을 지속할 수 있는 힘을 제공하는 언어의 자가 발전소인 것이다.

상징의 항상성과 알레고리의 가변성은 서로의 이면이면서 동시성을 지닌다는 점을 강조하려는 욕심에 분석 대상 작품을 「폭포」로 국한했다. 그러나 방법론을 위해 작품을 분석한 것은 아니라는 점을 분명히 해두고 싶다. 본고를 통해 「폭포」의 해석 방향을 확장하는 데도 기여하고자 했다. 시 작품을 읽어낼 수 있는 의미 있는 관점은 작품을 통해 세워지고 강화되어야 한다는 것은 이론의 여지가 없다. 김수영의 다른 작품으로 확장해 방법론을 적용함은 물론 다른 시인들의 작품에 적용해도 기존의 읽기와는 다른 효과를 발산하는 유용한 관점이 될 수 있도록 후속 작업을 지속하고자 한다.

참고문헌

1. 저서

김수영, 『김수영 전집2 - 산문』, 민음사, 1997.

한명희, 『김수영, 정신분석으로 읽기』, 월인, 2002.

Brett. R. L., 『공상과 상상력』, 심명로 옮김, 서울대출판부, 1979.

Lukas. G., 『미학』, 반성완 외 옮김, 미술문화, 2002.

Gaston Bachelard, 『불의 시학의 단편들』, 안보옥 옮김, 문학동네, 2004.

Walter Benjamin, 『독일비애극의 원천』, 최성만·김유동 옮김, 한길사, 2009.

2. 논문

김기상, 「수잔 K. 랭거 미학에 있어 "상징"의 의미」, 『사색』 제12집, 숭실대학교 철학과, 1996, 395~412쪽.

김상환, 「데리다의 텍스트」, 『철학사상』 제27집, 서울대 철학사상연구소, 1995, 91~121쪽.

김영필, 「후설 자아론과 유식의 앙상블」, 『한국동서정신과학지』 제1권1호, 한국동서정신과학회, 1998, 49~75쪽.

김윤배, 「김수영시 연구 - 모더니티와 리얼리티의 회통을 중심으로」, 인하대 박사논문, 2003.

김윤식, 「모더니즘의 파탄과 초월」, 『심상』, 1974년 2월호.

오형엽, 「김수영 시의 미적 근대성 연구」, 『국어국문학』 제125호, 국어국문학회, 1999, 327~353쪽.

유재천, 「김수영론」, 『배달말』 제21호, 1996. 12. 배달말학회, 199~220쪽.

윤해옥, 「김수영론」, 『군자어문학』 제2집, 세종대 국어국문학과, 1975, 63~72쪽.

이경희, 「김수영 시의 언어학적 구조화와 의미」, 『이화어문논집』 제8집, 1986, 117~140쪽.

차창용, 「김수영·신동엽 시의 신화적 상상력 연구」, 중앙대 박사논문, 2008.

최미숙, 「모더니즘 문학 읽기의 한 방식 - 김수영 문학을 중심으로」, 『독서연구』 제2호, 한국독서학회, 1997, 239~273쪽.

허형석, 「김수영론」, 『군산수산전문대학연구보고』 제16권 1집, 군산대학교, 1982, 63~85쪽.
황혜경, 「김수영 시의 아이러니 연구」, 이화여대 박사논문, 1998.

전라도를 짊어지고 산 사람, 백두대간으로 들다: 이성부론

이동순

1. 들어가며

시인 이성부는 광주광역시 동구 대인동 23번지에서 1942년 1월 22일 부친 이근봉(李根奉)과 모친 김덕례(金德禮) 사이의 4남 2녀 중 장남으로 태어났다. 3대가 함께 사는 가난한 집의 장남으로 태어난 그는 시인이 되기까지 현대사를 온몸으로 마주하였다. 3살 무렵 할머니의 등에 업혀 광주역 광장에 무리지어 앉아 있는 일본의 패잔병에 대한 기억, 8살 무렵 6·25한국전쟁 때 피난을 갔던 잣고개 넘어 '신촌'의 산에 올라 광주가 폭격 당하던 모습은 역사적 현장에 대한 기억으로 각인되었다. 그 기억들은 그의 시세계를 예견하는 장치가 되었는지도 모른다. 잊혀지지 않은 현장의 기억, 그것은 일종의 트라우마였으며 필연적으로 문학적 자양분이 될 수밖에 없는 국면으로 작용하였다.

유난히 책을 좋아했던 이성부는 초등학교 때 이미 「소공자」, 「로빈후드」, 「삼국지」, 「수호지」 등의 소설을 탐닉하였다. 중학생이 되면서 '나의 희망'은 '문인이 되는 것'이었고 자연스럽게 문예반에 들어갔다. 그 무렵부터 이성부는 '무등산'을 제집 드나들듯 오르기 시작했다. 건빵 한 두 봉지를 들고 무등산에 오르는 일은 큰 즐거움이었다.

그는 교사가 되는 광주사범 부설중학교를 다녔으나 사범 본과를 버리고 광주고등학교에 진학하여 본격적으로 시작활동을 하게 된다. 그는 1학년 때 부터 이이화, 강홍기 선배를 만나 문예반에서 활동하였고 다른 반 학생인 문순태를 문예반으로 끌어들였다. 소설가 문순태가 초기에 시를 쓰게 된 것은 순전히 이성부 때문이었다. 『학원』에 투고하는 것도 게을리 하지 않으면서 까뮈, 샤르트르 등 실존주의 소설을 탐독하였으나 소설은 어렵다는 느낌을 받았다. 그는 2학년 때 광주고등학교의 선배들인 박성룡, 박봉우, 윤삼하, 정현웅, 강태열 등의 시인을 만났다. 광주 '학생문학회'에 문삼석, 김이중, 김수봉, 정양웅, 이청준 등과 함께 참여하면서 문학공부를 심화 확대시켰다. 3학년때는 '순문학'동인회를 만들고 3집까지 발간하였으며 『광고시집』을 발간하기도 하였다. 그리고 전국한글시백일장에서 「「사라」호」라는 작품으로 고등부에 장원을 하기도 하였다.[1]

이성부는 잘 알려진 대로 광주고등학교 재학시절에 「광고타임스」를 만들어 문예부를 이끌었고, 『전남일보』에 꾸준히 작품을 투고했으며, 문학에 대한 평을 싣기도 하였다. 그는 일찍 문학에 눈을 떴다. 시인 김현승의 집을 자주 찾아다니면서 시평을 들으며 공부를 했다. 그가 김현승을 스승님으로 모시게 된 이유도 거기에 있다. 이처럼 그는 일찍이 시에 미쳤다. 한국 시단의 한 획을 긋는 작품들을 생산할 수 있었던 것은 우연이 아닌 것이다. 경희대에 진학하면서 조병화, 황순원, 김광섭의 지도를 받으면서 전상국, 이승훈, 김용성, 신일수, 허남헌 등과 자주 어울렸다.[2]

그는 1960년 『전남일보』 신춘문예에 「바람」으로 당선되었으며, 1961년 『현대문학』에 김현승의 추천으로 「소모의 밤」, 「백주」, 「열차」를 발

1 『전남일보』, 1959. 10. 12.

2 이상은 『저 바위도 입을 열어』(나남출판, 1998.)에 실린 작가연보에서 많은 부분을 의지하였다. 그가 태어난 광주광역시 동구 대인동 23번지는 현재 음식점이 들어서 있다.

표하며 등단하였다. 군대를 제대하고 얼마 안 되어 어머니가 사망하면서 정신적으로 방황도 하였다. 그리고 1967년 『동아일보』 신춘문예에 「우리들의 양식」이 당선되었다. 뿐만 아니라 박봉우, 박성룡 등 광주고 출신들이 주축이 되어 결성했던 동인지 『영도』의 복간에도 참여하였다. 그런 쉼 없는 시작의 과정을 통해 그는 그만의 시세계를 구축할 수 있었다. 날카롭지 않은 듯 하면서도 강한 힘을 갖고 있는 그의 시는 늘 시대를 향한 비수가 되었다.

감히 전라도를, 광주를 이성부만큼 잘 형상화한 시인은 없다고 단언한다. 그는 광주에서 태어나고 자랐으며 광주를 온몸으로 산 시인이다. 그는 유언무언으로 체화된 전라도의 정서를 칭칭 감고 평생 내려놓지 못했다. 전라도는 국가가 외세의 침입에 신음할 때 전부를 던졌던 충의 고장이었고, 불의에 항거하며 죽음으로 화답했던 의의 고장이며, 시서화에 능했던 예술의 고장이었지만, 그럼에도 불구하고 늘 역사의 뒤안길에 밀려있는 한의 고장이었다. 그런 전라도의 정서는 유형무형의 경험으로 축적되었으며 그대로 그의 시가 되었다.

그의 첫시집 『이성부시집』을 비롯하여 『우리들의 양식』, 『백제행』은 초기 시세계를 집약적으로 보여준다. 세 권의 시집은 시인이 깊이 천착하고 있는 것이 무엇인지 명시적으로 드러난다. 「전라도」연작을 비롯하여 「백제」연작에 이르기까지 전라도의 정한이 고스란히 담겨있다. 뿐만 아니라 한순간에 치유될 수 없는 한이 집약되어 있다. 80년대 이후 산에 오르며 쓴 『빈산 뒤에 두고』나 『야간산행』과 『지리산』도 전라도로부터 자유롭지 못하다. 그런 점에서 그는 온몸으로 전라도를 사랑한 시인이다. 이는 이성부가 '무등산의 시인'이며, '전라도의 시인'이라는 것을 논거한다. 그가 문학에 대한 열망을 키운 곳도, 그를 절필하게 한 곳도, 그리고 다시 시를 쓸 수 있게 한 곳도 광주였으며, 무등산이었다. 이성부에게 전라도와 광주는 시의 토양이며 시의 귀착점이다. 세상은 현대문학상과 한국문학작가상, 경희문학상, 대산문학상, 편운문학상, 가천환경문학상 등으로 문학적 업적을 고양하였다.

그가 고등학교 시절부터 쓰기 시작한 시는 생을 마감하는 순간까지 놓을 수 없는 목숨 줄이었다. 그가 가고 없는 지금 그가 시인으로 걸어온 길과 더불어 그의 시세계를 더듬어 보는 것은 이성부의 생애와 시세계, 그리고 끊임없이 지향했던 시정신이 '전라도'에서 기인한다는 것을 확인하는 일이다.

2. 평생의 화두, 전라도를 짊어지고

시인 이성부에게 전라도는 평생의 화두였다. 역사의 변방에 자리한 사람들의 애환은 당대의 삶으로부터 나온 것이 아니라 역사로부터 기인한다. 삶에 담긴 애환의 뒷자락과 깊은 곳에 품고 있는 것들을 숨죽이며 내밀한 감정의 선을 따라 토해낸 것이 그의 시였다. 「전라도」연작이나 「백제」연작이 나온 것도 그런 역사적 배경을 무시할 수 없다. 역사로부터 소외된 지역, 수탈아래 신음하는 농민들의 삶은 척박하였지만 그것을 숙명으로 받아들이고 체념하며 사는 사람들의 인내와 끈기는 이성부를 현실에 눈뜨게 하는 요인으로 작용하였다.

그의 시가 습작노트를 떠나 세상과 조우한 첫 작품은 고등학교 1학년 때 쓴 「메아리」이다. 원문을 그대로 소개하는 것은 그의 첫 작품이기 때문만은 아니다. 거기에서 그의 시세계의 실마리가 찾아지기 때문이다.

혼자만이 가지는 시간이
이제 내게는 슬프지않다.

홀로 걸어보는 숲속길에
어디선가 메아리가 들려오고
모도 들려오고……

그 투명한 無形의 重量
그리고
모든 것을 부디ㄷ처 돌아오는
아아 그 폭넓은 음향

드디어!
메아리는
머언 그리운이의 모습을 하고
나를 부르는 손짓이 된다.

아니
이렇게 나를 애태우는
그림자 없는
그것이 된다.
(1956년11월8일)

—「메아리」 전문(『전남일보』, 1957. 11. 15.)

이 시를 보면 그의 시가 메아리가 될 줄을 이미 예견하고 있었다는 생각이 든다. 인용시는 말한 대로 고등학교 1학년일 때 『전남일보』에 투고한 작품이며, 그의 첫시집인 『이성부시집』에도 실려 있다. '홀로 걸어보는 숲속길'에서 후반기 시작의 전부를 건져올린 은빛언어의 출발은 시작되고 있었다. 그 숲 속에 난 길을 따라 '그리운이'가 되어버린 지금,

그가 말한 것처럼 먼데서 '혼자만이 가지는 시간'을 '슬프지않'게 받아들여야 한다. 그가 보내는 '폭넓은 음향'의 메아리가 우리들에게 들려오고 있으니.

그의 시가 메아리로 남기까지 한시도 전라도로부터 광주로부터 자유롭지 못했으며, 무등산으로부터 자유롭지 못했다. 다음의 시를 보면 안다.

> 한 나라가 다시 살고 다시
> 어두워지는 까닭은
> 나 때문이다. 아직도 내 속에 머물고 있는
> 光州여, 성급한 목소리로 너무 말해서
> 바짝 말라 찌들어지고
> 몇 달만에 와 보면 볼에 살이 찐,
> 부었는지 아름다워졌는지 혹은 깊이 병들었는지
> 아무것도 알 수 없는 고향, 만나면 쩔쩔매는
> 고향, 겁에 질린 마음을 가지고도
> 뒤돌아 큰소리로 외치는 노예, 넘치는 오기
> 한 사람이, 구름 하나가 나를 불러
> 왼종일 기차를 타고 내려오게 하는 곳
> 기대와 무너짐, 용기와 패배,
> 잠, 무서운 잠만 살아있는 곳, 오 光州여.
>
> —「光州」 전문

인용시는 시대적 불행이 '나 때문이다'로 시작된다. 시대 혹은 역사에다 자신을, 혹은 자신의 불행을 동일시하는 시적 언술은 '광주'가 가장 비극적인 공간으로, 시대적으로 불행을 집약하는 공간으로, 수난의 공간으로 인식하고 있는 것에서 출발한다. 그의 "겁에 질린 마음을 가지고도/

뒤돌아 큰소리로 외치는 노예, 넘치는 오기"에는 "아침 노을의 아들"이자, "나를 부르고/죽이고, 다시 태어나게"(「전라도 · 2」)한 곳에 대한 사랑이 깔려있다. 그래서 '구름 하나'가 불러도 종일 걸리는 먼 거리를 마다않고 내려와 '기대'와 '용기', '무너짐와 패배'의 시간을 견딘다.

이 시에서 소리 없이 견디는 시간을 '잠'으로 표상하고 있음을 주목해야 한다. 그 잠은 편한 잠이 아니라 '무서운 잠'이다. 뿐만 아니라 '무서운 잠만 살아있는' 곳이 광주라는 사실이다. 잠을 자는 밤은 어둠과 시련을 상징하기도 하지만 또한 빛과 희망을 준비하는 생성의 시간을 의미하기도 한다. 여기서 '잠'은 후자를 의미한다. 따라서 죽은 잠을 자는 것이 아니라 살아있는 잠만을 자는 도시, 폭압에 굴복하지 않을 힘을 비축하느라 동면의 시간을 견디는 곳이 '광주'이다. 그렇다면 '무서운 잠만 살아있다'로 언명되어진 시적 진술 속에서 일찍이 5 · 18광주민중항쟁을 예견하고 있는 것은 아니었을까. 이성부 시인의 무서운 통찰력과 예지력은 한 나라가 살고 죽는 것을 '나 때문이다'로 언명하고 있는 데서 확인된다. 이성부 시의 힘은 바로 거기에 있다.

좋았던 벗님은 멀리 떠나고
눈부심만이 내 방에 남아 나를 못살게 하네
못살게 하네 터무니없는 욕심도
꽃같이 잠들었네 법석대는 머슴도 착한 마음씨도
못견디게 설운 사랑도 저 모래밭도
구천에 잠들었네
갈수록 무서운 건 이 노여움의
푸른 잠, 이것을 바로 이것을
땅 위의 모든 책들이 가르쳤네
어째서 책이 조심스럽게 말하는가를 이제 알겠네

이제야 알겠네 벗님도 가버리고
눈부심만 남은 밤을,
어째서 그것은 깊이 살아 있고
곳곳에서 소리없이 고함치는가를……

―「전라도 · 1」 전문

인용시에서도 여전히 '살아있는 잠'은 연속된다. '무서운 잠'이 '푸른 잠'으로 변용된 것인데 '푸른 잠'은 서러운 것들, 말하자면 '머슴', '착한 마음씨', '설운 사랑', '모래밭'이다. 이것들이 구천에서 떠돈다는 사실에 잠들지 못해서 '푸른잠'을 잔다. 그것은 '노여움'이다. 노여움의 근원은 '땅위의 모든 책'들이 제공하고 있다. 책을 통해서 만나게 된 전라도는 '눈부심만 남은 밤'이 '깊이 살아 있고' '소리없이 고함치'고 있는 곳이다. '책'은 역사를 말한다. 역사는 선택과 배제의 논리 속에 전라도를 가둬놓고 있기 때문에, '조심스럽게 말'할 수밖에 없다. 이런 답답한 현실은 시인을 잠들지 못하게 하는 주요인이다.

이때의 '나'는 '전라도'와 동일한 존재, 즉 잠들지 못하고 소리 없이 고함치는 존재이다. 이는 역사 속의 전라도를 형상화한 것으로 소리 내지 못하는 자신에 대한 일종의 분노의 표출이다. 역사는 전라도를 늘 배제의 자장 안에서 위치시켜 놓고 있다. 그 이데올로기 논리에 순응할 수 없어서 '곳곳에서 소리없는 고함'을 치고 있다. 이것은 자연스럽게 그의 연작 「전라도」에 투영되기에 이른다.

노인은 삽으로
영산강을 퍼올린다. 바닥이 보일 때까지
머지않아 그대 눈물의 뿌리가 보일 때까지
노인은 다만

성난 사랑을 혼자서 퍼올린다.
이제는 무엇을 위해서가 아니라
삶을 어떻게 용서하기 위해서가 아니라
노인은 끝끝내
영산강을 퍼올린다 가슴에다
불은 죍어지고 있는데
아직도 논바닥은 붉게 타는데
바보같이 바보같이 노인은 바보같이

—「전라도 · 7」 전문

그 노인의 '성난 사랑'은 '바닥'이 보이고 '눈물의 뿌리'가 보일 때까지 '영산강'을 퍼올리게 한다. 아무리 퍼올려도 영산강의 바닥이 보일 리 만무한 줄 알면서도 '노인'은 그 바닥이 보일 때까지 쉼 없이 퍼올리겠단다. 이 노인의 행위가 '전라도'의 끈질긴 생명력이다. 영산강 물을 퍼올리는 행위의 주체를 '노인'으로 설정함으로써 미학적으로 행위의 정당성을 획득한다. 행위의 주체가 젊은이라면 시적 감동은 상당히 퇴감되었을 것이고 주제의 형상화에도 어려움이 있었을 것이다. 그런데 '노인'을 행위의 주체로 설정하면서 시적 긴장과 감동, 주제는 명징해진다. '전라도'의 '바보'같은 생명력과 변하지 않은 끈질김도 확실해진다. "이 작자는 시를 쓰기보다는 그 뚜렷한 미모로, 다비드의 한국적 변용이라 할 미모로, 배우라든가 운동선수라든가 그런 류의 스타가 제격"인 시인이 "생 땅을 갈아뒤엎은 듯한, 생흙내가 들을 진동하는 시"로, 부드러움 뒤에 숨겨진 단단함으로 "이성부의 거의 모든 불음과 색채, 시적 특성"[3]을 노정하고 있다. '노인'이 전라도의 다른 이름이기 때문이다.

3 최하림, 「이성부의 시세계」, 『前夜』, 창작과비평사, 1981, 111~113쪽.

이성부에게 전라도는 "同志의/ 많은 손발과 심장"에서도 "조금씩 거역을 받기 시작"(「전라도 · 3」)해서 "노오란 아침이/ 식구들과 더불어 굶주리"(「전라도 · 4」)며 "외로운 늑대의 울음을"(「전라도 · 5」)우는 곳이다. 그래서 "노여움의 精神을 만드는 것이/어디에서 처음인가를 알아보고/뿌리째 완전히 움직"(「個性」)여 본 것이 「전라도」 연작으로 탄생한 것이다. 그래서 그의 시는 "이 아픈 시대를, 이 숨막힐듯한 상황을 실감 있게 호흡하며 살기위해서 삶을 어떤 고여 있는 상태에서가 아니라 움직이는 상태에서 그 움직임의 정면으로부터 파악한다. 그럼으로써 그는 자기의 삶과 시의 삶을 동시에 이끌"[4]어 간다. 그리고 "움직이지 않는 것은 소리가 없다"(「바위타기3」)는 신념으로 시와 삶을 일치시켜 나간다. 이는 "역사의 현장에서부터 그 모순의 뿌리를 찾아"[5]가는 심층의지의 구현으로 그의 시는 구체적인 삶의 토양으로부터 자연스럽게 우러나온 것이며 한 공동체의 발전을 위하여 유효하다.[6] 그의 시가 관념적이거나 현학적이지 않은 이유도 거기에 있다.

어렵고 버림받은 사람들의 승리가, 반드시 고통 속에서 쟁취된다는 사실을 나는 믿는다. 그러기에 나는 나와 내 이웃들의 고통의 현장에서 한발자국도 비켜설 수 없다. 이 고통의 편린들, 이 뼈아픈 삶의 정체를 밝혀보는 일이야말로 나에게는 가장 중요한 시적 목표가 된다. 내가 나에게 충실하고, 남에게 진실할 수 있는 길이 이것 말고 또 다른 무엇이 있겠는가.[7]

---

4 조태일, 「고여 있는 詩와 움직이는 詩」, 『고여 있는 詩와 움직이는 詩』, 전예원, 1980, 128쪽.

5 권영민, 『현대문학사』, 민음사, 1993, 245쪽.

6 김종철, 『詩와 歷史的想像力』, 문학과지성사, 1978, 65쪽.

7 이성부, 「後記」, 『百濟行』, 창작과비평사, 1977, 131쪽.

그의 시적 목표는 '뼈아픈 삶의 정체를 밝혀보는 일'이며, '나에게 충실하고, 남에게 진실할 수 있는 길'이다. 자신의 충실을 통해 타인의 진실을 건져 올려 보겠다는 시적 자세는 그의 시가 연대를 통해 나아갈 수밖에 없음을 단적으로 시사한다. 그가 살았던 서울 변두리의 생활적 구체성에 눈을 뜬 것도 그때 즈음이다. '어렵고 버림받은 사람들의 승리가, 반드시 고통 속에서 쟁취된다'는 믿음은 변두리의 서민들과 함께 조기축구를 하면서, 그들의 삶에 귀를 기울이면서, 함께 나눈 술자리에서 구체화되었다. 거기서 '나와 이웃들의 고통의 현장에서 한발자국도 비켜설 수 없'게 된 것이다. 그것을 거슬러 올라 역사 속에서 구체화시켜 나갔다.

벼는 서로 어우러져
기대고 산다.
햇살 따가와질수록
깊이 익어 스스로를 아끼고
이웃들에게 저를 맡긴다.

서로가 서로의 몸을 묶어
더 튼튼해진 백성들을 보아라.
죄도 없이 죄지어서 더욱 불타는
마음들을 보아라. 벼가 춤출 때,
벼는 소리없이 떠나간다.

벼는 가을 하늘에도
서러운 눈 씻어 맑게 다스릴 줄 알고
바람 한 점에도
제 몸의 노여움을 덮는다.

저의 가슴도 더운 줄을 안다.

벼가 떠나가며 바치는
이 넓디 넓은 사랑,
쓰러지고 쓰러지고 다시 일어서서 드리는
이 피묻은 그리움,
이 넉넉한 힘…….

—「벼」 전문

인용시는 연대의식을 잘 보여주는 시편 중의 하나이다. 잘 파악하기 위해서는 동학농민전쟁으로 거슬러 올라가야만 한다. 피폐한 삶의 끝자락에서 억압과 분노의 사슬을 끊고자 일어섰던 동학농민전쟁은 이 시의 모티브다. 농민들의 처지란 예전이나 지금이나 그리 달라진 것은 없다. 관과 지주와 소작농의 관계는 지배와 피지배라는 계급적인 차원을 떠나 지금도 여전히 유효하다. 농민들은 지은 죄 없어도 죄목이 쌓여가고 정당한 권리를 수탈당해야 하는 모순과 부조리를 극복할 수 있는 것은 오로지 힘을 모으는 일이다. 그것이 농학농민전쟁으로 표출된 것이다. 그렇다면 위의 시에서 '벼'로 상징되는 것은 '백성', 혹은 민중, 더 구체적으로는 농민이라고 할 수 있을 것이다.

'벼'가 '서로 어우러져/기대고 산다'는 것은 품앗이와 두레뿐만 아니라 '서로가 서로의 몸을 묶어/ 더 튼튼'한 연대와 생명의 공동체를 의미한다. '쓰러지고 쓰러지고 다시 일어서'는 가난한 이들의 생명력은 한 알의 씨앗이 되어 '익어 스스로를 아끼고/이웃에게 저를 맡기'는 희생없이 공동체는 형성되지 않는다. 벼는 서로를 기대고 의지하여 익어 '넓디 넓은 사랑'의 밥이 됨으로써 '넉넉한 힘'이 되듯이, 농민들은 농민들끼리 서로 힘이 되어 의지하며 쓰러지지 않는 연대와 생명의 공동체를 이룬다. 이

숭고한 사랑은 너와 내가 하나가 되어 함께 어깨를 기대고 살 수 있는 삶을 꿈꾸게 한다. 이것은 '나와 이웃들의 고통의 현장에서 한발자국도 비켜'서지 않았기 때문이다. 따라서 이 시는 처절한 밑바닥 삶의 '버림받은 사람들의 승리'를 위한 연가이다.

비판적인 의지와 창조적 감성의 조화가 이룬 위 시의 시적 성취는 미학의 부재한다고 치부되어온 민중시에 대한 동안의 논의를 일거에 소거시킨다. 이는 감성의 절제와 언어의 균형미를 통해 발현되는 것으로 강렬한 메시지가 발산하는 선동적이고 선정적인 것과는 궤를 달리한다. 이념의 도구로서의 시가 아니라 민중적 정서의 반영으로서의 민중시의 한 차원을 개척하고 있는 것이다. 냉철한 역사의식에 바탕하되 민중들의 가슴 깊은 곳에 가둬둔 감정을 퍼올림으로써 감응을 확산시켜가는 것은 이성부 초기시의 핵심이다. 그가 "노동자들과의 인간적 접촉은 이후 나의 시를 사회적 현상과 결코 떼어놓고 생각할 수 없다는 결론에 이르게 하였다. 서민적 정서나 서민적 삶의 조건들은 언제나 내 관심의 중요한 부분을 차지했다. 평범하고 이름없는 사람들의 정서야말로 내 시의 원천"[8]이라고 했다. 이것은 민중들의 한, 또는 전라도의 역사 속에 습합되어 온 한의 심미적인 승화이다.

> 상처를 감출 수 없는 사람들이 평생 그렇게
> 감내하며 살다 가는 것을 나도 보았네
> 이마에 주홍글씨를 문신으로 새긴 채
> 뼈만 앙상하게 남은 사람이
> 뭐라고 자꾸 헛소리를 하고 팔 휘저으며 걸어가네

---

8 이성부, 「「우리들의 糧食」을 쓸 무렵」, 『저 바위도 입을 열어』, 나남출판사, 1998, 521쪽.

세상에 들켜버린 영혼들
이리 차이고 저리 차여
더 질긴 목숨으로 저를 지탱하며 가네

—「뿌리」 부분

그는 역사의 불행을 자신의 불행과 동일시하는 경향이 농후하다. 곧 시대의 불행이 자신의 불행으로 이어지고 있다는 시적 언술 속에서 역사의식과 민중의식을 만날 수 있다. 그래서 김종철의 "이성부보다도 더욱 어둠 뒤의 밝음 또는 절망 뒤의 희망을 열심히 그리고 감동적으로 묘사할 수 있는 시인은 없다"[9]는 주장은 적실하다. '상처를 감출 수 없는 사람들'과 '뼈만 앙상하게 남은 사람'이지만 '이리 차이고 저리 차여'도 '더 질긴 목숨'으로 지탱하는 것은 꺾이지 않은 의지가 있기 때문이다. 이 생명력의 원천이 '뿌리'이다. 이 뿌리는 '전라도 정신'이다.

해마다 봄으로 떠난 사람들이
낯붉히며 도망가듯 떠난 사람들이
이제는 하나씩 돌아온다.
죽지 하나가 찢겨진 채
그리하여 그들은 돌아온다.
모르는 땅의 헤매임이란
얼마나 더디고 더딘 꿈이었던가.
만나는 사람마다 만남을 알 수 없는
깊은 슬픔 속에 주저앉고 마는,
모르는 땅의 모르는 몸들.

---

9 김종철, 『詩와 歷史的想像力』, 문학과지성사, 1978, 65쪽.

그리하여 그들은 돌아온다.

그들을 떠나 살게 한 어둠 속으로,

과거 속으로, 혹은 당겨지는 미래 속으로

사랑의 한 점

진한 언어를 찍기 위하여

그들은 보다 힘차게 돌아온다.

—「귀향」 전문

인생은 떠남과 돌아옴의 반복이다. 정주하는 삶은 평화와 안정을 보장한다. 정주할 수 없는 삶은 긴장과 불안을 동반한다. 이때의 이주가 자발적인 이주가 아니고, 구조적으로 안고 있는 부조리 때문이라면 한 개인의 심리적인 평화와 안정을 기대하기란 요원하다. 인용시의 '해마다 봄으로 떠난 사람들'과 '낯붉히며 도망가듯 떠난 사람들'은 자발적인 이주자들이 아니다. 이들은 식량이 바닥난 때인 '봄'에 떠난 사람들이다. 이들은 찌든 가난과 가혹한 수탈로 목구멍에 풀칠하기 어렵고, 피죽 한 그릇 먹기 어려운 '보릿고개'를 넘겨보고자 빠른 걸음으로 '도망가듯' 떠난 사람들이다. 그러나 이들은 '모르는 땅의 헤매임'에 종지부를 찍고, '죽지 하나가 찢겨진 채' 상처입은 몸으로 돌아온다. 그들은 생명력의 원천인 '뿌리', 고향을 찾아 돌아온다.

위의 시에서 고향을 등지고 떠났던 이들에게서 삶의 절박함을 확인할 수 있다면, 돌아오는 이들에게서 심리적인 안정과 평화를 더 갈구하고 있다는 것을 확인할 수 있다. 가난한 삶에서 벗어나고자 하는 절박함으로 떠난 도시에서 겪은 삶의 피폐함은 '함께'한 공동체인 '뿌리'를 다시 찾아오게 하는 동인으로 작용한다. 그래서 '떠나 살게 한 어둠'과 '과거'와 '미래 속으로' '모르는 땅의 모르는 몸들'을 과감하게 버리고, '보다 힘차게 돌아'온다. 공간과 시간을 공유한 고향 사람들과의 심리적인 연대는 '진한 언어'인 귀향을 감행하게 한다. '귀향'은 안정과 평화를 주는 언어이며, 영원한 머묾을 제공하는 언어이다. 그래서 고향은 모든 이들의 안식처가 된다.

별들이 내려와 그 눈을 맑게 하고
바람 한 점
그 손길로 옷깃을 여며 주네.

어둠 속에서도
눈밝혀 걸어오는 사람들의 발자국 소리,
귀에 익은 두런거림.

먼 데서 가까이서
더 큰 海溢을 거느리고 사랑을 거느리고
아아 기다리던 사람들의
돌아오는 소리 들려오네.

―「백제행」 부분

백제 사람들인 "반도 서남쪽 사람들"의 마음은 "대지"(「백제1」)에 있다. 넓은 벌판의 곡창지대에 사는 전라도 사람들의 마음은 오직 땅에 있다. '땅은 거짓말 하지 않는다'는 전라도 사람들의 신념이 반영된 시이다. 역사적 체험은 자연스럽게 이성부 시의 체질이 되었다. 떠났던 발길, 결국은 다시 돌아갈 수밖에 없는 곳이 '반도 서남쪽' '백제'의 땅이다. 귀향하지 않을 수 없는 곳으로 돌아가되 혼자서가 아니라 '먼 데서 가까이서/ 더 큰 海溢을 거느리고 사랑을 거느리고' 돌아온다. 이 장엄한 발길은 누구의 발길인가. 먼데서부터 가까이까지 한 사람 한 사람이 모여 거대한 힘으로 오는 이 발길은 누구의 발길인가. 백제로 발길을 돌리고 있는 이들은 바로 전라도 넓은 '벌판에서 태어난 목숨'들이다. 이들이 강한 연대의 힘으로 뭉쳐 '잡혀버린 몸'을 일으켜 '어둠 속에서도' '사랑을 거느리고' '뿌리'를 찾아 돌아온다.

> 찬바람 벌판 어둠 끝에서
> 혼자 걸어오시던 이
> 한 마리 학처럼 목이 길게
> 느릿느릿 걸어오시던 이
>
> 그 큰 두 팔로
> 이 고장 사람들의 슬픔을 껴안으며
> 이 고장 사람들의 희망을 어루만지던 이
>
> 넓은 가슴으로 어깨로
> 이 고장 사람들과 함께 승리했던 이
> 저 들판 적시는 영산강만큼이나
> 넘치는 사랑 그 안에 담고 있는 이
>
> 오늘은 근심걱정 다 마감하고
> 훌훌 손 털고
> 다시 그 벌판 혼자서 걸어가시네
> 빈山 뒤에 두고 가시네
>
> ―「빈山 뒤에 두고」 전문

이 시의 '이 고장'은 "우리 민족의 정한이 응력된 결핍의 상징"이며 "중심으로부터 소외된 변두리, 권력으로부터 추방당한 유배의식, 역사적으로 억압받은 강박관념, 늘 빼앗기고 고통받아온 수탈의식 등이 종합적으로 복잡하게 어울린 장소의 상징"[10]이다. 그럼에도 불구하고 '찬바람 벌판 어둠의 끝에서' 고고하게 '넓은 가슴으로 어깨로', '넘치는 사랑을 그 안에 담고' 걸어온다. 그렇게 걸어오는 사람 '무등산'은 두 팔을 벌려 광주를 보듬어 안고 슬픔이나 기쁨이나 할 것 없이 모든 것을 품는다. 무등산의 '無等'은 평등을 상징하는 공간으로 의미화되었고, 광주민중항쟁을 거치면서는 광주사람들과 함께 하는 존재가 되었다. '근심걱정 다 마감'하여 돌아갈 곳인 무등산은 그렇게 그를 지켜주었고, 그 또한 '무등산'을 그렇게 노래했다.

이성부 시인은 자신이 태어나 자란 공간, 구체적인 체험공간이 가지는 의미를 절대화하면서 또 다른 경험공간을 산출하였다. 인간은 수없이 많은 경험과 체험 공간을 거치지만 원초적인 공간에서의 경험은 전 생애를 지배하는 강력한 기제로 작동한다. 이성부에게 무등산이 그런 곳이었다. 셀 수 없이 올랐던 무등산, 그리고 추억들은 또 다른 산에 오르지 않으면 안 되는 모종의 국면들이 그를 기다리고 있었던 것이다.

3. 이분법의 해체, 백두대간으로 들다

시문학사 속에서 근대 이전의 산은 대부분 관조와 소요의 대상이다. 근대 이후의 산은 유산의 대상이었다. 그런 산이 이성부에게 와서는 직접 대면하는 대화의 대상이자, 역사와 인물들을 만나는 공간이 되었다. 이성부는 관념적인 공간으로 머물렀던 산을 실재적인 공간으로 현재화

---

10 정한용, 「넉넉한 사람의 힘」, 『저 바위도 입을 열어』, 나남출판, 1998, 533쪽.

하였으며, 백두대간의 구석구석을 온몸으로 누비면서 그 속에 숨어있는 역사와 문화, 인물들을 호명해냈다. 이성부 만큼 백두대간을 속속들이 만나고 들여다보고 대화하며 노래한 시인은 일찍이 없었다. 아니 앞으로도 없을 것이다. 그가 산에 들어 산의 시인이 된 것은 결코 자발성에 의한 것이 아니었다. 그럼에도 불구하고 그는 산에 미친 시인이 되었다. 어쩌면 그가 산을 찾은 것은 우연을 가장한 필연이었는지도 모른다.

5·18광주민중항쟁은 이성부에게 시와 삶의 변곡점이었다. 당시 그는 정론직필을 요하는 언론사에 근무하고 있었기에 광주의 참상은 받아들이기 어려웠다. 광주와 함께 하지 못한 것에 대한 죄의식에 몸부림치다 절필을 한 것은 시와 삶의 일치를 꿈꾸었던 그가 할 수 있는 최선의 선택이었다. 그에게 시는 "자기의 전체, 심장이며 손이며 다리, 살과 피와 정신이 한데 엉킨 자기의 온몸을 나타내"[11]는 것이었다. 그랬던 그였기에 일명 '광주사태'는 시인을 죽음으로 몰아가기에 충분한 사건이었다. 광주는 고립된 채 폭도들의 도시로 낙인 찍혀 반란의 도시로 전락했고, 언론은 진실을 왜곡하기에 바빴다. 시가 인간의 영혼을 아름답게 한다고 여겼던 그였지만 광주의 현실 앞에서 시를 쓴다는 것은 의미 없는 일이었으며, 시는 더 이상 아름다울 수 없었다. 그는 언어가 기만과 폭력의 도구로 쓰이는 것에 분노하였고, 그 언어로 광주시민을 폭도로 몰아가는 것에 절망하였다. 그래서 다음과 같은 시를 쓰고 난 후 그는 시를 쓰지 않았다.

무릎 꿇어 엎드리는 것이 어찌 사람뿐이냐.
바보가 된 우리들의 말이
벙어리가 된 우리들의 말이
걸레보다도 더 더러운 것이 되었을 때,

---

11 이성부, 「삶의 어려움과 시의 어려움」, 『창작과비평』 통권14호, 1969 여름.

개백정처럼 난지도처럼
동서남북 어디에고 다 입 벌려 귀를 벌려
온갖 잡귀 받아들일 때
우리들의 말이 어찌 우리 말이 될 것이냐.
그 많은 죽음에도 싸움에도 등을 돌렸던 말
고요히 숨죽여 고개 숙인 말
말이기를 버린 말
침묵의 충혈인 말!

—「시의 어리석음」 부분

'자기의 전체'였던 시가 이제는 '바보' '벙어리'보다 더한 아니 '걸레보다 더 더러운 것'이 되어버렸다. 그것은 말이 될 수 없었다. '개백정'이나 '난지도'처럼 '잡귀'들의 말일 뿐이었다. '죽음에도 싸움에도' 등을 돌리고, '말이기를 버린 말'로 시를 쓴다는 것은 '걸레보다 더러운' 것이 되는 것과 다름없는 일이었다. 시는 순결한 말로 쓰는 아름다운 것이어야 했다. 그랬던 시인이 '걸레보다 더 더러운' 말로 시를 쓸 수는 없는 것이었다. 그것은 미친 듯이 퍼마셔댄 술로도 해결될 수 없는 것이어서 시인은 스스로를 유배시키고 만다.

나는 싸우지도 않았고 피 흘리지도 않았다.
죽음을 그토록 노래했음에도 죽지 않았다.
나는 그것들을 멀리서 바라보고만 있었다.
비겁하게도 나는 살아 남아서
불을 밝힐 수가 없었다. 화살이 되지도 못했다.
고향이 꿈틀거리고 있었을 때,
고향이 모두 무너지고 있었을 때,

아니 고향이 새로 태어나고 있었을 때,

나는 아무것도 손쓸 수가 없었다.

—「유배시집5 - 나」 전문

시인은 5·18광주민중항쟁이 잔혹하게 짓밟힌 뒤 늘 자학 속에 있었다. 고향에서 벌어진 참상 앞에서 '싸우지도', '피흘리지도' '죽지도' 않고, '바라보고만 있었다'는, '불을 밝'히지도 '화살이 되지도' 못하고 '아무것도 손쓸 수 없었'다는 무력감은 자학을 넘어 죄의식으로 확장되어갔다. 그는 죄의식에 괴로워하다 결국 세상과 철저한 단절, 고립무원으로 스스로를 유배시키기에 이른다. 절해의 고도에 유폐시킨다고 그 죄의식이 사라지는 것은 아니지만 그렇게라도 하지 않으면 안 되었다. 그 유배는 광주 사람들의 고립된 심정과 고향이 '꿈틀거리고 있었을 때'와 '모두 무너지고 있었을 때' 함께 하지 못한 것에 대한 속죄의식이었다. 그가 자학과 유배 속에서 '살아있다는 사실만으로 죄인'이 되어 있을 때, 그를 끌어안고 품어준 곳이 '산'이었다.

80년 5월은 잔인했다. 그때 나는 신문 기자였다. 아무 일도 손에 잡히지 않았고, 아무런 말 한마디 뱉을 수도 없었다. 가슴이 터질 것 같은 노여움과 서러움을 안으로 삭이느라, 밤이 되면 술만 퍼 마셨다. 나는 자꾸 동료나 친구들로부터 떠나 외진 곳으로만 돌았다. 광주는 내가 태어나고 자라고 공부했으며, 내 문학에의 열정을 키워준 고향이었다. 그 고향이 온통 무너져 가는 것을 들으면서, 나는 날마다 절망의 나락으로 떨어지는 나를 보았다. 모든 시라는 것, 아니 모든 말과 문자로 쓰여지는 것들에 대한 불신과 혐오가 나를 채웠다. 이 무렵 시와 언어와 문자를 경멸하는 시를 몇 편 썼으나, 가슴만 더욱더 답답해질 뿐이었다. (……) 나는 내가 '살아 있다'는 사실 하나만으로 죄인이었다. 나의 문학적 이상이 군화 발바닥에 의해 짓뭉개졌을 때, 이미 나는 시인일 수가 없었다. 진실과 허위, 정의와 불의, 삶과 죽음 따위의 가치가 뒤바뀐 사회에서 많은 사람들이 숨죽이고 살아야 했다. 현실 도피와 자기 학대를 겸한 산행은 이처럼 나의 비겁함으로부터 시작되고 강행되었다.[12]

1980년 당시 저는 신문사에 있었는데. 그때 모든 언론에 대해 검열이 워낙 심했어요. 중위 대위급들이 앉아서 한 줄 한 줄 모두 검열을 했으니까요. 군사 정권에 조금만 불리하면 그것이 비록 사실일지라도 모두 지우는 겁니다. 그때 이런저런 통로와 경험으로 광주 이야기를 들었는데, 신문에서는 계속 '적도'니 '불순분자들'이니 매일매일 매도했어요. 저는 참으로 암담했습니다. 이제 '언어'라는 것은 완전히 허위구나. 완전히 가짜구나, 정말 견디기 힘들었습니다. 그때부터 침묵으로 들어갔어요. 역설적으로 그래서 '산'을 만나게 됐지요.[13]

위의 글들은 그가 산을 오르게 된 내막을 알려주고 있다. 어느 날 갑자기 '적도' '불순분자'가 되어 버린 고향의 사람들, 그 처참한 학살 앞에서 '진실과 허위, 정의와 불의, 삶과 죽음 따위의 가치가 뒤바뀐 사회에서 많은 사람들이 숨죽이고 살아야' 한다는 사실은 고통 그 자체였다. 그것을 피해 몸을 함부로 굴리며 학대하기 좋은 곳, 부끄러움을 숨길 수 있는 '산'을 만났다. 한마디로 광주의 비극 앞에 살아있다는 그 자체가 죄였던 시인이 유배의 끝자락에서 만난 '산'은 현실을 정면으로 응시하게 하였다. 현실을 피해 도망갔던 '산'은 역설적으로 역사를 만나고 역사 속

12 이성부, 「산속으로 뻗은 시의 길」, 『지리산』, 창작과비평사, 2001, 145~148쪽.
13 유성호, 「'역사'를 넘어 '산'에 이르는 길」, 『산이 시를 품었네』, 책만드는집, 2004, 25쪽.

의 인물들을 만나서 호명하고 현재화해 나가게 만들었다. 시인이 말하는 것처럼 현실을 도피하기 위해 숨어든 곳에서 더욱 명징하게 역사와 현실을 보게 된 것이다. '산'은 오히려 그의 긴 침묵과 유배를 풀게 하였으며, 건강한 역사와 산하와 대면함으로써 자기의 온몸을 다시 살려낼 수 있게 하였다. "이 길에 옛일들 서려 있는 것을 보고/이 길에 옛 사람들 발자국 남아 있는 것을 본다/내가 가는 이 발자국도 그 위에 포개지는 것을" 확인하면서 그는 그렇게 지리산의 역사를, 사람들을 불러내면서 내면 속에 쌓여 있던 시에 대한 갈망도 터지게 된다.

> 이 길에 붙으면 나는 항상 몸과 마음이 따로 논다 썰물처럼 나에게서 빠져나온 마음이 높은 데서 나를 내려다본다 잘 드러난 바다 뻘 같은 몸 보인다 쩔쩔매고 어리석기 삼장법사 손아귀에서 날뛰는 원숭이 같다 입김이라도 불어 떨어뜨리고 싶다 잘못한 일 너무 많아서 저리 땀흘리며 안간힘을 쓰나 그래도 살겠다고 저리 부비적거리나 어거지로 올라와서 두 팔 벌리고 푸른 하늘 읽어본들 무슨 소용이더냐 올라오는 과정 이미 바르지 않았으니
>
> —「부끄러운 등반」 전문

그러나 아직은 부끄러운 자의식 속에서 자유롭지 못하다. 현실과 대면하는 싸움보다 산으로 도피했다는 부끄러운 자의식 때문이다. 현실을 피해 산으로 숨어든 것 자체가 '살겠다고 저리 부비적거리나 어거지로 올라'온 것인 만큼 '과정 이미 바르지 않'았다. 그의 이 고백성사는 기형적인 역사가 한 시인의 의식구조의 분열을 초래하였음을 목도하게 한다. 그리고 "군화 발바닥에 의해 짓뭉개졌을 때, 이미 나는 시인일 수 없었다. 진실과 허위, 정의와 불의, 삶과 죽음 따위의 가치가 뒤바뀐 사회에서 많은 사람들이 숨을 죽이고 살아 현실을 외면했다는 죄의식"[14]은 "나에게서 이미 내 잘못 드러났"(「바위타기1」)다고 자신의 탓으로 돌린다.

방어기제로 작동하는 자기고백은 돌출된 상처를 치유하는 과정으로 욕동하면서 시는 더 건강해진다. 그래서 "더 강건하고 더 넉넉하고 더 너그러워"[15]져, "뿌리 스스로 뽑아들고" "세상 속으로"(「숨은벽2」)나오게 된다. 자학과 자책으로 일관하던 시가 오히려 단단하게 뭉친 자의식의 시를 동반하고 돌아왔다.

이제 비로소 길이다
가야 할 곳이 어디쯤인지
벅찬 가슴들 열어 당도해야 할 먼 그곳이
어디쯤인지 잘 보이는 길이다
이제 비로소 시작이다
가로막는 벼랑과 비바람에서도
물러설 수 없었던 우리
가도 가도 끝없는 가시덤불 헤치며
찢겨지고 피흘렸던 우리
이리저리 헤매다가 떠돌다가
우리 힘으로 다시 찾은 우리
이제 비로소 길이다
가는 길 힘겨워 우리 허파 헉헉거려도
가쁜 숨 몰아쉬며 잠시 쳐다보는 우리 하늘
서럽도록 푸른 자유
마음이 먼저 날아가서 산넘어 축지법!
이제 비로소 시작이다

---

14 이성부, 「시인의 말」, 『지리산』, 창작과비평사, 2001, 147~148쪽.
15 신경림, 「산을 통해서 세상을 보는 시인」, 『신경림의 시인을 찾아서』 2, 우리교육, 2010.

이제부터가 큰 사랑 만나러 가는 길이다
더 어려워 바위 벼랑과 비바람 맞을지라도
더 안 보이는 안개에 묻힐지라도
우리가 어찌 우리를 그만둘 수 있겠는가
우리 앞이 모두 길인 것을……

—「우리 앞이 모두 길이다」 전문

산과 함께 한 절필의 기간은 '이제 비로소 길이다'는 선언을 가능하게 한 산고의 시간이었다. 시인이 스스로를 유폐시켜 '이리저리 헤매다가 떠돌다가'산을 만나고서야 '가야야 할 곳'과 '당도해야 할 먼 그곳'이 어디인지 분명하게 알게 되었다. 그리고 그동안의 시간과 결별을 선언한다. 산의 오르막과 내리막은 인생의 여정과 다르지 않다. 산에 오르면서야 길이 보였고, 거기서 '비로소 시작'이라는 확언은 그의 시를 역동적으로 변모시킨다. 시의 역동성 안에서 품어져 나오는 남성적인 힘은 '이제부터가 큰 사랑을 만나러 가는 길이다'에서 여실하다. 뿐만 아니라 '우리가 어찌 우리를 그만둘 수 있겠는가'에서 연대는 더욱 견고해지고, 의지는 더욱 강해진다.

나를 밀어올리고
나를 솟구치게 하는 그 소리
꽃잎처럼 떨어져간 그대들 소리
소리가 없으므로
다 끝났다고 생각하는 것은 잘못이다
그것이 평화라고 하는 것은
더더욱 잘못이다

—「바위타기3」 부분

'꽃잎처럼 떨어져 간 그대들'의 소리가 나를 '밀어올리'고 '솟구치게'하는 소리가 되었다는 것도 앞서의 언술을 확인케 한다. 「바위타기」와 「화강암」연작시의 견고한 광물성은 앞의 자기 고백적이고 자기 성찰적인 시를 넘어 단단하고 거친 남성적 이미지로 채워진다. 이로써 의식구조의 분열을 극복하고, 남성적 이미지와 역동성은 강화되고 있다. "암벽에서 내 몸을 함부로 굴리기 시작했다. 몸을 학대할수록 정신이 맑아지는 것을 알았다. 그러므로 산은 나를 숨기는 도구가 되었다. 비겁하게도 나는 산에 미쳐감으로써 쾌락에 길들여졌다."[16]는 진술은 시인이 산을 만나면서 변화된 시적정서가 현실과 타협할 수 없는 힘으로 표면화되기에 이르렀음을 보여준다.

그는 시집 제목으로 『지리산』을 붙인 만큼 1000회 이상 '지리산'에 올라서야 "세상에 나아가서 부대끼는 사람보다/세상에서 숨어 귀 막고 가린 사람이/세상을 잘 터득하는 법"(「다시 남명선생」)을 알았고, "돌쇠 개똥이 삼봉이/이름 천한 사람"이 "눈 밭의 댓이파리"(「산죽」)로 산다는 것을 알아차린다. 그리고 "얼음 들어 검푸른 발가락 잘려나가도 스스로는 아깝지 않았던 목숨들"을 만나면서 "마음속 뜨거운 불꽃"(「단풍이 사람을 내려다본다」)을 피우기도 한다. 이렇듯 지리산은 시인을 끊임없이 들여다보게 하는 거울이 되어 역사 속의 수많은 인물들과 조우하면서 과거와 현재를 넘나들게 한다. 그 과정에서 시인은 "하나를 더 배우고 더 깨우쳐서"(「남겨진 것은 희망이다」) "날마다 내가 아닌 다른 내가 되어"(「그들은 지금 어디 있는가」) "사랑하는 것들 멀리 떨어져 바라보아야 더 잘 보"(「보석」)인다는 사실을 자각한다.

산을 배우면서부터

---

16 이성부, 「후기」, 『야간산행』, 창작과비평사, 1996, 118~119쪽.

참으로 서러운 이들과 외로운 이들이
산으로만 들어가 헤매는 까닭을 알 것 같았다
슬픔이나 외로움 따위 느껴질 때는 이미
그것들 저만치 사라지는 것이 보이고
산과 내가 한몸이 되어
슬픔이나 외로움 따위 잊어버렸을 때는
머지않아 이것들이 가까이 오리라는 것을 알았다

—「산을 배우면서부터」 부분

그에게 산은 긴장과 설레임, 그리고 새로움이었다. 산은 세상을 가르쳐 주는 학교였다. 거기서 '서러운 이들'과 '외로운 이들'을 만나고, 그 '슬픔'이나 '외로움'을 무화시켜 산과 하나가 되어갔다. 그렇기에 시간마다 다르게 변하는 산은 설레임이며, 새로움일 수밖에 없다. 그가 산에 오를 수밖에 없는 참 매혹은 "낯선 적요 속으로 들어가 안기는 일이/나에게는 가슴 설레는 공부"(「안 가본 산」)였다.

바위(암벽)에서의 무서움, 극한적인 싸움에서 돌아본 생과 사물의 본질 추구가 『야간산행』이었다면, 우리나라의 큰 산줄기와 그 기슭에 얽힌 사람들의 삶·역사·문화 따위를 살펴본 것이 『지리산』과 『작은 산이 큰 산을 가린다』라고 할 수 있겠다. 『도둑산길』도 산과 내가 교감하고 말하고 깨우치고, 담담하게 세상을 내려다보았다는 점에서, 전과는 달리 더 미시적이고 또 관심의 폭이 넓어졌다.[17]

위 글에서 우리는 그가 지난 30여 년간 산과 관련한 시를 써왔다는

17 이성부, 「시인의 말」, 『도둑산길』, 책만드는집, 2010, 123쪽.

것을 단적으로 시사한다. 광주의 현실 앞에 살아있는 것이 부끄러움이었던 그가 산으로 도피했다고 자책하기도 했지만 오히려 산을 통해 세상의 부조리와 대면하고 세상을 향한 펜은 더 강해졌다. 인간성의 복원, 원형으로 회귀, 역사의 호명은 강해진 펜의 날카로움 속에 근거한다. 세상은 늘 이분법적인 대립구도로 편 가르기를 부추겨왔다. 이런 이분법을 해체시킬 수 있는 유일한 통로가 산이었다. 해체를 통한 재생성, 이것이 이성부가 궁극으로 산을 오른 이유였을 것이다.

앞서가는 사람 쇠지팡이 두 개
바윗돌을 스칠 때 마다
내 머리 어지러워 주저앉아버리고
푸나무 건드릴 때마다 내가 아퍼
눈으로 신음소리를 낸다
씩씩하게 땅바닥 찍는 것을 보고
땅이 문 닫는 소리 저를 가두는 소리
온 세상 귀 막는 소리 나에게도 들린다

—「쇠지팡이」 전문

인용시는 산에 오르면서 몸의 무리를 견디게 해주는 쇠지팡이가 얼마나 해로운 것인지를 해명하고 있다. '바위돌'을 스치거나 '푸나무'를 건드릴 때 화자는 땅이 되고 산이 되어 아픔에 동참한다. 산은 인간중심으로 돌아가는 세계, 자연을 지배의 대상으로 삼는 인간들의 폭력에 '문'을 닫고, '귀'를 막아버린다. 화자 또한 아픔을 온몸으로 느끼며 '신음소리'를 듣는다. 자연의 아픔을 자신의 아픔으로 받아들이는 것은 시인이 산에 오르면서 인간과 자연이 분리될 수 없다는 진리를 깨달음이다. 그래서 '쇠지팡이'의 폭력성은 '나무지팡이'의 포용성을 통해 회복의 가능성을 연다. “죽은 나무마저 땅과 사람을 잇는구나/저녁하늘이 불그레하여 옆으로 드러누어/나도 너의 편이다 말씀하신다”(「나무지팡이」)는 이를 명징하게 보여준다. 여기에서 시인이 대하는 자연, 인간과 자연이 분리될 수 없는 동일성을 만나게 된다. 쇠지팡이의 금속성과 나무지팡이의 자연성의 대비, 폭력성과 포용성의 대비는 인간의 위악성과 이중성을 폭로한다. 지팡이는 찍지 않고 짚어야 “땅 기운이 내 몸속으로 들어오는 것”(「나무지팡이」)이다. 그렇기 때문에 시인은 혹여라도 하는 생각으로 “나를 자꾸 숨죽이며 돌아보”(「산속의 산」)는 버릇이 있다. 다음의 시도 마찬가지다.

> 산길을 걸어 올라갈 적에는 행여
> 벌레 한 마리라도 밟을까 봐 조심스럽고
> 드러난 나무뿌리들도 피해 가느라
> 천천히 발걸음을 딛습니다
>
> —「오르막길」 부분

이성부 시인이 산에 오를 때의 마음과 자세, 자연을 대하는 태도가 단적으로 드러난 부분이다. 옮기는 발걸음이 ‘벌레 한 마리라도 밟을까봐’ 조바심하는 그 모습은 마치 어린이가 모든 사물을 사람으로 대하듯 하는 것과 같다. 혹여라도 자신 때문에 그것이 아주 작은 미물일지라도 상처를 입어서는 안 된다는 모성성은 사실 이성부 시의 실체이다. 그의 시가 따뜻한 이유이다. 시인은 “산은 곧 한국인의 의식과 세계관 형성의 원형을 보여주는 자연”으로 인식하고, “산 너머 세계에 대한 꿈과 동경이 사람들의 발걸음을 백두대간에 이르게 했”[18]다고 믿는다.

---

18 이성부, 「시인의 말」, 『작은 산이 큰 산을 가린다』, 창비, 2004, 147~148쪽.

산을 가자

우리를 모래처럼 부숴버리기 위해

가자

산에 오르는 일은

새롭게 사랑 만나러 가는 일

만나서 나를 험하게 다스리는 일

더 넓은 우리 하늘

우리가 차지하러 가고

우리가 우리를 무너뜨려

거듭 태어나게 하는 일!

山을 가자

먼발치로 바라보는 산이 아니라

가까이서 몸 비비러 가자

온몸으로 온몸으로 우리 부서지기 위해 가자

―「산」 전문

시인이 "산에 오르는 일이 정신과 육체를 해체시키는 작업이며 그리하여 거듭 태어나게 하는 일이며, 또 다른 육체적 정신적 결합을 강조한 시편"이라고 말한 것처럼 '비어있음의 충만'을 엿보게 한다. "온몸을 다하여 전심전력으로 더 깊이 더 높이 오를 때, 우리는 지금까지 전혀 만날 수 없었던 새로운 세계의 희열을 만끽"하는 "떨림의 세계"[19]임도 알겠다. 이것이야말로 해체를 통한 생성이 아니고 무엇이겠는가. 산은 부숴버리게 한 뒤 사랑을, 무너뜨린 뒤 태어남을 알게 하는 곳으로 승화된다. 즉 '온몸'을 죽임으로 다시 태어날 수 있다는 사실을 '산을 가자'에 담아내고

19 이성부, 「가까이서 몸 비비러 가자」, 『산행』, 수문출판사, 2002, 28~29쪽.

있다.

> 산에 오르던 기억은 거의 소년시대부터였다고 생각된다. 둘러보아야 모두 산이었던 풍경이 내 유·소년을 사로잡았고, 그 산이 지금도 태어난 고향처럼 내 눈앞에 많이 있다는 것은 얼마나 가슴 뛰는 즐거움인가. (……) 소년 시절 광주의 무등산을 헤아릴 수 없을 만큼 많이 올라갔었다. 건빵 한 봉지만 호주머니에 넣고 가면 1천 1백여 미터의 무등산은 항상 나의 것이 되곤 하였다. 걸어서 세시간 안팎이면 광주 시내의 어느 곳에서나 정상까지 올라갈 수 있었던 산, 건빵과 계곡물로 배를 채웠던 그 산, 그런 산이 40대 중년이 된 지금의 서울에도 가까이에 많다는 것은 얼마나 행복한 일인가.[20]

앞서 이성부는 '무등산의 시인'이라고 한 바 있다. 시인이 밝히고 있듯이 그는 소년시절부터 헤아릴 수 없을 만큼 무등산을 올랐다. 산에 대한 그의 첫 경험이 무등산이었고 수도 없이 오른 곳이 무등산이다. 어린 시절에 이미 산의 매력을 알았던 것이다. 광주민중항쟁이 가한 충격은 그를 산으로 들어가게 하였다지만 그것은 어쩌면 산으로 돌아갈 수밖에 없는 운명이었는지도 모른다. 그는 무등산을 다음과 같이 노래하고 있다.

> 기쁨에 말이 없고,
> 슬픔과 노여움에도 쉽게 저를 드러내지 않아,
> 길게 돌아누워 등을 돌리기만 하는 산.
> 태어나면서 이미 위대한 죽음이었던 산.
> 무슨 가슴 큰 역사를 그 안에 담고 있어
> 저리도 무겁고 깊게 잠겨 있느냐.

---

20 이성부, 「'언제나 산을 볼 수 있음'의 행복」, 『산길』, 수문출판사, 2002, 30~31쪽.

저 산이 입을 열어 말할 날이
이제 이를 것이고,
저 산이 몸을 일으켜 나아갈 날이
이제 또한 가까이 오지 않았느냐.

—「무등산」 부분

내가 어렸을 때
어머님께서 말씀하셨지.
'저 산은 하눌산이여'
'하눌님이 계시는 집이여'

—「무등산」 부분

두 편의 시 「무등산」에서 표출된 무등산은 경험의 산물이다. 시인이 어린 시절부터 경험했던 무등산은 '기쁨에 말이 없고,/슬픔과 노여움에도 쉽게 저를 드러내지 않'는 '하눌님이 계신 집'이다. 그 무등산은 '태어나면서 이미 위대한 죽음이었던 산'이다. "산은 곧 그 산에서 태어난 사람의 마음을 그 산처럼 키워주는 것"이기 때문에 "광주에서 태어나 무등산이 무등산답게 키워놓은 많은 시인들"은 "끊임없이 고향의 그 튼튼한 기상과 기백을 노래"[21]하였다. 무등산은 이성부에게 '가슴을 뛰게 한 산'으로 "특유의 민중적 상상력과 굵은 역사의 음역을 지속"[22]하게 하는 토대를 제공하였다. 무등산이 '입을 열'고 '몸을 일으켜 나아갈 날'을 위하여 무등산을 노래하기 멈추지 않았던 무등산을 다음과 같이 기록하고 있다.

---

21 이성부, 「무등산이 키운 시인들」, 『저 바위도 입을 열어』, 나남출판, 1998, 528쪽.
22 유성호, 「'역사'를 넘어 '산'에 이르는 길」, 『산이 시를 품었네』, 책만드는집, 2004, 3쪽.

나는 어린시절부터 산에 대한 호기심과 모험심이 유달리 많았다. 어른들은 그 산을 '한울님이 계시는 산'이라고 했다. 하루에도 몇 번씩 그 거대하면서도 포근한 먼 산을 바라보며 자랐다. 그 산은 마치 나의 고향인 자그마한 도시를 그 큰 두 팔로 껴안은 듯 감싸고 있었다. 중학교에 다니면서부터 나는 일요일이면 그 산을 오리내리기 시작했는데, 갔다왔다 60리(24km)나 되는 산행인데도 마냥 즐거운 추억들 뿐이다.[23]

나는 스스로 외로워지기 위해서 산으로 갔다. 산에서 외로웠을 때에라야 나는 비로소 자유와 야성과 희망의 내음을 맡을 수가 있었다. 산에서 도시로 돌아올 때마나 그 외로움은 나에게 활기의 원천이 되어 주었다. 강한 호기심과 모험심·도전·고독은 그러므로 나의 삶과 시의 동력이라고 생각한다. 외로움과 무서움을 피해 가지 않는 생이 곧 산악정신이 아닌가.[24]

무등산에 관한 시와 산문에서 그가 무등산의 시인이 될 수밖에 없었음을 알 수 있다. 전라도 사람들에게 각인되어 있는 무등산은 그냥 산이 아니다. '무등'이 말하고 있듯이 모두가 평등한 곳, 아무도 건드려서는 안 되는 신성한 공간 '하늘님이 계신 집'이었다. 무등산은 시인의 어머니, 어머니의 어머니, 어머니의 어머니의 어머니로부터 전해 오는 '하늘님이 계시는 집'이다. 그러므로 어린 시절 무등산에 올라 왜 '하늘산'인지를 알았고, 입석대에서 날고 싶다는 충동을 느낀 것이다. 시인이 산과 하나가 되고자 했던 열망의 근거지가 바로 무등산인 것이다.

그가 걸어온 시인의 길은 강한 남성적인 이미지로 고착화되어 있다. 그러나 또 다른 시세계의 일면은 "힘차게 보였으나 속으로 연약"(「너덜

23 이성부, 「산이 거기에 있으니」, 『산길』, 수문출판사, 2002, 18쪽.
24 이성부, 「서문」, 『산길』, 수문출판사, 2002, 4쪽.

경을 내려가며」)하기 이를 데 없었다. 그래서 '설자리 잃은 사람들'을 그대로 받아주는 '착한 다른 세상'인 산을 찾아간 것이다. 그런 그가 "상처가/ 덧나고 곪고 터지고 딱지가 앉은 다음에라야/내 정신의 살결 더욱 튼튼해"(「바위타기」)지는 것을 알았다. 백두대간은 그가 전 생애를 거쳐 멈추지 않았던 시쓰기와 함께 넘을 수밖에 없는 곳이다. 백두대간에 영원히 들었으니 그곳에서도 시쓰기를 멈추지 마시라.

4. 나오며

전라도 광주에서 태어난 시인 이성부는 어릴 적 소원대로 평생 시인의 길을 걸었다. 중학교 시절부터 시작된 문학의 길은 광주고등학교에서 더욱 구체화시켜 나갔으며, 경희대학교에서 국문학을 전공하면서 깊어졌다. 그리고 평생을 시와 함께 울고 웃으면서 지상의 시간을 채웠다. 그의 문학적 열망은 무등산으로부터 시작되었다가 백두대간을 넘어서 전라도로 귀착되었다.

이성부 시인은 평생 전라도를 짊어지고 걸었던 시적 여정이었다. '한'의 고장 '끈질긴 생명'의 고장인 전라도에서 태어나 그 정서를 온몸으로 껴안았던 시인은 그래서 전라도로부터 자유롭지 못했고 광주로부터 자유롭지 못했다. 그리고 도망치듯 숨어든 산에서도 그는 역사와 현실을 벗어던질 수 없었다. 오히려 건강한 역사와 대면하여 과거와 현재의 대화를 시도하였고, 그것은 백두대간 곳곳에 스며있는 숨결들을 불러내는 것으로 구체화되었다. 그가 오른 백두대간은 우리 민족의 얼을 찾아가는 과정이었다. 그의 시 속에 고스란히 담긴 백두대간은 오롯한 민족의 역사와 문화이며 정신이었다.

'무등산'에서 시작되었던 등산의 여정 마친 시인이 떠나고 난 지금, '길이 끝나는 데서 등산이 시작된다'던 시인의 말이 의미심장하게 들린다. '산에 오르는 일이 세계를 한눈에 담는 것'이라더니 그는 영원히 세계를 한눈에 담고라도 있는 것인가. "걸어가야 할 산길과, 그 산에 서린 역사와 인문지리적 사실들을 들춰보는 일도 게을리 하지 않았다. 그 산줄기의 기슭에 기대어, 또는 그 산줄기를 넘나들며 살아왔거나 살아가는 사람들의 이야기는 아무리 공부를 해도 그칠 날이 없을 것 같다."[25]던 시인은 거기 또 누구를 만나 공부하며 시를 쓰고 있을 것인가. 혹여 먼저 간 후배시인 조태일과 나란히 앉아 광주고 시절부터 경희대시절, 그리고 수많은 술집에서 마셔댔던 술과 가난한 시인들의 삶을 안주 삼아 "그때가 참말로 좋았지이-잉" 맞장구라도 치고 있지나 않은지. 무등산의 시인, 전라도의 사람, 산으로 들었으니 그 또한 산이 되시라.

25 이성부, 「시인의 말」, 『작은 산이 큰 산을 가린다』, 창비, 2004, 152쪽.

참고문헌

김종철, 『시와 역사적 상상력』, 문학과지성사, 1978.

권영민, 『현대문학사』, 민음사, 1993.

신경림, 「산을 통해서 세상을 보는 시인」, 『신경림의 시인을 찾아서』 2, 우리교육, 2010.

유성호, 「'역사'를 넘어 '산'에 이르는 길」, 『산이 시를 품었네』, 책만드는집, 2004.

이성부, 『이성부시집』, 시인사, 1969.

______, 『우리들의 양식』, 민음사, 1974.

______, 『백제행』, 창작과비평사, 1977.

______, 『전야』, 창작과비평사, 1981.

______, 『빈산 뒤에 두고』, 풀빛사, 1989.

______, 『야간산행』, 창작과비평사, 1996.

______, 『저 바위도 입을 열어』, 나남출판, 1998.

______, 『지리산』, 창작과비평사, 2001.

______, 『산길』, 수문출판사, 2002.

______, 『산행』, 수문출판사, 2002.

______, 『작은 산이 큰 산을 가린다』, 창비, 2004.

______, 『도둑산길』, 책만드는집, 2010.

정한용, 「넉넉한 사람의 힘」, 『저 바위도 입을 열어』, 나남출판, 1998,

조태일, 『고여 있는 詩와 움직이는 詩』, 전예원, 1980.

최하림, 「이성부의 시세계」, 『前夜』, 창작과비평사, 1981.

『전남일보』, 1959. 10. 12.

김승옥 소설에 나타난 주체의 불행한 의식

공종구

1. 들어가는 말

김승옥 소설의 본질적 에토스로 규정할 수 있는 정체성의 표지는 과연 무엇일까? 그 질문에 대해서는 '감수성의 혁명'[1], '존재로서의 고독'[2], '경계인의 초상'[3] 등 이제까지 많은 논자들의 적실한 규정들이 성실한 대응을 보여 왔다. 이 글에서는 '주체의 불행한 의식'이라는 개념을 통해서 그 질문에 대한 성실한 탐색을 해 보고자 한다. "하나의 반대되는 요소가 자기와 반대되는 것 속에서 정지상태에 이르는 것이 아니라 오히려 또 다른 반대물로서 새로이 등장하는 모순된 운동"[4]인 불행한 의식이 김승옥 소설의 핵심범주로 기능하고 있다는 판단이 이 글의 의도와 목적을 규정하게 된 동기이다.

'어느 쪽에도 치우치지 않고 괴로워하며 '사이'에 위치하는 게 좋다. 괴로워하며 '사이'에 위치하는 게 최선의 태도라는 생각도 이젠 내 고정관념 중의 하나이다'.[5]라는 고백적 진술의 형태를 얻을 정도로 김승옥 소

1 유종호, 「감수성의 혁명」, 『비순수의 선언』(유종호 전집1), 민음사, 1995.
2 천이두, 「존재로서의 고독」, 『제3세대 한국문학』, 삼성출판사, 1986.
3 이혜원, 「경계인들의 초상」, 『작가연구』 제6호, 새미, 1998.
4 헤겔, 『정신현상학』, 임석진 옮김, 지식산업사, 1988, 285쪽.

설에 다양한 변주를 보이면서 지속적으로 전경화되고 있는 주체의 불행한 의식은 크게 두 가지의 유형으로 범주화할 수 있다. 전쟁의 폭력성에 대한 경험을 매개로 한 '통과제의적 주체의 불행한 의식'이 그 하나라면, 근대사회로 변모하는 과정에서 경험하게 되는 존재론적 갈등을 매개로 한 '근대적 주체의 불행한 의식'이 다른 하나이다. 유년기의 한국전쟁 체험이 원천서사로 기능하고 있는 전자의 범주에 포함되는 작품으로는 데뷔작인 「생명연습」(1962)과 바로 이어서 발표한 「건」(1962)을 들 수 있고, 청년기의 도회지 체험이 원천서사로 기능하고 있는 후자의 범주에 포함되는 작품으로는 김승옥의 대표작으로 회자되는 「무진기행」(1964)과 「서울 1964년 겨울」(1965)을 비롯한 대부분의 단편들을 들 수 있다. 분석의 편의를 위해 전자의 서사를 '통과제의적 주체의 서사'로, 후자의 서사를 '근대적 주체의 서사'로 명명하기로 한다.

두 가지 계열체의 서사로 범주화할 수 있는 김승옥 소설 가운데 비교적 초기 작품들에 속하는 「건」, 「역사」, 「무진기행」, 「누이를 이해하기 위하여」 등과 같은 상당수 작품들의 플롯은 상호 대립하는 가치에 대한 서사 주체의 양가적 태도나 길항적 의식이 서사를 형성해 나가는 이항 대립적 구조로 이루어져 있다. 그리고 근대적 주체의 서사를 추동하는 인물들은 거의 대부분 무의미하고 부조리하다고 생각하는 상황에 대한 적극적인 비판 의지나 저항 의지를 보여주지 못하고 있다. 대신 그들은 자신에 대한 끝없는 회의와 자아 성찰만을 반추하면서 자신의 존재 기반인 구체적인 사회현실에 뿌리내리지 못하고 방황만을 거듭하고 있거나 아니면 위악적이거나 냉소적인 태도를 통해서 방관자적 거리를 확보하고 있을 뿐이다. 서사의 결말 또한 하나의 분명한 정점으로 집중되지 않

5 김승옥, 「확인해본 열다섯 개의 고정관념」, 『김승옥 소설전집』 1, 문학동네, 1995, 121쪽.

고 열린 상태를 지향하는 개방적 텍스트의 양상을 보이고 있다. 이 모든 서사 특성들은 지배적인 서사 대상으로 초점화되고 있는 주체의 불행한 의식에 대한 구조적인 상동성의 등가적 반영이라고 생각된다.

또한 두 계열체의 서사 모두 존재와 세계에 대한 비극적 인식이 구성적 의식으로 기능하고 있다. 그러나 유년기의 화자를 초점인물로 설정하고 있는 통과제의적 서사에서 청·장년기의 화자를 초점인물로 설정하고 있는 근대적 주체의 서사로 올수록 존재와 세계 인식의 비극적 강도가 완화되면서 현실세계에 동화되어 가는 서사적 차이를 드러내고 있다. 그리고 초기 소설들의 구조적 친족성을 형성하고 있는 이항 대립 구조의 틀 또한 후기 소설들로 올수록 약화되거나 해체되는 양상을 보이고 있다. 구체적인 분석을 통해서 살펴보기로 한다.

2. 통과제의적 주체의 불행한 의식

미·소 양 강대국 진영의 '이데올로기 대리전'이 되었건, 아니면 이승만과 김일성 두 정권의 '조국 통일전쟁'이 되었건 1950년 6월 25일에 발발한 한국전쟁[6]은 남·북한 민중들에게 엄청난 비극적 재앙의 상처를 남기게 된다. 그 비극적 재앙의 그림자로부터 자유로울 수 있는 사람은 아무도 없었을 것이다. 그러한 사정은 10살이라는 비교적 어린 나이에 한국전쟁을 경험한 김승옥에게도 마찬가지 사정이었을 터이다. 특히, 한국전쟁의 폭력적 광기가 분출해내는 파괴적 에너지는 8살 때 아버지를 여윈 상태에서 가치박탈 체험에 시달리던 김승옥에게는 새로운 세계로의

6 한국전쟁의 성격과 본질을 둘러싼 개괄적 검토에 대해서는 박명림, 「한국전쟁 연구 서설」, 한국정치연구회 정치사분과, 『한국전쟁의 이해』, 역사비평사, 1993 참조.

진입을 준비하게 하는 통과제의적 경험으로 인식될 수 있었을 터이다. '새로운 상태의 시작'이라는 어원의 통과제의는 시련과 고통을 통해 실존체제의 존재론적 변화[7]를 수반하는 일련의 충격적인 경험을 의미한다. '순진에서 성숙으로'의 존재론적 변화라는 통과제의를 경험한 주체에게 따라서 존재와 세계는 이미 그 이전의 상태 그대로일 수가 없게 된다. 비교적 명료한 형태의 통과제의적 양식을 통해서 한국전쟁의 폭력성을 형상화하고 있는 작품들로는 「건」과 「생명연습」을 들 수 있다.

「건」은 한국전쟁의 폭력성을 통해서 존재의 단절을 경험하게 되는 '나'의 통과제의나 입사의식을 매개로 한 '주체의 불행한 의식'을 형상화하고 있는 작품이다. 이 작품에서 주체의 불행한 의식을 야기하는 두 개의 대립적 가치로 기능하는 세계는 타락한 어른들의 세계 / 순정한 유년의 세계라고 하는 이항 대립항이다. 폭격에 의해 불타버린 방위대 본부의 공간 설정(한국전쟁 이후)과 기능적 상관속을 형성하고 있는 타락한 어른의 세계의 담지체로 기능하는 인물들은 아버지, 형과 형의 친구들이다. 그리고 백회벽의 지하실을 갖춘 왕궁과도 같은 놀이터의 공간 설정(한국전쟁 이전의 나의 유년 시절)과 기능적 상관속을 형성하고 있는 순정한 유년 세계의 담지체로 기능하는 인물들은 미영이와 윤희 누나이다. 전자의 세계에 속하는 인물들은 강고한 질서를 구축하면서 현존하고 있는 반면, 후자의 세계에 속하는 인물들은 이미 부재하고 있거나(미영), 아니면 그 순정의 세계가 타락한 어른들의 음모와 폭력에 의해 일방적으로 유린당하기 바로 직전의 임계상황에 놓여 있다(윤희 누나). 순정한 유년의 세계가 어른들의 야만적인 폭력에 의해 일방적으로 붕괴당하는 상황 설정부터가 한국전쟁의 비극적 폭력성에 대한 작가적 문제의식의 반영이라고 할 수 있다.

---

7 시몬느 비에른느, 『통과제의와 문학』, 이재실 옮김, 문학동네, 1996, 11~13쪽 참조.

이 작품에서 '악의 발견'을 매개로 한 혼돈과 존재론적 각성을 통해 새로운 세계로의 진입을 예비하는 통과제의적 매개로 기능하고 있는 사건은 '빨치산 시체를 목도하게 되는 경험'이다.

> 우리는 어른들의 틈 사이를 비집고 그 안을 들여다보았다. 한 사람이 땅바닥에 손발을 쭉 뻗고 엎드려 있었다……
>
> 땅에 뿌려진 피와 머리맡의 총만 없었다면 그것은 영락없이 만취되어 길가에 쓰러진 한 거지의 꼬락서니였다. 그것은 간밤의 소란스럽던 총소리와 그날 아침의 황폐한 시가가 내게 상상을 떠맡기던 그런 거대한, 마치 탱크를 닮은 괴물도 아니고 그리고 그때 시체 주위에 둘러선 어른들이 어쩌면 자조(自嘲)까지 섞어서 속삭이던 돌덩이처럼 꽁꽁 뭉친 그런 신념덩어리도 아니었다. 땅에 얼굴을 비비고 약간 괴로운 표정으로 죽은 한 남자가 내 앞에 그의 조그만 시체를 던져주고 있을 뿐이었다……
>
> 나는 고개를 얼른 돌려버렸다. 다시 시체가 있었다. 그리고 그 시체가 누운 거기에서 풀밭이 시작되었고 풀밭이 끝나는 곳에는 벽돌 만드는 흙을 파내오는 주황빛 언덕이 있었다…… 아무래도 설명할 수 없는 감정을 던져주는 구도였다. 방금 잠깐 쑤시고 간 그 강렬한 색채들 때문에 나의 눈은 눈물이 나도록 쓰렸다. 나는 한 손으로 이마를 두드려 어지러움이 가시게 하며 휘청 휘청 학교로 돌아왔다……
>
> 그러나 나는 거기에 대해서 아무말도 하지 않았다. 무엇을 얘기할 것인가? 내가 보았던 그 어설프고도 허망한 주황색 구도를 얘기할 것인가? 하지만 얘들은 그걸 이해해줄 것인가? …그렇다, 할 얘기란 없었다. 나는 그저 어지러움만을 느끼고 있었다.(김승옥 소설 전집 1, 53~55쪽)

존재론적인 차원에서 볼 때 한 인간의 죽음은 불안의 원천을 형성한다. 모든 종교의 원천이 바로 그것에 터를 두고 있을 정도로 죽음에 대한 인간의 불안은 근원적이다. 사실 우리들의 삶이 의미를 지니게 되는 것은 죽음의 지평 위에서인지도 모른다. 그리고 일상적인 맥락에서도 '이인칭의 죽음'은 다른 존재로는 결코 대신할 수 없는 한 사람과의 영원한 이별을 의미[8]한다. 그런데 처참한 몰골로 널브러져 있는 빨치산 사체를 통해 처음으로 경험하게 되는 죽음은 나에게 죽음에 대한 인식론적 전회의 계기를 제공하게 된다. 이제까지 '형이상학적인 관념의 차원'에서 엄숙한 대상으로만 이해되어 왔던 죽음은 그 경험을 매개로 단순한 '생물학적인 사실 차원'에서 하찮은 대상으로 받아들여지기 때문이다. 존재론적 불안의 원천이자 삶의 지평으로서의 죽음에 대한 최소한의 성찰조차도 보여주지 못한 채 단순한 돈벌이의 일상 차원에서 빨치산의 사체를 수습하는 아버지와 형의 사물화된 태도를 보고서 나가 안도감을 느끼게 되는 것도 죽음을 대수롭지 않은 생물학적 사실 차원에서 새롭게 인식하게 되는 나의 통과제의적 발견에 대한 방어기제라고 할 수 있다. 또한 입관 현장에서 필요 이상의 과잉행동을 통해 돌팔매질을 하게 되는 것도 그 본질에서는 마찬가지 맥락이라고 할 수 있다.

한편 죽음에 대한 형이상학적인 기대와 믿음이 완전히 무너져내리는 허무를 통해 경험하게 되는 나의 존재론적 혼돈은 "선악을 안다는 것은 천진무구의 기쁨과 결별하는 것이며 노역과 출산과 사망의 무거운 짐을 떠맡는 에덴 동산 신화의 인식을 통한 성숙에의 추락"[9]에 해당한다고 할 수 있다. 따라서 선악과에 대한 금기를 위반한 이후 에덴의 동산에서 추방되는 아담과 이브의 운명처럼, 빨치산의 사체를 통해 '악의 세계'의 발견을 통한 존재론적 혼돈을 경험한 이후의 나는 더 이상 순정한 유년

8 엘리자베스 클레망 외, 『철학사전』, 이정우 옮김, 동녘, 1996, 276쪽 참조.

9 모르데카이 마르쿠스, 「이니에이션 소설이란 무엇인가」, 『단편소설의 이론』, 찰즈 E. 메이 엮음, 최상규 옮김, 정음사, 1984, 296쪽.

세계의 거주민으로 남아 있을 수가 없게 된다. 빨치산의 사체를 목격하는 현장에서 나가 경험하게 되는 '어지럼증'은 충격적인 경험을 통한 각성과 발견을 통해 새로운 세계로의 진입을 예비하는 과정에서 반드시 거쳐야만 하는 존재론적 혼돈과 통과제의적 시련의 신경증적 징후인 것이다.

악의 발견을 통한 존재론적 혼돈과 통과제의적 시련 이후 타락한 어른들의 세계로의 진입을 예비하는 과정에서 순정한 유년의 세계가 얼마나 가차없이 훼손되고 붕괴될 수 있는가를 극명하게 보여주는 사건이 바로 윤희 누나에 대한 집단 폭행 음모에 위악적으로 가담하는 사건이다. 더욱이 이 사건은 빨치산 습격으로 인해 좌절당한 형들의 무전여행 계획의 대리충족 수단으로 충동적으로 예비되고 있다는 점에서, 그리고 순정한 유년의 세계를 상징적으로 표상하는 공간인 미영이 집에서 이루어진다는 점에서 음험한 기획에 의해 존재의 순수를 유린하고자 하는 어른들의 폭력성이 어느 정도로 파괴적인가를 여실히 증명하고 있다. '윤희 누나 앞에 서자, 나는 온 세상이 빙글빙글 도는 듯이 어지러워서 잘 가눌 수가 없었다'라는 나의 고백적 진술이 암시하는 바와 같이 '무서운 음모에 가담'하고 있는 죄의식과 불안의 신경증적 징후라고 할 수 있는 나의 어지럼증 또한 전쟁기의 혼란이 강요하는 폭력적인 현실의 가혹함에 대한 메타포라고 하겠다.

텍스트 구조분석을 통해서 알 수 있는 바와 같이, 김승옥에게 한국전쟁은 충격적인 경험을 통해 순진과 무지의 상태에 있는 어린 아이로 하여금 세계의 폭력성과 존재의 야만성을 고통스럽게 인식하게 하는 통과제의적 세계로 나타나고 있다. 어린 아이의 통과제의적 체험을 통해서 한국전쟁의 폭력성을 제시하는 서사적 설정은 등단작인 「생명연습」에서도 이미 보여진 바 있다.

전체적인 통일성이 결여된 두 가지 서사층위의 교직 구조로 이루어진 『생명연습』 또한 흔적의 형태로나마 한국전쟁의 폭력성과 관련된 통과제의적 주체의 불행한 의식을 형상화하고 있는 작품이다. 현재의 경험 시점을 통해서 초점화되고 있는 서사와 과거의 회상 시점을 통해서 초점화되고 있는 서사 가운데 통과제의적 주체의 불행한 의식과 관련된 서사는 어린아이의 시점을 통해서 초점화되고 있는 후자의 서사이다. 후자의 서사에서 한국전쟁의 폭력성과 관련하여 성찰이나 발견의 계기를 통한 통과제의적 매개로 기능하는 사건은 '형의 자살'과 '외국인 선교사의 자위 행위'이다.

부정으로 인한 어머니와 형과의 처절한 극한 대립 끝에 자행되는 형의 자살은 절대적인 신뢰에 기초한 가족 윤리에 대한 성찰을, 그리고 선교사의 자위행위는 존재론적 본질로서의 인간의 양면성에 대한 발견의 의미를 지닌다. 더욱이 '일요일에 교회에서만 선교사를 대하는 신도들에게는 도대체 상상될 수 없는 그래서 무수한 면을 가진, 아아 사람은 다면체였던 것이다'라는 서술정보에서 알 수 있는 바와 같이 신성성의 초월적 가치만을 추구하리라 믿었던 선교사의 자위행위는 어린 나이의 나에게 "외부 세계에 대한 무지로부터 중대한 인식으로의 통과과정"[10]의 의미를 지니게 된다. 이 작품에서도 한국전쟁은 세계와 존재에 대한 비극적 인식과 존재론적 각성을 통한 새로운 세계로의 진입을 예비하는 통과제의적 세계로 나타나고 있음을 알 수 있다.

생애와 관련된 기록이나 작가 연보를 검토해 보면 김승옥이 어린 시절에 경험한 한국전쟁과 여순 반란사건은 존재와 세계에 대한 비극적인 세계관 형성에 원체험으로 작용했던 것으로 보여진다.

> 이 작품(건) 속의 방위대 본부에 대한 빨치산의 습격, 소각(燒却)사건은 실제로 내가 순천(順天)에서 자라면서 겪었던 사건이고, 내가 자란 정신적

---

10 앞의 글, 295쪽.

풍토는 실제로 친척 중의 한 사람은 빨치산이고 다른 한 사람은 빨치산을 잡아죽여야 하는 경찰이란 식의, 사상의 횡포(橫暴)가 우리의 전통적 인간 관계 위에 군림하는 것을 피부로 느껴야 하는 곳이었다. 사상과 조직은 적어도 나의 경우 인간을 살게 하기 위해 있는 것이 아니고 인간을 죽이기 위해서 있는 것으로 생각되었다. 이 생각은 많은 세월이 지나갔고 어떤 의미건 내 나름의 사상을 가지게 된 지금의 나의 밑바닥에도 무겁게 버티고 있는 것이다.[11]

여순 반란사건과 뒤이은 한국전쟁은 그것들의 의미를 묻는 행위 자체가 부조리하게 생각될 정도로 당시 어린 나이의 김승옥에게는 세계 그 자체의 붕괴에 버금가는 충격적인 경험이자 혼돈이었을 것이다. 따라서 무차별적인 폭력과 광기가 분출해내는 파괴적 에너지는 김승옥에게 존재와 세계에 대해 비극적인 세계관을 형성하기에 조금도 모자람이 없었을 것이다. 한국전쟁을 소재로 한 「건」과 「생명연습」 두 작품이 모두 순정한 유년의 세계가 붕괴되는 아픔과 상실감을 통해 존재론적 전환을 예비하는 통과제의적 모티프를 동원하고 있는 것도 어린 시절 한국전쟁의 폭력과 광기로부터 감염된 깊은 상흔 및 그로 인한 비극적인 세계관이 형성적 규정력으로 작용했기 때문일 것이다. 존재와 세계의 대한 작가의 비극적인 세계관은 이후의 작품들에서도 반복적으로 변주되고 있다.

3. 근대적 주체의 불행한 의식

1960년 5.16을 통해 권력을 장악한 박정희 군사 독재 정권은 근대적

---

11 김승옥, 「自作解說」, 『뜬 세상에 살기에』, 지식산업사, 1977, 167쪽.

산업화를 의욕적으로 추진하게 된다. 대내적으로는 정통성 시비에 시달리던 독재 정권의 체제 유지 이데올로기 차원에서, 대외적으로는 북한과의 체제 경쟁에서의 상대적 우위를 확보하기 위한 안보 이데올로기 차원에서 진행된 산업화 정책은 많은 성과 못지 않은 부작용을 낳게 된다. 특히, '초고속 압축 성장'[12]과정으로 규정되는 개발 독재는 생산성과 효율성만을 기형적으로 강조하는 동원체제의 작동기제로 인해 사회 구성원들에게 엄청난 억압과 질곡으로 작용하게 된다.

한편 '해방'과 '억압'의 두 얼굴이 공존하는 근대적 산업화와 동전의 양면을 이루면서 진행된 도시화 과정은 우리 사회의 거의 모든 부문에 질적인 변화를 가져오게 된다. 시장 경제의 원리와 개인주의의의 확산은 인간관계의 토대를 이루는 가족·친족 구조는 물론 사회 조직의 형태와 구성 원리까지 크게 변화시킨다. 특히 도시화의 진전에 따라 전통적인 규범과 윤리가 해체되면서 인간관계에서도 새로운 양상이 드러나는데, 그 가운데 공동체적 의식에 기초한 협동과 상생보다는 단자적 의식에 기초한 긴장과 갈등의 관계, 거짓과 위선이 지배하는 수단과 거래로서의 인간관계, 매개적 규정력으로서의 교환가치의 개입 등을 지배적인 특성으로 들 수 있다. 그런데 김승옥의 대부분 단편들은 그와 같은 도시적 인간관계의 전형을 전형적으로 보여주고 있다. 도시적 인간관계의 불모성에서 오는 소외와 고독, 정체성의 위기나 주체의 분열과 같은 존재론적 갈등으로 인한 근대적 주체의 소외와 갈등을 형상화하고 있는 범주에 속하는 작품들[13]로는 해체적이고 유희적인 대화와 사물화된 의식을 통해

---

12 초고속 압축 성장으로 규정할 수 있는 우리 나라 근대화 과정의 성격과 한계에 대해서는 조성윤, 「식민지 유산의 극복과 사회 발전 50년」, 한국사회사학회 편, 『한국 현대사와 사회 변동』, 문학과지성사, 1997과 임현진, 「사회과학에서의 근대성 논의」, 역사문제연구소 편, 『한국의 '근대'와 '근대성' 비판』, 역사비평사, 1996 참조.

13 이 범주에 속하는 작품들은 "도시 생활의 전형적인 특징인 도시성을 반영하는 문학,

서 도회지 인간관계의 불모성을 형상화하고 있는 「서울 1964년 겨울」을 비롯하여 「역사」, 「무진기행」,「누이를 이해하기 위하여」, 「싸게 사들이기」, 「차나 한잔」, 「들놀이」, 「염소는 힘이 세다」, 「야행」[14] 등을 들 수 있다.

1) 도회지 질서와 부르조아 일상성의 세계에 대한 저항 의지

「역사」는 공간 이동을 경험하는 과정에서 경험하는 나의 심리적 부적응과 이질감을 통해서 도회지 삶의 질서와 부르조아 일상성의 세계에 대한 주체의 불행한 의식을 형상화하고 있는 작품이다. 이 작품은 근대적 주체의 불행한 의식을 서사 대상으로 초점화하고 있는 작품들의 원형을 이루고 있다는 점에서 주목을 요한다. 그것은 두 가지 이유에서이다. 하나는 이 작품이 1960년 상경 이후 시작된 서울 생활에서 자신의 생존의 뿌리를 내려야 한다는 절박한 현실 감각과 문화 충격에 가까울 정도로 생소한 환경에서 경험하게 되는 소외와의 괴리로 인한 정체성의 혼돈과 존재론적 갈등을 분명한 형태로 보여주고 있다는 점이다. 다른 하나는 「역사」 이후의 대부분 작품들이 이 작품의 문제의식에 대한 다양한 변주라는 점에서이다. 내화(內話)의 앞뒤를 외화(外話)가 둘러싸고 있는 닫힌

즉 도시의 복잡다기한 생활의 사회적 의미에 대해서 날카로운 통찰력을 갖고 그 본질적인 의미를 표현하는 상상력이 풍부한 언어를 사용해서 도시생활을 재현하는 형식"이라는 겔판트의 도시소설 규정에 합당한 서사 특성을 지니고 있다.

Blanche Houston, Gelfand, *The American City Novel*, (University of Oklahoma Press, 1970), 11쪽, 이재선, 『현대 한국소설사』, 민음사, 1991, 252~253쪽에서 재인용.

사실, 김승옥의 대부분 단편들은 도시 소설이라는 범주적 틀 속에서 접근해도 의미있는 작업이 될 정도로 도시 소설로서의 전형을 전형적으로 보여주고 있다고 할 수 있다.

14 「무진기행」과 「서울 1964년 겨울」 두 작품에 대해서는 근대적 주체의 불행한 의식이라는 개념틀과 관련하여 이미 작품론을 시도한 바 있다. 이에 대해서는 공종구, 「김승옥 소설의 근대성」, 『현대소설연구』 제9호, 1998.12 참조.

액자소설의 서술구조의 얼개를 취하고 있는 이 작품에서 주체의 불행한 의식을 야기하는 대립적 질서를 표상하는 공간으로 기능하는 장소는 '창신동 빈민가의 하숙집'과 '병원처럼 깨끗한 이층 양옥'이다. 기하학적 대칭의 상관속을 이루는 그 두 공간이 형성하는 이항 대립적 질서와 가치의 구체적 세목들은 '신문지로 도배된 벽에 볼펜 글씨로 창신동에 사는 사람들은 모두 개새끼라는 30년대식의 낙서가 적힌 벽'/'하얀 회로 발라져 있고 지나치게 깨끗한 벽', '빗물이 새어서 만들어진 얼룩 등으로 누렇게 변색된 육각형 무늬의 도배지가 있고 머리를 숙여야 할 정도로 낮은 천장'/'아무런 무늬도 없는 갈색 베니어로 되어 있는 꽤 높은 천장', '온갖 소음과 시장의 훤화로 들끓는 주변'/'며느리의 엘리제를 위하여라는 피아노 곡을 제외하고는 아무 소리도 없어 마치 여름날 숲속에 들어앉아 있는 것처럼 조용한 느낌을 주는 주변', '무질서하고 퇴폐적인 생활'/'규칙적인 생활 제일주의' 등이다.

이러한 구체적 세목들의 대립체계는 나의 불행한 의식과 관련하여 알레고리적 공간으로 기능하고 있는데, 이를 알레고리적 함의의 대립항으로 치환하면 원초적 건강성과 개인의 자유의지를 억압하는 근대적 규율권력의 폭력성이 지배하는 공간/원초적 건강성과 개인의 자유의지가 활성화되는 공간, 수직적인 위계에 의한 체제의 권력의지가 지배하는 공간/수평적인 평등에 의한 반체제의 저항의지가 지배하는 공간, 전방위적 감시체계에 의한 억압과 통제가 일상적으로 관철되는 금기의 공간/거의 기계의 수준에서 작동되는 획일적인 질서에 대한 일탈과 모반의 의지가 관철되는 위반의 공간으로 설정할 수 있다. 이러한 해석적 맥락에서 볼 경우 이 작품의 의미를 "질서와 안정이라는 도시 생활의 현실적인 덕목들을 충실히 수행하는 삶과 불안하고 무질서한 시원의 힘에 무의식적으로 끌리는 삶의 뚜렷한 대비"[15]로 규정하는 지적은 타당해 보인다.

알레고리적 가치를 표상하는 이층 양옥에 대한 '나'(내화)의 태도와

'나'의 태도에 대한 '나'(외화)[16]의 반응은 양가적인데 두 서술 주체의 양가적인 태도와 그와 관련된 작가의 의도를 밝히는 작업은 이 작품의 실체를 해명하는 관건이 되고 있다. 먼저 도회지 삶의 질서와 부르조아 일상성의 세계를 표상하는 병원처럼 깨끗한 이층 양옥에 대한 나(내화)의 지배적인 태도는 소외와 거부이다. 이층 양옥에 대한 소외감은 '일주일이란 보수를 치르고도 어처구니 없는 기억의 단절'을 가져올 정도로 도저하며, 거부감 또한 '무서운 괴물이라도 보는 듯한 권태와 혐오'의 감정을 야기할 정도로 도저하다. 창신동 빈민가 하숙 동료인 서씨의 동대문 모티프는 도구적 이성이 관철되는 관리되는 사회의 전방위적 감시체제에 의해 원초적 건강성과 주체의 자유의지를 식민화하는 도회지 질서에 대한 초월의지에 다름 아니다. 서씨의 행위가 이루어지는 시간이 금기의 시간인 통행금지가 지난 위반과 모반의 시간이라는 점에서 그러한 해석은 무리가 아니라고 볼 수 있다. 한편 소외와 거부의 반응에 비해 상대적으로 미약하긴 하지만 나는 또한 이층 양옥의 삶에 대해서 동경과 편입에의 욕망을 드러내기도 한다. '빈 껍데기의 생활'로 규정하고 있는 완강한 도회지 질서에 대한 저항의지의 실천인 음료수에 흥분제를 타는 자신의 행위를 준비하는 과정에서 확고한 신념이나 자신감을 가지지 못한 채 끊임없이 동요와 회의를 보이는 것도 이층 양옥의 표준화된 삶에 대한 동경과 편입의 무의식적 욕망이 투사된 결과로 보아야 할 것이다. 또한 도회지 질서의 가치에 대한 나(내화)의 양가적 태도에 대해 외화의 나

15 이혜원, 앞의 글, 138쪽.

16 내화의 '나'와 외화의 '나'는 서술구조상의 구분일 뿐 실제로는 별다른 의미를 지니지 못한다. 두 사람의 서술 주체 모두 서울 생활에 대한 김승옥의 실제적 자아가 투영된 존재이기 때문이다. 그런 맥락에서 볼 때 이 작품의 액자 소설 형식을 "자기 고백적 요소를 지우기 위한 위장술"로 규정하고 있는 김명석의 지적은 타당해 보인다. 김명석, 「일상성의 경험과 탈출의 미학 : 김승옥론」, 민족문학사연구소 현대문학분과, 『1960년대 문학연구』, 깊은샘, 1998, 353쪽.

또한 명확한 판단은 유보한 채 '솔직히 말하면 나도 모르겠다. 알 수 있는 것은 다만, 그 젊은이가 보았다는 두 가지 생활이 사실 내 바로 곁에 공존(共存)하고 있다고 하면 나도 좀 멍청해져버리지 않을 수 없으리라는 느낌뿐이었다'는 둔사로 대응하고 있을 뿐이다.

지금까지의 분석을 통해서 알 수 있는 바와 같이 이층 양옥으로 표상되는 도회지 질서와 가치에 대한 나의 반응은 강렬한 소외와 거부의 정서가 지배적이긴 하지만 그 이면에 동경과 편입에의 욕망 또한 숨어 있음을 알 수 있었다. 그러면 김승옥이 그러한 공간 설정을 통해서 의도하고자 한 바는 과연 무엇이었을까? 자신의 자전적 정보와 관련된 글들에서 김승옥은 고등학교 졸업 이후 경제적인 독립과 문화적인 차이로 인해 겪었던 서울 생활에서의 소외감과 어려움을 적지 않게 토로하고 있다. 그러면서도 결국은 앞으로 자신의 생존의 뿌리를 드리워야 할 곳 또한 서울이라는 사실 또한 분명하게 깨닫고 있음을 알 수 있다. 서울 생활에 대한 김승옥의 절박한 현실 감각과 문화적 충격에 가까울 정도로 낯선 환경에서 경험하게 되는 소외와의 괴리로 인한 정체성의 혼돈과 존재론적 갈등이 소설의 형식을 빌어서 나타난 것이 바로 「역사」라고 할 수 있다. 그러한 맥락에서 볼 때 도시 체험을 원천으로 삼고 있는 일련의 소설들의 창작동인을 "서울이라는 낯선 환경에서 예민한 촉수를 가다듬으며 긴장된 방어기제를 구축한"[17]결과로 보는 지적 또한 설득력이 있어 보인다.

「역사」와 「무진기행」 이후에 발표된 작품들에는 도회지 삶에 대한 양가적 반응으로 인한 주체의 불행한 의식의 강도는 현저히 약화되어 나타난다. 그것은 「역사」 이후의 작품들이 거의 대부분 서울 생활에 이미 편입된 이후의 존재론적 갈등을 다루고 있기 때문이다. 그렇기는 하나 서

---

17 이혜원, 앞의 글, 138쪽.

울로 표상되는 도회지 삶을 부정적인 가치의 담지체로 규정하는 「역사」에서의 기본적인 문제의식은 이들 작품들에서도 반복적으로 변주되고 있다.

「싸게 사들이기」는 관계 그 자체로 만족하기보다는 상대방을 목적을 위한 수단으로 도구시하는 소외된 인간관계를 통해서 비정한 도회지 삶에 대한 비판적 성찰을 형상화하고 있는 작품이다. 이 작품의 서사주체로 기능하는 K와 K가 단골로 드나드는 헌책점의 주인인 곰보는 모두 존재와 세계에 대한 태도에서 진정성을 결여하고 있다는 점에서 문제성을 지니고 있다. 이들이 구사하는 대화 내용이나 말투는 위악적이거나 냉소적이며 따라서 진실성 또한 거의 없다. 이들의 대화는 또한 상대방의 말에 진실성이 없을 것이라는 사실을 미리 전제하고서 이루어지는, 그런 점에서 불구적인 대화이다. 그들의 대화가 불구적임을 보여주는 서사정보가 바로 상대방의 말을 항상 '거짓말'로 단정해버리는 인물들의 일관된 반응이다. 더욱이 그들의 대화는 무료한 일상을 허비하는 차원에서 이루어지고 있다는 점에서 철저히 소외된 대화일 뿐이다. 상대방의 행동에서도 그들은 위선과 허위의 징후만을 민감하게 포착할 뿐이다. 한 인간이 안정적이고 정상적인 실존을 영위하는 데 중요한 바탕을 이루는 '기초적인 신뢰'가 무너진 이들에게 인간관계에서 가장 중요하게 고려되는 가치는 사용 가치로부터 분리된 채 이윤 추구에 기초한 자본의 고유한 논리를 따라 진행되는 거래로서의 이해일 뿐이다. 따라서 K에게 중요한 것은 속임수와 거짓을 통해 헌책을 싸게 사들이는 방법뿐이며, 곰보에게 중요한 것은 단골인 K에게조차도 수단을 가리지 않고 비싸게 파는 방법일 뿐이다. 한마디로 이들은 상대방을 먼저 속여서 조금의 이득이라도 취하는 것이 최선의 보신술이라는 전도된 가치관에 포박되어 있는 인물들이다, '혁명적으로 살아야 한다, 습관도 아니고 단순한 충동도 아니게, 계산하고 계산해서'라는 K의 진술이야말로 인간관계마저도 자본주의적 상거래 차원에서 도구화하는 인물들의 사물화된 의식의 황무지 상태를 극명하게 보여주는 정보이다. 전도된 가치관과 사물화된 의식의 양상은 남편인 곰보의 묵시적인 동의하에 매춘을 통해 성의 교환가치와 시장적 거래를 인간관계로 치환해버리는 곰보의 마누라와 K의 친구인 R에게서도 그대로 반복되고 있다. 이 작품에서 보여지는 도시적 인간관계의 본질은 "인간은 인간에게 늑대(homo homini lupus)라는 홉스의 인간관에 기초한 이해 중심적 불신과 생존 투쟁"[18]이 일의적으로 관철되는 장일 뿐이다.

「야행」은 남편으로 표상되는 도회지 남성들에 대한 현주의 소외가 자극하는 일탈 욕망을 통해서 도회지의 일상적 질서에 대한 비판적 성찰을 형상화하고 있는 작품이다. 이 작품에서 반복적으로 등장하고 있는 '울타리 안의 이곳'과 '울타리 너머의 저곳'이라는 대립항은 도회지 일상을 넘어서고자 하는 현주의 일탈 욕망과 관련하여 텍스트 전략 차원에서의 공간적 메타포로 기능하고 있다. 따라서 대립적인 가치를 표상하는 공간적 메타포의 함의를 밝혀내는 작업이야말로 텍스트 해석의 요체를 이룬다.

'이젠 이미 습관이 되어 버린 연극'을 통해 현주와의 사실혼 관계를 속이고 있는 남편을 정점으로 대부분의 도회지 남성들이 '제2의 자연'으로 안주하고 있는 공간인 울타리 안의 이곳이 표상하는 세계는 "저항할 수 없는 습관의 권위"[19]에 의해 기계적으로 반복되는 일상의 세계이다. 표준화된 소시민적 욕망과 허위의식에 포박된 이들은 차이없는 반복의 반복을 반복하는 도회지 일상으로부터 좀체 벗어나려 하지 않는다. 예외없이 모든 인간이 사는 생활인 일상으로부터 벗어난다는 것은 이들에게 심각한 존재론적 문제를 야기하기 때문이다. '대낮의 생활로부터 이 도시로부터, 자기의 예정된 생활로부터, 자기가 싫증이 날 지경으로 잘 알고

---

18 전광식, 『고향』, 문학과지성사, 1999, 90쪽.

19 미셸 마페졸리, 『현대를 생각한다』, 박재환 · 이상훈 옮김, 문예출판사, 1997, 158쪽.

있는 자기 자신으로부터 도망해보고 싶은 욕구'에서 출발한 도회지 사내들의 일탈이 '잠깐 울타리를 뚫고 밖으로 나가보나 아침이 되면 얼른 제자리로 돌아오는, 울타리 안에서 울타리를 만지작거리며 생각만 한없이 되풀이하고 있는' 한시적이며 조건부의 행위 차원에 머무를 수밖에 없는 것도 일탈 이후에 그들이 감당해야 할 존재론적 문제에 대한 책임 때문이다. 존재의 수동성이야말로 근대 자본주의 사회의 가장 특징적인 소외 형태의 하나로 보고 있는 헬러의 입장을 따를 경우 이들이 수락하는 일상이란 "일상생활의 구조적인 특징들이 경직화되어 개인에게 운동의 여지와 발전의 가능성들을 허용하지 않는 소외된 일상"[20]일 뿐이다.

반면, 백주에 폭력적인 방법으로 자신을 폭행한 낯선 사내가 유목하는 공간인 울타리 너머의 저곳이 표상하는 세계는 도회지의 제도나 규범, 관습의 체계나 행동양식이 아무런 힘도 발휘하지 못하는 원초적 건강성이 지배하는 세계이다. '억세게 끌어당기는 사내의 악력', '땀에 젖어 미끄러운 틈으로부터 들려오는 생명의 거친 숨소리', '허우적거리게 만드는 공포와 혼란의 뜨거운 늪', '쉴 줄 모르고 솟아나 온몸을 목욕시키던 땀' 등은 일상의 검열이나 억압을 일거에 무화시켜 버리는 원초적 건강성이 지배하는 야성의 세계를 표상하는 운동성 이미지들이라고 할 수 있다.

텍스트 전략 차원에서 공간적 메타포로 기능하고 있는 두 장소들 가운데 현주는 울타리 안의 이곳의 세계에 대해서는 '증오와 혐오'를 태도를, 울타리 너머의 저곳의 세계에 대해서는 '동경과 갈망'의 태도를 보이고 있다. 두 공간에 대한 현주의 상반되는 태도는 일상 속에서 나타나는 존재와 본질 사이의 간극과 분열의 해소를 통한 일상으로부터의 소외 극복을 감행하는 주체의 의지를 표상한다. '뜨거운 8월 어느 날 우연히 한번 넘어서본 적이 있던 울타리를 넘고 싶다는 욕구를 발작적으로 강렬하게

20 강수택, 『일상생활의 패러다임』, 민음사, 1998, 83쪽, 104쪽.

느낄 때마다 바가 문을 닫는 밤시간에 억센 끌어당김에 의한 공포와 혼란의 뜨거운 늪을 느끼게 해 준 그 사내와의 만남을 갈망하면서' 밤거리를 배회하는 현주의 '야행'이 지니는 상징적 함의는 따라서 '주관적 항거'(subjektive Auflehnung)을 통한 소외된 일상의 극복 이후 '복된 생활'(Glückseligkeit)이나 '뜻깊은 생활'(das sinnvolle Leben)[21]을 모색하고자 하는 주체의 의지로 해석할 수 있다. 현주의 의식 속에서 끊임없이 반복되는 울타리를 벗어나고 싶은 욕망은 한마디로 허위의식과 위선으로 가득 찬 속물적인 현실과 원초적인 건강성이 거세되어 버린 타락한 세계로부터의 탈출 의지에 다름 아니다. 그러한 해석적 맥락에서 볼 때 현주의 성적 일탈을 "일상에서의 탈출을 꾀하는 상징적 행위로 이해하는"[22]지적은 설득력을 얻고 있다.

'황혼과 해풍 속에서 사는 시골 사람들의 선한 삶과' '안녕하십니까 속에서 사는 서울 사람들의 악한 삶'이라는 위계적 공간 설정을 통해서 위선과 허위의식이 지배하는 도시적 인간관계의 불모성을 형상화하고 있는 「누이를 이해하기 위하여」나 성마저도 교환가치의 대상으로 도구화하는 어른들의 폭력성과 거짓 세계에 대한 어린 화자의 상실감과 비애를 통해서 도시적 질서의 야만성을 형상화하고 있는 「염소는 힘이 세다」 모두 도회지 질서의 규범과 가치에 대한 비판적 문제의식을 공유하고 있다.

2) 도회지 질서와 부르조아 일상성의 세계에 대한 편입 욕망

한편 「차나 한잔」이나 「들놀이」에 오면 근대적 주체의 불행한 의식의 초점화 양상에 일정한 변화가 나타난다. 그 변화는 다른 작품들에 비해

---

21 앞의 책, 112쪽.

22 김명석, 앞의 글, 371쪽.

이 작품들의 서사 초점이 도회지 질서에 편입하고자 하는 주체들의 소시민적 욕망 쪽으로 하강 이동하는 양상이다. 그러나 그러한 서사 양상의 변모는 표면적인 현상일 뿐이고 이 작품들에서도 도회지 삶에 대한 비판적 성찰이라는 근본적인 문제의식을 공유하고 있다는 점에서 그 본질에서는 다른 작품들과 궤를 같이하고 있다고 할 수 있다.

김승옥은 자신이 발표한 작품들의 창작동기나 배경을 설명하는 글에서 "나로서는 항상 여러 앵글에 의하여 여러 의미가 추출될 수 있는 소설들을 쓰는 것이 작품 쓸 때마다 (가지게 되는) 포부"[23]라는 창작방법의 일단을 피력한 바 있는데 「차나 한잔」이야말로 그러한 포부에 가장 근접해 있는 작품이다. 그만큼 이 작품의 의미망은 다층적이고 개방적이며 따라서 비확정적이다.[24] 그럼에도 불구하고 근대적 주체의 불행한 의식이라는 이 글의 문제의식과 관련하여 그 의미를 한정할 경우, 이 작품의 기저에는 "그때까지의 서울 생활 4년을 통하여 내가 느꼈던 도시 문화인의 불안을 희화적으로 써보려 했다"[25]는 작가의 고백에서 엿볼 수 있는 바와 같이 서울 생활에서 느낀 김승옥의 소외와 불안 의식이 텍스트의 무의식에 투사되어 있음을 알 수 있다.

「차나 한잔」은 초점인물로 기능하는 만화가 이 선생의 소외와 불안을 통해서 도회지 질서의 규범이나 구성원들의 소통 양식의 위선에 대한 비

23 김승옥, 앞의 글, 174쪽.

24 「차나 한잔」의 초점인물로 기능하는 만화가 이선생의 소외를 자극하는 신문 연재 중단의 원인을 1960년대의 사회·역사적인 맥락에서 접근할 경우(실제로 작품 내적 정보에도 상당히 명시적인 형태로 서술되고 있음), 이 작품은 당시 박정희 군사 독재정권의 언론탄압을 통한 권력의지의 작동과 미국에 대한 문화적 종속이라는 관점에서도 해석할 수 있다. 이 작품을 그러한 해석적 맥락에서 접근할 경우 그 의미는 이 글의 논지와는 상당히 다르게 규정된다. 또한 이 작품은 서로가 익명의 섬으로 떠도는 도시적 인간관계의 불모성에 대한 접근으로도 그 해석이 가능하다. 그만큼 이 작품의 의미망은 중층 결정되어 있다.

25 김승옥, 앞의 글, 169쪽.

판적 성찰을 형상화하고 있는 작품이다. 만화가 이 선생의 소외와 불안을 자극하는 요소는 크게 두 가지이다. 하나는 자신의 호구지책과 연명의 수단이 되고 있는 신문 연재 만화의 작업 과정에서 경험하게 되는 소외이다. 다른 하나는 신문 연재 중단 사실을 알게 되는 과정에서 신문사 문화부장을 포함한 주변 인물들의 소통 양식에서 경험하게 되는 소외이다.

먼저 호구지책과 생계 유지 차원에서 이루어지는 이 선생의 만화 연재 작업은 고전적인 의미에서의 자본주의 사회의 노동의 소외를 반영하고 있다. 이 선생의 만화 작업은 '그러나 그보다는 국민된 자의 공분(公憤)으로써 때로는 겁나는 줄 모르고 정부를 공격하고 사회악을 비꼬던' 자신의 비판 의지가 '재미있게, 그저 독자를 웃기게만 해달라는' 문화부장의 반강제적 권고로 대변되는 신문사측의 상업적 의지에 의해 식민화된 상태에서 이루어지고 있다는 점에서, 따라서 더 이상 노동자의 자유로운 의식에 기초한 자기 활동이기를 멈추고 타인을 위한 타인의 활동으로 도구화되는 결과 노동의 창조적 즐거움이 소거된 상태에서 이루어지고 있다는 점에서 그러하다. '어제와 오늘과 그리고 내일을 순조롭게 연속시켜주는 것을 붙잡아둬야 한다'는 일상의 욕망에 강박적으로 포박된 이 선생이 신문 연재가 중단되었다는 사실을 알게 되는 과정에서 경험하게 되는 긴장과 불안으로 인해 나타나는 간헐적인 배앓이는 총체적인 인간으로서의 자기 전개의 가능성을 극도로 차단당한 채 단편화되고 물신화된 일상을 반복해야 하는 자신의 경제적 소외에 대한 신체적 징후에 다름 아니다. 그러한 경제적 소외는 또한 '손톱만큼이라도 좋으니 나의 주장이 있었어야 할 게 아닌가'라는 이 선생의 내적 독백을 통해서도 명료한 형식을 얻고 있다.

한편 도회지 구성원들의 소통 양식을 통해서 이 선생이 경험하게 되는 소외는 비정하고 공허한 인사 예법을 매개로 이루어지고 있다. 이 선생의 소외를 자극하는 비정하고 공허한 인사 예법으로 기능하는 텍스트 정보로는 이 작품의 표제이기도 한 '차나 한잔 하러 가실까요?', '이형 다음에 좀 봅시다', '오늘치 만화 좀' 등을 들 수 있다. 이러한 서울식의 인사 예법들이 가지고 있는 공통점은 기표와 기의 사이에 활발한 유희 활동이 전개되면서 현존의 끝없는 유보를 강요하는 차연의 메커니즘이 작동되고 있다는 사실이다. 따라서 그 예법들의 언표와 언표 이면의 실체 사이에는 엄청난 의미론적 차이의 심연이 존재하게 된다. '차나 한잔 하러 가자'라는 언표는 '신문 연재가 중단되었다'는 언표 이면의 실체로, '이형 다음에 좀 봅시다'라는 언표는 '그럼 다음에 또 만납시다. 안녕히 가십시오'는 실체로, '오늘치 만화 좀'이라는 언표는 '오늘부터는 그리실 필요가 없게 됐습니다'라는 실체로 해석되는 의미론적 산종을 야기하게 된다. 이제까지의 분석에서 알 수 있는 바와 같이, 계속적인 신문 연재를 통하여 도회지 질서에 편입하고자 하는 이 선생의 욕망은 표면적인 것이고 텍스트의 무의식으로 기능하는 것은 두 가지 층위의 소외를 통해서 그 당시 도회지 질서의 규범이나 구성원들의 존재양식에 대해서 비판적인 성찰이라고 할 수 있다.

「들놀이」에 오게 되면 도회지 질서에 편입하고자 하는 주체의 소시민적 욕망이 「차나 한잔」에 비해 더 분명하고도 강한 형태로 드러나고 있다. 그러나 「들놀이」 역시 혼자서만 들놀이의 초대장을 받지 못한 맹상진 군의 소외를 통해서 현대 조직 사회의 권위주의적 지배의 횡포와 폭력에 대한 비판적 성찰을 형상화하고 있다는 점에서 서울로 표상되는 도회지 질서에 대한 김승옥의 문제의식이 투영된 작품이라고 하겠다. 윤영일 사장이 무소불위의 절대권력을 행사하는 영일무역 주식회사를 통해서 드러나는 조직 사회의 실체는 거의 절대왕권의 지배와 큰 차이가 없는 권력의지의 행사를 통해서 구성원들에게 일방적으로 군림하는 1인 왕국의 모습 바로 그것이다. 그리고 그 회사의 시장 개척과의 말단 직원인 맹상진군을 비롯한 35명의 구성원들은 계약을 인간관계의 본질로 하는 현대의 조직 사회에서 그 고유한 본질이나 가치에 의해 규정되지 않고 교환가치에 의한 상품의 지위로 전락하여 인간성을 상실하고 마는 소외된 인간 군상들의 초상을 대변하고 있다. 윤영일 사장과의 일방적인 주종관계에 놓인 35명의 회사원들이 한결같이 제도적 격리와 배제의 불안으로 인해 일상적인 감시와 통제를 내면화한 상태에서 소외된 일상을 반복하게 되는 것도 그들의 소외된 존재론적 지위를 반영하고 있는 것이다. 회사 동료인 이군과의 대화에서 초대장을 받지 못한 자신의 불안이나 소외를 '아무튼 난 초대장을 받았다고 해도 가지 않을 거야'라는 빤한 방어기제를 통해서 해소하고자 하는 맹상진군의 안간힘이야말로 "원자화된 사회에 사는 개인들이 느끼는 고립감으로 인한 가담에의 욕구가"[26] 얼마나 큰 것인가를 반어적으로 증명하고 있다.

지금까지의 텍스트 분석을 통해서 알 수 있는 바와 같이, 김승옥은 1960년대 서울이라는 공간으로 표상되는 도회지 질서의 지배적인 성격을 '도시:악 / 고향:선'이라는 대립적 위계에 기초한 평가적인 시각에 의해 규정하고 있음을 알 수 있었다. 김승옥 소설에 나타나는 도회지 삶의 지배적인 모습은 인간성 상실과 교류의 단절로 인한 소외와 고독, 정체성의 위기와 주체의 분열로 인한 존재론적 갈등, 위선과 허위가 지배하는 타락한 공간, 모든 사물의 질적 차이를 무화하는 교환가치의 지배적인 규정력의 식민화, 아주 사소한 일상의 수준에서까지 관철되는 미시적 억압과 통제의 강제, 차이없는 반복의 반복이 반복되는 일상의 억압 등의 부정적인 이미지로 요약할 수 있다. 존재와 세계에 대한 김승옥의 근본적인 인식을 반영하고 있는 비극적인 도시관의 강도가 어느 정도로 도저한가는 "하느님의 위로가 없는 한 지금도 그리고 앞으로도 우리들의 상황은 60년대인 것이다"[27]라는 묵시론적인 진단이 한치의 가감없이 명

26 프리츠 파펜하임, 『현대인의 소외』, 황문수 옮김, 문예출판사, 1994, 71쪽.

정하게 증명하고 있는 바이다. 그런 점에서 근대적 주체의 불행한 의식을 서사 대상으로 초점화하고 있는 김승옥의 소설들 또한 근대 도시의 근본적인 성격을 "고향과 자기 정체성의 무덤"[28]이라는 부정적인 이미지로 파악하고 있는 다른 작가들의 도시 문명 비판론자들의 시각을 공유하고 있음을 알 수 있다.

4. 나오는 말

1950년의 한국전쟁과 1960년대의 근대적 도시 체험이 원천서사로 기능하고 있다는 전제하에 김승옥의 단편들을 '통과제의적 주체의 서사'와 '근대적 주체의 서사'로 범주화하여 그 실체를 해명해보고자 한 것이 이 글의 목적이었다. '주체의 불행한 의식'이라는 개념적 틀을 통해서 김승옥 소설의 실체를 해명해 본 이 글의 논지를 요약·정리하는 것으로 결론을 삼고자 한다.

두 가지 계열체의 서사 범주에 속하는 상당수 작품들의 플롯이 상호 대립하는 가치에 대한 서사 주체의 양가적 태도나 길항적 의식이 서사를 추동해나가는 이항 대립적 구조로 되어 있음을 알 수 있었다. 그리고 그 강도의 상대적 차이는 존재하나 두 계열체의 서사 모두 존재와 세계에 대한 비극적 세계관이 구성적 의식으로 기능하고 있음을 알 수 있었다. 그러한 서사 특성들은 지배적인 서사 대상으로 초점화되고 있는 주체의 불행한 의식과 구조적 상동관계에 있음을 밝혀 보았다.

어린 화자가 초점인물로 등장하는 「건」과 「생명연습」 두 작품을 대상

---

27 김승옥, 「나와 소설쓰기」, 『김승옥 소설전집』1, 문학동네, 1995, 8쪽.
28 전광식, 앞의 책, 90쪽.

텍스트로 분석한 통과 제의적 주체의 서사에서는 10살의 나이에 경험한 한국전쟁을 매개로 존재와 세계가 그 이면에 감추고 있는 '악의 발견' 이후 순정한 유년의 세계가 붕괴되는 아픔과 상실감을 통해서 존재론적 전환을 예비하는 통과 제의적 모티프가 지배소(dominant)로 기능하고 있음을 있었다. 두 작품의 분석 결과 김승옥에게 한국전쟁은 충격적인 경험을 통해 순진과 무지의 상태에 있는 어린 아이로 하여금 세계의 폭력성과 존재의 야만성을 고통스럽게 인식하게 하는 통과제의적 세계로 나타나고 있음을 알 수 있었다. 통과제의적 주체 서사의 바탕에 깔린 존재와 세계에 대한 비극적 인식은 청·장년기의 화자가 초점인물로 등장하는 근대적 주체의 서사에서도 반복적으로 변주되고 있음을 알 수 있었다.

한편, 1960년 상경 이후 시작된 서울 생활에서 자신의 생존의 뿌리를 내려야 한다는 현실 감각과 문화 충격에 가까울 정도로 생소한 환경에서 경험하게 되는 소외와의 괴리로 인한 정체성의 혼돈과 존재론적 갈등이 근대적 주체의 서사군에 속하는 작품들의 구성적 의식으로 작용하고 있음을 알 수 있었다. 그러한 해석적 맥락과 관련하여 그와 같은 구성적 의식을 선명한 이항 대립 구조의 틀이라는 분명한 형태로 보여주고 있다는 점과 그 이후의 대부분 작품들이 그 문제의식에 대한 다양한 변주라는 점에서 「역사」가 이 계열체의 서사군에 속하는 작품들의 원형을 이루고 있다는 전제하에 나머지 작품들에 대해서도 접근하였다.

근대적 주체의 불행한 의식의 초점화 양상에 일정한 변화가 나타나기는 하나 「역사」, 「싸게 사들이기」, 「야행」, 「누이를 이해하기 위하여」, 「염소는 힘이 세다」, 「차나 한잔」, 「들놀이」 등의 작품을 대상 텍스트로 분석한 근대적 주체의 서사에 나타나는 도회지의 지배적인 이미지는 부정적임을 알 수 있었다. 자신의 청년기 삶의 터전이었던 1960년대 서울이라는 공간으로 표상되는 도회지의 질서나 규범에 대한 김승옥의 기본적인 시각은 '도시:악 / 고향:선'이라는 대립적 위계에 기초한 평가적인 시각에 의해 규정되고 있음을 알 수 있었다. 그런 점에서 김승옥의 소설들 또한 도시의 근본적인 성격을 고향과 자기 정체성의 무덤으로 평가하고 있는 도시 문명 비판론자들의 시각을 공유하고 있음을 알 수 있었다.

'하느님의 위로가 없는 한 지금도 그리고 앞으로도 우리들의 상황은 60년대인 것이다'라는 김승옥의 묵시론적인 진단은 지금도 과연 유효한가? 김승옥의 소설에 대한 이 글을 끝내고 난 이후에도 이 질문이 강한 울림과 여운을 남기는 것은 도대체 무슨 이유에서일까?

참고문헌

강수택, 『일상생활의 패러다임』, 민음사, 1998.

공종구, 「김승옥 소설의 근대성」, 『현대소설연구』 제9호, 한국현대소설학회, 1998.

김명석, 「일상성의 경험과 탈출의 미학: 김승옥론」, 민족문학사연구소 현대문학 분과, 『1960년대 문학연구』, 깊은샘, 1998.

김승옥, 「自作解說」, 『뜬 세상에 살기에』, 지식산업사, 1977.

______, 『김승옥 소설전집』 1, 문학동네, 1995.

박명림, 「한국전쟁 연구 서설」, 한국정치연구회 정치사분과, 『한국전쟁의 이해』, 역사비평사, 1993.

유종호, 「감수성의 혁명」, 『비순수의 선언』(유종호 전집1), 민음사, 1995.

이재선, 『현대 한국소설사』, 민음사, 1991

이혜원, 「경계인들의 초상」, 『작가연구』 제6호, 새미, 1998.

임현진, 「사회과학에서의 근대성 논의」, 역사문제연구소 편, 『한국의 '근대'와 '근대성' 비판』, 역사비평사, 1996.

전광식, 『고향』, 문학과지성사, 1999.

조성윤, 「식민지 유산의 극복과 사회 발전 50년」, 한국사회사학회 편, 『한국 현대사와 사회 변동』, 문학과지성사, 1997.

천이두, 「존재로서의 고독」, 『제3세대 한국문학』, 삼성출판사, 1986.

모르데카이 마르쿠스, 「이니에이션 소설이란 무엇인가」, 찰즈 E. 메이 엮음, 최상규 옮김, 『단편소설의 이론』, 정음사, 1984.

미셸 마페졸리, 『현대를 생각한다』, 박재환·이상훈 옮김, 문예출판사, 1997, 158쪽.

시몬느 비에른느, 『통과제의와 문학』, 이재실 옮김, 문학동네, 1996.

엘리자베스 클레망 외, 『철학사전』, 이정우 옮김, 동녘, 1996.

프리츠 파펜하임, 『현대인의 소외』, 황문수 옮김, 문예출판사, 1994.

헤겔, 『정신현상학』, 임석진 옮김, 지식산업사, 1988.

『관부연락선』의 탈식민성 연구

최현주

1. 탈식민주의와 관부연락선

1894년 청일전쟁과 동학혁명 이후 청나라의 조선에 대한 지배력이 무력화되면서 일본에 의한 조선의 식민지화가 시작되었다고 본다[1]면 우리의 식민지 체험을 36년간의 기록만으로 추론해내서는 안 될 것 같다. 1895년의 을미사변과 1차・2차 의병항쟁에서의 일제의 처참한 탄압과 살육, 1905년의 강제적인 을사조약 체결 등 경술국치 이전 일제가 저지른 조선의 식민지화 과정 또한 간과해서는 안 될 일제의 폭력적인 침탈의 역사인 것이다. 또한 1910년부터 시작된 일본 제국주의의 식민지배는 세계사적으로 그 유례를 찾아 볼 수 없을 정도로 가혹한 것이었다. 가라타니 고진이 『일본 근대문학의 기원』 서문에서 밝히고 있듯이 일본의 식민정책은 상대의 타자성을 무화시키고 나서 타자를 지배하는 방식으

1 청일전쟁의 결과로 조선은 중국의 종주권으로부터 자유로워졌지만 동시에 일본제국주의의 침략대상으로 전락하고 말았다. 전쟁기간중에 조선을 군사적으로 강점한 일본은 내정개혁의 명분하에 친일정권을 수립하고 일본인 고문관을 조선정부에 배치하여, 또 거액의 차관을 제공하면서 조선의 기간제도를 일본식으로 개조시키고 일본과 일련의 보호조약을 체결케 함으로써 조선을 일본의 보호국으로 만들고자 하였다.(조정규, 「갑오개혁의 개혁내용과 주체세력의 분석」, 『한국동북아논총』 제12집, 1999, 319쪽.)

로서의 조선의 무화(無化)정책[2] 그 자체였다. 그들이 조선어를 말살하고 창씨개명을 강행하면서 조선인으로서의 정체성을 무화시키려 했다는 점에서 식민지의 경제적 착취로 일관했던 서구의 식민지배 방식과는 비교할 수 없을 정도로 일제의 식민지배는 철저하고도 엄혹했다.

그럼에도 불구하고 해방을 맞이한 우리는 일제의 식민잔재를 철저히 청산해내지 못했다. 단독 민족국가 건설과 탈식민이라는 민중의 혁명적 의지의 분출은 가혹한 탄압과 수탈로 일관한 일제 식민통치의 직접적 산물[3]이자 당연한 귀결이었음에도 미국과 소련의 냉전이데올로기의 재편 과정에서 민중의 의지와는 상반된 남북분단의 비극을 맞게 되고 말았다. 그러한 탈식민적 의제의 상실과 비극적인 민족분단으로 촉발된 현대 정치사의 불행은 해방 60여년이 지난 지금도 우리가 일제 식민잔재[4]를 제대로 청산해낼 수 없게 하는 결정적 동인으로 작동하고 있다. 이러한 식민잔재 청산의 실패가 호미 바바가 지적한 것처럼 '지금도 계속되는 식민적 현재'를 조장해낸 것이다. 이제야 친일명부가 작성되고 있는 현실에서 우리 내면의 식민성 청산을 논하는 것은 참으로 늦었지만 언제까지라도 계속 해내야 할 과업이다. 그런 점에서 해방이후 지금까지 여전히 우리 한국 사회의 주요한 화두는 바로 탈식민인 셈이다.

---

2 가라타니 고진, 『일본 근대문학의 기원』, 박유하 옮김, 도서출판 b, 2002, 12쪽.

3 식민지배는 간단하게 말해 억압에 의해 유지되는 비동의의 체제였다. 따라서 식민국가의 붕괴는 식민지 민중의 혁명적 분출을 가져올 것이 분명하였다. 2차 세계대전의 종전 및 식민국가기구의 붕괴와 함께 나타난 혁명적 근대국가 수립 움직임의 분출은 일본의 식민통치의 직접적인 산물이었으며 당연한 것이었다.(박명림, 『한국 전쟁의 발발과 기원』 II, 나남출판, 2003, 43쪽 참조.)

4 이현희는 일제가 한국인의 의식구조에 남김 영향으로 한민족사의 축소 날조, 환멸 패배의식의 견지 조장, 민족자본육성의 방해와 기회주의 조성, 의타심리와 견지책동, 은둔도피의식의 조성을 지적하였다. 이러한 일제에 의한 심리적 조장과 왜곡은 여전히 지금까지도 우리가 청산해야 식민성의 잔재들이다.(이현희, 「일제강점이 한국인 의식구조상에 남긴 영향」, 『현대사연구』 제2호, 1993, 8~22쪽 참조.)

이병주의 『관부연락선』은 해방전후기 우리의 탈식민적 과제에 대한 다층적인 의지와 실천의 양상들을 제대로 보여주는 텍스트이다. 이 작품은 해방전 식민지 시기 동안에 초점인물인 유태림이 받은 식민치체제에서의 교육과 학병체험, 해방 후 민족국가 건립을 위해 기투했던 지식인과 학생들의 방황과 노력들을 사실적으로 제시하고 있다. 특히 그 제목이 제국 일본과 식민지 조선의 연결통로 역할을 한 〈관부연락선〉[5]이라는 점에서 이 작품은 당대의 식민성과 그 배치의 양상을 제대로 보여주고 있는 것이다.

자연 나는 관부연락선과 비교해보지 않을 수 없었던 것이다. 관부연락선 3등 손님들은 자유로이 갑판 위를 걸어다니지 못한다. 배가 출항하기 직전 선창의 문을 굳게 닫아버린다. 손님들은 그 창고같은 선저에 짐짝처럼 실려선 목적지에 이르러서야 해방이 된다. 탈 때도 내릴 때도 형사들 앞을 조심

5 1905년 9월 11일, 일본 시모노세키(下關)항을 출발한 1,600톤급 여객선 이키마루(壹岐丸)가 11시간 30분간의 항해 끝에 부산항에 도착했다. 제국 일본 최초의 국제페리인 부관연락선의 영욕의 역사가 시작된 것이다. 1910년 한반도가 식민지로 전락한 후에는 3천톤급 신라마루(新羅丸)와 고려마루(高麗丸)가 취항한다. 1922년과 그 이듬해에 각각 경복마루(景福丸), 덕수마루(德壽丸), 창경마루(昌慶丸)가 취항하는데 이는 조선의 지배권력이 완전히 일본으로 넘어갔다는 사실을 의도적으로 드러내기 위해 명명했던 것으로 보인다. 1937년 연간수송객이 백만명을 넘어서자 7천톤급 금강마루(金剛丸)와 흥안마루(興安丸)이 취항하는데 이 역시 조선의 명산 금강산과 중국 동북지방의 흥안령이 만주국 건설로 제국 일본의 지배하에 놓였음을 반영한 것이다. 태평양전쟁이 격화되던 1942년과 43년에는 8천톤급의 천산마루(天山丸)와 곤륜마루(崑崙丸)가 취항하는데 미군의 공격에 대비한 함포와 대잠수함 폭뢰를 탑재한 여객선이었다. 중국의 대산맥인 천산산맥과 곤륜산맥을 넘어 제국 일본의 침략의 확대, 전쟁의 확대 야욕을 그대로 반영한 이 연락선은 한마디로 「지옥선」이었고 「전시노예선」에 다름 아니었다. 제국 일본의 팽창과정에서 부관연락선을 통하여 다양한 층위의 사람들은 갖은 애환을 품고서 제국과 식민지의 경계를 넘나들었다. 부관연락선은 우리 민족에게 콤플렉스가 형성되는 공간이었고 명백한 제국 일본의 인후(咽喉)였다. (유교열, 「제국과 식민지의 경계와 월경 - 부관연락선과 '도항증명서'를 중심으로」, 『한일민족문제연구』, 2006, 211~213쪽 참조)

스럽게 지나야 하고 배 안에서는 대수롭지 않은 얘기도 주위를 살펴가며 해야 한다.

그러한 관부연락선을 도버 칼레 간의 배, 르아브르와 사우샘프턴 간의 배에 비할 때 영락없는 수인선이라고 해도 과언이 아니다. 연락선이 한국 사람을 수인 취급을 한다는 건 지배자인 일본인이 피지배자인 한국인을 수인 취급을 하고 있다는 집약적 표현일 따름이다.[6](『관부연락선』 1권, 139~140쪽)

위의 문면에서도 지적하고 있는 바와 같이 『관부연락선』 자체가 일제의 식민적 배치의 핵심 수단이자 전형적 상징이었다. 지배자인 일본인이 피지배자인 한국인을 수인(囚人) 취급하는 관부연락선의 풍경이야말로 일본의 강압적인 식민통치의 전형적 재현에 다름 아니다.

이처럼 소설 『관부연락선』은 일제 강점기의 식민성과 해방 후의 탈식민화 과정을 전형적으로 보여주면서 다층적이고 모순적인 형태의 식민적 배치의 양상과 탈식민적 저항의 양상을 충실하게 보여주고 있다. 이에 이 글은 이병주의 『관부연락선』을 텍스트로 삼아 이 작품에서 제시하고 있는 탈식민성의 의제를 추론해보고, 동시에 작품의 탈식민적 의의와 그 한계를 탐색해보고자 한다.

2. 식민지 교육의 모순과 식민성의 내면화

근대교육의 책무는 개인의 정체성 정립과 인격의 완성, 그리고 개인적 능력의 확장과 사회적 실현에 있다. 하지만 조선말기 시도되었던 조선의

---

6 이 논문의 텍스트는 〈이병주, 『관부연락선』 1·2, 한길사, 2006년판〉으로 삼고자 한다. 이하 텍스트의 인용표시는 권수와 쪽번호만 달기로 한다.

근대 교육은 일제의 식민지화에 의해 철저히 파괴되었다. 일제의 식민지 교육은 보편적 의미에서의 근대교육이 아니라 조선인 개인의 식민적 배치에 무게 중심을 둔 우민화 교육[7]이었다. 특히 1930년대 중일 전쟁 이후 전시체제 속에서 일제는 조선인의 정체성을 무화시키려는 황국식민화 교육을 실시하였다.

이와 같은 일제의 혹독한 식민화 교육의 실상을 『관부연락선』에서는 사실적으로 그려내고 있다. 특히 태평양전쟁이 한창이던 1940년대 일제의 식민화 교육은 준군사교육을 방불케 한 것이었다.

> "중학생이 군복 차림인가. 육군 유년학교도 아닐 텐데."
>
> 군복을 모방한 중학생의 정복이란 E에겐 신기할는지 몰랐다. 도쿄에서는 볼 수 없었던 광경일 테니까.
>
> "조선엔 징병제도가 없지 않아?"
>
> "없지."
>
> "그런데?"
>
> "황민화교육을 하자면 군대교육을 통하는 것이 가장 빠르다는 당국의 방침에 의한 거겠지."
>
> "이렇게 되면 황민 교육을 조선에서 역수입해야겠는데."
>
> "저 모양을 해가지고 등교를 해선 아침 조회시간엔 열병과 분열식을 하고

---

7 일제는 식민지 기간을 통하여 조선의 교육을 장악하여 본국의 경제적 이윤 획득에 이용하고, 조선의 전통과 자주성을 말살하여 궁극적으로 조선을 일본의 노예로 만들려는 것이었다. 공식적 학교 교육과정은 이러한 일제의 의도를 분명하게 보여주고 있다. 일제는 실업교육을 강조하였고 조선인의 교육 기회를 극도로 제한했다. 또한 조선인의 민족의식을 말살하고자 일본교육을 강제하고 식민지 본국의 문화 및 의식을 주입하고자 하였다. 또 천황 숭배, 봉건적 윤리, 제국주의 등의 내용을 담은 수신 교과의 학습과 군대식 학교 규율을 강요하고 군사교육에 준하는 교육을 실시하였다.(김두정, 「일제 식민지기 학교 교육과정의 전개」, 『교육과정연구』 제18권 제1호, 2000, 111~112쪽 참조.)

황국신민의 서사를 제창하는 거야."(2권 11~12쪽)

위의 문면은 작중인물 유태림의 식민지 교육에 대한 거부감을 극명하게 드러내고 있다. 독립비밀결사였던 원주신을 찾기 위해 조선에 일본인 친구 E와 입국했던 유태림은 조회시간에 열병과 분열식을 하고 황국신민의 서사를 제창하는 식민지 교육현실에 절망한다. 일본에서는 찾아볼 수 없는 혹독한 식민화 교육이 조선에서 이루어지는 상황 앞에서 식민지 지식인으로서 유태림의 내면은 참담함 그 자체였을 것이며, 식민지 교육과 체제에 대한 거부감은 더욱 강화될 수밖에 없었을 것이다.

그럼에도 그의 신분은 일본유학생이었기에 그는 일본에서의 공부를 포기하지 못한 채 제국주의 교육 내용을 거부하면서도 수용할 수밖에 없는 이중구속의 상태에 포획되고 만다. 이러한 이중구속의 내면이 결국은 식민지 지식인의 이중적 정체성을 형성하게 된다. 부정하면서도 긍정하게 되는 이중적 심리상태, 부정할 것과 긍정할 것을 철저히 분리해내지 못한 채 양가적 모순에 함몰되는 상황에 유태림은 빠져들게 된다. 일제의 의해 강압적으로 이루어졌던 식민화의 과정을 일제의 탓으로만 돌리지 않거나 이완용의 친일행각을 민족의 처지라는 상황논리로 인정하려는 태도야말로 제국주의 이데올로기 교육의 내면화의 방증이라 할 것이다. 그가 회색의 사상, '에트랑제'의 취향을 갖는 것도 바로 이런 이중적 정체성 혹은 식민적 배치로부터 말미암은 혼종적 정체성 때문이라 할 수 있다.

이러한 유태림의 내면을 배치해 낸 또 다른 원인은 바로 1940년대 초반 일본의 사상적 철학적 근간으로서의 교양주의였다. 1920년대와 1930년대 일본을 휩쓸었던 마르크스주의가 전향과 해방이란 이름으로 몰락하고 1930년대 중후반부터 일종의 포스트모더니즘과 '일본회귀'가 출현한다.[8] 이 시기 일본의 교양주의의 흐름을 주도한 사람 중의 하나가 고바야시 히데오였으며, 이병주가 1940년대 일본에 유학하면서 가장 큰 영향을 받았던 존재가 바로 그였다.

> 조잡하게 말하면 미키는 아직까지는 명치 이래의 계몽적 교양적 선상에서 일하고 있고 고바야시는 일약 문화적인 국면 속에서 화려하게 활약하고 있다고 할 수 있다. 그러나 고바야시의 활약은 미키와 같은 계몽적 교양적 노력을 꾸준히 하고 있는 존재를 전제로 해야만 결실이 있다고 생각한다. 그러니 그들의 우열을 말할 단계도 아니고 황차 이자 택일을 할 성질도 아니며 꼭 같이 선생으로 모셔야 할 사람이다.(1권, 240쪽)

위의 문면에서와 같이 이병주의 또다른 분신이라 할 수 있는 유태림은 미키 기요시보다 고바야시 히데오의 사상에 경도되어 있다. 현대 일본의 비평을 주도했던 고바야시는 자기비평과 사회적 비평을 구별하려 했던 미키 기요시를 비판했던 인물로 사회적이지 않은 '자기'는 없으며 역으로 '자기'를 통과하지 않는 사회란 공소한 것[9]이라고 주장하면서 당대 일본의 비평적 지형을 주도해 나갔다. 그러면서 그가 강조한 개념이 바로 숙명[10]이다. 『관부연락선』의 마지막 문장, "운명…… 그 이름 아래서만이

---

8 마르크스주의에 대한 탄압과 전향은 한편에서는 해방을 의미했던 것이다. 이 해방은 타자성이 근대를 의미하는 한에서는 근대로부터의 해방을, 서구를 의미하는 한에서는 서양으로부터의 해방을 의미했다. 혹은 역사로부터의 해방을 의미했다. 여기에서 일종의 포스트모더니즘과 일본회귀가 출현한다. 1935년 전후에 이른바 문예부흥이 있었고 〈일본낭만파〉가 전면에 등장했던 것이다.(가라타니 고진 외, 『현대 일본의 비평』 2, 송태욱 옮김, 소명출판, 2002, 29쪽.)

9 위의 책, 43쪽.

10 고바야시가 「다양한 의장」에서 자의식 혹은 세계 해석에 대한 외부성으로 대치한 것은 '숙명'이라는 말이다. "발자크와 마르크스 - 두 사람은 단지 각자 다른 숙명을 갖고 있을 뿐이다.", "마르크스가 말한 것처럼 '의식이란 의식된 존재 이외의 어떤 것도 아니다'인 것이다. 어떤 사람의 관념학은 항상 그 사람의 전(全)존재에 달려 있다. 그 사람의 숙명에 달려 있다." 이러한 표현은 언뜻 불가해하고 신비적인 것으로 보인다. 하지만 고바야시

사람은 죽을 수 있는 것이다."라는 구절에서 볼 수 있듯이 이병주는 개인의 의식과 그것을 규정하는 외부의 관계성 가운데에서의 숙명이란 개념을 고바야시의 개념에서 빌어올 만큼 그에게서 많은 영향을 받았던 것이다. 하지만 고바야시에게서의 숙명이란 개념은 일본 제국주의가 자행한 식민지 침략전쟁이라는 외부성과는 별개의 추상적인 개념에 불과한 것이었다. 당시 고바야시가 주도했던 일본의 현대비평은 앞에서도 언급한 바와 같이 마르크스주의의 전향과 일본회귀가 출현하면서 부조리한 일본의 정치 사회적 현실로부터 거리를 둔 채 과거로 침잠하거나 미래로 도피하는 것이었다. 당대의 일본 지식인과 비평가들은 폭력적인 제국주의 침략 전쟁이라는 현실상황과 유리된 채 상대적으로 안온하고 격리된 교양의 세계에 안주[11]하고 있었던 것이다.

이처럼 식민지 청년 유태림은 식민지 본국 지식인들의 사상과 교육을 내면화하게 된 것이다. 이병주가 '작가 부기'에서도 밝히고 있듯이 유태림의 비극은 해방공간과 6·25 전쟁의 비극으로부터 발원하는 것이기도 하지만 오히려 일본에서 일본인의 교육을 받은 식민지 청년[12]이었기 때문이라고도 할 수 있다. 강심호가 지적한 바와 같이 '관부연락선 말기세대'는 3.1운동을 전후해서 태어났고 그후의 반동기 속에서 확연한 태도를 정하지 못하고 어중간한 태도를 가지고 성장한 세대[13]였다. 이러한

가 말하는 '숙명'은 각자 개인의 의식에 있는 것과 동시에 그것을 규정하는 외부적 관계성을 의미한다.(위의 책, 43쪽.)

11 그 상대적으로 안온하고 격리된 세계는 사건들로 이루어진 세계나 사회들과는 아무런 관계도 없는 것처럼 보인다. 근대의 역사와 지식인, 비평가들이 만들어 놓은 세계란 사실상 이런 것이다.(빌 에쉬크로프트 · 팔 알루와리아, 『다시 에드워드 사이드를 위하여』, 윤영실 옮김, 앨피, 2005, 71쪽)

12 유태림의 비극은 육이오동란에 휩쓸려 희생된 수많은 사람들의 비극과 통분되는 부분도 있지만 일본에서 일본인의 교육을 받은 식민지 청년의 하나의 유형을 그에게서 발견할 수 있는 그만큼 관부연락선 말기세대에 속하는 사람들은 그의 비극에 대한 책임을 나눠 가져야 할 것이다.(「작가 부기」, 『관부연락선』, 신구문화사, 1972, 399쪽.)

관부연락선 말기 세대의 정치적 민족적 입장이야말로 1940년대 일본의 부조리한 정치적 사회적 상황을 넘어서려 했던 교양주의를 그대로 내면화시킨 식민지 교육의 부조리한 산물이었던 것이다.

3. 학병체험과 식민성에 대한 회의

일제에 의한 조선의 식민지화는 경제적 이유보다도 군사적 차원에 초점을 두고 진행되었다. 그들의 궁극적 목적이 대륙의 침략에 있었기에 조선은 대륙 침략의 전초기지로서 관리되고 지배되었다. 일본은 애초부터 조선을 대륙진출의 교두보이자 가상적인 러시아의 남진을 막기 위한 방어벽으로 간주하였으므로 일제의 조선에 대한 식민지 정책이란 결국 군사정책과 같은 것이었다.[14] 이러한 군사지배체제의 결과물이 바로 중일전쟁과 태평양 전쟁에 즈음하여 시행된 조선인의 징병제와 학병 동원이었다.

일제는 이같은 군사지배체제의 하나로서의 징병제와 학병동원을 합리화해내기 위하여 내선일체라는 식민지 지배전략을 내세운다. 역사적인 차원에서 혈연의 연관관계를 강조하는 '일선동조론(日鮮同祖論)'에 기반

---

13 강심호, 「이병주소설연구」, 『관악어문연구』 27집, 2002, 195쪽.

14 이같은 군사지배체는 일제가 대륙침략을 본격화하면서 한층 강화되고 조직적으로 전개된다. 만주사변을 도발한 직후인 1932년부터 일제는 조선의 산업을 군수산업형으로 재편성하기 시작하여, 1936년에는 조선산업경제조사회를 설치하고, 1938년 8월 31일의 도산업부장회의에서 행한 미나미 총독의 훈시에서 대륙병참기지라는 용어가 처음으로 사용되기에 이른다. 그리고 1938년에는 육군특별지원병제가 실시되어 조선인의 군사적 동원이 시작되고, 1942년에는 징평제가 실시되며, 1943년에는 학도병이 동원되고, 1944년이 되면 「여자정신근로령」을 공포하여 노동력과 종군위안부로서 여자들을 동원하기에 이른다.(홍성태, 「식민지체제와 일상의 군사화 - 일상의 군사화와 순종하는 육체의 생산」, 『근대주체와 식민지 규율권력』, 문화과학사, 2000, 371쪽 참조.)

을 둔 내선일체 담론은 일제의 식민지화의 명분으로 제시되었다. 즉 일제는 '일선동조론'이라는 식민담론을 생산하여 피지배자인 조선인이 지배자의 모습과 가까워지는 개량과 향상의 가능성을 제시하는 것처럼 포장하였지만 그 심층에는 피지배자의 존재론적 차이를 전제로 하고 있었다. 이는 일제가 조선인을 타자, 차이를 지닌 주체로서 거의 똑같지만 아주 똑같지 않는 존재[15]로 규정한 것에 다름 아니다. 결코 동일화될 수 없는 타자에게 억지의 동일성을 부여함으로써 결국은 타자가 결코 동일할 수 없는 차이를 내재하고 있음을 확인하게 한 내선일체 담론은 궁극적으로 식민지를 자신들의 대상이자 수단으로 전락시킬 권력자의 지배와 배치 욕구의 극단화된 노출에 불과한 것이었다.

> 조선 사람은 비굴한 반면 교활하다. 그러니 비굴함을 이용하면 그들의 교활이 저지를 피해를 미연에 방지할 수 있다. 거짓말을 잘하니 조선인이 하는 말은 일단 의심을 하고 반드시 확인토록 할 것이며 어디까지나 그 말을 믿는 척해야 한다.
>
> 일대일로 조종하되 누구에게 대해서도 '조선인 가운데서는 너를 제일 신임하고 있다.'는 식으로 추어주어라. 그러면 그들 사이의 비밀을 쉽게 알아낼 수 있을 것이다…….(1권, 121~122쪽)

위의 문면은 유태림이 학도병으로 나갔다가 입수한 일본인 장교의 '반도 출신 학도병을 취급하는 요령'이란 제목의 글이다. 같은 조상을 둔 동족이라는 내선일체의 명목으로 조선인 학생들을 학도병으로 끌고 간 일제가 조선인 학도병을 자신들과는 다른 열등하고 교활한 존재로 다루어야 한다는 위선적인 실상을 보여주는 문면이다. 이같은 조선인에 대한

---

15 바트 무어-길버트, 『탈식민주의! 저항에서 유희로』, 이경원 옮김, 한길사, 2001, 284쪽.

일제의 이중적 태도에서 알 수 있듯이 내선일체라는 식민 담론은 식민지인들에게 식민지 본국의 국민과 동일한 추상적이면서 심리적인 권리를 부여하는 방식으로 포장되었으며, 그 한편으로 신민으로서의 구체적이고 실제적인 힘든 의무를 부과하고, 그것을 수용하도록 강요하였던 것이다. 『관부연락선』에서는 조선의 식민지화 과정에서의 군사지배체제의 양상이 주인공 유태림의 운명을 굴절시켜가는 과정에서 극명하게 드러나고 있다. 주인공 유태림이 유학을 포기하고 자의반 타의반 학병에 끌려가게 된 것도 이와 같은 전시지배체제의 소산인 것이다.

순종할 순 없었지만 그렇게 몸부림치지 않고는 견뎌낼 수 없는 일종의 초조감이 발작처럼 태림을 괴롭힐 때도 있었다. 이런 현상은 유태림의 경우뿐만이 아니다. 한국 출신 학도병의 대부분은 누구나 아물지 않는, 아니 아물 수가 없는 상처를 가지고 있었다. 그것은 강제를 당했거나 어쨌거나 원하지도 않은 일본의 병정 노릇을 지원의 절차를 밟아서 하게 되었다는 바로 그 사실이다.

'우리를 희생하고 동족을 살린다'

또는,

'우리가 일본의 병정 노릇을 함으로써 일본의 조선인에 대한 차별대우를 없앤다.'

이렇게 말하기도 하고 생각하기도 했지만 스스로의 비굴함을 당치도 않은 궤변으로 합리화시키려는 두 꺼풀의 비굴한 행동이었음은 두말할 나위가 없었다. 이러한 비굴함이 일본의 패색이 짙어감에 따라 선명하게 부각되어가는 것이니 어떤 야무진 행동을 통해 비굴에서 스스로를 구하려는 발작이 나타남직도 했었다. (1권 119쪽)

위의 문면에서도 볼 수 있는 바와 같이 내선일체의 담론으로 인해 유태림을 비롯한 학병들은 '우리가 일본의 병정 노릇을 함으로써 일본의 조선인에 대한 차별대우를 없앤다.'는 자기합리화를 시도하지만 그것이 궤변임을 인식하면서 스스로의 비굴함을 확인하고 만다. 이러한 학병되기야말로 노예로서의 체험에 다름 아님을 느끼게 된 유태림은 그것이 누구나 아물지 않고 아물 수 없는 상처임을 깨닫는다.

유태림은 학병으로 나아가게 됨으로써 일제의 식민지배전략으로서의 군사체제화와 내선일체 담론의 문제점을 철저히 깨닫게 된다. 그가 학병이 된 것은 그의 세계관과 내면 변화의 전환점이 되었다. 일제의 식민지 교육과 본국에서의 교양주의 교육으로 인해 부정할 수도 긍정할 수도 없는 이중적 정체성을 가졌던 그가 내면화된 식민성에 대해 회의할 수 있게 된 계기가 바로 참혹한 학병체험이었던 것이다. 씻어낼 수 없는 상처였던 학병체험이 유태림에게는 일본 제국주의의 폭력성의 실체를 확인하게 하고 식민성의 부조리함에 대해 제대로 인식하게 된 계기가 되었던 셈이다.

그런데 학병체험[16]은 유태림에게 민족과 양심에 대한 죄의식의 근원으로 작용하면서 향후 해방공간에서 민족국가 건설에 적극적으로 기투해내지 못하게 하는 걸림돌이 된다. 어찌할 수 없이 끌려갔지만 제국의 군대로 살아남아야 했던 그의 실존적 고민과 양심적 고뇌가 해방 후 민족국가 건설에 지식인이자 민족구성의 주체로서 적극적으로 참여하지 못하게 된 결정적 원인이 되었던 것이다.

---

16 학병체험이야말로 이병주 글쓰기의 원체험이자 원죄와도 흡사한 것이었다. 일제의 침략 전쟁에 노예로 끌려간 조선인 대학생 이병주에 있어 학병체험이야말로 그의 운명을 좌우한 것이었다. 이 노예 체험을 극복하지 않으면 아무것도 할 수 없었다. 적어도 '사람으로서의 행세'는 할 수 없었다.(김윤식, 『이병주와 지리산』, 국학자료원, 2010, 108쪽.)

4. 이념의 부정과 탈식민의 한계

1945년 8월부터 1948년 대한민국정부수립 이전까지 남한에서의 해방공간은 엄혹했던 제국주의 권력이 무력화되면서 권력의 진공상태를 초래하였으며, 그로 인해 민족국가 건설을 위한 축제와 혁명의 열기로 넘쳐났다. 무엇이든 가능할 수 있는 공백의 상태였지만 민족구성원 대다수가 원하는 그림을 결코 그려낼 수 없는 무력한 공간이기도 하였다. 탈식민의 의제를 실현하고 단독의 민족정부를 세워내려는 민족구성원들의 대망은 결코 현실화될 수 없었다. 1945년의 해방이 민족의 주체적 힘으로 얻어낸 것이 아니었을 뿐만 아니라 너무나 갑자기 다가선 것이었기에 누구도 조직적으로 민족적 과업을 수행해내지 못했기 때문이다. 탈식민 의제가 투사, 응축되어 광범한 사회세력을 하나로 결집하여 새로운 역사단계로 이끌어나갈 혁명적 변화의 계기를 선취할 수 있는 대안 국가적 조직[17]으로서 여운형 등 중도적 민족주의자들에 의해 주도된 건국준비위원회와 인민위원회가 구성되기도 했지만, 이는 남한에서의 실제적 권력기관이었던 미군정의 인정을 받지 못한 채 점차 무력화되고 말았다. 결국 당시 단독정부 수립을 주도하였던 중도적 민족주의자들은 제국주의가 비록 민족적 부르주아에게 권위를 양도하는 것처럼 보일 때에도 실제로는 그 헤게모니를 확장해나가고 있다[18]는 제국주의자들의 생리를 제대로 파악해내지 못했던 것이고, 그로 인해 민족국가 건설에 실패하고 비극적인 분단을 맞을 수밖에 없었던 것이다.

이러한 혁명의 열정과 절망이 교차하는 공간에서 지식인의 역할은 매우 중요할 것이다. 그럼에도 『관부연락선』의 주인공 유태림은 해방공간

17 박명림, 앞의 책, 2003, 41쪽.

18 빌 에쉬크로프트·팔 알루와리아, 앞의 책, 217쪽.

의 장에서 지식인으로서 최대한의 노력보다는 그가 할 수 있는 최소한의 역할로서 인간적으로 성실한 교사의 책무에 머물러 있으려고만 하였다.

> 유 "그럼 나도 솔직하게 말하지요. 부끄러운 얘기지만 나의 정치적 견식은 확실하지 못합니다. 이건 사상의 문제이기 전에 신념의 문제지요. 미군정에 항거하는 태도가 옳은 건지 추종하며 이용하는 태도가 옳은 건지 또는 미군정에 대한 전면적인 항거가 그만한 보람을 가지고 올 수 있을 것인지, 추종하며 이용한다는 태도가 과연 소기의 성과를 거둘 수 있을 것인지 판단이 서질 않는단 말입니다."(1권, 200쪽)

이처럼 초점인물인 유태림은 사상이나 이념보다는 신념의 문제로 해방정국을 이해하고 해결해가려고 한다. 이러한 유태림의 태도는 그가 식민지 시기 제국주의 용병으로 나아간 것에 대한 민족적 죄의식의 소산이라고 할 수 있다. 민족의 죄인이 민족을 위해 일을 하려고 한다는 것 자체가 있을 수 없다는 그의 자의식은 공감할 수도 있고 높이 평가될 수 있다. 또한 그의 교육에 대한 열정이나 학생들에 대한 뜨거운 애정은 누구도 부인할 수 없다. 그럼에도 민족의 가능성의 최대치를 확보해낼 수 있는 해방공간에서 가장 이상적인 지식인 혹은 영웅으로 전경화되었던 그가 개인의 양심이나 자의식의 영역으로 후퇴한 점은 대단히 문제적이다.

이를 제국의 용병이었다는 학병세대의 부끄러운 자의식의 문제로 돌릴 수 있지만 앞에서도 거론한 바 있는 식민지 시기 교양교육의 내면화 탓이기도 하다. 그중에서도 유태림이 지향한 회색의 사상이 바로 그 교양주의로부터 발원한 것이다. 김윤식이 지적한 바와 같이 유태림을 주인공으로 한 『관부연락선』이야말로 이러한 일본 구제(舊制)고등학교 중심의 3기 교양주의의 드러냄인 것이며, 그것에 가장 큰 영향을 미친 것이 바로 '인민전선' 사상이다.[19]

M “그렇습니다. 내가 지드를 들먹인 것은 출생성분이야 어떻든 지식인의 양심, 또는 도의감이 있으면 광범한 인민전선적인 대오를 벗어날 수 없을 것이 아닌가, 이런 얘기를 하고 싶었던 거지요.”

유 “인민전선이라고 하지만 그것을 연합하고 조종하는 마스터마인드가 공산주의일 경우, 그 마스터마인드의 궁극 목표가 공산혁명에 있다고 볼 때 공산주의에 대한 어느 정도의 신앙이 없고선 참가할 수 없는 것이 아니겠습니까. 단순한 양심, 단순한 도의심만 갖고는 불가능할 일 아니겠어요?”(1권, 204~204쪽)

위의 문면은 선배이자 좌익교사의 대표인 M과 유태림의 대화 내용이다. 두 사람의 대화는 지드의 인민전선을 전례로 삼으면서 남한에서의 지식인의 역할에 대해 논하고 있다. 유태림은 인민전선[20]이 최종심급에서는 공산주의자들에 의해 조종된 것이라는 전제로부터 화두를 풀어간다. 분명 스페인 내전에 참여했던 인민전선이 패배한 것이 스탈린주의와

---

19 이 교양주의를 드러내는 방식이 바로 유태림이 학창시절 동안 연구한 수기 『관부연락선』입니다. 이수기의 특징은 다음 두 가지. 하나는 제3기 교양주의가 이 수기 속에 녹아 있다는 점. 다른 하나는 이 점이 소설적 처리로서의 성과이거니와, 그 교양주의가 유태림의 인격을 통해 생활 속에 용해되어 있다는 점입니다. 유태림의 일본유학이 이 수기 속에 살아 움직이고 있기 때문에 그 교양주의란, 관념적인 상태에서 일상적 삶으로 환원된 것입니다.(김윤식, 앞의 책, 142쪽.)

20 1933년 히틀러의 집권에서 보듯이 사회파시즘론이 초래한 재앙이 명백해지자, 스탈린은 1935년 제7차 코민테른 대회에서 인민전선전략으로 급격히 ‘우선회’했다. 인민전선의 핵심은 스탈린주의 코민테른의 지령을 받는 각국 공산당이 그 나라의 사회민주당 뿐만 아니라 부르주아당과도 동맹하여 파시즘과 투쟁해야 한다는 것이다. (……) 노동자계급의 정치적 독립성을 무시한 스탈린주의 인민전선론은 노동자계급의 통일성을 부정한 사회파시즘론과 마찬가지로 국제노동운동에 궤멸적 타격을 안겨주었다. 1934~1938년 프랑스와 스페인 인민전선정부의 경험은 이를 분명히 보여준다. 스페인 내전에서 스탈린주의 인민전선정부는 총부리를 프랑코에 겨누기보다 노동자권력을 주장했던 POUM(마르크스주의적 통일노동자당)과 트로츠키주의자들에게 돌렸으며, 그리하여 프랑코에게 집권의 문을 열어주었다.(정성진, 『마르크스와 트로츠키』, 한울아카데미, 2006, 469~470쪽 참조)

여타 진보세력간의 분열에 의한 것이었으며, 그 핵심에 스탈린주의의 혁명의 배신이 있었음을 유태림은 간파하고 있었던 것이다. 그럼에도 파시즘이라는 부조리한 권력과 이념에 대해 저항하고 기투했던 앙드레 말로, 죠지 오웰, 헤밍웨이, 지드 등 실천적 지식인들을 사회주의 편향으로만 볼 수 없다는 것을 전제로 할 경우 인민전선에 대한 유태림의 인식의 오류가 발견되며, 그 오류의 근원이 그가 가진 공산주의에 대한 이데올로기적 거부감에 있음을 확인할 수 있다. 그는 미군정을 신뢰하지 못한 것과 같이 공산주의 세력도 믿지 못하고 있었던 셈이다. 해방전후기 민족국가 형성에 결정적 심급을 확보하고 있는 냉전의 이데올로기에 그가 효과적으로 대응하지 못한 채 회색의 영역에 머물러 있을 수밖에 없는 이유가 바로 여기에 있었던 것이다.

이는 일본의 교양주의 교육에 몰입되었던 이병주의 해방전후사에 대한 인식과 일치하는 점이기도 하다. 그는 역사의 수레바퀴에 치여 상처입고 압살당한 생명들에 대한 관심 뿐만 아니라 '역사의 진보'라는 관념에 갇혀 그 역사를 살고 만들었으며 이끌었던 '인간'을 역사에 종속된 것으로 인식하는 우리 문학의 지배적인 한 경향에 대한 근본 반성과 실천[21]을 지향하였다. 그의 이러한 시각은 역사의 정의보다 한 개인의 실존에 무게를 더하고 있다는 점에서 휴머니즘에 대한 지향으로 해석할 수 있다. 하지만 계급과 성, 그리고 인종이라는 비판적 관점을 확보해내지 못한 휴머니즘은 자칫 기득권의 자기 합리화로 전락할 우려 또한 무시할 수 없다. 즉 인간답다는 미명하에 한 개인의 인간다움의 시각에 매몰된 채 다수의 역사와 사회적 피해와 억압에 대해 몰각하게 될 가능성이 높다는 의미이다.

21 정호웅, 「해방 전후 지식인의 행로와 그 의미 - 이병주의 『관부연락선』」, 『현대소설연구』 24, 2004, 76쪽.

어쩌면 유태림의 해방공간에서의 모습이 이러한 우려에 기반하고 있다면 이는 민족정부구성과 탈식민화를 지향하는 민족적 과업과는 거리가 먼 것이라 할 수 있다. 실제로 해방공간의 주요 정치세력의 역할과 책무에 거리를 두고 교사로서의 역할에만 최선을 다하려고 했던 유태림의 탈식민적 지식인으로서 역할은 실망스러운 것이 될 수밖에 없다. 그러한 온정주의적 태도로 인해 그는 미증유의 민족사적 비극으로 다가온 6·25 전쟁[22] 앞에서 무력할 수밖에 없었다. 그는 민족의 위기이자 기회였던 해방전후기에 미국과 소련의 냉혹한 이데올로기의 폭력성을 철저히 인식하지 못한 채 관념적인 인간주의를 지향하다 전쟁을 맞게 되고 무기력한 모습으로 해인사에서 인민군에게 납치되고 만다.

파행적 역사의 소용돌이 속에서도 역사의 격랑에 부대끼지 않고 인간다움을 지향하려 했던 그의 의도를 충분히 이해하지만 정작 탈식민과 민족국가 건설이라는 해방공간에서의 민족의 지향점을 충분히 인식하고 수렴해내지 못한 한계를 그는 숙명적으로 끌어안고 있을 수밖에 없는 것이다. 그런 한계로 인해 작품의 결말에서의 유태림의 납치마저도 작가는 숙명의 탓으로 돌리게 되는데, 이는 이 작품의 정치적·이념적 한계의 당연한 귀결인 셈이다.

---

22 냉전이 한국에서 처음으로 폭발하였을 때 한국인들이 경험한 폭력은 미증유의 것이었다. 역사적 시간의 지평에서 볼 때 전쟁이 한 사회에 끼지는 상처와 영향은 우리의 생각보다 훨씬 길고 깊다. 그것은 몇 세대는 물론 때론 몇 백년을 넘는다. (……) 한국 전쟁이 한국 사회에 끼친 영향은 오래 지속되며 긴 자장을 드리울 것이다. 1876년 근대로의 이행을 위한 출발 이후 이 전쟁은 한국사회에 가장 심대한 영향을 끼쳤다. 1953년 7월 전쟁이 끝났을 때 한국 사회는 시체와 절망이 가득 찬 파괴의 잿더미였다.(박명림, 『한국 1950 전쟁과 평화』, 나남출판, 2004, 31쪽.)

5. 결론

『관부연락선』은 한국 현대소설사 가운데 탈식민적 지평을 제대로 보여주고 있는 이병주의 대표작이다. 특히 일제 식민지 기간 작가 이병주의 학생/학병 체험, 그리고 해방공간에서의 교사로서의 원체험을 근간으로 식민성과 탈식민성의 함의를 깊이 있게 형상화하였다는 점에 그 소설사적 의의는 높이 평가할만한 작품이다.

그런데 이 작품은 우리 내면에 잠재되어 있는 식민성의 원인과 그로 인한 문제점을 제대로 추적해내고 있지만 궁극적인 탈식민의 실천적 지평을 보여주지는 못하고 있다. 작가 이병주는 해방공간에 대한 철저한 현실인식을 이루어내지 못했고, 실제적으로 해방공간에서 단독 민족정부 건설과 탈식민적 과업을 이루어내지 못한 원인과 결과를 철저히 분석해내지 못했다. 결국 그는 민족의 역량이나 자율성에 대한 과도한 집착으로 인해 타율성에 대한 성찰이 미흡했던 것이다. 즉 세계재편을 기도하는 자본주의와 사회주의 이데올로기의 모순과 갈등이 한반도에서는 주요모순으로 극명하게 작용하였음을 그는 몰각하였거나 과소평가했던 것이다. 이는 작가 이병주로 표상되는 해방공간에서의 자유주의 혹은 이상주의적 인식틀을 가졌던 지식인의 문제이자 식민지 기간 동안 학병으로 끌려가야만 했던 세대들의 공통된 감각과 세계인식 때문이었을 것이다.

결론적으로 이병주와 『관부연락선』의 이념적 한계는 일제 식민지 교육과 왜곡된 교양주의 교육으로부터 발원한다고 할 수 있다. 식민적 배치를 부정해야 할 피식민지의 지식인이면서도 식민지 본국의 지식을 내면화할 수밖에 없는 이중구속의 심리상태, 즉 제국주의 교육의 시스템에 의해 배치되고 내면화된 식민지 지식인의 내면을 이 작품은 전형적으로 보여주고 있다. 그런 점에서 『관부연락선』은 식민적 배치와 교육의 모순, 그리고 제국주의의 폭력성을 날카롭게 제시해냈지만 허무주의 혹은 자유주의라는 회색의 영역에 머무른 지식인들의 내면을 제시하는데 그침으로써 실천적 탈식민의 지평까지는 제시하지 못했다고 하겠다.

참고문헌

가라타니 고진 외, 『현대 일본의 비평』 2, 송태욱 옮김, 소명출판, 2002.
가라타니 고진, 『일본 근대문학의 기원』, 박유하 옮김, 도서출판 b, 2002.
강심호, 「이병주소설연구」, 『관악어문연구』 27집, 2002.
김두정, 「일제 식민지기 학교 교육과정의 전개」, 『교육과정연구』 제18권 제1호, 2000.
김외곤, 「이병주 문확과 학병 세대의 의식 구조」, 『지역문학연구』 제12호, 2005.
김윤식, 『이병주와 지리산』, 국학자료원, 2010.
김윤식 · 김종회 엮음, 『문학과 역사의 경계에 서다, 낭만적 휴머니스트, 이병주의 삶과 문학』, 바이북스, 2010.
김윤식 · 임헌영 · 김종회, 『역사의 그늘, 문학의 그늘』, 한길사, 2008.
모리스 메를로-퐁티, 『휴머니즘과 폭력 - 공산주의 문제에 대한 에세이』, 박현모 외 옮김, 문학과지성사, 2004,
바트 무어-길버트, 『탈식민주의! 저항에서 유희로』, 이경원 옮김, 한길사, 2001.
박명림, 『한국 전쟁의 발발과 기원』Ⅱ, 나남출판, 2003.
______, 『한국 1950 전쟁과 평화』, 나남출판, 2004.
빌 에쉬크로프트 · 팔 알루와리아, 『다시 에드워드 사이드를 위하여』, 윤영실 옮김, 앨피, 2005.
유교열, 「제국과 식민지의 경계와 월경 - 부관연락선과 '도항증명서'를 중심으로」, 『한일민족문제연구』, 2006.
이병주, 『관부연락선』 1.2, 한길사, 2006.
이현희, 「일제강점이 한국인 의식구조상에 남긴 영향」, 『현대사연구』 제2호, 1993.
조갑상, 「이병주의 〈관부연락선〉 연구」, 『현대소설연구』 11, 1999.
정성진, 『마르크스와 트로츠키』, 한울아카데미, 2006.
정호웅, 「해방 전후 지식인의 행로와 그 의미 - 이병주의 『관부연락선』」, 『현대소설연구』 24, 2004.
조정규, 「갑오개혁의 개혁내용과 주체세력의 분석」, 『한국동북아논총』 제12집, 1999.

존 맥클라우드, 『탈식민주의 길잡이』, 박종성 외 옮김, 한울아카데미, 2003.
프란츠 파농, 『검은 피부 하얀 가면』, 이석호 옮김, 인간사랑, 1998.
호미 바바, 『문화의 위치 - 탈식민주의 문학이론』, 나병철 옮김, 소명출판, 2003.
홍성태, 「식민지체제와 일상의 군사화 - 일상의 군사화와 순종하는 육체의 생산」, 『근대주체와 식민지 규율권력』, 문화과학사, 2000.
히라노 겐, 『일본 쇼와문학사』, 고재석 · 김환기 옮김, 동국대학교출판부, 2001.

4·19소설의 감각체험과 60년대식 환상

송병삼

그 당시 우리는 그 사태의
전모를 알고 있지 못했다.
–박태순, 「무너진 극장」

1. 그때 어디에 있었나

『창작과비평』과 『문학과지성』은 1960년 이래의 한국 현대문학의 양대 문학장을 형성하여 왔다. 자신들의 정체성을 규정하고 있는 '4·19세대'라는 호칭과 김현이 "4·19세대로서 사유하고 분석하고 해석한다. 내 나이는 1960년 이후 한 살도 더 먹지 않았다"[1]라는 언술은 이들이 '60년대 문학'의 적자라는 인식을 보여주는 면이기도 한다. 의외인 것은 이들 두 문학 진영(가상이라 할지라도)이 자신들의 정체성의 출발점에 닿아 있는 중대한 사건인 4·19를 회고하는 집단적인 담론 자리를 갖는 경우가 그리 많지 않았다는 점이다. 4·19를 담론으로 다룬 경우로 이 두 자리만을 꼽는 것은 부당하겠지만, 2001년에 창작과비평에서의, 2010년에 문학과지성에서의 4·19에 대한 대담(좌담)의 기록은 역사화된 대상으로서

1 김현, 「60년대 문학의 배경과 성과」, 『김현문학전집』 7, 문학과지성사, 1992, 241쪽.

다룰 수 있을 만큼의 어느 정도 시간차 거리를 갖게 되었음을 감지하게 해준다.

창작과비평의(이하 창비) 좌담의 경우에 최원식의 주재로 김병익, 김승옥, 염무웅, 이성부, 임헌영 등 이른바 '4·19세대' 문인들이 중심으로 "'내가 겪은 4월 혁명' 혹은 '내가 본 4월 혁명'"을 테마로 하여 4·19당시의 기억들을 풀어내면서 시작한다.[2] 이와 마찬가지로 문학과지성(이하 문지)의 경우에서도 김치수와 최인훈 두 작가의 대담 또한 4·19당시의 기억들을 풀어내고 있다.[3]

대담들이 질문자와 답변자가 따로 정해져 있지는 않았지만, 참여자들의 발언의 시작은 어떤 질문을 전제하여 시작한다. 이들의 어떤 질문에 대한 답들, 즉 이들이 풀어내고 있는 기억의 내용들은 '피의 화요일'로 불리는 1960년 4월 19일로 특정한 그 날의 사건에 대한 것이었다. 이들의 '4·19세대 문인'이라는 공통된 정체성은 그 날의 일이 자신들의 정체성을 이룩하게 되는 근본적인 계기로서 기억 구성의 핵심에 해당하는 것임을 보여주는 것이기도 하다. 즉, 4월 19일의 일은 그들에 있어서 4·19[4]에 대한 판단과 해석, 더 나아가 일종의 입장과 태도의 기원이 되는 '사건'인 것이다. 그리고 이들의 진술들, 대답들은 그 '사건'이 일어났을 그 때에 '어디에' 있었느냐는, 표현되지 않았지만 그 질문이 공통의 전제로 설정되고 있다는 유사성을 보여주고 있다.

게다가 이 장면의 연장으로서, 당시 어디에 있었느냐는 물음에 대한

---

2 좌담, 「4월혁명과 60년대를 다시 생각한다」, 『4월혁명과 한국문학』, 창작과비평사, 2002, 18~67쪽.

3 대담, 「4·19정신의 정원을 함께 걷다」, 『문학과사회』 2010.2. 봄호(89호), 308~332쪽.

4 이 글에서는 4·19에 대한 명명을 '4월 혁명', '4·19혁명', '4·19'를 혼용하되, 혁명적 사건으로 규정되어 왔던 인식이 서울과 대학생(지식인) 중심이라는 주체성과 그 영역을 전제하게 되는 데에서 오는 제한으로부터 조금은 자유롭고자 주로 '4·19'로 표기하고자 한다.

대답으로서, 대담에 참여한 문인들 대부분은 그 핵심현장에서 벗어나 있었음을 밝히고 있다. 학교에 있거나, 하숙집에 있거나, 군대에 있거나, 사람들의 대열에 어울려 거리에 나갔다가 총소리를 듣고는 흩어져 자취방으로 돌아오거나 하였다고 한다. 사태에 대한 자신의 주체적인 판단과 그에 따른 어떤 절박한 의지가 있었는가의 여부를 확인하는 것이나 그에 대한 인식 내용과는 상관없이, 시위대의 일원이 되어 거리로 나섰는가의 여부가 그 사건에 참여했거나 그렇지 않았거나하는 단순하고 소박한 기준으로 규정하는 것으로서 대담은 이어질 수 있었던 것이다.

사태가 일어났을 당시의 위치를 묻는 것은 몇 가지로 이해해 볼 수 있을 것이다. 학생들의 시위 때, '혁명'으로서의 가치평가적인 관념을 얻을만한 여러 현장들 중에서, 어느 현장에서 경험을 하였느냐는 물음일 수도 있고, 혁명으로서의 의의를 지닐만한 학생들의 시위 소식을 어디에서 듣게 되었느냐는 물음일 수도 있다. 대담에 참여한 회고 문인들은 그들 스스로 핵심현장에 오롯하게 참여하지 못했다는 진술과 함께 대부분 거리의 시위 소식을 '듣게' 된 정황을 회고하는 것으로 대화를 이어간다. 이러한 장면은 혁명으로서의 4·19이전에, 달리 말하면 혁명을 예비하는 '사건'으로서가 아니라 사태가 일어나고 있었던 현장의 시간에서 그들이 가지고 있었던 체험들을 공유하고 있는 것으로 볼 수 있다. 그러나 이를 되짚어 본다면 그 당시 자신들이 어떤 현장에 있었던 것만으로는, 즉 자신들이 직접 본 것과 체험한 것만으로는 그 순간 그곳에서의 자신들이 무엇을 하고 있었는지 모르고 있었다는 것을 반증하는 대목이기도 하다. 이는 자신들의 체험은 있지만, 그리고 자신들이 누군가로부터 들은 내용들은 있지만 그것이 무엇인지 모르고 인지하지 못하고 있었던 것, 당시 사태의 전체 구성을 하지 못했던 것을 말하는 것이다. 대담과 기억들은 4·19의 '사건' 구성을 위한, 자신들이 본 것과 들은 것들을 종합하는 진실 구성의 퍼즐 맞추기라고 할 수 있다.

2. 거리의 체험과 인식 공백

그 대담들의 밀도나 중요도를 떠나서 '혁명'으로서 역사화가 되거나 또는 속화된 방식으로 기념비화(monument)가 된 만큼이나, 회고할 정도의 시간적 거리를 갖게 되었음에도 불구하고, 4·19를 겪었던 이들 회고문인들의 4·19사건에 대한 기억의 방식에는 그들의 겪었던 체험과 함께 각자의 현장에서 떠올린 두려움이나 놀라움, 당혹함 등과 같은 정서적인 반응이 덧붙여져 있음을 감지할 수 있다. 그러나 실패한 것으로든 성공적인 것으로든 '혁명'이란 관념과 결부시켜서 4·19를 소환하는 이들은 애써 그때의 감정을 말하지 않는다. 이 오랫동안 기억에 부착된 혼란스러운 감정은 4·19가 일어난 지 몇 년이 채 지나지 않았던 시기의 소설에서부터 묘사되어 오고 있었다.

> 1960년대에 접어들자마자 일어났던 4·19사태에 대하여 우리가 갖는 정직한 느낌은 과연 무엇이었을까? 우리는 그것을 알지 못했다. 때는 바야흐로 비상시국이었으며, 일차 모든 기성의 질서들이 무시되는 혼란의 시기였다. 오도된 질서에 대한 반발이 극심하게 표현되었던 시기였다. (……) 때는 비상시국이었으므로, 무슨 일이든 발생할 수 있는 것이었다. 그랬으므로 그 당시 우리는 그 사태의 전모를 알고 있지 못했다. 완고한 노대통령과 그 밑의 사람들이 무슨 마음을 먹고 있는지, 세계의 언론이 어떠한 보도를 하고 있었는지, 미국 대사가 무슨 생각을 하고 있었는지 자세히 알지 못했다. 더욱이 외아들을 죽이고 만 평길이 아버지의 심정이 어떠했는지, 마포 형무소에 끌려 들어간 우리 친구들이 어떤 상념에 빠져 있었는지 알지 못했다.[5]

5 박태순, 「무너진 극장」, 『정든 땅 언덕 위』(한국소설문학대계50), 두산동아, 1995, 38쪽.

박태순이 「무너진 극장」에서 4·19이후 8년이 지난 때의 기억의 기록을 소설 속 '나'의 서술을 통해서 보여주고 있는 대목이다. 서술자인 '나'는 친구들과 함께 시위에 참가했다가 진압군의 발포에 친구인 평길의 죽음을 체험한 이다. 평길의 죽음 이후, 독재자의 하야 선언이 있기 전날인 4월 25일에 '나'는 융만과 광득 친구들과 시내 시위군중과 어울리다가 시위대들의 평화극장 습격 사건의 정황 속에서 어떤 깨달음을 정리하고 있다. 이들이 시내의 시위대와 어울릴 때에는 거리의 행진이 분명한 역사적 당위의 현장으로 묘사된다.

융만이는 나의 손을 그의 가슴속으로 넣게 하여, 용감한 무인이 자부심을 가지고 새겨 넣은 문신과도 흡사한 그의 상처를 보여 주었다. "나는 이 가슴에다가 우리의 뼈저린 현실을 새겨 넣은 거야!"하고 그는 말했다. "부정선거를 했던 정권은 망하고야 말 것이다"하고 광득이가 심각한 얼굴로 말을 받았다. "그럴지도 모르지. 이것은 하나의 혁명이니까." "그래, 혁명이야"하고 광득이가 다시 동의했다. "앞으로 어떻게나 될 것인지?" 광득이는 이어서 혼자소리로 말했으며, 거기에 답변을 하지 못한 채 우리는 걸어서 시내의 중심가로 나왔다.[6]

그러나 평화극장에서 경찰들을 피해 숨어 있던 공포의 체험 이후 '나'가 깨달은 것은 "데모(혁명)의 바깥쪽에는 법률적인 것, 도덕적인 것, 종교적인 것, 심지어는 신화적인 것이 이를 지켜 주고 있을 것이나, 데모의 그 안쪽에는 이런 도취, 이런 공동 무의식이 잠재되어 있"[7]음이다. 여기서 그 '공동 무의식'이라고 하는 것을 생각하게 한 데모의 모습, 즉 극장

6 위의 글, 39쪽.
7 위의 글, 48쪽.

안에서의 ‘나’가 경험하게 된 무서운 광경은 “극한 상태에서 오는 무서움”이자, “너무도 비현실적인 냄새를 풍기고 있었”고, 광기를 내포하는 “원시적이고 본능적인 무질서”였다.

> 관람석은 갖가지 음향으로 꽉 차 있었다. 아래층 이층이고 가릴 것 없이 기괴한, 삭막한 음향이 뒤엉겨 붙었다. 그것은 이 세상이 파괴되는 음향이었다. 음향은 일찍이 사람들이 몰려들어 구경을 하던 극장 안을 온통 삼켜버리고 말았다. 그리하여 사람들의 집회장소였던 이곳의 질서의 음향을 깨뜨려 버리는 것이었다. (……) 사람들은 동물이나 내는 기괴한 탄성을 지르고 있었다. 그들은 눈앞에 닥친 무질서에 환장해 버려서, 마치 사회와 인습과 생활규범을 몽땅 망각한 것 같았다. 그들은 기괴한 소리를 뱉으며 물건들을 부수고 있는 것이었다. (……) 사실화만 그리던 사람들이, 그런 객관의 질서를 무너뜨려서 추상화, 초현실화를 그리지 않을 수 없었던 때의 그 와해감정과 같은 것인지도 모른다. 사람들은 관람석을 분해시켜 그곳의 효용가치를 파괴시키는 무질서에의 작업을 열렬한 흥분 속에서 감행하고 있었다. (……) 그리하여 사람들은 이러한 파괴에서 묘한 쾌감조차 느끼고 있는 것이었으나, 반면 붕괴되고 있는 저 굉음에 대하여서는 어떤 본능적인 공포를 자극받았다. 그들은 공포를 느낄수록 더욱 집작하고 있는지 모른다. 어떤 절망 같은 것, 이 세계가 이것으로 끝나 버릴지도 모른다는 아득한 허탈감 속에 너무나도 깊이 빨려 들어가 있었다.

《월간중앙》에 처음 발표되었던 당시(1968년)의 기억에서 4·19의 ‘나’의 체험은 이미 분명한 ‘혁명’으로서의 ‘사건’에 참여한 것이었다. ‘나’의 깨달음이 근거로 두고 있는, 그 ‘사건’에 의해서 개시되는 진리 혹은 진실은 일종의 인생과 사회와 역사에 대한 것이었고, 한국사회의 처지에서 보자면 성취했어야 할 전미래적인(근대적인) 가치이자, 성취되어야 할 미래적인 가치였던 셈이다. 어떤 목적론적인 인식, 혹은 윤리성에 근거를 두고 있는 이 기억의 기록은 그럼에도 '나'가 겪은 사태의 충격 상태를 충실히 보여준다. 그것은 "사실화만 그리던 사람들이, 그런 객관의 질서를 무너뜨려서 추상화, 초현실화를 그리지 않을 수 없었던 때의 그 와해감정"이자, 붕괴되고 있는 굉음에서 자극받는 "본능적인 공포"이자, "이 세계가 이것으로 끝나 버릴지도 모른다는" 절망같은 허탈감으로 표현된다.

광득이의 '앞으로 어떻게나 될 것인지?'의 물음에 답변을 하지 못한 채 거리로 나갔던 것은 비단 「무너진 극장」의 '우리'만이 아니었다. 분명 시위대는 그들의 행동을 사회의 큰 변혁, 혹은 혁명적 순간의 현장에 참여하는 것으로 여겼고, 어떤 상황, 의견, 및 제도화된 기존의 것과는 다른 것을 도래시키는 '사건'[8]의 주체들이었다. '시민혁명'이라는 진리를 산출할 그 공정을 가동시키기 위한 무질서의 위대한 형식이었지만, 그 무질서는 앞으로 혼란 이후의 삶과 사회에 대해서 어떤 구체적인 전망을 갖지 못한 상태에서 비롯되는 공포와 불안을 표현하는 것이기도 하였다. 공포나 불안은 어떤 인식적 불가능 상태에서 비롯된 것이라 할 수 있다. 그러나 이 인식적 공백은 기존의 식별체계를 부수고 감성적인 것이 새롭게 분할되는[9] 찰나 혹은 지점에 처해있기 때문이 아니라, 사태 자체에서 비롯된 것이다. 미래적 전망 부재라기보다는 현실적 판단 부재인 것이고, 현실의 폭력에 대응하여 자신들이 만드는 폭력성이나 무질서에 대한 놀라움에서 비롯되는 것이다.

경숙은 예정대로 산에나 올라가자고 했다. 시끄러운데 날뛸게 아니라 셋이서 산에나 올라가 놀자고 명구를 잡아 끌었다. '뿌리치고 가면 허윤이가

---

8 알랭 바디우, 『윤리학』, 이종영 옮김, 동문선, 2001, 84쪽.
9 자크 랑시에르, 『문학의 정치』, 유재홍 옮김, 인간사랑, 2009, 11쪽.

오해를 하겠지?' 명구는 마지못해 그네들과 함께 산으로 올라왔던 것이다. (……) '지금, 여기, 이렇게 있을 수는 없다.' 명구는 이런 생각을 하면서 성급하게 담배를 빨아대고 있었다. 그는 불과 몇 모금 빤 담배를 앞에 있는 소나무 밑둥에다 비벼 껐다. 그는 고개를 들어 시선을 머얼리 보냈다. 빛나는 해는 서녘에 있었다. 광화문 일대인가, 아니면 태평로인가, 검은 연기가 하늘로 치솟고 있었다. 무더기 무더기 여러 군데서 충천하고 있었다. 총성이 들려왔다. 이따금 볶아치듯 파파파팡, 들려 왔다. 함성이 들리는 것 같았다. 아우성이 하늘에 꽉 차 있는 것 같았다. 연기처럼 하늘에 퍼지는 아우성이 보이는 듯 했다. (……) '무슨 짓이든 해야 한다. 지금 이 시각에 이렇게 무골충(無骨虫)처럼 여기 가만히 있을 수는 없다.' 그는 돌을 집어 팔매질을 했다. 자꾸 했다. 조바심을 할수록 시간은 정지된 양 지루했다. 지루할수록 더욱 초조로웠다.[10]

'이기붕이 집은 박살이 났다며?' '최인규 집도, 평화극장도 불탔다 카드라.' '비상계엄령이 내렸다며?' '일곱시부터 통금이라는군' '지금 몇시나 됐나?'
그들은 벌써 철시(撤市)된 시가지를 쿵탁거리며 뛰었다. 가즈가런이 뻗어나간 전차 선로가 불빛을 받아 은빛으로 빛났다. 그들은 모두 은연중에 다짐하고 있었다. 도봉산이 아니라 의정부까지라도 뛰지 않으면 뛰지 않으면 안 된다고. 현장만 비켜서겠다고 생각한 그들이 이미 돈암동을 다 추어 나가고 있었으니 말이다. 윤석은 인구에게 눈에 잘 띄는 길 한가운데를 비켜 인도로 뛰자고 제의했다. (……) '환장한 이리떼들한테 걸리면 어떻게 되는지 아니?'[11]

---

10 유주현, 「밀고자」, 『사상계』 1961년 6월, 300~302쪽.
11 신상웅, 「불타는 도시」, 『사상계』 1970년 4월, 322쪽.

현실은 그 자체로 압도적인 그 무엇이었다. '무슨 짓이든 해야 한다'고 생각을 했지만, 무엇을 해야 하는지 알지 못했고, 실행하지 못하였다. 그러는 사이에 진압의 권력들은 추상적인 억압기제로서 다가온다. 두렵고 불안한 가운데 이 사태들의 자장 안에 있는 이들은 아이러니하게도 자신들의 상황 전반에 대해서 조감(鳥瞰)해 낼 수 있는 여유를 갖지 못하게 된다. 「밀고자」에서 상류층의 자녀들인 주인물들은 시위가 한창일 거리를 벗어나 산에 올라갔고, 멀리서 광화문 일대나, 태평로로 추정되는 곳을 바라보는 위치에 있지만, 그들이 있는 산 또한 시위 대학생 친구들을 쫓아 올라온 경찰의 폭력으로부터 벗어나 있는 곳이 되지 못한다. 「불타는 도시」의 인물들도 진압경찰에 쫓겨 달아나 밤중까지 미아리 고개나 아리랑 고개로, 정릉 숲 깊은 골짜기로 달아나 세검정으로 내려왔지만 친구 진수의 주검을 발견하기도 하였다. 「개미가 쌓은 성」[12]의 인물의 경우도 K기자와의 대화에서 "이번에(4·19) 혁명을 일으키듯이 우리가 지키고 만들어나가는 것"이 혁명이다는 말에 "민주주의란 국민이 주인"이라는 자각된 화답을 했음에도, 아들이 시위에 참가해 죽자 "데러바서, 데러바서(더러워서)"를 연발하며 세상에 대한 혐오의 감정을 반복적으로 드러내면서 정신병원에 갇히게 되는 비극을 보여준다. 사회적인 지향과 근대적인 가치의 실현으로서 4·19이후에 대한 기대나 전망하는 것과는 달리 폭력적인 권력이 미치는 자장 내부의 실존적인 상황에 놓인 개별자들에게 현실은 상식적 논리나 일반적인 이해의 크기만으로는 수용할 수 없고 피할 수도 없는 어떤 운명에 압도당한 채로, 지각할 수 없는 상태, 인식 공백의 상태에 놓여 있음을 보여주고 있다.

12 박연희, 「개미가 쌓은 성」, 『현대문학』, 1962년 5월, 55쪽.

3. 소리들, 공포의 원초적 체험

이미 근대적인 삶의 체계가 형성된 도시에서 일상의 경험들은 시각적인 정보들은 인식과 판단의 재료가 된다. 그리고 이와 더불어 신체감각이나 청각 등은 시각 정보의 확인에 앞서거나 동시적으로 판단의 재료가 된다. 즉 '소리'는 근대 세계를 감각하는 가장 원초적인 체험 기제이고, 이어서 시각에 의해서 확인함으로써 어떤 '종합판단'을 할 수 있게 된다. 자본주의적인 도시화가 진척되면서 거리는 자동차와 사람들의 소음, 건물들에서 나오는 방송, 라디오 소리 등이 일상적인 풍경을 이루고 있는 곳이다. 거리의 이 소음들, 두런거림들은 신문과 라디오와 더불어 "시대 상황의 핵심에 다가가는 커뮤니케이션 회로"를 형성하는 요소이기도 하다. 그리고 고유 장소성이 탈각된 도시의 거리에는 "장소성에 뿌리를 두지 않는 소리, 무한하게 복제되는 평면성으로만 들리는 소리가 주변에 흘러넘치는 상황[13]"들이 연출된다. 그리하여 거리의 근대적 일상을 체험하는 도시인들에게 거리의 소리들은 "자명한 것으로 무의식중에 받아들이는 일상 풍경 속에 녹아들어 있"는 것이다. 거리의 소리들은 신문이나 라디오로 알려졌던 시대와 사회의 핵심적인 사건을 직접적으로 자신도 체험한다는 느낌을 갖게 하는 지각 회로였다.

그러나 일상의 풍경이 연출되어야 하는, 그리고 소란스럽더라도 어떤 질서를 유지하고 있는 도시의 거리에 너무나 자명하리만치 미처 인지하지 못한 소음들이 아닌, 군중의 함성 소리와 단일한 구호는 매우 낯선 듣기 체험을 갖게 하고 어떤 불안함을 지각하게 했다. 거기다 '타캉 타캉' 하는 공간을 찢는 듯한 총소리들과 비명 소리들, 사이렌 소리, 그리고 피흘리고 쓰러지거나 죽음을 목도하는 시각 체험은 일상적 공간을 무너

13 요시미 슌야, 『소리의 자본주의』, 송태욱 옮김, 이매진, 2005, 17쪽.

뜨리고 낯선 상황을 만드는 것으로서 그 자체로 불안과 공포를 불러일으키게 된다.

> 최루탄 냄새로 눈을 뜨기 곤란했지만 이제 거리는 망망한 바다가 되었다. 망망한 바다와 같다고 그가 생각하는 순간, 하늘이 무너져 내려앉았다. 사람의 청각기관이 인내하기에는 너무 잔인한 타캉타캉 소리가 울려 나오고 있었다. 데모대들은 인내하기에 너무 잔인한 타캉 소리를 이겨 내기 위해 고함을 질렀다. 고함은 타캉 소리와 싸우는 육성의 천둥 소리를 만들었다. 데모대는 그러한 육성의 천둥 소리에 힘을 얻었다. 타캉 소리가 잠시 멎었다. (……) 그러자 아비규환의 세계가 일어났다. 하늘이 깨지고 땅이 흔들렸다. 타캉 소리는 타캉 소리도 아니었다. 종말의 날이 다가왔다. 사방으로부터 총알의 빗줄기가 쏟아졌다. 그리고 그때 조맹지는 평길이가 새우처럼 등을 오므렸다가 거리 한복판에 나둥그러지는 모습을 얼핏 볼 수 있었다.[14]

시위 중인 거리에서의 이 소리들은 시민 민주주의를 표방하는 사회에서는 낯선 소리일 수밖에 없고, 들리지 않아야 하는 것이 당위인 소리이다. 1960년대의 봄에 겪었던 이 소리에 대한 감각체험은 그 시대를 살아가는 사회 구성원들에게는 일종의 트라우마처럼 각인되는 것이었고, 그 트라우마가 만들어 내는 신경증상은 불안감이었다. 식민지 때에 조차도

---

14 박태순, 「환상에 대하여」, 『정든 땅 언덕 위』(한국소설문학대계50), 두산동아, 1995, 142쪽. 「무너진 극장」에서는 이와 비슷한 장면을 다음과 같이 묘사한다. 〈사람들의 기세가 드높아졌다. 그러자 총소리는 다시 들리기 시작하였다. 총소리는 절대적인 정적, 그것과 마찬가지로 계속이 되어서, 그 소리가 없으면 도리어 이상해질 것 같은 모호한 상태가 되어 버렸다. 막연한 죽음의 상태와도 같이 그 총소리는 총소리라기보다도 하나의 무게로서, 엄청난 부피로서 이 세상을 변경시켜 놓고 있었다. 그 총소리는 인간의 육신이 인내할 수 있는 한계를 온통 부숴 버리는 것 같았다. 삶과 죽음은 한데 엉겨 붙어, 흐느적거리는 즙액처럼 그 총소리 속에 용해되어 버릴 것 같았다.〉 「무너진 극장」, 위의 책, 44쪽.

도시에서 겪어보지 못한 이 감각체험은 전쟁을 경험한 한국의 근대사에서 어떻게 보면 그렇게 낯선 것이 아니었을지도 모른다. 그럼에도 소리가 주는 공포와 불안은 4·19사건 이후의 삶을 사는 이들의 일상에 어떤 불안의 기제로서 자리 잡게 되었다. 1962년과 1963년에 연작으로 발표된 이호철의 「무너앉는 소리」에서는 한 가족 내의 무기력과 절망감이 가득한 분위기의 배경으로서 동시에 원초적인 근원으로서 신경을 자극하고 있는 이 소리를 묘사한 바가 있다.

> 부엌 쪽에서는 찝찌름한 마늘짱아찌 같은 냄새가 풍겨 오고 밭은 칼도마 소리가 들려 왔다. 그 칼도마 소리 사이사이 이따금 온 집채가 울듯이 쿵쿵 하고 속 깊이 울리는 소리가 나곤 했다. 허한 기운이 도는, 그러나 여운이 깊숙한 울림 소리였다. 집채 어느 근처에서 나는 소리인지 알 수 없었다. 환청 같기도 하고, 분명한 소리는 아니었으니 정애에게는 그 소리가 울릴 때마다 이 방에 앉아 있는 사람들 누구나가 아득히 멀리로 이를테면 하늘에서 나는 소리 같은 것에 조용히 귀를 기울이는 듯이 보였다. '저게 무슨 소리유?' 하고 건너편의 남편에게 물어 볼 수도 있었다. 그러나 어쩐지 그래지지가 않았다. 휑뎅그렁한 사람의 목소리라는 것이 이런 경우에는 몸서리가 쳐질 것이었다. 쿵 쿵, 그렇다, 그 그늘진 둔탁한 소리는 두 달 전, 5월 어느 날 저녁의 꽝 당 꽝 당 하던 그 먼 쇠붙이 소리가 어느새 슬금슬금 이 집채 안으로 기어 들어와 있는 것인지도 몰랐다. 이상한 일이지만 그 쇠붙이 소리는 그날 밤 하룻밤뿐이었다. 이튿날 저녁부터는 부신 듯이 없어져 있었다. 반짝반짝 초조로움과 일정한 거리감을 더불고 있던 그 5월 밤의 쇠붙이 소리는 어느덧 이렇게 끈끈하고 그늘진 부피를 더해 이 집채 안으로 수울 들어와 있었다.[15]

---

15 이호철, 「무너앉는 소리」, 『소시민』(한국소설문학대계39), 두산동아, 1995, 411~

5월 어느 날, 초여름 기운이 잠겨 있던 때, 「무너앉는 소리」의 가족들에게 "굉장히 먼 곳일 것"으로 추측되는 그 "쇠붙이의 쇠망치에 부딪히는 소리"는 뜰의 늙은 나무들도 그 여운에 흔들리게 하는 것만 같고, 방 안의 벽 틈서리를 쪼개고도 있는 것만 같을 뿐만 아니라 "기어이 이 집을 주저앉게 하고야 말" 것처럼 여겨진다. 이 소리에 대해서 소설 속 인물들은 아무도 그 소리의 정체가 무엇인지 알아보려고 들지 않는다. 그저 들려오는 묵직하고 온 몸과 집안을 깊은 데에서부터 흔들고 있는 그 무엇이다. 그들이 알아보려고 했어도 알 수 없는 것이고, 알아냈다 하더라도 그 소리의 정체에 대해서 진술하지 못하는 것으로 설정된 소리이다. 근원적인 것으로서의 이 소리는 어떤 운명적인 예징(豫徵)을 알리는 것이고, 그 운명은 가족의 몰락을 암시하는 것으로 끝난다.

4·19의 현장에서부터 울리기 시작한 '쇠붙이의 쇠망치에 부딪히는' 이 소리는 1960년대 이래의 한국 사회 구성원에게 공통의 '사건' 체험을 상징하는 감각체험이라고 할 것이다. 그리고 이 감각 체험은 실질적인 감각의 실재적인 체험이라기보다는 허상의 것이면서도 어떤 효과를 발휘하는 것으로서의 환청의 체험이다. 그럼에도 이 소리는 믿기 힘들만치 낯설고 두렵고 큰 충격으로서, 일종의 숭고(Sublime)적 상황의 경험이었을 뿐만 아니라 그 전체적인 윤곽도 파악할 수 없이 압도적인 것으로서 '체험'되었다고 믿을 뿐이었다. 그러나 당시에 그 사건을 실제로 체험했다고 회상하는 이들은 늘 자신들이 어디에서 무엇을 했는지 그 의미를 알지 못하였다. 알지 못했다기보다는 의미를 부여할 인지적 능력을 가질 여유가 없었다고 해야 할 것 같다. 4·19로 명명되는 그 '사건'의 전체적인 윤곽 파악에서 자신이 체험한 일의 위상이나 위치를 가늠할 수도 없었다고 보인다. 1960년대의 소설들에 자주 등장하는 이 환청, 혹은 환각

412쪽.

의 체험은 시대적이고 문화적인 그러나 비실재적이면서도 지극히 현실적인 체험이었다고 말할 수 있을 것이다.

4. 듣기(聞)와 지각(知覺)의 종합

4·19시위를 다룬 바가 있는 1960년대의 소설들에서 '혁명'에 참여하고 있는 인물들은 그 참여 현장에 있으면서도 '그 사태의 전모'를 파악하지 못하고 있음을 보여준다. 4·19를 다룬 소설들의 주인물들이 주로 대학생이거나 지식인들이었던 까닭에 이들은 사태의 전모를 파악하기 위해서 끊임없이 어떤 정보들을 파악하려고 한다. 이들은 거리의 시위와 총격의 체험을 직접 목격하고서도 지각의 촉수들을 예민하게 세우고 있다. 시위에 직접 참여하든 그렇지 않거나 못했든, 사태의 진행의 전체 조감을 위해서 미디어와 그 밖의 무엇에 귀를 기울이는 모습을 자주 보여주고 있다.[16]

---

16 "(김승옥)그때는 다른 방송은 음악만 나오고 기독교방송만 사태 보도를 하고 있어서 기독교방송을 듣고 있었는데, 근처에 살고 있던 대학생들이 광화문까지 나갔다가 데모대가 총맞는 걸 봤다는 거예요. 그 친구들은 광화문 앞에서 뛰어서 삼청동 뒷산을 넘어 도망쳐 왔다고 그래요." 최원식·임규찬 엮음, 「좌담 : 4월혁명과 60년대를 다시 생각한다」, 『4월혁명과 한국문학』, 창작과비평사, 2002, 22쪽.

"(임헌영) 제가 사범학교를 나와서 경북 의성에 있는 초등학교 교사로 2년 있다가 1961년에 서울로 왔는데, 4·19는 그때 시골에서 맞이한 거죠. (……) 교장집에 가서 라디오를 듣는데, 기독교방송만 듣는 거예요. 그것도 아침 6시 30분에 말이죠. 미국의 소리, 워싱턴에서 방송하면 오끼나와의 중계탑을 거쳐 우리나라에서는 아주 희미하게 들리는데 그게 데모 소식을 제일 정확하게 보도해요. 당시에 라디오가 교장집밖에 없었으니까 선생들이 그걸 듣기 위해서 일부러 새벽에 가요. 그래서 4·19무렵에는 우리가 거의 매일 교장집에서 밤을 새웠습니다." 위의 책, 24면~26쪽.

박태순의 「무너진 극장」에서도 이러한 정황에 대한 묘사를 찾아볼 수 있다. 〈라디오로부터 흘러나오고 있는 뉴스에서 교수단의 데모가 국회의사당 앞에까지 닿았음을 알았다. 라디오는 교수단이 데모를 한다는 뉴스를 보내 준 것이 아니라, 쓸데없이 거리로 뛰쳐나온

한 개인의 제한성으로 인해 체험'들'이 있을 뿐, 그 체험'들'을 통해 정립된 하나의 '사건'으로의 인지는 그 이후의 정보교환들을 통해서, 누군가의 역사적 가능성의 선언들을 통해서, 시대적 진단의 비평을 통해서야 비로소 가능해졌다고 볼 수 있다. 우선 이 개인들에게 경험된 4·19의 여러 장면들과 그 장면들을 통해서 받는 어떤 충격은 비실재적인 것이었다고 볼 수 있다. 믿기 어려운, 서양의 역사를 통해서나 언론, 책을 통해 번역되어 '풍문'으로서만 들었던 '혁명'과 감히 연관시킬만한 것이었는지 쉽게 즉각적으로 판단되지 않았던 것이거나, 혁명으로 판단하였다하더라도 혁명적 열정과 흥분을 통한 부조리한 삶과 사회에 대한 전복에의 의지, 달리 말하면 역사적 지향성이나 이념성의 실현과 같은 것으로 인지하는 데에는 다소의 시간이 필요했던 때이기도 하다.

거리의 시위 현장에서 겪었던 체험, 목격했던 체험을 통해서는 어떤 사회적 징후들을 파악하고 판단하는 데에 있어서 그 사실성 혹은 진실성을 받아들일 만큼, 또는 그 체험에 따른 정치적 효력(부패한 정권의 축출)을 기대할 수 있을 만큼 충분한 정보를 확보하지 못하였다. 자신들과 자신들의 무리들의 절멸적인 폭력 앞에 노출되었던 체험이 자신들에 한정된 것인지에 대한 의구심을 해소하기 위해서이거나, 믿을 수 없는 체험을 했다는 사실에 관한 믿을 수 있을 만한 확실한 근거들을 찾아야 했다. 그것이 라디오 방송과 신문이라는 객관 타당한 진실을 다룬다고 자명하게 여기고 있었던 공적인 미디어에 대한 어떤 기대 집중의 모습을 갖게 하는 것으로 나타났던 것으로 보인다.

시민들은 어서 집으로 돌아가라고 호소하는 것이었다. (……) "학생들, 라디오 소리가 안 들려요?" 주인아주머니는 라디오의 볼륨을 높여 놓았다. 계엄령은 다시 선포되어 있었다. 통행금지 시간도 아홉시부터 시작된다고 했다. 아나운서는 거듭거듭 시민의 자숙을 요청하고 있었다.〉, 박태순, 「무너진 극장」, 앞의 책, 42쪽.

> 그 순간이었다. 갑자기 어둠속에서 육십여명의 청년이 이들 데모대의 선두로 뛰어들었다. 거의 비슷한 복장을 한 이들의 일단은 몽둥이와 쇠갈쿠리, 쇠사슬 곤봉등을 휘두르며 데모대의 선두를 향해 마구 내려쳤다. 선두에 대열이 무너지기 시작하자 이들의 난무는 더욱 과격하여지고 데모대는 일시 주춤한 채 불안에 뒤덮였다. (……) 데모대원이 비틀거리며 쓰러질 때마다 연거푸 어둠을 삼킬 듯이 후랏슈가 터졌다. 재빠르게 카메라맨인 박기자가 활동을 시작한 것이었다. (……) 다시 일어서려는 박기자의 웅켜 쥔 카메라를 뺏으려고 그들은 악착같이 달려붙었다. 그러나 박기자는 그들의 발에 걷어채워 다시 쓰러지면서도 카메라를 놓지 않았다. 목에 멘 줄이 끊어지고 후랏슈가 사진기에서 벗겨져 땅바닥에 나뒹굴었다. 박기자의 머리와 이마에서는 검붉은 피가 얼룩져 흐르고 있었다. (……) 확실히 사진은 특종이었다. 타사에서는 사후에 데모대원들이 습격을 받고 쓰러져 있는 장면에 그쳤으나 여기는 폭력배들이 몽둥이와 쇠갈쿠리, 쇠망치 등을 들고 학생들을 마구 구타하는 장면이 생생하게 찍혀져 있는 것이다.[17]

1960년대라는 시대의 물질적 미디어의 주된 기반 감각은 아직은 청각적인 측면이 더 일반적이었다고 할 수 있다. 오히려 그 때문에 사진(스틸컷)이나 공영방송의 영상화면과 같은 시각적인 미디어는 확실히 진실을 그대로 반영하는 것처럼 여겨진 측면이 강하였다. 이러한 시각 인지체험은 지(知)의 근거로서의 정보의 확실성을 당연시하는 데에 비해 청각적 지각은 몸이 직접적으로 체험하지만 아직 그 지각된 감각이 어떠한 판단의 근거가 될 수 있는지 없는지, 칸트 식으로 말한다면 이성적 판단을 위한 오성적 지(知)인지의 여부가 의심되는 정보이다. 단순하게 말한다면, 시각은 확실히 사실로 '믿을 수' 있는, 지(知)를 판별할 수 있는 체험

17 오상원, 「무명기」, 『사상계』, 1961년 8월, 337~339쪽.

이지만, 촉각이나 청각은 절실히 감각되는데도 불구하고 어떤 판단을 내리고 행동으로 실천하는 근거로 삼기에는 의심되는 체험인 것이다.

시대의 물질적 미디어의 보급 정도에 비례해서 감각된 정보의 양적인 측면만 본다면 시각적인 정보보다도, 청각적인 정보의 양은 절대적이다. 심지어 신문(新聞)이라는 매체 또한 텍스트를 주된 매개로 하여 눈으로 새로운 소식(新)을 듣는(聞) 청각적인 매체이다. 그리고 그런 점에서 이 신문 매체에서 빠질 수 없는 사실성의 확실한 근거, 달리 말해 텍스트가 전하는 풍문의 사실성 혹은 진실성을 확보하는 근거가 바로 시각적인 이미지인 사진 스틸 컷이라고 할 수 있다.

오상원의 「무명기」에서는 기자인 최준과 사진기자 박기자가 정치깡패들의 시위 학생들에 대한 무차별적인 폭력의 장면을 포착하는 대목이 서술되고 있다. 그들은 폭력의 현재적 장면들을 카메라에 담게 되었지만, 깡패들에 의해서 역시나 무차별적으로 폭행을 당하고, 카메라는 부서져 버린다. 그럼에도 사진기자는 폭력으로부터 그 필름을 온몸으로 지켜내는 장면이 연출된다. 그 필름에 담긴 장면이야말로 거리의 시위의 정당성을 부여함과 동시에 자신들의 행위가 미래적으로 어떤 의미를 갖게 될지에 대한, 즉 시민 '혁명'으로서의 '사건'화의 확실한 증거이자 진실을 보증할 수 있는 시각적 체험의 공식적 기록이 되는 것이다.

미디어를 통해서 한 개인이 원거리의 사정과 그 정보들을 통해서 자신을 둘러싼 어떤 앎(지)의 체계를 형성한다고 했을 때, '풍문'이나 '신문'의 정보들은 한 개인의 귀 속 고막에 파동으로 오는 촉각의 물리적 체험을 유비적으로 언어화하여 사유를 확장하여 적용하고 이해하고 있는 것이라 할 것이다. 귀의 고막에 닫는 촉각, 즉 청각을 통해서 듣게 된 어떤 진실을 구성하는 조각으로서의 정보는 감각으로서만 체험되는 한계를 갖고 있다. 이 한계를 초월하여 하나의 진실 자체를 대면하고자 하는, 확인하고자 하는 확실한 감각체험으로서 시각적 확인 작업을 통해서야 자신들이 겪고 있는 역사적 순간의 사태의 전모에 대한 종합 구성적인 앎(知)과 판단을 소유할 수 있는 것이다. 들리는 것들은 텍스트로 보여져야만 하는 것들로 변환되어야 확인할 수 있는 사실이 될 수 있었던 것이다.

이러한 사정은 4·19를 다룬 1960년대의 소설들에서 주된 인물들의 직업이 기자로 출연하는 것은 단순히 우연적인 것이 아닌 것으로 드러나게 된다. 앞에서 언급한 오상원의 「무명기」의 경우 사회부기자인 최준이라는 인물을 초점으로 소설이 전개되어 나가다가, 고(高) 사회부장으로 서술의 초점이 옮겨간다. 고 사회부장은 박기자의 희생으로 얻은 결정적인 폭력적 진압의 사진을 신문에 실지 못하게 되는 정황을 통해서 4·19의 전모를 덮어버리는, 수많은 학생들의 피의 희생을 통해서도 무너뜨리지 못한 부패한 정치권력의 부조리를 보여준다. 또, 이호철의 「판문점」에서의 '나' 또한 기자로서 활동하는 이이고, 박연희의 「개미가 쌓은 성」에서 또한 K기자라는 인물이 중요하게 다루어지는 것을 볼 수 있다. 선우휘의 「십자가 없는 골고다」에서 또한 서술자 인물은 기자로 등장한다. 기자라는 사회적 위치가 이들 소설들에서 중요한 인물로 설정되는 것은 바로 현장의 풍문을 확인하고, 그것을 시각적으로 목격하여 언어적으로 진실을 다루는 직업이라는 이유에서 비롯된다고 할 수 있을 것이다.

5. 진실 구성의 재현방식과 환상

4·19를 다룬 1960년대의 소설들에서는 4·19의 사태에 대해서, 학생들의 시위와 소요의 장면들에 대해서, 그리고 언론의 요란함과 부패한 독재 정권의 실각 같은 것들을 '감각으로서 체험'하고 있다는 사실을 보여주고 있다. 민주공화국을 표방한 근대(현대) 한국 사회에서 일어나서는 안 될, 그러한 비실재적일 것 같은 (가능성을 내포한 현상들이) 일들을

실재적으로 경험한 것을 보여준다. 당시로서는 '혁명'을 이야기했지만, 그들의 겪었던 체험의 의미들에 대한 종합적 구성의 개념이 마련되지 않는 상황에서 '사건'으로서의 전모를 파악하지 못한 정황들과 그에 따른 감정들을 비춰주고 있다. 이러한 한계의 불안으로부터 자신들이 처한 역사적 현장에 대한 이해, 합리적 판단과 각성의 과정을 이야기하는 것이 이 시기의 소설들이 그려야 할 과제였음을 잘 보여주는 것이 남정현의 「너는 뭐냐」이다.

1961년 10월에 발표된 남정현의 「너는 뭐냐」는 자신이 하는 모든 일을 '현대'와 '현대인'이라는 관점에서 거짓 합리화하는 아내와 그녀의 폭력적인 태도에 굴종적인 남편 관수의 이야기이다. 관수는 번역일을 직업으로 하고 있는 지식인으로 아내에게 무시당하는 존재다. 게다가 식모와 주인집 아이들조차도 그를 무시하게 되는데, 아내의 '현대'적인 생활과 식모와 주인집 아이들이 추수하는 통속적인 대중문화라는 '예술'이라는 담론 안에서 정작 근대 지식인인 관수는 무식하고 문화적이지 못한 인간으로 취급된다.[18] 흥미로운 것은 관수를 무시하는 이들 인물들은 1960년대의 통속적이고 대중적인, 그러나 진실과는 거리가 먼 거짓 지(知)를 알레고리적으로 보여준다는 점이다. 칸트식의 개념으로 구분해서 보자면, 아내는 주인집 아이들 각각은 감성(감각)능력 능력이 뛰어나고(경자), 오성능력인 식별력이 뛰어나며(명자), 이를 종합한 이성능력이 뛰어난(현웅) 모습을 보여준다. 그리고 이들은 모두 아내의 이성적 관념으로서의 '현대'와 예술적 관념으로서의 식모인 인숙을 통해서 종합적인 현대의 이성과 예술을 상징하는 것처럼 보인다. 그러나 결정적으로 이들은 자본주의적으로 세속화된 가치와 삶의 방식을 절대적인 것으로 신봉하는 이들이다.

---

18 남정현, 「너는 뭐냐」, 『사상계』, 1961년 10월.

아내의 근대적인 거짓 합리적 이성으로서 지배담론을 생산해내었던 권력 집단과 동등한 지위에 두고, 무조건적인 관용과 굴종 때문에 잊고 있었던, 왜곡된 지배구조의 정당성을 되묻는 질문은 '너는 뭐냐'로 제기된다.[19]

시민 혁명으로서의 '사건'이라는, 혁명으로서의 진실을 찾는 과정으로서 4·19의 규정을 미래적으로 설정한 것은 이와 더불어 최인훈의 『광장』 서문에서도 찾아볼 수 있다.

> 우리는 참 많은 풍문 속에 삽니다. 풍문의 지층은 두텁고 무겁습니다. 우리는 그것을 역사라고 부르고 문화라고 부릅니다. 인생을 풍문듣듯 산다는 건 슬픈 일입니다. 풍문에 만족하지 않고 현장을 찾아갈 때 우리는 운명을 만납니다. 운명을 만나는 자리를 광장이라고 합시다. 광장에 대한 풍문도 구구합니다. 제가 여기 전하는 것은 풍문에 만족지 못하고 현장에 있으려고 한 우리 친구의 얘깁니다. 아시아적 전제의 의자를 타고 앉아서 민중에겐 서구적 자유의 풍문만 들려줄 뿐 그 자유를 '사는 것'을 허락지 않았던 구정권하에서라면 이런 소재가 아무리 구미에 당기더라도 감히 다루지 못하리라는 걸 생각하면서 빛나는 4월이 가져온 새 공화국에 사는 작가의 보람을 느낍니다.[20]

4·19를 체험한 기억들의 차이가 있고, 그것을 바라보고 판단·해석하

---

19 "너는 뭐냐" 또 한 번 소리를 치며 '하하하하' 관수는 통쾌하게 웃었다. 처음으로 아내 앞에서 웃어보는 유쾌한 웃음 소리였다. 아내의 멱살을 쥔 관수의 시야에는 활활 타오르는 불꽃이, 국민을 학대하던 일체의 건물과 일체의 제복이 무너져버리는 저 빛나는 색채가 떠오르는 아침햇살처럼 아주 아름답게 번지고 있었다. 남정현, 위의 글, 337쪽.

20 최인훈, 『광장/구운몽』, 문학과지성사, 1989년 판본(『새벽』 판본, 1960년 10월), 17쪽.

는 데에는 이 사건을 바라보는 문인마다 어느 정도의 차이가 있을 수 있다. 그럼에도 4·19의 체험은 1960년대 이후 한국문학들 중에서 역사적인 미래 전망의 자세를 가지고 있는 한 축에게는 본래적 경험이라고 할 수 있겠다. 체험의 질적 강도의 차이가 어찌하든지 간에, 전쟁 이후의 대단위 군중들의 가두진출이라는 사건이 주는 충격과 흥분 그리고 그에 따른 정치와 사회의 반응, 전근대적인 세계의 근대적인 합리성의 세계로의 변환 가능성과 미래성에 대한 기대가 함께 어우러졌었다는 것을 공감하게 된 사건이자, 근대적 역사의 나아갈 이념(정신)을 떠올릴 수 있게 하고, 그래야만 했던 사건이라는 점에서 본래성을 갖는다고 하겠다.

그러나 그 본래성 혹은 자기 정체성 형성을 통한 역사적 이념은 떠올렸지만, 실제로 그것이 '경험'이나 '체험'이라는 차원에서 자신들의 경험이 전체 이념 지향의 지형도에서 어떤 경험이었다거나 어떤 체험이었는지는 알 수 없었던 것이었다. 그저 그 경험과 체험을 평가하거나 해석하는 것만 남아 있었던 것이었고, 그러기에 당당히 누군가에게 '그 때(4·19) 어디서 무엇을 하셨는지요'라고 물어볼 수 있는 것이다. 자기 체험에 대한 긍정 또는 인정을 전제한 후, 각각, 각자들의 체험의 내용이 무엇이었는지를 묻는 것, 이는 실지로 4·19라는 시공간 속에서 함께 있었을지라도 각자는 자신들의 체험의 내용이, 그 기능이나 의미가 4·19전체의 혁명성 속에서 어떤 위치인줄 몰랐다는 것을 증명하고 동시에 확인하고자 하는 태도라고 볼 수 있다.

그럼에도 불구하고 본래적인 경험처럼 4·19에 대한 지식인적 고백과 성찰적인 포즈를 취하게 되는 것은 일종의 관념적 전유의 문제로, 동시에 숭고적 거리를 확보하지 못한 채 숭고적 상황에 압도당해버린 것에서, 더 나아가 숭고적 상황에 의해 관통 당해버린 것에서 비롯된다. 무질서와 혼란에 대한 두려움과 공포, 미래에 대한 기대에 질서를(코스모스) 부여하지 못한 상황에서, 뒤늦은 앎의 요소들을 찾는 행위는 인식 가능성을 위한 상위 관념(이념)을 찾는 행위라고 할 수 있다. 즉 4·19의 사태는 혁명으로서의 사건이었고, 자신들이 겪은 일들이 이 혁명에의 참여였었다는 것이 진실임을 믿어 의심치 않을 역사적이고 이념적인 지(知) 체계의 구상이었던 것이다. 이 앎의 구성은 실재로 체험했던 것의 의미를 파악하기 위한 것으로서도 필요한 것이었고, '그토록 놀라운 무질서'가 모두 혁명의 과정이었던 것이라는 해석이 어떤 의심할 수 없는 절대적 이념성으로서 주어지면서 그들 스스로 혁명적 주체의 일원이 될 수 있었던 것이다. 그리고 문학행위와 같은 글쓰기를 직업으로 하고 있던 지식인들은 '4·19세대'라는 세대의식을 형성하고 그들 세대의 4·19문학을 만들어 낼 수 있었던 것이다. 그리고 그 미학의 방법은 다름 아닌 환상이었던 것으로 볼 수 있다.

"우리에게 남겨진 잉여인생이라는……그것이 과연 무언데?"하고 조맹지는 물었다. "그걸 몰라서 묻는 거냐?" 광득이는 씩 웃었다. "우리는 하나의 전례를 만들어 놓은 거야. 우리는 하나의 환상을 그려 놓은 거다. 이건 어떠한 일이 있어도 지워지지 않겠지. 비록 꾸겨지고 더렵혀질 때가 있기는 하겠지만, 왜냐하면 우리가 피를 흘려서 그려 놓은 것이니까 말야. 그 환상의 구체적 모습이 어떻게 되느냐 하는 문제를 가지고 유식한 놈들은 된 소리 안된 소리 씨부렁대 가며 그걸로 밥벌이 방편을 삼아 보겠지만 그까짓 거야 아무렇게 되어도 상관없어. 또 그것두 그럴지몰라. 환상은 현실이 아니니까 앞으로 피를 흘릴지도 모르고 그 사이의 거리감 때문에 고민을 하는 놈들도 나오겠지만 그러나 우리가 만들어 놓은 전례만은 지워지지 않을 거다."
(……) "말하자면 나는……데모를 계속할 거다. 인생과 사회에 대해서 계속 데모를 할 거야. 그러한 데모를 내 삶의 근본 표정으로 삼을 작정이다. 바로 그렇게 살아가는 것이 도리어 충실하게 사는 길이 될 수도 있다는 걸 깨닫고 있는 중이거든."[21]

이 환상이라고 말할 수 있는 것이야말로 현실과의 관계성에 근거한 환각에 기반을 두어야 하는 것이기 때문이다. 달리 말하면 칸트식의 실재 인지적 감성영역(감각체험)의 정보들에서 비롯되고 종합되는 지식(오성)이 이성적 종합판단, 총체적인 앎의 하나의 단위가 될 터였다.

그런데, 이들 4·19세대들이 가지고 있었던 앎이란 한정되고 제한된 감각체험에서 비롯된 것이었다. 최인훈식의 말로는 풍문에 의해서, 박태순에 의하면 '소리'로 전달된 것으로만, 시각적이고, 뜨거운 피를 느낄 수 있는 촉각적인 다른 감각에 의해 검증되지 못하고 오로지 청각적인 정보에 의해서만, 소문과 풍문과 위협적인 소리에 의해서만 짐작(판단)되었던 것으로서의 감각체험만 있었던 것이다.

그래서 가장 현실에 충실한 리얼리즘적인 문학은 가장 환각을 다루는 비(非)리얼리즘적인 문학이 될 수밖에 없는 것이었다. 즉 사실에 충실할수록 환각에 충실할 수밖에 없는 미학이 만들어지는 것이다. 앎의 종합적인 구성(구상)에 이미 장애가 있었던 셈이고 이러한 상황에서 어떤 반성적(성찰적) 판단력에 의한 글쓰기(미적인 글쓰기)는 실재적 체험과 경험, 실재성에 근거를 두지 못한 채 마음이 그려낸, 진실로 믿어지는 상황에 대해서 근거부족의 실재성의 반영, 환각을 반영하는 것으로서 환상의 이미지를(서술을) 그려낼 수밖에 없었던 것이다. 환상으로서만 재현하고 전망할 수밖에 없는 것이다.

그들 작가 모두는 본래적 경험이 분명히 있었으나, 그 본래성이 지향할 혁명이라는 역사적 지향성과 정신성, 이념성은 분명히 있었으나, 그 모든 것의 선천적인(a priori) 조건이었던 경험, 체험이라는 것이 '소리'나 풍문, 소문과 같은 제한적인 것이었을 뿐이라는 것, 그리고 그들이 온몸을 사용한 거리행진과 구호외침의 모습 또한 그 참여의 현재적 상황 하

---

21 박태순, 「환상에 대하여」, 앞의 책, 147쪽.

에서는 4·19혁명의 전체 과정도의 조감이미지가 없었던 경험이었던 것이다. 즉 감각 경험의 종합적 구성의 실패에 따른 불안함은 모든 실재적인 것도 환각으로 만들었고, 비실재적인 감각오류도 사실로 오인하게 만드는 조건을 만들었던 것이다.

이러한 사정이 글쓰기, 또는 본질적으로 가상(假想)인 소설 속 세계를 환상이라는 결여된 실재성 재현 방식을 사용할 수밖에 없었던 것으로 이해할 수 있다. 그리고 이 환상성 구성은 모더니즘에서 예술적인 기법으로 전용되고 있었던 배경도 있기에 더욱 더 예술적 지식인적 기술(에크리)의 방법으로 사용될 수 있었던 것으로 보인다.

따라서 1930년대 모더니즘이 의도적인 예술적 기법의 실험으로서 환상의 세계성을 글쓰기의 대상으로 만들었고, 1950년대는 모더니즘적 기법으로서라기보다는 반공이데올로기의 압도성에 의해서 말할 수 없음, 기술할 수 없음의 차원에서 관념성과 환상성이 만들어졌다고 한다면, 1960년대의 관념성은 지식인의 몸, 육체성, 감각체험이 자기 자신으로 환원되지 못하는 인식의 결여에서 비롯되었다고 볼 수 있다. 즉, 자기 정체성을 구성하는 것으로서, 그래서 본래성을 구성하는 것으로서 충분한 체험을 갖지 못한데다가 그나마도 본래성이 지향할 이념성이 혁명이라는 이름에 의해 주어진 것, 그래서 자기 체험에 대한 해석과 종합화를 하지 못한 상태에 따른 관념성인 것이다. 그리고 이 관념성의 소설적 세계형성의 모습은 환상의 모습을 통해서만 가능했다고 할 수 있는 것이다.

이 제한된 정보에서 비롯된 60년대식 소설세계의 환상은 그나마 적극적인 진리추구의 노력의 산물이다. 자신들이 경험한 것의 정체가 의미가 무엇인지 끊임없이 다시 묻는 행위, 성찰성이 최인훈과 이청준에게 감행되었고, 박태순에게 의문으로 던져졌으며, 그 다시 묻는 행위의 물음의 세계를 떠돌고 있는 행위주체는 환상의 안개에 너무도 쉽사리 젖어서 돌아오는 자이다. 그는 그 환상의 세계를 적극적으로 돌파하는 것으로서 자기 시대의 자신들의 경험을 자신들의 본래성과 이념과의 합치를 위한 진리를 찾고자 하였던 것이다.

6. 나오며

1960년의 4·19를 '혁명'으로서 보고자 하는 시각은 서구의 사회사적 발전에 부응하는 우리식의 혁명으로 '재현'하고자 하는 문학적인 근대성을 갖게 하였다. 1960년대 이후의 이러한 문학적인(미학적인) 대응양상에 대해서 본격적인 미학적 근대성을 촉발하는 것으로서의 의의를 평가하거나, 혁명에 대한 문학의 불모성을 드러냈다고 평가하거나, 서구와의 동일성을 통한 오리엔탈리즘적인 주체의식을 드러낸 한계가 있다고 평가할 수도 있다. 그러나 4·19혁명과 그에 대응했던 문학적 재현 양상에 대하여 어떠한 평가를 내릴지라도, 그리고 그 평가의 정당성 여부와 관계없이, 중요한 이해의 지점이 있음을 간과해서는 안 될 사실이 있다. 1961년 군부가 '혁명'을 표방하면서 일으킨 5·16군사 쿠데타 이후, 군부의 통치 권력은 '혁명'이라는 이념성을 지나치게 즉물적인 기념비적인 것으로 만들어버렸다는 점이다. 기존 질서를 무너뜨린 정치적 욕망의 에너지를 오도하는 정치적 담론으로 활용하면서 동시에 무질서의 불안을 근거로 한 '통제'의 지배체제를 구축했다고 할 수 있다. 당연 이때에 '사건'으로서의 가능성, 기존의 식별체제의 가능성의 자리는 물질적인 경화(硬化)를 경험할 수밖에 없게 된다. 회색의 단단한 시멘트 땅을 뚫고 나온 푸른 싹들과 그 꿈틀거림들을 푸른색의 방수페인트로 뒤덮어 겹겹이 발라내어 버린 것과 같은 형국이었던 것이다. 그리하여 4·19의 사건성은 지연될 수밖에 없는 것으로서 남게 되었고, 현실적으로 확인할 수 있고 인지할 수 있는 4·19는 혁명적 사건이라기보다는 푸른색의 기념물로서만 그 역사적 의의만을 강조되기에 이른 것이다. 국가주의의 힘, 3세계 국가독점 자본주의적인 양상은 그런 방식으로 체제화된 사회를 구성하였던 것이다.

여기서 4·19를 바라보는 문학을 포함한 사회적 담론들의 정치성은 어떤 진실성을 지향할 것인가에 봉착하게 될 수밖에 없다. 사건에 의해 개시될 것으로 기대되는 어떤 '진리'에 대응할만한, 4·19체험을 통해 어렴풋이 얻게 된 이 시기 지식인과 문인들의 '진실'은 5·16군사 쿠테타 세력의 정치적 욕망을 통한 자본주의와 국가주의의 발전론적인 역사적 지향점으로 휘어버리게 된다. 또, 현실적인 '안죽고 먹고 살기 위한' 생존전략에 의탁하거나, "인생과 사회와 역사에 대하 진실"로 고정되고 어떤 역사적 원근법의 체계 속으로 수렴할 '향후에 도래할, 현재에는 부재하는 최상급의 어떤 상태', '위대한 소실점'을 향한 여정 중에 발생하는 하나의 에피소드로 되어버렸던 것이다.

4·19와 관련하거나, 1960년대 문학과 관련해서 우리가 주목해야 할 점은 이 시기와 이 시기 이후의 인식들이 헤겔식의 역사적 원근법의 한계에 있음을 지적하는 것에 있다기보다는 이 시기의 텍스트성에 충실해야 함에 있다. 다시금 역사적 재이념화의 시도는 여전히 지도이념성을 강조한 근대적인 비평적 태도에서 기인한 것으로 볼 수 있다. 그러나 소설들의 경우에서는 랑시에르가 말하고 있는 바대로 기존의 (문학적) 식별체제와 달라진 '감성적인 것이 새롭게 분할'되는, 인식적(비평적) 공백상태 하에서의 문학적 상상의 표현이(글쓰기가) 진리 산출적 공정 방식을 어떻게 수행하고 있는지를 확인하는 작업이 필요할 것이다. 이 논문에서는 '환상'이 그러한 방식의 하나의 단초가 될 만한 사례임을 확인하고자 하는 시도라고 말하고자 한다. 성급한 예단에 대한 기우를 보이자면, 4·19이후의 몇 소설들에서 보이던 '환상'적인 표현들은 문학적 식별

체제를 이미 해체했던 증거라고 할 정도로 '진척'한 것은 아니다. '양식화'에 있어서나 문체(style)적인 측면에서 다른 감성을 보였다할지라도 말이다. 언어를 통한 '감성적인 것의 재분할'을 가능하도록 하기 위해서는 기존의 식별체제의 관습성이 와해될 만큼 그 핵심에 닿아 있는 충실성, 즉 '문학적'이라고 말할 수 있을 만한 속성에 가장 충실했을 때 가능할 것이며, 그로부터 변증법적으로 문체의 혁명적인 변화가 가능하게 될 것이다. 1960년 4·19 이전 문학의 '미메시스적인 식별체제'에 균열을 내고 있는 징후로서, 바로 1960년대 소설들의 '환상'의 재현 방식에 대한 확인은 문학사적으로는 1960년대(그리고 1970년대로 이어지는) 문학의 정치성을 이야기할 수 있게 해줄 것이다. 이 글은 이를 곧 해결할 과제로 남겨놓는다.

참고문헌

김　현, 「60년대 문학의 배경과 성과」, 『김현문학전집』 7, 문학과지성사, 1992
김치수·최인훈, 「4·19정신의 정원을 함께 걷다」, 『문학과사회』(통권89호), 2010 봄호.
남정현, 「너는 뭐냐」, 『사상계』, 1961년 10월.
박연희, 「개미가 쌓은 성」, 『현대문학』, 1962년 5월.
박태순, 「무너진 극장」, 「환상에 대하여」, 「정든 땅 언덕 위」, 두산동아, 1995.
신상웅, 「불타는 도시」, 『사상계』, 1970년 4월.
오상원, 「무명기」, 『사상계』, 1961년 8월.
유주현, 「밀고자」, 『사상계』, 1961년 6월.
이호철, 「무너앉는 소리」, 『소시민』, 두산동아, 1995.
최원식·임규찬 엮음, 『4월혁명과 한국문학』, 창작과비평사, 2002.
최인훈, 『광장/구운몽』, 문학과지성사, 1989.
알랭 바디우, 『윤리학』, 이종영 옮김, 동문선, 2001.
요시미 슌야, 『소리의 자본주의』, 송태욱 옮김, 이매진, 2005.
자크 랑시에르, 『문학의 정치』, 유재홍 옮김, 인간사랑, 2009.

서정인의 원체험과 문학적 표현 양상

김미자

1. 머리말

서정인은 1936년 전남 순천에서 태어나 1962년 『사상계』에 「후송」으로 신인상을 받으면서 등단한 이후 꾸준하게 작품을 발표해왔다.[1] 그동안 평자들은 서정인 소설 세계에 대해서 현실에 지속적인 관심을 갖는 한편, 형식기법의 새로운 모색과 실험을 끊임없이 추구하였고 이를 그의 작품에서 일반화하였다는 것을 가장 큰 특징으로 삼았다.[2] 이러한 평가와 걸맞게 그는 전통적인 소설의 서술법에 대하여 때로는 저항하면서 새로운 기법을 통하여 자신의 문학세계에 대한 인식을 펼치고자 하였다.

---

1 서정인은 현재까지 장편(『달궁 하나』(민음사, 1987), 『달궁 둘』(민음사, 1988), 『달궁 셋』(민음사, 1990), 『봄꽃 가을열매』(현대소설사, 1991))와 193편의 중·단편소설을 발표했으며, 산문집으로 『지리산 옆에서 살기』(미학사, 1990)가 있다. 이외에도 아직 작품집으로 출간되지 않은 최근작품으로는 「역수행주」(『현대문학』, 2005. 5), 「갓꽃」(『21세기 문학』, 2004 여름), 「쇠귀고개」(『작가세계』, 2006. 6), 「파리스의 판단」(『현대문학』, 2006. 6), 「경국지색」(『영상예술원』, 2006), 「출정」(『21세기문학』, 2006 겨울), 「화신」(『문학동네』, 2007 봄), 「빈급행」(『문학의 문학』, 2007 겨울), 「목마」(『현대문학』, 2008. 5), 「불타는 성」(『21세기 문학』, 2009 봄), 「세마」(『문학의 문학』, 2009 여름) 등이 있다.

2 서정인을 두고 "전통적인 서사 골격을 유지하면서도 한편 그것을 끊임없이 해체하려는 시도"(강상희, 「말과 삶의 현상학」, 『한국소설문학대계 46 - 철쭉제 외』, 동아출판사, 1995, 513쪽)를 하는 작가라고 하는 평은 이제 평자들에게는 익히 자연스러운 현실이다.

작가가 "형식의 아름다움은 '실체와의 직접적인 만남'으로 되게 하는 형식의, 혼돈과 무질서로 나타나는 삶의 현실과의 관계에서 나온다. 삶의 모방은 형식화이고 형식은 삶을 모방하려는 인간의 불가능한 소망을 성취시키려고 노력한다"[3]라고 밝히고 있는 것은 혼돈과 무질서한 삶의 현실에 접근하려는 예술적 의지가 실체와의 직접적인 만남을 가능하게 하는 형식을 창조하는 것이라는 분명한 입장임을 알 수 있다.

일반적으로 서정인 소설은 「철쭉제」에서부터 대화가 전경화되는 특징을 보이기 시작하여 특히 『달궁』(1985~1990)을 비롯한 후기 작품에 이르게 되면 서사성이 약화되고 언어와 형식에 대한 실험이 그의 작품에 일반화 되어 있다는 평가를 받고 있다.[4] 본고는 지금까지의 연구 성향과 달리 작가의 원체험과 그의 문학적 실현 양상을 살펴보고자 한다. 르네 웰렉과 오스틴 워렌의 "문학작품의 가장 명백한 근거는 그것의 창작자인 저자다. 그렇기 때문에 작가의 품성과 생애로서 설명하는 것은 가장 오래된 그리고 가장 잘 수립된 문학연구의 방법이다."[5]라는 말을 상기하지

3 서정인, 「리얼리즘 考」, 『벌판』, 나남, 1984, 412쪽.

4 유종호는 「철쭉제」(1983)의 "대화언어는 때로 공소하고 때로는 말장난에 흐르고 있다"고 지적하고 이는 "삶과 일의 현장에서 떨어져 있는 상황의 형상화의 어려움"을 시사한다고 평한다(유종호, 「삭막한 삶과 압축의 미학」, 이종민 엮음, 『달궁가는 길』, 서해문집, 2003, 171~172쪽). 우찬제는 서정인이 『달궁』(1985~1990)에 이르면 "절대적 일원론을 배격하고 상대성과 다원성을 중시하는 대화적 상상력을 중시"하고 있으므로 "세상독법(世上讀法)과 소설작법(小說作法)이라는 양면 모두가 독특하고 낯선 소설로서 독자에게 신선한 충격으로 새롭게 다가온다"(우찬제, 「대화적 상상력과 광기의 풍속화」, 『세계의 문학』, 1988 겨울, 252~253쪽)고 평하였으며, 『봄꽃 가을 열매』(1989~1991)에 이르면 "인물의 성격, 행동, 사건의 발단과 전개, 상승 등에 대한 구체적이고도 사실적인 서술과 묘사는 거의 완전히 배재"되는데, 소설을 거의 두 인물 사이의 대화로 끌어가는 방식을 취하고 있어서 "서사적 양식보다는 오히려 극적 양식을 지향하고 있음을 보여준다"(김철, 「형식탐구의 몫」, 『창작과 비평』, 1991 가을, 230~234쪽)고 평하기에 이른다. 이러한 평가는 이후 연구자들이 후기 작품을 '서사성이 약화되고 형식성이 두드러진다'고 평하는 데 기여하고 있다.

5 R. 웰렉 · A. 워렌, 『문학의 이론』, 이경수 옮김, 문예출판사, 1987, 75쪽.

않더라도 '작가 - 작품'은 문학작품에서 무엇보다도 확실한 관계를 맺고 있는 바[6] 이를 토대로 작품을 이해한다는 것은 작가의 문학에 대한 의식은 물론, 작품 세계에 관류하고 있는 작가정신을 규명할 수 있는 길이라고 생각한다. 이에 서정인의 원체험이 문학적으로 표출된 양상을 통하여 작가의 문학 의식과 세계 인식을 규명하려는 것이다. 작가의 의식은 문학작품 속에서 주로 애매한 모습으로 때로는 자가당착적인 모습으로 그 특성을 드러내지만 작가 정신은 분명한 모습으로, 일정한 기간 일관된 정신적 자세로 나타난다.[7]

서정인은 일제 식민지 말기인 1943년 순천 남 국민학교에 입학하여 3학년 재학 중에 해방을 맞는다. 그리고 초등학교 6학년 때 여순사건[8]이 일어났으며, 2년 뒤에는 육이오 전쟁을 겪는 등 전란 속에서 유년시절을 보냈다고 해도 과언이 아니다. 산문 「어제 일처럼 눈에 선한 '피내도랑'」[9]에는 작가가 겪은 유·소년기와 청년기를 요약적으로 서술하고 있는 내

6 레온 에델의 "르네웰렉과 오스틴 워렌 교수가 '작가의 전기는 작가의 상상적인 삶과 관계되어야 한다'고 지적한 것은 매우 타당하며" 결국 "비평이란 본질에 있어서 부분적으로는 전기적 과정임을 배워야만 할 것이다"(레온 에델, 『작가론의 방법』, 김윤식 옮김, 삼영사, 1983, 10~11쪽.)라는 말은 작가와 작품의 관계를 무시하고는 문학작품을 오롯하게 이해할 수 없다는 단언이기도 하다.

7 김상태 편, 『한국현대작가연구』, 푸른사상, 2002, 24쪽. 이 글에서 작가의식은 '작품이 생산되는 의식의 근거가 무엇인가를 밝히는 일'을 지칭하며, 세계인식은 일정한 시기에 일관된 작가의 정신적 자세를 이르는 말로 사용하고자 한다.

8 여수·순천 사건(麗水順天事件, 간단히 여순 사건)은 대한민국 정부수립 2개월 뒤인 1948년 10월 19일, 남로당 계열 장교들이 주동하고 2,000여 명의 사병이 전라남도 여수군(현재 여수시)에서 봉기함으로 인해 이를 진압하는 과정에서 좌·우익세력으로부터 전남 동부지역의 수많은 민간인이 희생된 사건이다. 과거에는 여순반란사건이라 부르는 경우가 많았으나, 해당 지역 주민들이 반란의 주체라고 오인할 소지가 있다는 비판을 받아들여서 1995부터는 여순 사건(여수·순천사건), 여순 10.19사건이라는 공식명칭으로 사용한다. (http://enc.daum.net/dic100/contents.do?query1=10XXXX9463 참조)

9 서정인, 「어제 일처럼 눈에 선한 '피내도랑'」, 『한국인』, 사회발전연구소, 1997. 8.

용이 눈에 띈다.

> 나의 어린 시절에는 거의 삼 년 간격으로 난리가 났다. 취학 직전에 아시아쪽 세계 이차 전쟁이 터졌고 소학교 삼 학년 때 해방이 되었다. 육학년 때 육군 십사 연대 반란 사건이 일어났고, 중학교 이학년 때 육이오 동란이 터져서 고등학교 이학년 때 휴전이 되었다. 대학 삼 학년을 마치고, 군대에 가 있을 때 사일구가 일어났고, 복학해서 사 학년을 다닐 때 오일육이 일어났다. 일본의 관동군, 한국의 국방 경비대, 북한의 인민군, 한국의 국군, 세 나라의 군대들을 겪었고, 천하가 뒤집히기는 다섯 차례였다. 모두가 눈에 핏발이 선 착검을 한 전투부대들이었다. (23쪽)

아도르노의 말[10]처럼 소설가를 비롯한 예술적 주체는 '재료'를 통해 사회의 모순 구조를 인식하고 파악한다. 그러므로 작가가 재료를 선택하고 그 재료와 대결하는 과정인 소설은 필연적으로 사회와 매개되어 있다. 이렇게 본다면 작가가 사회·역사적인 사건을 체험하고 그것을 재료로 작품을 창작한 경우 그에 대한 작가 정신이 어떤 방법으로든 더 분명하게 제시될 것이다.

서정인이 겪은 전란에 대해 서술된 산문은 「지리산 옆에서 살기」·「기억 속의 고향」·「어제 일처럼 눈에 선한 '피내도랑'」·「순천자 홍(興)」 등 네 편[11]이며, 이외에도 대담과 인터뷰[12]를 통해서 반복적으로 언

---

10 "재료는 예술가들에게 마치 자연적인 듯이 나타날 때조차도 자연적인 것이 아니고, 철두철미하게 역사적이다" 다만 "재료들은 기술의 변화에 의해 좌우되며 또한 기술은 그것이 다루는 재료에 의해 좌우된다"(T.W.아도르노, 『미학이론』, 홍승용 옮김, 문학과지성사, 1997, 237쪽.)

11 서정인, 「지리산 옆에서 살기」, 『지리산 옆에서 살기』, 미학사, 1990. :(1) ; 서정인, 「기억 속의 고향」, 『지리산 옆에서 살기』, 미학사, 1990.:(2) ; 서정인, 「어제 일처럼 눈에 선한 '피내도랑'」, 『한국인』, 사회발전연구소, 1997. 8.:(3) ; 서정인, 「순천자 홍(興)」, 『홍미

급되었다. 서정인은 작품 창작 활동기간이 50여년에 이르는 동안 결코 적지 않은 작품을 발표했음에도 불구하고 자신의 유·소년 체험을 형상화하고 있는 소설은 「무자년 가을 사흘」·「팔공산」·「화포 대포」가 유일하다.[13] 언급한 작품들 역시 '내적 독백'[14]과 '자유간접화법'[15]을 중심으로 담론을 전개하는 서정인 소설의 일반적 특징을 보이고 있지만 작가의 원체험을 형상화한 작품으로서 독자 반응구조와 융합되는 과정에서 미학적 실현 정도가 뚜렷하다. 그러므로 그의 일반적인 작품 성향에 비추

Jine』, 홍국금융가족, 2009. 12.:(4). 본고에서는 이후 작품 인용에서는 작품명 대신에 명기한 아라비아 숫자 약호와 면수만 밝히기로 한다.

12 여순사건과 육이오 전쟁에 대한 대담 내용을 이경수가 요약한 내용이나(이경수, 「고독한 에고이스트가 도달한 초로의 경지」, 『작가세계』, 1994 여름, 44쪽), 필자와의 인터뷰(2010. 3. 16)에서도 구술한 내용은 앞서 언급한 산문에서 밝히고 있는 내용과 일치하고 있다.

13 여순사건을 작품화 한 소설은 서정인, 「무자년의 가을 사흘」(『소설과 사상』, 1994 가을):1 ; 6·25 전쟁 체험을 작품화 한 「팔공산」(『한국문학』, 1994 겨울):2 ; 「화포 대포」(『상상』, 1994 겨울):3과 함께 「무자년 가을 사흘」이라는 중편으로 『베네치아에서 만난 사람』(작가정신, 1999)에 실었다. 그러나 「무자년 가을 사흘」과 「팔공산」·「화포 대포」는 서로 필연성이 있다고 볼 수는 없으므로 연작으로 보아야 한다. 다만 「팔공산」과 「화포 대포」는 한 가족이 겪는 6·25전란이 중심사건으로 구조되어 있으므로 중편으로 보는 것이 자연스럽다. 본고에서는 『베네치아에서 만난 사람』에 실린 작품을 참고 하였으며, 이후 작품 인용에서는 작품명 대신에 명기한 숫자 약호와 면수만 밝히기로 한다.

14 '내적 독백'은 '의식의 흐름'의 다른 명칭인데 본고에서는 '내적독백'으로 사용하고자 한다. 문학에서 '의식의 흐름'은 실제 의식의 흐름 자체가 아니고 문학적 방법의 하나이므로 혼돈을 피하기 위함이다. '내적독백'은 소설 속 인물의 파편적이고 무질서하며 잡다한 의식세계를 자유로운 연상 작용을 통해 가감 없이 그려내는 방법이며, 이를 사용하는 소설은 외적 사건보다 인간의 내적 실존과 내면세계의 실체에 관심을 집중한다. (한국문학평론가협회 편, 『문학비평용어사전』, 국학자료원, 2006, (상) ; 387쪽, (하), 634쪽 참조.)

15 김현은 서정인 소설의 문체적 특성을 "문학 언어가 일상 언어와 다른 것이라는 것을 극단적으로 보여주려는 그의 의도"에 있고 그 의도는 "화법에 대한 그의 집요한 관심에 집약적으로 드러나 있다"고 지적한다. 특히 「후송」, 「강」 등에서 화자와 서술자가 한 문장 안에 교묘하게 직조되어 있는 '자유간접화법'을 두드러진 특징으로 보았는데 이와 같은 평가는 이후 서정인 소설의 독특한 문체와 서술방식을 이해하는 단초를 제공하였다. (김현, 「세계인식의 변모와 그 의미」, 서정인, 『강』, 문학과지성사, 1996, 307~313쪽 참조.)

어 볼 때 서사성이 약화된 작품으로 보기는 어렵다. 이미 여순 사건과 육이오 전쟁에 대한 사건 정보가 독자에게 내재되었거나, 사회적으로 정보가 구축된 현실에서 소급제시된 전쟁 경험서사이기 때문이다.

서사성이란 제시된 사건의 별개성(discreteness)과 특정성(specificity) 및 사실 보증으로서의 확실성의 한 기능이기 때문에 어떤 사건이 개별화되어 구체적으로 서술되었을 때 서사성은 크게 작용한다. 그러므로 어떠한 사건이 가능성이나 개연성으로 서술되지 않고 사실이 서술되었을 때 더욱 서사성에 기여한다고 볼 수 있다. 그래서 사전 서사나 가설적 서사나 동시적 서사보다 사후 서사가 훨씬 더 서사성이 높고, 이에 따라 과거 시제의 서술이 미래나 조건법 또는 현재 시제의 서술보다 더 서사적인 것이다.[16]

먼저, 여순 사건과 육이오 전쟁 체험을 작가의 산문과 구술을 중심으로 살펴보고 작가의 원체험이 문학작품에 어떤 양상으로 드러나는지를 조망하고자 한다. 서정인의 후기 소설의 특징을 서사성의 약화로 평하고 있는 만큼 경험 서사의 특징을 살펴보는 일은 서정인 소설 텍스트의 새로운 면모를 규명하는 일일 것이다.

2. 유년기 여·순 사건 체험과 「무자년 가을 사흘」

1948년 10월 여수 14연대 반란으로 반란군이 사흘 동안 순천을 점령하게 되는데, 당시 작가는 진압군에 의해 "양쪽에 총구의 겨냥을 받으면서"((1):27쪽) 북국민학교로 끌려가는 경험을 하게 된다. 그곳에서 진압군들은 아이들을 따로 분리시켜 놓고 어른들을 총살 집행했는데, 당시

16 임환모, 『한국 현대소설의 서사성과 근대성』, 태학사, 2008, 16쪽.

무엇보다 인상적인 것은 "어느 어른한테 국군이 총을 쏘기 전에 너의 마지막 소원이 뭐냐고 물으니까 자기 시체를 인공기로 덮어달라고 하자 그대로 해준 것"((5):44쪽)이었다. 작가는 그날 해질녘이 되어서야 어리다는 이유로 풀려나는데 집으로 오는 길에는 여기저기 "시체를 쌓아놓은 무더기가 두엄더미처럼 즐비"((2):25쪽)한 것을 목격하기도 한다. 눈에 핏발이 선 군인들은 "총을 메고 온 몸에 탄알 엮은 것을 칭칭 감고"((1):27쪽) 거리를 누비면서 반란군들에게 총격을 가했으며 부역자를 찾아내 그들의 방식대로 심판했는데[17] 어린 소년의 기억 속에 "거리 하수구 위에 누워 있는 빨치산의 주검"((3):24쪽)들이 기억의 영상 속에 담겨 있다.

서정인은 1994년, 단편 소설 「무자년 가을 사흘」에 '여순사건 사흘 동안 겪은 이야기'를 담담한 어조로 형상화하였다. 특히 초등학교 6학년 동생과 중학교 2학년인 형이 나누는 대화와 6학년 동생의 내적독백은 전쟁의 폭력 앞에서 순수함을 잃고 인간의 잔인함을 겪는 비극을 보여주려는 작가의 의도가 강하게 투영되어 있다.

"군인들이 왜 순사들헌테 총질 허냐?"

"진짜 쏘았냐?"

"그래. 봤어. 논두럭길로 오는디 어디서, 학생, 비껴, 하는 소리가 나서 깜짝 놀라 멈췄더니, 나락 사이로 내민 총구가 타당타다당, 하고 불을 뿜었다. 군인이 철모 밑으로 얼굴을 내밀고 총을 쏘고도 시침을 뚝 떼고 엎드려 있더

---

17 흔히 '제주 4·3사건'과 함께 해방 정국에서 발생한 최대의 민족사적 비극으로 불리는 여순사건은 당시 탈환된 지역에서 경찰, 우익인사, 청년 단원 등이 '복수와 사감' 등의 주관적 기준에 의해 이른바 '부역자'를 색출하였다. 이로 말미암아 무고한 희생자가 더욱 많아졌고, 그 희생의 주체가 누구인지 애매한 경우가 많았음은 물론이다. (이효춘, 「여순군란연구」, 고려대학교 교육대학원 석사논문, 1996, 1·31~34쪽 참조.)

라. 우리들은 교복 웃옷을 벗어 들고 왔다. 경찰들하고 혼동허지 말라고."

"총구에서 연기가 나더냐?"

"그래. 불이 번쩍 했다."

"대낮인디 불빛이 보이냐? 한 본만 뻰쩍 했냐, 소리는 여러본 나고?"

"뻰쩍뻰쩍 했다. 소리가 여러 본인디 불이 한 본이겄냐?" (1:28쪽)

중학생인 형은 학교에서 돌아오는 길에 군인과 경찰들이 서로 총을 쏘는 모습을 목격하는데, 중학생 교복과 경찰의 정복이 비슷하여 경찰을 향해서 반란군들이 쏘는 총은 중학생을 향할 수도 있었다는 아슬아슬한 장면을 연상시킨다. 그러나 정작 이야기를 전달하는 초점자는 이와 같은 사건의 긴박함 속에서도 결코 흥분하는 일이 없다.

총소리가 요란한 상황에서도 "감을 따 먹고 싶은 생각"(1:19쪽)이 간절한 순진한 어린이에게 전쟁이란 무엇인가. 전쟁이 끝난 세상에는 "어린이들이 없고 어른들이 없었다."(1:29쪽) 그리고 그 세상에는 "짐승. 살아남기 위해서 사는 짐승이 있었다."(1:30쪽)고 「무자년 가을 사흘」에서 서술자는 토로한다. 어린 소년에게 전란은 어른들의 참혹하고 비정한 세계를 깨닫게 되는 입사식 같은 것이었다.

① 전쟁 둘째 날 밤은 아무 일 없이 저물어갔다. 그날은 전쟁 중에서 가장 전쟁다운 기간이었다. 그는 머릿속이 텅비도록 아무것도 몰랐다. 사실 그날 오후, 아무 일도 없는 것이 아니었다. 시재 주택가에 박격포탄들이 무차별로 떨어져서 도처에 도리방석만한 구덩이들을 수없이 팠다. 도시 전체를 쏘로 만들지는 못했지만.(1:51쪽)

② "나와. 손들고." 군인이 총 끝을 그의 머리통에다 들이댔다. 그는 그가 시키는 대로 했다. 총 앞에서는 동작이 빨라서 편리했다. (……) 나중 안

일이지만, 그의 어머니는 입에다 칫솔을 문채 끌려나왔다. 그는 두 손들을 뒤꼭지에다 대고 한길가로 끌려갔다. 사람들이 집집에서 입은 채, 신은 채, 안 신었으면 벗은 채, 줄줄이 끌려왔다. (……) 그들은 두 손들을 든 채 군용 짐차 뒤를 따라갔다. 그들 양쪽으로 그들에게 총을 겨주고 군인들이 드문드문 그들과 함께 걸었다. (……) 군인들은 이틀 전, 비켜, 하고 총질을 해대던 군인들과 똑같은 군대였다. 똑같은 철모, 똑같은 군복, 똑같은 소총, 똑같은 낯짝. 그들은 북쪽으로 이동했다. (……) 그때까지도 그들은 그들을 잡아가는 군대가 진압군인 줄 몰랐다. 군인들이 철모에 하얀 띠를 둘렀지만 그들은 그것을 눈여겨 볼 겨를이 없었다. (……) 그들의 북진행렬은 북 소학교에서 끝났다.(1:52~54쪽)

③ 거기에는 그들처럼 붙잡혀 온 사람들이 넓은 운동장을 가득 채우고 울타리 밖 벼논 논배미 위에까지 넘쳤다. (……) 남자 어른들은 아랫도리 맨속옷 하나만 걸치고 께댕이를 홀딱 벗었다. 무더기와 무더기 사이의 어떤 금은 생사를 가르는 사선인 모양이었다. 벗은 장정들이 손들을 뒤로 묶이고 굴비두름처럼 줄줄이 엮여서 군인들에게 끌려나갔다. 드르륵 드르륵 총소리들이 간단없이 들려왔다. 그들은 경찰관 옷과 금테모자를 쓴 사람이 군인들과 섞여서 사이좋게 설치는 것을 보고 세상이 또 한 번 뒤집힌 것을 깨닫기 시작했다. (……) 처음에는 죽는 사람들은 물론 죽이는 사람들도 들뜨고 격했는데, 나중에는 차츰 죽이는 사람들은 물론 죽는 사람들도 허리가 아프고 놀이가 시들해졌다. 오전 중에는 모든 것이 새롭기도 했지만, 진짜 구경거리가 하나 있었다. (……) 그보다 키가 작아 보이는 학생 하나가 끌려나와 두 눈들을 가리운 채 그 중에서 가장 큰 나무의 밑둥 앞에 세워졌다. (……) 붉고 푸르고 하얀 바탕 붉은 별이 또렷한 커다란 천 조각이 너울너울 펼쳐져서 학생의 몸을 머리부터 덮었다. 덜 펼쳐지고 구겨진 곳은 손을 못 쓰는 학생을 대신해서 군인이 허리를 굽혀가며 칠성판에 명정 덮듯 정성스럽게

폈다. (……) 그는 서너 걸음 남겨놓고 멈춰서서 총을 벗어 들었다. (……) 그때까지 수없이 들려왔던 드르륵 드르륵 소리가 그 총끝에선지 딴 데선지 알 수 없게 뒤 번 났다. 바로 그 총구멍 앞에서 있던 사람이 한옆을 비스듬히 쓰러졌지만, 그 검은 쇠붙이가 그 무너짐에 책임이 있는 것 같아 보이지 않았다. 그것은 너무 무심했다. 그는 다만 묶인 채 너무 오래 서 있어서 가령 여름날 뙤약볕에서처럼 피곤해서 한쪽으로 몸을 눕힌 것뿐이었다. 좀 쉴라고.(1:51~56쪽)

"전쟁 중에서 가장 전쟁다운 기간"이었던 전란 둘째 날 밤 폭격 사건은 ①에서와 같이 짧은 문장(본문 6행)으로 서술되는 반면, 전란 셋째 날 학교 운동장으로 끌려가면서 집으로 돌아오기까지는 ②③에서 보는 바와 같이 군인들의 움직임과 끌려온 사람들의 모습을 자세하게 서술 시간을 지연시키며 5쪽에 걸쳐 서술하고 있다. 이는 작가의 기억 속에 박격포의 공격보다 더 두렵고, 충격적이었던 살상현장을 독자에게 전달하기 위해서 시간의 '지속'[18]기법을 사용하는 일면이다. 초점자는 학교 운동장에 집결하여 어른들을 총살하는 소리를 듣는 것은 물론 군인들이 어린 학생을 나무에 묶어 놓고 총살하는 것[19]을 목격한다. 특히 ③에서 초점자

---

18 '지속'의 범주에 드는 기법은 '이야기의 지속'과 그것에 소요된 길이, 즉 행이나 페이지 수로 계측되는 '서술의 길이'의 관계에서 발생한다. 이 관계에서 비롯되는 척도는 속도이다(T. 토도로프, 『구조시학』, 곽광수 옮김, 문학과지성사, 1977, 66~67쪽.). 즈네트는 서술 속도의 관습적 형태를 생략, 멈춤, 요약과 장면, 거리의 제로화 등으로 구분한다(제라르 즈네트, 『서사담론』, 권택영 옮김, 교보문고, 1992, 88~101쪽.).

19 서정인이 대담을 통해서 "어느 어른한테 국군이 총을 쏘기 전에 너의 마지막 소원이 뭐냐고 물으니까 자기 시체를 인공기로 덮어달라고 하자 그대로 해준 것이었지요"(이경수, 「고독한 에고이스트가 도달한 초로의 경지」, 『작가세계』, 1994, 44쪽)라고 밝힌 바 있는데 소설에서는 "그(초점자)보다 키가 작아 보이는 학생"으로 인물이 묘사된다. 이는 사건의 비극성을 효과적으로 전달하기 위해 '어른→어린 학생'으로 교체 설정했다는 것을 유추할 수 있다.

는 살상하는 일련의 사건들을 "놀이"라고 하거나 "구경거리"라고 풍자하고 있는데, 이러한 표현은 충격적인 장면 묘사를 반어적인 언어로 구사하여 비극성을 고조시키는 역할을 하고 있다. 총살직전에 인민군 깃발을 "칠성판에 명정 덮듯 정성스럽게" 펼쳐 덮는 진압군의 행동을 묘사한 위의 언술은 이데올로기라는 미명아래 펼쳐지는 비극성을 극대화 한 예가 된다.

> 해가 학교 옆산으로 기울자 짧은 가을날이 곧 저물었다. (……) 그가 어리다고 풀려난 것은 날이 어두워진 다음이었다. 그는 논두렁길을 걸었다. 웃논배미 아랫논배미가 그의 키만한 높이로 턱이 졌고, 거기에 벗은 채 총맞은 피투성이 송장들이 겹겹이 나자빠져 있었다. 그는 무섭지 않았다. 아마 그는 무엇에 너무 가까이 있었다.(1:56쪽)

어린 소년으로서 감당하기 힘든 일련의 살상 장면을 목격하고 집으로 돌아오는 길에 그는 또 '죽은 시체들이 논둑에 널부러져 있는 것'을 목격하게 된다. 그런데 어린 소년의 의식은 경악(驚愕)에 빠져 "무섭지 않았다"고 서술하고 있다. 이미 끔찍한 살상현장을 목격한 까닭에 죽어있는 시신무더기쯤은 무서운 축에 들 수가 없는 것이다. 도처에 널린 주검들은 타자의 주검이었으므로 나에게 총부리가 겨누어질 수도 있는 지금, 그 주검이 내가 아니어서 다행일 뿐이다. 어린 소년은 그의 말대로 '어린이를 잃고 비극적인 어른의 세계'로 접어든 것이다.

지금까지 작가가 유년에 체험한 '여순사건'이 「무자년 가을 사흘」에서 어떻게 작품화되었는지 살펴보았다. 작가는 자신의 유년 체험의 시간과 공간은 그대로 두고 인물을 '나'가 아닌 '그'로 바꾸어 재현하고 있음이 확인되는데, 이는 작가 자신에게서 경험자아를 분리하여 그의 경험으로 객관화하여 보여주려는 의도일 것이다. 그러나 초점자가 어린이라는 점은 전쟁의 비극성을 고발하는 데는 효과적일지라도 전쟁에 대한 관점이 분명할 수 없기 때문에 전지전능한 서술자를 개입시켜 수시로 전쟁과 싸움에 대한 비판적인 넋두리를 하거나 초점자의 '말'과 '의식' 속에 틈입하여 서술자의 내적 언술로 전달하는 특징을 보인다.

3. 소년기 전란 체험과 「팔공산」·「화포 대포」

작가가 유년시절에 겪은 전란은 1948년 여·순 사건으로 끝나지 않았다. 이후에도 한동안 '산사람' 들이 지리산에서 내려와 시내에 주검을 남겨 놓고 가는 등 순천일대의 비상시국은 쉽게 끝나지 않았는데[20] 2년 후에는 6·25 전쟁이 시작된다. 당시 작가는 전쟁이 지속되는 동안 "학교를 지키기 위해 야경"((4):27쪽)을 서기도 하고 "학교건물을 병영으로 뺏기고 창고에서 이부제 수업을 받기도"((1):27쪽)하면서, 고등학교 2학년이던 1953년 휴전을 맞는다. 작가가 체험한 6·25 전쟁은 그야말로 "벽돌들을 내던지듯 폭탄들을 쏟고 유유히 창공을 높이 날아가는 폭격기 편대, 인민군 전차, 주둔군의 박격포 사격 시범"((3):24쪽)을 목격한 전쟁 중의 전쟁이었다. 6·25 전쟁이 일어나자 작가는 고 1인 형과 함께 부산으로 피란길을 나섰다가 한나절을 기다려도 태워주는 차가 없자 포기하고 집으로 돌아왔는데[21] 이후 가족과 함께 "승주군 별량면 화포리에서 돛단배를 타고 순천만을 건너 보성군 벌교읍 대포리로 두어 달 난리를 피해"((2):17쪽) 피란 생활을 하기도 했다. 소설 「팔공산」과 「화포 대포」는 작가의 가족이 피란 생활을 했던 이야기가 주축을 이루고 있다.

---

20 서정인, 「지리산 옆에서 살기」, 26쪽.

21 작가와의 인터뷰, 2010. 3. 16.

「팔공산」[22]은 6·25 전쟁 중 부산을 향해서 두 형제가 피란을 가다가 돌아오는 이야기가 줄거리의 중심을 이루는 가운데 어린 청소년들이 나누는 대화를 통해서 작가는 전쟁에 대한 비판정신을 투영하고 있다.

① "입은 말이고 주먹은 폭력이지. 말로 안 되면 폭력을 쓰는디, 말허고 폭력이 어떻게 같냐? 말로 하란 말은 폭력을 쓰지 말란 말 아니냐?"

"말이라고 다 같은 말이요? 대추씨만한 붓끝이 역시 대추씨만헌 총알보다 더 무서운 줄 모르요? 사람이 다치고 죽이는 데는 세 치 혓바닥만한 것이 없소"(2:61쪽)

② "고름장하면 고름이 나오냐? 고름이 나오면 고름장하냐? 그래서 고름장이냐? 죽은 사람한테서도 고름이 나오냐?

"고름이 뭤이냐? 살 썩은 것이다. 산 사람은 곪은 데만 고름이고, 죽은 사람은 온몸이 고름이다. 구더기들은 즈그들 구미에 맞는 대로 송장 아무데서나 끓는다"(2:75쪽)

"대낮에 고동이 수십 번 울었다. (……) 아무래도 무슨 일이 났는가보다"(2:57쪽)고 비상사태를 짐작하는 초점자의 내적 언술에 이어서 ①과 같이 전쟁의 무모함에 대하여 학교 선배와 나누는 현학적인 대화가 9쪽에 걸쳐서 이어지는가 하면, ②와 같이 두 형제가 피난길을 나서서 '생목 고름장 모퉁이'를 지나면서 '고름장'이라는 단어를 화두 삼아서 연쇄법으로 주고받는다. 이와 같은 대화는 장면을 극대화시켜 마치 연극 무대를 연상하게 하는데 이는 작가가 갖고 있는 세계인식 즉, 전쟁의 무모함에

22 「팔공산」은 '팔금산'을 가리키는데 팔금산은 파자법에 따르면 지금의 부산(釜山)을 가리킨다. 이를 변형하여 취한 소설 제목 '팔공산'은 "텅 비어 있는 산"이라는 의미이며, "군대가 구름 같고, 총포가 충전하고, 총질이 난도질이라, (……) 쏘아도 맞지 않고 맞아도 덜 아픈 곳"(1:88쪽)을 향해서 피난을 간다는 뜻을 담고 있다.

대한 비판의식을 등장인물들의 의식 속에 자연스럽게 틈입하는 장치 역할을 한다.

> 그들은 얼마 안 되는 나이 차이로, 전쟁을 통해 상당히 다른 길들을 걸었다. 하급생은 중삼을 거쳐 고등학생이 되었고, 상급생은 한국군 장교가 되어 전방에 있었다. 또 하나, 위보다는 두 살 어리고 아래보다는 두 살 많아서 그들 사이에 끼인 동기는 퇴각하는 인민군에게 징용되어 조선의 의용군이 되었다.(2:65쪽)

6·25전쟁 당시 중·고등학생들의 행로를 요약하고 있는 위의 서술은 6·25 전쟁이 발발하고 한 달 후인 7월 27일 순천은 인민군이 점령을 했고, 서울이 수복 되는 9월까지 계속되었던[23] 당시 순천 지역 청소년들이 전쟁에 내몰린 비극을 그린 것이다. 작가는 같은 학교 학생들이 국군 장교가 되기도 하고, 인민군이 되기도 했던 이데올로기의 아픔을[24] 소설을

---

23 "순천은 7월 27일 인민군에게 점령 당하여 9·28수복 때까지 공산치하에 있게 되었다."(순중·순고 오십년사 편찬위원회, 『순천중·고등학교 오십년사』, 호남문화사, 1988, 167쪽). 북한군에 의해 유엔군이 한반도 남동쪽 끝으로 밀려나면서 1950년 8월 4일 낙동강 전선이 형성되었으며, 낙동강에서의 치열한 전투에 이어서 9월 28일 미군과 한국군이 서울을 탈환하고 북진을 계속하다가 10월 5일 인천 상륙작전이 1차 종료되었다는 자료는 이를 뒷받침한다. (고든 L. 리트먼, 『인천 1950』- 세계의 전쟁①, 김홍래 옮김, 플래닛미디어, 2006, 37~39쪽 참조.)

24 "서울이 함락되어 나라의 운명이 어떻게 될지 모르는 위급한 처지에 놓이자 우리학교 선배들이 일선 전투에 직접 나서기 위해 지원하기 시작했다. 머리에 수건을 동여매고 무명지를 깨물어 혈서로 다짐하면서 전선을 향해 떠나 가던 날. 학교 선배들과 같이 '무명지 깨물어서 붉은 피를 흘려서 태극기 걸어놓고 천세만세 부르세'라는 출전가를 목메여 불렀던 때를 생각하면 지금도 가슴 저미는 아픔을 느끼며 군번도 없는 무명용사의 학도병으로 이름 모를 조국의 산하에 용감히 싸우다 산화하신 선배들의 영령 앞에 삼가 명복을 빈다"(순중·순고 오십년사 편찬위원회, 위의 책, 208쪽.)는 회고와 "8월이 넘어서니 전세가 차츰 공산군에 분리해지자 그들은 병력을 보충하기 위해 틈틈이 학생들을 모아놓고 의용군 지원을 회유, 협박 등의 수단을 동원하였다. (……) 강요가 극심하게 되자 친척이나

통해서 형상화한 것이다. 6·25전쟁이 지속되면서 전쟁터로 내몰린 일부 학생들이 "손에 총을 든 채 학교에 오는"(2:66쪽)가 하면, 전란은 친선경기를 하다가도 자신들의 감정표현을 "권총을 쏘면서"(2:69쪽) 하도록 인간을 비극적으로 내몰았다는 언술을 통해서 전쟁이 남긴 불량스런 찌거기를 감당해야 했던 작가의 청소년기를 투영하고 있다.

「화포 대포」에서 두 형제는 부산으로 피난을 가기위해 길을 나섰다가 태워주는 차가 없어서 다시 해질녘에 집으로 돌아온다. 그리고 이후 그들은 가족들과 함께 피난길에 오르게 되면서 겪는 이야기가 중심 서사를 이루고 있다.

> ① 그들은 피난가기로 결정했다. (……) 그때, 산에는 공비, 들에는 국군이었다. 반란군이든 진압군이든, 총질만 안하면 곁에 있어도 괜찮았다. 피난은 총 쏘는 군인들을 피했다. 총만 없으면 군인들도 괜찮았다.(3:85~86쪽)

> ② 그들은 그릇들을 땅에 묻고, 남부여대, 우선 먹고 살 것들을 나눠서 이고 지고, 길을 떠났다. (……) 군인들은 물론, 그들 말고는 피난민들도 없었다. (……) 다시 다리가 아프고, 허리가 결리고, 어깨가 땡겼다. (……) 분명한 것은 고향을 버리는 것이 피난이었다.(3:88~90쪽)

> ③ 그들이 화포를 떠난 것은 이튿날 점심 뒤였다. (……) 그곳은 하룻밤 하룻낮을 머물렀지만, 어려 날을 보냈던 딴 고장보다 더 그의 마음을 사로잡았다. 그들이 거기서 배를 타고 가는 곳의 이름을 들었을 때 그곳은 한층

친지 집으로 피신하여 의용군 입대의 화를 면하려 했다"(순천고등학교 오십년사 편찬위원회, 같은 책, 167쪽)는 회고는 서정인이 요약적으로 제시하고 있는 언술의 비극성을 구체적으로 확인할 수 있는 예다.

더 그의 마음 속에서 신비스러워졌다. 그들이 화포를 떠나서 가는 곳은 대포였다. (……) 그들이 타고 간 배는 작은 고기잡이 나무 돛배였다. (……) 돛을 올린지 한 시간쯤 되었을 때 배는 공해를 벗어나 다시 영해로 들어갔다. (……) 배는 거의 육지로 둘러싸인 거대한 호수를 항해했다. 그들은 내내 순천만 안에 있었다.(3:101～104쪽)

작가가 피란살이를 했던 '화포' '대포' 등으로 소설의 주인공 가족 역시 피란을 다녔다. 당시 대개는 부산을 향해서 피란을 갔지만, ①②에서 서술하고 있는 바와 같이 그의 가족은 그야말로 '팔공산(八空山)'을 향해서 피란을 다녔다. ③은 시골 어촌으로 피란을 다니면서 겪는 어려움과는 별개로 돛단배를 타고 대포로 가는 피난길에서 사춘기 소년의 감수성이 서정적으로 드러나고 있다. 이를 통해서 감성적인 그의 의식 속에 크게 자리 잡았을 전란의 상처를 유추할 수 있다.

살펴본 바와 같이 「팔공산」과 「화포 대포」는 전쟁을 피해서 순천만을 떠돌았던 한 가족의 이야기를 통해서 전쟁의 피해자는 언제나 힘없는 백성이라는 사실을 보여주려 하였다.

서정인의 경험 서사의 특징은 경험에 큰 변형을 가하지 않는다는 점에 있다. 다만 인물을 '나→그'로 설정할 뿐, 시 · 공간은 물론이고 경험한 사실은 산문에서 밝히고 있는 내용을 작품 속에서 그대로 재현한 경우가 대부분이다. 정보 절제가 그의 일반적인 특징인 점에서 본다면 경험서사도 예외는 아니지만, 서사가 사후적으로 제시되었다는 점에서 독자가 작품에서 읽어낼 수 있는 서사성이 뚜렷해진다. 그리고 작가가 큰 목소리로 전쟁의 폭력을 고발하지 않았지만, 그의 일련의 전쟁서사는 비극성이 극대화되었다는 점 또한 부인할 수 없다. 이는 전쟁이라는 사건은 물론이고 사건을 경험한 등장인물을 작가에게서 분리시켜 일정한 거리를 유지하였다는 데서 비롯되었다.

4. 전쟁을 인식하는 작가의 창

서정인은 유·소년 시절 겪은 전란은 바그다드나 아프가니스탄 전쟁과 다르지 않았다고 말한다. “살아남은 것이 영광이라면, 나는 바그다드나 아프가니스탄 사람들이 살아 있는 것을 이상하게 여기지 않는다. 내가 겪었다. 산모퉁이에서 갑자기 소리가 나면 전투기들은 벌써 하늘 한가운데에 와 있었다. 그것이 기관총을 쏘아대면 달리는 차가 뒤집혔다. 폭격기는 높이 떠서 유유히 날았다. 그러다가 문득 새가 똥을 갈기듯 벽돌짝들 같은 폭탄들을 떨어뜨렸다.”((4):27쪽)

이와 같이 서정인은 유년의 공간에 남아있는 극적 장면의 파편을 재료로 문학적인 장치를 활용하여 ‘그럴듯한’ 이야기를 한 것이 아니라 ‘있었던 그대로’를 재현하려는 태도로 일관한다.

전쟁이라는 상황 속에서 어린 초점자들이 주고받는 대화는 전체 담론을 통해서 보더라도 현실적이지 못한 면이 없지 않은데, 내포작가가 인물들의 대화 속에 개입하여 전쟁에 대한 비판의식을 현학적인 언술로 작품 곳곳에 투영한다.

“제갈량 싸움이 양산박 싸움허고 같고, 그것들이 살수대첩이나 임진왜란, 병자호란과 같다. 또 그것들이 다 일본군 만주싸움이나 중국싸움이나 진주만 싸움허고 같다.”

“요는 중국사람들이나 조선사람들이나 일본사람들이나 다 같다는 말이냐? 병아리들허고 어린이들은 어찌고? 암탉들을 놓고 장닭들이 싸우는 것이 적벽대전허고 같냐?”

“닭의 새끼들이 왜 싸우냐? 거름자리에서 땅 차지할라고 싸운다. 조조허고 손권이 양자강에서 왜싸웠냐? 유비허고 셋이서 천하를 삼분헐라고 싸웠다.”(1:23~26쪽)

위와 같이 대화가 진행되면서 유·소년의 의식은 자연스럽게 성인의 의식으로 바뀌고 있는 것은 어린 유·소년들을 초점자로 하고 있지만 작가의 의도에 따라 서술자가 자연스럽게 개입하고 있기 때문인 것이다. "노장년이 잇속으로 청년이 몸으로, 치르는 전쟁을 소년은 가슴으로 겪는다"(1:46쪽)는 서술자의 비판적 언술은 전쟁을 바라보는 작가의 세계관으로 세 작품에 관류하고 있는 작가정신인 것이다.

작가는 "경험을 형상화하는 시적 변화에서 나는 시간과 장소는 거의 그대로 놔두고 이름만 조금 바꿨다"[25]고 말한 바 있는데, 이를 통해서 경험서사를 문학적으로 형상화하는 작가의 창작의식을 엿볼 수 있다. 한편 세 작품의 경우 인물묘사[26]나 순천 일대를 공간적 배경 등이 작가의 경험과 거의 일치하지만, 작가는 "경험한 것만 쓰되 경험대로만 쓰지는 않는다"[27]고 할 때 작품을 창작하는 작가정신과 세계인식에 대한 의미를 규명해야 하는 이유가 있는 것이다.

5. 맺음말

서정인은 성장기에 여·순사건과 6·25 전쟁을 겪으면서 목격한 충격적인 영상들을 「무자년 가을 사흘」·「팔공산」·「화포 대포」를 통하여

25 서정인, 「암울한 시대의 시작 「후송」」, 『대산문화』, 대산문화재단, 2001, 95쪽.

26 「팔공산」에서 주 초점자인 중학교 이 학년 학생은 급장이며 그는 학교에서 영어를 가장 잘하는 학생으로 묘사되고 있다. 서정인은 학창시절 중 1부터 고 3까지 급장(반장)을 했으며, 공부를 잘하는 수재였다는 사실이 작가의 주변인물과 생활기록부를 통해서 확인되는데, 이 작품에 등장하는 중학교 2학년 학생을 통해서 작가 자신의 학창시절 모습을 상당 부분 투영하고 있다.

27 이경수와의 대담에서 작가가 밝힌 말이다. (이경수, 「고독한 에고이스트가 도달한 초로의 경지」, 『작가세계』, 1994, 44쪽.)

형상화 하였다. 세 작품은 모두 인물의 내면적 체험을 문제 삼고 있는데, 어린 초점자를 통해서 전란의 끔찍했던 사실을 보고하는 형식을 취하는가 하면 서술자가 등장인물의 대화 속에 틈입하여 무모한 전쟁을 비판하고 있다는 공통점이 확인된다.

작가는 여순사건 당시 군인들의 총부리 앞에서 느낀 공포와 뭇 주검의 영상이 고스란히 자신의 내면에 잠겨 있었던 것을 「무자년 가을 사흘」을 통해서 소년을 초점자로 하여 형상화하였다. 이는 여순 사건의 끔찍했던 영상을 어린이를 초점주체로 하여 전달함으로써 '작가가 경험한 사실대로' 전달하려는 의도인 것이다. 전쟁의 무모함을 고발하는 작가정신은 어린 초점자의 말 속에 틈입하는가 하면, 서술자의 말로 언술하기도 한다. 그리고 6·25 전쟁을 시간적 배경으로 한 「팔공산」·「화포 대포」를 통해서 전쟁의 최대 피해자는 백성들이며 백성들 중에서도 가장 큰 피해자는 뜻도 없이 전쟁터로 내몰린 청년과 철없는 어린이라는 사실을 비판적인 언술로 토로한다. 이는 살펴본 세 작품에 관류하고 있는 작가정신인 것이다.

서정인의 전쟁서사는 경험을 작품으로 형상화했기 때문에 높은 서사성을 확보하였다고 볼 수 있다. 이미 독자들에게 두 전란에 대한 정보가 내재적으로 구축된 토대 위에서 그것을 경험으로 한 '사후서사'는 최소한의 언술을 통해서도 독자가 전후문맥을 상상의 고리로 연결하여 전란의 참혹함을 그려내는 뛰어난 능력을 발휘할 수 있기 때문이다. 이를 볼때 그의 후기 작품을 '서사성이 약화되었다'고 단언하기보다는 내용과 형식을 포괄하는 등의 다양한 시선이 요구된다. 그리고 작가가 유·소년기에 경험한 전란 중에 목격한 '타자의 죽음'에 대한 영상은 이후 자아의 죽음을 인식하는 계기와 맞닥뜨릴 경우 강한 트라우마로 작용할 가능성을 내포하고 있다고 보는데, 이 문제는 고를 달리하여 이루어질 것이다.

참고문헌

〈기본 자료〉

1. 단행본

서정인, 『베네치아에서 만난 사람』, 작가정신, 1999.

2. 평론 및 산문

서정인, 「리얼리즘 考」, 『벌판』, 나남, 1984, 407~423쪽.

______, 「기억 속의 고향」, 『지리산 옆에서 살기』, 미학사, 1990, 17~35쪽.

______, 「지리산 옆에서 살기」, 『지리산 옆에서 살기』, 미학사, 1990, 26~30쪽.

______, 「어제 일처럼 눈에 선한 '피내도랑'」, 『한국인』, 사회발전연구소, 1997, 23~25쪽.

______, 「암울한 시대의 시작 「후송」」, 『대산문화』, 대산문화재단, 2001, 94~95쪽.

______, 「순천자 흥(興)」, 『흥미 Jine』, 흥국금융가족, 2009. 12, 24~27쪽.

〈일반 자료〉

1. 단행본

김경수, 『현대소설의 유형』, 솔, 1997.

김상태 편, 『한국현대작가연구』, 푸른사상, 2002.

김천혜, 『소설 구조의 이론』, 문학과지성사, 1990.

박종석, 『작가연구 방법론』, 역락, 2005.

순중 · 순고 오십년사 편찬위원회, 『순천중 · 고등학교 오십년사』, 호남문화사, 1988.

이재선, 『한국현대소설사』, 홍성사, 1979.

임환모, 『한국 현대소설의 서사성과 근대성』, 태학사, 2008.

한국문학평론가협회 편, 『문학비평용어사전』(상) · (하), 국학자료원, 2006.

고든 L. 리트먼, 김홍래 옮김, 플래닛미디어, 2006.

F.K. 슈탄젤, 『소설의 이론』, 김정신 옮김, 문학과비평사, 1990

제라르 즈네트, 『서사담론』, 권택영 옮김, 교보문고, 1992.

레온 에델, 『작가론의 방법』, 김윤식 옮김, 삼영사, 1983.
R. 웰렉 · A. 워렌, 『문학의 이론』, 이경수 옮김, 문예출판사, 1987.
리몬 케넌, 『소설의 현대 시학』, 최상규 옮김, 예림기획, 1999.
수잔 스나이더 랜서, 『시점의 시학』, 김형민 옮김, 좋은날, 1998.
T. 토도로프, 『구조시학』, 곽광수 옮김, 문학과지성사, 1977.
T.W. 아도르노, 『미학이론』, 홍승용 옮김, 문학과지성사, 1997.
웨인 C. 부우드, 『소설의 수사학』, 최상규 옮김, 새문사, 1985.

2. 논문

강상희, 「말과 삶의 현상학」, 『한국소설문학대계 46 - 철쭉제 외』, 동아출판사, 1995, 513~530쪽.
김 철, 「형식 탐구의 몫」, 『창작과 비평』, 1991 가을, 229~236쪽.
김 현, 「세계인식의 변모와 그 의미」, 서정인, 『강』, 문학과지성사, 1996, 305~322쪽.
우찬제, 「대화적 상상력과 광기의 풍속화」, 『세계의 문학』, 1988 겨울, 251~261쪽.
유종호, 「삭막한 삶과 압축의 미학」, 이종민 엮음, 『달궁가는 길』, 서해문집, 2003, 155~175쪽.
이경수, 「고독한 에고이스트가 도달한 초로의 경지」, 『작가세계』, 1994, 36~48쪽.
이효춘, 「여순군란연구」, 고려대학교 교육대학원 석사논문, 1996.

문학적 진리 공정의 가능성
-'사건'과 4·19

김 영 삼

1. 들어가며 : 4·19문학의 불모성

문제의식은 김윤식의 다소 과감한 발언으로부터 촉발된다.

> 작가가 아닌 者, 작가가 되려고 노력하지 않는 者에겐 四·一九란 없는 것이다. 당황함, 그것이 불연속과 접합하는 자리매김이야 말로 四·一九가 公的으로 파악되는 단 하나의 출구가 아니라면 문학이란 대체 무엇이겠는가. 인간 心理의 저층에 파시즘化에 기우는 素地가 충분히 있다는 E.프롬의 입장의 통찰에 대한 측정단위, 그것이 문학이 아니었던가.[1]

작가에게 그리고 문학에게 정치는 달라야 한다. "당황함", "불연속과 접합하는 자리매김"이라는 김윤식의 표현은 문학이 4·19라는 정치적 사건을 재전유하는 문학적 사고의 휴지상태를 지칭하는 것일 테다. 동시에 그가 문학을 진리를 추구하는 하나의 사건으로서의 언어로 인식하고 있음을 의미한다. 정치가 아무런 굴절 없이 문학으로 이동하는 것은 현실

---

1 김윤식, 「4·19와 한국문학 - 무엇이 말해지지 않았는가?」, 『사상계』 통권 204, 1970.4, 293쪽.

추수에 다름 아니기 때문이다. "파시즘화에 기우는" 가능성에 대한 우려는 기우가 아니다.

문학은 본질적으로 그것이 대상으로 삼는 현실세계와의 관계 맺기의 양상을 통해 정의될 수 있다. 한국 근현대사의 특수성은 그 현실세계를 정치의 영역으로 집중시켰다. 문학의 형식과 태도를 결정하기도 전에 정치의 영역은 이미 문학을 잠식했다고도 할 수 있겠다. 이는 정치적 사건이 어떠한 변곡점 없이 문학의 영역으로 삽입되었다는 말이면서, 동시에 문학이 정치와 어떤 방식의 관계 맺기가 가능한가라는 질문이 누락되었다는 말이기도 하다. 때문에 정치적 사건이 문학적으로도 하나의 '사건'이었는가라는 질문이 가능하다.[2] 이 질문의 영역을 조금 더 집중시킨다면, 과연 "정치적 사건으로서의 4·19혁명이 과연 문학적으로도 하나의 '사건'으로서 충분히 양식화되었는가"의 문제로 치환할 수 있다. 이는 단순히 역사의 특정 장면이 문학의 배경으로 선택되고 형상화되었는가의 문제와는 다르다. 또한 작가의 정치적 성향과 사상에 대한 이성적 판단을 묻는 것은 더더욱 아니다. 문제는 문학이 정치를 어떻게 사유했고, 어떻게 그만의 방식으로 전유했는가라는 지점이다.

이런 문제의식을 본고는 정치적 '사건'으로서의 4·19가 충분히 문학적으로도 '사건'이었는가라는 질문으로 치환하는 것이며, 그것의 문학적 형상화는 어떤 방식으로 가능한가라는 질문을 추가하려는 것이다. 1970년 4월 『사상계』는 「4·19특집」을 통해 다각도로 혁명 이후 10년간의 시간을

2 '사건'과 1960년대 문학의 연관성을 직접적으로 고찰한 논문으로 김형중, 「문학, 사건, 혁명 : 4·19와 한국문학 - 백낙청과 김현의 초기 비평을 중심으로」, 『국제어문』 제49집, 2010.8. 이 글에서는 박태순의 「무너진 극장」을 4·19를 문학적으로 사건화한 작품으로 거론하면서, 최인훈의 「구운몽」에서 드러난 주인공의 무의식으로의 침잠을 정치적 사건이 문학적 사건으로 미학화되는 지점으로 설명하면서 이를 통해 백낙청과 김현 초기 비평의 차이를 고찰하고 있다.

성찰하고 있는데, 김윤식은 위의 논문에서 분명하게 "4·19문학의 불모성"이라는 표현을 사용하고 있다. 외부로부터 일방적으로 강제된 8·15나 6·25와 달리 4·19혁명은 내부의 자각과 필요성으로부터 촉발되었다. 이러한 차이는 그 정치적 사건들이 문학적으로 형상화되는 방법과 형식이 달라야 함을 의미한다. 하지만 4·19혁명 이후의 문학은 그 거대한 역사의 "흐름을 보다 선명히 하는데 공헌했을 따름"이었다. 4·19혁명과 그 좌절이 작품의 대상으로 다루어지지 않았을 리 없음에도 "한국 작가가 어떻게 파악하고 있었느냐"라는 질문과 "불모성"이라는 표현이 나올 수밖에 없었던 이유는 바로 문학이 역사를 "일방적으로 사상"[3]했기 때문이다.

문학과 정치의 관계가 어떠해야 하는가에 대해 랑시에르의 도움이 필요한 지점이다. 랑시에르는 지배 질서의 언어가 작품을 지배하는 것으로부터 벗어나 굳어버린 의미체계를 파괴할 것을 요구한다. 굳어버리고 더 이상 새로운 의미의 파생을 야기하지 못하는 현상을 그는 '언어의 화석화'[4]라고 부른다. '문학의 정치'는 화석화되어버린 언어를 파괴하는 창조적 변형에서 출발하고 이것이 이른바 '감성의 분할'을 불러온다고 말한다.

> 문학의 정치는 작가의 정치가 아니다. 그것은 작가가 자신이 사는 시대에서 정치적 또는 사회적 투쟁을 몸소 실천하는 참여를 의미하지 않는다. 그

---

3 김윤식, 앞의 책, 291쪽.

4 여기서 랑시에르가 말하는 언어의 화석화는 "인간적 행동과 의미작용에 대한 감각 상실"이며 이것은 세계의 질서와 일치했던 문학과 언어의 와해된 위계를 의미한다. 언어가 굳건하게 의미의 장을 형성한 채 한 사회에서 통용되고, 문학이 그 형식이나 표현에서 하나의 체계화된 법칙성을 고수할 때 그것은 아무 것도 새롭게 생산하지 못한다. 아무런 정치적 파괴력을 지니지 못한다. 굳어버린 의미체계가 이미 언어 사용자들의 보편적 인식을 넘어서지 못한다면 그 언어는 화석화되어야 마땅하다. 기실 문학의 본성은 성찰과 회의적 정신에서서 찾아지지 않는가. Jacques Ranciere, 『문학의 정치』, 유재홍 옮김, 인간사랑, 2007, 45쪽 참고.

렇다고 작가가 저술을 통해 사회구조, 정치적 운동들, 또는 다양한 정체성들을 표상하는 방식을 의미하는 것도 아니다. "문학의 정치"라는 표현은 문학이 그 자체로 정치행위를 수행하는 것을 함축한다. 따라서 이 표현은 '작가가 정치적 참여를 해야 하느냐' 또는 '예술의 순수성에 전념해야 하느냐'하는 문제로 제기되지 않는다.[5]

작가가 직접 정치 현장에 참여하거나 정치적 내용을 그 대상으로 하는 작품을 쓰는 행위가 '문학의 정치'가 아니며, 반대로 문학이 정치의 영역에서 의식적으로 벗어나 순수한 예술성을 탐구해야 한다는 것도 아니다. 4·19문학이 불모성의 한계를 벗어나지 못했다면 아마 이 지점에서 논의를 시작해야 할 것이다. 1960년대 문학이 정치적 '사건'이었던 4·19를 어떻게 문학적 '사건'으로 인식했는지 질문이 필요하며, 그 방식이 어떠했는가라는 질문 또한 요청된다. 이 질문에 답할 때 4·19의 불모성의 원인과 더불어 1960년대 한국문학과 정치의 관계를 이야기할 수 있을 것이다. 최근 문학비평 현장에서도 문학과 윤리, 문학과 정치 등의 주제가 활발히 진행되고 있다.[6] 또한 철학과 신학의 분야에서 바디우와 아감벤의 글과 함께 바울 담론에 대한 다양한 해석과 고찰이 이루어지고 있다.[7]

---

5 Jacques Ranciere, 앞의 책, 9쪽.

6 문학과 정치, 또는 문학과 윤리 등의 주제를 둘러싼 최근의 성과들은 다음과 같다.
김미정, 「'버려야만 적합한 것이 되는 것'의 윤리」, 『문학동네』, 2008년 가을.
김형중, 「1부 - 문학의 윤리와 민주주의」, 『살아 있는 시체들의 밤』, 문학과지성사, 2013.
김홍중, 「스노비즘과 윤리」, 『사회비평』 제39호, 나남, 2008.
서동욱, 「사도 바울, 메시아, 외국인」, 『세계의 문학』, 2008년 가을.
서영채, 「냉소주의, 죽음, 마조히즘 - 1990년대 소설에 대한 한 성찰」, 『문학의 윤리』, 문학동네, 2005.
이장욱, 「시, 정치 그리고 성애학」, 『창작과비평』, 2009년 봄.
황정아, 「묻혀버린 질문 - '윤리'에 관한 비평과 외국이론 수용의 문제」, 『창작과비평』, 2009년 여름.

다만 대부분의 논의가 당대의 작품을 중심으로 이루어지고 있고, 윤리적 주체의 실천을 둘러싼 논의들이다. 때문에 문학과 정치라는 오래된 주제를 4·19라는 사건이 1960년대 문학에 어떤 미학적 형식으로 언어화되었는지에 대한 비평적 고찰이 필요하다고 여겨진다. 본고는 이를 위해 바디우의 '사건'에 대한 논의와 랑시에르의 '감성의 분할'에 대한 논의를 통해 '진리 추구의 공정'이라는 논거를 마련하고, 이를 '문학적 진리 공정'으로 번역 제시하려 한다. 그리고 이를 4·19이후 발표된 최인훈 작품에 대입하면서 그 가능성을 묻고자 한다.

2. 사건의 진리 공정과 문학의 진리 공정

'사건'은 진리의 출현이다. 익히 알려진 것처럼 바디우의 언어로 '사건'은 "상황·의견 및 제도화된 지식과는 '다른 것'을 도래시키는 것"[8]이다. 이 '다른 것'의 출현은 어떤 상황이나 존재 내에 이미 내재되어 있는, 그러나 드러나지 않았던 '잉여'가 우연한 계기로 출현하게 됨으로써 이전의 어떤 인식이나 진리로도 포착하지 못했던 새로운 진리의 공정을 가동시

---

7 오형엽, 「바울 담론의 문학비평적 가능성 - 바디우와 아감벤을 중심으로」, 『비평문학』 제39호, 한국비평문학회, 2011.

황정아, 「보편주의와 공동체」, 『안과 밖』 제21호, 영미문학연구회, 2006.

김용규, 「주체와 윤리적 지평」, 『새한 영어영문학』 제51권 3호, 새한영어영문학회, 2009.

장왕식, 「유물론적 신학의 현대적 판본」, 『신학과 세계』 제65호, 감리교신학대, 2009.

김덕기, 「최근 철학계의 성 바울의 보편성 논의와 그 비판적 평가」, 『해석학연구』 제23집, 한국해석학회, 2009.

서용순, 「바디우 철학에서의 존재,진리,주체 : 『존재와 사건』을 중심으로」, 『철학논집』 제27집, 2011.11.

8 Alain Badiou, 『윤리학』, 이종영 옮김, 동문선, 2001, 84~85쪽 참조.

킨다. 이미 주어져 있거나 굳어 있는 인식은 굳은 사유만을 남기기 때문에 어떤 진리도 산출시키지 못한다. 그런데 그 이미 주어진 진리 또는 지배 질서 속에는 '공백'이 존재한다. 이 공백이 '잉여'[9]적 부산물들이 자리하는 공간이다. '잉여'는 주체일 수도 있고 상황일 수도 있으며 지식일 수도 있다. 진리는 거짓 보편성이나 특수한 공동체주의가 아니라 보편적 개별성[10]을 띤 채로 들어오기 때문이다. 바디우가 사례로 제시한 사도 바울의 경우에서 이를 확인할 수 있다.

> 철학적으로 재구성된 논쟁은 세 가지 개념에 근거하고 있다. 중단. 충실성. 표정. 다음과 같은 근본적 질문은 이 세 가지 개념의 교차점에서 결정화된다. 진리 과정의 주체는 누구인가?[11]

> 바울의 일반적 방식은 이렇다. 즉 어떤 사건이 있고, 진리란 그것을 선언하고 그런 다음 그러한 선언에 충실한 데 있다면, 그로부터 두 가지 결과가

---

9 Zygmunt Bauman, 『쓰레기가 되는 삶들 - 모더니티와 그 추방자들』, 정일준 옮김, 새물결, 2008, 32쪽. 이즈음 유행처럼 쓰이는 '잉여'에 대한 정의는 바우만이 가장 정확한 듯하다. "'잉여'란 여분, 불필요함, 무용함을 의미한다. 잉여로 규정된다는 것은 버려져도 무방하기 때문에 버려졌다는 것을 의미한다. '잉여'는 '불합격품', '불량품', '폐기물', '찌꺼기' — 와 그리고 쓰레기 — 와 의미론상의 공간을 공유하고 있다. '실업자', '노동예비군'의 목적지는 다시 노동 현장으로 돌아가는 것이었다. 그러나 쓰레기의 목적지는 쓰레기장, 쓰레기 더미이다."

10 랑시에르는 "정치적인 것은 공통의 삶이라는 심급을 그 대상으로 삼는다"라고 했다(Jacques Ranciere, 『정치적인 것의 가장자리에서』, 양창렬 옮김, 길, 2013, 14쪽.). 공통의 삶의 심급이 정치적인 것의 대상이라는 이 말은 바디우의 '보편적 개별자(Universal singularity)들'이라는 말을 떠오르게 만든다. 주체와 객체 사이에서 합의에 도달하면서 평화를 추구하는 헤겔주의적 방식이 아니라 주체적으로 존재하는 개인들 간의 보편성을 찾는 것. 그것이 투쟁의 시작이고 존재의 사유방식이어야 한다는 것이다. "예외를 가진 보편성(universality with an exception)"에서 "예외 없는 전체 아님(non-all without an exception)"으로의 전환이 요구된다.

11 Alain Badiou, 『사도 바울』, 현성환 옮김, 새물결, 2008, 51쪽.

뒤따른다. 먼저 진리는 사건적인 것, 즉 도래하는 것에 속하는 것으로서, 이때 진리는 개별적이다. 그것은 구조적인 것도 아니요, 공리적인 것도, 법적인 것도 아니다. 어떤 작용 가능한 일반성도 그러한 일반성을 내세우는 주체를 설명하거나 구조화할 수 없다. 따라서 진리의 법이란 존재할 수 없다. 두 번째로, 진리란 본질적으로 주체적인 그러한 선언의 토대에 기입되기 때문에 이미 구성된 어떤 부분 집합도 진리를 짊어질 수 없다. 어떤 공동체적인 것이나 역사적으로 확립된 것도 이 진리 과정에 스스로의 실체를 제공할 수 없다. 모든 공동체적인 부분 집합에 대해 진리는 그것의 대척점에 존재한다. 이 진리는 어떤 정체성에도 기대지 않으며, 그리고 (이 점이 분명히 제일 미묘한데) 어떤 정체성도 형성하지 않는다. 진리는 모두에게 제공되고 말 건네진다. 어떤 귀속 조건도 이러한 제공과 말 건넴을 제한할 수 없다.[12]

위 글에서 바디우는 '사건의 출현'과 이후의 '충실성'을 진리의 공정으로 제시하고 있다. 이를 바탕으로 하고 여기에 랑시에르의 도움을 얻어 문학적 진리 출현의 공정을 수립해보고자 한다.

첫 번째, 먼저 하나의 사건이 있다. 이 사건은 기존의 담론이나 환경적 조건들과 전혀 상관없는 순수한 무엇으로 나타난다. 사건은 돌발적으로 나타나서 잉여적 존재를 '주체'로 소환한다. 사도 바울의 경우[13] 사건은 다마스쿠스로 가는 길에서 신비스러운 목소리를 들음으로써 일어났다.

12 Alain Badiou, 앞의 책, 32~33쪽.

13 "이 사건은 바울 본인 안에서 일어난 주체의 (다시)일어남[(부)활]이다." …… 그는 다마스쿠스로 가는 길에 갑자기 그러한 주체가 되었다. 그와 관련된 이야기는 잘 알려져 있다. 열성적인 바리새인으로 그리스도교도들을 박해하기 위해 다마스쿠스로 가는 길에 신비스러운 목소리를 듣고 진리와 소명에 눈을 뜨게 되었다는 것이 그것이다. Alain Badiou, 앞의 책, 39~40쪽.

이 때 바울은 기존의 유대 담론이나 그리스 담론으로는 전혀 규정되지 않은 '그리스도교적 주체', 곧 사도가 된다. 인종이나 계급이나 성 등과 같은 기존의 정체성을 설명하던 그 어떤 것도 새롭게 태어난 주체를 구속하지 못하고 설명하지 못한다. 새로운 것은 기존의 식별항에 존재하지 않는다. 그 어떤 일반성도 주체를 설명할 수 없다. 이 주체의 출현이 첫 번째로 중요하다. 바디우의 진리 공정을 문학적 진리 출현의 공정으로 치환하는 첫 번째 조건이기 때문이다. '문학의 정치'가 가능한 출발은 이러한 잉여적 존재의 드러남이다.

정치는 사실 우리가 무엇을 보고 무엇을 말할 수 있는가를 결정짓는 것이며, 동시에 거기에 참여하는 자들에게 합당한 몫을 부과하는 일이다. 그리고 이 '몫'은 우리의 감각의 방식을 규정한다. 그러므로 '감성의 분할'은 이 위계화된 나눔을 파괴하는 일이다. 문학이 전세대의 언어와 세계에 대한 이해방식을 답습하지 않고, '셈해지지 않고' 결락된 주체들을 소환해 그들의 익숙하지 않은 언어와 감각으로 세계를 이야기할 때 이 '감성의 분할'은 순간적으로 드러난다는 점이 이 공정에서 중요해 보인다.

> 어떤 공통적인 것의 존재 그리고 그 안에 각각의 몫들과 자리들을 규정하는 경계설정들을 동시에 보여주는 이 감각적 확실성의 체계를 나는 감성의 분할이라고 부른다. 감성의 분할은 따라서 분할된 공통적인 것과 배타적 몫들을 동시에 결정짓는다. 몫들과 자리들의 이러한 분배는 어떤 공통적인 것이 참여에 소용되는 방식 자체 그리고 개인들이 이 분할에 참여하는 방식 자체를 결정하는, 공간들, 시간들 그리고 활동 형태들의 어떤 분할에 의거한다.[14]

---

14 Jacques Ranciere, 『감성의 분할』, 오윤성 옮김, 도서출판 b, 2008, 13쪽.

한 계급이나 집단의 구성원으로서의 역할이 아니라 그것으로 말해지고 개념화되지 않는 어떤 문제의식을 지니고 행동할 때, '정치'는 바로 그때 일어나는 것이고 주체는 그때 자신의 환경과 조건에서 벗어나 감성의 분할을 불러오는 주체가 된다. 4·19가 사건일 수 있는 이유도 그 주도 세력이 학생이었든 시민이었든 아니면 각성한 전체로서의 대중이었든 상관없이 그들이 각자 자신이 속한 위치에서 벗어나, 도대체 국가란 무엇인가, 민주주의란 무엇인가, 도대체 무엇을 위해 우리는 존재하는 것인가 등의 질문이 그 순간 그들을 지배했기 때문이다. 이것이 '탈계급화'한 '셈해지지 않은 자'들의 주체화 과정(랑시에르)이며, '일자'로 환원되는 존재론에서 벗어나 '보편적 개별자'로서 각성한 주체화 과정(바디우)이며, '벌거벗은 생명'이자 항시적 예외상태에 존재했던 '호모-사케르'가 정치의 과정으로 소환(아감벤)되는 순간이다. 그러니 문학적 진리 공정의 시작은 셈해지지 않은 자들, 기존의 언어로 명명할 수 없고 이름-없음을 자신의 이름으로 지닌 자들의 목소리(언어)를 찾는 것이다.

두 번째, 진리가 드러나는 표정, 즉 문체를 봐야한다. 다시 강조하지만 진리는 '보편적 개별성'을 띤다. 이를 바디우는 "진리는 개별적이다."라는 말로 명료화한다. 진리는 보편적으로 편재할 수 있지만, 어떤 주체가 진리를 선언한다고 해도 그것은 기존의 언어로 설명되거나 구조화되지 않는다는 말이다. 때문에 랑시에르가 강조한 것처럼, "사물을 보는 절대적인 방식"으로서의 문체를 봐야한다. 그들의 언어와 형식을 봐야한다. 문체는 작가의 자리매김과 정체성에 따라 충분히 달라질 수 있다는 점에서 "진리의 법이란 존재할 수 없다"는 문장은 진리의 끊임없는 부정성의 정신을 문체나 형식에서 찾아야 한다는 점을 의미한다. 진리는 가변항이며, 사도는 다시 출현할 수 있다. 그때 문학은 화석화된 언어를 파괴하는 방식으로 등장한다.[15] 이것이 두 번째 문학적 진리 공정이다.

> 작품의 짜임새를 결정짓는 것은 문체이며, 문체야말로 "사물을 보는 절대적인 방식"이다. …… 문체의 절대성, 그것은 무엇보다도 인물들의 발명, 플롯의 구성이나 표현법의 일치를 주재했던 모든 위계의 폐기를 의미한다. 예술을 위한 예술이라는 선언 자체도 철저한 동등성의 공식으로 이해했어야 했다. …… 문체의 절대화는 민주주의 원칙인 평등의 문학적 공식으로 변형된 것이었다. 이 절대화는 일상에 대한 행동의 우위라는 전통적 원칙의 파괴와 일상을 반복·재생산하도록 운명 지워진 헐벗은 존재들, 그리고 보통 사람들의 사회적·정치적 지위 상승과 맞물려 있다.[16]

감성의 분할을 불러오는 방법론이 바로 문체이며, 이 문체의 변화는 '사물을 보는 절대적인 방식'의 새로움을 유발한다. 위계적이고 굳어진 식별체계를 파괴함으로써 세계를 전혀 다른 시각으로 보게 하는 것이 감성의 분할이다. 랑시에르의 문학의 정치에 대한 언급은 그 말 그대로 우리가 1960년대 문학의 문체적 특징과 '사건'으로서의 문학을 재조명할 수 있는 적절한 기준을 제시해 주고 있다.

가령 이것은 이청준이 끊임없는 탐구와 반성을 지속하면서 묻고 되묻는 과정으로 진리의 고정 불가능성을 소설화하는 형식과 같다. 그러나 1960년대의 문학이 전후세대와 다른 언어와 인식을 보여준 것과 반대로 이후의 문학이 혁명의 실패와 좌절의 감성을 내면화한 채 '감수성의 혁

---

15 김소진, 『열린 사회와 그 적들』(솔, 1993, 71~73쪽)에는 정치과정에서 배제된 이름 없는 자들이 전면에 등장한다. 거지, 부랑자, 행랑자 등이 그들의 이름이다. 이중 외팔이 강종천의 언어 사용은 대개 이런 식이다. 그들의 언어는 투쟁에 대한 기록에서 언제나 예외적이었다. "니기미 씨펄, 그래 시민, 시민 해쌓는데 느그덜 판이 을매나 오래갈는지 두고보자고." / "조것들 말하는 본새 좀 보고도 그라요? 같이 민주화 투쟁 하며 기껏 고생함 시러도 시상에 밥풀때기가 뭐라요, 열통 터지게. 사람이 입성이 누추하고 행동이 거칠다고 그렇게 깔보는 경우가 제대로 된 경우라요? 아 우리가 뭐 기생충이라? 싸가지 없는 것들 같으니라구. 민주화 투쟁 허기 전에 저런 고상짜들하고 먼저 와장창 한판 붙어야지라."

16 Jacques Ranciere, 앞의 책, 20~21쪽.

명'이라는 그늘 아래로 숨지 않았는지 진지하게 물어야 한다. 또 이 과정에서 배제된 이들의 목소리가 어떤 논리로 은폐되고 있는지를 살피는 것도 필요하다. 혁명 당시 분명히 그 모습을 드러냈던 도시의 부랑자들과 빈민들의 목소리는 이후 학생계층과 지식인들의 혁명으로 회고되면서 그 언어를 상실했다는 점[17]은 문학적으로도 그들의 언어가 반영될 기회가 적었음을 유추하게 한다. 다시 잉여로 전락한 이들의 목소리는 그러나 다시 소환될 것이다. 그 지점을 면밀히 살펴야 한다. 그들이 어떤 언어로 어떤 형식으로 재등장하는지를 봐야 한다. 그것이 가변항으로 존재하는 문학적 진리 공정의 역사를 찾는 과정이 될 것이기 때문이다.

세 번째, 사건의 충실성이 중요하다. 사건은 우연한 공백의 분출로 결정 불가능한 것이 출현하는 과정이라고 했다. 사건이 결정불가능하다면 그것을 결정하는 개입의 과정이 필요하다. 이러한 결정이 없으면 상황 속에서 사건은 실존할 수 없다. 다시 이 상황의 개입은 이후에 사건에 충실한 '실천'들을 발생시킨다. 사도가 된 바울이 진리와 소명에 눈을 뜨게 되었기 때문에 사건인 것이 아니다. 이후의 '충실성'이 중요하다. 끊임없이 결정불가능성에 개입하는 실천이 요청된다. 바로 '사건에 대한 충실성'이다. 주체는 그때서야 제대로 불릴 수 있다.[18] 이것이 세 번째로

---

17 4·19를 대학생과 지식인이 전유하기 이전 고등학생과 도시빈민들의 출현에 주목해야 한다는 점에 관해서는, 권보드래·천정환, 『1960년대를 묻다』, 천년의상상, 2012, 제1부 참조.

김미란, 「'청년 세대'의 4월 혁명과 저항 의례의 문화정치학」, 『냉전과 혁명의 시대 그리고 『사상계』』, 소명출판, 2012, 186~187쪽. 이 논문에서 청년세대가 혁명을 선도했지만 도시 빈민과 무산자, 소상인들의 광범위한 참여가 존재함을 밝히고 있다. 혁명의 서사에서 이들이 배제되는 방식도 더불어 살펴 볼 수 있다.

18 4·19를 사건의 출현과 충실성의 차원에서 바라본 글로, 이광호, 「4·19의 미래와 또 다른 현대성」(『4·19와 모더니티』, 이광호·우찬제 엮음, 문학과지성사, 2010.)이 있다. 이 글은 자율적 주체의 등장, 전통과 단절하는 미래의 시간성, 그리고 개인 주체의 자율성과 문학의 자율성이 상호 조응하는 장면이라는 기준으로 그 충실성을 해석하고 있다. 다만 논문의 제목처럼 그 분석과 내용이 현대성의 측면에서 논의되고 있어서 기존의 근대담론과

중요하다.

충실성의 실천들이 동력을 잃으면 주체와 그 주체의 새로운 언어는 더 이상 감성의 분할을 실행하지 못하고 지배적 질서에 의해 다시 은폐된다. 바디우는 "'문화 - 기술 - 경영 - 성'이란 체계는 진리 공정들을 유형적으로 식별하는 '예술 - 과학 - 정치 - 사랑'이란 체계를 은폐한다"[19]면서 이 세 번째 공정의 중요성을 역설한 바 있다. 벤야민은 영화와 사진의 등장에 주목한 바 있는데, 영화와 사진은 아우라의 상실을 불러오지만 그것들이 최초로 등장하는 아주 짧은 순간 '최초의 언어', '아담의 언어'를 복구한다고 말한다. 하지만 이것이 상업화되고 파시스트들에 의해 정치 선전의 수단으로 전락하면서 예술이 정치의 노예가 되었다고 비판한다.[20] 정치가 예술을 은폐한 것이다. 때문에 마찬가지 논리로 문학에서 새로운 언어와 주체의 출현이 그 동력을 잃고 하나의 굳어진 형식으로 수렴되는 순간을 면밀히 봐야한다. 한 작가를 대표하는 어떤 형식이나, 한 시대를 규정하는 어떤 이론은 더 이상 감성의 분할을 일으키지 못하기 때문이다. 그리고 그 굳어지는 지점을 잘 봐야 하는 또 하나의 이유는 바로 그것이 새로운 주체의 출현을 예고하기 때문이다.

잉여적 주체의 우연적 출현, 가변적 진리의 표현자로서 문체와 언어의 정치성, 그리고 이후의 사건에 대한 충실성이라는 세 가지 항목을 문학적 진리의 공정으로 제안한다. 이 공정은 문학 그 자체의 '탈정체화'를 야기할 것이다. 도대체 문학이란 무엇이고, 무엇이어야 하는 것인가라는

의 차별성이 아쉬움으로 남는다.

19 Alain Badiou, 앞의 책, 28~29쪽.

20 벤야민은 이를 "파시즘이 행하는 정치의 심미화의 상황이다. 공산주의는 예술의 정치화로써 파시즘에 맞서고 있다"고 하면서 '정치의 예술화'와 '예술의 정치화'를 구분한다. Walter Benjamin, 「기술복제시대의 예술작품」, 『벤야민 선집』 2, 최성만 옮김, 길, 2007, 96쪽.

질문 형성이 가능한 순간이다.

3. 호명되지 않는 주체와 서사구조의 반복과 지연: 최인훈의 경우

먼저 최인훈과 김치수의 대담에 주목할 필요가 있다.

「가면고」는 지금 말씀드린 것과 같은 전통적인 동아시아 지식인의, 한두 해가 아니라 이삼천 년에 이르는 지적인 타성 속에 젖어 있던, 심미적 이상에 대한 고뇌가 담긴 것이었습니다. 서구 근대 의식의 모양새라고 할 수 있는 역사적 · 시간적인 흐름 속에서 실존의 욕망이 변신해야 되겠다고 하는 발상은 그때까진 없었다고 보는데, 그러한 문제의식이 『광장』을 내 손으로 빚게 만든 요인이 되지 않았나 하는 것이지요. 바로 4·19의 충격으로 인해, 한 인간의 머릿속에 존재했던 전통적이고 문명사적인 습관이 지각변동을 일으켜서 깨지고 스스로 나온 것이 『광장』이라는 겁니다. 나 자신은 내가 무엇을 어느 정도 했는지 자기 작품에 대한 감지가 채 닿지 않을 찰나에, 이후 직업화된 내 태도와 비교할 적에 어마지두에 쓴 것입니다.[21]

최인훈은 4·19가 문체의 지각변동을 일으킨 하나의 사건이었음을 고백하고 있다. 4·19 직후에 쓰인 『광장』은 그 전에 발표된 「가면고」에서 추구했던 심미적 이상에서 벗어나 실존적 욕망의 변신을 추구했던 작품이었다는 것인데, 여기서 주목할 점은 4·19라는 사건이 자신의 문학에

---

21 최인훈 · 김치수 대담, 「4·19정신의 정원을 함께 걷다」, 『4·19와 모더니티』, 이광호 · 우찬제 엮음, 문학과지성사, 2010, 21쪽.

우연적이고 전면적으로 영향을 미쳤다는 점이다. 더구나 최인훈은 대담에서 4·19를 일종의 "정신사적 도장"으로 비유하면서 "내 생애에 인간 형성, 교양 형성에 이 대단한 세례를 받지 않았더라면" 자기 동일성의 한계에서 벗어나지 못했을 것이라고 말한다.[22] 그에게 4·19라는 역사적 사건과 『광장』은 정치적이면서 문학적 사건이었던 셈이다. 4·19라는 사건이 가지고 있는 정신사적 충격, 그 충격이 최인훈으로 하여금 의도치 않은 작품을 쓰게 만들었다는 것이고, 4·19의 문학사적 사건으로서의 의미는 여기에서 발견된다. 이전 자신의 문학적 추구의 흐름과 다른 길꺾기가 이루어졌다는 것이다.

이명준이라는 호명되지 않았던 주제의 출현은 그래서 가능했다.

> 이명준은 누구인가? 1973년 판의 서문에서 작가는 이명준을 "'이데올로기'와 '사랑'이라는 심해의 숨은 바위에 걸려 다시는 떠오르지 않는" 잠수부로 명명한다. 잠수부는 숨은 바위에 대한 가르침도 없이 위험한 깊이로 내려가는 사람이다. 이명준은 자신의 규범성을 자기 자신으로부터 스스로 창조해야 했던 현대적 인간이었다.[23]

이명준은 '광장'과 '밀실'이라는 이분법적 이름들로는 명명할 수 없는 진실을 찾아 끊임없이 탐색한다. 그 사이에서 부재할 수밖에 없는 진실을 찾는 사유의 모험을 그는 포기하지 않는다. 모험은 바다로 자신의 몸을 던짐으로써 끝나지만, 그것이 일상적 의미의 죽음이 아니라 미래로의 열린 가능성을 시사한다는 점[24]에서 이명준의 혼돈은 창조적 혼돈이라고

---

22 최인훈, 김치수 대담, 앞의 글, 31쪽.

23 이광호, 앞의 글, 49쪽.

24 최인훈은 대담에서 이명준의 죽음을 두고, '환상의 이름', '환상의 생명'을 주어야 겠다는 의도였다는 설명을 하면서 그것이 차라리 "중립국에 도착해서 여생을 망명한 고결한

말할 수 있다. "자신의 규범성을 자기 자신으로부터 스스로 창조해야 했던 현대적 인간"이라는 말은 끊임없이 새롭게 호명되는 주체로서의 자리매김이며 동시에 당대를 살아내야 하는 지식인으로서의 진리추구 자세라는 점에서 이해되어야 한다. 그래야 그 사유의 끝에서 이명준은 화석화된 언어의 틀을 허물고 창조적 혼돈에 진입할 수 있게 된다. 이명준은 마침내 스스로를 외재화 시킨다.[25] 문학적 진리 공정의 첫 번째에 해당한다. 그리고 이어지는 문장은 두 번째 공정을 이야기하기 위함이다.

> 그는 지금, 부채의 사북자리에 서 있다. 삶의 광장은 좁아지다 못해 끝내 그의 두 발바닥이 차지하는 넓이가 되고 말았다. 자 이제는 모르는 나라, 아무도 자기를 알 리 없는 나라로 가서, 전혀 새사람이 되기 위해 이 배를 탔다. 사람은, 모르는 사람들 사이에서는, 자기 성격까지도 마음대로 골라잡을 수도 있다고 믿는다. 성격을 골라잡다니! 모든 일이 잘 될 터이었다. 다만 한 가지만 없었다면. 그는 두 마리 새들을 방금까지 알아보지 못한 것이었다.[26]

> 자기가 무엇에 홀려 있음을 깨닫는다. 그 넉넉한 뱃길에 여태껏 알아보지 못하고, 숨바꼭질을 하고, 피하려 하고 총으로 쏘려고까지 한 일을 생각하면, 무엇에 씌웠던 게 틀림없다. 큰일날 뻔했다. 큰 새 작은 새는 좋아서 미칠 듯이, 물 속에 가라앉을 듯, 탁 스치고 지나가는가 하면, 되돌아오면서, 그렇다고 한다. 무덤을 이기고 온, 못 잊을 고운 각시들이, 손짓해 부른다. 내 딸아. 비로소 마음이 놓인다. 옛날, 어느 벌판에서 겪은 신내림이, 문득

정치 운동가로 있는 것보다" 더 만족스러운 미래로의 결말이라고 밝히고 있다. 앞의 글, 38쪽 참조.

25 이광호, 앞의 글, 51쪽 참조.

26 최인훈, 「광장」, 『광장/구운몽』, 문학과지성사, 1976, 187쪽.

떠오른다. 그러자, 언젠가 전에, 이렇게 이 배를 타고 가다가, 그 벌판을 지금처럼 떠올린 일이, 그리고 딸을 부르던 일이, 이렇게 마음이 놓이던 일이 떠올랐다. 거울 속에 비친 남자는 활짝 웃고 있다.[27]

"부채의 사북자리"로 표현되는 공간은 대립적인 이데올로기의 공간에서 스스로 벗어난 주체의 자리다. 밀실과 광장이라는 추상 용어의 대립에서 스스로 빠져나와 차지한 자리다. "성격을 골라잡"는다는 생소한 어휘들의 결합은 사상에 대한 정서의 우위로 읽힌다. 형이상학적이며 관념적인 문장의 내용은 쉼표의 계속으로 이루어지는 문장과 어울려 진리를 추구하고 고뇌하는 인물의 내면을 그대로 담아내고 있다. 이 지점은 현실과 대립되는 공간이며 그 자신을 이른바 '비식별역'(랑시에르)으로 끌고 가는 장면으로 읽힌다. 방금까지 알아보지 못했던 새들의 존재가 우연히 감각의 인식 장 안으로 들어오면서, 새들의 존재는 주체를 밀실과 광장으로 표현되는 조국도 자신을 아는 사람이 아무도 없는 타국도 아닌 공간으로 안내한다.

이때의 언어들은 상당히 파편화되어 있는데, 주인공은 이데올로기의 갈등 상태에서는 보지 못했던 안정감을 보이면서 새로운 의미의 광장을 발견한 듯하다. 이 소설은 익히 중립국을 선택함으로써 기존의 인식으로는 포착되지 못했던 식별체계를 보여준다는 점에서 그 자체로 사건일 수 있다. 충분히 그렇다. 그리고 죽음 직전 서술된 문장이 흩어진 기억의 편린들처럼 파편화된 것 또한 다른 세계로 들어선 주체의 언어 형식으로 읽을 수도 있다.

최인훈의 『광장』은 이명준이라는 잉여적 존재의 출현에 공간을 제공했다. 그리고 이명준은 작가의 호명에 죽음으로 답하면서 끊임없는 진리

27 최인훈, 「광장」, 앞의 책, 188쪽.

의 추구라는 충실한 답변을 그만의 언어양식으로 제공한 것인데, 이어지는 대담에서 최인훈의 아래와 같은 말[28]은 '사건의 충실성'이 다양한 진리의 출현을 담보한다는 것을 그의 작가의식에서도 확인할 수 있게 해준다. 진리는 하나일 수 없으며, 보편화될 수 없다는 이 언사는 문학적 진리 공정의 가능성을 열어준다는 점에서도 반갑다. 이를 진리의 보편적 개별성이라는 바디우의 용어로 이해할 수 있다면, 그리고 이것이 사건과 그에 따른 충실성의 결과라고 한다면, 대담이 아닌 문학적 미학화의 과정에서 확인할 수 있어야 할 것이다. 이를 위해 4·19 직후와 5·16 이후에 발표된 두 편의 소설을 비교하면서 그 의미를 확인하고자 한다. 문학적 진리 공정의 세 번째, 즉 충실성의 방법을 작품의 구조에서 찾기 위해서다.

최인훈의 「가면고」과 「구운몽」은 현실과 환상의 교차, 반복되는 서사구조, 액자 안과 밖 인물들의 유사성, 사랑의 확인 등 많은 유사성을 가지고 있다. 「가면고」의 경우 진정한 자아와 사랑을 찾고자 하는 주인공 민의 현실적인 이야기와 심령학회에 찾아가 최면을 통해 경험하는 인도 왕자 다문고로서의 이야기, 그리고 민이 각본을 쓴 무용극 「신데렐라 공주」의 세 이야기가 서로 중첩되면서 구성되어 있다. 현실과 환상의 반복되는 중첩 구조 속에서 주인공 민은 '민 - 다문고 왕자 - 마술에 걸린 왕자'로서, 프리마 발레리나 정임은 '정임 - 공주 마가녀 - 신데렐라'라는 동일성을 형성하면서 자아완성과 '인간은 사랑을 통해 구원받는다'는 주제

---

28 최인훈 · 김치수 대담, 앞의 글, 26쪽. "예술, 그중 문학인 경우에도 어떤 기간에는 1당 1파의 패권 같은 것이 가능한 것처럼, 그렇게 하는 것이 무슨 보편적인 타당성이 있는 것처럼 생각하기 쉬운데, 진리가 하나밖에 더 있겠냐 하는 건데, 제 생각에는 진리라는 것은 하나만 있는 것이 아니라 여럿이 있다는 감각의 시작도, 과장해서 말하자면 4·19에서 비로소 그렇게 말해도 좋을 만큼 큰 자국이 나게 우리 생각의, 관습의 씨앗이라 해도 좋고, 궤도라고 해도 좋고, 그것들의 시작일 것입니다."

를 연주하고 있다. 「구운몽」은 주인공 독고민이 '숙'이라는 여자를 찾게 되는 과정으로 드러나는 현실세계의 서사, 정부군과 혁명군의 방송이 지배하고 시인들과 댄서들과 에레나라는 숙과 닮은 여자에게 쫓기다 결국 광장에서 사살되었다가 극적으로 살아나 바티칸으로 망명하는 제2의 독고민의 환상세계의 서사, 동사한 독고민을 발견하는 김용길 박사(제3의 독고민)와 독고민의 시체를 보고서 4·19 당시 죽은 자신의 아들을 떠올리는 간호사가 등장하는 또 다른 현실세계, 그리고 이 모든 이야기들이 사실은 〈조선원인고〉라는 다큐멘터리 영화로 변환되면서 아주 오래된 과거로서의 서울과 당대의 삶을 조명하는 몇 천 년 후의 세계라는 최소 네 가지의 중첩되는 고리로 구성되어 있다.

그러나 이러한 유사점들에도 불구하고, 아니 유사성이 있기 때문에 이 두 소설에서 보이는 차이가 더 중요해 보인다. 「가면고」는 최인훈 소설의 특징이라 할 수 있는 사랑[29]을 통해 자아의 구원을 얻고 있다. 이것은 '자신의 완벽한 초상'을 찾으려는 동양적 구도의 과정을 보여주고 있는데, 여기서 중요한 차이는 바로 사랑과 자아의 '완성'에 있다. 결국 민은 "사랑을 통해 아집과 오만을 떨쳐버리고 자아를 완성할 수 있게 된 것이며 '현대처럼 추울 때' 그 사랑을 갖는다는 것은 가장 중요한 일이라고 생각"[30]하는 결론에 이르게 된다. 독고민의 최면 속 전생에서 완전한 자아상에 도달하기 위해 마술사 부다가와 함께 자신의 얼굴에 덧붙일 사람을 찾던 중 그들은 왕녀 마가녀를 죽이게 된다. 하지만 다문고는 "내 탈을 벗지 못해도 좋다. 영원히 깨닫지 못한 채 저주스러운 탈을 쓰고 살아

---

29 '사랑'에 대해서는, 최현희, 「최인훈 소설에 나타난 '사랑'의 의미 연구」, 서울대 석사논문, 2003. 최인훈의 '사랑'의 의미와 '진리'와의 연관성은 독자적 주제로 연구할 필요가 있어 보인다. 여기서는 본고의 능력을 넘어서는 일이다.

30 김병익, 「사랑, 혹은 현대의 구원 - 「가면고」에 대하여」, 『크리스마스 캐럴 / 가면고』(최인훈전집6), 문학과지성사, 1993, 273쪽.

도 좋다. 만일 이 끔찍한 일을 하지만 않았다면, 이 죄만 없어진다면……"[31]이라는 절규로 그 일을 후회한다. 그러자 마술사 부다가의 모습이 브라마의 신의 모습으로 바뀌면서, "왕자 다문고, 너의 한마디가 너의 업을 치웠다. 탈은 벗겨졌다."[32]면서 비틀리고 오그라진 자신의 업의 탈로부터 벗어나는 장면으로 전생은 마무리된다. 이 자아 찾기의 과정 — 헛된 탈을 벗고 간절한 사랑을 찾으려는 춤사위 같은 — 은 최인훈 소설에서 반복되는 서사구성의 핵임과 동시에 하나의 분명한 결말을 가지고 있다. 독고민의 전생을 심령학회는 "본 케이스는 청년기의 보상 의식의 나타남으로써, 싸움에 다녀온 젊은이들이 그 동안의 공백 기간을 무엇인가 값있는 어떤 것을 빨리 얻음으로써 메워보려는 정신 현상의 하나"로 보고하고 있기 때문이다. 이로써 이 소설의 세 가지 서사의 중첩구조는 하나의 정신으로 마무리되며, 이때 민은 분명 진정한 사랑의 결론에 이르고 있다고 볼 수 있다.

차이는 여기서 발생한다. 「구운몽」의 독고민은 사랑의 확인이라는 공통적 귀결이 있지만 끊임없이 그 차이가 반복되면서 결국 진리를 지연시키고 있기 때문이다. 현실세계에서 독고민이 찾으려는 숙이라는 여자는 마치 '대상a(라캉)'와 같다. 하지만 절대로 도달할 수 없는 욕망의 대상처럼 그녀는 찾을 수 없는 공간으로 끊임없이 이행하고 미끄러진다. 그리고 사실 편지를 보낸 사람이 숙인지도 불분명하다. 독고민의 찾음의 과정은 역설적으로 끊임없이 '쫓기고 달리는' 연속이다. 숙과의 만남에 실패한 후 카페에서 만난 시인들은 그를 선생님이라 부르면서 혼란스러운 상황에 대한 해결책을 묻고 있다. 이때부터 독고민은 환상적 공간으로 이행하고 끊임없이 이동한다. 시인들에게 쫓기고, 늙은 은행원으로 보이

---

31 최인훈, 「가면고」, 앞의 책, 262쪽.
32 최인훈, 「가면고」, 앞의 책, 264쪽.

는 사람들로부터 쫓기고, 댄서들에게 쫓기고, 어느 감방 구역에서는 '풍문인'이라는 죄명으로 투옥되었다가 갑자기 공간이 술집으로 바뀌더니 다시 여급인 에레나에게 쫓긴다. 골목을 빠져나온 독고민은 결국 광장 분수대에서 총살을 당한다. 4·19와 5·16이라는 정치적 사건과의 강한 알레고리를 띠는 이 장면[33]까지 독고민은 자신이 왜 쫓기는 것인지, 숙이라는 여자는 어디에 있는지, 자신이 무슨 말을 해야하는지 알 수 없는 상태에 있다. 의미는 지연되고 진리는 드러나지 않는다. 사건은 넘치는데 실체는 알 수 없다. 그 순간 독고민은 광장에서 교외의 어느 별장으로 옮겨지고 그곳에서 자신이 교황사절 독고민 대주교라는 사실과 혁명군이었다는 사실을 알게된 후 바티칸으로 망명하게 된다. 서사의 구조는 여기서 끝나지 않는다. 이미 앞서 말한 바처럼 또 다른 현실세계에서 독고민은 동사한 채로 발견되고 이때 초첨인물은 김용길 박사로 이행한다. 그제야 그 모든 과정들이 독고민의 꿈이었다는 서사적 진실에 도달하려는 순간 다시 소설은 아주 오랜 시간이 흐른 미래 세계의 어느 시사회장으로 이동해, 지금까지의 모든 이야기들이 '조선원인고(朝鮮原人考)'라는 필름 속 이야기라는 것이다. 1960년대를 '상고시대 어느 왕조의 서울'로 지칭하는 아주 먼 시대로 이행한 것이다.

「구운몽」의 플롯은 서사의 반복으로서의 특질을 독자에게 여실히 의식시킨다. 완결된 것으로 보였던 서사는 그 서사의 바깥에 위치하는 서술자를 통해서 그 의미가 새로이 해독되어야 할 것으로 재발견된다. (……) 독자는 텍스트의 견고한 틀 밖으로 나왔다고 생각했던 것이 결국 텍스트 안에서

33 메타담론의 형태로 세 번씩 등장하는 정부군의 방송과 혁명군의 방송은 이 소설이 4·19 혁명의 짧은 성공과 5·16에 따른 좌절 상황을 형상화한 것이며 이에 따른 한 지식인의 혼란의 정체성을 보여주기도 한다.

이뤄지고 있는 것이라는 점을 깨달았으므로, 실제 작품 「구운몽」의 종결과 함께 텍스트로부터 벗어났다 하더라도 그것이 결국 다시 텍스트 내부의 사건으로 화할 수도 있다는 점을 인지할 수 있기 때문이다. (……) 이러한 효과는 독자로 하여금 계속해서 사후적으로 앞의 이여기를 재해석하도록 요구하면서, 텍스트의 경계를 끝없이 확장시킴으로써 독자가 텍스트에 대해서 객관적인 거리를 취한 채로 일관된 해석을 내리지 못하도록 하는 결과를 낳는다.[34]

서사구조의 반복과 차이는 지속적인 지연의 과정으로 읽히면서 진리에의 도달 불가능성의 영역 또는 비식별역의 영역으로 끌고 간다. 하나의 결말이나 하나의 진리로 귀결하지 않는 서사의 구조와 문체의 특징에서 진리의 보편적 개별성을 확인할 수 있는 부분이다. 그리고 이런 면이 「가면고」와 구별되는 「구운몽」의 특징이자 '문학적 진리 공정'의 가능성을 조심스럽게 확인할 수 있는 장면이다. 독고민이 관 속 같은 추운 겨울의 현실세계에서 환상세계의 공간으로 이행함으로써 그는 사건의 연속에 놓이게 된다. 그 사건들 속 인물들의 행동과 쫓기고 도망가는 독고민의 행위는 정치적 사건들이 어떻게 문학적 미학화되는지에 대한 최인훈식 방법을 보여주며, 이때의 독특한 서사구조와 문체의 짜임은 예술의 진리 공정의 한 면을 보여준다. 그리고 텍스트의 안과 밖이 종결되거나 해석 완료되지 않으면서 끊임없이 사랑의 재확인을 하는 장면들은 그 자체로 사건에의 충실성을 텍스트의 구조로 보여주는 것이라고 할 수 있다.

이렇듯 4·19라는 사건의 씨앗은 진리의 다양성과 보편적 개별성의 가능성을 시사하고 있는데, 「구운몽」의 '고고학'에 대한 아래의 부분은 최

34 최현희, 「반복의 자동성을 넘어서 - 최인훈의 「구운몽」과 정신분석학적 문학비평의 모색」, 『한국문학이론과비평』 제34집, 한국문학이론과비평학회, 2007. 3, 437~439쪽 참조.

인훈의 소설이 어떻게 구성되고 왜 쓰여지는지, 무엇을 위한 충실성이어야 하는지를 짐작하게 한다.

> 죽음을 다루는 작업. 목숨의 궤적을 더듬는 작업. 그것이 고고학입니다. …… 고고학자란 목숨이 아니라 죽음을, 창조가 아니라 발굴, 예언이 아니라 독해를 업으로 하는 사람입니다. 콜럼버스는 아메리카를 발명한 것이 아니라 발견했던 것입니다. 쉽게 말해서 고고학자는 신이 아니라 인간이라는 말이지요. …… 역사란, 신이, 시간과 공간에 접하여 일으킨 열상(裂傷)의 무한한 연속입니다. 상처가 아물면서 결절한 자리를 시대 혹은 지층이라고 부릅니다. 이 속에 신의 사생아들이 묻혀 있습니다. 신은 배게 할 뿐, 아이들의 양육을 한 번도 맡는 일 없이 늘 내깔렸습니다. 우리가 하는 일은, 이 지층 깊이 묻힌 신의 사생아들의 굳은 돌을 파내는 일입니다.[35]

'조선원인고'는 여기에서 고고학의 대상이 된다. 독고민과 그의 환상과 그의 시대와 그 시대의 사랑이 하나의 지층으로서 묻혀있다. 신이 일으킨 '열상의 무한한 연속'은 하나의 사건이다. 그러나 이는 그대로 발견되는 것이 아니다. 고고학의 대상이라는 것은 그 의미가 끊임없이 재생성되는 것이라는 의미이다. 굳이 푸코를 언급하지 않더라도 최인훈이 여기서 고고학적 작업의 대상으로 1960년대의 서울을 미래의 시간 속에 위치시킴으로써, 1960년대의 사건은 과거에 잠겨있는 것이 아니라 미래로의 지속적인 열림을 향하게 된다. 진리는 끊임없이 산출된 것이며, 충실성은 말 그대로 충실한 고고학적 작업 속에서 담보될 것이다.

35 최인훈, 「구운몽」, 『광장/구운몽』(전집1), 문학과지성사, 1976, 306~307쪽.

4. 나오며 : '문학의 정치'의 가능성

문학이 그 자체로 정치행위를 수행할 때 '문학의 정치'는 가능하다. 바디우는 진리의 공정을 제시함으로써 그 가능성을 확인할 수 있는 척도를 마련해 주었다. 진리는 '사건'에 의해 촉발된다. '사건'은 상황에 이미 내재되어 있기 때문에 진리의 출현은 당위적으로 잉여적 존재, 셈해지지 않고 이름 없는 자들을 소환하게 된다. 그리고 이들의 출현은 그들이 이전의 지배언어와 지배질서 속에서 지녔던 위계와 정체성으로부터 벗어나면서 이름을 지니게 된다. 랑시에르는 이를 '탈계급화' 또는 '탈정체화'라고 했다. 이들의 언어는 새로운 '감성의 분할'을 불러와 새로운 식별체계를 만든다. 그러나 이 식별체계는 공식화되어서는 안 된다. 진리는 가변항이기 때문이다. 벤야민의 말처럼 혁명은 새로운 형식이 탄생하는 한 순간 '최초의 언어'를 복구하므로 진리의 결정불가능성 자체를 실천의 동력으로 삼아야 한다. '사건의 충실성'이 바로 그것이다.

본고는 이를 문학적 진리 공정으로 번역하고, 이것을 '사건'으로서의 문학을 탐색하는 방법론으로 제안하는 것이다. 첫 번째, 우연적 사건으로 인한 '잉여'적 존재의 출현이 주체를 '탈정체화'시키는 순간을 목도해야 한다. 두 번째, 셈해지지 않았던 존재들인 이 주체들이 어떤 언어로 진리를 선언하고 있으며 문학은 어떤 형식과 문체로 이들을 담아내고 있는가를 봐야한다. 세 번째, 바디우가 '사건의 충실성'을 강조했듯이 문학적 진리 공정의 마지막은 지배적 언어로 은폐되기를 거부하면서 끊임없이 결정불가능성에 개입하는 실천을 요구해야 한다. 그럼 이 문학적 진리 공정의 끝자리에, '도대체 문학이란 무엇인가?'라는 아주 오래된 질문이 새로운 의미로 다시 요청될 것이다. 바로 문학 그 자체의 '탈정체화'이다.

제기한 문학적 진리 공정을 기준으로 볼 때 1960년대 문학은 부르주아적 근대성과 이에 대타적인 미적 근대성이라는 두 개의 자리로부터 동시에 결락되는 순간 우연히 탄생한 '잉여'적 주체의 출현을 보여준다. 물론 그 주체들이 작품의 전면에 등장하기보다는 마치 '사건'이 본래 그러한 것처럼 의도하지 않았던 순간 드러나지만 말이다. 그리고 당대의 많은 비평가들이 증언하듯 최인훈 소설의 문체는 어떤 식으로든 4·19가 촉발한 감성의 분할을 보여주고 있다. 최인훈은 문학적 진리가 하나일 수 없다는 작가의식을 작품의 서사구조의 반복와 차이를 통해 구현함으로써 사건의 충실성을 지연시키고 있다. 진리의 가변성과 충실성이 동시에 확보되는 형식을 마련한 셈이다.

본론에서 하나의 사례로 보고한 1990년대의 문학처럼 지금 당대의 문학은 '잉여'적 존재들의 출현이 무수하다. 이 말은 곧 1990년대 이후의 문학은 '문학의 정치'를 그 스스로 인식하고 있는 셈이며, 이것은 다시 새로운 감성의 식별체계의 출현을 예고하고 있다는 말로도 풀이된다. '문학의 정치'를 말할 수 있는 길은 아직 무수한 가능성으로 남아 있는 셈이다.

참고문헌

1. 기본자료

최인훈, 『광장 / 구운몽』(전집1), 문학과지성사, 1976.

______, 『크리스마스 캐럴 / 가면고』(전집6), 문학과지성사, 1993.

2. 단행본

권보드래 · 천정환, 『1960년을 묻다』, 천년의상상, 2012.

김소진, 『열린 사회와 그 적들』, 솔, 1993.

김형중, 『살아 있는 시체들의 밤』, 문학과지성사, 2013.

사상계 연구팀, 『냉전과 혁명의 시대 그리고 『사상계』』, 소명출판, 2012.

서영채, 『문학의 윤리』, 문학동네, 2005.

이광호 · 우찬제 엮음, 『4·19와 모더니티』, 문학과지성사, 2010.

Alain Badiou, 『윤리학』, 이종영 옮김, 동문선, 2001.

______, 『사도 바울』, 현성환 옮김, 새물결, 2008.

Giorgio Agamben, 『호모 사케르』, 박진우 옮김, 새물결, 2008.

Jacques Ranciere, 『정치적인 것의 가장자리에서』, 양창렬 옮김, 길, 2013(개정판).

______, 『감성의 분할』, 오윤성 옮김, 도서출판 b, 2008.

______, 『문학의 정치』, 유재홍 옮김, 인간사랑, 2007.

Zygmunt Bauman, 『쓰레기가 되는 삶들 - 모더니티와 그 추방자들』, 정일준 옮김, 새물결, 2008.

Walter Benjamin, 『기술복제시대의 예술작품/사진의 작은 역사 외』(선집2), 최성만 옮김, 길, 2007.

3. 논문

김덕기, 「최근 철학계의 성 바울의 보편성 논의와 그 비판적 평가」, 『해석학연구』 제23집, 한국해석학회, 2009.

김미정, 「'버려야만 적합한 것이 되는 것'의 윤리」, 『문학동네』, 2008년 가을.

김용규, 「주체와 윤리적 지평」, 『새한 영어영문학』 제51권 3호, 새한영어영문학회, 2009.
김윤식 외, 「4·19 특집」, 『사상계』(통권204), 1970.4.
김윤식, 「4·19와 한국문학 - 무엇이 말해지지 않았는가?」, 『사상계』(통권204), 1970.4.
김형중, 「문학, 사건, 혁명 : 4·19와 한국문학 - 백낙청과 김현의 초기 비평을 중심으로」, 『국제어문』 제49집, 2010.8.
김홍중, 「스노비즘과 윤리」, 『사회비평』 제39호, 나남, 2008.
서동욱, 「사도 바울, 메시아, 외국인」, 『세계의 문학』, 2008년 가을.
서용순, 「바디우 철학에서의 존재, 진리, 주체 : 『존재와 사건』을 중심으로」, 『철학논집』 제27집, 2011.11.
오형엽, 「바울 담론의 문학비평적 가능성 - 바디우와 아감벤을 중심으로」, 『비평문학』 제39호, 한국비평문학회, 2011.
이장욱, 「시, 정치 그리고 성애학」, 『창작과비평』, 2009년 봄.
장왕식, 「유물론적 신학의 현대적 판본」, 『신학과 세계』 제65호, 감리교신학대, 2009.
최현희, 「반복의 자동성을 넘어서 - 최인훈의 「구운몽」과 정신분석학적 문학비평의 모색」, 『한국문학이론과비평』 제34집, 한국문학이론과비평학회, 2007.3.
_____, 「최인훈 소설에 나타난 '사랑'의 의미 연구」, 서울대 석사논문, 2003.
황정아, 「묻혀버린 질문 - '윤리'에 관한 비평과 외국이론 수용의 문제」, 『창작과비평』, 2009년 여름.
_____, 「보편주의와 공동체」, 『안과 밖』 제21호, 영미문학연구회, 2006.

『광장』 개작의 의의
-폭력에 대한 인식의 변화

최윤경

1. 서언

최인훈의 『광장』은 작가가 밝힌 대로 "民衆이 自由를 사는 것을 허락하지 않았던 舊政權下를 벗어나 빛나는 四月 새 共和國에 사는 작가의 보람"[1] 속에 나온 결실이다. 이렇듯 '4월 혁명'[2]을 기다려 나온 『광장』은 지금까지 열 번에 걸쳐 개작된다.[3] 최인훈은 현재로서 마지막 판본인 '문지사7'

1 최인훈, 『광장』, 정향사, 1961, 2쪽.

2 학술담론에서는 4·19라는 용어가 주로 사용되고 있다. 그러한 4·19는 '4월 혁명'(문교부, 1960.7.28.)에서 '4·19의거'(1972.12.27.)로 실추된다. 그리고 현재 3·1운동과 더불어 '불의에 항거한 4·19민주이념'(현행헌법, 1987.10.29.)으로 명시되어 있다. 본고에서는 당대성과 현재성이 강조되는 맥락에 따라 '4월 혁명'과 '4·19'라는 두 가지의 용어를 사용한다.

3 1. 「광장」, 『새벽』, 1960.11.
2. 『광장』, 정향사, 1961.2.
3. 『광장』, 신구문화사, 1968.1.
4. 『광장』, 민음사, 1973.7.
5. 『광장/구운몽』, 문학과지성사, 초판, 1976.8.
6. 『광장/구운몽』, 문학과지성사, 재판, 1989.4.
7. 『광장/구운몽』, 문학과지성사, 3판, 1994.8.
8. 『광장/구운몽』, 문학과지성사, 4판, 1996.11.
9. 『광장/구운몽』, 문학과지성사, 5판, 2001.4.
10. 『광장/구운몽』, 문학과지성사, 6판, 2008.11.
11. 『광장/구운몽』, 문학과지성사, 7판, 2010.5.

판에 대해 "주인공이 그 당시 마음과 바깥세상의 관계가 좀 더 자연스럽게 맞물리게 하자면 어떻게 묘사하는 것이 더 적절하게 독자에게 다가설까 하는 생각을 따라가본 끝에 나온 교정"[4]이라고 밝혔다. 이러한 언급은 작가가 『광장』을 시대감각에 맞추어 개작해 왔음을 알 수 있게 한다.

한국문학사에서 1960년대는 "자유와 합리성의 정신이 지식인 사회에 정착하면서 근대의 비판적 지성에 의한 문학적 주체가 탄생"[5]한 시기다. 『광장』은 1960년대 한국문학의 자장 속에 속한 작가 최인훈의, 바로 전 시대인 1950년대에 대한 시대의식의 산물로 평가된다. 최인훈은 『광장』으로 인해 "뿌리 뽑힌 인간이라는 주제"를 "보편적인 인간 조건으로 확대시킨 전후 최대의 작가"[6]로 알려진다. 그런데 비교적 최근에 발표된 연구 논문들에서 『광장』에 대한 논자들의 상이한 해석들이 눈에 띈다. 정영훈과 차미령, 그리고 권보드래의 논의가 대표적이다. 이들 논의는 주인공 이명준이 중립국행 타고르호에서 '행방불명'[7]되는 『광장』의 마지막 국면에 관련된다. 우선 정영훈은 『광장』의 서사를 과거의 일을 상기

앞으로 『광장』의 열 가지 판본을 줄여서 표기한다. 예를 들면, 『새벽』판은 '새벽'판으로, '정향사'판은 '정향사'판으로, '신구문화사'판은 '신문사'판으로, '민음사'판은 '민음사'판으로, 문학과지성사 초판 텍스트는 '문지사1'판으로, 재판 텍스트는 '문지사2'판으로, 제3판 텍스트는 '문지사3'판으로, 제4판 텍스트는 '문지사4'판으로, 제5판 텍스트는 '문지사5'판으로, 제6판 텍스트는 '문지사6'판으로, 제7판 텍스트는 '문지사7'판으로 표기한다.

4 최인훈, 「독자에게」, 『광장/구운몽』, 문학과지성사, 2010, 7쪽. 이보다 먼저 '문지사2'판 개작에 대해 작가는 "개작 전보다 좀 더 시대의 마모에 견딜 수 있으리라고 믿는다."고 했다.(이창동, 「최근의 생각들」, 『작가세계』, 세계사, 1990년 봄, 57쪽.)

5 임환모, 「1960년대 한국문학의 분기 현상」, 『현대문학이론연구』 제58집, 현대문학이론학회, 2014, 391쪽.

6 김현 · 김윤식, 『한국문학사』, 민음사, 1974, 250~1쪽 참조.

7 타고르호의 선원이 선장에게 보고하는 "석방자가 한 사람 행방불명됐습(읍)니다"하는 문장이 '정향사'판(214)에서부터 '문지사2'판(169)에서 표기법의 반영으로 '-읍-'이 '-습-'으로 바뀌었을 뿐 '문지사7'판(209)에 이르기까지 문장이 그대로 유지된다. 많은 논자들이 '행방불명'을 '죽음'으로 기술하고 있다. 텍스트에 명시된 '행방불명'이라는 표지를 어떤 논의 과정 없이 '죽음'으로 대체하는 문제는 재고가 필요해 보인다.

시키는 두 마리의 갈매기와 과거를 지워버리고자 하는 이명준의 욕망의 대립에서 시작해서 이명준의 욕망의 좌절로 마무리되는 것으로 파악한다.[8] 차미령은 『광장』의 마지막 국면을 이명준에게 부과되었던 현실적 폭력이 무화되는 지점으로 파악하며 이명준이 외부에 강제당하지 않고 스스로 그 지점에 이르렀다[9]는 사실을 강조한다. 다만 그러한 국면이 환각적으로 장면화되고 있음을 문제적으로 본다. 이에 대해 권보드래는 바다에 뛰어든 이명준의 마지막 행보를 패배자의 그것이 아니라 중립국에 대한 삶의 공상이 넘치도록 휘돌고[10] 있는 것으로 보면서 긍정한다.

"소설은 세상과 삶에 관한 이야기이고 그래서 그것을 보는 시각은 세상과 삶을 보는 시각"[11]이라고 할 때, 앞서 제시한 『광장』에 대한 논자들의 상이한 해석은 얼마든지 가능한 일이다. 그런데 문제는 논자들이 해석의 전거로 들고 있는 텍스트가 다르다는 사실이다. 먼저 정영훈은 '최인훈이 초기에 가졌던 여러 문제의식이 뒤로 갈수록 약화된다.'[12]고 보는 데서 '정향사'판을 텍스트로 밝힌다. 권보드래 역시 '정향사'판을 텍스트로 삼고 있는데 이는 우리시대의 '망탈리테'를 '1960대'와 연결 짓고자 하는 논자의 문제의식에 따른 것이다.[13] 그런데 실제로 권보드래의 글은

8 정영훈, 『최인훈 소설의 주체성과 글쓰기』, 태학사, 2008, 42~50쪽 참조.

9 차미령, 「최인훈의 소설에 나타난 정치성의 의미 연구」, 서울대 박사논문, 2010, 52~63쪽 참조.

10 권보드래, 「중립의 꿈 1945~1968 - 냉전 너머의 아시아, 혹은 최인훈을 위한 시론」, 『상허학보』 제34집, 상허학회, 2012, 264~6쪽 참조.

11 권택영, 『소설을 어떻게 볼 것인가』, 문예출판사, 1995, 10쪽

12 정영훈, 위의 책, 42쪽, '14번' 각주 참조.

13 까뮈의 『이방인』(1941)을 참고로 하여, 홋타 요시에의 『광장의 고독』(1951)과 최인훈의 『광장』(1961)을 나란히 놓음으로써, 전쟁이라는 한계 상황과 부조리의 인식이라는 보편적 주제가 각 나라의 구체적인 현실에서 어떻게 달라지는지를 검토하고 있는 김진규(「선을 넘은 '자발적 미수자'와 선을 못 넘은 '임의의 인물'」, 『상허학보』 제40집, 상허학회, 2014)의 논의도 동궤에 있다.

'정향사'판 이후의 판본을 해석의 전거로 들고 있다. 이런 점에서 최인훈 문학, 적어도 『광장』에 대한 연구에서 개작의 문제가 중요해 보인다. 본 연구는 이러한 문제의식에서 출발하여 『광장』 개작의 의의를 고찰하고자 한다.

이를 위해 '정향사'판에서부터 현재로서 마지막 판본인 '문지사7'판까지 열 개 판본을 비교하였다.[14] 먼저, 판본 간 거리가 가장 먼 '정향사'판과 '문지사7'판의 대조를 통하여 개작 양상을 살핀 다음 개작이 어떤 판본에서 시작되었는지를 확인하였다. 그러한 『광장』 개작의 내용을 간략하게 정리하자면 『광장』은 '정향사'판에서 '민음사'판까지 괄호로 병기했던 한자가 사라지고 영어가 우리말로 바뀌는[15] 등의 개작이 이루어진다. 하지만 그것으로 내용이 달라지지는 않은 만큼 부분적인 개작이라고 할 수 있다. 그런데 '문지사1'판에서는 "같은 문장 하나를 발견하기가 어렵다."[16]고 할 만큼 문장이 수정되며 갈매기의 표상이 달라지는 등의 대폭적인 개작이 이루어진다. '문지사2'판에서는 '볼셰비즘'이 '스탈리니즘'으로 용어가 바뀐 것이 특징적이다. 그리고 '문지사3'판에서 '문지사6'판까지 부분적인 개작, 다른 타이틀을 갖는 등의 변화된 양상을 보인다.[17] 현

---

14 '새벽'판은 구해볼 수가 없었다. 한기는 『광장』의 '원텍스트'로서 '새벽'판 검토의 중요성을 강조한다. 이는 '새벽'판이 '4월혁명과 제2공화국 탄생의 시점에서 씌어진' 『광장』이 '당대 사회를 비평하는 기능성 — 남한사회비판 — 을 띠고 있다'는 점에서 그러하다. (한기, 「『광장』의 원형성, 대화적 역사성, 그리고 현재성」, 『작가세계』, 세계사, 1999년 봄.)

15 예를 들면 '중립국(中立國)'이 '중립국'으로, 'vagina'가 '사타구니'로 바뀐다.

16 김인호, 「『광장』 개작에 나타난 변화의 양상들」, 『해체와 저항의 서사』, 문학과지성사, 2004, 124~5쪽.

17 '문지사2'판에서 '가로쓰기'로 바뀌고, '문지사3'판에서는 전후 이명준이 포로수용소에서 유엔군 측 대표자들과 면담하는 장면을 상상으로 처리하고 있다(17)는 점이 특징적이다. '문지사4'판은 '소설명작선'이라는 타이틀을 달고 나온 것인데, 현재 『광장』은 전집판과 소설명작선이라는 두 가지 타이틀로 시판되고 있다. '문지사5'판은 『광장』 발간 40주년을 기념하여 양장본으로 그동안 발간된 『광장』 표지, 육필 원고, 신문 기사, 홍보용 포스터 등에 대한 사진들이 들어있다. '문지사6'판은 4·19 50주년을 기념한 개정판이다.

재로서 마지막 판본인 '문지사7'판에서는 실제 사건이 꿈으로 처리되며 이명준의 자기성찰이 장황하게 더해진다. '문지사1'판에 이어 다시 한 번 대폭적인 개작이 이루어진 것이다.

『광장』 개작에 대한 논의들 역시 이러한 내용들을 다루고 있다. 먼저 김현[18]은 '정향사'판이 『광장』의 원형을 이룬다는 데서 논의를 시작한다. 김현은 '문지사1'판에서 갈매기의 표상이 바뀜으로써 이명준의 죽음에 대한 상징이 달라지고 있다는 점을 강조한다. 이전 판본들에서 이명준의 죽음이 이데올로기적인 그것이었다면 '문지사1'판에서 사랑이라는 것이 무엇인가를 투철히 깨달은 자의 행위가 되었다는 것이다. 그러한 김현의 주장의 반대편에 한기[19]의 논의가 있다. 한기는 김현의 주장을 "「광장」의 이데올로기적인 성격을 탈색시켜 버리고, 그것의 주제를 '사랑'으로 대치"하고 있다는 점에서 "통속적인 해석"으로 받아들인다. 그리하여 한기는 "『광장』의 전편을 통해서 이명준의 사랑 행각이란 이념부재의 세계, 신이 사라진 세계에서 생(生)을 구원할 수 있는 유일한 방식이 사랑일 뿐이다 하는 식으로 의미화된다"(90쪽)[20]고 하며 김현과 대립각을 세운다. 김인호는 "최인훈은 70년대 중반에 이미 소련이건 동구권이건 사회주의가 근본적으로 잘못되어가고 있다는 사실을 알고 있었고 그것이 개작에 영향을 미쳤다"고 본다. 그러면서도 김인호는 "작가가 원형을 손상시키지 않은 채 문학적 효과를 극대화시켰다."[21]는 입장을 견지한다.

'문지사1'판 다음으로 대폭적인 개작이 이루어지는 '문지사7'판의 개작된 내용에 주목하는 것이 김병익[22]과 김한성[23]의 논의다. 이명준이 S서에

---

18 김현, 「사랑의 재확인」('문지사1'판 해설), 최인훈, 『광장』, 문학과지성사, 1976.

19 한기, 「「광장」의 원형성, 대화적 역사성, 그리고 현재성」, 『작가세계』, 세계사, 1999년 봄.

20 이하 본문에서 괄호 안의 '쪽' 표기를 생략한다.

21 김인호, 앞의 글, 125쪽.

서 '태식'을 고문하고 '윤애'를 '능욕'한 일[24]이 '정향사'판에서부터 '문지사6'판까지 실제 사건으로 다뤄지다 '문지사7'판에서 꿈으로 처리되고 있다는 사실이 이에 관련된다. 김병익은 이 장면을 "철학도이면서 시인인 이명준이 폭력을 휘두르며 전날의 우정과 은의 관계를 이루고 있던 친구 태식 부부에게 가혹하게 보복하는 어색한 장면을 제거함으로써 인문주의적 지식인으로서 이명준다운 자연스러운 모습을 회복시켜준 것"[25]으로 해석한다. 이렇듯 김병익은 '문지사7'판에서 '태식'과 '윤애'에 대한 이명준의 폭력의 문제에 주목하는데 '어색한 장면', '인문주의적 지식인', '자연스러운 모습'이라는 어구들의 나열로 모호한 해석을 이끌고 있다. 김한성 역시 '문지사7'판에서 개작된 '폭력'[26]의 문제에 주목한다. 김한성은 『광장』에서 "미・소 제국주의가 가한 압력이 일본 식민지를 경험한 남성 지식인에게 전달되는데, 이 남성주인공이 자신이 받은 억압을 연인관계에 있던 여성을 통해 해소하려는 욕망을 보인다."는 점에서 "제국이 가한

---

22 김병익, 「텍스트의 진화와 의미의 확장」, 『문학과 사회』, 문학과지성사, 2010년 가을.

23 김한성, 「제국의 바다, 식민지 육지 : 공간 의식으로 본 『광장』」, 『동아시아 문화연구』 제54집, 한양대학교 동아시아문화연구소, 2013.

24 임환모는 '문지사4'판의 서사를 28개의 화소로 분류한 바 있다. 이에 따르면 17번 화소에 해당한다. (임환모, 「『광장』의 서사성과 텍스트 무의식」, 태학사, 2008, 23~4쪽.)

25 김병익, 앞의 글, 415쪽.

26 서양 정신이 산출하는 보편자의 하나로서 법은 모든 사람들을 동등하게 대우하는 데서 그 정당성을 확보한다. 개인들 사이의 권리의 불균형을 시정하고 이를 통해 법적 정의를 실현하는 것이다. 그런데 법이 개인들 사이에서 권리의 불균형을 해소하는 데서 그치지 않고 모든 개인들의 자연적 및 현실적 차이를 적극적으로 동일하게 만들려고 할 때 법은 강자의 폭력이 된다. (김상봉, 『서로주체성의 이념』, 길, 2007, 151~7쪽 참조.) 한나 아렌트에 의하면 강자의 폭력에 노출된 개인의 자기 보존을 위한 폭력은 적-강자의 얼굴에서 위선의 가면을 벗겨내는 행위, 정당방위로 '비합법적인 행위'가 아니게 된다. 개인의 자기보존 기능을 상실할 때 폭력은 다시 '비합법적'인 것이 된다. (한나 아렌트, 『폭력의 세기』, 김정한 옮김, 이후, 1999, 94~132쪽 참조.) 본고의 '폭력'이라는 용어 역시 법적 정의를 넘어서 자행되는 강자의 폭력, 거기에 노출된 개인의 자기보전을 위한 행위로서의 폭력의 범주에 든다.

폭력이 식민지 여성에 대한 폭력으로 순환되고 있다."고 본다. 김병익이 '문지사7'판에서 이명준을 둘러싼 폭력이 '제거'되었다고 보는 데 비해 김한성은 그러한 폭력의 문제가 '수정'되지 않고 유지되고 있다고 보는 것이다.

김병익, 김한성이 주목하듯 본 연구는 『광장』의 주인공 이명준을 둘러싼 폭력과 그러한 폭력에 대한 성찰의 문제를 중심으로 개작의 의의를 살피고자 한다. 비교적 초기판본인 '정향사'판, 그리고 대폭적인 개작이 이루어지고 있는 '문지사1'판과 '문지사7'판을 중심으로 그러한 논의를 이어갈 것이다.

2. 『광장』 개작의 지점-폭력의 문제

1) '벌거벗은 생명'과 '잉여 존재' 사이

최인훈은 '정향사'판 「追記」에 '새벽'판은 잡지사 사정으로 '200여장'을 떼서 발표한 것인데 이를 보충하여 '완전한 이야기'를 할 수 있게 되었음을 밝힌다. 이에 『광장』 개작 연구에서 '정향사'판의 서사를 이해하는 일이 필수적이다.[27]

---

27 한기(앞의 글)는 '정향사'판을 구해보지 못해 '신구사'판에서 개작의 흔적을 추정한다. "'신구사'판 『광장』에서 주로 보완이 이루어진 부분은 타고르호 선상에서의 삽화와 월북 이후의 체험생활에 대한 확대, 강화 부분"(88쪽)라는 것이 주된 내용이다. 이를 간략하게 말하자면 '새벽'판은 4장 — 1장 타고르호 선상, 2장 남한사회 체험, 3장 북한사회 체험, 4장 다시 타고르호 선상 — 으로 구성되어 있는데, 그 중 가장 양이 많은 부분이 2장 남한사회 비판에 바쳐지고 있으며, 3장 북한사회 비판은 소략하게 다루어지고 있다는 점에서 남한사회 비판이 『광장』의 원형을 이룬다고 본다. '신구사'판에서 3장의 내용이 확대되어 있는데 한기는 이 부분이 '정향사'판에서 이미 개작이 이루어졌을 것으로 추정하는 것이다. 그러나 실제로 '정향사'판과 '신구사'판이 크게 차이를 보이지 않는다. 이에 한기가 '신구사'

'정향사'판의 이야기 선을 간략하게 구성해보면 현재, 주인공 이명준이 '타고르호'를 타고 중립국을 향해 가고 있다. 타고르호에서 이명준은 남한과 북한 사회-국가 체제에서 경험한 두 가지 사건을 회상한다. 타고르호를 따르는 두 마리의 갈매기를 불길하게 느끼는 주인공의 심리가 두 과거와 중첩되어 표출된다. 먼저, 남한에서의 'S서' 사건이다. 해방 직후 월북한 아버지가 '평양방송 대남프로'에 나온 것을 빌미로 아버지와 내통한다는 혐의를 받은 이명준이 S서 사찰계에서 '문초'와 '고문'을 당한다.

> 경찰서를 나선 다음 그는 서의 뒷켠에 잇닿은 동산에 올라가서 나무 그늘 밑에 쭈그리고 앉았다. …그의 샤쓰 앞자락은 온통 피투성이었기 때문에 거리를 걸어갈 수가 없었던 것이다. 그런 몰골을 한 채로 돌아가라고 그를 내보낸 형사의 처사에서, 명준은 얻어 맞았을 때보다도 더욱 싸늘한 분노를 느꼈다. 한 사람의 시민(市民)이 앞자락에 핏물을 들인채 경찰서 문을 나서는 걸 그들은 꺼려하지 않는다는 증거였다. …어둠에서 어둠으로 거적에 말린채 파묻혀 가는 자기 시체의 환상이 보이는 듯 했다. 나는 법률의 밖에 있는 건가.(67~8쪽)

이명준은 아버지의 월북과 함께 아버지를 잊었다고 생각한다. 그런데 형사들의 입에서 "이북으로 빵손이 친 새끼", "그 새끼"로 아버지의 이름이 모욕당하는 그 자리에서 이명준은 "아버지에 대한 애정이 탄생하는 것을 인식"(71)하는 도착된 감정을 느낀다. 그렇듯 부재한 아버지가 원

판에서 주요하게 더해졌다고 하는 3장의 내용은 작가가 '정향사'판 후기에서 밝힌 바, '새벽'판에서 빠진 채 발표된 문제의 200장일 가능성이 높다. 그러나 '새벽'판을 구해볼 수 없는 까닭에 이에 대한 확인은 과제로 남겨둘 수밖에 없다. 김인호(앞의 글)는 '새벽'·'정향사'·'신구사'판을 초간본으로 묶고 그 가운데 '정향사'판을 결정판으로 본다. 본 연구는 김인호와 같은 입장에서 우선적으로 '정향사'판 텍스트를 검토하였다.

인이 된 S서 사건은 "갈빗대가 버그러지도록 뿌듯한 보람"(52)을 찾는 이명준에게 대신 "갈빗대가 버그러지도록 벅찬 불안"(75)을 안긴다.

한국전쟁 이후 1950년대 남한의 국가 체제 형성과 수호를 위한 정당성의 원천으로 반공주의가 그 기능을 수행했다. 남한의 국가 체제의 유지에 아무런 위협이 되지 않은, 이명준의 아버지가 북한에 있다는 사실이 이적행위가 되며 이에 국가 기관은 무고한 한 시민을 법의 보호 바깥으로 배제하는 폭력을 행사하는 것이다. "빨갱이 새끼 한 마리쯤 귀신도 모르게 해치울 수 있어."(68)하는 이명준에 대한 형사의 협박은 한 시민의 생명을 대상으로 한 국가폭력을 가시화한 행위로 볼 수 있다. 그렇듯 남한에서의 'S서' 사건은 이명준이 한 사회-국가로부터 보호받을 권리를 가진 시민이 아니라 '법률 밖' 존재, '벌거벗은 생명'[28]임을 자각하게 되는 계기가 된다.

다른 하나의 사건은 북한『노동신문』편집국 자아비판을 통해서 일어난다. 이명준은 중국이 '미작(米作) 증산'을 위해 만주에 흩어진 조선인들을 이주시켜 만든 집단농장인 '조선인 꼴호즈' 취재를 위해 '남만주 R현'에 파견된다. 그런데 거기에서 이명준은 "보수보다 보수의 약속에 지쳐 있고, 인민 경제 계획의 초과 달성이라는 이름으로 봉사를 강요당하고, 당이 뛰라고 하니까 그만하게 뛰는 체하는"(138) 노동자들을 본다. 이에 이명준은 자신이 본 그대로 기사를 작성하고 그것이 문제가 되어 자아비판에 회부된다. "인민의 적개심과 근로 의욕을 앙양시키고 고무시키는 방향으로 취사선택이 가해져야 하는 사회주의 리얼리즘"에 비추었을 때 이명준의 기사는 "무책임한 사실의 나열을 일삼는 자본주의 신문의 위험

28 아감벤은 우리의 '삶〔생명〕'을 '살아있는 존재의 속성(비오스)'과 '타고난 동물을 결정하는 구체적인 특이성(조에)'으로 구분한다. 후자가 '벌거벗은 생명'에 해당하는데, 이는 절대적인 살해 가능성에 노출된 생명, 법의 보호로부터 배제된 폭력의 대상을 가리킨다. (조르조 아감벤,『호모 사케르』, 박진우 옮김, 새물결, 2008, 33쪽, 159쪽 참조.)

한 반동적 사상"(141)의 표출이라는 것이다.

> 그를 향하고 있는 네개의 얼굴, 그것은 네개의 증오였다. 변명을 문제로 삼는 것이 아니고 복종을 강요하고 있는 사람들의 짜증 끝에 성낸 증오에 이그러진 싸디스트의 얼굴이었다. 명준은 순간 자기가 취해야 할 태도를 직감했다. (빌자. 덮어놓고 과오를 범했다고 하자) 그의 생각은 옳았다. 회의는 十분만에 끝났다. 명준은 절실한 표정을 하고 장황한 인용을 해가며 과오를 청산하고 당과 정부가 요구하는 일군이 될 것을 맹세했다. 피로한 안도감과 승리의 빛으로 변해 가는 네 사람 선배 당원의 표정이 나타내는 변화를 주시하면서 명준은 어떤 지극히 중요한 '요령'을 터득한 것을 느끼고 있었다. 슬픈 발견이었다. 알고 싶지 않았던 지혜였다. 그는 가슴에서 울리는 붕괴음(崩壞音)을 들었다. 그 옛날 그는 S서 뒷동산에서 퉁퉁 부어 오른 입언저리를 혓바닥으로 핥으면서 이 붕괴음을 들었다. 그의 에고의 방 도아가 붕괴하는 소리였다.(142~3쪽)

이명준은 "보람있게 청춘을 불태우고 싶어서"(128) 월북했다. 그러나 이명준의 '열기 띤 시민'으로서의 바람은 비판의 대상이 되며, 대신 '당'이라는 공동체를 유지하기 위한 '일군'을 강제당한다. 이명준은 『노동신문』 편집국에서 "당이 하라는 대로 복창만 하라"는 명령에 '덮어놓고' 자신의 과오를 빌기에 이른다. 그렇듯 이명준은 북한에서 당의 요구대로 움직이는 도구적인 인간, 즉 '잉여 존재'[29]가 되며 그 스스로 "사회에

29 한나 아렌트의 관점에서 전체주의 정권은 한 개인에게서 인간으로서의 자발성, 개별성을 지움으로써 대체가능한 쓸모없는 '잉여 존재'로 만드는 정치적 도구와 장치를 발전시키려는 것이 그 기획이며 그것의 결정화로 나타난 것이 '홀로코스트'다. 이는 독일과 러시아의 특별한 역사로 국한되지 않는, 국민국가가 몰락하고 현대의 대중사회가 출현하는 과정에서 출현한 '폭민', 어떤 공동체에도 속하지 않는 조직되지 않는 잉여집단으로서의 '쓸모

서 패배"(145)했다고 생각한다.

남한에서 S서 사건은 이명준을 '벌거벗은 생명'으로, 북한에서 『노동신문』 자아비판은 '잉여 존재'로 만들었다. 아렌트에 따르면 "살아있는 존재인 인간과 동물은 세계 속에 있는 것만이 아니라 세계의 일부를 구성"한다. 여기서 '세계'는 인간이 그의 행위와 의견에 의해 평가를 받을 수 있는 공동체, 장소다. 인간은 그 장소에 속할 권리가 있으며 그것은 인간이 삶을 영위하는 데 있어서 필요한 기본적인 조건이다.[30] 그렇게 볼 때 남한과 북한에서의 두 사건은 이명준에게 '세계 소외 - 장소 상실'로서 폭력적인 경험이 된다. 그렇듯 세계 소외를 겪은 이명준은 숨을 곳을 찾듯 연인을 필요로 한다.

남한에서 이명준은 S서 사건으로 인한 '불안'과 '공포'를 "용해시켜버릴 뜨거운 살"로서 '윤애'에게 집착한다. 그렇게 해서 시작된 윤애에 대한 이명준의 감정은 내내 뒤틀려 있다. 윤애의 웃는 얼굴을 자신에게 "도전하듯 웃고 있다"(44)고 느끼는가 하면 화날 일이 하나도 없는 일상적인 대화에서 윤애에게 "알 수 없는 미움이 치받는"(84) 것이다. 이명준은 윤애에 대한 "미움과 사랑이 함부로 책임 없이 뒤바뀌는 짜증스러움"(85)을 느끼는 것이 자신의 불안으로 인한 징후임을 알고 있다. 하지만 그러한 감정 상태를 벗어나지 못하고 "배반했기 때문에 또 다른 배반의 대상을 구하지 않을 수 없는 돈환"(91)이 되어 윤애를 '능욕'하기에 이른다.

다음으로 이명준은 북한 『노동신문』 편집국 자아비판으로 인한 패배

없는 존재'의 경험으로 설명된다. (한나 아렌트, 『전체주의 기원』 1·2, 이진우·박미애 옮김, 한길사, 2013)

30 여기에서 공동체로서의 세계는 특정한 시간과 공간, 문화를 공유하는 제한적 의미에서다. (박종수, 「한나 아렌트 : 자기의식적 행위의 가능성」, 서울대 박사논문, 2013, 37쪽 참조; 한나 아렌트, 『전체주의 기원』 1, 이진우·박미애 옮김, 한길사, 2013, 553쪽 참조; 한나 아렌트, 『정신의 삶』, 홍원표 옮김, 푸른숲, 2004, 39쪽 참조.)

감을 은혜에게 보상받으려고 한다. '예술 일군', '여성 투사'로서의 은혜를 부정하고 "그녀는 은혜다, 은혜일 뿐이다, 다음에 내 거다, 그 밖에 아무것도 아니다."(146)라며 소유권을 주장하듯 하는 것이다. 여기에서도 은혜의 '타자성'을 인정하지 않으면서 은혜에게서 자신의 주체성을 승인받고자 하는 이명준의 도착된 심리를 읽을 수 있다. 남한에서 윤애에게 알 수 없는 악감정을 가졌던 데 비해 이명준은 은혜에 대해서는 넘치도록 관대하다. 자신을 용서해 달라는 은혜에게 "무얼 용서하라는"(179) 것인지도 모르면서 "예수처럼 훌륭하진 못해도 너 하나는 용서하겠어."(180)라고 할 만큼 용서의 미덕을 발휘한다. 『광장』 전체 서사에서 은혜는 이명준에게 어떤 불화 없이 소통되는 유일한 존재다. 그런데 한국전쟁이 일어나고 간호병이 된 은혜가 그 "명분 없는"(184) 전쟁으로 인해 죽고 만다. 그리고 남한에서 포로로 잡힌 이명준은 포로 송환 때 제삼국을 선택할 수 있다는 말에 "모든 것이 미지의 나라에서는 가능하리라"(199)고 믿으며 중립국을 선택한다. 그런데 중립국을 향하고 있는 타고르호에서 김씨로 대표되는 동료 포로들과 갈등하게 되고 이로 인해 새로운 국면이 벌어진다.

타고르호에서 '통역관' 역할을 했던 이명준은 동료 석방자들로부터 기항지(寄港地) 홍콩 상륙을 위해 선장과 교섭해 달라는 부탁을 받는다. 이명준은 동료 석방자들을 대변한 김씨의 기항지 상륙에 대한 요구가 당연한 것이라 생각하고 이에 응한다. 그런데 "여자 맛을 못 본 게 몇 년 전인가 말일세. 홍콩을 그저 지나다니. 아유……"(105) 하는 김씨의 말에 이명준이 격한 감정을 보이며 교섭을 그만둔다. 이로 인해 둘 사이에 폭행이 오간다. 이명준이 주도권을 갖고 시작된 싸움은 이명준이 김씨에게 폭행을 당하는 것으로 끝이 난다. 그런데 나중에 이 일로 김씨가 이명준에게 사과한 일이 원인이 되어 중립국을 앞둔 타고르호에서 이명준이 행방불명되기에 이르게 된다.

명준은 그를 노려 보았다. 목을 검어쥐고 싸울 때보다 더 밉쌀스러웠다.

"다 배운 게 없는 탓으로 경거망동했소. 일동을 대표해서 사과하구 또 내 개인의 사과도 겸해서……"

명준의 마음 가운데 마지막 남았던 어떤 기둥이 폭삭 사그러지는 소리가 났다. …

"나는 여러 사람이 상륙하고 싶어하는 감정은 당연한 일이라구 생각하는데?"

"그야 우리 사정이지 어디……"

김은 명준이 누그러지는 것이라고 짐작했는지 아첨하듯 웃었다. …따라가면서 김의 뒤통수를 향해 힘껏 병을 던졌다. …오히려 싸우고 으르렁거리던 편이 나았지. 아첨을 당하는 건 … 명준의 자세에서 딛고 있는 발판이 덜렁 떨어진 듯한 추락감(墜落感)을 주었다. 무엇을 할 것인가.(204~6쪽)

타고르호에서 이명준은 "고위층의 측근자"에 속한다. 이명준은 그러한 위치에 있는 자신의 비위를 거스르는 게 불리하다는 판단에서 김씨가 '비굴하게' 사과하고 아첨했다고 생각한다. 이에 김씨에 대해 악감정을 갖게 된다. 그런데 문제는 김씨에 대한 그러한 감정이 이명준의 자기혐오의 감정으로 이어진다는 것이다. "과거를 안고 온 불길한 새 두 마리가 비웃는 듯" 느끼는가 하면 거울에 비친 자신의 "살기 띈 눈"(207)을 보는 감정 상태가 그러하다. 그렇듯 불안한 상태가 된 이명준은 '바다'와 '갈매기' 그림이 있는 부채 속 환각 상태에 빠진다. 그 속에서 이명준은 "성격까지 선택할 수 있다"는, "아무도 자기를 알 리 없는", "미지의 먼 나라"에서 "전혀 새로운 인간"이 되려고 한다. 그러던 어느 순간 이명준 눈에 '푸른 광장'을 마음껏 날아다니는 두 마리 새가 "흰 옷을 입고 뛰어다니는 순결한 처녀"(213)로 들어온다. 이에 이명준은 갑작스럽게 이제까지 윤애와 은혜에게 "엄청난 배반을 하고 있었다"고 생각하며 "초라한 자신의 청춘에 '신'도 '사상'도 주지 않던 기쁨을 준 그녀들에게 정직해야지."(214)한다. 그렇듯 이명준은 부채 속 환각에서 빠져나오지 못한다. 그리고 이명준이 행방불명된 것으로 선장에게 보고된다.

'정향사'판 서사는 이렇게 마무리된다. 그런데 여기에 이야기 선이 분명하게 그어지지 않는 요소들이 있다. 이명준이 자신도 알 수 없는 까닭에서 윤애에게 악감정을 갖는 것, 타고르호에서 김씨에 대한 악감정이 이명준의 자기혐오의 감정으로 이어지는 것, 부채 속 환각에서 이명준이 갑작스럽게 윤애와 은혜에 대한 배반을 깨닫는 것 등의 이야기들이 유기적으로 연결되지 않는다. 이는 마지막 국면에서 이명준의 행방불명이 그 필연성을 담보하지 못하게 되는 결과를 야기한다.[31] 그리하여 이명준이 '벌거벗은 생명'과 '잉여 존재' 사이에서 좌초한 인물, '사회(국가)와 불화한 한 불행한 개인'[32]에 그치게 됨으로써 『광장』의 총체적인 의미가 협소해진다고 볼 수 있다.

2) 윤리적 주체와 폭력의 성찰

제랄드 프랭스에 따르면 하나의 서사물에서 처음과 끝은 서로를 제약한다. 사물의 끝은 처음에 따라, 처음은 끝에 따라 방향이 결정되는 양방향의 운동이 서사성의 강력한 모터 역할을 하는 것이다. 이렇게 볼 때 서사물의 처음과 끝의 연관성 속에서 파악되지 않은 '미결 상태'의 사건은 서사성을 훼손하는 요인이 된다.[33] 앞서 밝힌 '정향사'판의 유기적으로

---

31 임환모, 「『광장』의 서사성과 텍스트의 무의식」, 『광장』의 서사성과 텍스트 무의식」, 태학사, 2008, 20쪽 참조.

32 서은선, 「최인훈의 소설 『광장』의 타자 인식 연구(1)」, 『현대문학이론연구』 제11집, 현대문학이론학회, 1999.

33 제랄드 프랭스, 『서사학이란 무엇인가』, 최상규 옮김, 예림기획, 1999, 223~47쪽

연결되지 않는 이야기들이 '미결 상태'의 어떤 사건에 관련된다.

> …동부 전선에서 싸운 어떤 포로의 이야기는 그를 암담한 기분에 잠기게 했다. 여름이었다 한다. 그 병사(兵士)는 능선을 타고 넘다가 풀숲에 넘어진 시체를 발견했다. 여자였다. …그녀의 vagina에 나무 막대기가 꽂혔더라는 거다. 그 얘기를 한 병사는 미군이 한 짓이 분명하다고 했다. …다만 확실한 건 그 끔직한 짓을 한 어떤 손이 있었다는 사실 뿐이다. 너 나 할 것 없이 정도에 차는 있을망정 더럽혀지지 않은 손이 아무도 없을 터였다. 어머니와 누나와 애인의 순진한 시선에 태연히 견딜 수 있을만큼 결백한 손이 있거든 어디 좀 구경하자. …아무리 더럽고 슬퍼도 그것은 사실이었다. 명준은 그 병사의 얘기를 들으면서 자기 스스로를 돌이켜 보았었다. …고문자(拷問者). 강간자(强姦者). 그러나 난 자발적인 미수자라? 닫혀라. 너는 그 쪽이 더 유리한 걸 계산하고 한 짓이 아니냐. 아니다. 결코 아니다. …나의 사악한 충동이 순수했던 것처럼, 그[illegible]를 놓아[illegible] 내 행동도 진실이었다. 그렇다면 어느 여름 날 능선의 수풀 속에서 vagina에 나무가지를 생장(生長)시켜[illegible]했던 여인은 어디서 [illegible]을 받아야 하는가?('정향사'판, 112~3쪽)

이명준이 포로수용소에서 동부 전선에서 싸운 어떤 포로에게 들은, '사타구니'[34]에 나무[illegible] 꽂힌 '여자'의 이야기다. 그런데 그보다 먼저 이명준은 대학에 갓 들어간 '여름', 교외로 몇몇이 어울려 소풍을 나갔다가 '수풀' 속에서 '계시(啓示)'처럼 '아찔한 도취감'에 빠지는 경험을 한다.('정향사'판, 27) 대학을 다닐 때 이명준의 그 환각의 '여름'·'수풀'이

참조.

34 '정향사'판에서의 'vagina'는 '질(膣)'을 뜻한다. 그런데 '민음사'판(112쪽)에서 바뀐(각주15) '사타구니'는 '두 다리 사이'를 뜻하는 '샅'의 속어다. 이로써 신체를 가리키는 부위가 달라져 있음을 알 수 있다.

사타구니에 나뭇가지가 꽂힌 채 여자가 죽어있던 동부전선의 그것과 겹치면서 두 사건이 연결된다. 여기에서 중요한 것은 이명준이 '고문', '강간', '자발적 미수' '사악한 충동'이라는 말들 사이에서 자신의 어떤 행동을 겹쳐서 보고 있다는 사실이다. 한국전쟁 때 이명준이 친구 태식의 아내가 되어있던 윤애를 능욕한 일이 여기에 관계된다. 그런 점에서 "어느 여름 날 능선의 수풀 속에서 vagina에 나무가지를 생장시켜야 했던 여인은 어디서 보상을 받아야 하는가?"하는 물음은 '더럽혀진 손'에서 자유롭지 않은 이명준이 그러한 자신을 대면하기 위한 자기 반성적 질문으로 볼 수 있다. 하지만 그러한 이야기의 정황이 '정향사'판에서는 잘 연결되지 않는다. 텍스트 안에서 이명준의 물음이 '미결 상태'로 남아있는 것이다. 그런데 '문지사1'판에서 '얼굴 없는 눈'이 새롭게 등장하면서 '미결 상태'의 물음이 전체 서사와 연결된다.

'문지사1'판에서 '얼굴 없는 눈'이 이명준의 폭력에 대한 성찰을 돕는 교정자로서의 역할을 한다.[35] '수풀' · '여름'의 이미지를 동반한 '얼굴 없는 눈'이 '갈매기' · '그 인물' · '흰 그림자' · '흰 덩어리'의 환각으로 보이는가 하면, '새 우는 소리'의 환청으로 들리면서 이명준으로 하여금 폭력을 중지하게 하는 것이다. 그것이 윤애에게서 가장 먼저 이루어진다. "부드러운 살결이 벽처럼 둘러싼 이 물건을 차지해 보자는"(82) 충동을 갖는 데서 시작된 이명준의 윤애에 대한 감정은 '폭력적'이라 할 만한데 그 뒤틀린 사랑의 행위를 "갈매기"(91)가 방해한다.

---

35 프란츠 파농은 흑인이 저열한 가치의 원형으로 상징되는 사회의 병리적인 현상을 벗어날 수 있는 묘안으로 교정하는 눈을 강조한다. "눈은 반드시 우리로 하여금 문화적 오류를 교정하는 역할을 담당하도록 힘을 북돋워주어야 한다."는 것이다. (프란츠 파농, 『검은 피부 하얀 가면』, 이석호 옮김, 인간사랑, 2013, 272쪽 참조) 김인호는 '정향사'판에서 '갈매기'가 '성적 욕망'에서 '자아 검열자'의 역할로 의미 변화를 보인다고 한다. 이때의 '자아 검열자'와 본고의 교정자로서 '얼굴 없는 눈'의 역할이 비슷하다.

다음은 타고르호에서 기항지 상륙 교섭 문제로 이명준이 김씨를 비롯한 동료 포로들과의 싸움에서다. 김씨의 "여자 맛을 못 본 게 몇 년 전인가 말일세. 홍콩을 그저 지나다니. 아유…"하는 말에 이명준이 교섭을 그만두고 둘이 싸우기에 이르는 내용이 '문지사1'판까지 그대로 유지된다. 그런데 김씨의 목을 죄고 조금만 더 죄면 끝장이 날 것 같다고 생각하는 순간 이명준의 눈에 — '민음사'판까지 '사마귀'로 표현되었던 — "그 인물"(104)이 들어오면서 이명준의 팔의 힘이 풀려 김씨에게 폭행을 당하게 된다. 여기에서 중요한 것은 '그 인물'이 이명준으로 하여금 김씨에 대한 폭력을 중지하도록 하는 동인이 되고 있다는 것이다. '정향사'판에서 김씨가 이명준에게 사과하는 장면은 '문지사1'판에서부터 아예 빠진다. 다만 김씨를 왜 그토록 미워했는지 알 수 없다는 이명준의 감정 상태가 주인공의 내적독백으로 제시된다. 그리고 김씨에 대한 이명준의 악감정이 김씨와 싸운 일로 이명준에게 술을 사겠다는 '늙은 뱃사람'에게 향하는 다른 상황이 전개된다. 늙은 뱃사람이 자신을 영웅으로 대한다는 생각에 불안한 심리 상태가 된 이명준은 "흰 덩어리"(192)의 환각에 빠지게 되고 그 '흰 덩어리'를 향해 병 — '정향사'판에서 '민음사'판까지 김씨에게 던지는 — 을 던진다.

마지막으로 윤애와 관련해서 '얼굴 없는 눈'으로 이명준이 폭력을 중지하게 되는 상황이 다시 한 번 전개된다. 이명준이 S서에서 태식을 고문하고 윤애를 능욕하는 사건은 '정향사'판(162)에서 '문지사6'판(166)에 이르기까지 "1950년 8월"이라는 시제를 밝히는 것으로 시작된다. 그런데 '문지사7'판에서 이 사건이 이명준이 수용소에서 꾼 "무서운 꿈"(176)으로 처리된다. 이명준은 태식에 대한 고문을 끝내고 윤애를 능욕한다. 그런데 윤애의 저고리가 찢기며 폭력의 수위가 고조되는 순간 이명준은 "새 우는 소리"(178)를 듣고 꿈에서 깬다. '얼굴 없는 눈'이 이명준의 윤애에 대한 폭력을 중지하게 만든 것이다.

남한의 'S서'에서 이명준은 자신을 고문한 경찰을 "일제 때 특고 형사 시절에 좌익을 다루는"('문지사7'판, 83) 일본 경찰처럼 느낀다. 그런데 꿈 속에서 태식을 고문하고 윤애를 능욕하면서는 'S서'의 "그 형사가 제 몸에 옮겨 앉는 환각"('문지사7'판, 178)을 갖는다. 그런 점에서 S서에서 태식을 고문하고 윤애를 능욕한 사건이 '문지사7'판에서 꿈으로 다르게 표현되는 것은 몸에서 몸으로 이어지는 폭력의 고리를 끊어내는 일을 자기 자신에서부터 시작해야 한다는 이명준의 자각이 반영된 것으로 볼 수 있다.

폭력에 대한 문제와 관련하여 '문지사7'판에서 특별히 더 주목되는 것은 이전 판본들에서 태식을 고문하고 윤애를 능욕한 사건이 꿈으로 간단하게 처리되고 있는 데 반해 그러한 꿈을 반성적으로 사유하는 이명준의 자기성찰이 장황하게 더해진다는 점이다.[36] 이명준은 꿈과 현실의 거리를 가늠하며 회의하는데 이는 이명준이 자신 이외의 존재이기도 하다는 분열을 드러낸다. 이렇듯 '문지사1'판에서부터 '폭력'에 대한 주인공의 성찰이 더해지면서 이전 판본들에서 이명준이 행사한 폭력의 선들이 지워진 것이다.[37]

바디우는 모든 인간은 자연적인 '권리들 - 생존의 권리 · 학대당하지 않을 권리 · 기본적인 자유를 지닐 권리'을 갖는다고 본다. 그러한 권리들을 수호하고 존중하도록 하려는 것으로서 바디우는 '윤리'의 개념을 정

---

36 '문지사7'판에서 "너를 능욕하려 했을망정, 어느 병사처럼 길가의 여자에게 꽃꽂이 익힘을 한 적은 없어."(119쪽)하는 이명준의 내적독백은 꿈에서의 폭력에까지 이명준의 자기성찰이 미치고 있음을 알 수 있게 한다. 이명준이 '현실'보다 더 깊은 층위의 '마음'까지 문제삼는 것은 "어떤 인간이 자기 인생의 문제를 가장 철저하게 해결하면 할수록 그는 관념적이 된다."는 작가 최인훈의 언급(최인훈, 「『광장』 이명준, 좌절과 고뇌의 회고」, 『길에 관한 명상』, 문학과지성사, 2010, 189쪽.)과 맞물린다.

37 이명준은 은혜에 대해서도 인식의 변화를 보인다. 은혜에 대한 우선순위를 포기하지 않은 것은 여전하지만 "그 밖의 그녀가 되고 싶어하는 다른 존재"('문지사1'판, 137쪽), 은혜의 '타자성'을 인정하는 것이다.

초하며[38] 권리가 침해당했을 때 '윤리적 주체'가 요구된다고 한다. 이때의 윤리적 주체란 '고통받는 주체이면서 동시에 고통을 식별하고 가능한 모든 수단으로 고통을 멈추게 해야 한다는 것을 아는 주체'이다.[39] 인간적인 삶을 비인간적으로 만드는 고통으로부터의 해방의 국면에 대한 인식, 인간적인 삶을 왜곡하는 은폐된 힘들로부터의 단절을 선언, 이에 대한 삶 속에서의 지속적인 실천이 '윤리적 주체'에게 요구되는 것이다.

앞서 살폈듯 『광장』에서 이명준은 남한과 북한 사회 체제에서 '벌거벗은 존재'가 되고 '잉여 인간'이 되는 폭력적인 경험을 했다. 이는 한 개인의 삶의 가치와 그 개인이 속한 공동체의 가치가 어긋난 데서 비롯한 것이다. 그렇게 될 때 한 개인이 어떻게 대처하는가의 문제가 바디우의 '윤리적 주체'에 관계된다고 볼 수 있다. '벌거벗은 생명'이 되고 '잉여 존재'가 된 이명준이 그 불안과 패배감을 보상받기 위한 감정의 배출구, 숨어들 장소로서 윤애와 은혜를 필요로 했으며 그로 인한 폭력의 악순환에서 빠져나오지 못했다고 본다면('정향사'판) 그러한 이명준과 '윤리적 주체'의 거리는 멀다고 해야 할 것이다. 그런데 이명준의 폭력에 대한 반성적 성찰이 부각되면서 폭력의 고리들이 끊어지고 새로운 '가능성의 시간'이 탐색되고 있다고 볼 때('문지사1' - '문지사7'판) 이명준에게서 '윤리적 주체'의 가능성을 볼 수 있다. '문지사1'판과 '문지사7'판으로 대표되는 개작의 과정에서 이명준의 폭력에 대한 자기성찰이 부각되면서 『광장』에 대한 해석의 지평이 넓혀진다고 보는데 이에 대한 소견을 3장에서 더 잇고자 한다.

38 "오늘날의 윤리는 '벌어지고 있는 것'에 관계하는 원리 즉, 역사적 상황들(인권의 윤리), 기술-과학적 상황들(생명체의 윤리, 생명 윤리), '사회적' 상황들(함께 모여 있음의 윤리), 매개적 상황들(의사소통의 윤리) 등에 관계하는 우리의 논평들에 대한 여렴풋한 조절이다." (알랭 바디우, 이종역 옮김, 동문선, 2001, 8쪽)

39 알랭 바디우, 위의 책, 16쪽.

3. 세계 인식의 표지로서 '행방불명'

문학 작품의 의미는 우리가 텍스트를 통해서 이해하게 되는 것이면서, 이해하려고 노력하는 어떤 것이기도 하다.[40] 앞서 논구했듯『광장』개작을, 이명준의 폭력에 대한 반성적 성찰이 부각되고 윤리적 주체의 가능성을 열어온 과정으로 이해했다. 이를 통하여『광장』의 현재성을 탐문하고자 한다.

개작의 과정에서 부각되는 이명준의 폭력에 대한 자기성찰은 그에 대한 인식의 변화를 수반한다. '정향사'판에서 이명준은 "나는 영웅이 싫다. 평범한 서민(庶民)이 좋다."고 선언한다. 그런 다음 "나에게 한 뼘의 광장과 한 마리의 벗을 달라."고 요구한다. 마지막으로 "이 한 뼘의 광장에 들어설 땐 어느 누구도 나에게 충분한 경의를 가지고 허락을 받은 연후에 움직이도록 하라. 내 허락도 없이 그 한 마리의 공서자(共棲者)를 학살하지 말라"(202)고 명령한다. 그런데 '민음사'판에 이르면 "공서자를 학살하지 말라"는 명령 다음에, "그런데 그 일이 그토록 어렵단 말이렸다."(199)하는 말이 더해진다. 다소 화자의 불편한 심기를 누르면서 되묻는 이 형식은 '문지사1'판에서부터 "그런데 그 일이 그토록 어려웠구나."(191)하는 자조(自照)의 어조로 바뀐다. 이렇듯 개작 과정에서 이명준의 평범한 서민으로서의 권리 주장에 "그런데 그 일이 그토록 어려웠구나."하는 자조의 목소리를 더한 것은 그것이 선언이나 주장으로 되는 것이 아니라는 이명준의 자각을 반영한다.[41] 아렌트가 숙고했듯 평범한

---

40 조너선 컬러,『문학이론』, 이은경 · 임옥희 옮김, 동문선, 1999, 109~10쪽 참조.

41 이명준의 인식 변화는 '인민'을 바라보는 그의 시각이 달라지는 데서도 알 수 있다. '정향사'판에서 '인민'은 원래부터 타락한 사람들로 그려진다. 이명준은 '인민'도 아니고 '공산당원'도 아닌 국외자로서 '인민'에 대한 격한 감정을 갖고 있는 것으로 보인다.(131쪽) 그런데 '문지사1'판부터 인민이 원래부터 타락했다는 표현이 빠지고 대신 인민을 그렇게

시민의 권리는 그저 주어지는 것이 아니라 시민들이 서로의 권리를 동등하게 보장하겠다는 합의로서 가능한 것이다.[42]

"갈빗대가 어그러지도록 뿌듯한 보람"('정향사'판, 52)을 찾던 청년 이명준은 남한과 북한 사회 체제에서 자신의 깃발을 꽂을 장소를 찾지 못한다. 이명준은 남한이 자유가 있는 대신 부패할 대로 부패했다는 점에서 '싫다'고 하고, 그러한 문맥이 '정향사'판에서 '문지사7'판까지 그대로 유지된다. 그런데 이명준이 북한에 대해서는 애초에 다른 태도를 갖고 있었음을 보이는 문맥이 '문지사1'판에서 더해진다.

> 코뮤니즘에 있어서의 마르틴 루터는, 아직 없다. 크레믈린의 서슬에 맞선 사람은, 이단 신문소에서 화형이 되었다. 권위는 아직도 튼튼하다. 하느님이 다시 온다는 말이 2천년 동안 미루어져 온 것처럼, 공산 낙원의 재현은 30년 동안 미루어져 왔다. 여기까지가 그가 알아볼 수 있었던 벼랑 끝이었다. … 그러나 이 모든 것은 벌써 전쟁이 나기 전에 알고 있은 일이었다. 오랜 세월을 참을 차비가 되어 있었다. 역사의 속셈을 푸는 마술 주문을 단박에 찾아내지 못한다고 삶을 그만둘 수는 없었다. 참고, 조금씩, 그러나 제 머리로 한 치씩이라도 길을 내 볼 생각이었다. 그런데 전쟁이 터지고 그는 포로로 잡히고 말았다. 북조선 같은 데서, 적에게 잡혔다가 돌아온 사람의 처지가 어떠하리라는 것을 생각하고, 이명준은 자기한테 돌아온 운명

만든 것이 공산당원들이라는 표현이 채워진다. 격한 감정 표현 역시 "치사하고 비굴하고 게으른 개들"인 공산당원들을 향한다. 평범한 시민의 '권리를 가질 권리'를 가지지 못하도록 방해하는 것이 '영웅'이며 '공산당원'인 것이다. 이에 시민들은 '연대'해야 하는데 '무관심'하고 '굿'만 보고 있다는 것이다.(123쪽) 이렇듯 '문지사1판'에서 인민과 공산당원을 바라보는 시각이 역전되어 있음을 알 수 있다.

42 "우리는 평등하게 태어나지 않았다. 우리는 상호 간에 동등한 권리를 보장하겠다는 우리의 결정에 따라 한 집단의 구성원으로서 평등하게 되는 것이다."(한나 아렌트, 『전체주의의 기원』 1, 이진우·박미애 옮김, 한길사, 2006, 540쪽)

을 한탄했다. …제국주의자들의 균을 묻혀가지고 온 자로써, 일이 있을 적마다 끌려나와서 참회해야 할 것이었다. 마치 동네 안에 살면서도 사람은 아닌 문둥이처럼. 그런 처지에서 무슨 일을 할 수 있겠는가. 이것이 돌아갈 수 없는 정말 까닭이었다. 그렇다면? 남녘을 택할 것인가? …그런 사회로 가기도 싫다. (밑줄 인용자, '문지사1'판, 178~80쪽)

밑줄로 표시된 부분이 '정향사'판(190~1)의 내용이고 그 사이에 있는 내용들이 '문지사1'에서부터 더해진다. 한국전쟁이 일어나기 전 이명준에게 북한은 그의 깃발을 꽂을 수 있는 가능성이 있었다. 이명준이 '제 머리로 길을 내려는 의지'를 갖고 있는, "갸냘픈 예술가"이자 이명준의 "먼 옛날 잃어버린 분신"인 은혜가 살아있는, 동부전선 수풀에서 사타구니에 나뭇가지가 꽂힌 주검을 상상할 일이 없는 시간인 것이다. 그런 점에서 『광장』 개작의 과정에서 부각된 이명준의 폭력에 대한 성찰은 그 '가능성의 시간'을 위한 탐문이 된다.

앞서 살폈듯 이명준은 남한과 북한 사회-국가 체제로부터 '세계 소외'를 겪었다. 이는 인간의 삶을 영위하는 데 필요한 기본적인 조건인 공동체-장소 상실이며 그것의 원인이 사회-국가에 있다는 점에서 이명준은 일차적으로 사회-국가 폭력의 희생자다. 그런데 이명준은 자신의 폭력적인 경험으로 인한 감정의 배출구 내지는 숨어들 장소로서 윤애와 은혜를 필요로 했다. 이는 이명준이 자신의 목적을 위해 다른 사람을 도구로 삼았다는 점에서 '폭력'을 행사한 것이 된다. 이명준 역시 '폭력'의 문제에서 자유롭지 않은 것이다. 그런 점에서 "어느 여름 날 능선의 수풀 속에서 vagina에 나무가지를 생장시켜야 했던 여인은 어디서 보상을 받아야 하는가?"하는 물음은 이명준의 폭력에 대한 성찰을 예비하는 것으로 볼 수 있다.

'정향사'판에서는 폭력에 대한 성찰이 수반되지 않는 만큼, 이명준의 중립국행은 폭력으로 점철된 자신의 삶을 대면하지 못하고 도망하는 것으로 볼 수 있다. 이명준의 그러한 태도는 타고르호가 출발할 때부터 비쳐진다. "그 희고 빛나는 바닷새의 모습은 끈질지게 그의 가슴으로 파고들어와 염오(厭惡)라는 이름의 용접제(熔接劑)로 녹여붙인 과거에 이르는 문을 주둥이로 열심히 쪼아대서 끝내 비죽이 틈새를 열어놓고 말았다."(8)고 느끼는 데서 이명준이 과거로부터 도망하고 있음을 알 수 있다. 그리고 타고르호를 타고 있는 내내 그러한 태도에서 벗어나지 못한다. '모든 것이 미지의 나라에서 가능하리라'고 믿는 중립국의 꿈이 강조되지만 그것은 현실도피 그 이상이 아니다. 이에 중립국을 앞둔 이명준이 윤애와 은혜에 대한 배반과 중립국에 대한 꿈의 허상을 깨닫고 스스로 좌초하는 것으로 서사가 귀결된다. 그런데 '정향사'판에서의 이명준의 그러한 태도가 '문지사1'판에서 다르게 표현된다.

> 배가 떠나고부터 가끔 나타나는 허깨비다. 누군가 엿보고 있다가는, 명준이 획 돌아보면, 쑥, 숨어버린다. 헛것인 줄 알게 되고서도 줄곧 멈추지 않는 허깨비다. 이번에도 그 눈은, 뱃간으로 들어가는 문 안쪽에서 이쪽을 지켜보다가, 명준이 고개를 들자 쑥 숨어버린다. 얼굴 없는 눈이다. 그 때마다 그래 온 것처럼, 이번에도 잊어서는 안 될 무언가를 잊어버리고 있다가, 무엇인가를 잊었다는 것을 깨달은 느낌이 든다.(17쪽)

'정향사'판에서 과거로부터 도망하는 이명준이 '문지사1'에서 무엇인가를 찾고 있는 이명준으로 바뀌어 있음을 알 수 있다. 타고르호를 타고 있는 내내 이명준의 시선은 '얼굴 없는 눈'의 그 정체를 알고자 하는데 초점이 맞춰져 있다. 그리고 '얼굴 없는 눈'이 이명준의 폭력에 대한 교정자의 역할을 하다가 서사의 마지막 국면에서야 실체를 드러낸다.

'문지사1'판에서 이명준의 중립국행은 현실을 버티어나갈 힘이 다 소진된 이명준이 "자연의 수명이 다하기를 기다리면서 쉬기 위한"(184~5), 곧 죽음의 장소를 향해 가는 것으로 그려진다. 죽음을 앞둔 사람이 자신의 생을 한꺼번에 떠올리듯 '바다'와 '갈매기'가 그려져 있는 부채 속 환각에서 이명준은 자신이 대학에 다닐 때부터 은혜가 죽기까지의 생을 떠올리며 죽음의 장소를 향한 마지막 수순을 밟는 것이다. 그런데 어느 순간 큰 새와 작은 새가 날아다니는 광장이 이명준의 눈에 들어오면서 새로운 국면이 전개된다.

> 부채꼴 사북자리까지 뒷걸음질 친 그는 지금 핑그르 뒤로 돌아선다. 제 정신이 든 후에 비친 푸른 광장이 거기 있다.
>
> 자기가 무엇에 홀려 있음을 깨닫는다. 그 넉넉한 뱃길에 여태껏 알아보지 못하고, 숨바꼭질을 하고, 피하려 하고 총으로 쏘려고까지 한 일을 생각하면, 무엇에 씌웠던 게 틀림없다. 큰일날 뻔했다. 큰 새 작은 새는 좋아서 미칠 듯이, 물속에 가라 앉을 듯, 탁 스치고 지나가는가 하면, 되돌아 오면서, 바다와 놀고 있다. 무덤을 이기고 온, 못 잊을 고운 각씨들이, 손짓해 부른다. 내 딸아. 비로소 마음이 놓인다. 옛날 어느 벌판에서 겪은 신내림이, 문득 떠오른다. 그러자, 언젠가 전에, 이렇게 배를 타고 가다가, 그 벌판에서 지금처럼 떠올린 일이, 그리고 딸을 부르던 일이, 이렇게 마음이 놓이던 일이 떠올랐다. 거울 속에 비친 남자는 활짝 웃고 있다.('문지사1', 200쪽)

지금껏 이명준은 무엇에 홀려있었다는 것이며 그 홀림의 시간은 큰 새와 작은 새를 알아보기 전, 이명준이 타고르호를 타고 있던 시간 전체로 확장된다. 그리고 대학 여름 수풀의 환각을 실제 있었던 일처럼 기억하는 데서 현실과 환각의 경계가 지워진다. 그렇듯 이명준이 홀려 있음에서 깨어나 알아본 '큰 새'와 '작은 새'는 누구인가. 그들은 '무덤을 이기고' 왔다는 점에서 이미 죽은 자이고, 각시들이라는 점에서 여자이며 복수다. 여기에 들어맞는 인물이 다름 아닌 '은혜'와 '여인'이다.[43] 그런데 이명준이 홀려 있음에서 깨어나 은혜와 여인을 보고 마음이 놓인다고 하는 까닭이 무엇인가.

아렌트는 '만약 누군가가 유대인이라는 이유에서 공격받는다면, 그는 그 자신을 독일인으로서가 아니고, 세계 시민으로서가 아니고, 인권의 옹호자로서가 아니라, 유대인으로서 지켜야 한다.'고 주장한다.[44] 이 때 아렌트의 '유대인', 이 옆 자리에 『광장』의 이명준을 세울 수 있다. 남한 'S서'에서 '벌거벗은 생명'이 되고 북한 『노동신문』 편집국에서 '잉여 존재'가 됨으로써 '세계 소외'를 겪은 이명준의 처지가 그러하다. 바로 그 자리에서 이명준은 폭력의 중지"[45]를 선언하고 "바닥에 누워 있는 자들을 밟고 가는 지배자들의 개선 행렬에 동참하는"[46]것을 경계해야 했을 것이다. 그런데 이명준은 '벌거벗은 생명', '잉여존재'의 폭력적인 경험으로 인한 불안과 패배감의 배출구로서 연인을 필요로 했다. 동부전선 여름 수풀에서 '여자'를 주검으로 만든 '끔직한 손', 가냘픈 예술가 은혜에게 쇠붙이를 두르게 하고 결국 죽게 만든 전쟁의 행렬, '지배자들의 개선 행렬에 동참한' 것이다. 이명준이 타고르호를 타고 있는 내내 '얼굴 없는 눈'을 의식하는 것은 그렇듯 폭력의 악순환에 빠진 자신과의 대면을 위한 고투가 된다.

---

43 은혜가 죽기 전 마지막으로 만났을 때 이명준에게 "나 딸을 낳아요."('문지사1'판, 194쪽) 하고 말했던 데서 작은 새를 동반한 큰 새는 은혜를 지시한다. 그리고 이명준은 부채 속 환각에 빠지기 전에 '얼굴 없던 눈'이 다름 아닌 작은 새임을 알아본다.('문지사1'판, 195쪽) 부채 속 환각에서 벌써 알아본 '얼굴 없던 눈', 즉 작은 새를 '딸아'하고 부르며 '비로소 마음이 놓인다.'고 하는 것이다.

44 리처드 J. 번스타인, 『한나 아렌트와 유대인 문제』, 김선욱 옮김, 아모르문디, 2009, 46쪽.

45 발터벤야민, 『역사의 개념에 대하여/폭력비판을 위하여/초현실주의 외』, 최성만 옮김, 도서출판 길, 2009, 337쪽.

46 발터 벤야민, 위의 책, 336쪽.

그 고투의 끝에서 이명준은 행방불명된 것이다. 『광장』의 마지막 국면에서 이명준은 역사의 뒤안길로 밀린, 전쟁 전 제 힘으로 길을 내보려는 의지를 가졌던, 여자와 은혜가 살아있는 그 가능성의 시간 속으로 들어간 것으로 볼 수 있다. 남한과 북한 사회(국가)에서 '세계 소외'를 겪은 이명준의, 그러한 폭력의 중지를 위해 자신이 '있어야 할 곳-장소'가 어디인가에 대한 '증명'[47]이 현실 세계에서의 '행방불명'이라는 표지인 것이다. 그 가능성의 시간이 이명준의 환각으로 보여진다는 사실은 현실에서 그 실현의 불가능성을 환기한다. 이에 이명준의 행방불명이 현실 세계에 대한 이명준의 비극적 인식을 드러내는 표지로 집약되면서 『광장』의 총체적인 의미가 되고 있다.

4. 결어

최인훈은 등단작 「GREY 구락부 전말기(『자유문학』, 1959)에서부터 현재로서 마지막 작품인 「바다의 편지」(『황해문화』, 2003)에 이르기까지 식민지, 해방, 분단, 군사정권, 현실사회주의의 붕괴로 이어지는 현대사를 집요하게 다루어왔다. 그 가운데 『광장』(1960)은 작가의 비교적 초기작에 속한다. 그런데 최인훈은 「바다의 편지」를 발표한 지 7년 후인 2010년, 10번째 개작된 『광장』을 발표했다. 작가의 붓길이 마지막 닿은 작품이 현재로서 『광장』인 것이다. 최인훈이 이토록 오랫동안 『광장』을 붙들고 있는 까닭이 어디에 있을까. 『광장』 개작에 대한 작가의 변을 통해 이를 확인할 수 있다.

---

47 자크 랑시에르, 『문학의 정치』, 유재홍 옮김, 인간사랑, 2011, 134쪽.

변하는 것을 소재로 하면서 효력이 변하지 않는 것을 만드는 모순을 실천하고 있는 것이 문학이다. 이 모순은 인간의 조건을 이루는 것이기 때문에 피할 수 없는 것이고, 그 모순 자체가 문학을 성립시키는 해결의 바탕이 되고 있다. 모순이 곧 해결의 바탕이 될 수 있는 것은 인간의 삶은 끊임없이 변하고 있지만, 인간의 삶에는 전혀 변하지 않는 지평선이 있기 때문이다. 그 지평선은 모든 개인은 죽는다는 조건이다. 이 조건이 인간의 삶의 확대, 다른 말로 하면 변화, 또는 속도에도 불구하고 어떤 인간이든지 처지가 다른, 다른 사람의 삶을 이해할 수 있게 하는 바탕이다. 작가가 하는 일은 다양화되고, 빠르게 움직이는 현대 생활의 어떤 부분을 (한꺼번에 모든 일을 다룰 수는 없으므로) 이 공통의 바탕과 이어지도록 물길을 터주는 일이다.[48]

위대한 사람이라면 이 막다른 골목에서 빠져나오는 힘이 있으리라. 그러나 이 주인공에게는 그런 힘이 없다. 그리고 이 주인공과 시대를 함께하는 많은 사람들에게 그런 힘이 없다. 그래서 그가 한 자리 얘기의 주인공이 된 것은 그가 위대해서가 아니다. 되레 그렇지 못한 탓으로, 많건 적건, 많은 사람들의 운명의 표징으로 이 소설 속에 나타난 것이다.[49]

이 작품은 첫 발표로부터 30년, 소설 속의 주인공이 세상을 떠난 날부터 40년에 가까운 세월이 흘렀다. 이 소설의 주인공이 겪은 운명의 성격 탓으로 나는 이 주인공을 잊어버릴 수가 없다. 주인공이 살았던 것과 그렇게 다르지 않는 정치적 구조 속에서 필자는 여전히 살고 있기 때문이다.[50]

---

48 최인훈, 「『광장』을 고쳐 쓴 까닭」, 『문학과 이데올로기(전집12)』, 문학과지성사, 2009, 448쪽.

49 최인훈, 「일역판 서문」, 『광장/구운몽』, 문학과지성사, 2010, 14쪽.

50 최인훈, 「1989년을 위한 머리말」, 『광장/구운몽』, 문학과지성사, 2010, 8쪽.

많은, 힘없는 사람들의 표징으로서 한 이야기의 주인공, 작가는 그이를 40년 전에 벌써 작품으로 떠나보냈다. 그런데 작가가 살고 있는 '지금 이 시간'이 40년 전 그 주인공이 살았던 때와 다르지 않기에 작가의 소설 속에 표징으로 삼게 되었다는 것이다. 여기에 작가가 살아온 동시대에 대한 비탄이 들어있는 바, 동시대 힘없는 사람들의 담지자로서 이명준을 소환해 왔음을 알 수 있다. 그렇듯 최인훈은 『광장』 개작을 통하여 "변하는 것을 소재로 하면서 효력이 변하지 않는 것을 만드는 모순을 실천"[51]해 온 것이다.

『광장』에서 이명준은 폭력에 대한 성찰을 통해 '윤리적 주체'의 가능성을 보여준 것으로 보았다. 우리의 현실 세계가 폭력적인 만큼 거기에 속한 주인공의 운명 역시 비극적일 수밖에 없다. 그러한 세계와의 섣부른 화해는 기만이기 쉽다. 대신 인간적인 삶을 왜곡하는 지배질서와의 단절을 선언하고 그에 대한 지속적인 실천의 담지자로서 '윤리적 주체'가 요구되는 것이다. 『광장』의 마지막 국면에서 이명준의 행방불명은 이명준이 '윤리적인 주체'에 이르지 못했다는 사실을 보여준다. 이명준의 행방불명이 환각으로 보여진다는 사실은 현실에서 윤리적 주체의 실현 불가능성을 환기하는 것이다. 그런 점에서 이명준의 행방불명은 그러한 현실 세계에 대한 이명준의 비극적 인식을 드러내는 표지가 된다. 그리고 우리가 속해 있는 이 세계 역시 폭력적이라는 사실에서 『광장』의 '현재성'이 담보된다. 『광장』 개작은 이를 위한 작가 최인훈의 고투로 볼 수 있다.

---

51 최인훈, 「『광장』을 고쳐 쓴 까닭」, 『문학과 이데올로기(전집12)』, 문학과지성사, 2009, 448쪽.

참고문헌

1. 기초자료

최인훈, 『광장』, 정향사, 1961.
_____, 『광장』, 신구문화사, 1968.
_____, 『광장』, 민음사, 1973.
_____, 『광장』, 문학과지성사, 초판, 1976.
_____, 『광장/구운몽』, 문학과지성사, 재판-7판, 1989 · 1994·1996 · 2001 · 2008 · 2010.

2. 단행본

권택영, 『소설을 어떻게 볼 것인가』, 문예출판사, 1995.
김상봉, 『서로주체성의 이념』, 도서출판 길, 2007.
김인호, 『해체와 저항의 서사』, 문학과지성사, 2004.
김현 · 김윤식, 『한국문학사』, 민음사, 1974.
리처르 J. 번스타인, 『한나 아렌트와 유대인 문제』, 김선욱 옮김, 아모르문디, 2009.
발터 벤야민, 『역사의 개념에 대하여/폭력비판을 위하여/초현실주의 외』, 최성만 옮김, 도서출판 길, 2009.
알랭 바디우, 『윤리학』, 이종영 옮김, 동문선, 2001.
임환모, 『한국 현대소설의 서사성과 근대성』, 태학사, 2008.
정영훈, 『최인훈 소설의 주체성과 글쓰기』, 태학사, 2008.
자크 랑시에르, 『문학의 정치』, 유재홍 옮김, 인간사랑, 2011.
제랄드 프랭스, 『서사학이란 무엇인가』, 최상규 옮김, 예림기획, 1999.
조너선 컬러, 『문학이론』, 이은경 · 임옥희 옮김, 동문선, 1999.
최인훈, 『길에 관한 명상』, 문학과지성사, 2010.
_____, 『문학과 이데올로기』, 문학과지성사, 2009.
프란츠 파농, 『검은 피부 하얀 가면』, 이석호 옮김, 인간사랑, 2013.
한나 아렌트, 『전체주의의 기원』 1 · 2, 이진우 · 박미애 옮김, 한길사, 2013.
_____, 『폭력의 세기』, 김정한 옮김, 이후, 2008.

3. 논문

권보드래, 「중립의 꿈 1945~1968 - 냉전 너머의 아시아, 혹은 최인훈을 위한 시론」, 『상허학보』 제34집, 상허학회, 2012.
김병익, 「텍스트의 진화와 의미의 확장」, 『문학과 사회』, 문학과지성사, 2010년 가을.
김진규, 「선을 못 넘은 '자발적 미수자'와 선을 넘은 '임의의 인물'」, 『상허학보』 제40집, 상허학회, 2014.
김한성, 「제국의 바다, 식민지 육지 : 공간 의식으로 본 『광장』」, 『동아시아 문화연구』 제54집, 한양대학교 동아시아문화연구소, 2013.
박진우, 「파국의 시대와 '지금 시간'」, 『인문학연구』 제44집, 조선대학교 인문학연구소, 2012.
박종주, 「한나 아렌트 : 자기의식적 행위의 가능성」, 서울대 석사논문, 2013.
서은선, 「최인훈의 소설 『광장』의 타자 인식 연구(1)」, 『현대문학이론연구』 제11집, 현대문학이론학회, 1999.
송재영, 「분단 시대의 문학적 방법」(1977), 『서유기』(전집3), 문학과지성사, 2008.
이창동, 「최근의 생각들」, 『작가세계』, 세계사, 1990년 봄.
임환모, 「1960년대 한국문학의 분기 현상」, 『현대문학이론연구』 제58집, 현대문학이론학회, 2014.
차미령, 「최인훈의 소설에 나타난 정치성의 의미 연구」, 서울대 박사논문, 2010.
한 기, 「「광장」의 원형성, 대화적 역사성, 그리고 현재성」, 『작가세계』 1990년 봄.

1960년대 도시 소설의 장소상실과 기획 공간
-최인훈과 김승옥의 경우

정미선

1. 서론

근대 이후 도시의 서사화 양상을 논할 때 '장소에서 공간으로'의 테제는 핵심적인 입론의 지점으로 자리한다. 근대의 공간 이해는 실존을 비호하는 구체적 '장소' 개념에서 불안을 야기하는 추상적 '공간' 개념으로 이동하게 된다. 도시는 이와 같은 근대 공간론의 핵심적 표지로, 근대화의 도정과 함께 탄생하여 인간의 삶을 구획하는 현실적 터전으로 자리잡고 있을 뿐만 아니라 근대적 공간 개념과 상동하는 표상으로 자리매김한다.

그리하여 도시는 장소상실의 근대를 함축하는 문제적 범주가 된다. 도시 소설의 장르종에서 드러나는 장소상실의 주제를 탐구하는 것이 의미있는 까닭은 여기에 있다. 이른바 도시 소설은 도시 공간에 처한 인간 삶의 양태를 문학적 기획과 구성을 통해 보여준다. 이러한 모색이 갖는 역점은 장소상실의 의미항에 머무는 것에서 더 나아가 공간 창출의 수행을 통해 장소성을 공간 속에 새롭게 이관하여 구현하고자 하는 바로 그 지점에 있다. 따라서 여전히 장소는 우리에게 문제적 개념으로 있으며[1],

1 특히 근대의 소설들을 논할 때 이들이 구현하는 장소적 표지의 진정성에 관심을 기울

"우리는 이미 장소를 필요로 하지 않는 것인지, 아니면 장소 그 자체가 변질된 것인지 새삼 의문을 가질 필요가 있다"[2]는 질문은 본 논의의 핵심 축으로 기능한다.

1960년대 도시 공간의 서사를 논할 때 본고가 주목한 지점은 도시의 장소상실성에 대응하는 두 가지 서사 전략인 산책자 모티프와 여로형 모티프이다. 두 모티프는 모두 도시에서의 이동을 관건으로 함에도 서로 대별된다. 즉 산책자 모티프가 장소 없는 공간으로서의 도시 내부를 조망함으로써 도시 공간성을 비판하고자 한다면, 여로형 모티프는 고향/도시의 이원적 구도를 통해 도시 공간성을 드러내고자 하는 서로 다른 두 가지 서사적 기획을 보여준다.

본고는 60년대 도시의 서사화 양상에 접근하는 길로서, 이 두 축을 논점으로 삼아 30년대로부터 이어지는 산책자 모티프의 의미 있는 변형을 보여주는 최인훈의 『소설가 구보씨의 일일』과 1960~80년대를 잇는 여로형 모티프의 핵심으로 자리하는 김승옥의 「무진기행」을 논하고자 한다. 위 소설들은 공통적으로 도시의 장소상실성이라는 문제의식을 구현하고 있는 가운데서도 서로 다른 서사적 모색을 꾀하는데, 이러한 두 양상을 분석하여 개별 서사가 형상화하는 도시의 문제적 국면들과 이에 따른 탈도시 전략을 논의함으로써 60년대 도시 소설이 포착하는 도시적 삶과 모색에 관한 구현태의 한 단서를 얻을 수 있을 것이라 기대한다.

일 필요가 있다. 식민지 근대화와 전쟁, 조국 근대화 및 산업화의 역사는 이데올로기적으로 조정된 장소의 표지를 생산할 뿐만 아니라 내면화된 실향/탈향의 경험과 맞물려 이른바 '장소의 로맨티시즘'을 만들어낼 수 있기 때문이다.

2 마루타 하지메, 『'장소'론』, 박화리 · 윤상현 옮김, 심산, 2011, 62쪽.

2. 도시 공간론의 전제와 지평

장소상실은 근대 도시 공간과 인간 삶과의 관계를 정의하는 인문지리학적 진단의 요체다. 엄밀히 말해 이는 근대의 공간 개념이 가지고 있는 전반적인 특질이기도 하다. 도시 공간은 이러한 장소상실성을 가장 구체적인 방식으로 구현한다. 도시는 렐프가 규정했듯이 '장소상실'[3]의 사태를 단적으로 드러내 보여주는 공간으로서, 여기에서 인간과 공간의 관계는 완연히 상이한 양상으로 나타난다. "가령 도시는 실제 삶의 장으로서 주어진 배경 자체로서 의식되기보다는, 모종의 실재적 형상을 모형으로 대응된 이종공간의 형상들로써 구성되는 이미지를 통해 의식된다"[4]는 언술은 도시 공간이 관념화를 통해 인식되는 추상적 형상, 즉 재구성된 표상으로서 인간 삶에 담론 형태로 투사되고 있음[5]을 주지시킨다. 도시의 지반은 "무한대의 개방 공간"[6]으로 공간 개념을 대체함으로써 장소에서 공간의 개념항으로 이동한다.

투안에 따르면 공간은 장소보다 추상적이며, 무차별적인 공간에서 출발해 우리가 공간을 잘 알게 되고 가치를 부여하게 됨에 따라 공간은 장소가 된다.[7] 즉 인간과 공간의 근원적 관계를 '공간-부여(Raum-geben)'와 '공간-창출(Ein-räumen)'과 같은 체험과 수행으로 해석[8]할 때, 장소란

---

3 근대로부터의 인간과 공간의 관계를 렐프는 장소상실(Placelessness)의 개념으로 정의한다. E. 렐프, 『장소와 장소상실』, 김덕현·김현주·심승희 옮김, 논형, 2005.

4 장일구, 「한국 근대 도시 공간의 서사적 초상」, 어문연구학회, 『어문연구』 75, 2013, 312~313쪽.

5 위의 글, 313쪽 및 장일구, 『경계와 이행의 서사 공간』, 서강대학교출판부, 2011, 198쪽 참조.

6 장일구, 「장소에서 공간으로 - 한국 근대소설에 드러난 이종공간의 몇 가지 표지」, 현대문학이론학회, 『현대문학이론연구』 36, 2009, 25쪽에서 재인용.

7 Y. 투안, 『공간과 장소』, 구동회·심승희 옮김, 대윤, 2007, 19쪽.

8 하이데거의 '세계-내-존재'로서의 현존재 테제를 가늠할 때 공간과 인간의 관계성이

이렇듯 인간의 관여를 통해 최대한의 의미가 부여된 공간이라 정의할 수 있다. 그리하여 장소는 인간에게 '장소애'[9]를 주는 구체적 실감의 유역으로 자리하게 된다. 장소성, 즉 장소적 자질은 렐프의 '실존적 내부성(Existential insideness)'을 통해 설명될 수 있는데, 렐프는 이러한 실존적 내부성의 담지가 장소성의 요체라고 본다. 장소의 가장 기본적인 속성은 '거주'로, 실존적 내부성은 인간과 공간의 깊은 결속을 통해 이를 장소로서 의미화하는 과정으로 이해된다.

> 어떤 장소의 내부에 있으며 그곳을 가능한 완벽히 경험하려 한다고 해서 실존적으로 내부자가 되는 것은 아니다. 가장 근본적인 형태의 내부성은 적극적이고 자각적인 깊은 생각 없이 장소를 경험하지만, 여전히 그 장소가 의미로 가득 차 있을 때 생기는 것이다. …… 실존적 내부성의 특징은 장소 개념의 토대가 되는 그 장소에의 소속인 동시에, 깊고 완전한 동일시이다. …… 자신과 동일시할 수 있는 장소가 없는 사람은 뿌리가 없는 사실상의 무거주자이다. 그러나 실존적 내부성의 자세로 장소를 경험하는 사람은 그 장소의 일부가 되며 장소 역시 그의 일부이다.[10]

인간의 거주는 실존적 내부성을 통한 장소와의 공명에서 가장 극대화될 수 있다. 볼노 또한 이러한 맥락에서 인간 존재의 근원적 공간성과

근본적으로 제시된다. 공간의 인문학적 논항이 파생되는 지점은 인간의 삶에 관여되는 공간의 양상으로부터이다. 따라서 인문학적 공간 문제는 일차적 사태로서의 공간 자체의 보편적이고 객관적인 실체나 본체적 형상에 대해 묻는 것이 아니라, 공간 부여와 공간 창출과 같은 체험과 수행으로부터 비롯된다. 장일구, 「공간의 인문적 의미망 - 실존적 해석학을 단서로 한 시론」, 『현대문학이론연구』 38, 현대문학이론학회, 2009, 6쪽 참조.

9 장소애(Topophilia)에 대한 기본적 논의는 Y. 투안, 『토포필리아』, 이옥진 옮김, 에코리브르, 2011 참고.

10 렐프, 앞의 책, 127~128쪽.

함께 "거주함은 존재의 본질"이라는 명제로 거주를 위한 인간의 기획 투사와 실존적 투쟁을 강조하고 있다.[11] 장소는 이처럼 비호적 속성을 띠는 구체적 표지로 자리한다.

도시가 장소로서 기능할 수 없는 까닭은 바로 위와 같은 점에 있을 것이다. 도시 공간에 대한 개별 체험은 이동을 관건으로 한 파편적 양상을 띨 수밖에 없으며, 이로부터 도시 공간 전체에 대한 인식 가능성은 장소에서와 같이 친밀한 형태의 직관성으로서 사유될 수 없다. 단일한 하나의 장소로 포괄될 수 있는 공통의 지반, 즉 '공통의 장소'를 상실한 도시 공간 자질은 헤테로토피아(이종공간)[12]의 논항에 근접하게 된다.

도시의 장소상실성은 근대의 고향 상실에 실제적으로 연관될 뿐만 아니라 좀 더 직접적으로 근대의 공간성과 도시 공간성의 결합 관계를 예시한다. 무한대의 개방 공간으로서 장소의 자질을 잃어버리고 헤테로토피아의 공간 자질을 이루는 도시[13]와 근대 공간성을 병행하여 논의할 필요가 있다.

근대의 공간 자질에 대한 소자의 견해에 따르면, 근대화는 공간-시간-존재를 구체적인 형태로 크게 재구성하기 위해 정기적으로 가속화되는 지속적인 사회 재구조화의 과정이고 일차적으로 생산양식의 역사, 지리

---

11 O. 볼노, 『인간과 공간』, 이기숙 옮김, 에코리브르, 2011, 398쪽.

12 헤테로토피아(Heterotopia)의 기본 개념은 M. 푸코, 『헤테로토피아』, 이상길 옮김, 문학과지성사, 2014 및 동저자의 책 『말과 사물』, 이규현 옮김, 민음사, 2012의 서문을 참고. 요컨대 『말과 사물』의 서문에서 다음과 같은 부분 : "우리의 사유가 갖는 한계 즉 그것을 사유할 수 없다는 적나라한 사실이다. 보르헤스의 열거에 감도는 기괴성은 항목들을 서로 연결할 공통의 바탕 자체가 무너져 있다는 점에서 비롯한다. 불가능한 것은 사물들의 근접이 아니라, 사물들이 인접할 수 있을 장소이다. 열거된 사물들이 분류될 안에라는 전치사에 불가능성의 충격이 가해지면서, 열거의 접속사 와도 훼손된다. 거기에서는 사물들이 몹시 상이한 자리에 '머물러' 있고 '놓여' 있고 '배치되어' 있어서, 사물들을 위한 수용 공간을 찾아내거나 이런저런 자리들 아래에서 공통의 장소를 규명하는 것이 불가능하다. [그리하여] 헤테로토피아는 불안을 야기한다." 7~11쪽.

13 장일구, 「장소에서 공간으로」의 '이종공간' 개념 참조.

적 역학에 기인하는 근대성의 성격과 경험의 변동에 상응한다.[14] 이는 근대를 시공간의 분단을 가능케 한 탈일체형으로 특징짓는 하지메의 논의와도 만난다. 요컨대 아토피아로서의 근대에서는 사회관계를 시간적·공간적으로 분리함과 동시에 시공간의 무한한 확장 속에서 사회관계의 재구축을 지향한다는 것이다.[15] 따라서 근대의 공간 기획은 필연적으로 존재론적 불안을 초래할 수밖에 없다. 이른바 "근대 세계에서는 인간 삶에 걸맞은 장소의 창출보다는 공간 구도에 걸맞게 삶의 조건을 환원하는 것이 관건이며, 존재를 비호하던 장소의 속성이 퇴색한 자리에 공간이 구성되는 형국이 펼쳐"[16]지는 것이다.

장소상실의 사태에서 논의가 더욱 진전될 수 있는 지점은 이러한 무장소성이 경험된다는 사실 자체로부터 온다.[17] 앞서 논의했듯이 실존적 내

---

14 위의 글, 24쪽에서 재인용. 원 출처는 E. 소자, 『공간과 비판사회이론』, 이무용 옮김, 시각과언어, 1997, 41쪽.

15 마루타 하지메는 아토피아(Atopia), 즉 사유지 경계선이 없는 사회 및 장소 없는 곳을 근대적 공간의 근본 상황으로 제시한다. 마루타 하지메, 앞의 책, 259쪽 각주 및 260쪽 참조. 이와 유사한 맥락을 E. 그로츠, 『건축, 그 바깥에서 - 잠재공간과 현실공간에 대한 에세이』, 탈경계인문학연구단 공간팀 옮김, 그린비, 2012, 40쪽에서도 확인할 수 있는데, 하지메가 그럼에도 남아있는 장소의 잔역을 지역성에서 찾는다면, 그로츠는 몸 자체의 장소성을 강조하여 육체 페미니즘의 입론으로 나아간다. 근대의 장소상실이라는 공통 전제의 지점에서 갈라져나가는 '장소'에 대한 이러한 다면적 인식과 모색 방식이 흥미롭다. 특히 몸의 장소성에 관해서는 E. 그로츠, 『뫼비우스 띠로서 몸』, 임옥희 옮김, 여이연, 2001 참고.

16 장일구, 「장소에서 공간으로」, 25쪽.

17 근대의 공간 개념에 대한 논의는 그 저변과 함의가 무척이나 넓다. 다만 본고 전체가 책정하고 있는 주제가 '60년대 도시의 서사화'로 좁혀지는 만큼, 60년대 도시를 형상화하는 서사의 양상에 보다 주목하기 위해 도시에 대한 사회학적·문화학적 논의들을 축소시킬 필요가 있다고 생각했다. 근대적 공간의 특징인 균질 공간은 렐프의 책에서 2장과 6장을 통해 논의된 바 있으며, 이러한 근대의 공간 이해는 렐프 뿐만 아니라 도시에 대한 다양한 문화학적 접근에서 시도되었다. 그러나 본고는 실제 도시에 대한 렐프의 비판적 입론보다는 투안의 입장에 더 의미를 두고 도시 공간의 서사화 양상에 접근하고자 한다. 투안은 장소상실의 현실 속에서도 인본주의적 입장에서 장소애의 가능성을 논한다는 점에서 렐프와 차이를 보인다. 본고는 기본적으로 인간의 본원적인 공간성 및 공간 원망과 공간 창출

부성의 감각이 공간을 장소화하는 인간의 의미화 과정 속에서 파생된다면, 인간이 최초의 장소로서의 '집'이 실제적으로 훼손되거나 사라진 뒤에도 은유적 사고를 통해 이 장소성을 이관하여 공간 속에 새롭게 구현한다는 볼노의 논의[18]에 주목할 필요가 있다. 이즈음 장소에서 공간으로의 테제는 다시금 의미를 부여받아, 장소상실의 문제적 상황에서 그러한 무장소성에 대응하여 공간을 기획하고자 하는 도정으로 이행하게 되는 것이다.

인간의 공간 경험을 공간성의 내용으로 규정할 때, 도시 공간성은 도시 공간에 대한 인간 경험의 양상을 일컫는 말로 이해된다. 투안이 경험을 감각에서부터 상징화 능력을 통한 간접적 양식에 이르기까지 포괄적으로 규정[19]했듯이, 공간 경험 또한 인간의 공간 창출과 기획 투사의 여지를 포함하고 있음에 유의할 필요가 있다. 세계-내-존재의 공간성[20]으로부터 파생되는 '구성적 개념'[21]으로서의 공간 논의가 이를 담지하는 바, 서사에서 도시라는 주제가 의미화될 수 있는 핵심적인 지점이 이로부터 파생된다.

도시의 주제가 도시적 삶과 도시에 관한 인간의 경험을 의미화하는 것에서 비롯되는 것이라면, 개별 서사는 그 의미화된 공간 경험의 양상을 문학적 기획과 구성을 통해 형상화하는 방식으로 안배된다. 이는 당대 도시의 장소상실적 면모를 사실적으로 드러내는 데서 그치는 것이 아니라 이를 효과적으로 재구하는 기획 투사의 한 형태이다. 서사 공간은

의 역학에 주목하여, 특히 문학에서의 기획 공간의 가능성과 의미를 가장 기본적인 전제로 삼고자 한다.

18 볼노, 앞의 책, 179쪽.

19 투안, 『공간과 장소』, 23쪽.

20 M. 하이데거, 『존재와 시간』, 이기상 옮김, 까치, 1998, 143~159쪽 참조.

21 장일구, 「한국 근대 도시 공간의 서사적 초상」, 303쪽.

이들을 담아내는 복수의 장으로서 기능하며, 이러한 기획 투사가 서사 텍스트와 접목될 때 도시라는 주제 속에서 개별 소설들이 모색하는 기획 공간의 형상들을 가늠할 여지가 생긴다. 따라서 서사 텍스트에서 구현된 도시 형상을 해석하는 것은 도시의 장소상실성을 내포하는 국면들뿐만 아니라 그에 상응하는 개별 서사들의 다층적인 모색 양상까지를 포함할 때 보다 확장적인 접근이 가능해지는 것이다.

이를 논하고자 할 때, 도시의 서사적 형상을 구획하는 방식은 논제에 따라 다양하게 책정될 수 있다.[22] 이는 문학주제학적 접근에서 도시 연구의 범위가 1910년대 개화기 문학으로부터 1920~30년대, 단편적으로는 1960년대에서부터 1970~80년대의 맥락 그리고 1990년대 이후 문학에 이르기까지의 넓은 스펙트럼에서 접근되고 있기 때문[23]인 것으로 이해된다. 본고는 이 중에서 일차적으로는 1960년대의 공시적인 맥락에 논점을 한정하고 도시의 장소상실성에서 나아가는 서사적 기획이 갖는 의미에 보다 주목하기 위하여, 도시 소설의 주요 모티프를 중심 자질로 삼아 이러한 모티프가 구현된 두 편의 소설을 단서로 60년대 도시 소설에 나타난 기획 공간의 양상을 살펴본다.

---

22 그 한 예로, 도시 소설의 장르종을 최초로 논의한 이재선의 경우를 보면 이를 1)도시 입성형 경험소설, 2)노년학적 소설, 3)생태학적 소설, 4)분열형 소설, 5)이미지로서의 소설, 6)총괄형 소설 및 기타 집없음·유동·위험한 교통 유형과 같이 도시의 장소상실성을 구체화하는 표지들을 통해 분류하였다. 이재선, 『현대 한국소설사 1945~1990』, 민음사, 1991, 247~317쪽, 제 5장 '도시소설의 시학' 참조.

23 이러한 접근의 단적인 예로 전혜자와 이동하의 견해를 들 수 있다. 전혜자, 『한국 현대도시소설과 비교문학』, 새미, 2005, 17~154쪽, 제 1부 '도시소설연구' 및 이동하, 「도시공간으로서의 서울과 소설 연구의 과제」, 『현대소설연구』 52, 한국현대소설학회, 2013 참조.

3. 도시의 장소상실성과 탈도시 전략

"정착의 집과 자리인 토포스를 잃어버린 채 떠도는 실향의 부랑인"[24]은 60년대 도시 공간에 처한 개별 삶들의 이미지를 보여준다. 특히 실향과 탈향의 감각은 매우 자각적인 형태로 나타나는데, 이는 60년대 문학이 기반하고 있는 근대사의 맥락 속에서 이해되는 바이다. 요컨대 6·25 전쟁과 남북 분단으로 대량의 실향민이 발생하였으며 이러한 전쟁의 참화 속에서 고향의 파괴와 가족의 상실은 필연적인 것이었다. 또한 1960년의 4·19 혁명 이듬 해에 벌어진 5·16 쿠데타와 경제개발 5개년 계획은 산업화의 중심도시 서울을 만들어냈으며, 살기 위한 탈향과 도시로의 이주를 가속화한다. 60년대는 전쟁 이후 국가 주도 근대화·산업화 정책을 중심으로 공간이 재편되기 시작하던 시대였으며, 도시화는 이의 핵심이었다. 따라서 고향 떠난(없는) 사람들의 거대한 운집이 서울이라는 60년대 도시 공간을 구성하고 있었던 것인데, 실향/탈향의 지각은 이러한 사회적 문맥에 닿아있는 것으로 판단된다.

따라서 60년대 문학사에서 도시라는 주제가 전면적으로 등장하게 된 것은 수순이었을 것이다. 소급적으로는 1910년대로부터 1930년대 이상, 박태원, 김유정, 이효석, 박화성 등으로까지 연구 범위가 확장되는 경향[25]이 있고 좀 더 본격적으로 도시 소설의 형태가 정립된 시기를 70년대 이후로 놓는 논의[26]도 있으나, 60년대로부터 이호철, 김승옥, 구인환, 박태순, 김광식, 이범선 등과 같은 작가군, 60~70년대로부터 80년대에 이르기까지 최인훈, 이청준, 최인호, 최일남, 송영의, 황석영, 조세희 등의

24 이재선, 앞의 책, 317쪽.

25 조남현, 「한국현대작가들의 '도시' 인식방법」, 『현대소설연구』 35, 한국현대소설학회, 2007, 10쪽.

26 이재선, 『한국문학의 원근법』, 민음사, 1996, 25쪽.

작가군에 의해 도시와 인간 삶의 관계에서 장소상실성이라는 논제에 수렴될 만한 작품들이 활발하게 발표되어왔음을 주목할 필요가 있다.

이렇듯 도시에 처한 삶들에 대한 인식과 도시 공간성에 대한 비판적 고찰들이 지속적으로 담론화되고 있었음에 주목하면, 60년대 서사 텍스트들이 도시라는 주제에서 위치하는 바를 가늠해볼 수 있다. 60년대는 도시 공간의 서사화가 본격적으로 진행되기 시작한 시기였으며, 도시 서사는 70~80년대로 가면서 점차 두드러지는 담론 형태로 심화·확장되어갔던 것이다. 따라서 60년대 도시 소설의 면모를 살펴보는 것은 이러한 맥락적 흐름에 대한 예비적 고찰과 동시에 도시의 서사화에 대한 중심 전략들을 읽어낼 수 있는 논의의 단서를 준다.

도시 공간성에 초점을 둘 때 대체적으로 이들에 대한 논의는 텍스트에 나타나는 도시의 세태를 미시적으로 들추어냄으로써 당대 도시 문제들을 비판적으로 고찰한 연구, 도시의 사회학적 함의에 주목하여 소설에 나타난 도시의 문제를 추산하는 연구, 도시의 풍속사를 공간적 표지를 통해 고찰함으로써 도시 공간과 근대성의 함의를 공간의 문화정치학적 입장에서 바라본 연구로 분류된다. 이들 연구 방향은 본 논의의 한 축인 무장소성의 공간 표상으로서의 도시 이미지에 일정 부분 수렴된다. 그러나 본고의 핵심이 도시의 장소상실성으로부터 문학이 형성하는 기획 공간의 논점에 있는 바, 서사적 공간 형상에 초점을 두어 텍스트를 분석할 것이며, 이때 위와 같은 지점들에 대해서는 참고의 여지만 둘 것이다.

도시의 장소상실과 기획 공간을 논할 때 60년대 소설에서 눈에 띄는 것은 최인훈의 『소설가 구보씨의 일일』과 김승옥의 「무진기행」이다. 이들 소설은 당대의 도시적 삶을 중심적인 주제로 부각하고 있으며, 그 도시 형상을 드러냄에 있어서 장소상실의 주요 국면들을 초점화하고 있다는 공통점이 있다. 그런데 위에서 언급한 도시의 장소상실성을 구현하는 여러 60년대의 소설들 중에서 특히 이들을 논의의 대상으로 삼는 까닭은 이들이 각기 기반하는 모티프가 갖는 도시와의 주제적 친연성에도 불구하고 각기 대별되는 서사 전략을 내포하고 있는 것으로 판단되기 때문이다.

최인훈의 『소설가 구보씨의 일일』이 구현하는 산책자 모티프는 실향의식을 중점적인 화두로 삼아 이를 감각하는 초점화자를 내세우고, 도시 공간 내부의 이동을 관건으로 하는 조망적 공간을 드러낸다. 반면에 「무진기행」은 탈향의 의식을 중점으로 여로형 모티프를 통해 공간 구도를 순회하며 고향/도시를 상징적 공간으로 보여준다. 따라서 이들 두 소설을 분석함으로써 60년대 도시 소설에 나타나는 탈도시 전략의 두 논점을 구체화해보고자 한다.

1) 도시 축도의 내적 조망

최인훈의 『소설가 구보씨의 일일』은 1969년부터 1972년까지 『월간중앙』과 『월간문학』에 연재된 연작 소설이다.[27] 우선 이 소설에서 가장 두드러지는 표지는 '구보'라는 명명에 있다. 소설의 등장인물이자 인물-초점화자인 '구보'의 이름은 곧바로 박태원의 1934년작 「소설가 구보씨의 일일」을 연상시킨다. 이 소설은 이에 대한 패러디 전략을 확고히 드러냄과 동시에 상기 소설에 등장하는 산책자이자 고현학자 '구보'의 위치를 공유함으로써 도시 공간에 대한 인식을 소설의 전면에 부각시킬 것임을

27 따라서 60년대 소설로 보기에 다소 어려움이 있는 것이 사실인데, 스토리-시간 또한 1969년 겨울에서 1972년의 초여름까지의 약 2년을 바탕으로 하고 있다. 60~70년대의 과도 지점에 위치하는 것으로 우선 이해해두었다. 사실 도시 소설의 장르종을 논하는 것 또한 60~70년대를 함께 범주화하는 경우 혹은 60~80년대 도시와 90년대 이후 도시의 서사화 양상을 나누어 논의하는 경우가 대부분이다. 또한 본고의 목적이 도시 공간의 서사화 양상에서 오직 엄격한 60년대만의 특색을 찾아내는 데 있지 않고, 이 소설을 통해 산책자 모티프의 60년대 서사 텍스트에서의 구현 방식을 논하는 것이 중점적인 목표이므로 이러한 사항을 지적해두는 것으로 시대 확정의 어려움을 대신해둔다.

예비한다. 따라서 소설이 형상화하는 공간 구도가 중점으로 떠오르는데, 이는 조망 공간[28]의 의미항으로 수렴한다.

패러디를 차이가 있는 반복[29]으로 넓게 규정할 때, 박태원과 최인훈의 동명 소설이 차이를 보이는 지점들에 대해 논의함으로써 논점에 다가설 수 있을 것이다. 우선 박태원의 「소설가 구보씨의 일일」에서는 실제 공간의 형상 자체가 별 의의를 지니지 못한다. 공간 양상이 제시되기는 하지만 이는 오직 공간의 이동에 따라 인물의 의식이 변모되는 양상이 부각되는 식으로서만 유효한 것이 된다. 즉 구보에게 이 공간은 자의식 또는 잠재의식을 표출하는 장으로서 전제되어 있는 것이다.[30] 이른바 박태원의 구보는 자의식을 통해 여과된 공간을 형상화하고 있는 바, 여기에서는 식민지 도시 경성의 고현학적 풍경 이상으로 도시의 장소상실성을 구체화하지 못한 채 다만 도시 체험을 내면화된 공간 구도를 통해 파편적인 양상으로 보여준다는 점에 머무른다.

최인훈의 구보가 산책자 모티프의 의미 있는 변형으로서 한 걸음 더 나아가는 지점은 바로 여기에 있다. 최인훈의 『소설가 구보씨의 일일』은 하루들을 15장에 이르는 연작소설의 형태로 구성함에 따라 박태원의 '일일'이 암시하는 것보다 보다 분명하게 도시에서의 일상을 구체화한다. 스토리 층위에서 구보는 서울에 귀속된 도시민이자 작가 및 산책자로서의 지위를 통해 도시 내부에서의 공간 이동에서 드러나는 공간 지표들과 서술자의 사변적 담화 양상을 연결 짓는다.

---

28 이는 근대 이후 서사체에서의 공간 구도를 세 양상으로 제시한 장일구의 연구에서 '도시의 지각과 체험을 통해 구상 형태로 드러나는 도시 형상들'의 공간 구도인 '내적 조망 공간'을 공간의 주제적 양상으로 변용한 것이다. 내적 조망 공간에 대한 자세한 개념 규정은 장일구, 『서사공간과 소설의 역학』, 전남대학교출판부, 2009, 106~124쪽 참조.

29 이미란, 『한국 현대소설과 패러디』, 국학자료원, 1999, 11~15쪽의 규정 참조.

30 장일구, 『서사공간과 소설의 역학』, 187~188쪽.

도시적 삶을 다루었다는 점에서 산책자 모티프를 공유하는 공통적 지점이 있음에도 박태원의 「소설가 구보씨의 일일」에서 보다 직접적으로 초점화자의 도시 내부의 이동 양상을 통해 포착하는 일상의 단면만이 문제화된다면, 최인훈의 동명 소설에서는 이와 더불어 문인 생활자이자 소설 노동자로서의 구보를 내세워 문단·출판 관계자, 하숙집, 스님, 벗들 등과의 만남 및 대화를 통해 당대 도시적 삶들의 세태가 구체화된다. 이에 따라 외출과 관찰로 특정되는 산책자 모티프에 비견할 때 제시된 사건들을 초점화자의 시각을 관류하여 의미관계의 직조물로 해석해내고자 하는 서사 전략이 논점으로 떠오르는 것이다.

요컨대, 『소설가 구보씨의 일일』은 구보의 시선에 포획된 당대 도시의 경관에 대한 인식적 축도 그리기의 시도라고 특정해볼 수 있을 것이다. 특히 최인훈의 구보가 보여주는 특징 중 하나인 고현학적 대상의 확대가 이를 뒷받침한다. 이러한 양상에 대한 특기할 만한 논점으로, 소설에서 구보가 서울이라는 공간이 보여주는 미시적 일상들을 관찰하는 파편적인 방식에 덧붙여 당대의 사회적 사건들을 고현학적 방법으로 서술하는 것을 추가한다는 점을 들 수 있을 것이다. 이는 미시적이고 일상적인 삶의 장소에 해당하는 '도시'의 구체적 면모 서술과 비교할 때 분명 이를 초과하는 거시적인 담론을 개입시키는 것이며, 그리하여 이러한 서술 양상은 실제적으로 눈에 보이지는 않지만 그럼에도 이러한 도시의 일상을 구획하는 이면들로 제시되는 담론·시대·역사의 문제들을 서사 내부에 포획하고자 하는 의도로 이해된다. '삶'과 '생각'이 분리될 수 없으며 "삶이라는 나무의 한 뻗은 가지가 생각"[31]이라고 서사 내부에서 주장되듯이, 도시 공간의 실제성만으로는 온전히 도시적 일상을 논할 수 없다는 것이다.

따라서 구보의 사물에 대한 의식적 접근이 박태원의 경우처럼 단순히

31 최인훈, 『소설가 구보씨의 일일』, 문학과지성사, 2011, 371쪽.

시대의 표피적 현상에 경도되어 있는 것이 아니라 보다 본질적인 시대적 명제로 나아가고 있다[32]는 지적은 일정부분 적절한 표현이 된다. 또한 소설이 다루고 있는 서사적 사건보다 오히려 이에 대한 해석으로서의 내면적 담화가 차지하는 비중이 압도적인 형태로 나타나는 것은 수순일 것이다. 특히 이러한 논점은 도시 공간의 실제성을 넘어서 실재성을 서사 공간 내부에 축조하고자 하는 시도로 해석될 때 보다 온당한 것이 된다. 이른바 최인훈 식 구보는 확장된 고현학, 도시에 대한 인식적 축도 형상을 통해 도시의 산책자가 겪을 수밖에 없는 파편화된 공간 경험을 넘어서서 이러한 공간성의 내면을 묻고자 하는 것이다.

소설에서 두드러지는 구보의 내적 조망의 시도를 완고하게 막아서는 것은 조망할 수 없음의 의식이다. 이는 언론 통제와 오로지 신문이라는 매개체를 통해 이미 가공된 채 사후적으로 통보 처리되는 단편적 뉴스들, 통행금지, 더 넓게는 소설의 전체에서 강력하게 환기되는 '상징적 일상성의 이미지'[33]로서 구체화된다. 이때 좁게 보아, 일상 내부에만 천착하여 그 일상성을 둘러싸고 있는 문제들을 '망각'하고 있는 도시민들의 세태를 구보가 비판적으로 서술하고 있다는 것만으로는 이 조망의 불가능성을 반박하기 어려운 측면이 있다. 예컨대 구보의 서사가 장들로 구획되어 '일일'의 연쇄로서 제시된다는 점, 구보의 사변적 담화가 일상의 사건들의 연쇄나 '신가(神哥)놈'이라는 단층에 의해 손쉽게 단절될 뿐만 아니라 그 파편적 중첩으로서만 축적됨으로써 명징한 인식 형상을 이루었다고 보기에 다소 부족한 것으로 보인다.

그럼에도 이 소설에서 문제되는 도시의 장소상실성의 원인과 기제를

---

32 윤정헌, 「『소설가 구보씨의 일일』에 나타난 패러디적 양상고」, 『한민족어문학』 22, 한민족어문학회, 1992, 212쪽.

33 윤정헌, 「사소설의 한국적 변용 고찰 - 『소설가 구보씨의 일일』에 나타난 패러디적 상관성을 중심으로」, 『현대소설연구』 2, 한국현대소설학회, 1995, 64쪽.

재구성하는 담화 전략에 관심하면, 이때 이렇듯 도시적 일상의 은폐된 구조 속에서 도시 공간성을 묻고자 하는 시도는 혼란한 시대상을 역사 그리고 이데올로기적 변화를 통해 가늠하고자 하는 시도와 만난다. 논점이 되는 문제는 '뿌리없음'과 '실향' 그리고 '망각'의 결합 관계에서 나온다.

우선적으로 이 실향에 대한 의식이 표면적으로 두드러지는 것은 구보의 개인사적 측면을 통해서인 것으로 드러난다. 구보는 이북 W시에서 6·25 전쟁 때문에 가족과 헤어져 어쩔 수 없이 서울에 정착한 피난민으로 반복 서술되고 있다. 따라서 실향과 피난민 의식이 구보를 규정하는데, 중요한 점은 실향과 뿌리없음의 국면이 단지 분단으로 인한 실제적인 고향의 상실만을 의미하고 있는 게 아닐뿐더러, 그것이 구보라는 개인에 한정적으로 작용되는 것도 아니라는 것이다.

"천황 - 스탈린 - 이승만이라는 세 이름 속에서 구보씨의 반생의 정신은 어리둥절하면서 지나온 것이었다. 하늘에 높이 솟아 있던 이름들이 연이어 떨어지는 것을 보아오느라니 구보씨 같은 썩 훌륭하지는 못한 머리에도 무엇인가 짚이는 바가 있었다"[34]라는 서술은 이를 구체화한다. 근대사를 관통하며 이 땅의 내부자가 되지 못했던 역사가 지속적으로 이름을 바꿔가며 실존적 내부성의 불가능과 타자 의식을 구현하고 있다는 것이다. 여기에서 일차적으로 실향과 뿌리없음의 문제는 구보의 개인사적이고 실질적인 차원에서 관념적인 차원으로 비약하여 시대상을 포괄하는 전체적인 맥락으로 확장되기에 이른다.

그런데 더 강조되는 부분은 뿌리없음과 실향이 망각과 결합하는 지점에 있다. 소설 내부에서 뿌리없음과 실향은 "난세"[35]로 특정되는 혼란상 속에서 '망각'과 결합한다는 것이다. 이는 창경원의 삽화에서 구체화되는

---

34 최인훈, 앞의 책, 179쪽.

35 위의 책, 382쪽.

방식으로 드러난다. 구보는 창경원에서 우리에 갇힌 동물을 보며 하는 명상에서, 그가 잡혀오던 그 순간을 망각한 것을 한탄한다. "기억이 없다는 것은 분명 만만찮은 일이다. 내력을 까맣게 잊어버리다니. 물려받은 몸뚱이의 기억만 있고, 그 몸뚱이가 움직인 기억은 없다는 일. 그의 세계는 그의 털가죽 안쪽에만 있다. 그 가죽 안팎을 하나로 묶는 상상력이 그에게는 없다"[36]는 것이다.

이를 통해 구보는 뿌리없음과 실향, 망각의 이미지를 유비적으로 이어나갈뿐더러, 이를 구보가 거주하는 당대 도시적 삶들의 이미지로 보편화한다. 따라서 위에서 거론한 이들 세 키워드의 이미지가 결합하는 맥락이 『소설가 구보씨의 일일』에서 드러나는 도시의 장소상실과 연관되는 지점이라 해야 할 것이다. 이렇듯 소설 내부에서 실향이 확장적 의미를 얻으며 도시의 장소상실성을 구체화하고 있다면, 구보의 고현학이 갖는 전략은 '실향 의식'을 유지하는 것으로 망각에 저항하면서 의식적으로 도시적 삶에 대한 사유를 이어나가는 것이 된다. 이는 일종의 예술가 소설의 차원에서 논의될 수 있는 대목인 "말의 공간"[37]과 연관되어 "보통 때는 잊고 있다는 것뿐이었[던] 그 뿌리가 그의 속에 살아 있"[38]음을 재확인하는 길이기도 하다. 아래의 대목은 소설 속 구보와 그 구보가 쓴 소설 간의 모호한 경계에서 제시되면서 마지막 장에 안배되어 논점을 더한다.

> 그렇게 걷고 있노라니 문득 이상한 느낌이 든다. 빈 주춧돌 위에 옛날 모습대로 집채가 올라앉는다. 잘라버린 다리를 느끼는 수술 환지의 착각과 같은 것이다. 주춧돌을 따라서 천천히 걸어갈수록 이 느낌은 더한다. 나는

36 위의 책, 330쪽.
37 위의 책, 17쪽.
38 위의 책, 369~370쪽.

> 없는 문으로 들어가서 보이지 않는 처마를 올려다본다. …… 모로 쓰러진 주춧돌을 만나 보이지 않는 집채가 휘청 기울어진다. 마음속에 주춧돌을 일으켜 세우고 우람한 집채가 다시 솟아오른다.[39]

당대의 혼란상 속에서 도시의 실제적인 일상이 환기하는 지속적인 망각과 일시적 · 파편화된 경험이 갖는 문제의식에 직면하여, 소설은 도시 공간 내부의 이동을 중심으로 끊임없이 지각하는 산책자의 모델과 이로 인해 구현된 도시 형상을 통해 60년대 도시의 서사화 양상을 특징짓는 한 단서를 마련하고 있다. 다만 서사 담화 상의 주요한 맥락이 서술자의 사변적 의식 작용 측면에 보다 비중을 두는 까닭에 위에서 언급한 것처럼 내적 조망의 인식 형상이 온전히 구현되었다고 보기는 어려운 측면이 있는 것도 사실이다. 따라서 이는 60~80년대에 이르는 도시 서사의 형태 중에서 이호철, 이동하 등과 같이 전면화된 도시적 삶을 중심 논제로 삼아 재현적인 방식으로 장소성을 상실한 당대 도시 공간성을 비판적으로 형상화하는 모색의 한 예로 수렴될 수 있을 것이다.

2) 도시 탈출 의식의 상징화

1964년 발표된 김승옥의 「무진기행」은 여행하되 여행하지 않는 소설[40]이다. 김승옥의 소설에서 대립적 공간 구도, 그 중에서도 도시와 고향의

---

39 위의 책, 391~392쪽.

40 신형철은 정신분석학적 관점에서 「무진기행」을 독해하는 가운데 '여성을 여행하(지 않)는 문학'의 역설을 통해 하인숙과 윤희중의 관계를 논의의 중점으로 삼는다. 본고에서는 이 역설적 표현을 무진-서울 간의 공간 구도 차원으로 전용하여 사용한다. 신형철, 「수음하는 오디세우스, 노래하는 세이렌-「무진기행」의 한 읽기」, 『몰락의 에티카』, 문학동네, 2008, 86~114쪽 참조.

대립[41]은 매우 빈번하게 나타난다. 이때에 이 도시-고향의 공간 구도가 소설 내부의 실제 장소 표지로서 구현될 뿐만 아니라 이 표지의 위상 좌표가 담화 층위로 확장되어 서사의 표상적 의미망에 파급되는 방식으로 작동하고 있음[42]을 유념하면, 김승옥의 소설들에서 도시-고향의 대립적 구도의 관철을 비단 고향의 표지가 등장하지 않는 소설들에서도 읽어낼 여지가 있다. 이는 특히 동저자의 「염소는 힘이 세다」에서 구현된 '집'의 상실태, 「역사」에서 도시 내부의 지리를 분할하는 창신동 빈민가와 양옥집에서의 생활의 대비적 양상으로 그 유사한 모티프가 관철되는 양상을 읽을 수 있다. 이러한 특징적 양상과 더불어, 특히 여기에서 다룰 「무진기행」은 도시라는 주제와 연관되어 60년대로부터 80년대에 이르는 여로형 소설의 구현태들과 연관되어 이 서사들의 이행 양상[43]을 예비하고 있다는 점에서 주목할 만하다.

이때의 여로형 모티프는 고향과 도시의 대립적 공간 표상을 바탕으로 한 도시-고향-도시로의 이동을 관건으로 한다. 여기에서 고향은 장소 상실의 도시로부터 장소성을 회복할 수 있는 공간 표지로 이해되며, 근대의 고향 상실에 따른 존재 망각의 문제 상황에서 정체성 찾기의 거점이자 장소상실성에 대한 대안적 모색 차원의 거점으로 자리한다. 문학에 나타나는 고향의 표상은 이렇듯 상실된 장소의 공간화된 표상으로서의 장소성을 이관하여 공간 속에서 다시 기획하고자 하는 인간의 원망(願

41 김정남, 「김승옥 소설의 시공간 구조 연구」, 『한국언어문화』 1, 한국언어문화학회, 2002, 152쪽.

42 소설의 공간 문제에 결부되는 단서로서의 표지는 비단 실제 장소 층위를 지시하는 표식일 뿐만 아니라, 언어의 기호 작용에 의해서 그 의미망을 조직하는 서사 담화 상의 의미체를 구축한다는 점에서 표상이다.

43 박찬효는 1960~1970년대 소설에 등장하는 '고향' 표지를 분석함으로써, 각 서사들에서 고향에 부여하는 이미지가 변모되는 양상을 통시적으로 분석한다. 박찬효, 「1960~1970년대 소설의 '고향' 이미지 연구」, 이화여자대학교 박사논문, 2010.

望)을 담고 있다.

「무진기행」의 여로형 모티프가 의미심장하게 다가오는 까닭은 윤희중에게 무진이 장소의 의미망에 속하는 고향임과 동시에 장소상실의 또 다른 표상으로 자리함에 있다. 기실 무진의 상징성은 「무진기행」을 다룬 기존 연구들이 폭넓게 동의하고 있는 부분이다. 이는 대개 소설 전체에서 무진을 압도하는 안개의 심상으로부터 의미화되고 있다. 그러나 무진의 상징성은 비단 무진의 안개라는 형상화 차원뿐만 아니라 이미 여로형 모티프의 구현 방식에서 예견되는 바이다.

도시에서 고향으로 그리고 다시 도시로 향하는 가운데 공간의 이동 자체에 대한 감수성이 결여되어 있음이 두드러진다. 가는 길의 묘사가 불명확할 뿐만 아니라 첫머리의 '무진으로 가는 버스'와 말미의 '당신은 무진을 떠나고 있습니다'로 여정이 간명하게 처리되고 있다는 점이 특히 그렇다. 이동에 대한 서술의 부족은 서울과 무진 간의 공간적 간격 및 거리감을 소거한다. 남는 것은 윤희중의 언술뿐이다. 이 이미지화 과정이 서울/무진을 대립적 공간 표상으로 상정하는 핵심 기제이다. 이는 동시에 이동 자체로서의 여로, 길의 공간 표지, 정체성 찾기의 의미항으로 수렴하는 여로형 소설로부터의 탈선이기도 하다.

따라서 「무진기행」에서 단적으로 드러나는 도시의 서사적 형상은 도시가 앞선 항목에서 예시된 재현적 양상과는 완연히 구별되는 방식으로 나타난다는 데에 그 일차적 함의가 있다. 소설에서 고향과 도시의 표지는 의미부여를 통해 상징화되기 시작하며, 이에 도시는 장소상실의 현실을 함축하는 지양적 표상으로, 고향은 장소성을 회복할 수 있는 지향적 표상으로 대립화되기 시작하는 것이다. 도시 탈출의 의식은 그리하여 도시와 대비되는 장소성의 주요 자질들을 고향의 표지에 부여하여 고향의 의미를 새롭게 기획하기에 이른다.

무진 또한 마찬가지인 것으로 드러난다. 무진은 대립적 좌표로 도시를 상정하지 않고서는 불가능한 공간이다. 윤희중의 언술을 참고할 때 서울은 책임, 승진을 둘러싼 삽화들, 전보 등으로 그를 직접적으로 움직일 수밖에 없게 하는, 엄혹한 실제성을 띠는 공간으로 나타난다. 반면에 그럴수록 무진은 "반수면 상태"[44]에서 "항상 자신을 상실하지 않을 수 없"[45]는 피동성의 공간이자 "관념 속에서 그리고 있는 어느 아늑한 장소"[46]의 내면적 공간으로 후퇴한다. 과연 무진을 환상의 공간으로 인식하게 하는 것은 무진과 분할된 공간인 지금의 서울[47]이라고 할 만하다.

무진의 공간 표상 뒤에 언제나 대립항으로서의 도시가 있음은 서사 내부에서 도시 밖 또 다른 실제적 장소인 고향에 당도하게 된 후 윤희중의 시선에서도 드러난다. 문제적인 것이 이 부분부터인데 그 까닭은 첫째로, 윤희중이 서사 내부에서 당도하는 실제 장소이자 과거의 사건들로 중개되는 고향 무진이 서울에서 상정되는 고향의 표상적 의미를 갖는 관념적 장소로서의 무진과 근본적으로 불화한다는 점이다. 둘째로, 대립적 공간 구도를 통해 상정된 추상적 이상향의 공간으로서의 고향은 도시의 장소상실성에 대응하는 새로운 장소성의 논의가 될 수 없으며, 언제나 도시 공간성에 대한 대타적인 관념적 원망으로밖에 의미화될 수 없다는 점이다.

특히 후자의 경우는 도회지에서의 습관처럼 신문을 사러 가며 서울과 무진의 차이점을 짚어내며 '무진에', '무진에서는', '무진은' 등의 주어를 단정적으로 사용하는 윤희중의 모습에서 확인할 수 있다. 또한 그는 무진에서의 생활을 실없는 장난과 같이 우습게 생각되는 것으로 바라보는

44 김승옥, 「무진기행」, 『김승옥 소설 전집』 1, 문학동네, 1995, 126쪽.

45 위의 책, 128쪽.

46 위의 책, 129쪽.

47 최수웅, 「김승옥 소설에 나타난 '고향'의 의미 - 「무진기행」에 나타난 창작방법론을 중심으로」, 단국대학교 동양학연구소, 『동양학』 39, 2006, 75쪽.

등 무진에 대한 정언적 판단과 그 판단의 보편적인 참조 틀을 서울로 상정하는 도시민의 시선[48]을 내면화하고 있다. 따라서 그의 무진행이 일상성으로부터의 탈피이지만 그 일탈은 일상성으로의 재편입을 전제로 한다[49]는 논의, 더 나아가 이러한 무진의 공간성은 공간의 소비, 침투하여 박탈한 뒤 떠나버린다는 의미로 식민주의의 공간논리를 여로형 구조 속에서 일차원적 플롯의 공간논리로 복제한 것[50]이라는 논의는 설득력이 있다. 무진은 고향 더 나아가 장소의 표지를 부여받았으나 그 이면에는 도시의 전면적 장소상실성에서 벗어나지 못한 일종의 상징 공간[51]으로, '고향 또한 결국 또 하나의 서울'[52]이라는 인식을 짙게 깔고 있는 것이다.

분명 무진은 도시 공간성이 침투된 장소, 즉 고안된 장소 혹은 오염된 장소로서의 고향을 구체화한다. 이런 경우에 여로형 소설의 대안적 장소 모색이 도시 공간성의 자장 내부에서 '장소의 로맨티시즘'으로 소비될 수 밖에 없는 좌절들을 60년대 도시 - 고향 - 도시의 여로형 모티프의 중심에서 확인할 수 있을 것이다. 이는 80년대 고향에 대한 환멸을 드러내는 서사들과 상통하는 맥락으로도 이해될 수 있을 것이다. 그러나 동시에 이를 넘어서는 부분도 없지 않다. 이 지점은 일차적으로, 김승옥의 1963년작 「누이를 이해하기 위하여」를 참고할 때 그 단서를 얻는다.

「누이를 이해하기 위하여」에서 누이는 스토리 시간 상 '나'보다 먼저

48 황국명, 「여로형 소설의 지형학적 논리 연구 - 「무진기행」을 중심으로」, 『문창어문논집』 37, 문창어문학회, 2000, 283~285쪽.

49 최혜실, 「한국 현대 모더니즘 소설에 나타나는 '산책자'의 주체」, 『한국현대문학연구』 3, 한국현대문학회, 1994, 47쪽.

50 황국명, 앞의 글, 298쪽.

51 이는 내적 조망 공간에서 더 나아가 도시의 내면화가 단적인 양상으로 치닫는 국면에서의 공간 구도인 '상징적 기획 공간'의 맥락에서 이해된다. 장일구, 『서사공간과 소설의 역학』, 150~175쪽 참조.

52 이용욱, 「김승옥 문학의 여로 이미지 연구 - 여행 공간의 이동을 중심으로」, 『한국문학이론과 비평』 26, 한국문학이론과비평학회, 2005, 236쪽.

도시에 갔다가 다시 고향으로 되돌아온다. 도시에서 입은 누이의 상흔은 낙향 뒤에도 계속된다. 이는 "누이가 도시에서 묻혀온 고독이 병균처럼 우리 자신들조차 침식시켜 들어오는 것을 느끼게 되었다"[53]고 서술된다. 요컨대 도시의 침범이 문제인 바, 그는 누이가 도시에서 배워온 침묵의 까닭을 알기 위해 사랑하고 만족해있던 고향의 황혼과 해풍을 떠나 도시로 간다.

> 이 황혼과 이 해풍. 그들이 우리에게 알기를 강요하던 세계는 도대체 무엇이란 말인가. 미소를 침묵으로 바꾸어놓는, 만족을 불만족으로 바꾸어놓는, 나를 남으로 바꾸어놓는, 요컨대 우리가 만족해 있던 것을 그 반대로 치환시켜버리는 세계였던 것인가. …… 저 도시가 침범해오지 않는 한, 우리는 한 고장을 지키기에 충분한 만족을 가지고 있는 것이다.[54]

도시 공간성의 내면화는 실제하는 장소로서의 고향을 넘어서 인간과 공간의 관계, 즉 공간 경험 자체를 변경시킨다. 장소감의 상실은 여기에서 기인한다. 「무진기행」에서의 무진을 경험하는 윤희중이 이미 도시를 거쳐 왔음을 주지할 때, 도시에서의 고향과 과거가 파편적 이미지로 추상되거나 거의 망각되고 있다는 점에 주목할 필요가 있다. 「무진기행」에서 고향 무진이 상징 공간으로 형상화될 수밖에 없는 까닭은 어디에도 갈 곳이 없는, 떠날 수 없는 팽창된 도시의 불가능성에서의 절망적인 탈출 원망에서 비롯되는 것으로 이해할 수 있다. 여행하되 여행하지 않는 역설은 여기에서 발생한다.

하여 "서울에서의 실패로부터 도망해야 할 때"[55] 그는 무진을 찾는 것

---

53 김승옥, 「누이를 이해하기 위하여」, 앞의 책, 102쪽.

54 위의 책, 102~103쪽.

으로 되어 있지만, 과연 그 실패의 내용은 무엇인가? 그가 장인과 부인의 획책을 통해 승진하기 직전에 무진에 당도했듯이 그것은 외적인 실패가 아니다. 그는 외적으로는 성공적인 삶을 산다. 문제는 내적인 실패이다. 이는 공간을 꾸려 실존을 담지하고자 하는 인간의 본원적 공간성에 대한 실패이자, 실존의 실패이다. 「무진기행」은 무진으로의 당도와 무진에서의 떠남을 두 축으로 무진이라는 공간에 주목하고 있지만, 상대적으로 소거된 서울/무진 사이의 간격이 사실 더 강조될 필요가 있다. 서사 전략을 통해 간과되는 이 간격의 균열이 이분법적 공간 인식의 틀을 지닌 윤희중을 무진과 서울 사이에서 '분열된 자아'[56]로 만든다. 하인숙을 둘러싼 대목들과 말미의 부분을 통해 이 분열된 자아는 표면으로 부상함과 동시에 억압된다.

「무진기행」의 공간 기획이 갖고 있는 탈도시 전략의 논점은 윤희중이 도시 공간성에로의 입사와 반입사를 겸하고 있다는 데에서 다소간의 단서를 얻는다. "시골[고향] - 도시라는 연속체를 이분법으로 보는"[57] 시선 속에서 찾아간 바로 그 고향에서조차도 도시를 발견할 때, 서울에서는 망각되었던 욕망과 퇴행과 기억이 엄습하는 공간인 무진은 윤희중의 내면에 꾸려질 수밖에 없겠지만 그럼에도 "정신의 한 상태로서 진정한 야생지는 밖으로 뻗어나가는 거대한 도시에만 존재"[58]한다는 점에서 「무진기행」의 서사 공간은 도시의 장소상실 속에서 하나의 불완전한 장소를 기획하고 있는 까닭이다.

사랑하고 있습니다. 왜냐하면 당신은 제 자신이기 때문에 적어도 제가

---

55 김승옥, 「무진기행」, 위의 책, 128쪽.
56 황국명, 앞의 글, 290쪽.
57 투안, 『토포필리아』, 169쪽.
58 위의 책, 173쪽.

어렴풋이나마 사랑하고 있는 옛날의 저의 모습이기 때문입니다. 저는 옛날의 저를 오늘의 저로 끌어다놓기 위하여 갖은 노력을 다하였듯이 당신을 햇볕 속으로 끌어놓기 위하여 있는 힘을 다할 작정입니다.[59]

이 지점에서 무진 그리고 안개는 다시금 긍정되지만 그것은 도피와 배반에 의한 '부끄러움' 뿐만은 아니다. 고향(무진)에서 도시(서울)로 가는 것이 안개 속에서 햇볕 속으로 가는 길이라면, 햇볕 속에 서 있는 그가 정주를 박탈당한 인간을 형상화한다는 점에서 그 햇볕은 긍정될 수 없다. 차라리 이 부끄러움은 도시 공간의 호출(전보)에 다시금 응하는 자신에 대한 부끄러움일 수 있겠다. 이렇듯 「무진기행」은 도시/고향의 이원적 공간 구도를 통해서 도시의 장소상실성을 상징적으로 형상화하여, 60년대 도시의 서사화 양상에 대한 한 단서이자 동시에 70~80년대 최인호, 이청준 등의 양상으로 이어지는 도시 형상의 예로 자리하게 된다.

4. 결론

지금까지 1960년대 문학 장에서 도시가 서사화되는 방식을 논의하기 위하여, 이와 연관된 산책자 모티프와 여로형 모티프를 첫 논의점으로 삼아 도시의 장소상실성과 기획 공간의 두 형상을 조망해보았다. 이를 위해 위의 각 모티프가 구현된 최인훈의 『소설가 구보씨의 일일』과 김승옥의 「무진기행」을 예시적으로 다루었는데, 이들은 공통적으로 60년대 도시 체험을 초점화하면서도 각기 서사적 형상을 기획하는 방식에 있어서 변별점을 드러냄을 확인할 수 있었다. 이는 60년대 도시의 서사화 양

59 김승옥, 「무진기행」, 앞의 책, 152쪽.

상을 예시하는 데 있어서 도시 형상의 두 논점을 제시하는 것이었다.

60년대 도시 표상은 근대적 삶의 양태에서 구체화되는 장소상실의 문제의식을 바탕으로, 도시라는 문제적 공간에 대하여 투시의 시선을 바탕으로 그 작동 원리를 포착하고자 하는 시도와 함께 도시 외부의 공간, 즉 고향이라는 또 다른 공간 표지를 상정함으로써 도시에 대한 대타적 의미망을 구축하고자 하는 시도로 모인다. 도시의 장소상실을 바탕으로 한 탈도시 전략은 이러한 두 양상으로 각각 최인훈과 김승옥의 경우에서 그 특징적 논점을 드러내는 것이다. 물론 이러한 시도는 양자의 논항에서 각기 도시 표상의 의미망으로 다시금 포획됨으로써 불완전한 서사적 기획에 머물게 된다. 본고는 이러한 한계를 주시하면서도, 이들이 기획하는 서사 전략 상의 특징적 양상에 대해 주목함으로써 1960년대 도시소설의 한 국면을 밝혀보고자 했다.

이상의 논의를 통해, 접근 방안으로 책정했던 도시의 장소상실성과 기획 공간의 논항이 단지 60년대로 구획되는 두 개별 소설의 서사 전략에 관여하는 데서만 끝나는 것이 아니라, 도시적 삶과 도시 체험 형상화를 가늠할 수 있는 보다 확장적인 과제를 시사함을 확인할 수 있었다. "뿌리내린 삶으로부터 뿌리 뽑힌 삶으로"[60], "마치 몸 주변에 도시가 있는 게 아니라 몸 안에 도시가 있는 것처럼"[61] 도시의 장소상실성이 공간과 인간의 관계를 억압하는 가운데 도시 공간성에서 탈주하기 위한 서사적 도정들에 주목하는 것은 의미 있는 작업이 될 것이다. 특히 우리 문학사의 장에서 도시는 1930년대와 60~80년대 그리고 90년대 이후의 문학에 작용하는 넓은 주제적 맥락으로 자리한다. 도시에 대한 공간적 기획 투사의 논항들과 함께 이들이 보여주는 공간적 변모 지점들을 30년대 문학으

60 렐프, 『장소와 장소상실』, 304쪽.

61 그로츠, 『건축, 그 바깥에서』, 40쪽.

로부터 90년대 이후 당대 문학에 이르기까지 고찰할 필요가 있다. 도시 소설의 태동에 해당하는 30년대 문학으로부터 문제적 도시 양상이 60~80년대의 문학, 그리고 오늘날 실존적 내부성의 천착보다는 오히려 실존적 외부성으로 나아가고자 하는 90년대 이후의 문학에 대한 논의는 흥미로운 논점을 준다.

특히 문학주제학적 차원에서 도시라는 주제가 갖는 소설과의 친연성과 그 넓은 저변은 각 시대의 지반과 결합되고 각각의 개별적인 서사 공간들에 유의하여 의미화될 때 비로소 온당한 접근이 될 것이다. 가령 당대 문학에서의 도시가 의미화되는 양상은 제반 조건들의 변화 속에서 30년대 및 60~80년대와는 달리 나타날 것이다. 볼노의 참된 거주를 위한 요구를 기억할 때 도시 공간에 처한 인간의 실존은 오늘날에 이르기까지 영원한 과제로 남아있고 서사 공간의 기획 또한 끊이지 않을 것이기에, 이를 논의하는 것을 다음 과제로 삼는다.

참고문헌

1. 기본자료

김승옥, 「무진기행」, 『김승옥 소설 전집』 1, 문학동네, 1995.

최인훈, 『소설가 구보씨의 일일』, 문학과지성사, 2011.

2. 단행본

김성열, 『최인훈의 패러디 소설 연구』, 푸른사상, 2011.

신형철, 『몰락의 에티카』, 문학동네, 2008.

이동하, 『한국문학 속의 도시와 이데올로기』, 태학사, 1999.

이미란, 『한국 현대소설과 패러디』, 국학자료원, 1999.

이재선, 『한국문학의 원근법』, 민음사, 1996.

_____, 『현대 한국소설사 1945~1990』, 민음사, 1991.

장일구, 『서사공간과 소설의 역학』, 전남대학교출판부, 2009.

전혜자, 『한국 현대도시소설과 비교문학』, 새미, 2005.

E. 그로츠, 『건축, 그 바깥에서 - 잠재공간과 현실공간에 대한 에세이』, 탈경계인문학연구단 공간팀 옮김, 그린비, 2012.

E. 렐프, 『장소와 장소상실』, 김덕현 · 김현주 · 심승희 옮김, 논형, 2005.

M. 푸코, 『말과 사물』, 이규현 옮김, 민음사, 2012.

_____, 『헤테로토피아』, 이상길 옮김, 문학과지성사, 2014.

M. 하이데거, 『존재와 시간』, 이기상 옮김, 까치, 1998.

마루타 하지메, 『'장소'론』, 박화리 · 윤상현 옮김, 심산, 2011.

O. 볼노, 『인간과 공간』, 이기숙 옮김, 에코리브르, 2011.

Y. 투안, 『공간과 장소』, 구동회 · 심승희 옮김, 대윤, 2007.

_____, 『토포필리아』, 이옥진 옮김, 에코리브르, 2011.

3. 연구논문

박찬효, 「1960~1970년대 소설의 '고향' 이미지 연구」, 이화여자대학교 박사논문, 2010.

김정남, 「김승옥 소설의 시공간 구조 연구」, 『한국언어문화』 1, 한국언어문화학회, 2002.
윤정헌, 「사소설의 한국적 변용 고찰 - 『소설가 구보씨의 일일』에 나타난 패러디적 상관성을 중심으로」, 『현대소설연구』 2, 한국현대소설학회, 1995.
______, 「『소설가 구보씨의 일일』에 나타난 패러디적 양상고」, 『한민족어문학』 22, 한민족어문학회, 1992.
이동하, 「도시공간으로서의 서울과 소설 연구의 과제」, 『현대소설연구』 52, 한국현대소설학회, 2013.
이용욱, 「김승옥 문학의 여로 이미지 연구 - 여행 공간의 이동을 중심으로」, 『한국문학이론과 비평』 26, 한국문학이론과비평학회, 2005.
장일구, 「공간의 인문적 의미망 - 실존적 해석학을 단서로 한 시론」, 『현대문학이론연구』 38, 현대문학이론학회, 2009.
______, 「장소에서 공간으로 - 한국 근대소설에 드러난 이종공간의 몇 가지 표지」, 『현대문학이론연구』 36, 현대문학이론학회, 2009.
______, 「한국 근대 도시 공간의 서사적 초상 - 이종공간의 탄생 신화」, 『어문연구』 75, 어문연구학회, 2013.
조남현, 「한국현대작가들의 '도시' 인식방법」, 『현대소설연구』 35, 한국현대소설학회, 2007.
조명기, 「중심/주변 공간 위계의 내면화 기제 - 김승옥 초기 단편소설을 중심으로」, 『로컬리티 인문학』 2, 부산대학교 한국민족문화연구소, 2009.
최수웅, 「김승옥 소설에 나타난 '고향'의 의미 - 「무진기행」에 나타난 창작방법론을 중심으로」, 『동양학』 39, 단국대학교 동양학연구소, 2006.
최혜실, 「한국 현대 모더니즘 소설에 나타나는 '산책자'의 주체」, 『한국현대문학연구』 3, 한국현대문학회, 1994.
황국명, 「여로형 소설의 지형학적 논리 연구 - 무진기행을 중심으로」, 『문창어문논집』 37, 문창어문학회, 2000.
현길언, 「한국 소설의 플롯 연구 - 여로형 플롯과 세계 인식」, 『현대소설연구』 9, 한국현대소설학회, 1998.

문학, 사건, 혁명 1 : 4·19와 한국문학
-백낙청과 김현의 초기 비평을 중심으로

김 형 중

1. 들어가며 : 무너진 극장에서

1968년 박태순 「무너진 극장」에서 4·19 당시 거대한 '사건' 앞에 선 자의 혼란스러운 감정을 이렇게 묘사한다.

극장 안에 이루어져 있었던 여러 형상물들은 점점 망가져서 쓰레기더미로 화하였다. 말하자면 추상물이 되어가고 있었다. 열을 지어 뻗어 있던 의지들은 사람들에 의하여 파괴되어 의자로서의 기능을 분개당했다. 의자는 다만 약간의 금속판과 나무의 합성 제품으로 구성된 것에 불과한 것이었다. 그것은 마치 괴팍한 화학자가 이 세상의 물질이 무엇으로 되어 있는가를 실험할 적에 내보이는 원소와 원자에의 회귀와도 같은 것인지도 모른다. 또는 사실화만 그리던 사람들이, 그런 객관의 질서를 무너뜨려서 추상화, 초현실화를 그리지 않을 수 없었던 때의 그 와해 감정과 같은 것인지도 모른다. 사람들은 관람석을 분해시켜 그곳의 효용 가치를 파괴시키는 무질서에의 작업을 열렬한 흥분 속에서 감행하고 있었다. …… 그리하여 사람들은 이러한 파괴에서 묘한 쾌감조차 느끼고 있는 것이었으나, 반면에 붕괴되고 있는 저 굉음에 대하여는 어떤 본능적인 공포를 자극받았다. 그들은 공포를 느낄수록 더욱 집착하고 있는지 모른다. 어떤 절망 같은 것, 이 세계가 이것

으로 끝나버릴지도 모른다는 아득한 허탈감 속에 너무나도 깊이 빨려들어 가 있었다.[1]

흔히 4·19를 두고 별 자의식 없이 우리 현대사를 획한 거대한 '사건'이라고 부르곤 하거니와, 그 사건성의 내포는 아마 저와 같을 것이다. 바디우에 따르면 '사건'이란 간단히 말해 "상황·의견 및 제도화된 지식과는 '다른 것'을 도래시키는 것"[2]이다. 이미 주어진 것, 이미 굳어진 채로 어떠한 진리 산출적 공정(procédure)도 가동시키지 못하는 '의견'들만이 난무하는 상황에 대해 '잉여적 부가물'로서의 어떤 것이 발생한다. 그것은 의견들 속에서는 한 번도 고려의 대상이 되어 본 적이 없는 절대적 외부라는 점에서 '잉여적 부가물'이고, 우리로 하여금 기존과는 완전히 다른 존재 방식을 요구한다는 점에서 '사건'이다. 사건은 그런 방식으로 멈춰버린 진리 산출적 공정을 가동시킨다. 그런 의미에서 만약 4·19가 사건이었다면, 그것은 거기에 으레 따라붙곤 하는 '시민의식의 개화' '주권적 시민의 탄생' '민주적 국민국가의 정립' 등과 같은 상식화된 수사들 때문이기보다는, 이 혁명이 의자에 대한 관습화된 인식을 깨뜨리고 그것이 "약간의 금속판과 나무의 합성 제품"에 불과하다는 충격 속에 우리를 빠뜨렸기 때문이다. 또한 "사실화만 그리던 사람들이, 그런 객관의 질서를 무너뜨려서 추상화, 초현실화를 그리지 않을 수 없었던 때의 그 와해 감정", 곧 이전의 식별체제를 부수고 감성적인 것이 새롭게 분할되는(랑시에르) 인식적 공백 상태를 가져왔기 때문이다. 물론 그러한 인식적 공백 상태는 공포와 불안을 유발할 것인데 박태순이 "무질서에의 작업" "열렬한 흥분" "파괴의 쾌감" "본능적인 불안" "아득한 허탈감" 등등의 말들로

---

1 박태순, 「무너진 극장」, 『무너진 극장』, 책세상, 2007, 303~304쪽.

2 알랭 바디우, 『윤리학』, 이종영 옮김, 동문선, 2001, 84쪽.

표현하고자 한 것도 아마 그것일 것이다. 만약 바디우가 정의한 대로 '윤리'를 사유할 수 있다면 바로 그 복합적인 충격 상태에 충실하는 것, 곧 사건에 충실하는 것, 그것이 윤리다. 그러나 박태순은 끝내 그러지 못했던 것 같다. 그는 「무너진 극장」의 말미를 두 차례에 걸쳐 수정한다. 그리고 그 수정 작업은 안타깝게도 어떤 목적론적 도식에 의한 '사건의 의견화' 과정처럼 보인다.

> 그러나 우리는 나이를 먹어갔으며, 어떤 철학자의 말처럼 '한 순간의 흥분을 너무 과대평가하여 기억하는 것의 무의미함'을 어느덧 배우기 시작하였으며 우리가 힘들여 끌어올렸던 그 무질서의 위대한 형식이 역사성 속의 미아처럼 다만 한 순간의 고립에 불과하고 말았음을 보았다. 그것은 마치 그날 밤에 우리가 저질렀던 그 놀라운 긴장감의 파괴가 시시한 것이지나 않았는가 하는 부당한 생각조차 가져다 줄 때가 많은데, 물론 거기에 대해서는 나의 사적인 느낌으로 완강히 부인해 두는 수밖에 없을 것이었다. 마치 진실을 엿본 듯한 느낌으로…….[3]

> 그러나 우리는 얼마 안 가서 어떤 철학자의 말처럼 '한 순간의 흥분을 너무 과대평가하여 기억하는 것의 무의미함'을 배우기 시작하였으며 우리가 힘들여 끌어올렸던 그 무질서의 위대한 형식이 역사성 속의 미아처럼 다만 한 순간의 고립에 불과하고 말았다고 주장하는 세력이 여전히 의연히 버티고 있음을 보았다. 그것은 마치 그 날 밤에 우리가 이룩하였던 그 놀라운 긴장감의 파괴를 부정하고 모든 변혁과 가치를 부정하는 것처럼 보이는데, 물론 거기에 대해서는 우선 나 자신으로부터 완강히 부인해 두는 수밖에 없을 것이다. 그러니까 인생과 사회와 역사에 대한 진실을 엿보는 듯한 느

---

3 박태순, 「무너진 극장」, 『월간중앙』 1968. 6, 419쪽.

낌으로……[4]

> 그것은 마치 그 날 밤에 우리가 이룩하였던 그 놀라운 긴장감의 파괴를 부정하고 모든 변혁과 가치를 부정하는 것처럼 보이는데, 물론 우리는 결코 속아넘어가지 않을 뿐 아니라 혁명은 의연히 계속 진행 중임을 도리어 확인하는 것이다. 그러니까 인생과 사회와 역사에 대한 우리의 시련이 도리어 그때부터 출발되고 있었던 듯한 느낌으로……[5]

『월간 중앙』에 처음 발표되던 당시 「무너진 극장」의 결말에서 "그 무질서의 위대한 형식"이 "다만 한 순간의 고립에 불과하고 말았음을" 본 주체는 '우리'였다. 그러나 정음사판에서 그 주체는 어떤 "세력"으로 타자화된다(흔히 그런 식으로 주체의 죄는 타자에게 전이되는 법이다). 유사하게 "저질렀던" 파괴가, "이룩하였던" 파괴로 가치 상승하고(그러나 사건이란 이룩하는 게 아니라 저지르는 것이 아닌가! 그러니까 주체가 통제할 수 없는 방식으로 절대적 외부처럼 도래하는 것이 아니던가!), 그날 개시되었던 "진실"(바디우라면 사건에 의해 개시되는 '진리'라고 불렀을!)은 이제 구체적으로(사실은 목적론적으로!) "인생과 사회와 역사에 대한 진실"로 고정되고 전미래시제의 자격을 부여받는다. 급기야 2007년의 책세상 판에서는 사건이 주는 불안과 공포, 인식적 충격 상태를 묘사한 모든 어휘는 사라지고 "결코 속아넘어가지 않"겠다는 단호한 의지와 "인생과 사회와 역사에 대한 우리의 시련이" 바로 그때부터 시작되었다는 선조적 역사의식이 견고하고 차가운 문장의 옷을 입고(사건성이 삭제된 채로) 그 자리를 차지한다. 박태순에게 있어 4·19는 그런 방식으로 향후에

4 박태순, 「무너진 극장」, 『무너진 극장』, 정음사, 1972, 368~369쪽.
5 박태순, 「무너진 극장」, 『무너진 극장』, 책세상, 2007, 315쪽.

도래할 그러나 현재에는 부재하는 최상급의 어떤 상태, 그 위대한 소실점을 향한 여정 중에 발생한 하나의 에피소드가 된다. 역사적 원근법이 탄생하는 순간이다.

2. 어떤 원근법

원근법이란 말은 전혀 비유가 아니다. 게다가 계보도 있다. 가령 백낙청은 「무너진 극장」이 발표되던 때와 비슷한 시기에 이와 유사한 용법으로 원근법에 대해 말한 적이 있다.

> 18세기에 대한 비판에는 사실이 아닌 이야기가 섞여드는 경우도 없지 않다. 혹은 후일의 반계몽주의적 세대에 의한 명백한 왜곡이 있는가 하면, 혹은 18세기와 그 이후의 차이만 생각하고 18세기와 그 이전의 차이를 소홀히 하는 데서 오는 원근법의 착오, 또 18세기 훨씬 이전부터 18세기 훨씬 이후까지를 어떤 공통점에서 볼 수 있는 안목의 결여가 개재하고 있는 수가 많은 것이다.[6]

인용문이 지시하는바, 백낙청에게 정당한 역사적 원근법이란 역사의 선조성에 대한 인정에 다름아니다. 이 말은 백낙청이 여러 계몽주의 비판자들이 보여주는 원근법의 착오를 지적하면서 극구 구해내려고 애쓰는 '이성'에만 국한되는 이야기가 아니다. 「시민문학론」을 집필하던 당시 그는 샤르뎅의 사도였던 것처럼 보이는데, 세 차례나 자세히 거론되는 샤르뎅의 우주진화론을 그는 이렇게 요약한다.

---

6 백낙청, 「시민문학론」, 『민족문학과 세계문학』, 창작과비평사, 1978, 19쪽.

인류역사 및 인류사회의 출현이야말로 진화하는 우주의 역사에서 지구의 형성이나 지구에서의 생명의 탄생에 비할 만한 획기적인 사건이요 가장 새로운 형태의 진화로 보아야 된다는 것이다. 동시에 인류 자체가 하나의 미완의 종이요 우리가 아는 인류역사는 생명의 보다 높은 단계, 인간 각자가 보다 더 인격화되면서 하나의 사회로서 전체화되는 단계를 향한 진화의 첫 걸음에 지나지 않는다는 통찰을 그는 내세우고 있다. 이러한 관점에서 볼 때 오늘날 정체 모를 열병처럼 전세계를 휩쓸고 있는 민주주의에의 집념은 한 동물학적 집단으로의 인류가 자신의 우주진화사적 위치를 어렴풋이나마 인식하고 이에 고무되어 있다는 증상이라 할 수 있다. 즉 스스로를 조직화함으로써 더욱 고차원의 인격화를 이룩할 수 있다는 인류의 〈진화의식〉 내지 〈종의 의식〉이야말로 오늘날 민주주의 이념의 배후에 있는 추진력인 것이다. 그리하여 〈자유·평등·우애〉의 진정한 의미도 적어도 이론적으로는 우주론적인 근거 위에서 명확히 정립될 수 있다.[7]

물론 진화란 나은 상태로 나아감을 의미한다. 우주 진화의 최종 단계에 인류사회의 출현이 있고, 인류사회 진화의 최종 단계에 시민 혁명의 이념인 자유와 평등과 박애의 완전한 실현이 있다. 인류의 '종의 의식'은 이러한 진화의 배후에 있는 추진력이다. 이어지는 문장들에서 그는 이러한 우주진화론을 한국의 역사에 대입한다. 진화의 각 단계는 갑오년 동학혁명, 기미년 3·1운동, 그리고 60년의 4·19가 획한다. 이 각각의 정치적 사건들은 매번 성과와 한계를 동시에 가지는데, 그때의 성패를 가르는 기준은 미래에 있다. 우주 진화의 최종 지점, 곧 프랑스 혁명과 함께 개시된 시민의식이 완전히 개화하여 "모든 세계진화적 세력이 〈사랑〉과 〈자유〉의 동의어로서 참다운 시민의식으로 일체화할 때", 그리하여 "인

---

7 백낙청, 위의 글, 16쪽.

류가 현재의 인류로서는 개념화하기조차 힘든 어떤 높은 경지, 초인화라 부르건 성불이라 부르건 우리로서는 어렴풋이 짐작만 하거나 개별적인 은총의 순간에야 홀연히 깨칠 수 있는 어떤 경지에 함께 이르"[8]게 되는 순간에 진화는 완성된다. 말하자면 백낙청의 원근법은 그 선조성과 함께, 부재하는 미래의 최상급을 소실점으로 갖는 그런 원근법이다. 역사는 바로 그 최상급의 미래를 향해 나아가는 중이고, 그 최상급의 미래에 의해 과거와 현재의 개별 사건들은 의미화되고 평가되고 성패를 가르게 된다. 백낙청이 보는 한국문학사는 바로 그러한 원근법에 의해 재배치된 문학사다.

> 그러나 본질적으로 연속되는 상황이라도 민주회복이 되고 국토통일이 될 때 민족사의 새로운 단계가 시작될 것이 확실하듯이, 19세기 후반 이래로 이어져온 민족문학의 역사도 중대한 고비를 여러 번 넘기면서 변화하고 발전해왔음을 본다. 극히 상식적이고 개괄적인 시기구분을 하더라도 동학농민전쟁과 갑오경장이 있은 1894년은 하나의 중요한 분수령을 이룰 것이고 식민지로 줄달음치던 때와 정작 식민지가 되고 난 다음이 구별될 것이며, 식민지시대의 문학을 말할 때 1919년의 3·1운동이 차지하는 획기적 중요성도 누구나 인정하는 것이다. 마찬가지로 1945년의 해방이 민족문학의 새로운 한 단계를 이룩했음은 더 말할 나위 없다.[9]

---

8 백낙청, 위의 글, 50쪽.

9 백낙청, 「민족문학의 현단계」, 『민족문학과 세계문학』 II, 창작과비평사, 1985, 14쪽. 본고는 백낙청의 초기 비평을 대상으로 한다. 따라서 백낙청의 전체 비평을 초기 비평에 국한하여 도식화한다는 비판을 면하기 힘들다. 실제로 최근 백낙청 비평의 행보는 초기의 단순한 진화론적 사고에서 멀다. 그 실현가능성을 떠나 일단 그의 분단체제 문학론은 탈근대의 과제까지 떠맡는 임무를 자임하고 있다. 이에 대해서는 백낙청 전체 비평에 대한 후속 연구를 통해 보다 면밀히 살펴보기로 한다.

우주 진화의 종결을 향해 나아가는 발걸음에 있어 한반도 차원에서는 획기적인 장을 열게 될 사건이 민주회복과 국토 통일이다. 한국의 현대사는 바로 그 미래의 최상급 상태를 향해 전진하고 있는바, 1894년, 1919년, 1945년, 그리고 1960년은 그 도정의 각 단계를 획하는 연대가 된다. 그러나 인용문에서 가장 걸리는 문구 하나가 눈에 띈다. "본질적으로 연속되는 상황이라도". 뒤집어 읽을 때 저 인용문은 사실은 다른 시기에 다른 형태로 일어났다 하더라도 본질에 있어서는 전혀 구별되지 않는 사건(에피소드란 의미에 가까운)들의 연속에 대한 서술에 불과하다. 이유는 그것들 모두가 도래할 최상급을 향해 나아가는 도정이라는 점에서 똑같고, 도래할 최상급에 비추어 항상 미진하거나 부실하다는 점에서 똑같고, 그러한 동질화의 논리에 따라 그 사건성을 심하게 박탈당한다는 점에서 또한 똑같기 때문이다. 고진의 말처럼 원근법 또한 근대적 코기토의 산물이라면, 한 시대의 이성이 파악할 수 없는 상태로 도래하는 사건들은 원근법에 포착되지 않는 법이다. 소실점이 확정된(혹은 확정되었다고 상상된) 이상 코기토는 그 소실점을 향해 사태들을 배치한다. 그러나 소실점을 향해 배치되지 않는 잉여가 사건일진대, 사건은 결코 원근법에 의해 포착되지 않는다. 바우만이 '설계도'와 '전망'(이것이 백낙청의 원근법, 아닌 근대적 역사주의 일반의 소실점이 아니면 무엇이란 말이가!)에 대해 말하고자 하는 바도 그와 같을 것이다.

형태 없는 원석 덩어리 안에 감추어져 있는 완벽한 형상에 대한 전망이 그것의 탄생 행위에 선행한다. 쓰레기는 그러한 형상을 숨기고 있는 포장이다. 그러한 형상을 드러내 우리 눈앞에 나타나게 하고 진정한 조화와 아름다움 소에서 완성된 형태를 감상하려면 먼저 형상을 둘러싸고 있는 것을 풀어야 한다. 어떤 것이 창조되려면 다른 어떤 것이 쓰레기가 되어야 한다. 포장 ― 창조 행위의 쓰레기 ― 은 바닥에 쌓여 조각가의 움직임을 방해하지 않도

록 벗기고 찢어서 버려야 한다. 쓰레기 더미 없는 예술 작업장은 없다.[10]

현대사는 설계하기의 역사이자, 자연에 맞서 진행된 꾸준한 정복전/소모전에서 시도되고 퇴색되고 폐기되고 버려진 설계도의 박물관/묘지였다.[11]

전망은 결단코 미래 시제란 점에서, 그리고 최상급일 수밖에 없다는 점에서, 그것이 지시하는 장소는 항상 부재다. 그리고 그러한 전망을 소실점 삼아 그려진 근대의 수많은 설계도들은 그 설계에 따라 현재와 과거를, 다루어야 할 재료와 소재를 취사하고 선택하고 배제한다는 점에서 쓰레기를 양산한다. 설계도가 질서를 만든다는 말은 진실이지만, 질서가 만들어지는 만큼 그 질서 바깥에는 쓰레기가 쌓인다는 말도 진실이다. 질서란 질서 외부의 것을 쓰레기로 치부하는 속성을 가지고 있기 때문이다. 그리고 백낙청의 원근법 내에서, 그리고 박태순의 원근법 내에서 쓰레기로 내버려진 것, 그것은 사건들의 사건성 자체이다. 왜냐하면 사건이란 항상 질서에 대해, 의견에 대해, 이미 주어진 상황에 대해 잉여적인 것들이어서, 설계도를 위협할 수는 있으되 설계의 대상이 될 수는 없기 때문이다.

3. 혁명과 문학

원근법이 비평을 지배하게 되자, 백낙청의 비평에서 사라지는 것은 형

---

10 지그문트 바우만, 『쓰레기가 되는 삶들 - 모더니티와 그 추방자들』, 정일준 옮김, 새물결, 2008, 50쪽.

11 지그문트 바우만, 위의 책, 53쪽.

식에 대한 고려이다. 종종 지적되는 것처럼, 백낙청의 비평에는 작품에 대한 나이브한 패러프레이즈만 있을 뿐 형식 분석이 거의 존재하지 않는다. 가령 "한용운의 『조선불교유신론』 자체가 철저한 시민적 자각에서부터 씌어졌음은 그 서론에서부터 드러난다"(「시민문학론」, 48쪽)라고 하며, 논문과 문학작품의 구분 없이 그 내용에 있어 시민의식의 철저성 여부를 작품 평가의 유일한 척도로 삼을 때, 최인훈의 형식 실험을 두고 작가의 결함이라고 일축하면서 오히려 그의 장점은 "작가 자신의 소시민적 한계를 비판하고 넘어서려는 노력"(「시민문학론」, 64쪽)이라고 말함으로써 작품 분석을 작가의 의식에 대한 평가로 대체할 때, 김수영 시의 원숙함이 아니라 시인 자신의 "원숙한 시민의식"을 상찬할 때(「시민문학론」 70쪽), 항상 그가 문제 삼는 것은 작품의 형식이 아니라 작가의 의식이다.

이러한 편내용적 비평의 저변에 예의 그 원근법이 있음은 물론이다. 하나의 정치적 사건이 발생한다. 그 정치적 사건은 그 사건을 사건으로서 체험한 (사건과 함께 탄생한)주체들에게 사건에 대한 충실성, 곧 윤리를 요구한다. 윤리적인 작가는 해당 사건이 주체에게 요구하는 바 의식의 상승(가령 시민의식의 획득)을 이루고, 그렇지 못한 작가는 불충분하게, 한계적인 방식으로만 사건에 반응한다(가령 소시민 의식에의 함몰). 충분하게 혹은 불충분하게 상승한 작가의 의식이 작품에 투영된다. 작품은 그리하여 시민의식에 투철한(한용운, 김수영) 작품이 되거나, 미진하게 투철한(최인훈, 김승옥) 작품이 된다. '정치적 사건▸작가의식의 상승▸작품의 질'이라는 단순한 도식이 성립한다. 이 와중에 작품의 형식을 논할 게재는 없다. 그러나 도대체 문학 작품을 문학 작품이게 하는 특성 그것은 무엇인가? 한용운의 「조선불교유신론」과 「님의 침묵」을 가르는 기준은 무엇인가? 언어의 운용, 곧 형식이 아닌가?

질문을 다른 식으로 던져보자. 정치적 사건은 매개 없이 문학적 사건이 될 수 있는가? 바디우 식으로 말해 전혀 다른 진리 산출 공정에 속하는 정치와 시는 하나의 사건에 의해 공히 공정을 개시하는가? 정치의 진리와 시적 진리는 같은 것인가? 정치적 목표와 문학적 목표는 같은 장소에서 같은 방식으로 같은 단계를 밟아 실현되는 것인가? 백낙청이 고려조차 하지 않는 질문들이다. 반면 회고가 사실이라면 최인훈은 혁명 당시부터 고려했던 질문들이다.

> 그러나 나는 지금도 살아 있는, 지식인이라는 차원에서는 불변의 요소이고, 예술가의 경우엔 지식인 가운데서도 가장 양보 없는, 단 이것은 예술이라고 하는 실험실 조건을 확실히 자각하는 입장에서, 그러니까 기초 생물학의 연구에서는 위생 조건이 보통 생활에서는 있을 수 없을 만큼 병적인 뭔가를 했을 때, 전기기기를 다룰 때 지켜야 할 온도, 기압, 항균 등 실험의 외연적 조건을 충분히 지킨다는 입장에선 예술의 심미적 법칙도 바로 그런 게 아닌가 합니다. 그걸 항상 점검하고, 우리가 실험실 속에서 확인했던 그 원칙이 우리 분야 바깥에, 이를테면 정치, 경제에 그대로 수평 이동된다는 환상을 늘 경계하면서 할 일을 하면 되지 않을까 하는 거죠.[12]

최인훈이 말하는 정치와 미학의 '실험실'을, 각각 조건을 달리하는 두 가지 진리 산출 공정이라 번역해 보자. 최인훈은 정치적 사건이 촉발하는 과업과 미학적 사건이 촉발하는 과업이 다르다는 사실, 나아가서는 정치적 사건이 매개 없이 그대로 문학적 사건이 될 수는 없다는 사실을 지적하고 있다. 하나의 정치적 사건은 그것에 충실하고자 하는 주체들에게 윤리를 요구하거니와, 그런 주체들 모두가 시인이나 작가나 비평가로

12 김치수 · 최인훈 대담, 「4·19 정신의 정원을 함께 걷다」, 『문학과사회』 2010년 봄호, 326쪽.

서 발언하는 것은 아니다. 4·19라는 정치적 사건이 그것에 충실하고자 하는 당대 한국의 시민들에게 원숙한 시민의식을 요구하는 것은 사실이겠지만, 그렇게 각성한 시민들 모두가 시를 쓰게 되는 것도 아니다. 어떤 문학적 사건이 따로 발생하거나, 혹은 정치적 사건으로서의 4·19를 문학적 사건이(도) 되도록 하는 매개 작용이 일어나지 않는 한 문학과 혁명의 관계는 규명되지 않는다. 이광호의 어법을 빌리자면 "4·19의 정치사회적 모더니티와 1960년대 이후의 한국문학의 미적 모더니티가 원인과 결과의 관계일 수는 없다"[13].

그렇다면 결국 남는 문제는 정치적 혁명과 다른 문학적 혁명이란 무엇인가 하는 점이다. 문학의 자율성을 고려할 때, 문학에서의 혁명이 정치적 혁명의 결과로서 발생하는 것이 아니라면, 문학 고유의 혁명은 어떤 방식으로 일어나는가? 최근 문단의 이슈가 되는 주제이기도 하거니와, 랑시에르가 중요하게 부각되는 문맥이 여기다. 그는 자신의 저서 『문학의 정치』 서두를 다음과 같이 시작한다.

> 문학의 정치는 작가의 정치가 아니다. 그것은 작가가 자신이 사는 시대에서 정치적 또는 사회적 투쟁을 몸소 실천하는 참여를 의미하지 않는다. 그렇다고 저술을 통해 사회적, 정치적 운동을 또는 다양한 정체성들을 표상하는 방식을 의미하는 것도 아니다. "문학의 정치"라는 표현은 문학이 그 자체로 정치행의를 수행하는 것을 함축한다. 따라서 이 표현은 '작가가 정치적 참여를 해야 하느냐' 또는 '예술의 순수성에 전념해야 하느냐' 하는 문제로

---

13 이광호, 「4·19의 '미래'와 또 다른 현대성」, 『문학과사회』 2009년 겨울호. 334쪽. 이어서 이광호는 이렇게 제안한다. "그렇다면 4·19를 복수의 의미를 가진 '사건'으로 이해할 수는 없을까? 4·19는 정치적인 사건이고 사회적인 사건이며, 동시에 문화적인 사건이며, 다른 층위에서 미학적인 사건이다. 이 사건들의 층위에서 어떤 위계가 있을 수 없다." 이처럼 4·19를 정치적 사건임과 동시에 미학적 사건이기도 하다는 방식으로 이해하자는 제안은 흥미롭다.

제기되지 않는다.[14]

어떤 의미에서 정치행위는 정치적 능력이 입증되는 감성의 경계를 추적하기 위한, 이를테면 무엇이 말이고 외침인지를 결정하는 하나의 갈등이다. 정치는 자기일 외에는 다른 것을 살필 시간이 없는 사람들이 분노하고 고통받는 동물이 아니라 공동체에 참여하면서 말하는 존재라는 것을 입증하기 위해 자기들에게 없는 시간을 가질 때에야 비로소 시작된다. 시간들과 공간들, 자리들과 정체성들, 말과 소음, 가시적인 것과 비가시적인 것 등을 배분하고 재배분하는 것은 내가 말하는 감성의 분할을 형성한다. 정치행위는 감성의 분할을 새롭게 구성하고 새로운 대상들과 주체들을 공동 무대 위에 오르게 한다. 문학의 정치는 실천들, 가시성 형태들, 하나 또는 여러 공동세계를 구획하는 말의 양태들 간의 관계 속에 개입한다.[15]

랑시에르에 따르면 문학의 정치는 작가의 정치가 아니다. 문학적 실천은 작가의 사회적 투쟁을 의미하지도 않는다. 저술을 통해 자신의 정치적 정체성(이를테면 시민의식)을 표상하는 행위도 아니다. 그에게 문학의 정치란 '언어를 통해 이루어지는 감성적인 것들의 분할에 대한 개입'이다. 언어는 항상 감성적인 것들을 분할한다. 물론 그 분할을 현재의 지배자들에 유리하도록, 혹은 그들에 의해 고안되고 고정된 분할이다. 문학은 바로 그 기분할된 감성적인 것들에 언어를 통해 개입함으로써, 즉 감성적인 것들을 재분할함으로써 혁명을 수행한다. 가령 플로베르는 그가 가진 정치적 진보성 때문에, 혹은 그가 정치적 투쟁에 행위로써 혹은 작품으로써 참여했기 때문에 문학적 혁명가의 반열에 오른 것이 아니

14 자크 랑시에르, 『문학의 정치』, 유재홍 옮김, 인간사랑, 2009, 9쪽.
15 자크 랑시에르, 위의 책, 11쪽.

다. 그가 이룩한 것은 문체의 혁명, 곧 언어를 통한 감성적인 것의 재분할이다.[16]

> 이 와해 중에 가장 두드러진 부분은 주제와 인물 간 위계의 배제, 문체와 가장 두드러진 부분은 주제와 인물들 사이의 적절성이라는 원칙의 배제였다. 19세기 초엽, 워즈워드와 콜리지의 『서정민요집』 서문에서 공식화된 이 혁명적 원칙을 플로베르는 극단적 지점까지 밀고 간다. 더 이상 아름답거나 저속한 주제들이 있을 수 없다. 이는 보다 급진적으로 주제는 전혀 존재하지 않으며, 시작 구성에 있어 핵심적 역할을 했던 플롯 구성과 사상과 감정의 표현이 중요치 않게 되었음을 의미한다. 작품의 짜임새를 결정짓는 것은 문체이며, 문체야말로 "사물을 보는 절대적인 방식"이다. 문체의 절대화는 민주주의 원칙인 평등이 문학적 공식으로 변형된 것이었다. 이 절대화는 일상에 대한 행동의 우위라는 전통적 원칙의 파괴와 일상을 반복, 재생산하도록 운명지워진 헐벗은 존재들, 그리고 보통 사람들의 사회적, 정치적 지위 상승과 맞물려 있었다.[17]

플로베르는 소위 데코럼의 지배하에 있던 아리스토텔레스 이후의 '미메시스적 식별체제'에 균열을 낸다. 그의 문체 속에서 더 이상 아름답거

---

16 위의 인용문에서 보듯 랑시에르가 말한 문학 상의 혁명은 반드시 플로베르에서처럼 문체나 형식상에서만 일어나는 것은 아니다. 그는 『프롤레타리아의 밤』에서 노동자 계급이 어떤 방식으로 감성적 활동을 위한 시간과 공간, 말과 소음, 가시적인 것과 비가시적인 것들을 갈등적으로 재분할 하는지를 보여준다. 그것은 문학의 민주주의와 관련되고 또 문학적 식별체제의 해체 및 재구성과 관련된다. 그러나 4·19 혁명의 경우 문학적 식별체제의 해체 같은 현상은 발생하지 않았다는 것이 필자의 생각이다. 대신 기존의 문학과는 전혀 다른 방식의 '양식화' 시도는 존재했다. 아마도 전자의 의미에서 문학적 혁명은 광주항쟁 이후 집단창작, 수기, 르뽀, 격문과 시의 융합, 노동자 시인들의 출현 같은 현상들에서 찾을 수 있을 것이다. 이에 대해서는 차후에 다른 지면에서 논하기로 한다.

17 자크 랑시에르, 앞의 책, 23쪽.

나 저속한 주제는 없다. 다루지 못할 인물도 자연물도 없다. 쓰지 못할 어휘도 삼가해야 할 표현도 없다. 그런 방식으로 플로베르는 프랑스 혁명이라는 정치적 사건이 촉발한 평등 이념을 문학적 사건으로 변형시킨다. 그의 문체와 함께 문학에 있어 감성적인 것이 재분할된다. 이제 누구나가 문학의 주인공이자 생산자이자 향유자가 되는 시대가 열린다. 요컨대 새로운 글쓰기 체제, 감성적인 것의 새로운 분할, 새로운 미학적 식별 체제의 개시, 이것들이 문학적 혁명의 조건이자 요소들이다. 만약 4·19가 문학적으로도 혁명이었다면 과연 그것과 함께 이후 한국 문학에서 그러한 일들이 일어났는지를 추적하는 것이 작가들의 시민의식이 얼마나 원숙했는가를 살피는 것보다는 필요하고도 유효한 작업일 터인데, 이른 시기 김현의 비평에서 종종 편린들처럼 발견되는 것이 바로 그것이다.

사실 생성의 역사 속에서 어느 한 위대한 시인이 혹은 위대한 집단이 어떤 식으로 양식화하면, 그러면 모든 현실은 그 양식화를 통해 바라보이게 된다. 그 양식화된 현실을 우리는 사실형이라고 부를 수 있을 것이다.
이 양식화의 경향은 새로운 현실을 보는 양식이 나타나지 않는 한, 계속해서 사회를 지배한다. 그리고 어떤 대립된 계급이라도 그것이 한 사회 속에 있다면 같은 양식화의 길을 밟는다.[18]

김현이 보기에 문학의 역사는 이미 수립된 사실형이 새로운 문학적 양식화에 의해 도전받고, 새로운 양식화가 안정되어 다시 사실형으로 굳어지면 새로운 양식화 시도가 이어진다. 이러한 사실형과 양식화 간의 지속적인 교체 과정이 그가 생각하는 문학의 역사다. 이때 그는 양식이

18 김현, 「한국 문학의 양식화에 대한 고찰」, 『현대한국문학의 이론/사회와 윤리』 전집 2, 문학과지성사, 1991, 13쪽.

란 말을 '새로운 현실을 보는 방식'이라고 설명하고, 다시 계급과 관련시키고 있다. 즉 새로운 계급이 세계를 보는 새로운 양식을 탄생시키면 기존의 사실형이 해체되고 새로운 사실형이 구축된다. 문학적 영구혁명론이라 할 만한 이와 같은 문학사 이해에서 세계를 양식화한다는 말을 랑시에르 식으로 감성적인 것을 재분할한다는 말로 이해해 보자. 그리고 한 위대한 시인 혹은 위대한 집단을 플로베르나 신생 계급이라고 이해해 보자. 그러면 소위 김현이 말하는 '양식화'란 문학적 사건, 곧 감성적인 것의 새로운 분할 방식의 출현이라 불러 마땅하다. 김현이 구상하는 문학사란 곧 감성적인 것의 분할과 재분할에 관한 역사다.

그는 작가의 시민의식이 얼마나 원숙한가를 묻는 대신 항상 이렇게 묻는다. "그렇다면 한국에서는 어떤 예술의 기술 방법이 가능한가?"[19] "그렇다면 다시 한 번 묻는 것이지만, 한국에서는 어떤 형태의 기술이 가능한 것일까"[20] 그러니까 그는 백낙청과 달리 정치적 사건이 매개 없이 작가 의식에 반영되었다가 작품으로 거처를 옮긴다는 단선적인 이해에 반대한다. 대신 그는 문학을 문학이게 하는 것, 그것은 감성적인 것의 분할 방식, 곧 언어의 세계 표상 방식으로서의 형식이라고 주장한다. "한국 소설의 가능성은 고문하는 기술 형식을 발견하는 데서 찾아질 수밖에 없다"[21]는 그의 전언이 뜻하는 바가 아마 이것일 것이다. 그는 우리로 하여금 정치적 혁명이 어떤 방식으로, 어떤 글쓰기 방식을 통해, 어떻게 기존의 감성 분할 방식을 파괴하면서, 문학적 혁명으로 변형되는가를 고민하도록 한다.

---

19 김현, 「한국 소설의 가능성」, 위의 책, 88쪽.
20 김현, 위의 글, 91쪽.
21 김현, 위의 글, 94쪽.

4. 사건의 처소

김현이 우리에게 문학적 사건의 표상 방식에 대한 일단의 실마리를 제공해주고 있다고는 하지만, 정치적 사건으로서의 4·19가 문학적 사건으로 변형되는 지점이 어디인가에 관한 구체적 논의는 쉽게 이루어질 성질의 것이 아니다. 왜냐하면 사건이란 항상 명명할 수 없는 형태로, 틈이나 공백으로부터 발생하기 때문이다. 그러나 사건에 충실한 것이 또한 윤리라면 마다할 수만은 없는 과업이 또한 그것이기도 하다.

앞서 인용한 「무너진 극장」의 한 구절에는 4·19가 어떤 방식으로 문학적 사건일 수 있는가에 대한 단초가 (작가는 의식하지 못하는 채로)제시되어 있다. "사실화만 그리던 사람들이, 그런 객관의 질서를 무너뜨려서 추상화, 초현실화를 그리지 않을 수 없었던 때의 그 와해 감정과 같은"이란 구절이 그것이다. 사건이란 굳어진 의견들과 상황 바깥에서 도래한다고 했다. 그것을 굳어진 원근법에 따라 선조적인 인과관계의 그물망으로 포착할 수는 없다. 사건은 항상 잉여다. 그럴 때 소박했던 사실화가는 감정의 와해를 겪지 않을 도리가 없다. 포착할 수 없는 것을 포착해야 한다. 문학은 몸살을 앓고, (김현의 표현을 따르면) 새로운 언어적 표상 방식을, (랑시에르의 표현을 따르면) 새로운 감성 분할 방식을 고안해야 한다. 그럴 때 정치적 사건은 또한 문학적 사건이 된다. 여기 그러한 사례들에 대한 몇몇 보고들이 있다.

우선 이제는 거의 관용적 수사가 되어버린 평문 「감수성의 혁명」에서 일찌감치 유종호가 보고한 김승옥의 사례가 있다.

> 주인공의 감수성으로 직결되어 있는 작가의 감수성, 자재로운 변화나 갑작스럽고 당돌한 전환, 첨예한 감성과 감각적 지각의 폭넓은 진폭, 항구적인 것에 대해서 순간적인 것을 우위에 놓는 태도는 요컨대 세상을 도회인의

눈으로 바라보고 현대 도회인의 과도히 긴장된 신경으로 외부인상에 반응한다는 점에서 도회인의 감수성이다.[22]

애기의 해체를 디디고 선 주인공이 외적 사상에서 촉발받는 생기 있는 인상, 과거와 현재를 일거에 넘나드는 기동성 있는 의식, 신경질적으로 섬세한 신경의 반응이 그대로 이 작품에서 가장 실속 있는 재미를 이루고 있다.[23]

가장 중요한 것은 속도와 변화에 있어서의 차이이다. 〈장 선 이런 날 밤이었네〉로 시작되는 허생원의 목가적인 유장조와 〈나〉의 자재로운 전환·변화·속도 있는 서술은 가장 대조적이다. 30년의 시간적 거리를 분명히 보여주는 감수성의 낙차에서 가장 두드러진 것은 도시와 시골 사이의 낙차다. 김승옥이 거둔 압도적인 공감 — 특히 도시 청년 사이에서의 — 이면에는 모더니스트들이 이루지 못한 도회의 서정과 우수와 신경의 시를 조성하는 데 그가 성공했다는 사실도 크게 작용했을 것이다.[24]

인용문들에서 유종호가 사용하고 있는 어휘들이 지시하는 바가 무엇인지를 헤아려 볼 필요가 있다. "첨예한 감성과 감각적 지각의 폭넓은 진폭" "항구적인 것에 대해서 순간적인 것을 우위에 놓는 태도" "긴장된 신경으로 외부인상에 반응" "기동성 있는 의식" "신경질적으로 섬세한 신경의 반응" "속도와 변화에 있어서의 차이" "도회의 서정과 우수와 신경의 시" 등의 어구들은 작품의 의미론적 분석에 앞선 신경생리학적 분석을 방불케 한다. 물론 그것들이 공히 지적하고 있는 것은 감수성의 혁명,

---

22 유종호, 「감수성의 혁명」, 『비순수의 선언: 유종호 전집』 1, 민음사, 1995, 428쪽.

23 유종호, 위의 글, 426~427쪽.

24 유종호, 위의 글, 428~429쪽.

곧 새로운 감성 분할 방식의 등장에 관한 것이다. 백낙청에게는 과도한 소시민의식의 소유자로서 비판받았던 김승옥이 유종호에게는 전혀 다른 문학적 식별체제를 출범시킨 60년대 한국의 플로베르가 되는 기이한 풍경이다. 두 비평가의 관점 차이는 명백하다. 정치적 사건이 제기한 임무에 따라 작품을 평가하는가, 아니면 정치적 사건이 문학적 사건으로 변형되는 지점을 포착하고 그것이 이루어지는 방식을 기술하는가 하는 점이 그것이다. 만약 문학에도 혁명이란 것이 있다면, 그것은 후자의 방식으로만 일어날 것이다.

권명아는 그런 사태를 최인훈의 「구운몽」에서 본다. 그는 먼저 "「구운몽」이 4월 혁명의 '문학적 유산'으로 적극적으로 평가되지 않은 것은 이 작품이 혁명의 문학적 계승에 주력하고 있지 않다는 점과도 관련이 깊다"[25]고 밝힌다. 사실 이 글에서 내내 논의해온 대로 "혁명의 문학적 계승"이란 불가능하다. 혁명은 매개 없이 문학적으로 계승되지 않는다. 문학이 혁명을 기록하는 것과, 문학이 스스로 혁명을 일으키는 것은 다른 영역의 일이기 때문이다. 문학 자체가 혁명이 되어야 한다. 권명아가 보기에 최인훈의 「구운몽」은 그런 의미로 재해석될 수 있는 작품이다. 죽은 자가 촉발시킨 혁명, 죽은 자의 꿈으로서의 4월 혁명은 「구운몽」에 이르러 전혀 다른 기술 형식을 낳는다.

> 살해당한, 죽은 자의 꿈에는 생애사적 시간과 공간이 없다. 15세에 죽은 소년, 봄, 차가운 강물을 헤엄치던 그 소년의 갈기갈기 찢긴 몸의 이야기는 생애사적 시간과 공간 속에 담길 수 없다. 그래서 그 시간은 계속 돌연한 결락, 파열이라는 형식에 담길 수밖에 없다. 그래서 「구운몽」의 꿈은 살아

25 권명아, 「죽음과의 입맞춤: 혁명과 간통, 사랑과 소유권」, 『문학과사회』 2010년 봄호, 279쪽.

남은 자의 시간으로 환원될 수 없는 죽음의 경험을 되사는, 유일한 형식이다. 그래서 「구운몽」의 꿈은 철두철미하게 역사적 형식이다. 이 형식은 살아남은 자의 생애사적 시간으로 환원되는 한 그 죽음의 몸을 되사는 일이 불가능하다는 점을 환기한다. 그래서 꿈은 그 불가능함을 가능하게 하고자 하는 역사적인 실험이자, 혁명을 '다시 사는' 불가능한 실험이다.[26]

생애사적 시공이 결락된 죽은 자(김주열이다)의 꿈, 돌연한 결락과 파열로 이루어진 꿈의 형식, 그럼으로써 죽어버린 혁명을 다시 사는 그 불가능한 실험을 수행하는 글쓰기의 수립, 그것이 바로 「구운몽」의 진정한 가치다. 권명아는 그렇게 말하고 있지 않지만, 그런 의미에서라면 「구운몽」은 4·19가 문학적으로도 혁명이었음을 증명하는 최초의 사례에 속한다고 해야 맞다.

다른 예로 강계숙이 보고하는 김수영의 사례도 있다.

> 김수영은 이러한 혁명이 정치적 영역의 현실태일 수 없음을 이미 4·19에서 목격한 바 있다. 그는 「시여, 침을 뱉어라」에서 '시작의 영원한 반복'이라는 혁명 이념을 미학의 영역으로 이행시킨다. "시도 시인도 시작하는 것이다"라는 구절은 '온몸의 시학'의 명제 중 하나로, '시작(始作)을 시작(始作)하는 것'으로서의 영구 혁명은 예술에서만 가능하며, 예술만이 이러한 시작의 갱신을 실천할 수 있다는 테제의 정립은 새로움이 곧 시작이며, 새로움의 끊임없는 자기 혁신이야말로 예술의 목적이자 현대적 미임을 뚜렷이 한다. '시작=새로움'이라는 등식은 김수영이 영구 혁명의 이념을 미학적으로 전유하면서 얻게 된 미적 가치 체계라 할 수 있다. 그는 이 등식에 자유라는 항을 덧붙인다.[27]

26 권명아, 위의 글, 304쪽.

강계숙의 논지에 따르면 사건으로서의 4·19가 정치적으로 좌절되고, 그 앞에 선 시인의 절망이 "혁명 이념을 미학의 영역으로 이행시킨다". 이 말은 정치적 사건이 어떤 방식으로 문학적 사건이 될 수 있는가에 대한 해명으로 읽어 무방해 보인다. 김수영에 의해 4·19는 좌절된 정치적 혁명에서 미학적 영구 혁명으로 자리를 옮긴다. 이후 김수영은 스타일의 "자코메티적 변모"를 지속적으로 추구함으로써 시에서의 영구 혁명을 수행한다. 다른 말로 하자면 정치적으로 좌절된 혁명이 김수영의 문학 속에서, 언어 속에서, 형식 속에서, 지속적으로 감성적인 것들을 재분할하면서 살아 남는다. 문학이 혁명을 기록하는 것이 아니라 그 자체로 혁명일 수 있는 방식이 그 외에 달리 있을 것 같지는 않다.

5. 나오며 : 4·19와 문학의 윤리

'윤리'라는 말의 내포는 이즈음 말하는 자의 수만큼이나 다양해서 함부로 거론할 어휘처럼 여겨지지 않는다. 그러나 이왕 바디우의 논리를 빌려왔으니 그가 사용하는 어법에 따라 이 말을 '사건에의 충실성'이란 의미로 사용해 보자. 4·19이후 한국문학에 있어 윤리란 무엇인가? 당연하게도 그것은 사건으로서의 4·19에 충실하는 것 외에 다른 것이 아니다. 그러나 정치적 사건이 매개 없이 그대로 문학적 사건이 될 수 없다는 점에 대해서는 이 글 내내 누누이 밝힌 바와 같다. 문학적 사건에 대한 충실성, 그것이 우리 시대 한국의 문학인들이 4·19에 대해 취할 수 있는 윤리적 태도의 전부다.

최인훈이, 김승옥이, 김수영이 개시한 (명명 불가능한) 어떤 글쓰기 체

27 강계숙, 「미적 전위가 탄생하기까지」, 『문학과사회』 2009년 겨울호. 382쪽.

제가 존재한다. 그것들을 찾아내는 것, 그리하여 그것들을 공유 가능한 어떤 형태로 갈무리하는 것은 비평가의 윤리다. 그들이 촉발한 글쓰기 체제를 따르고 이내 전복하는 것, 그리하여 그들이 했던 그대로 문학의 진리 산출 공정이 가동을 멈추지 않도록 하는 것, 그것은 창작자들의 윤리다. 그러나 두 경우 중 어떤 경우가 되었건, 김현을 경유하지 않기는 힘들어 보인다.

"문학사와 사회사는 분명히 구분되어야 한다. 문학사를 사회사로 대치시킨다는 것은 문학적 변모를 사회 변동으로 설명할 수 있다는 것을 뜻한다. 그렇다면 해답은 너무 자명해지며 문제를 제기하기도 전에 대답이 미리 주어지게 된다"[28]고 쓴 이가 김현이다. "어떤 것이 양식화된다면, 반드시 그 양식화에 대한 반발이 그 속에 내재하여 있지 않으면 안된다"[29]고 쓴 이가 김현이다. 아마도 그가 너무 일찍 가지 않았다면, 우리는 감성적인 것들의 언어적 분할에 관한 역사를 한국문학사의 이름으로 얻게 되었을 것이 분명하지만, 그가 그것을 남기지 못했으니 우리 시대 문학하는 이들의 윤리는 김현에게 충실하기 바로 그것일 것이다.

---

28 김현, 「문학이란 무엇인가 2」, 앞의 책, 172쪽.
29 김현, 「한국 문학의 양식화에 대한 고찰」, 위의 책, 15쪽.

참고문헌

강계숙, 「미적 전위가 탄생하기까지」, 『문학과사회』 2009년 겨울호.

권명아, 「죽음과의 입맞춤 : 혁명과 간통, 사랑과 소유권」, 『문학과사회』 2010년 봄호.

김치수 · 최인훈 대담, 「4·19 정신의 정원을 함께 걷다」, 『문학과사회』 2010년 봄호.

김 현, 『현대한국문학의 이론/사회와 윤리』 전집 2, 문학과지성사, 1991.

박태순, 「무너진 극장」, 『월간중앙』 1968.6.

______, 「무너진 극장」, 『무너진 극장』, 정음사, 1972.

______, 「무너진 극장」, 『무너진 극장』, 책세상, 2007.

백낙청, 「시민문학론」, 『민족문학과 세계문학』, 창작과비평사, 1978.

______, 「민족문학의 현단계」, 『민족문학과 세계문학』 II, 창작과비평사, 1985.

유종호, 「감수성의 혁명」, 『비순수의 선언 : 유종호』 전집 1, 민음사, 1995.

이광호, 「4·19의 '미래'와 또 다른 현대성」, 『문학과사회』 2009년 겨울호.

A. 바디우, 『윤리학』, 이종영 옮김, 동문선, 2001.

J. 랑시에르, 『문학의 정치』, 유재홍 옮김, 인간사랑, 2009.

S. 바우만, 『쓰레기가 되는 삶들 - 모더니티와 그 추방자들』, 정일준 옮김, 새물결, 2008.

바다, 몸, 구멍
-이청준의 바다에게서 김현 읽기

한순미

1. 갈애(渴愛)

김현은 「나르시스 시론 - 시와 악의 문제」(1962)에서 '그'를 이렇게 말한 적이 있다. "불행히도 그는 육지에서 살도록 선고받은 바다 동물이다. (……) 바다 동물은 영원히 달성되지 않을 바다에의 향수를 노래하게 되는 것이다."[1] 육지에서 살면서 바다에의 향수를, 그 영원히 달성되지 않을 향수를 노래하는 '동물', '그'는 무엇인가.

육지에 살도록 선고받은 바다 동물은 "바다의 환상"을 보고, 바다로 가려는 '갈증'을 느낀다. 바다 동물은 갈증이 일고 나서야 자기 안에 "바다에 대한 욕망"이 있었다는 것을 알게 된다. 바다의 환상을 향한 갈증이 먼저 있고, 그는 그것이 어떤 욕망의 꿈틀거림이라는 사실을 나중에 안다. 바다 동물은 영원히 달성되지 않을 향수를 노래한다, 그 끝나지 않을 갈애(渴愛).

김현은 다시 묻는다. "바다에 대한 욕망의 정체는 무엇인가?" 그리고 그는 나르시스의 우물에서 현실적 세계와 상상적 세계 사이의 "구멍"을

1 「나르시스 시론 - 시와 악의 문제」(1962.3), 『존재와 언어/현대 프랑스 문학을 찾아서』(김현문학전집12), 문학과지성사, 1992, 13쪽.

본다. 그 구멍은 자기 안의 것을 내던지면서 타자와의 '만남'을 일으키는 욕망의 자리이다. 욕망의 정체는 '사이의 구멍'에 있다. 그것을 느끼는 바다 동물, 나르시스, '그'는 누구인가. '그'는 시인이다. 바다를 향한 욕망의 노래는, "끊임없이 시인을 현실에 직면케 하는 갈증은 어떤 것을, 자기의 어떤 것을 내던지며 동시에 자기 아닌 타자와의 교섭을 원하고 있는 욕망인 것이다." '그'의 욕망은 '나'에게 전염된다. 김현은 말한다. "정말로 바다로 가는 길을 나는 알지 못하지만 그러나 바다로 가는 노력을 나는 그쳐본 적이 없다."[2]

육지와 바다 사이에 거주하고 있는 바다 동물의 '몸'에서 김현 비평의 육체는 탄생했다. 그래서 그의 몸은 '바다의 몸'이듯, 가득 차 있으되 언제나 무엇을 향한 갈증을 품고 있었다. 그는 오직 목마름을 통해서, 아니 목마름 속에서, 있다. 김승옥의 「환상수첩」(1962)을 읽은 김현의 목소리가 이 갈증을 대신 말해준다. 어쨌든 "산다는 것, 우선 살아내야 한다는 것"이 중요하다는 수영의 목소리를 빌어, 김현은 김승옥의 목소리를 다시 옮겨 쓴다. "김승옥 자신도 「환상수첩」에서 누누이 말하고 있듯이 중요한 것은 그러나 산다는 일이다."[3] 이 시기 김현은 "넓은 벌판 같은 염전을 가로질러 인가가 없는 바닷가로 갔"던 형기와 '나', 그리고 그들의 죽음을 "그럼에도 불구하고 다시 살아야 한다"[4]는 발레리의 노래로 읽었음이 분명하다.

"산다는 것"은 65년대 작가들의 초상을 그리는 데에 있어서 김현이 제출한 근본적인 물음이었다.

---

2 『존재와 언어』(1964)의 '후기'.

3 「존재와 소유」(1966.3), 『현대 한국 문학의 이론/사회와 윤리』(김현문학전집2), 397쪽.

4 「폴 발레리의 시와 방법」(1965.8), 『존재와 언어/현대 프랑스 문학을 찾아서』(김현문학전집12), 243쪽.

> 그들이 생각하고 있는 질서란 무엇일까? 그들은 무엇으로 전통을 만들려는 것일까? 그들의 테제는 무엇일까? (……) 두 작가들이 질서라고 생각하고 있는 것은 무엇일까? 아니 그들은 그들의 작중인물을 통해 어떻게 살려고 하는 것일까?[5]

> 산다는 것이 아무 의미가 없다 하더라도 사람은 살지 않으면 안 된다, 혹은 현실이 아무리 잔인한 것일지라도 그것을 정시하지 않으면 안 된다라는 그런 윤리학을 (……) 무엇이 그들로 하여금 그런 운명을 감수하게 하고 있는가?[6]

무엇을 위해 어떻게 살 것인가, 라는 물음을 여러 가지로 분할하면서 김현은 김승옥과 홍성원의 경우, 유현종과 이청준의 경우로 나누어 '미지인의 초상'을 분석한다. 그들의 초상은 질서와 테제를 긍정적으로 혹은 부정적으로 세우려는 방향과, 살지 않으면 안 된다는 것 혹은 그럴 수밖에 없는 운명, 크게 이 네 가지 방향으로 조감된다. 그러나 김현은 이들의 초상을 선명하게 그려내는 것을 "주저"한다. 그 서성거림은 「무진기행」(1964)의 윤희중이 느낀 "부끄러움"에 대한 두 개의 해석에서도 발견된다.

> 이 부끄러움은 영원히 계속될 것이다. 그가 무진에 살며, 그의 과거를, 외롭게 미쳐가는 것을, 진실한 인간의 고뇌를 살지 않는 한, 그의 부끄러움은 끝나지 않으리라. 그는 무진의 밖, 진실한 인간의 괴로움 밖에 있기 때문

---

5 「미지인의 초상 1 - 김승옥과 홍성원의 경우」(1966.8), 『현대 한국 문학의 이론/사회와 윤리』(김현문학전집2), 261~265쪽.

6 「미지인의 초상 2 - 유현종과 이청준의 경우」(1967), 『현대 한국 문학의 이론/사회와 윤리』(김현문학전집2), 274~276쪽.

이다. 남의 고뇌를 밟고 그는 행복하기 때문이다.[7]

이 부끄러움은, 그가 다시 무진으로 돌아와서, 그의 과거를, 외롭게 미쳐 가는 것을, 술집 여자의 자살을, 진실한 인간의 고뇌를 이해하지 않는 한 끝내 끝나지 않을 것이다. 그는 진실한 고뇌의 밖, 의식으로밖에는 조작할 수 없는 그런 가상의 세계에서 살고 있기 때문이다.[8]

위의 두 문단을 같이 놓고 보면 달라진 부분이 어디인지를 읽을 수 있다. 앞의 문단을 이룬 네 문장은 두 문장으로 축약되어 있다. 첫 번째 문장의 경우, 몇 단어가 바뀌고 순서가 달라졌지만 내용은 큰 차이가 없다. "여자의 자살을"이 추가된 것을 제외하고는. 두 번째 문장의 경우, "그는 무진의 밖, 진실한 인간의 괴로움 밖에 있기 때문이다. 남의 고뇌를 밟고 그는 행복하기 때문이다."에서 "그는 진실한 고뇌의 밖, 의식으로밖에는 조작할 수 없는 그런 가상의 세계에서 살고 있기 때문이다."라고 바꾸어 쓰고 있다.

이것은 단순한 동어반복이 아니다. "무진의 밖, 진실한 인간의 괴로움 밖"은 "진실한 고뇌의 밖, 의식으로밖에는 조작할 수 없는 그런 가상의 세계"로서의 의미가 되고 있는데, 그것은 곧 김승옥의 "자기 세계의 의미"에 해당한다. 김현은 그것이 "우리 모두를 그런 자기기만의 세계에서 빼돌리려고 하는 것"이라고 덧붙인다. 그는 김승옥의 「무진기행」에 대한 두 차례에 걸친 독해 속에서 다른 의미로 나아간 것이다. 아니, 그는 이전의 해석을 다시 씀으로써 이전의 해석을 수정한다.

그런데 김승옥의 자기세계란 그것뿐이었을까. "순교자라고 생각하고

---

7 「존재와 소유」(1966.3), 『현대한국문학의 이론/사회와 윤리』(김현문학전집2), 384쪽.
8 「자기 세계의 의미」(1969), 『현대한국문학의 이론/사회와 윤리』(김현문학전집2), 388쪽.

사랑하고 존경해"[9]버리는 함정에 빠지지 않길 바랐던 김현의 충고를 거슬러 「환상수첩」의 '나'를 단 한 번만이라도 긍정해보기로 한다. '나'는 "죽지 않고 어떻게 해결할 방법을 찾아야지" 하던 수영의 방식과 다른 생존방법을 찾고 있었기 때문이다. 그것은 사느냐 죽느냐를 선택하는 문제도 아니었고, 환상과 현실 중에서 어느 하나를 선택하는 문제도 아니었다. 양쪽의 질서를 다 부정했을 때 선택할 수 있는 유일한 방식은 '나' 그리고 '나'에게 환상을 준 모든 것들을 동시에 없애는 것이다. 현실과 환상의 거리, 그 거리 위에 있는 '나', 그 '나'를 없애는 것만이 그 거리를 좁힐 수 있는 방법이다. 그런 '나'가 왜 "형기의 손을 잡고, 눈을 온몸에 뒤집어쓰고 삼십 리 길을 비틀거리며 걸"어서 "넓은 벌판 같은 염전을 가로질러 인가가 없는 바닷가로 갔"[10]는지, 그리고 그곳에서 형기의 손을 놓아 버렸는지를 이해할 수 있을 것 같다. 염전밭의 죽음은 '나'의 선택이 서울과 고향, 환상과 현실, 생활과 예술, 진짜와 가짜 사이에서 어느 하나를 선택하지 않았음을 의미한다.

산다는 것의 '기준'은 새롭게 마련되지 않으면 안 된다. 그 기준은 「무진기행」의 윤희중이 바닷가에서의 '쓸쓸함'과 도시에서 느끼는 그 바닷가의 '쓸쓸함'이 얼마나 '공명'할 수 있겠는지를 힘겹게 묻고 있는 것처럼, 쉽게 얻을 수 없는 것이다.

> 바다는 상상도 되지 않는 먼지 낀 도시에서, 바쁜 일과중에, 무표정한 우편배달부가 던져주고 간 나의 편지 속에서 '쓸쓸하다'라는 말을 보았을 때 그 편지를 받은 사람이 과연 무엇을 느끼거나 상상할 수 있었을까? 그

---

9 「미지인의 초상 1 - 김승옥과 홍성원의 경우」(1966.8), 『현대 한국 문학의 이론/사회와 윤리』(김현문학전집2), 265쪽.

10 김승옥, 「환상수첩」(1962), 『환상수첩』, 문학동네, 2004, 94~95쪽.

바닷가에서 그 편지를 내가 띄우고 도시에서 내가 그 편지를 받았다고 가정할 경우에도 내가 그 바닷가에서 그 단어에 걸어보던 모든 것에 만족할 만큼 도시의 내가 바닷가의 나의 심경에 공명할 수 있었을 것인가? 아니 그것이 필요하기나 했었을까?[11]

"그러나 정확하게 말하자면, (……) 그 대답을 '아니다'로 생각하고 있었던 듯하다", 라고 윤희중은 쓴다. 그때 윤희중은 하인숙의 음성, 자살한 여자의 고통, 이 무진의 끈적끈적한 기억들이 서울이라는 공간으로 옮겨갔을 때 흔적도 없이 사라질 것을 고뇌하고 있었다. 그러므로 윤희중의 '부끄러움'은 무진에서의 깊은 '절망'과 바닷가에서의 '쓸쓸함', 이 모든 것들이 다시는 지속될 수 없다는 것을 예감한 미래형의 부끄러움이다. 그런 것만이 아니다. 그 '나'는 무진의 안이 무진의 밖으로 가지고 갈 만한 것인지를 고뇌하고 있기 때문이다. 아니, '나'는 무진의 안을 무진의 밖으로 가지고 갈 수 있을 것인지를 더 고뇌하고 있기 때문이다.[12]

김현이 찾던 바다는 김승옥의 쓸쓸한 죽음의 바다가 아니었다. 그의 바다는 샤토브리앙의 바다에 가까이 있었으리라고 짐작한다. 샤토브리앙의 바다는 "선택과 결단의 한 표상이며, 오히려 그 내용물이다. (……) 그것은 '인간적인' 바다이다. 그것은 비개성적인 바다가 아니며 인간학적인 바다이다. (……) 그것은 보다 넓게 인류학적인 의미를 획득할 정도로 확산된다."[13] 그 바다가 뜻하는 것은 다음과 같다.

그는 영원히 바다와 수도원 사이에 찢기어 있다. 수도원의 평화스러운

---

11 김승옥, 「무진기행」(1964), 『무진기행』, 문학동네, 2004, 189쪽.

12 이 부분은 다음의 글 「동시대인의 산책: 김승옥과 기형도, 겹쳐 읽기」를 참조.

13 「바다의 이미지 분석·서-샤토브리앙의 바다」(1968), 『존재와 언어/현대 프랑스 문학을 찾아서』(김현문학전집12), 277~278쪽.

불빛을 그는 바라보지만 들어갈 수는 없다. 그는 바다의 빛나는 물결을 바라보지만 선뜻 뛰어들지 못한다.[14]

김현이 읽은 샤토브리앙의 바다는 "산다는 것"을 그친 죽음의 공간이 아니다. 르네의 바다는 바다의 물결을 바라보지만 거기에 뛰어들지 못한 채 "찢김"과 "분열"의 고통으로 가득 차 있다. 그것은 "선택과 결단의 한 표상"으로서의 인간학적 바다이다. 사이, 찢김, 난파의 고통을 통해 세속으로 내려온 르네의 바다는 심리적, 사회적, 종교적 빛깔을 아우르는 인류학적 의미의 인간학적 바다이다. 김현은 르네의 바다에 비추어, 「환상수첩」의 '나'의 죽음보다 그럼에도 "산다는 것"이 중요하다는 수영의 목소리를 김승옥의 목소리로 읽었던 것. 그리고 그것은 바로 김현 자신의 목소리였다.

만약 김현이 '김승옥과 이청준의 경우'에서 미지인의 한 초상을 읽었더라면 그 "산다는 것"은 어떤 의미를 지녔을까. 아마도 그는 죽음, 쓸쓸함, 부끄러움을 읽어내는 눈을 새롭게 마련하지 않으면 안 되었을 것이다. 김현의 바다가 이청준의 바다와 점점 가까워지는 것은 이 근처였으리라 생각한다.

2. "씌어지지 않은" 바다

김현의 바다가 이청준의 바다와 자꾸 겹치는 것처럼 느껴지는 이유는 그들이 바다 근처에서 태어났다는 것과 그래서 그들이 바다에 대한 예민

---

14 「바다의 이미지 분석 · 서 - 샤토브리앙의 바다」(1968), 『존재와 언어/현대 프랑스 문학을 찾아서』(김현문학전집12), 285~286쪽.

한 감수성을 지니고 있었으리라는 그런 종류의 추측 때문에서가 아니다. 그들의 기억 속의 바다가 하나의 논점이 될 수 있는 것은 오히려 그들의 바다가 지닌 '변별적 자질'에 의해 서로 다른 의미를 낳기 때문이다.

> 나는 수평선 쪽을 향해 눈을 가늘게 떠보았다. 수평선이 붙잡힐 듯이 가깝게 다가왔다. 문득 나는, 언제고 저 수평선 너머로 가서 그곳의 이야기를 모조리 알아가지고 돌아오리라 다짐한다. 아버지도 달이도 어쩌면 그것을 알아내고 싶어 그곳으로 갔을, 그러나 아무도 그것을 알아올 수 없었던 그 수평선 너머의 이야기들을 말이다.
>
> 나는 배를 따라 몸을 일렁이면서 그 수평선을 오래오래 바라보고 있었다.[15]

> 아무튼 그 조그마한 섬에서, 나는 산에 올라가 산나무 열매를 따 먹거나, 떼지어 몰려다니며 밭에서 자라는 온갖 것들을 몰래 맛보거나 (……) 선창에 나가 서너 시간씩 바다를 바라보고 앉아 있으면서 어린 시절을 보냈다. 지금도 내 어린 시절을 회상할 때면, 옻나무와 발목까지 빠지던 펄의 감촉이 맨 처음 되살아나오고, 가도가도 끝이 없던 여름날의 황톳길의 더위와 모깃불의 매캐한 냄새가 나를 가득 채운다.[16]

이청준의 눈은 가까이 다가가면 언제나 더 멀리 달아나는 수평선에 닿는다. 바다 위의 수평선은 그 너머에 감춰진 이야기가 무엇인지에 대한 호기심을 불러일으킨다. 그것은 붙잡으려고 해도 붙잡을 수 없는 환

---

15 이청준, 「바닷가 사람들」(1966), 『이어도』, 열림원, 1998, 25쪽.

16 「두꺼운 삶과 얇은 삶」(1978.9), 『우리 시대의 문학/두꺼운 삶과 얇은 삶』(김현문학전집14), 366쪽.

상처럼 있다. 출렁이는 배 위에서 소년은 아버지와 형의 죽음을 가져다 준 수평선 너머의 '섬'을 본다. 이청준의 눈이 바다 위의 '수평선'과 그 너머의 '섬'에 집중된 것은 김현의 것과 비교해보면 더 뚜렷하다.

김현의 눈은 섬 안의 산등성이에 올라 바다를 본다. 그의 눈은 바다가 내려다보이는 산등성이 혹은 선창가 바닷물 속 혹은 펄의 감촉에 닿는다. 그가 바다를 읽는 눈은 곧 보는 것이며 만지는 것이다. 산등성이에서 내려온 눈은 바다의 표면에 닿고, 다시 바닷물 속으로 들어간다. 바다의 표면은 산등성이와 바닷물 속을 매개한다. 이러한 구도는 욕망의 삼각형의 구도와 흡사한 데가 있다.

이청준의 바다 이야기에서 김현은 무엇을 읽었을까. 그의 첫 번째 해석에 따르면, 「바닷가 사람들」의 바다는 도전과 복수로 가득 찬 '자연'이며 삶, 현실, 죽음은 자연과 동화된 것들이다. 김현은 바닷가 사람들의 아픔이 "자연의 위세"에서 비롯된 것으로 보고, 그것을 「줄」과 「병신과 머저리」에서 읽은 "우리 세대의 환부를 알 수 없는 아픔"[17]과 같은 것으로 바꾸어 읽는다. 바다는 알 수 없는 자연이자 어찌 할 수 없는 운명이다.

김현 비평에서의 바다가 '자연'이 아니라 '인간'의 문제로 옮겨간 것은 이청준의 바다에 자리하고 있는 수평선, 아니 수평선 '이야기', 그리고 '섬'을 통해서였다. 그는 「이어도」에서 천기자의 죽음을 "혼란투성이의 현실을 극복하는 방법"이며, 그 대답은 "현실에 절망하면 할수록 그것을 초월할 수 있는 어떤 것에 사람들은 매달리지만 그것은 결국 헛일이다는 것"을 보여준다고 해석한다. 그러나 천기자의 죽음은 "결단과 선택이라는 윤리적 문제"[18]의 자리에서도 온전히 해석될 수 없었던 것 같다.

---

17 「미지인의 초상 2 - 유현종과 이청준의 경우」(1967), 『현대 한국 문학의 이론/사회와 윤리』(김현문학전집2), 276쪽.

18 「결단과 선택의 윤리적 문제」(1974.9.6), 『행복한 책읽기/문학단평 모음』(김현문학전집15), 456쪽.

1977년 무렵, 김현은 「귀향 연습」을 읽는 자리에서 고향, 어머니, 노래와의 관계 속에서 이청준의 바다를 다시 읽기 시작한다.[19] 이 자리에서 김현은 먼저 "행복"한 느낌을 주는 고향의 기억을 중심으로 읽는다. 아래의 인용문에서 굵은 글씨로 된 부분이다. 그가 이 소설을 독해하는 과정에서 말줄임표에 넣은 부분을 모두 살려서 옮기면 다음과 같다.

[(……) 그러나 나는 아직도 그 바다가 어떤 식으로 내 어린 시절과 상관되고 있었는지, 또 그것에 대해 무슨 말을 할 수 있을지 마땅한 생각이 떠오르지 않았다. 모든 게 뿌옇게 멀기만 했다. 아름아름 어떤 기억이 떠오를 듯하다가도 화산 마을 앞 넓은 바다가 눈앞으로 다가오면 그것에 가려 기억 속의 것은 금세 희미하게 멀어져버리곤 했다.

그럭저럭하다가 나는 결국 방으로 들어가 몸을 기대고 누워버렸다. 하지만 누워서도 다시 생각을 계속했다. 다행히 눈앞에서 나를 간섭해오는 바다가 없으니 이젠 생각이 훨씬 쉬운 것 같았다. 동백골 앞바다가 좀더 선명하게 떠올랐다.] **이윽고 한 가지 행복스런 정경이 멀리서부터 천천히 뇌리 속으로 비쳐들어 왔다. 그것은 참으로 행복스런 추억이었다.**

바다가 있었다. 여름의 바다는 유난히 넓고 푸르게 반짝거린다. 바다에다 발부리를 내리고 있는 산줄기는 어디라 할 것 없이 울창한 녹음으로 푸르게만 뒤덮여 있다. 바다로 뻗어버린 산비탈은 대부분이 밭갈이가 되어 있고, 고구마나 수수나 콩이나 목화 같은 것을 심고 있는 그 여름 밭갈이 가운데는 다섯 마지기 남짓한 우리집 밭뙈기도 끼여 있었다. 나의 어머니는 여름 한철을 대개 그 다섯 마지기의 여름 밭갈이로 보냈다. 아침만 되면 어머니

19 「고향 탐색의 문학적 의미」(미확인), 『책읽기의 괴로움/살아 있는 시들』(김현문학전집5), 147쪽. 「고향 탐색의 문학적 의미」는 이문구의 『관촌수필』(1977)과 『자서전들 쓰십시다』(1977)에 실린 이청준의 「귀향 연습」을 분석한 글로서 1977년 무렵에 쓴 글로 보인다.

는 김매기를 나가면서 그 밭머리로 나를 데려다놓았다. 우리집 밭머리에는 푸나무꾼들이 산을 오르내리며 쉬어가는 지게터가 마련되어 있었다. 그리고 그곳에는 옛날부터 주인도 없는 무덤이 하나 누워 있었다. 나는 언제나 인적에 씻겨 윤이 돋을 만큼 반들거리는 무덤가의 지게터에서 어머니를 기다리며 지냈다. [나중에 마을 사람들의 이야기를 들어 안 일이지만, 나는 내 기억의 한참 전부터도 여름이면 늘상 그 밭머리의 지게 터에서 하루 해를 지내곤 했댔다. 그리고 그 시기엔 어머니가 나를 업어다 쇠고삐처럼 허리에 띠를 감아 매어놓곤 했댔다. 걸핏하면 아무데나 기어가 흙덩이를 집어 먹고 나무 가시 같은 데에 얼굴을 자주 할퀴어댔기 때문이라고. 어떤 때 사람들이 지게터를 지나가다보면 나는 온몸에 오줌과 똥을 짓이겨 바른 채 배가고파 울고 있거나, 울음을 울다울다 제풀에 지쳐 더운 뙤약볕 아래 잠이 들어 있는 것을 볼 때가 많았다고. 그러나 나는 물론 그런 일까지는 기억을 하지 못한다. 내가 기억을 남기기 시작했을 때는 이미 내 허리에서 고삐가 풀린 뒤였다. 그리고 그때부터는 그런대로 내게 제법 행복스런 기억이 남아 있었다.

물론 이때도 그 무덤이 있는 밭머리의 지게 터를 떠나본 일이 별로 없었다. 날씨가 더워지면 근방 골짜기로 개울물을 마시러 내려가거나, 물을 마시러 갔다가 길을 조금 돌아오는 것 외엔 언제나 어머니의 모습이 보이는 밭머리의 지게 터에서만 놀았다. 그 지게 터가 좋았다. 그곳에서라야 나는 아무 때고 밭 가운데 파묻힌 어머니를 찾을 수 있었다. 어머니는 하루 종일 쉴새없이 그 밭이랑을 왔다갔다 하면서 김을 맸다. 수수와 콩을 섞어 심은 밭이랑 사이를 멀어지는가 하면 다시 방향을 바꿔 가까워져 오고, 가까워져 있던 어머니가 잠시 동안 한눈을 팔다보면 어느새 또 아득하게 멀어져 있곤 했다.] **그러나 나는 하루 종일 그 어머니를 지키고 앉아 어머니를 기다리고 있는 것만은 아니었다. 바다도 있고 산도 있었다.** [햇빛이 눈부시게 반짝이는 넓고 먼 바다에는 언제나 한두 척씩 고깃배가 떠 있었고, 그 배들은 움직이지 않는 것 같으면서도 눈에 보이지 않게 천천히 멀어졌다간 가까워지고, 가까워졌다간 또 어느새 작은 섬들 뒤로 깜박 자취를 숨겨버리곤 했다. 바다 가운데로 뻗어나온 먼 뫼부리 너머로 모습이 영영 사라져 들어가버릴 때도 있었다.] **바다는 지루하지 않았다. 하지만 나는 산에서도 지루한 줄을 몰랐다. 산에서는 언제나 멀고 유장한 노랫가락이 들려왔다.** [나무나 풀을 베러 산으로 들어간 사람들이 그렇게 쉴새없이 노래를 부르고 있었다. 노랫가락은 어머니가 집에서 물레질을 할 때나, 밭으로 나가 김을 매면서 끊임없이 우우우우 울음 소리도 같고 노랫소리도 같은 걸 웅엉거릴 때처럼 슬픈 가락을 지니고 있었다. 공연히 가슴이 주저앉고 까닭 모를 설움 같은 것이 서려오는 노랫가락이었다. 나는 언제나 그 노랫가락을 들으며 임자 없는 무덤을 동무삼아 지냈다. 그러나 한 번도 그 노랫가락을 뽑아대고 있는 사람의 모습을 본 일은 없었다. 노래를 부르는 사람은 푸르고 울창한 숲에 파묻혀 모습을 드러낸 일이 없었다. 언제나 노랫가락만 들려올 뿐이었다. 여긴가 하면 저기서, 저긴가 하면 여기서, 또는 여기저기 어디라 할 것도 없이 산 전체에서 소리는 끊임없이 흘러나오고 있었다.] **그것은 참으로 행복스런 시절이었다.**[20]

김현은 「귀향 연습」에서 '행복'이라는 표현이 자주 되풀이되고 있는 것을 그 증거로 들면서 남지섭의 의식 속에 있는 고향을 행복한 기억을 중심으로 요약한다. 그리고 그는 이청준의 행복한 고향에의 기억은 바다·어머니·노래와 연관되어 있다고 해석한다. 나아가 그는 "바다·어머니·노래는 그것이 슬픔·아픔·서러움과 결부되어 있을 때에도 행복한 느낌을 준다."[21]고 덧붙인다. 여기까지가 김현이 이청준의 소설에서

20 이청준, 「귀향 연습」, 『눈길』, 열림원, 2000, 184~187쪽.

21 「고향 탐색의 문학적 의미」(미확인), 『책읽기의 괴로움/살아 있는 시들』(김현문학전

행복한 기억 속의 고향을 드러내서 읽은 부분에 대한 해석이다.

그런 다음, 김현은 말줄임표에 넣은 소설의 내용을 해석한다. "현실 속에서는 휴식과 안락보다는 아픔과 고통이 더 많은 것이며, 현실대로 그것을 견디어내는 길 외의 다른 길은 있을 수 없다."[22] 그는 드러내 읽지 않았던 부분을 해석한 결과, 행복의 기억은 곧 '고통'의 현실을 감추고 있다는 해석에 이른다. 종합적인 해석은 드러낸 부분에서 드러내지 않은 부분을 차례대로 읽는 과정 속에서 이루어진다. 그렇게 해서,

> 이청준의 귀향은 연습이지, 현실이 아니다. 그러나 이청준을 예술가로 만드는 것은 귀향의 꿈이다. 바다·어머니·노래와 같은 안락과 휴식의 꿈이 없다면, 현실은 지나치게 동물적인 것이 될 수밖에 없다. 동물적인 삶은, 말의 엄정한 의미에서, 삶이란 말에 값할 수가 없다. 인간적인 삶은 그 동물적인 삶을 인간적인 삶으로 만들어가는 과정 속에 있다. (……) 그가 고향을 삶의 기호라고 부른 것은 그것 때문이리라.[23]

이청준에게 고향, 바다, 어머니, 노래는 고통의 현실을 견디기 위한 꿈이지, 행복 그 자체는 아니다. 그러나 그 꿈은 동물적인 삶을 인간적인 삶으로 바꾸어내는 "과정"에 대한 반성적 탐색을 가져온다. 여기에서 김현 비평의 한 주제인 인간과 사회, 권력, 제도에 대한 기호학적 탐색이 시작된다. 겹의 구조로 되어 있는 이 세계는 '선택'과 '결단'이라는 윤리적인 문제가 아니라 삶의 '과정'과 인간의 '의지'라는 존재론적 물음을 통

집5), 150쪽.

22 「고향 탐색의 문학적 의미」(미확인), 『책읽기의 괴로움/살아 있는 시들』(김현문학전집5), 150~151쪽.

23 「고향 탐색의 문학적 의미」(미확인), 『책읽기의 괴로움/살아 있는 시들』(김현문학전집5), 151쪽.

해서 다가갈 수 있는 것이다.

이러한 물음에로의 전환은 이청준의 바다와 만나면서 점층적으로 전개된다. 김현이 이청준의 바다에게서 읽은 것은 다음과 같다. 「바닷가 사람들」에서 읽은 바다가 인간이 개입할 여지가 없는 자연의 바다이며 알 수 없는 아픔을 확인하는 곳이었다면(1967), 「이어도」의 천기자의 죽음은 '결단과 선택의 윤리적인 문제'로 나아가서 좌절하는 부질없는 시도였으며(1974), 「귀향 연습」에서는 행복의 기억과 고통의 현실을 동시에 드러내는 이중인화의 방식을 통해서 바다, 인간, 고향이 지닌 기호학적 의미에 대한 탐색이다.(1977)

이후 김현은 「떠남과 되돌아옴」(1986)에서 그는 「살아 있는 늪」, 「이어도」, 「시간의 문」, 이 세 작품의 구조적 상동성을 분석한 후 이청준의 바다 이야기를 다시 쓴다. 김현은 이청준의 세계관을 '고향'에서 '바다'로, 다시 '바다의 한 가운데'로 이동하는 과정을 따라 분석한다.

> 떠남은 되돌아옴이다. 구원의 땅은 결국 없다. 그는 구원의 땅을 향해 떠났지만, 고통의 땅으로 되돌아온다. (……) 그 바다는 물론 삶의 바다이며, 어머니의 바다이다. 아니, 사람들의 바다다. (……) 그 바다가 절망의 근원이며 구원의 자리이다.[24]

「이어도」의 천남석의 죽음과 「시간의 문」의 예술(사진)이 거주하는 바다는 김현의 초기 비평에 등장한 바다 동물에게 환상을 주었던 그런 바다가 아니다. 죽음과 예술이 거주하는 바다는 절망과 동시에 구원의 섬이 있는 곳이다. 절망과 구원이 함께 있는 바다는 삶의 바다, 어머니의

---

24 「떠남과 되돌아옴」(1986), 『분석과 해석/보이는 심연과 안 보이는 역사 전망』(김현문학전집7), 152~153쪽.

바다, 사람들의 바다이다. 그 바다는 자기 자신을 바다에 던졌을 때에만 만날 수 있는 곳이다. 그래서 "그에게 남은 길은 자기 자신이 탐색의 주체이며 대상이 되어, 자기의 탐색의 과정이 의미가 되도록 할 수밖에 없다."[25]

이청준의 바다 위의 수평선과 수평선 너머의 섬은 이러한 과정을 거쳐 김현의 바다에 끼어든다. 이것은 김승옥의 「환상수첩」에서의 '나'의 자살을 바라보던 김현의 눈과 사뭇 다르다. 이청준의 바다 곁에서, 김현이 「벌레 이야기」에서의 읽은 '자살'은 현실도피로서의 죽음이 아니라 황홀한 절망의 몸짓, 즉 세계의 무의미에 충격을 가하는 구멍 내기로서의 의미를 획득한다. 이 근처에서 김현은 이청준의 바다에게서 '르네의 사랑'을 읽은 듯하다." 어머니는 르네의 사랑의 숨은 원리이다. 그것은 그러나 금지된 사랑이다. (……) 르네의 근대성은, 세계병뿐만이 아니라 현상 밑에는 감춰진 이유가 있다는 것을 보여준 데에도 있다." "바다를 좋아한 소설가는, 카뮈처럼 대개 어머니를 소설의 한 감춰진 원리로 간직하고 있다는 것 정도가 내가 암시할 수 있는 것이다."[26]

3. 공감의 자국

하나의 시니피앙에서 갈라지는 두 개의 시니피에는 결국 하나의 동심원을 그리며 다시 만나는 것이 아닐까. 김현은 만화그림을 인용하면서 앞의 질문에 대해 답한다. "흔들리고 있는 동심원들은 뱃사공이 만든 파

---

25 「떠남과 되돌아옴」(1986), 『분석과 해석/보이는 심연과 안 보이는 역사 전망』(김현문학전집7), 156쪽.

26 「샤토브리앙의 세 연애소설에 대하여」(1984), 『존재와 언어/현대 프랑스 문학을 찾아서』(김현문학전집12), 293~294쪽.

문이면서, 동시에 농부가 파놓은 고랑이다. 파문과 고랑이라는 두 시니피에가 흔들거리는 동심원이라는 한 시니피앙에 의해 표현되고 있다." 그것은 "두 개의 시니피에를 가진 하나의 시니피앙이 되는 것"이다.[27]

이청준의 바다에게서 김현 사유의 한 면을 읽고자 하는 것은 결국 그들의 사유체계가 서로 다른 시니피에를 지니고 있지만 하나의 시니피앙으로 다시 만나고 있다는 것을 발견하는 과정이 아닐까. 한 사람은 육지에서 바다로 섬으로 들어갔고, 다른 한 사람은 섬에서 바다로 육지로 나아갔다. 들어감은 죽음과 막막함의 수평선을 가로지르고, 나아감은 삶과 욕망의 토피아를 수직으로 그렸다. 바다는 하나다.

이청준의 바다와 김현의 바다가 있다. 그들의 바다는, 결국, 하나다. 바다는 김현과 이청준이 만난 가장 촉촉한 시공간이었다. 바다는 이청준의 소설과 김현 비평의 상상 체계를 이루는 가장 작은 단위인 '음소'에 견줄 수 있다.

김현의 바다는 한국 문학과 프랑스 문학을 가로지르는 매개이자 그것을 읽는 방법론 중의 하나였다. 김현의 바다는 르네의 바다와 이청준의 바다, 그리고 다른 무수한 바다 중에서 어느 하나를 선택한 것이 아니라 서로 다른 바다를 "모방하는 힘"으로 전혀 다른 바다로 나아가려 했다.[28] 그것은 마르틴 부버의 대화, 즉 '나 - 그것'의 근원어에 바탕을 둔 독백이 아니라 '나 - 너'의 근원어에 바탕을 둔 대화를 도상화 한다.

---

27 「만화도 예술인가」(1975.5.8), 『김현 예술 기행/반고비 나그네 길에』(김현문학전집 13), 74쪽.

28 "이미지라는 말의 어원 자체가 나타내주듯이 — image는 산스크리트어인 -ma-에서 온 말이다 — 그것은 말의 가장 넓은 의미에서 모방하는 힘이다. 그것은 어떤 상징 체계에 따라 대상들을 모방한다. 이 모방이 덩어리로서의 이미지란 상상 체계의 능동적 힘이다. 상상 체계는 이미지를 통해 그 모습을 드러낸다."(「바다의 이미지 분석·서 - 샤토브리앙의 바다」(1968), 『존재와 언어/현대 프랑스 문학을 찾아서』(김현문학전집12), 275쪽)

> 대화는 내가 나이면서, 내가 아니라는 것을 확실하게 보여주는 삶의 한 양태이다. (……) 대화의 아름다움은 같이 나아감에 있다. 젊은 시인들의 시는, 시가 같이 나아가고 있는 정신의 한 양태라는 것을 분명하게 보여준다. 나아가다니? 어디로 같이 나아가는가? 모든 대화의 종말이 그러하듯, 따뜻하게 헤어질 수 있게 나아가는 것이다.[29]

김현이 말한 공감의 비평은 비평가와 작가의식의 부딪침과 그 울림의 과정 속에서 전개되는 '대화'이다. 대화는 작가와 비평가의 욕망이 서로 부딪치면서 전혀 새로운 욕망의 인간을 그려내는, 닫히지 않는 자리이다. 대화의 과정은 서로 같은 것을 확인하는 것이 아니라 서로 다른 무엇이 되어가는 과정이다. 대화는 이질적인 것들의 동시에 드러남이다. 공감의 대화는 "자기 내부의 욕망과 그 욕망에 감염된 모든 것", 즉 "삶의 전체성"[30]에 가까워지는 것이다.

김현의 초기 비평에서 집약된 "산다는 것"에 대한 욕망은 무한한 대화를 통해서 나, 타자, 세계에 대해 질문하는 곳으로 나아간다. 그 질문은 "이 세계는 과연 살 만한 세계인가"[31]라는 반성을 동반한다. 김현은 그 오랜 공감의 자국을 다음 두 문장으로 압축한다.

> 나는 세계다와 나는 세계를 바꾸고 싶다는, 결국, 하나이다. 나는 있다, 그러니까 세계는 바뀌어져야 한다. 나는 타자다, 그러니까, 세계는 바뀌어져

---

29 「젊은 시인을 찾아서」(1984), 『젊은 시인들의 상상세계/말들의 풍경』(김현문학전집 6), 13~14쪽.

30 「젊은 시인을 찾아서」(1984), 『젊은 시인들의 상상세계/말들의 풍경』(김현문학전집 6), 13.

31 「소설은 왜 읽는가」(1985), 『분석과 해석/보이는 심연과 안 보이는 역사 전망』(김현문학전집7), 222쪽.

야 한다.[32]

위의 문장을 나누어 읽어 보면,

1) 나는 세계다(와)
2) 나는 세계를 바꾸고 싶다(는, 결국, 하나이다.)
3) 나는 있다(, 그러니까,)
4) 세계는 바뀌어져야 한다.
5) 나는 타자다(, 그러니까,)
6) 세계는 바뀌어져야 한다.

이다. '나는 세계다'와 '나는 세계를 바꾸고 싶다'가 '결국, 하나'일 수 있게 하는 근거는 무엇인가. 그것은 존재와 욕망이 함께 거주하는 '나'가 있을 때 가능하다. 존재를 향한 선언은 그것이 현실이 되도록 하는 욕망에 의해 가능하다. '나는 세계를 바꾸고 싶다'는 욕망의 의지 속에서만 '나는 세계다'라고 말할 수 있다. '나는 있다', '나는 타자다'라는 두 문장이 '세계는 바뀌어져야 한다'는 문장과 연결되는 것은 ", 그러니까,"에 의해서다. 뒤집어서 말하면 '세계는 바뀌어져야 한다', 그럴 때 '나는 있다', '나는 타자다'라고 할 수 있다. 그러니까, 이 세계는 바뀌어져 한다. 존재와 욕망이 하나인 몸은 ", 그러니까"에 의해 가능하다. ", 그러니까,"는 단순한 쉼표와 접속어가 아니라 모든 문장을 구축하는 숨은 힘이다. 아니다, 주어진 세계를 재구축하는 욕망이다.

---

32 「젊은 시인을 찾아서」(1984), 『젊은 시인들의 상상 세계/말들의 풍경』(김현문학전집 6), 15쪽.

4. 구멍, 소리

1979년 10월 유신 시대의 종언이 있던 즈음, 김현은 금욕주의, 소비 욕망의 자제를 호소하는 한국 사회에서 '욕망의 광포함'을 읽었다고 한다. 그리고 그는 자신의 비평 작업을 "욕망의 뿌리와 그것의 구체적 자리, 그리고 그것을 벗어나는 초월적 자리 등에 대해 사유"의 범위를 넓혀왔고 거기에서 "욕망은 심리적 · 사회적인 것일 뿐 아니라 종교적인 것이다"라는 결론에 이르렀다고 말한 바 있다. 여기에서 무위(無爲)나 불이(不二)와 같은 욕망의 초월적 자리는 "그것을 불가능하게 하는 욕망의 구체적 세계를 분석하지 않을 수 없"[33]게 하는 곳이었음을 확인한다.

노장(老莊)과 선(禪)에 대한 관심이 욕망의 뿌리를 자르기 위한 것이 아니라 욕망의 극단을 곁에 두고 욕망의 구체성과 욕망의 뿌리를 천착하기 위한 것이었음을 다시 기억한다. 노자의 '허'("구멍의 공")와 장자의 '혼돈'을 통해서 본 "구멍"을 그는 다음과 같이 일기에 쓴다.[34]

> 구멍이 없는 존재는 완전자 — 신 · 악마 · 자연…… — 뿐이다. 구멍이 있는 것은 모두 인간적이다. 인간은 구멍의 모음이다. 채워도 채워도 영원히 채워지지 않는 구멍들…(1987.1.31)

> 욕망의 이론도 하나의 구멍 이론이었던 것이다. (……) 물 마시고 싶다는 욕망은 물의 부재라는 것이다. 욕망은 공이며 무이다. (……) 내 사유의 주체는 내 육체이다.(1987.4.20)

---

33 『폭력의 구조: 르네 지라르 연구』(1987), "글머리에", 『폭력의 구조/시칠리아의 암소』(김현문학전집10), 19쪽.

34 『행복한 책읽기/문학 단평 모음』(김현문학전집15), 66쪽, 86~87쪽, 115쪽, 181쪽에서 각각 인용.

이 구멍은 나르시스가 보았던 사이의 찢긴 구멍과 다른 것이다. 완전한 신, 악마, 자연의 존재에 균열을 가하는 이 틈에는 더욱 강렬한 욕망이 산다, 나온다. 그 틈은 비어 있으되 있다. 그것은 '없는 있음'이다. 없는 있음은 구멍, 그러니까, 소리다. 이즈음 그의 육체는 "모든 존재가 들어가 웅크리고 있는 알집과 같은, 거푸집과 같은 구멍으로서의 잊음."(1988.1.7)의 상태로, 인도의 피리 소리, "오르페가 분 피리 소리와 같이, 자기 존재가 텅 빈 소리로 바뀌는 기묘한 체험."(1989.2.8)으로, 차 있었다.

본질은 없고, 있는 것은 변화하는 본질이다. 아니 변화가 본질이다. 팽창하고 수축하는 우주가 바로 우주의 본질이듯이, 내 밖의 풍경은 내 충동의 굴절된 모습이며, 그런 의미에서 내 안의 풍경이다. 밖의 풍경은 안의 풍경이 없이는 있을 수 없다. 안과 밖은 하나이다. 하나는 둘을 낳고 둘은 만물을 낳는다는 말의 참뜻은 바로 그것이다. 그 하나는 어디에 있는가? 그 하나는 어디에 있는 것이 아니라, 그 질문을 낳는 자리에 있다. 그 자리는 어디에 있는가? 그 자리는 아무 곳에도 없다. 있는 것은 없음뿐이다. 그 없음은 있는 없음이다. 그 있는 없음 속에서 움직이고 있는 것은 욕망, 아니 충동뿐이다. (……) 아니 말들의 물질성 자체가 바로 욕망이다. 그 물질성을 갈가리 찢어 없앤다 하더라도, 말들의 물질성의 흔적은 남아 있을 것이다. 그 흔적마저 없앤다는 것은 거의 불가능하다. 말들의 검은 구멍은 없다. 아니 있을지도 모른다. 그러나 아직은 없다. 있는 것은 흔적들이다. 그 흔적들이 욕망이며, 충동이다. 그 흔적들 때문에 나는 있으며, 나는 없다. 나는 없는 있음이며, 있는 없음이다.[35]

---

35 「말들의 풍경」(1989), 『젊은 시인들의 상상세계/말들의 풍경』(김현문학전집6), 211~212쪽.

김현이 그린 말들의 풍경은 여러 겹으로 중첩되어 흐른다. 끊어서 읽은 곳이 없다. 어쩌면 너무 많다. 문장과 문장 사이에는 수많은 질문과 대답들이 숨어 있다. "중첩과 이동을 낳는 것은 사람의 욕망이다." 욕망은 변화를 낳는다. "변화가 본질이다." 내 안의 풍경과 내 밖의 풍경은 다른가. "안과 밖은 하나이다. 그 하나는 어디에 있는가?" 그것은 "그 질문을 낳는 자리에 있다." 그 자리는 어디에도 없다. "있는 것은 없음 뿐이다." 그것은 없는 듯, 있다. "있는 것은 흔적들이다."

이곳을 살 만한 곳으로 바꾸고 싶다는 의지는 찢김, 균열, 간극, 사이, 새로운 욕망을 자극하는 꽉 찬 "구멍"에서 나온다. 구멍은 새로운 질문을 낳는 몸, 즉 "질문을 낳는 자리"이다. 그것은 몸이다. "나는 없는 있음이며, 있는 없음이다." 김현 비평 읽기는 그가 문학의 몸을 통해 던진 그 질문의 자리에서 시작되지 않으면 안 된다. 그러나 그 자리는 이미 언제나 움직인다. 그는 질문의 자리를 달리하면서 이전의 질문에 변화를 준다. 그것은 변화하는 세상을 읽는 물음이 된다. 김현 비평의 사유가 오직 물음의 물음으로 이루어져 있는 것이라면 그의 사유 체계를 읽으려 하는 모든 시도 또한 오직 물음의 물음을 통해서만 가능할 것이다. 읽는 사이사이에 끼어드는 물음은 새로운 질문의 자리를 낳는다. "질문을 낳는 자리"를 통해서만 김현에게서 "씌어지지 않은"[36] 것이 씌어질 수 있을 것이다.

36 "씌어지지 않은"이라는 표현은 이청준의 소설 『씌어지지 않은 자서전』(1969)에서 빌려왔다.

참고문헌

김 현, 『현대 한국 문학의 이론/사회와 윤리』(김현문학전집2), 문학과지성사, 1991.

______, 『책읽기의 괴로움/살아 있는 시들』(김현문학전집5), 문학과지성사, 1992.

______, 『젊은 시인들의 상상세계/말들의 풍경』(김현문학전집6), 문학과지성사, 1992.

______, 『분석과 해석/보이는 심연과 안 보이는 역사 전망』(김현문학전집7), 문학과지성사, 1992.

______, 『폭력의 구조/시칠리아의 암소』(김현문학전집10), 문학과지성사, 1992.

______, 『존재와 언어/현대 프랑스 문학을 찾아서』(김현문학전집12), 문학과지성사, 1992.

______, 『김현 예술 기행/반고비 나그네 길에』(김현문학전집13), 문학과지성사, 1993.

______, 『우리 시대의 문학/두꺼운 삶과 얇은 삶』(김현문학전집14), 문학과지성사, 1993.

______, 『행복한 책읽기/문학단평 모음』(김현문학전집15), 문학과지성사, 1995.

김승옥, 「환상수첩」(1962), 『환상수첩』, 문학동네, 2004.

______, 「무진기행」(1964), 『무진기행』, 문학동네, 2004.

이청준, 「바닷가 사람들」(1966), 『이어도』, 열림원, 1998.

시민문학, 민족문학, 세계문학
-'시민-소시민 논쟁'과 「시민문학론」에 대하여

조영일

1. 한국문학과 노벨문학상

얼마 전 노벨문학상이 발표되었다. 주지하다시피 상은 중국작가인 모옌에게 돌아갔다. 이로 인해 1순위 후보였던 하루키의 수상을 기다리던 일본인들과 혹시나 하는 기대감에 고은 시인의 집 주위에서 기다리고 있던 한국의 기자들은 실망을 삼킬 수밖에 없었다. 한국의 언론사들은 해당 기사에 대한 타이틀에 '또 불발'이라는 표현을 삽입했는데, 여러 조건을 감안하건대, '또 불발'의 '또'는 앞으로도 당분간 계속될 것 같다. 일단 외적인 조건을 보건대, 올해 동아시아 작가에게 상이 주어졌으니 지역적 배분을 위해서도 당분간(적어도 10년 정도) 아시아 쪽에 상이 주어질 리 만무하다 하겠다.

그동안 번역된 양이나 해외에서의 체류 정도로 보아 세계문학계에 명함이라도 내밀 수 있는 거의 유일한 인물로 지목되어온 고은의 경우, 올해 한국 나이로 80살(1933년생)이다. 이에 비하면, '어차피 탈 사람으로 거론되는'[1] 하루키의 경우는 49년생이라 비교적 여유가 있다. 10년 후가

1 영국의 유명한 도박사이트 래드브록스가 공개한 작가별 배당 확률을 보면 9일 당시 무라카미 하루키가 2분의 1로 가장 높았고 아일랜드 작가 윌리엄 트레버(7분의 1), 모옌(8

되더라도 지금의 고은보다 훨씬 젊다. 물론 우리도 그동안 열심히 노력하여 좋은 작가를 배출한다면, 하루키에게 돌아갈 상을 빼앗아올 수도 있을 것이다. 하지만 적어도 문학이라는 분야에서만큼은 유투브에 올린 동영상 하나로 세계적이 되는 일은 일어나지 않는다. 그런 의미에서 문학만큼 보수적인 분야 또한 없을 것이다. 세계적인 문학이 된다는 것은 빌보드차트 상위에 랭크되고, 칸느영화제에서 상을 타는 것과는 차원이 다른 일로, 개인의 능력으로서 어떻게 될 문제가 아닌 것 같다.

노벨문학상에 대한 한국인들의 반응은 양가적인 것 같다. 속으로는 너무나 받고 싶어 하면서도, 겉으로는 중요한 것은 노벨상이 아니라며 애써 태연함을 가장한다. 한국인들이 노벨상을 받기 원하는 이유는 크게 두 가지이다. 첫째는 '한국문학의 위상'(김현의 표현)을 제3자(문학선진국)에게 확인받고 싶어서이다. 여기에는 한국문학의 수준이 이미 세계문학의 반열에 도달해 있다는 '불안한'(?) 자신감이 깔려있다. 둘째는 '한국문학의 세계화'와 관련된 것인데, 노벨상 수상이 한국문학이 세계로 진출할 수 있는 교두보 역할을 할 것이라고 믿는 것이다. 처음이 어려울 뿐, 한번 뚫리기만 하면, 계속 이어갈 수 있다는.

그런데 노벨상에 대한 이런 한국인의 욕망은 역으로 우리에게 두 가지 물음과 마주하게 한다. 첫째는 '한국문학의 위상'에 대한 것으로서, 정말 한국문학은 세계문학의 수준에 도달해있는가? 하는 것이고, 둘째는 '한국 문학의 세계화'와 관련된 것으로, 한류라는 이름으로 드라마, 영화, 음악의 세계 진출이 활발한 가운데 유독 문학만큼은 그 흐름을 타지 못하고 있을 뿐만 아니라 국내에서조차 그 입지가 계속해서 위축되고 있는 것은 왜인가? 하는 것이다. 하지만 한국문학계에서는 이런 물음은 인지

분의 1)이 뒤를 이었다(「노벨문학상엔 중국 모옌 · 일본 하루키 거론」, 『경향신문』, 2012년 10월 9일자 인터넷판).

하면서도 그에 대해 솔직히 답변할 준비가 되어 있지는 않은 것 같다. 대신에 '노벨문학상 20명설'(작고한 사람을 포함하여 한국에 노벨문학상을 탈만한 문인은 20명 정도 있다는 황석영의 주장)[2]과 '한국문학의 첫 눈'(『엄마를 부탁해』의 미국출판계에서의 성공에 대한 김미현의 감회)[3]이 막연한 기대감과 함께 떠돌고 있는 것 같다.

근대문학이라는 패러다임 안에 있는 이상, 사실 위와 같은 욕망 자체는 자연스러운 것이라 하겠다. 오늘날 한국문학의 표면적 기능(문학상품 생산과 소비 : 출판산업)이 이전처럼 작동하고 있지 않은 것이 사실이라고 해도, 그 이면적 기능(네이션-스테이트의 기초 : 교육산업)은 여전히 유효하고 또 요구되고 있기 때문이다. 따라서 설사 그것이 현실적으로 불가능한 것이라고 하더라도 그런 불가능성을 인정하는 태도를 취해서는 안 된다는 합의 같은 것이 존재한다. 중요한 것은 실현 가능성이라기보다는 여전히 욕망한다는 사실 자체이기 때문이다. 그런데 문제는 불가능한 것에 대한 욕망이란 많은 경우 현실 부정에 기반하고 있다는 점이라 하겠다.

최근 몇 년 동안 '세계문학'을 둘러싼 논의가 활발하게 이루어졌다. 그것은 일단 민음사판 세계문학전집의 성공과 그에 자극을 받은 여러 출판사들의 세계문학전집 출판과 관련이 있다. 하지만 그보다는 한국의 경제적, 문화적 위상의 변화에 대한 문학인들의 반응과 연관이 있다고 보는 편이 정확할 것이다. 미국 발, 유럽 발 경제 위기 하에서도 한국의 위상이 세계적으로 매우 높아지자(서민들의 삶의 질과는 무관하게), 이를 계기로 한국문학의 위상 또한 재평가하려는 움직임이 일어났다고 할

2 황석영 대담, 「문학의 지평에 금표(禁標)는 없다」, 『문학의문학』, 2007년 가을 창간호, 45쪽.

3 김미현, 「신경숙과 바벨탑」, 『동아일보』, 2011년 4월 23일자(인터넷판).

수 있다.[4]

하지만 정작 그 논의의 내용을 살펴보면, 창비 쪽(백낙청과 그의 제자들) 담론을 제외하고는 기존의 논의를 정리하고 확인하는 수준에 머물고 있다고 해도 과언이 아니다. 따라서 본고는 흔히 민족문학론의 대표적인 이론가로서만 알려져 있는 백낙청의 '세계문학론'을 다룰 터인데, 이와 관련해서는 이미 한번 문제삼은 바가 있기 때문에,[5] 그것을 단순히 반복하기보다는 그것의 사실상 원형이라 할 수 있는 「시민문학론」과 이 글의 산파 역할을 한 '시민-소시민' 논쟁을 살펴보고, 그것을 오늘날의 관점에서 음미해 보고자 한다.[6]

2. 백낙청 비평에 접근하는 방법에 대하여

백낙청의 「시민문학론」을 읽을 때, 먼저 해결해야 하는 문제는 '시민'이라는 단어가 아닐 수 없다. 그런데 백낙청의 이론적 역정에서 보았을 때, '시민'은 그의 키워드인 '민족'만큼 중요성을 가지고 있지 않는 것 같다. 실제 그는 이 단어를 해당 평문 이후로는 잘 사용하지 않게 된다. 이것은 그의 입장에 큰 변화가 있었다는 것을 뜻하지 않는다. 입장이라는 관점에서 보면, 핵심에 있어서 바뀐 것은 거의 없다고 해도 과언이 아니다.

---

4 이와 관련해서는 졸고, 「세계문학전집의 구조」(『세계문학의 구조』, 도서출판 b, 2011에 보론으로 수록됨)를 참조하기 바람.

5 졸저, 『세계문학의 구조』, 제1장 제4절에서 다루었다.

6 이 과정에서 우리는 소위 '창비 대 문지'로 대변되는 양대 진영의 문학관의 차이에 대해 잠깐 언급하는 기회를 갖게 될 텐데, 충분한 설명을 동반된 것이 아니어서 필연적으로 적잖은 비판을 불러올 수 있다. 이와 관련하여 본격적인 논의는 다음 논문에서 수행하고자 한다.

물론 이런 주장은 기존 연구와 상반된 것일지 모른다. 우리에게는 과거를 현재를 위한 전단계로 간주하는 습관이 있는데, 「시민문학론」에 접근하는 태도 역시 이런 습관에서 크게 벗어나고 있지 않는 것 같다. 즉 해당 텍스트를 있는 그대로 읽기보다는 민족문학론의 예비 단계로 보고, 그 차이에 주목하여 그것들의 연결에 '발전'(또는 진화)을 설정한다. 그렇다면 백낙청에게 있어 시민문학론과 민족문학론 사이에 존재하는 차이란 도대체 무엇일까? 여러 가지를 들 수 있겠지만, 무엇보다 중요한 것은 '엘리트주의(계몽주의)의 탈피'(또는 민중에의 주목)라 하겠다.

> 이후에 그가 시민혁명의 중심에 시민이 아닌 민중을 두게 된 것은 「시민문학론」의 이론적 한계를 극복하기 위한 일환이다.[7]

하지만 '시민에서 민중으로'라는 이런 식의 평가란 어디까지나 사후적인 재구성에 불과하다. 물론 이는 김미란 스스로도 의식하고 있는 것이기도 한데, 일반론적으로 말해, 그것은 발전을 가정하기 위해서는 차이만이 아니라 동일성도 상정할 수밖에 없는 모순을 발생시킨다.

> 많은 연구자들이 지적하였듯이, 백낙청의 시민 개념은 시민사회의 주체에 대한 기존의 구상을 반복한다는 점에서 근대주의에 입각해 있다. 그럼에도 불구하고 **그가 제안하는 그의 시민 개념의 범주적 모호함 자체가 그 극복의 징후를 드러낸다.** 이 시기에 백낙청은 '민중'의 혁명성을 발견하게 되었지만, 이에 붙일 이름을 발견하지 못한 상태였으며, 시민 주체의 혁신 능력에도 강하게 끌려 있었기 때문에 이 양자를 중재하지 못했다. 하지만 그

---

7 김미란, 「'시민-소시민 논쟁'의 정치학: 주체 정립 방식을 중심으로 본 시민·소시민의 함의」, 『현대문학의 연구』, 2006년 7월, 277쪽.

가 '민주시민'이라는 규정을 통해 평등주의적 사고를 이끌어내었다는 점은 중시되어야 한다.[8]

김미란은 백낙청이 말하는 '시민(의식)'에서 한계를 봄과 동시에 그 극복도 보고 있는 셈인데, 이는 그의 주장과는 정반대의 결론을 도출할 수 있다는 것을 뜻한다. 특히 '계몽주의(엘리트주의)적 성격'이 현재까지도 백낙청 비평의 주요 특징 중 하나라는 점을 상기할 때 더욱 그러하다. 따라서 다른 사람은 몰라도 백낙청의 경우만큼은 그의 비평적 이력을 '발전(진화)'으로 보기보다는 '일관적 관점의 상황적 표출'로 보는 것이 생산적이 아닐까 한다. 이는 이미 몇몇 필자들이 지적하고 있는 바이기도 하다.

임규찬 : 사실 선생님만큼 **초기에 만들어놓은 이론적 틀이 견고하게 지속된 경우**도 보기 드물 것 같다는 생각입니다. 다들 하는 이야기지만, 지금까지 글을 보면 **사실 큰 변화를 느끼지 못할 정도**로 거대한 뿌리에 근거하여 차츰차츰 심화 확산되고 있다는 느낌을 줄 정도로 견고함을 보여주고 있습니다.[9]

방금 살펴본 '시민 개념의 범주적 모호함'(김미란)이 임규찬의 지적에 공감을 표하는 송승철이 이야기하는 '시민의식 자체의 개념적 애매함'에

8 김미란, 「'시민-소시민 논쟁'의 정치학」, 위의 책, 277~278쪽. 참고로 김미란에 앞서 송승철은 '시민의식 자체의 개념적 애매함'이라는 표현을 사용하기도 했다(송승철, 「시민문학론에서 근대극복론까지」, 설준규·김명환 엮음, 『지구화시대의 영문학』, 창비, 2004, 249쪽).

9 백낙청·백영서·김영희·임규찬, (회화)「백낙청 편집인에게 묻는다」, 『창작과비평』 1998년 봄호, 44쪽, 강조는 인용자.

대한 지적 및 그것에 대한 긍정적인 평가와 유사하다고 했을 때, 백낙청 비평에서 '발전(이전 것의 극복)'을 운운하는 것은 자칫 큰 그림을 놓칠 위험이 있다 하겠다. 백낙청 스스로도 종종 자기 인용하는 것이지만, 중요한 것은 개념 자체가 아니기 때문이다.

> 이렇게 이해되는 민족문학의 개념은 철저히 역사적인 성격을 띤다. 즉 어디까지나 그 개념에 내실을 부여하는 역사적 상황이 존재하는 한에서 의의있는 개념이고, 상황이 변하는 경우 그것은 부정되거나 보다 차원 높은 개념 속에 흡수될 운명에 놓여 있는 것이다.[10]

하지만 우리는 이 이야기를 '민족문학'이 발전적으로 해체될 것이라는 말로 이해해서는 곤란하다. 위 글이 나오고 무려 40여년이나 지난 오늘날에도 백낙청에게 있어 '민족문학'은 여전히 옹호되어야 할 개념으로 남아 있고, 아마 앞으로도 그러할 것이기 때문이다.[11] 그렇다면, 어떻게 그것이 가능한 것일까? 그것은 그가 이즈음부터 민족문학을 세계문학과의 연관하에서 규정하고 있는 것과 관련이 있다. 이제까지 그의 민족문학론은 세계문학론과 별개로까지는 아니지만, 따로따로 논의되어 온 감이 없지 않아 있었다. 그런데 그런 식의 이해는 백낙청 비평에 대한 전체적인 이해를 가로막았을 뿐만 아니라, 민족문학 자체에 대한 이해 역시 협소하게 만들어 왔다. 즉 기껏해야 상황적 차이에 주목하여 '발전(진화)'과정을 추적해온 것에 그쳤다.

---

10 백낙청, 「민족문학 개념의 정립을 위하여」(1974), 『민족문학과 세계문학』, 창작과비평사, 1978, 125쪽.

11 물론 백낙청에게서 발전적 해체가 이루어진 개념이 없는 것은 아니다. 예컨대, '시민문학' 과 '제3세계문학'이라는 개념이 그러하다 하겠다. 주지하다시피 전자는 민족문학에 후자는 세계문학에 흡수・통합되었다.

따라서 필자는 역발상의 필요성을 느낀다. 그것은 바로 그의 민족문학론을 세계문학론으로서 읽는 것이다. 이는 바꿔 말해 그의 세계문학론을 추적하다 보면, 필연적으로 민족문학론과 마주할 수밖에 없다는 의미이기도 하다. 이런 발상에 거부감을 가진 사람이 있을지 모른다. '전향' 등 급격한 변화를 수시로 경험한 식민지문학을 연구해온 연구자들에게 있어 반세기에 가까운 시절 동안 어떤 질적 변화도 없이 존재하는 것이 있다는 것에 동의하기 힘들 것이다.

하지만 필자는 이것이 지금의 백낙청을 있게 한 장점이자 그가 종종 비판을 받는 단점이라고 본다.[12] 그런데 어떤 의미에서 이는 전후한국문학을 사실상 리드해온 4·19세대 비평가들에게서도 공통적으로 엿볼 수 있는 면이 아닐까 한다. 예컨대 백낙청의 비평만이 아니라 문지를 대표하는 비평가들(우리가 살펴볼 김주연을 포함하여 김현 등도)의 경우도 크게 다르지 않는 게 아닐까 한다.[13] 물론 이런 특징의 원인이 무엇인지는 당대의 문학에 대한 보다 폭넓은 검토가 이루어진 후에 비로소 가능할 것이다.

3. 새로운 문학의 등장과 소시민의식의 발견

'시민문학'이란 백낙청 비평에서 그리 일반적으로 쓰이지 않는 개념이다. 그럼에도 불구하고 '시민문학과 백낙청'의 조합이 낯설지만 않는 것

---

12 그는 반세기 넘게 한 문예지의 수장 자리를 유지하고 있는데, 이는 아마 세계사적으로도 그 유례를 찾아보기 힘들 것이다.

13 최근 김지하의 백낙청 비판을 두고 '변절'이나 '변했다'는 말들이 나오고 있는데, 김지하가 보여준 몇 번의 변화는 그 스스로가 주장하는 것만큼은 물론이거니와 주위 사람들의 지적만큼 근본적인 것은 아니라는 게 필자의 판단이다.

은 순전히 「시민문학론」이 자타공인 그의 초기 대표평론이기 때문이다.[14] 하지만 주지하다시피 그는 이 평문 이후로 이 개념을 사실상 방기한다. 그렇다면 그는 왜 이 평문을 중요하게 생각하면서 정작 '시민문학'이라는 개념은 포기한 것일까? 이에 대한 가장 설득력 있는 답변은 아마 다음과 같을 것이다. 첫째 이 글이 중요한 이유: 백낙청 비평의 원형이 담겨 있기 때문. 둘째 시민문학이란 개념이 방기된 이유: '시민' 또는 '시민문학'이 논쟁적인 개념에 지나지 않았기 때문.

이것은 우리가 「시민문학론」을 읽을 때 자칫 빠질 수 있는 함정을 피할 수 있게 한다. 즉 우리는 이 글에서 백낙청이 말하는 '시민'과 '시민문학'이라는 개념이 무엇인지에 지나치게(물론 어느 정도는 필요하다) 집착해서는 안 된다. 대신에 그것을 통해 말하고자 하는 것이 무엇인지에 주의해야 한다. 이는 「시민문학론」 자체가 즉자적으로 쓰여진 문학론이 아니라, 어떤 글에 대한 반작용으로서 씌어진 글이라는 점을 생각할 때, 어쩌면 당연한 것인지도 모르겠다.

따라서 이 절에서는 오늘날의 문학계에서는 사어나 다름없는 '시민'이라는 표현이 특정 시기에 어떤 맥락에서 문제적 용어로 등장했는지를 우선 살펴보고, 이를 토대로 「시민문학론」이 그런 상황을 어떻게 정리하고 있는지를 추적해 보도록 하겠다. 이때 우선적으로 주목해야 하는 평문이 있는데, 그것은 바로 1969년에 김주연이 발표한 「새시대 문학의 성립」이라는 글이다.

한국문학사에서 '시민'이라는 것이 개념이 문제가 된 것은 전후, 좀 더 구체적으로 말하면 4·19세대 이후라 할 수 있는데, 그것은 방금 이야기한 김주연의 평문에서 촉발되었다고 할 수 있다. 이 문제의 글은 즉각

---

14 백낙청은 자신의 첫 평론집인 『민족문학과 세계문학』을 엮으면서 발표한 순서를 무시하고 「시민문학론」을 총론의 형태로 맨 앞에 위치시키고 있다.

전후파 작가의 반발을 불렀고, 약간의 시간적 차이를 두고 『창작과비평』(백낙청) 쪽의 개입도 초래했는데, 이것이 소위 '시민-소시민 논쟁'이라고 불리는 것이다. 물론 이 논쟁은 그 전에 두 차례에 걸쳐서 있었던 '순수-참여 논쟁'만큼의 파급력은 가지지 못했다. 그래서 중요하게 취급되지 않는 게 일반적이다. 물론 그렇게 된 데에는 한편으로 논쟁의 당사자인 김주연이 유학을 떠남으로써 적절한 후속 작업이 이어지지 않았다는 데에 있을 수 있겠지만, 다른 한편으로는 해당 논의에 내재되어 있던 한계와도 무관하지 않다.

이제까지 이 논쟁에 주목을 한 연구자는 그리 많지 않았다.[15] 그리고 엄밀한 의미에서 이 논쟁은 '시민'이나 '소시민'라는 개념규정이 문제였다기보다는 새로운 세대(4·19 문학)의 등장으로 야기된 문단 내 인정투쟁의 성격이 짙었다. 따라서 이 논쟁은 우리를 '시민-소시민'에 대한 이해를 돕게 한다기보다는 오늘날까지도 강한 영향력을 행사하고 있는 4·19세대 문학이 성립하는 역사적 순간으로 인도한다. 그런데 바로 이런 점에서 설사 엄밀한 용어 사용의 부재와 혼란 때문에 다소 소모적인 방향으로 흘렀다고 하더라도, 지금의 한국문학이 어디서 유래했는지에 확인할 수 있는 장으로서 적잖은 의미가 있다 하겠다.

그렇다면 구체적으로 논란을 불러일으킨 김주연의 글에서 시민이란 누구를 가리키는 것일까? 흥미롭게도 이 글에는 '시민'이라는 말이 등장

---

15 순수하게 이 논쟁만을 다룬 논문은 다음을 들 수 있다.

전상기, 「문화적 주체의 구성과 소시민 의식 : '소시민' 논쟁의 비평사적 의미」, 『상허학보』, 2004년 8월.

김미란, 「'시민-소시민 논쟁'의 정치학 : 주체 정립 방식을 중심으로 본 시민 · 소시민의 함의」, 『현대문학의 연구』, 2006년 7월.

위 전상기의 논문은 그가 밝힌 '소시민논쟁' 2부작의 전반부로 김주연과 전후파문인의 대립에 초점을 맞추고 씌어진 논문이며(후반부는 아직 발표되지 않은 것 같다), 김미란의 논문은 김주연을 중심으로 특히 백낙청과의 관계에 대해 논하고 있다.

하지 않는다. 그리고 '소시민'이라는 말도 '의식'이라는 단어와 분리된 채로는 거의 사용되지 않는다. 심지어는 '소시민'보다 '의식' 쪽에 방점에 주어지고 있기까지 하다. 그러므로 애당초 어떤 오해 없이 이 글을 '시민-소시민 논쟁'의 시발로 이야기하는 것 자체가 무리일지도 모른다.

그건 그렇고, 그렇다면 그가 말하는 소시민(의식)이라는 게 도대체 무엇을 말하는지부터 살펴보기로 하자.

> 새시대 문학의식의 기본심리가 되고 있는 소시민의식은 여기서 현대문학이 지향하는 개성적 인간의 현현이라는 이념과 순조로운 연결을 본다. 물론 **이 경우에 있어 소시민의식이라는 어휘는 사회구조와의 필수적인 연결 관계 아래에서 고찰된 사회학적 결론과는 무관하다. 사실상 우리 사회가 소시민을 허락하고 있는 상태인가 아닌가에 대해서는 사회학 자체에서도 정설을 보고 있지 않을 만큼 사회의 유동도가 심하며 또 그에 대한 결론은 이 경우 반드시 필요한 것은 아니다.**[16]

사실 '시민', '소시민'이라는 개념은 그 자체만 놓고 보았을 때, '순수(문학)', '참여(문학)'라는 개념보다 훨씬 논쟁적인 개념이다. 왜냐하면 후자들의 경우 기껏해야 작가의 창작태도와 관련된 문제이지만, 전자의 경우는 크게는 사회체계, 작게는 문학환경을 문제 삼는 것이기 때문이다. 하지만 위 인용에서 알 수 있는 것처럼 김주연은 소시민 문제를 문학 내적인 문제로서 엄격히 제한하고 있다. 즉 적어도 그에게는 시민과 소시민이 어떻게 다르고, 또 누가 시민이고 소시민인지와 같은 사실 관계는 중요한 것이 아니다. 그보다는 '소시민의 의식'을 발견(또는 발명)하느냐

16 김주연, 「새시대 문학의 성립: 인식의 출발로서 60년대」, 『아세아』, 1969년 창간호, 265쪽, 강조는 인용자.

마느냐가 문제라 하겠다. 그가 문학 현실을 사실보다 앞에 두는 것은 그 때문이다.

> 문제가 되는 것은 작가의 의식층 밑을 흐르고 있는 것이 바로 소시민의식이라는 사실을 짐짓 발견해 내려는 **태도 자체**이다. 그것은 사실(actuality)과는 논리의 소박한 함수관계를 벗어난 문학현실(reality)로서의 문제인 것이다. 사실상 60년대의 작가와 시인들처럼 **낮은 목소리**로 이야기하던 세대는 이전엔 없었다. 서기원이 솔직히 고백하듯 무언가 항상 전세대에게서는 뒤틀리는 몸부림에 보이는데 그것은 **역사와 관념을 그들의 현실과 일치시키지 못하는 데서 오는 공허한 굉음** 이외에 아무것도 아니다. '낮은 목소리'란 새세대 문학의 근본속성이며 바로 그렇기 때문에 이들은 외치지 않고 말한다.[17]

'소시민의식'을 발견하는 태도, 김주연은 이를 '작은 목소리'에 비유하는데, 물론 이것은 전세대의 문학(50년대 문학 또는 전후문학)과의 비교에서 나온 표현이다. 6·25 전쟁을 직접 경험한 세대들이 주로 외부환경(거대한 사건)에 의해 휘둘리는 인간과 그들의 '외침 또는 몸부림'(또는 그것의 관념적 초극)을 그리는 데에 치중하여 몰개성적이 된 데에 반해, 새 세대의 문학은 그렇지 않다는 것이 이야기의 골자다.

그렇다면 우리는 여기서 그가 옹호하고 있는 '소시민의식의 발견' 또는 '작은 목소리'라는 것이 구체적으로 어떤 것인지 확인해볼 필요가 있을 것이다.

> 살인이나 이별과 같은 오랜 상투적 때를 뒤집어쓰고 있는 것만을 사건으

17 김주연, 위의 글, 위의 책, 265~266쪽, 강조는 인용자.

로 받아들이는 철저하게 **자기가 없는** 인습과 관행 속의 인물, **조작된 관념**의 부축을 받고서나 겨우 존재를 유지할 수 있는 **타성과 무위의 괴뢰**. 요컨대 항상 플러스 알파로서 인습의 정량을 채우려고 하는 **개성 없는 무기물의 분자**. 그래서 그들은 입에 침이 마르도록, 신, 인간성, 역사, 자유, 지성 등등의 현란한 단어들을 외고 다녀야 했던 **불행한 사람들**이다. 마치 물 위에 뜬 잎사귀만을 따가지고 연꽃의 전부를 말하려드는 것처럼 그들이 가졌던 것은 **관념뿐인 거대한 부흥회**였다.

사건은 있어서 사건인 것이 아니라 느껴서 사건인 것이다. 형의 눈에는 **사소한 것, 쓸모없는 것**에 불과한 것들도 동생에게는 아픔이다. **대상이 없는 아픔** — 그 아픔은 대상이 없는 것이 아니라 아픔을 느껴가는 것 자체가 대상이다. 신과 역사와 자유, 우리 문학을 혼미하게 휩쓸어왔던 모든 공허한 말뿐만의 눈보라는 그 **가장 작은 것**에서부터 비로소 처음과 의미를 얻어야 한다. 새로운 문학이란 바로 **사물에 대한 인식**이 눈뜸이다. (……) 사물에 대한 보편인식이란 바로 **개성의 부여**를 말한다. **개성의 창조** — 아름다운 개성의 창조이다. 아름다운 것은 위대한 것이다.

밖의 현실이 상황으로서의 긴장을 보이면 보일수록 아름다운 것은 그 자체가 위대한 능력으로서 높아간다. 이것이 문학에 대한 가장 정당한 생각이 아니겠는가.[18]

이 부분은 결론부에서 가져온 것인데, 첫 번째 단락에 등장하는 표현인 '자기가 없는', '인습과 관습 속의 인물', '타성과 무위의 괴뢰', '개성 없는 무기물의 분자'는 정확히 전후문학을 겨냥하는 것으로서, 요약하자면 50년대 문학이란 '불행한 사람들'의 '관념뿐인 거대한 부흥회'였다는 것이다. 이에 반해 '사소한 것', '쓸모없는 것', '가장 작은 것', '대상이 없

18 김주연, 위의 글, 위의 책, 266~267쪽, 강조는 인용자.

는 아픔', '사물에 대한 인식의 눈뜸'은 정확히 60년대 문학을 가리키는 것으로서, 마찬가지로 요약하자면 '사물에 대한 인식'을 통해 '(아름다운) 개성을 창조'하여 위대해질 수 있는 태도를 가진 것이 60년대 문학이라는 것이다. 김주연은 이런 50년대 문학과 60년대 문학의 대립을 이청준의 소설 「병신과 머저리」의 형과 동생에 비교한 후, 동생의 손을 들어준다. 여기서 우리는 김주연의 이러한 주장이 과연 타당한지 어떤지, 그리고 그에 대해 전후작가들이 어떻게 반발했고, 또 어떤 식으로 그에 대해 반박을 했는지는 다루지 않겠다.[19] 그것은 본고의 범위를 넘어선다. 하지만 이어서 살펴볼 백낙청의 입장과 관련하여 한 가지 지적하고 싶은 것이 있다. 그것은 바로 60년대 이전 한국문학사에 대한 그의 인식과 관련이 있다.

> 그것(60년대 : 인용자)은 가령 20년대와 30년대, 혹은 40년대와 50년대가 다만 글자 그대로의 연대적인 변모조차 보여주고 있지 않는 것에 비해 너무나도 중요한 전환이기 때문이다. 나는 그것을 한마디로 **문학에 대한 인식의 비로소 싹틈**이라고 부르고 싶은데 (……). 유가의 관행에 묻혀 살아온 땅에 이광수나 최남선이 도입한 이성이란 **문학의 본질에 대한 인식과는 거리가 먼 사회개량을 위한 계몽적인 선의 권유**일 뿐이고, 이에 반발하여 일어난 김동인이나 이상의 이념은 아무 근거 없는 무책임의 선동으로서의 자아의

19 전후작가에 의한 대표적인 반박과 이를 둘러싼 서기원과 김현의 논쟁과정은 다음과 같다. 서기원, 「전후문학의 옹호」, 『아세아』, 1969년 5월호.
김현, 「분화 안 된 사고의 흔적 - 서기원씨의 「전후문학의 옹호」를 논박한다」, 『서울신문』, 1969년 5월 6일.
서기원, 「대변인들이 준 약간의 실망 - 김현씨의 「분화 안 된 사고의 흔적」에 답한다」, 『서울신문』, 1969년 5월 17일
김현, 「오히려 그의 문학작품을 - 서기원씨의 「대변인들이 준 약간의 실망」의 실망」, 『서울신문』, 1969년 5월 29일.
서기원, 「맛이나 알고 술 권해라」, 『서울신문』, 1969년 6월 7일.

이미지를 채워 놓았다.[20]

이것은 한마디로 지난 반세기 동안의 한국근대문학에는 '문학에 대한 인식이 결여된 것들'만이 존재했다는 판단이다. 이런 과격한 주장이 얼마나 정당한지와는 상관없이 여기서 우리가 주목할 수 있는 것은 그가 구분하고 있는 '50년대 문학'과 '60년대 문학'이 세대적 구분과 무관하다는 것이다. 왜냐하면 전 세대의 문학이 연대적 차이조차도 갖고 있지 않다고 본다는 점에서 이제까지의 한국문학은 기껏해야 '60년대 문학의 부정'으로서 겨우 성립하고 있는 '50년대 문학'에 불과하기 때문이다. 뒤에서 다시 언급하겠지만, 이것은 '전통단절론'에 가깝다.

그렇다면, '60년대 문학이 아닌 문학으로서의 한국문학'의 결격 요소는 구체적으로 무엇일까? 그것은 '개인의 부재' 내지 '개성의 부재'이자 '사소한 것의 부재'인데, 그의 표현에 따르면 그것은 '트리비얼리즘의 부재'이다. 보통 '쇄말주의'로 번역되는 Trivialism은 오늘날은 부정적인 의미로만 사용되는 단어이지만, 흥미롭게도 그는 그것을 자신이 적극 옹호하는 (60년대) 문학의 본질을 지칭하는 말로 사용하고 있다. 어떻게? 그것은 다음과 같은 논리에서다.

트리비얼리즘이라는 것이 다만 사소한 것에 대한 **집착**이 아닌 '사소한 것의 사소하지 않음'에 대한 **확인**이라는 사실(……)을 포함하여 한 개인에 있어 중요한 것도 중요하지 않은 것도 없다는 **이성과 인식**의 출발을 알리는 전제조건이라는 것을 그(김승옥 : 인용자)는 유쾌하게 보여준 것이다.[21]

---

20 김주현, 앞의 글, 앞의 책, 253쪽, 강조는 인용자.

21 김주연, 위의 글, 위의 책, 255~256쪽, 강조는 인용자.

여기서 강조되어야 할 것은 그것이 '집착'이 아닌 '확인(인식)'이라는 점, 바꿔 말해 중요한 것은 대상이 아니라 주관(개인)이라는 점이다. 여기서 우리는 앞서 인용했지만, 따로 언급하지 않은 부분을 다시 인용하고자 한다.

> **밖의 현실이 상황으로서의 긴장을 보이면 보일수록** 아름다운 것은 그 자체가 위대한 능력으로서 높아간다. 이것이 문학에 대한 가장 정당한 생각이 아니겠는가.(강조는 인용자)

여기서 아름다움이란 미학적으로 보았을 때, 숭고의 작동 방식과 유사하다. 왜냐하면 숭고는 어떤 면에서 대상에서 나오는 것이 아니라 주관의 무능력에서 발생하는 것이기 때문이다.

> 숭고한 것에 대한 감정의 '성질'은 다음과 같은 것이다. 이 감정은 우리가 대상을 미학적으로 판정할 경우의 판정능력에 관한 불쾌의 감정이다. 그러나 이 불쾌는 동시에 이 판정능력에 관하여 합목적적인 것으로 간주된다. 그리고 이것은 **주관 자신의 무능력이 역으로 이와 같은 주관의 무제한적 능력의 의식을 드러낸다는 것, 또 심리적 의식은 주관의 무제한적 능력을 주관 자신의 무능력에 의해서만 미학적으로 판정할 수 있다는 것에 의해 가능하게 된다.**[22]

김주연이 새 시대 문학의 기본 심리로 보는 '소시민의식'이란 인식론적으로는 '사소한 것'(작은 것)을 확인할 수 있는 능력이자 표현적으로는 '낮은 목소리'로 말할 수 있는 능력이다. 그런데 이것이 가능하기 위해

---

22 칸트, 『판단력비판』, 백종현 옮김, 아카넷, 2009, 268쪽, 강조는 인용자.

전제되어야 하는 것은 무엇보다도 주관의 무능력에 대한 솔직한 긍정이다. 기존 세대의 문학이 '문학의 본질에 도달하지 못한 것'은 '밖의 현실'을 주어진 그대로 받아들여 비틀거리거나 관념적으로 극복하려다 실패하거나 이를 개량하기 위해 계몽적 도구로 사용되는 데에 그쳤기 때문이다. 예컨대, 그들의 문학은 시종 '상황'(대상)에 끌려 다녔기 때문에 진정한 개인이나 개성이 탄생할 수가 없었다는 것이다. 이는 전적으로 대상으로부터 무언가를 획득한다는 점에서 이것은 미(아름다움)의 작동방식과 유사하다. 그런데 숭고(김주연이 말하는 '아름다움美'란 이것이다)는 미와 달리 불쾌를 쾌로 바꾸는 것이다. 따라서 전환되어야 할 불쾌의 크기는 이후 만들어질 쾌의 크기와 정비례하게 된다. "밖의 현실이 상황으로서의 긴장을 보이면 보일수록 아름다운 것은 그 자체가 위대한 능력으로서 높아간다"는 말의 의미는 바로 이것이라 하겠다. 미는 대상에 존재한다고 했을 때, 그것은 기본적으로 주관의 수동성(몰개성)을 의미한다.

하지만 숭고는 다르다. 그것은 대상에게 압도되지만(두렵지만), 그럼으로써 한없이 작아지지만(불쾌하지만), 역으로 바로 '사소해짐'을 통해 능동성(개성)을 회복한다. 이것은 그가 자주 언급하는 독일 낭만주의의 문학 인식과 깊은 관련이 있다. 김주연 비평과 독일낭만주의의 관계는 그 자체로 흥미로운 연구 테마이지만, 여기서는 그가 말하는 '소시민의식'이라는 것이 역사적(또는 사회학적) 개념이라기보다는(이는 물론 그도 지적하고 있는 바이다) 미학적 개념이라는 점을 강조하는 데에서 그칠까 한다.[23]

23 김승옥은 한 대담에서 60년대 문학이란 기본적으로 '전후문학'의 연장선상에 있다고 강조했는데, 우리는 이것을 50년대 문학(전후문학)과 60년대 문학의 차이란 대상의 상이함에서 발생한다기보다는 같은 대상을 어떻게 받아들이느냐의 차이에서 온다고 해석할 수 있을 것이다. (김병익, 김승옥, 염무웅, 이성부, 임헌영, 최원식, (대담)「4월 혁명과 60년대를 다시 생각한다」, 『4월 혁명과 한국문학』, 최원식 · 임규찬 편, 창비, 2002 참조).

대신에 김주연 글에서 '50년대 문학'과 '60년대 문학'의 대립이 「병신과 머저리」의 '형과 동생의 대립'으로써 설정되어 있다는 점을 지적하고 싶다. 이런 설정은 그가 한국문학에는 아버지가 존재하지 않으며, 그런 의미에서 한국근대문학사란 형제들 간의 경쟁이라는 인식이 깔려있다. 이에 반해 '시민-소시민'을 둘러싼 대립과는 별도로 백낙청은 전혀 다른 관점에서 한국문학사를 바라보고 있다. 즉 그는 한국문학사에서 '아버지-아들'의 관계를 설정한다. 그리고 그 스스로가 아버지가 되려고 한다.

4. 시민문학, 혹은 시민문학을 넘어서 : 「시민문학론」에 대하여

김주연의 「새시대 문학의 성립」이 평단에 논란이 불러일으키자 백낙청은 그해 여름 이에 대한 답변으로 「시민문학론」(1969)을 발표한다. 그는 먼저 '소시민'을 둘러싼 당시 논단의 소란을 언급함으로써 입을 연다.

> '소시민'이라는 낱말이 요즘 한층 화제에 오르고 있다. 아니 논란의 대상이 되고 있다고 하는 것이 옳겠다. 그런데 재미있는 것은 한편에서는 누가 소시민이란 말을 쓰기만 해도 그것은 곧 '테러비평'이요 문학의 자율성을 침해하는 도식주의라고 열을 올리는가 하면, 다른 한편에서는 **'소시민 의식'을 새로운 문학세대의 표어로서 자랑스럽게 내세우고 있는 것**이다. 이 두 가지 태도는 언뜻 보기만큼, 또는 당사자들이 생각하기 쉬운 만큼, 상반된 것이 아니다. 그리고 적어도 그런 의미에서 둘 다 어떤 오해 내지 오류를 내포하고 있다고 볼 수 있다. 하지만 둘 다 전혀 근거없는 주장만도 아니라는 것이 필자의 생각이다.[24]

---

24 백낙청, 「시민문학론」, 『민족문학과 세계문학』, 창작과비평사, 1978, 9쪽, 강조는 인

여기서 이야기되는 '소시민' 내지 '소시민의식'을 둘러싼 논란이란 그동안 부정적인 의미로만 사용되었던[25] '소시민(의식)'을 긍정하려는 새로운 세대의 등장으로 인해 발생한 것이라 할 수 있는데, 여기서 새로운 세대(다른 표현으로는 '젊은 문인들')란 물론 4·19세대 문인들(구체적으로는 김주연, 김현, 김치수 등)을 가리킨다 하겠다.

여기서 우리가 새삼 주목해야 하는 것은 백낙청(38년생)과 소위 4·19세대 문인(김주연 41년생, 김현 42년생) 사이에 존재하는 거리이다. 물론 여기에는 그의 연배가 4·19세대보다 조금 위라는 것 이외에 4·19 당시 미국 유학 중이어서 '역사적 사건'에 대한 경험을 공유하고 있지 않다는 점 등이 복잡하게 작용하고 있을 것이다. 어찌 됐든 이를 통해 우리가 추측할 수 있는 것은 소위 창비와 문지의 차이를 단순히 '참여'냐 '문학'이냐라는 문학관의 차이로만 이해해서는 곤란하다는 것이다. 그것은 어떤 의미에서 '4·19세대 문인과 4·19세대가 아닌 문인'[26]의 대립으로도 볼 수 있기 때문이다.

백낙청에게는 흔히 이야기되는 '세대의식'이라는 것이 거의 존재하지 않는다.[27] 따라서 그가 전적으로 옹호하는 세대라는 것 역시 따로 존재하지 않는다. 이는 어떤 의미에서 그의 비평이 가진 약점이라 할 수도 있는데, 왜냐하면 항상 바람직한 문학의 모범을 이야기하면서도, 정작 자신이 전적으로 옹호하는 작가나 작품을 거의 제시하고 있지 못하기 때문이라 하겠다. 그러나 다른 한편으로 바로 이와 같은 점이 그에게 일반적으로 이해되는 '문학비평가'와는 다른 위상을 부여한 게 아닌가 한다.

용자.

25 '소부르주아 반동'이라는 표현은 그것을 단적으로 보여준다.

26 김주연은 자신과 같은 세대인 염무웅(41년생)이 『창작과비평』 쪽으로 자리를 옮기자 자신들의 문학대열에서 배제시키고 있다.

27 창비 진영은 문지와 달리 '세대'라는 개념이 희박하다.

백낙청이 볼 때, 김주연이 전적으로 옹호하는 60년대 문학들이란 50년대 문학과 단절을 선언할 정도로 큰 차이를 갖고 있지 못하다. 그가 서기원의 주장에 동조하며 '60년대 문학'은 전후문학의 연속선상에서 봐야한다고 주장하는 것은 그런 의미에서 당연하다 하겠다.[28] 그가 60년대 문학의 성과로서 김승옥과 더불어 손창섭, 김수영을 드는 것도 마찬가지이다. 흥미롭게도 김주연이 김승옥과 더불어 가장 많은 분량을 할애하여 평가하고 있는 이청준은 이름조차 언급되지 않는다. 「병신과 머저리」가 『창작과비평』(1966년 가을호)에 발표된 작품[29]이라는 점을 생각할 때, 이것은 단순한 실수라기보다는 엄격한 비평적 판단이 개입된 것이라 하지 않을 수 없다. 그 근거는 다음과 같은 발언에 명확히 나타나 있다.

> (……) 필자는 '60년대 문학'(혹은 '65년대 문학')의 대변자들과 '50년대 문학' 내지 '전후문학' 옹호자 간의 최근의 논쟁은 우리 문학을 위해 별로 보탬이 된 바 없다고 본다. 아니 **진정한 문학적 쟁점이 없는 곳에 무엇이 있는 듯한 인상을 주어 문단의 빈곤을 감추는 결과**가 되었고 10년도 채 안되는 시기적 차이에 집착하여 동시대 작가간의 보다 중대한 질적 차이를 소홀히 했다는 점에서 적지 않은 해독마저 끼쳤다 하겠다. 예컨대 김수영·손창섭·하근찬·최인훈 등과 몇몇 역량 있는 신인들이 전혀 무시되거나 예외적으로만 거론된 데 반해 50년대에 나왔건 60년대에 나왔건 적어도 **지금까지의 업적으로는 도저히 사줄 수 없는 시인·소설가·평론가들이 그래도 업적이 있는 문인들과 나란히 자기 세대 대표명단에 올라 있는 것이다.**[30]

---

28 앞서의 각주에서 언급한 것처럼 이는 김주연에 의해 '새시대의 문학'의 대표 격으로 평가를 받은 김승옥의 관점이기도 하다.

29 더구나 이 작품은 동인문학상을 수상하여 평단의 높은 평가도 이미 받았다.

30 백낙청, 「시민문학론」, 위의 책, 60쪽, 강조는 인용자.

앞서 살펴본 김주연의 글이나 지금 다루고 있는 「시민문학론」은 상당 부분이 작품분석에 할애되어 있는 글들이다. 따라서 이론적 논의와는 별개로 누구를 호명하고 누구를 평가하는가에 따라, 평자의 입장이 확연히 드러나고 있다. 60년대 문학을 개괄하는 글로 씌어진 김주연의 글에서 소설 쪽은 김승옥, 이청준, 박상륭의 작품이 구체적으로 언급되고, 시 쪽은 황동규, 정현종, 마종기가, 평론 쪽은 김현, 최인훈,[31] 김우창이 호명된다. 그런데 백낙청은 이에 대해 이의를 제기하고 있는 것이다. 첫째는 문학은 세대로 구분할 것이 아니라, 작품으로 구분해야 한다는 것이다. 그리고 둘째는 '도저히 사줄 수 없는 시인 소설가 평론가'들이 단지 세대가 같다는 이유로 새 세대 문학의 대표자로서 섞여 있다는 것이다. 그가 '사줄 수 없다'고 보는 이들이 누구인지는 구체적으로 거론되고 있지 않다. 하지만 역으로 「시민문학론」에서 언급되지 않은 사람들이 바로 그들이라는 것 정도는 유추가 가능하다.

그리고 그는 여기에 그치지 않고 이런 논쟁 자체를 비판하는 데에까지 나아가는데, 한국문학에 전혀 도움이 되지 않을 뿐만 아니라 도리어 해독을 끼쳤다는 게 그 이유이다. 그렇다면 이 두 사람은 어떤 근거에서 이같은 상반된 평가를 내리고 있는 것일까? 그것은 기본적으로 당대 문학에 대한 전체적 평가와 관련이 있다. '문학에 대한 인식의 비로소 싹틈'이라는 표현에서 알 수 있는 것처럼 김주연은 '60년대 문학'을 한국문학의 부흥을 알리는 신호탄으로 보고 있는 데에 반해, 백낙청은 새로운 세대의 문학적 성과란 빈곤하기 그지없을 뿐 아니라, 그것을 감추기 위해 불필요한 논쟁까지 벌이고 있다고 보는 것이다.

그렇다면 백낙청은 '60년대 문학'에 대해 왜 유독 박한 평가를 내리고 있는 것일까? 적어도 「시민문학론」에서 그것은 '시민/소시민', 또는 '시민

31 적어도 이 글에서 최인훈은 소설가가 아닌 평론가 쪽에 놓이고 있다.

문학/소시민문학'에 대한 이해와 관련이 있다.

> '소시민의식'을 내세우는 젊은 문인들(……)의 주장에는 그것대로의 근거가 있다. 즉 소시민이 아무리 옹졸하고 타기함직한 존재라 할지라도 우리들 대부분이 소시민적인 존재임이 엄연한 사실인 이상 우리의 모든 작업이 무엇보다도 그 사실을 인정하고 의식하는 데서 출발해야 되겠다는 것이다. (……) 확실히 이것은 원래 소시민이 아닌 사람을 빼놓은 모든 사람에게는 성실성의 기본요건을 뜻하는 것이라 할 수 있다. 문제는 다만 그런 말을 할 때 과연 소시민이 아닌 사람들의 존재도 의식하고 하는 말인가, 의식하더라도 어떻게 의식하고 있는 것인가 하는 데 있다. (……) 그리고 '소시민'이라는 것, '소시민적'이라는 것의 역사적·사회적·실존적 진상을 충분히 알았을 때 과연 스스로 **소시민임을 '의식'하는 정도로써 이야기가 끝날 수 있겠느냐**는 물음도 우리는 진지하게 던져보지 않을 수 없는 것이다.[32]

여기서 백낙청이 제기하고 있는 물음은 첫째 소시민이 아닌 사람들에 대한 배려가 없다는 것이고, 둘째 소시민, 또는 소시민적인 것의 역사적 의미를 안다면, 소시민의식을 확인하는 것만으로 충분하냐는 것이다. 물론 이것은 자신이 말하는 '소시민의식'이란 사회학적인 것과 무관한 문학 현실의 문제라고 한 김주연의 주장과 나란히 놓으면, 약간 핀트가 어긋난 이야기일 수도 있다. 하지만 위 물음을 약간 바꿔서 "문학이 개인을 강조하고 개성을 발견하는 정도로 충분한가?" 하고 물으면, 우리는 다시 '소시민이란 누구인가?' '소시민의식이란 무엇인가?'라는 문제로 되돌아갈 수밖에 없다. 김주연도 이 점을 인식한 듯, 이후 보충 설명을 시도하고 있긴 하지만 충분히 이루어졌다고 보기 힘들다.[33]

---

32 백낙청, 「시민문학론」, 위의 책, 10쪽, 강조는 인용자.

백낙청은 위와 같은 질문을 던진 후, 많은 지면을 할애하여 '시민', 그리고 '소시민'이라는 개념의 정립을 시도한다. 그는 먼저 '시민'은 '소시민'이라는 개념과 대비되는 동시에, 촌민(村民) 또는 신민(臣民)과 구별되기도 한다면서 서양근대사를 검토하며 '시민의 연원'을 장황하게 추적해간다. 이를 간단히 요약하면, 이렇다. 근대적 시민계급은 중세 봉건경제가 해체되어 가는 과정에서 자유도시의 탄생과 더불어 촌민과 구별된 중간층으로 등장한다. 그러나 시민이 인류의 진취적 사상을 대변하는 집단으로서 등장하는 것은 민중 대다수와 일부 귀족까지 가담한 프랑스 혁명에 의해서였다. 하지만 그 후의 경과를 보건대 시민계급의 목전의 이익을 확보하는 데에는 성공했으나 혁명기에 절정에 이르렀던 시민의식을 온전히 지키고 키워 참다운 민주적 시민사회'를 완성하는 데에는 이르지 못했다.

> 그리고 이러한 실패는 대부분 시민계급의 구성원(bourgeois)으로 하여금 사회의 정치적·경제적·문화적 운명을 떠맡고서도 원래 의미의 '시민'(citoyen, citizen)과는 거리가 먼 새로운 유형의 인간으로 변모하도록 하는 결과를 낳았던 것이다.[34]

그에 따르면, 혁명 후 시민계급의 분화가 이루어지는데, 일부는 귀족계급의 잔존자와 결합하여 상층 부르주아지를 형성했고, 나머지는 역사의 결정권에서 점차 소외되어 이로 인해 무책임한 개인주의와 감정적 집단주의를 방황하거나 원한과 허무감과 피해망상증에 시달리는 소시민을

---

33 김주연, 「계승의 문학적 인식 - '소시민의식' 파악이 갖는 방법론적 의미」, 『월간문학』, 1969년 8월호.

34 백낙청, 「시민문학론」, 위의 책, 13쪽.

형성하게 되었다는 것이다.

그런데 여기서 다른 것을 차치한다고 하더라도 시민에서 소시민의 분화과정에 대한 설명은 자주 비판의 대상이 되었다. 즉 '시민'으로 번역되는 'bourgeois'과 'citoyen'을 엄격히 구별하여 전자를 비판하고 후자를 긍정하는 것은 문제가 있다는 것이다. 문지 2세대인 성민엽도 사실상 김주연을 대신하여 이 부분을 문제 삼는다.

> (……) bourgeois와 citoyen이 결코 다른 것이 아니라는 점이다. 시민혁명 이후 지배계급으로서 인간에 의한 인간의 착취를 자행한 이가 곧 bourgeois이자 citoyen인 것이다. 시민의식의 퇴조라는 것도, 그러므로 시민계급이 지배 계급으로서 자기이익을 관철해가는 과정에서 시민의식의 이데올기적 성격이 발현되었던 것과 관련하여 이해되어야지, 지배계급의 내부의 분화와 직접 인과관계를 설정하는 가운데 이해되어서는 안 된다. citoyen으로서의 시민 개념만을 따로 분리해내는 일은 하나의 이념형을 만들어내는 일에 다름 아니며, 그것은 필경 시민적 이데올로기로의 수렴으로 귀착되게 된다.[35]

특정 개념의 원뜻을 확인하는 것이 모든 문제를 해결해주지는 않는다. 하지만 많은 경우 불필요한 혼란을 막는 데 큰 도움이 준다. 그런 의미에서 다소 번거롭지만, 본고의 키워드라고 할 수 있는 '시민'이라는 단어를 간략히 정리해 보기로 하자. 이는 백낙청을 포함하여 '시민-소시민 논쟁'을 다룬 대부분의 논자들이 한 일이기도 하다(김주연도 예외는 아니었다).[36] 하지만 대부분 사전상의 정의 정도에 머물고 있어 사태를 단순한

35 성민엽, 「민중문학의 논리」, 『민중문학론』, 문학과지성사, 1984, 148~149쪽.

36 김주연, 「계승의 문학적 인식 - '소시민의식' 파악이 갖는 방법론적 의미」, 『월간문학』,

면이 없지 않아 있다. 그래서 이 자리에서는 그것의 역사적 변천에 주목하기로 해 보기로 하자.[37]

먼저 bourgeois라는 단어는 도시나 장이 서는 마을을 의미하는 bourg에서 파생한 것이며, 다음으로 citoyen은 도시나 도시국가를 의미하는 cité에서 파생한 말인데, 두 단어 모두 18세기 전반까지는 기본적으로 도시의 자치에 참가할 자격을 가진 사람들을 의미했고, 의미상의 차이도 거의 없었다. 그런데 그러던 것이 절대왕정의 출현과 더불어 bourgeois는 정치적 권리라는 의미를 잃고 그저 도시의 중간층을 나타나는 말로 바뀌게 되었는데, 그 대신에 상대적으로 사용빈도가 적었던 citoyen에 원래의 의미가 남게 되었다. 루소가 『사회계약론』에서 '국가에 주권자로서 참가하는 사람'이라고 citoyen을 정의하는 것이 그 예이다. 이후 프랑스혁명은 이 두 단어의 뜻을 더욱 명확히 구별하게 만들었는데, 나폴레옹 민법전(code civil)은 국가공민으로서의 citoyen과 구별하여 자신의 노동, 그의 소유에 근거한 사적 인격으로서의 bourgeois의 권리를 분명히 했다고 평가받는다.

따라서 백낙청의 bourgeois와 citoyen의 구별을 성민엽처럼 작위적인 구분으로서 치부할 수는 없다.[38] 사실 이는 우리처럼 citoyen에 해당되는 단어가 따로 없는 독일의 경우도 마찬가지다. 일찍이 루카치는 토마스 만의 『마의 산』을 논하여 '시민을 찾아서'라는 타이틀을 달았는데, 그 시

1969년 8월호.

37 이하 다음을 참조. 野村真理, 「歴史的用語としての'市民'」, 『金沢大学経済学部論集』 第21巻 第1号, 2001.

38 김미란도 만프레트 리델의 책을 참조하면서 비슷한 결론에 도달하고 있다. 김미란, 「'시민-소시민 논쟁'의 정치학」, 위의 책, 275쪽 각주 36. 다만, '서구의 민주주의가 bourgeois가 아닌 citoyen에 의해 정립되고 발전되어 왔다'는 식의 단순한 정리에는 동의할 수 없다. 이는 이 구분이 첨예한 프랑스에서조차 그러하다. 예를 들어, 플로베르의 『감정교육』에서 '시민 (citoyen)'은 '부르주아'만큼이나 비판의 대상이 된다.

작은 다음과 같다.

> 시민을 찾는다는 것이 무슨 말인가? 시민은 도처에 있지 않는가? 또 현대의 문화는 어쨌든 서구에서는 경제로부터 문학과 음악에 이르기까지 시민적이지 않는가? 그리고 이러한 문제제기를 바로 토마스 만과 관련시켜서는 특히 부당하지 않는가? 왜냐하면 그는 자기가 시민계급에 속한다는 것을 어느 작가보다도 더 강조하여 시종일관 밝혀왔으니 말이다.[39]

물론 여기서 루카치가 강조하고자 하는 시민(bürger)이란 citoyen에 해당된다.

> 다른 경우에는 그렇게도 풍부한 독일어이지만 우리가 지금 말하는 것을 가리키는 독일어 단어가 없다는 것은 매우 특징적이다. 프랑스 사람들은 부르주아에 반대되는 말로 시트와옝(citoyen)이란 말을 쓰며 러시아 사람들은 그라쉬나닌(Grashdanin)이란 말을 쓴다. 이러한 뜻의 단어가 독일어에 없는 것은 독일역사가 지금껏 그러한 사상(事象)을 만들어내지 못했기 때문이다.[40]

이런 루카치의 지적은 어떤 의미에서 백낙청의 입장과 상통한다고 볼 수 있다.[41] 따라서 「시민문학론」이란 타이틀은 다음과 같이 바꾸는 것이 가능하다. 「시민(citoyen)문학을 찾아서」. 사실 이런 입장에 서서 소시민

---

39 루카치, 「시민을 찾아서」, 『리얼리즘문학의 실제비평』, 반성완 외 편역, 까치, 1987, 453쪽.

40 루카치, 「시민을 찾아서」, 위의 책, 484쪽.

41 그런데 이런 지적은 정작 독일에서는 위와 같은 루카치적인 구분이 일반적으로 통용되고 있지 않다는 것을 의미할 것이다.

의식을 긍정하는 것은 불가능하다. 쁘띠시트와엥이라는 말 자체가 성립하지 않기 때문이다.[42]

그런데 여기서 문제는 백낙청이 말하는 시민, 또는 시민의식이라는 것이 역사적 개념인 citoyen에 머물지 않고 이념적 개념으로까지 확장된다는 데에 있다. 그리고 그것은 마침내 '세계사적 과제에 부합하는 존재 또는 의식'에까지 이른다.

> 이제까지 우리는 '시민의식'을 '사랑'의, 또는 '자유'의 동의어로까지 넓게 해석하면서도 어떻게 그 구체적 의미가 역사적 시민계급의 이상과 현실에 의해 규정되어 왔는가를 살펴 왔으며 드디어는 그것이 **서양의 테두리 안에서는 제대로 이해조차 될 수 없는 것임을 보았다.** 그것이 서양의 문제이자 바로 우리 자신의 문제가 된 이제, 우리의 과거에서 우리가 진정한 시민사회를 건설하는 기반이 될 수 있는 요소가 무엇인가를 밝히는 것은 하나의 **세계사적 과제**라 하여 지나친 말이 아닐 것이다.[43]

백낙청은 자신이 말하는 '시민의식'이란 '자유'나 '사랑'과 동의어로서 서양의 테두리를 넘어서고 있으며, 그런 시민들의 사회를 만들기 위한 기반을 해명하는 것이 우리에게 주어진 '세계사적 과제'라는 점을 강조한다. 이는 확실히 성민엽이 우려한 '시민적 이데올로기'를 훨씬 넘어서는 것이라 하지 않을 수 없다. 계속해서 인용하면,

---

42 다만 백낙청처럼 불어의 citoyen을 영어 citizen과 동일시할 수 있는지는 의문이다. 왜냐하면 citoyen은 bourgeois와의 관계 하에서 다소 복합적인 의미를 획득해왔는데 반해, 영어 citizen는 불어 bourgeois에 해당되는 경쟁개념이 따로 없이 존재해온 비교적 단순한 단어이기 때 문이다. 영국의 한 마르크스주의자가 저술한 개념어사전에 'bourgeois'라는 항목은 매우 비중 있게 다루어지고 있지만, 'citizen'은 아예 항목 자체가 없는 것은 이와 무관하지 않다(레이먼드 윌리엄스, 『키워드』, 김성기・유리 옮김, 민음사, 2010 참조).

43 백낙청, 「시민문학론」, 위의 책, 35쪽, 강조는 인용자.

> 우주 내에서 플라톤적 '설득'의 원칙으로서의 '이성', 그 움직임의 추진력으로서의 '사랑'(플라톤 철학의 eros), 그리고 그러한 이성과 사랑의 역사적 구체화로서의 **'시민의식'은 현재까지 지속된 가장 오래된 문명사회의 하나인 한반도에 아득한 옛날부터 오히려 두드러지게 있었다고 말해야 옳다.** 아니, 앞서 인용한 떼야르의 우주론에 의한다면 — 또한 플라톤의 「티 마이오스」에 의하더라도 — 그것은 인류의 탄생 자체, 우주의 창조 자체에 이미 작용했던 것이다.[44]

지나친 비약에 약간의 자기도취인 면까지 엿보이는 이 부분[45]에 대해 보충설명이나 비판이 따로 필요하지는 않을 것이다. 하지만 백낙청의 비평에서 종종 발견되는 이런 '목숨을 건 도약'(또는 초월적 장면)을 어떻게 받아들여야 하는가? 라는 질문은 그의 비평을 이해하는 데에 있어 마냥 도외시할 수만은 없는 물음이라 하겠다.

그리고 이 질문에 대한 답을 찾는 와중에 우리가 도달하게 되는 결론은 다음과 같다. 「시민문학론」에는 두 가지 시민문학이 등장한다. 첫째는 현실로서의 시민문학이고, 둘째는 이념으로서의 시민문학이다. 여기서 '현실로서의 시민문학'이 실제로 존재했던, 그리고 지금도 존재하는 문학을 가리킨다면, '이념으로서의 시민문학'이란 아직 존재하지 않은, 따라서 존재해야 할 문학을 의미한다. 따라서 여기서 후자의 '시민'은 우리가 이제까지 살펴본 bourgeois는 물론이거니와 심지어는 citoyen과도

---

44 백낙청, 「시민문학론」, 위의 책, 38쪽.

45 송승철은 이런 비약적 부분을 '초거대 서사담론'이라고 명명하며, 「시민문학론」에서는 이런 부분이 역사적 산물로서의 시민의식을 포함하는 형국을 띠고 있기에 '개념적 애매함'이 부각된다고 말한다. 그런데 그는 "'개념적 애매함'은 보통 약점으로 작용하기 십상이나 백낙청의 이론에서 '초거대 서사'는 현실역사의 구체적 경험적 한계를 보여주는 기능을 수행한다"며 모호한 형태의 긍정적인 평가를 덧붙이고 있다(송승철, 「시민문학론에서 근대극 복론까지」, 위의 책, 250쪽). 참고로 이런 '초거대 서사'는 김주연에 의해 비판을 받는다.

관련이 없는 것이다(아득한 옛날부터 한반도에도 존재하고 있었던 것이기에).

이것은 이때의 '시민'이 언제든지 다른 단어로 대체될 수 있다는 것을 뜻하기도 한다. 앞서 지적한 것처럼 실제 백낙청은 이 글 이후 '시민문학'이란 표현을 거의 쓰지 않는 대신에 '민족문학'이라는 표현을 사용하기 시작하는데, 핵심 내용만 놓고 보았을 때, 그가 '민족문학'이라는 개념을 통해 이야기하려고 하는 것은 '시민문학'을 통해서 이야기하고자 한 것과 유사하다. 물론 그의 '민족문학론'에서는 '시민문학론' 때와 마찬가지로 해당 개념(민족)에 대한 장황한 검토가 이루어지고 있기 때문에 언뜻 다른 것처럼 보이지만, 인류의 진보에 기여하고 세계사적 과제에 충실해야 문학이어야 한다는 점에서 사실상 등가 개념라고 해도 과언이 아니다.

여기까지 오면, 우리는 김주연과 백낙청의 거리를 가늠해볼 수 있을 것이다. 그것은 단순히 '시민'이나 '소시민'이라는 개념을 둘러싼 논쟁이었다기보다는 '비로소 도래한 문학'과 '도래해야 할 문학'의 대립이었다 하겠다. 그런 의미에서 이들 사이의 대화란 처음부터 불가능한 것이었는지도 모르겠다. 하지만 '비로소 도래한 문학'이든 '도래해야 할 문학'이든 둘 다 외국문학 전공자들로서 그들이 마주하고 있던 '자국문학의 빈곤'에 대한 반응이라는 점에서 이를 프로이트의 논의를 빌어 다음과 같이 정리할 수도 있다.

프로이트에 따르면, 어느 정도 성장하게 되면, 어린아이는 '부모의 이상화'를 마냥 긍정할 수 없게 되는데, 이를 메우기 위해 자신만의 가족로맨스를 만들게 된다. 소위 업둥이(enfant trouve)서사와 사생아(batard)서사가 바로 그것이다. 전자는 아직 남녀의 차이를 구별할 수 없을 때에 만들어지는 것으로 현실의 아버지와 어머니를 모두 부정하고 목가적 가족적 이상으로 도피하는 것을 말한다면, 후자는 현실의 아버지만을 부정하고 그 스스로 아버지가 되려고 하는 것을 말한다.

마르트 로베르에 따르면, 업둥이서사는 낭만주의(모더니즘)에 해당되고, 사생아서사는 사실주의(리얼리즘)에 속하는데, 이는 정확히 모더니즘에 매우 관대했던 김주연(문지)과 리얼리즘을 적극 강조했던 백낙청(창비)의 입장과 포개진다 하겠다. 좀 더 부연하자면, 오늘날의 한국문학을 만드는 데 절대적인 영향력을 행사한 전후 비평가들에게는 한 가지 공통점이 있다. 그것은 거의 대부분이 외국문학 전공자들이었다는 점이다. 이 점이 강조될 필요가 있는 것은 오늘날의 젊은 문학비평가들 중에서는 외국문학 전공자들을 찾아보기 힘들다(대부분이 국문학 전공자)는 점을 떠올리는 것으로 충분하다.

외국문학을 전공한 비평가들이 문단의 대다수였던 시대와 그렇지 않은 시대의 차이와 그것이 가진 의미를 여기서 세밀하게 살펴볼 생각은 없다.[46] 단 그것이 어떤 지점에서 문제를 발생시켰는지 정도는 지적해보고 싶다. 방금 필자는 60년대를 기점으로 해서 활동을 한 전후비평가들에게 가장 중요한 문제가 '자국문학의 빈곤'에 대한 인식과 이것의 극복이었다고 서술했다. 사실 '한국문학의 빈곤'이라는 문제는 근대문학이 형성되는 초기부터 이야기되어 오던 것이다. 하지만 전후비평가들에게 있어 그것이 정말 첨예하게 인식된 것은 그들이 외국문학(실은 서구문학 : 근대문학의 모범적 예)을 직접 접한 사람들이었다는 데에 있었다. '이상적인 부모'를 몸소 체험한 이들이 자신의 실제 부모에 대한 '이상화'를 계속 유지한다는 것은 현실적으로 어려웠을 것이다.

다만 그에 대한 입장은 같지 않았는데, 이 차이가 김주연과 백낙청의 차이, 문지와 창비의 차이를 만들었다고 볼 수 있다. 그리고 이는 비단

---

46 한 가지만 지적한다면, 이런 것을 들 수 있을 것이다. 국문학 출신 비평가들에게는 전후비평가들이 보여준 '부모의 이상화'에 의문이 존재하지 않는다. 왜일까? 그것은 그들 대부분이 비평가이기 전에 국문학연구자이자 그것을 강의함으로써 생계를 꾸려하는 존재이기 때문일 것이다.

문학관만이 아니라 해당 무리(집단)의 특징 또한 규정했다고도 할 수 있는데, 예컨대 세대 집단으로서 수평적 구조를 유지한 문지식 문단 문화와 '지혜의 위계질서'(백낙청의 표현)를 강조함으로써 건전한 수직적 구조를 긍정한 창비식 문단 문화가 바로 그것이라 하겠다. 하지만 이 둘의 차이가 처음부터 그렇게 확연했던 것은 아니다. 아니 어떤 의미에서 적어도 출발선상에 서는 비슷한 입장에 있었다고 볼 수 있다. 하지만 그것은 이내 갈라지고 대립하는 형태를 취하게 되는데, 그 계기가 우리가 지금 다루고 있는 '시민-소시민 논쟁'과 그 과정에서 나온 「시민문학론」이라 할 수 있다.

앞에서 필자는 백낙청 비평은 큰 맥락에서 바뀐 게 거의 없다고 주장했다. 하지만 엄밀히 말해 그것은 정확한 표현이 아니다. 예컨대 『창작과비평』의 창간사에 해당되는 「새로운 창작과 비평의 자세」만 보더라도 오늘날 우리가 아는 백낙청의 비평과 다소 거리가 있음을 알 수 있다. 이것이 의미하는 것은 크게 두 가지이다. 첫째 소위 '백낙청 비평'이라는 것을 설정했을 때, 그것은 「시민문학론」 이후를 뜻한다는 것이며, 둘째 연구자들이 흔히 하는 대로 '비평적 발전'을 가정했을 때 설득력이 있는 것은 시민 문학론에서 민족문학론으로의 변화가 아니라, 「시민문학론」 이전과 이후의 변화 정도라는 것이다.

그렇다면 「시민문학론」 이전과 이후는 어떻게 다른지 물을 필요가 있는데, 이와 관련해서는 백낙청 스스로 다음과 같은 부분을 자기비판한 바 있다.

> 우리 문학의 발달을 위해 우리는 세계역사 전체에서 감명깊은 선례를 찾고 셰익스피어와 몰리에르의 고전은 물론 우리 과거의 구석구석에서도 이월해 올 수 있는 것은 다 해와야겠지만, 무엇보다 앞서야 할 인식은 우리가 부모의 피와 살을 받았듯이 이어받은 문학전통이란 태무하다는 것이다. 우

리의 동양적 한국적 전통은 그 명맥이 끊어졌고 이를 뜻있게 되살릴 길은 아직 열리지 않았으며 (……)[47]

'자국문학의 빈곤'에 대한 솔직한(처참한) 긍정이 엿보이는 이 부분은 자기세대 이전의 문학을 모두 부정한 김주연의 입장과 상통한다 하겠다. 실제 『창작과비평』 초기의 필진들을 보면, 이후에서 명확하게 되는 인적 구분이 거의 없었다. 예컨대 오늘날 소위 문지계열로 분류되는 작가(예컨대 이청준)나 비평가들(예컨대 김현)도 같은 지면에 글을 썼다. 하지만 「시민문학론」 이후에는 인적 교류가 뜸해지게 되고, 언제부터인가는 창비파 문인, 문지파 문인으로 나뉘게 된다.[48]

따라서 「시민문학론」에서 행해진 다음과 같은 비판은 일차적으로는 자기비판의 형태를 띠고 있지만, 이차적으로는 김주연과 같은 부류(4·19세대 문학)에 대한 비판으로도 읽을 수 있다.

별로 자랑스럽지도 못한 이 발언을 구태여 들추는 것은 우리 주위에서 흔히 논의되는 전통의 〈단절〉이라는 것이 사실이라기보다 논자 자신의 무지와 무심함에서 유래한 하나의 환각일 수 있음을 강조하기 위해서이다. 물론 '환각'도 환각으로서는 실재하는 것이고 역사적으로 실재할 만한 이유가 있어서 실재하는 것이다. 그리고 이러한 환각이 특히 지식인들 사이에 널리 퍼져 있다는 사실이야말로 외세의 작용과 연관시켜 설명되어야 할 현상이며 전통 쇠퇴의 중요한 한 동인이 되고 있는 사실이다.

엄격한 의미에서 한 문명사회에서의 전통의 단절이란 그 사회구성원들의

---

47 백낙청, 「새로운 창작과 비평의 자세」, 위의 책, 332쪽.

48 물론 이런 현상은 1970년에 『문학과지성』이 창간되었다는 것과도 관련이 있을 것이다.

동물적 생명이 연속되는 한 있을 수 없는 일이다.[49]

물론 같은 문지계열이라고 해도 김현 같은 이는 이후 한국문학의 전통에 대한 탐구를 의식적으로 수행하고 있기는 하지만, 그 결과가 과연 성공적이었는지는 의문이 남는다.

5. 민족문학에서 세계문학으로: 백낙청 세계문학론의 갈림길

지금까지의 논의를 감안하면, 백낙청의 '민족문학'('시민문학'을 흡수한)을 제한적 개념으로 받아들여서는 곤란하다. 그는 첫 평론집에서부터 최근 평론집까지 계속 '민족문학과 세계문학'이라는 타이틀을 붙이고 있는데(최근 저서들에는 부제로), 이때의 '민족문학'이란 한 민족의 문학으로 세계문학에 포함되는 것도 아니고, 또 '세계문학이 도래하기 위해 지양되어야 할 것'(괴테)도 아니다.

이는 그가 최근 괴테-맑스적 세계문학을 논하면서 자신이 이제껏 주장해온 민족문학을 철회해야 할 필요성을 전혀 느끼지 못하는 이유이기도 하다. 그리고 그는 도리어 서구에서 제기된 세계문학이라는 개념을 자신의 민족문학이라는 개념으로 감싸 안으려고까지 한다.

> 지구화시대의 인류가 세계문학이라는 기획의 배후에 있는 문학적(그리고 문화적) 유산을 과연 어느 정도까지 잃고도 견딜 수 있으며, 그러한 기획이 완전히 실패로 돌아간 경우에 지구화된 인류가 과연 어떤 종류의 삶을 ― 삶이 가능하기나 하다면 ― 누리게 될 것인가? 아무튼, 항상 세계문학의 대

49 백낙청, 「시민문학론」, 위의 책, 37쪽.

열에 합류할 것을 목표 삼아온 우리 한국 민족문학운동의 참여자들은 그 '세계문학의 대열' 자체가 심하게 흐트러져 있어 세계문학이 살아남기 위해서도 우리의 민족문학운동과 같은 운동의 기여가 필수적이라는 인식에서 우리의 노력이 지니는 또 하나의 정당성을 발견하게 된다.[50]

요약하면, 괴테-맑스적 기획으로서의 '세계문학'이 서구에서는 완전히 실패하고 말았지만(그에 의하면, 딱 한번 사회주의리얼리즘으로 시도된 바 있었다), 세계문학이라는 문화적 유산은 여전히 의미가 있기 때문에, 이참에 민족문학이 그에 기여를 해야 한다는 것이다. 이는 그가 「시민문학론」에서 '세계사적 과제'를 운운할 때와 다르지 않다. 타파해야 할 대상으로서 부르주아문학(또는 소시민문학) 대신에 시장문학(시장리얼리즘)이 등장하는 것이 다를 뿐이다.

괴테·맑스적 기획이 거의 실종된 문학생산 현장에서는 작품 자체가 진정으로 '세계문학적'이 됨으로써 문학 특유의 이동제약성을 넘어서려 하기보다 세계시장에서의 단기적 유통가치에 몰두하는 '시장리얼리즘'이 맹위를 떨치고 있다.[51]

하지만 오늘날 민족문학이 '시장리얼리즘'에 대항하면서 '세계문학'을 드높이는 일이 가능할까? 아니 그가 거부하고자 하는 '시장리얼리즘'은 어떻게 판별이 가능할까? 그의 '세계문학론'은 정확히 이 물음 앞에 멈춰서 있다. 그런데 흥미로운 것은 여기서 던지는 그의 제안이다.

---

50 백낙청, 「지구화시대의 민족문학」, 『통일시대 한국문학의 보람』, 창비, 2006, 81~82쪽.

51 백낙청, 「세계화와 문학 : 세계문학, 국민/민족문학, 지역문학」, 『안과밖』, 2010년 제29호, 18쪽.

유통력이 뛰어난 작품들의 가치는 물론 사안별로 판단할 문제다. 현시점의 한국평단에서 시급하게 다뤄볼 사안 중 하나는 무라카미 하루키를 이 맥락에서 어떻게 자리매기느냐는 문제일 것이다.[52]

일찍이 고은의 노벨문학상 수상을 긍정적으로 희망하고 신경숙의 아마존 베스트셀러인 『엄마를 부탁해』에 호의를 보였던 그였기에, 가장 강력한 노벨문학상 후보이자 베스트셀러 작가인 하루키에 대한 판단은 여러 가지 의미에서 백낙청의 시민문학론(또는 민족문학론)에게 있어 일종의 도전이 아닐 수 없다. 이후 그가 그 도전을 받아들일지 어떨지 모르지만, 분명한 사실은 이 과제를 해결하지 않고서는 그가 설정한 민족문학과 세계문학의 우호적 밀월관계는 그저 바람으로 끝날 확률이 높다 하겠다.[53]

---

52 백낙청, 「세계화와 문학: 세계문학, 국민/민족문학, 지역문학」, 위의 책, 19쪽.

53 흥미로운 것은 백낙청의 제자라 할 수 있는 윤지관은 한 대담에서 하루키의 작품을 부정적으로 평가하면서 만약에 하루키가 노벨문학상이라도 받는다면, 정말 큰일이라며 우려를 표한 바가 있다. 윤지관·임홍배, (대담)「세계문학의 이념은 살아있다」, 『창작과비평』, 2007년 겨울호, 29쪽.

참고문헌

김미란, 「'시민-소시민 논쟁'의 정치학: 주체 정립 방식을 중심으로 본 시민·소시민의 함의」, 『현대문학의 연구』, 2006년 7월.

전상기, 「문화적 주체의 구성과 소시민 의식: '소시민' 논쟁의 비평사적 의미」, 『상허학보』, 2004년 8월.

김주연, 「새시대 문학의 성립: 인식의 출발로서 60년대」, 『아세아』, 1969년 창간호.

______, 「계승의 문학적 인식 - '소시민의식' 파악이 갖는 방법론적 의미」, 『월간문학』, 1969년 8월호.

백낙청, 「시민문학론」, 『민족문학과 세계문학』, 창작과비평사, 1978.

______, 「지구화시대의 민족문학」, 『통일시대 한국문학의 보람』, 창비, 2006.

______, 「세계화와 문학: 세계문학, 국민/민족문학, 지역문학」, 『안과밖』, 2010년 제29호.

백낙청·백영서·김영희·임규찬, (회화)「백낙청 편집인에게 묻는다」, 『창작과비평』 1998년 봄호.

김병익, 김승옥, 염무웅, 이성부, 임헌영, 최원식, (대담)「4월 혁명과 60년대를 다시 생각한다」, 『4월 혁명과 한국문학』, 최원식·임규찬 편, 창비, 2002.

윤지관·임홍배, (대담)「세계문학의 이념은 살아있다」, 『창작과비평』, 2007년 겨울호.

송승철, 「시민문학론에서 근대극복론까지」, 설준규·김명환 엮음, 『지구화시 대의 영문학』, 창비, 2004.

황석영 대담, 「문학의 지평에 금표(禁標)는 없다」, 『문학의문학』, 2007년 가을 창간호.

성민엽, 「민중문학의 논리」, 『민중문학론』, 문학과지성사, 1984.

조영일, 『세계문학의 구조』, 도서출판 b, 2011.

「노벨문학상엔 중국 모옌·일본 하루키 거론」, 『경향신문』, 2012년 10월 9일자(인터넷판).

김미현, 「신경숙과 바벨탑」, 『동아일보』, 2011년 4월 23일자(인터넷판).

게오르크 루카치, 「시민을 찾아서」, 『리얼리즘문학의 실제 비평』, 반성완 외 편역, 까치, 1987.
레이먼드 윌리엄스, 『키워드』, 김성기 · 유리 옮김, 민음사, 2010.
이마누엘 칸트, 『판단력비판』, 백종현 옮김, 아카넷, 2009.
野村真理, 「歴史的用語としての'市民'」, 『金沢大学経済学部論集』 第21巻 第1号, 2001.

김현 비평의 정치성
-김수영 비평을 중심으로

강소희

1. 들어가며

김현은 1962년, 『자유문학』에 「나르시스의 시론 - 시와 악의 문제」가 당선되면서부터 1990년, 마흔여덟의 나이로 세상을 뜨기까지 30년에 가까운 시간동안 한국 문단의 중심에 자리하고 있었다. 등단한 해에 바로 소설 동인지 『산문시대』를 결성하고, 1966년 시 동인지 『사계』를 만들었다가, 1969년 『산문시대』와 『사계』의 구성원들을 규합하여 『68문학』을 창간함으로써, 그는 "태초와 같은 어둠"으로 규정했던 당대의 보수적 문학현실을 극복하려는 시도를 본격화한다. 그리고 이러한 김현의 활동은 1970년, 『창작과비평』의 '현실주의 문학론'에 맞서 '자유주의 문학론'을 표방한 『문학과지성』의 창간으로 이어진다. 이후 『창작과비평』과 『문학과지성』은 각각 "문학의 기능성/문학의 존재성, 실천적 이론/이론적 실천, 민중적 전망/시민적 전망, 현실에 몸담음/현실에의 반성적 질문"[1] 등의 뚜렷한 입장 차이를 드러내면서 한국 문단의 거대한 두 축을 이루게 된다.

---

1 하상일, 「김현의 비평과 『문학과지성』의 형성과정」, 작가와 비평, 『김현 신화 다시 읽기』, 이룸, 2008, 38~39쪽.

'뜨거운 상징'이라는 표현에서 단적으로 드러나듯이, 김현에 대한 연구는 생전에서부터 사후 25년이 지난 지금까지 활발하게 이루어지고 있으나, 어떤 답보 상태를 반복하고 있는 듯 보인다. 그 동안 김현에 대한 논의는 대체적으로 다음과 같은 두 가지 시각에서 재단되어 왔다. 우선 김현 비평에 대해 긍정적으로 논할 경우, '김현 신화 만들기'에 일조하는 편향된 평가로 인식되는 경향이 있다. 특히 1990년 겨울, 『문학과사회』의 '김현과 그의 문학' 특집에 실린 글들이 여기에 해당한다. 김현을 4·19세대 비평의 선두주자로 평가했던 정과리[2], 김현을 '문지'가 지향하는 공통된 문학정신의 기원으로 조명한 김병익[3] 그리고 김현의 비평 방식을 '간주관적 읽기', '다원적 열림'으로 의미화한 성민엽[4] 등의 글은 김현을 신비화하고 나아가 우상화하려는 작업의 단초로 여겨진다.

한편, 김현에 대해 비판적인 견해를 피력할 경우 또 하나의 인정투쟁 논리로 폄하되는 경향이 있다. 2000년 『문학과사회』가 개최한 '김현 10주기 기념 문학 심포지엄'에서 4·19세대 비평의 인정투쟁 문제를 제기한 권성우의 글에 대한 반응이 대표적이다. 그는 「4·19세대 비평의 성과와 한계」에서 김현 비평의 공로를 인정하면서도, 그의 비평에 전후세대를 배제하고 4·19세대를 특화하려는 인정투쟁의 전략적 차원이 내재되어 있음을 지적했다.[5] 그리고 이러한 권성우의 논의에 대해 문사 동인들을 중심으로 그가 문학을 정치적인 권력 투쟁의 문제로 환원시키고 있으며, 인정욕망은 그의 글 배후에 깔려 있다는 비판으로 대응한 것이다.

권성우와 문사 동인들 간의 논쟁 이후 문사 에콜의 폐쇄성과 배타성을 비판하는 논의들이 이어진다. 가장 신랄한 비판을 가한 이는 이명원

2 정과리, 「김현 문학의 밑자리」, 『문학과 사회』, 1990년 겨울호.
3 김병익, 「김현과 '문지'」, 『문학과 사회』, 1990년 겨울호.
4 성민엽, 「김현 혹은 열린 문학적 지성」, 1990년 겨울호.
5 권성우, 「4·19세대 비평의 성과와 한계」, 『문학과 사회』, 2000년 여름호, 439쪽.

이다. 그는 김현 자신이 강조했던 '열린 정신'과는 상관없이 문사 에콜이 완강하고 폐쇄적인 자기 동일성을 보여주고 있다고 지적하면서, "권위에 대한 절대적 복종과 위계화된 서열에 대한 거의 본능에 가까운 집착으로부터 파생되는 것은 비판의식의 상실이며, 이로 인한 비평의 타락현상"[6]이라고 평가한다. 이와 함께 『문학과지성』의 형성과 전개과정이 비판적인 시각에서 다시 조명되는데, 하상일은 『문학과지성』이 문학의 사회적 기능과 실천을 강조한 『창작과비평』에 대한 대타의식에서 창간되었다고 지적하면서, '창비'에 대한 '문지'의 이러한 대타의식은 70년대 우리문학을 미학주의 노선과 현실주의 노선이라는 극단적인 대립의 양상으로 변질시켰으며, "4월 혁명 이후 역사적 · 사회적 맥락에서의 문학을 상상력과 언어의 그물 속에 가두어버리는 비평의 결락을 가져왔다"[7]고 비판했다.

김현을 둘러싼 찬사와 비판의 극명한 평가들은 한국문학사의 대결 구도, 다시 말해 순수문학과 참여문학, 현실주의와 자유주의, 내용주의와 형식주의, 사회학적 관점과 미학적 관점이라는 문학에 대한 이분법적 사고 위에서 작동한다. 그리고 이러한 틀에서 김현은 언제나 배제를 내포한 자리에 위치할 수밖에 없다. 그는 순수 · 참여 논쟁에서부터 '형식주의자'로 불리며 문학의 자율성을 역설한 대표적인 비평가로 분류되었다. 이에 따라 김현의 비평에서 문학과 사회의 관계 혹은 문학과 정치의 관계에 대한 조명은 상대적으로 부족한 것이 사실이다. 그러나 김현에 대한 고정된 이미지들을 괄호에 넣고 그의 비평을 읽어보면, 문제의식과 지향점이 문학의 사회성 혹은 정치성[8]과 밀접하게 연관되어 논의되고 있

---

6 이명원, 「'신비화'와 '특권화'가 김현 비평을 죽인다」, 『해독』, 새움, 2001, 154~155쪽.

7 하상일, 「전후 비평의 타자화와 폐쇄적 권력 지향성 : 1960~70년대 '문학과지성' 에콜을 중심으로」, 『한국문학논총』 36, 한국문학회, 2004, 12쪽.

8 여기에서 정치성은 랑시에르의 '문학의 정치'를 의미한다. 랑시에르에 따르면 "문학의

음을 발견할 수 있다.

따라서 본고에서는 김현에 대한 기존의 평가들과 거리를 두면서, 김현의 비평을 다시 읽고자 한다. 특히 당대 참여문학의 대표 논자였던 김수영에 대한 그의 비평에 주목하고, '문학이란 무엇인가'라는 문제에 있어서 김현과 김수영이 공명하고 있는 지점들을 고찰할 것이다. 그리고 이를 통해 김현이 제시하는 '우리 시대의 진정한 문학'의 한 단면을 더듬어 보고자 한다.

2. 비평의 변곡점

김현 초기 비평의 중심에는 김춘수가 자리하고 있었다. 말라르메의 '이데아의 시학'에 경도되었던 그는 대상을 지시하거나 재현하는 언어가 아니라 존재 그 자체를 현시하는 언어, 다시 말해 사물의 실재에 무한히

정치는 작가의 정치가 아니다." 다시 말해 작가가 정치적 투쟁에 직접 참여하거나 작품을 통해 사회의 구조적 모순을 그려내는 것이 아니다. 문학의 정치는 우리가 살고 있는 세계를 규정하는 '감성의 분할' 속에 문학으로서 개입하여 이 분할을 새롭게 구성하는 것을 말한다. 여기서 감성의 분할이란 "공동 세계에의 참여에 대한 자리들과 형태들을 나누는 감각 질서"로, 이 안에서 어떤 이의 목소리는 사람의 '말'로 인식되고, 어떤 이의 목소리는 말이 아닌 '소음'으로 간주되며, 또 어떤 이들은 공동세계에 참여하는 '가시적 존재'로 나타나고, 어떤 이들은 공동 세계에서 배제된 '비가시적 존재'로 취급된다. 문학의 정치는 이러한 감성의 분할에 문학으로서 개입하여 보이지 않던 것들을 보이게 하고 들리지 않던 것들을 들리게 만드는, 다시 말해 "새로운 대상들과 주체들을 공동 무대에 오르게" 하는 활동을 말한다. 랑시에르는 플로베르의 '문체의 절대화'를 '문학의 정치'의 대표적 사례로 들며, 아리스토텔레스 이후 문학의 표상체계를 지배했던 양식들의 위계가 파기되었다고 설명한다. "플로베르는 모든 낱말들을 동일한 가치로 만들었으며, 같은 방식으로 고귀한 사람과 비속한 사람, 서술과 묘사, 무대의 전면과 후면, 종국에는 인물들과 사물들 간의 모든 위계를 파기했다." 그리고 이러한 문체의 절대화를 "민주주의 원칙인 평등이 문학적 공식으로 변형된 것"이라 읽는다. (자크 랑시에르, 『문학의 정치』, 유재홍 옮김, 인간사랑, 2009, 9~22쪽 참고.)

다가가려는 시적 언어에 관심을 집중하고 있었고, 바로 김춘수에게서 그 일면을 발견한다. "김춘수의 무한은 말라르메의 그것과 거의 등가인 것처럼 나에게는 보인다"[9]는 그의 말에서 단적으로 드러나듯이, 당시 김현에게 김춘수는 한국의 말라르메로, 그의 시 「꽃」은 언어가 곧 존재라는 이데아의 시학을 가장 잘 구현한 것으로 무한 긍정된다. 그런데 68년을 계기로 김현은 어떤 변화를 겪는다.

> 64년과 67년에 이르는 사이, 나는 시인의 삶에 대한 태도와 그것을 표현한 언어를 약간은 형식주의적인 관점에서 관찰하였다. 그러나 68년 이후부터의 글에는 사회와의 관계라는 것이 상당히 중요시되고, 이미지보다는 원초적인 투기, 삶에 대한 태도가 더욱 탐구대상이 된다. … 삶과 어떻게 싸우며, 그 싸움을 어떻게 개성 있게 그리고 설득력 있게 표현해야 하는가라는 문제는 지적・정신적 작업에서 떼어낼 수 없는 기본 명제이다. 시를 가능케 한 정신의 자리와 그것이 삶에서 차지하는 몫의 크기야말로 시평의 주된 탐구 대상이라는 것을 나는 다시 고백한다.[10]

위의 인용문은 김현 초기 비평에 있어 변화 지점을 잘 보여준다. 김현은 「김춘수를 찾아서」에서 "그의 시와 산문을 다시 읽으면서 나를 끝내 사로잡고 있었던 것이 순결 콤플렉스라는 것을 느꼈고, 그것이 나를 그에게 끝내 집착시킨 한 원인이 되었다는 것을 깨닫게 되었다"[11]고 고백하는데, 이는 「김수영을 찾아서」에서 1968년 이전까지 "시에서 시 아닌 것을 가능한 철저하게 배제하고 시의 정수만으로 시를 만들 수는 없는 것

9 김현, 「김춘수와 시적 변용」, 『상상력과 인간/시인을 찾아서』(전집3), 문학과지성사, 1991, 182쪽.

10 「자서」, 위의 책, 10~11쪽.

11 「김춘수를 찾아서」, 위의 책, 385~389쪽.

인가"[12]라는 문제에 관심을 집중하고 있었고, 이로 인해 형식주의적인 관점에서 시를 관찰하게 되었다는 김현의 회고와 연결된다. 그리고 68년 이후부터는 시의 언어, 즉 시 자체만이 아니라 시가 삶과 어떻게 싸우고, 그 싸움을 어떻게 표현할 것인가의 문제, 다시 말해 시와 삶의 관계로 그의 관심이 이동했음을 밝힌다. 다시 말해 68년을 분기점으로 형식주의적 관점에서 문학사회학적 관점으로, 김춘수에서 김수영으로 비평의 중심이 이동한 것이다.

이러한 변화는 김현 비평의 커다란 변곡점이다. 이후 김현은 '문학과 사회의 관계' 혹은 '문학은 무엇이며 또 무엇을 할 수 있는가'의 문제에 대해 치열하게 고민하는데, 자신이 글을 쓰기 시작한 때부터 "그(김수영)의 시와 인간을 이해하기 위한, 혹은 그를 이론적으로 굴복시킬 수 있는 힘을 기르기 위한 나의 내적 투쟁이 시작되었다"[13]는 김현의 고백은 이후 전개될 그의 문학적 사유에서 김수영이 차지하는 위치가 얼마나 중요한지를 방증한다.

김현은 「웃음의 체험」에서 먼저 김수영의 시 「풀」에 대한 기존의 연구가 '민중시'라는 범주에 갇혀 지나치게 한정된 의미로만 해석되고 있다는 점을 지적한다. "그 목적론적인 관찰 때문에 「풀」은 김수영의 어느 시보다도 더욱 김수영적인 시로 이해되고 선전된다. 「풀」을 가장 김수영적인 작품이라고 이해시키는데 크게 공헌한 것은 민중주의자들이다. 그들에게 있어 그 시의 풀은 민중의 상징이며, 비를 몰고 오는 동풍은 외세의 상징이다."[14] 이렇게 김현은 「풀」의 시어들을 시대적 혹은 정치적 의미와 직접 연결시키는 민중주의자들의 논의를 비판하면서, 다음과 같은

---

12 「김수영을 찾아서」, 위의 책, 395쪽.

13 위의 글, 392쪽.

14 김현, 「웃음의 체험」, 『책읽기의 괴로움/살아있는 시들』(전집5), 문학과지성사, 1992, 138쪽.

새로운 해석을 내놓는다. “그 시의 핵심은 바람/풀의 명사적 대립이나, 눕는다/일어선다, 운다/웃는다의 동사적 대립에 있는 것이 아니라, 풀의 눕고 욺을 풀의 일어남과 웃음으로 인식하고, 날이 흐리고 풀이 누워도 울지 않을 수 있게 된, 풀밭에 서 있는 사람의 체험이다.”[15]

여기에서 주목하고자 하는 것은 「풀」에 대한 해석의 타당성이 아니다. 중요한 것은 순수 · 참여 논쟁에서부터 참여 문학의 대표적인 시인으로 분류되었던 김수영의 시를 김현은 전혀 다른 관점에서 의미화한다는 사실이다. 다시 말해 김현은 적극적으로 김수영과 그의 시를 참여문학이 아닌 다른 자리로 이동시키는데, ‘문학은 무엇인가’의 문제에 있어서 김현이 김수영과 공명하는 핵심적 지점이 여기에 있다.

3. 순수와 참여의 도식을 넘어

먼저 김현과 김수영에게서 공통적으로 발견되는 것은 순수와 참여라는 이분법적 도식에 대한 비판이다. 김현은 「한국비평의 가능성」이라는 글에서 이어령 · 이철범 · 유종호 등을 55년대 비평가로, 백낙청 · 염무웅 · 김치수 · 김주연 등을 65년대 비평가로 명명하면서, 전후세대 비평가들이 지향하는 휴머니즘의 추상성을 비판하고 이것을 극복할 역할을 65년대 비평가에게 부여한다. 그리고 한국비평을 새롭게 열어나가기 위해 65년대 비평가들이 지녀야 할 문제의식을 크게 세 가지 방향에서 제시하는데, “첫째 순수 · 참여의 도식적 이분법을 탈피할 것, 둘째 문학적 창조과정을 구체적으로 해명할 것, 셋째 사회학적 방향과 미학적 방향의 극단화를 지양할 것”[16] 등이 그것이다. 첫 번째와 세 번째에서 극명하게

---

15 위의 글, 147쪽.

드러나듯이 김현은 문학에 대한 이분법적 사고의 틀에서 벗어나는 것을 새로운 문학비평의 중요한 과제로 인식했다.

> 글을 왜 쓰는가 하는 근본적이고 원초적인 질문을 회피하게 만들고, 우스꽝스럽게 희화화시켜버리는 악질적인 현상이 순수 문학과 참여 문학의 대립이라는 현상이다. … 이 두파는 문학의 이중성, 정서적 측면과 행동적 측면이라는 두 성격 중의 하나를 강조하는데 급급하여, 그것들이 상호 보족적인 것이라는 것을 망각하고 있다. … 중요한 키포인트는 한국 작가의 타락이 어느 한 파에 속하면 출세는 보장된다는 생각 때문에 사고의 상투화를 스스로 권장하고 있는 데서 얻어진다는 점이다. 이 점은 아무리 강조해도 지나치지 않다. 순수 문학과 참여 문학의 고정화란 문학의 기능을 이분화시켜 그 하나하나를 절대화시킴으로써 얻어진다. 이 현상은 소설보다는 시에서 더욱 뚜렷하게 드러난다. 순수시파에 속하는 시인들은 내면의 탐구라는 미명 밑에 내란 · 내부 · 의식 · 달빛 등의 몇 십 개의 어휘를 조립하여 환상적인 세계를 꾸며내는 데 주력한다. … 반면에 참여 시파에 속하는 시인들은 현실 탐구라는 미명 밑에 '독한' 언어를 되는 대로 나열한다. 자유 · 현실 · 저항 등등의 개념들이 참여 시파의 목을 졸라맨다.[17]

김현은 김기진과 박영희의 논쟁부터 순수 · 참여 논쟁에 이르기까지 50년이 넘는 시간동안 한국문학에 가장 큰 피해를 준 것이 바로 순수 · 참여를 둘러싼 문학인들의 대립이라는 점을 지적하고, 이 대립을 해소시키는 것이 한국문단을 위해 가장 시급한 일이라고 진단한다. 그리고 이

---

16 김현, 「한국비평의 가능성」, 『현대 한국 문학의 이론/사회와 윤리』(전집2), 문학과지성사, 1991, 95~109쪽.

17 「글을 왜 쓰는가 - 문학의 고고학」, 앞의 책(전집3), 29~31쪽.

는 오늘날 순수와 참여를 표방하는 문학들이 "개인과 사회가 만나는 현장이 바로 문학"[18]이라는 사실을 전제하지 않기 때문에, 순수 문학은 치졸한 정치성 배제의 문학인 샤머니즘·토속주의로 귀착되며, 참여문학은 생경한 프로파간다의 수준을 벗어나지 못한다는 비판으로 이어진다.

그런데 김현은 여기서 나아가 순수와 참여 중 어느 하나만을 고수하는 문학인들에게서 "어느 한 파에 속하면 출세는 보장된다는 생각"을 읽어낸다. 다시 말해 한국문학이 그토록 오랜 시간 순수·참여의 이분법적 대립의 장이었던 이유를 문학인들이 지닌 문학-권력의 욕망에서 찾고 있는 것이다.

> 현대문학은 인간이나 삶의 부조리하고 억압적인 면을 날 것 그대로 드러냄으로써 억압을 최소한도로 줄여야 한다는 당위성에 오히려 억압당하고 있다. 그래서 그 부조리와 억압을 성급하게 드러내려고 애를 쓰다가 그 노력을 오히려 사회 속으로 편입시키려는 지배적 이데올로기의 내적 운동에 자신을 맡겨버리게 되는 것이다. 사회의 모순을 과감하게 드러내려는 사람이 그 사회에 의해 인정받기를 바라는 희한한 사태가 벌어지는 것도 그것 때문이다. 그 사회의 억압을 드러냄으로써, 그 사회 속에 건전하게 자리 잡는다는 역설! 현대문학은 바로 그 역설 속에 갇혀 있다. 가짜 욕망과 가짜 자유가 지배하는 공식 문화 속에 편입되기를 요구하는 부정의 문학이야말로 거짓말의 세계이다.[19]

김현은 사회의 부정적이고 억압적인 것을 날것 그대로 드러내는 구호

---

18 「문학이란 무엇인가」, 앞의 책(전집2), 158~159쪽.

19 김현, 「문학은 무엇에 대하여 고통하는가」, 『한국문학의 위상/문학사회학』(전집1), 문학과지성사, 1991, 56~57쪽.

와 고발의 작품들을 전형적인 효용성의 문학이라 비판하고, 이 작품들 속에서 그 사회에 편입되려는 욕망을 읽어낸다. "그 사회의 억압을 드러냄으로써, 그 사회 속에 건전하게 자리 잡는다는 역설"이라는 진술이 가리키는 바가 그것이다. 따라서 '저항한다는 구호'와 '명백한 고발'로 이루어진 문학은 사회의 억압에 대해 저항하는 포즈를 취하지만 사실은 그 사회에 편입하려는 욕망의 발현이며, 이러한 문학은 결국 사회와 끝까지 대결하기를 포기하고 가짜 화해를 유도한다는 것이다. 참여문학에 대한 김현의 날선 비판은 바로 이러한 인식에 기반하고 있다.

이와 유사한 사유가 김수영의 산문 곳곳에도 산재한다. 김수영은 「생활현실과 시」에서 비평가 장일우의 글을 논하면서 "대체로 그가 현실을 이기는 시인의 방법을 언어의 서술에서 보고 있지만 나는 그것이 언어의 작용에서도 찾아져야 한다고 생각하는 것이다. 이러한 언어의 서술과 작용은 시의 본질에서 볼 때는 당연히 동일한 비중을 차지해야 한다. 그런데 전자의 가치에 치우친 두둔에서 실패한 프롤레타리아 시들이 많이 나오고, 후자의 가치에 치우친 두둔에서 사이비 난해시가 많이 나오는 것"[20]이라고 말한다.

장일우가 난해시를 비판하면서 당대의 현실을 반영하는 시를 요청한 것에 대해, 김수영은 "현실을 이기는 시인의 방법"은 언어의 서술, 즉 시의 내용적 차원만이 아니라 언어의 작용인 시의 형식적 차원에서도 찾아져야 한다고 대응한 것이다. 이는 김수영이 프롤레타리아 시와 난해시, 다시 말해 참여시와 순수시의 실패의 원인을 내용과 형식의 이분법적 사고와 강요에서 찾고 있다는 점을 잘 보여주는 대목이다. 김현 또한 「문학이란 무엇인가」에서 문학의 내용과 형식의 문제에 대해 다음과 같이 논한다.

20 김수영, 「생활현실과 시」, 『김수영 전집2 - 산문』, 민음사, 1981, 261쪽.

진실한 내용을 우선적으로 쓰려고 노력해야 한다는 주장이나 아름다운 형식을 찾아내야 한다는 주장이나를 막론하고 그 주장의 그럴듯함에도 불구하고 그것들은 한국문학에 큰 피해를 주어왔다. … 문학이 아름다운 형식을 필요로 한다는 것은 사실이다. 그러나 아름다운 형식은 미리 만들어진 상태로 주어지는 법이 없다. 그것은 형식 자체를 부정하려는 강인한 정신과의 부단한 싸움 밑에서 얻어진다. 아름답다는 것은 '상투적인' 그리고 우리 앞에 널려 있는 것을 줍는 작업이 아니라, 인간 정신을 좁은 형식 속에 잡아 가두려는 모든 음험하고 악랄한 것과의 싸움에서 얻어지는 보상인 것이다. 또한 문학이 참된 내용을 담고 있어야 한다는 것도 사실이다. 그러나 참된 것 역시 아름다운 것과 마찬가지로 우리 주위에 그대로 널려 있는 것이 아니라, 인간 정신을 억압하고 축소시켜 이때까지 인간을 인간답게 만들고, 인간을 보다 큰 정신의 지평 속에서 생활하게 만든 공간을 파괴하려는 힘과의 싸움 속에 깃들어 있는 것이다. … 문학은 단지 아름다우며 착하며 진실하며 그리고 그 이상의 것이다.[21]

그에 따르면 문학이 아름다운 형식과 진실한 내용을 필요로 한다는 것은 사실이다. 그러나 아름다운 형식은 미리 주어져 있는 것이 아니라, 주어진 형식 자체를 부정하려는 부단한 싸움에서 얻어지는 것이다. 진실한 내용 또한 진실이라 통용되는 사실들을 취하는 것에서 주어지지 않는다. 그것은 인간을 억압하고 축소시키는 모든 금지된 것들과의 싸움을 통해서 얻어지는 것이다. 김현은 이것을 "문학은 단지 아름다우며 착하며 진실하며 그리고 그 이상의 것이다"라는 문장으로 표현한다.

이런 점에서 김현에게 사회의 부정적인 것에 대해 명시적 부정을 수행하는 문학들, 다시 말해 구호와 고발로 이루어진 문학은 "구투의 형식

21 「문학이란 무엇인가」, 위의 책, 158~159쪽.

속에 혁명적 생각"[22]을 담으려 한다는 점에서 '사기'이다. 왜냐하면 이러한 작품들은 현대 자본주의 사회에서 문학이 지닐 수 있는 진정한 저항의 힘을 담보하지 못하기 때문이다. 김현이 비판하는 것은 문학의 저항 자체가 아니다. 김현은 문학의 저항 방식을 문제 삼고 있다.

4. 부정과 고통의 시

1975년부터 1977년까지 김현은 '한국문학의 전개와 좌표'라는 제목 하에 일련의 문학론을 『문학과지성』에 연재한다. 이후 이 글들이 묶여 『한국문학의 위상』이라는 단행본으로 발간되는데, 제목만 열거하면 "왜 문학은 되풀이 문제되는가, 문학은 무엇을 할 수 있는가, 문학은 무엇에 대해 고통하는가, 무엇이 지금 문제되고 있는가, 문학 텍스트를 어떻게 이해할 것인가, 한국문학은 어떻게 전개되어 왔는가, 문학에 대한 논의는 어떻게 전개되었는가, 우리는 왜 여기서 문학을 하는가"이다. 김현이 던지는 이 일련의 질문들에서 2년에 가까운 시간동안 그가 무엇에 대해 고민했는지가 여실히 드러난다. 그것은 70년대 한국사회의 현실과 한국문학이 처한 난경, 그리고 그러한 현실 속에서 문학이 무엇을 할 수 있으며, 어떠한 방향으로 나아가야 하는지에 대한 고민이다.

김현이 바라본 한국의 70년대는 유신정권 하에 이루어진 급격한 산업화로 인해 가치 있는 모든 것이 '소외'를 겪는 사회였다. 특히 그가 주목한 것은 산업화의 역기능으로 인한 문학의 소외 현상으로, 김현은 마르쿠제의 '역승화' 개념을 빌려 70년대 한국문학이 처한 난경을 다음과 같이 분석한다.

---

22 「프랑크푸르트 학파의 도전」, 앞의 책(전집11), 142~143쪽.

> 20세기에 들어서면서 소비 사회의 가짜 욕망이 문학에까지 서서히 침투해 들어와 문학 자체를 소외시키고 있다. 전통적인 농업 사회가 근대화의 물결을 타고 서서히 붕괴되면서 한국 사회의 어떤 부분은 선진 소비 국가의 유형을 그대로 닮아 가고 있다. 소비 사회의 최대의 특징은 인공적으로 욕망을 만들어내는 데에 있다. … 다시 말해 불필요한 것과 피상적인 것을 소비하고 싶다는 욕망을 불러일으키는 것이다. 그 가짜 욕망은 그러나 인간에게 자기가 억압당하고 있다는 느낌을 불어넣어주기는커녕 자기가 자유로우며, 그래서 모든 것을 자유롭게 선택할 수 있다는 가짜 자유를 느끼게 해준다. … 문학 내부에서 보자면 소비 사회의 자기 치료적 경향은 역승화라고 마르쿠제가 부르고 있는 새로운 억압을 만들어 내고 있으며, 문학 외부에서 보자면 문학 작품 자체를 하나의 상품으로 만들어 그것을 아이스크림이나 껌과 같이 소비 사회는 팔게 만들고 있다.[23]

김현은 먼저 소비 사회의 가짜 욕망과 가짜 자유가 인간의 소외현상을 낳는다고 진단한다. "인간은 타인의 욕망을 욕망한다"는 라캉의 유명한 명제에서 단적으로 드러나듯, 여기서 가짜 욕망이란 타인의 욕망을, 다시 말해 자본주의 사회가 요구하는 소비하고자 하는 욕망을 자신의 욕망으로 오인하는 것을 말한다. 자본주의 사회에서 인간은 이러한 오인의 과정을 인식하지 못하고 물건을 자유롭게 선택하고 소비하는 행위를 진정한 자유로 착각하며 살아간다는 것이다. 바로 여기에서 소외가 발생하는데, 가짜 욕망과 가짜 자유로 인해 자신의 진정한 욕망과 자유가 억압되기 때문이다. 그러나 김현이 이보다 더욱 주목하는 현상은 바로 문학의 소외 즉 역승화 현상이다.

마르쿠제는 전산업 사회와 산업 사회를 구분하여 각 시대의 예술적

23 「문학은 무엇에 대하여 고통하는가」, 앞의 책(전집1), 54~55쪽.

특성을 승화와 역승화로 설명한다. 전산업 사회에서 예술은 그 낭만적 성격으로 인해 현실적으로 불가능한 욕망을 상상력에 의한 환상으로 '승화'시킴으로써, 욕망의 실현이 불가능한 현실을 부정적인 방식으로 드러낸다. 반면 산업 사회에서 예술은 그 낭만적인 부정성이 점차 상업적인 차원으로 흡수됨에 따라 본래 예술이 지녔던 부정의 힘을 잃어버린다. 다시 말해 "반항의 외침이었던 팝아트나 반예술이 오늘은 다른 것과 마찬가지로 상품화"되는 역승화 현상이 발생하는 것이다. 김현은 이러한 마르쿠제의 논의 위에서 70년대 한국문학 또한 자본의 교환가치에 포획되어 하나의 상품으로 전락했다고 진단한다.

이러한 시대 인식 위에서 "문학은 유용한 것이 아니기 때문에 인간을 억압하지 않는다. 그러나 그것은 억압에 대해 생각하게 만든다"는 김현 문학론의 유명한 명제가 제시된다.

> 문학은 유용한 것이 아니기 때문에 인간을 억압하지 않는다. 억압하지 않는 문학은 억압하는 모든 것이 인간에게 부정적으로 작용하는 것을 보여준다. 인간은 문학을 통하여 억압하는 것과 억압당하는 것의 정체를 파악하고 그 부정적인 힘을 인지한다. 그 부정적 힘의 인식은 인간으로 하여금 세계를 개조하지 않으면 안 된다는 당위성을 느끼게 한다. … 문학은 억압하지 않는다. 그러나 그것은 억압에 대해서 생각하게 만든다. 어떻게 해서? 문학은 저항한다는 구호에 의해서, 명백한 고발에 의해서 억압에 대해 생각하게 만드는 것이 아니다. 그것은 인간을 억압하는 기존 질서와 그것이 만들어내는 우상 숭배적, 물신적 사고를 파괴함으로써 억압에 대해 생각하게 만든다.[24]

---

24 위의 책(전집1), 50~57쪽.

김현에게 진정한 문학은 모든 것이 교환가치로 환원되는 자본주의 사회에서 교환가치로 환원되지 않는 유일한 것, 그래서 '무용한' 것이다. 그리고 이러한 문학의 무용함이 역설적으로 자본주의 사회의 억압을 드러내는데 '유용한' 근본적인 원인이다. 이렇게 김현은 인간이 "문학을 통하여 인간을 억압하는 것과 억압당하는 것의 정체를 파악하고, 그 부정적 힘을 인식"할 수 있으며, 바로 여기에서 "세계를 개조하지 않으면 안 된다는 당위성"이 생긴다고 믿었다. 이 지점에서 김현은 아도르노의 미학을 적극적으로 받아들인다.

"아우슈비츠 이후에 서정시를 쓰는 것은 야만적이다!"라는 유명한 명제를 남긴 아도르노는 근대이성과 계몽의 과정이었던 지난 서구의 역사가 아우슈비츠라는 파국으로 치닫는 현장을 목도하고, 더 이상 예술이 이 세계의 아름다움을, 이 세계의 진실을 재현하는 것은 불가능하다고 진단한다. 이러한 시대 인식 위에서 아도르노는 '부정의 미학'을 제시한다. 그것은 현실의 진리를 긍정하며 재현하는 것이 아니라, 현실의 비진리를 부정하며 들춰낸다. 부정적인 것을 끊임없이 부정하는 과정을 통해 시 자체가 억압되고 추방되고 소외된 것들의 목소리가 되는 것, 아도르노는 이러한 부정의 미학을 구현하는 것만이 현대 자본주의 사회의 가능한 예술 형태라고 역설한다. 김현은 이러한 아도르노의 미학을 전유하면서 다음과 같이 이야기한다.

> 현대예술이 표현하고 있는 고통은 그 공식문화에 편입되지 않으려는 모든 노력의 결과이다. 그 노력은 지배적 이데올로기가 만들어내는 공식 문화의 허위성을 밝히고, 그것이 거짓으로 세계와 인간을 화해시킨다는 것을 드러내려고 한다. 예술은 그 거짓 화해를 드러내는 고통의 언어이다. … 예술은 직접적인 방법으로 정치적 태도를 취할 수 없다. 만일 그렇게 된다면, 작품은 그 정치적 개념 속에 사라져버리고 말 것이다. "작품이란 그 모습과

형식 구조에 의해 비화해가 살아남아 있는 세계의 고통을 증언하는 법이므로, 그것의 약속은 직접적일 수가 없고, 가능한 행동의 약속일 따름이다." 이렇게 보다면 작품이 이야기하는 사회적 효과란 작품에 속한 것이 아니다. 터놓고 앙가쥬망이나 경향성을 주장하는 것은 이미 정치적으로 참여된 작품이란 체계 속에 흡수되어 있다는 것을 모르는 비전술적 방법이다. 그 경우 아도르노의 표현을 빌면 그것은 이미 그 뇌관을 제거당한 폭탄에 지나지 않기 때문이다.[25]

그에 따르면 진정한 문학은 현대 자본주의 사회가 강제하는 '거짓 화해'를 드러내는 고통의 언어로 존재해야 한다. 이때의 '고통'이란 사회의 지배적 이데올로기가 만들어 놓은 공식 문화에 편입되지 않으려는 노력의 결과이며, 이러한 고통의 언어로 존재하는 문학, 다시 말해 역승화된 예술형태를 파괴하는 고통의 언어만이 현대 자본주의 사회에 저항하는 힘을 가질 수 있다는 것이다. 따라서 "예술은 직접적인 방법으로 정치적 태도를 취할 수 없다", 다시 말해 현대 자본주의 사회에서 예술은 사회의 부정적인 것에 대한 명시적 부정을 통해 저항할 수 없다. 왜냐하면 "예술이 빈틈없는 사회의 구조망에 직접 항의를 제기한다면 스스로 그 망에 얽히고 말 것"[26]이기 때문이다.

아도르노는 모든 것이 총체적으로 관리되는 자본주의 사회에서는 자신을 부정하는 것조차 흡수하여 자신을 살찌우는 자양분으로 삼는다는 사실을 지적한다. 때문에 예술은 예술 자체의 내재적 운동을 통해서만 부정적인 것을 부정할 수 있으며, 그러한 예술만이 저항의 힘을 갖는다. 직접적으로 앙가쥬망이나 경향성을 주장하는 문학에 대한 김현의 비판

25 「서양에서의 문학사회학」, 위의 책(전집1), 284~286쪽.
26 아도르노, 『미학이론』, 홍승용 옮김, 문학과지성사, 1994, 214쪽.

은 이러한 인식 위에 근거한다. 왜냐하면 그러한 문학은 진정한 저항의 힘을 갖지 못한, "뇌관을 제거당한 폭탄"에 불과하기 때문이다.

> 그는 자기의 주장을 긍정적으로 내세우는 대신에, 자기의 부정적인 면을 부정적으로 비판함으로써 자기됨을 드러낸다. 그의 표현에 의하면, 하나를 안 속이기 위해서 다 속이는 것이다. 그 하나가 무엇인지 끝내 명확하게 진술되지 않지만, 일상적인 삶 속에 파묻혀 있는 그의 온갖 모습들은 적나라하게 부정적으로 노출된다. 시 속에 노출된 그는 긍정적인 인물이 아니다. 그 부정적인 인물이 그러나, 그 어떤 긍정적인 인물보다 훨씬 감동스럽게 독자들에게 전달되는 것은 그 어투의 고통스러운 성실성 때문이다. 언어학적 용어로 바꾸어 말하자면, 그의 진술의 내용은 부정적이지만 그 진술의 양태는 진정한 양태이다. … 김수영의 시는 이성복의 표현을 빌면, 시와 시인의 삶을 가능한 하나로 만들려는 노력의 소산이다. 그에게 시는 세련된 교양의 산물이 아니라 삶을 살아나가는 한 시인의 고통스러운 호흡 그 자체이다.[27]

김현은 아도르노의 '부정의 미학', '고통의 언어'의 일면을 김수영의 시에서 발견한 듯하다. 그에 따르면 김수영의 시가 감동적인 이유는 그의 시에서 읽혀지는 끊임없는 자기부정, 다시 말해 "자기의 부정적인 면을 부정적으로 비판함으로써 자기됨을 드러"내는 시인의 "고통스러운 성실성" 때문이다. 김현은 이러한 김수영의 시를 "진술의 내용은 부정적이지만 그 진술의 양태는 진정한 양태"라고 표현하는데, 이는 부정의 형식으로 인간을 억압하는 것의 정체를 드러낸다는 아도르노를 전유한 김현의 문학론과 긴밀히 연결된다. 김현은 김수영의 시쓰기를 "시와 시인의 삶을 가능한 하나로 만들려는 노력의 소산"이며, "삶을 살아가는 시인의 고

27 「웃음의 체험」, 앞의 책(전집5), 44~46쪽.

통스러운 호흡 그 자체"라고 평한다. 이는 현대 자본주의 사회에서 진정한 문학 혹은 예술이 가능하다면, "그것은 불행과 고통을 보여주기 위해서가 아니라 자신이 그 불행이나 고통이 되기 위해서이다"라는 그의 진술에 김수영의 시가 가까이 닿아있음을 고백하는 문장들이다.

5. 문학, 불가능과의 싸움

> 모든 진정한 새로운 문학은 그것이 내향적인 것이 될 때에는 기존의 문학 형식에 대한 위협이 되고, 외향적인 것이 될 때에는 기성사회 질서에 대한 불가피한 위협이 된다는, 문학과 예술의 영원한 철칙 … 모든 실험적인 문학은 필연적으로 완전한 세계의 구현을 목표로 하는 진보의 편에 서지 않을 수 없게 되는 것이다. 모든 전위문학은 불온하다. 그리고 모든 살아있는 문화는 본질적으로 불온한 것이다. 그것은 두말할 나위도 없이 문화의 본질이 꿈을 추구하는 것이고 불가능을 추구하는 것이기 때문이다.[28]

문학은 동시에 불가능성에 대한 싸움이다. 삶 자체의 조건에 쫓기는 동물과는 다르게 인간은 유용하지 않은 것처럼 보이는 것을 꿈꿀 수 있다. 인간만이 몽상 속에 잠겨들 수가 있다. 몽상은 인간을 억압하지 않는다. 그것은 유용한 것이 아니기 때문이다. 인간의 몽상은 인간이 실제로 살고 있는 삶이 얼마나 억압된 것인가 하는 것을 극명하게 보여준다. 문학은 그런 몽상의 소산이다. 문학은 인간의 실현될 수 없는 꿈과 현실과의 거리를 자신의 의사에 반하여 드러낸다. 그 거리야말로 사실은 인간이 어떻게 억압되어 있는가 하는 것을 나타내는 하나의 척도이다. 불가능한 꿈이 아름다우면

28 「실험적인 문학과 정치적인 자유」, 위의 책, 221쪽.

> 아름다울수록 삶은 비천하고 추하다. 그것을 깨닫는 불행한 의식이야말로 18세기 이후의 문학을 특징짓는 큰 요소이다. … 문학은 배고픈 거지를 구하지 못한다. 그러나 문학은 그 배고픈 거지가 있다는 것을 추문으로 만들고 그래서 인간을 억누르는 억압의 정체를 뚜렷하게 보여준다.[29]

첫 번째 인용문은 김수영의 「실험적인 문학과 정치적 자유」라는 글의 일부분으로, 이어령과의 순수·참여 논쟁의 과정에서 발표된 것이다. 이 글에서 김수영이 문제 삼는 핵심적인 현상은 정부의 검열제도로 인해 단 하나의 이데올로기만이 강요되는 당대의 문화현실이다. 그는 나치즘 치하에서 박해를 받은 뭉크를 예로 들어 정치적 자유가 인정되지 않는 사회에서는 실험적 예술 또한 인정되지 않는다는 것, 다시 말해 내용의 자유를 인정하지 않으면 새로운 형식의 출현 또한 불가능하다는 사실을 분명히 한다. 정치적 자유에 강조점이 놓여있는 것은 사실이지만, 여기에서 김수영이 제시하는 '불온'은 내용과 형식의 이분법적 구분을 넘어서 있다. 새로운 문학은 기존의 사회 질서와 문학 형식 모두에 위협을 가한다.

따라서 김수영의 불온은 내용적 금지와 형식적 금지를 동시에 파괴하는, 즉 기존의 내용과 형식 모두를 넘어서려는 상태를 지칭한다. 그리고 그러한 문학만이 불가능한 것을 가능한 것으로 만드는 싸움이라는 점에서 "진정한 새로운 문학"이다. 주지하듯이 이러한 김수영의 사유는 이후 온몸으로서의 내용과 형식을 이야기하는 '온몸의 시학'으로 그리고 기존의 내용과 형식을 넘어서는 시만이 진정한 시라고 주장하는 '반시론'으로 이어진다.

김현은 「자유와 꿈」에서 김수영의 시세계를 '상식에 대한 반란'과 '부단한 자기 부정'이라는 키워드로 해석하며, 그의 '불온시론'과 '반시론'이

29 「문학은 무엇을 할 수 있는가」, 앞의 책(전집4), 52~53쪽.

"불가능을 추구하는 예술 본래의 역할에 대한 성찰"이라고 평가한다. 그리고 김수영의 시학이 "폭로주의적인 입장에 서 있는 민중주의자들"과 "낯선 이미지의 마주침이라는 기교를 초현실주의적 정신과 관련 없이 사용하는 기교주의자들" 모두에게 비판의 지점을 마련한다고 보았다.[30] 왜냐하면 예술에서의 부정은 김수영의 '불온'과 같이 기존의 내용과 형식, 그 모두와의 싸움이기 때문이다.

두 번째 인용문에서 드러나듯이 김현에게도 "문학은 동시에 불가능성에 대한 싸움이다." 문학은 실현 불가능한 꿈과 현실과의 거리를 드러내며, 이 거리는 다시 우리의 삶이 얼마나 억압되어 있는가를 나타내는 척도가 되고, 여기에서 세계를 개조하고자 하는 의지가 비로소 생겨난다. 따라서 김현에게, 배고픈 거지를 구하자고 말하는 시 또는 배고픈 거지가 존재하지 않는 사회를 그리는 소설은 문학이 아니다. 한편의 시 혹은 한편의 소설이 배고픈 거지의 존재로 드러나는 것, 그것이 바로 문학이다. 인정되지 않는 내용과 형식을 구현해내는 문학, 불가능으로 규정된 내용과 형식을 하나의 가능태로 만드는 문학, 김현의 "문학은 현실을 부정하는 힘을 가진 유토피아의 가능태"[31]라는 말은 이러한 작품들을 향해 있다.

6. 나가며

김현은 순수·참여 논쟁에서부터 '형식주의자'로 불리며 문학의 자율성을 역설하는 대표적인 비평가로 분류되었다. 이에 따라 그의 비평에서

30 김현, 「자유와 꿈 - 김수영의 시세계」, 『문학과 유토피아』(전집4), 문학과지성사, 1992, 21쪽.

31 「책머리에」, 위의 책, 9쪽.

문학과 사회의 관계, 혹은 문학과 정치의 관계에 대한 탐구는 상대적으로 소홀하게 취급되어 온 것이 사실이다. 그러나 김현에 대한 고정된 이미지들을 괄호에 넣고 그의 비평을 읽어보면, 문제의식과 지향점이 문학의 사회성 혹은 정치성과 밀접하게 연관되어 논의되고 있음을 발견할 수 있다. 따라서 본고에서는 이러한 문제의식 아래 김현의 비평에서 문학과 삶 혹은 문학과 사회의 관계에 대한 사유들을 발견해내고자 했다. 특히 당대 참여문학의 대표 논자였던 김수영에 대한 그의 비평들에 주목하고, '문학이란 무엇이며 또 무엇을 할 수 있는가'하는 문제에 있어 김현과 김수영이 공명하고 있는 지점들을 고찰하였다.

이들은 한국문학사의 오래된 대결 구도, 즉 순수문학과 참여문학, 현실주의와 자유주의, 내용주의와 형식주의, 사회학적 관점과 미학적 관점 등 문학에 대한 이분법적 사고의 틀을 비판하는 작업을 꾸준히 수행해왔다. 또한 현대 자본주의 사회에서 문학은 '부정'과 '고통'의 언어로 존재할 수밖에 없으며, 이때의 '부정'은 시대의 가치 기준에 대한 부정과 기존의 문학 형식에 대한 부정을 동시에 담보해야 한다는 공통된 인식을 보여준다. "문학은 불가능성에 대한 싸움"이라는 김수영과 김현의 동일한 명제는 이러한 사유의 결과물이라고 할 수 있다.

1980년 여름호를 마지막으로 『문학과지성』은 신군부에 의해 강제 폐간되고, 김현은 5월 광주에서 드러난 폭력을 목도하면서 본격적으로 푸코와 지라르 연구에 몰두한다. 그리고 이후 1987년에 출간된 『폭력의 구조』의 「글머리에」 부분에서 김현은 "1980년대 초의 폭력의 의미를 물어야 한다는 당위성"이 연구의 바탕에 자리하고 있었다고 고백한다. 아도르노를 거쳐 푸코와 지라르에 이르기까지 김현은 끊임없이 문학과 사회의 관계에 대해 치열하게 사유했던 비평가였다. 따라서 문학에 대한 이분법적 구도 위에서 김현을 한자리에 위치시키는 것은 김현이 비판했던 관점으로 그를 읽고, 김현이 넘어서고자 했던 틀 속에 그를 가두는 일일 것이다.

참고문헌

1. 기본 자료

김　현, 『김현 문학 전집』 1-16, 문학과지성사, 1991-1993.

______, 『한국 문학의 위상』, 문학과지성사, 1996.

김수영, 『김수영 전집2 - 산문』, 민음사, 1981.

2. 국내 논저

고봉준 외 공저, 작가와 비평 편, 『김현 신화 다시 읽기』, 이룸, 2008.

권성우, 「4·19세대 비평의 성과와 한계」, 『문학과 사회』, 2000년 여름호.

______, 「1970년대 김현 비평 연구 : 만남의 비평과 에세이 비평을 중심으로」, 『인문과학연구』 8, 동덕여자대학교, 2002.

김병익, 『들린 시대의 문학』, 문학과지성사, 1985.

______, 「김현과 '문지'」, 『문학과 사회』, 1990년 겨울호.

김윤식, 「김현 비평의 표정」, 『한국 현대 문학 비평사론』, 서울대출판부, 2002.

김태환, 「김현 10주기 참관기」, 『문학과 사회』, 2000년 여름호.

김형수, 「김현 비평의 세대론적 전략과 타자의 존재」, 『사림어문연구』 13, 사림어문학회, 2000.

김형중, 「문학, 사건, 혁명 : 4·19와 한국문화 : 백낙청과 김현의 초기 비평을 중심으로」, 『국제어문』 49, 국제어문학회, 2010.

박구용, 「예술의 종말과 자율성」, 『사회와 철학』 12, 사회와철학연구회, 2006.

성민엽, 「김현 혹은 열린 문학적 지성」, 1990년 겨울호.

유성호, 「김현 비평의 맥락과 지향」, 『한국언어문화』 48, 한국언어문화학회, 2012.

이명원, 「'신비화'와 '특권화'가 김현 비평을 죽인다」, 『해독』, 새움, 2001.

이승은, 「김현의 독서와 비평적 실천에 관한 연구」, 연세대학교 박사논문, 2011.

이　한, 「20세기 후반 한국 현대시론 연구」, 고려대 박사논문, 2004.

정과리, 「김현 문학의 밑자리」, 『문학과 사회』, 1990년 겨울호.

______, 『문학이라는 것의 욕망』, 역락, 2005.

조영실, 「김현 문학비평 연구」, 이화여자대학교 박사논문, 2011.

최강민, 「4·19세대의 신화화를 넘어」, 『실천문학』 97, 실천문학사, 2010.
한래희, 「김현 전기 비평에 나타난 윤리의 문제」, 『현대문학연구』 39, 현대문학연구학회, 2009.
홍성호, 「김현의 비평세계 - 다시 읽는 김현의 『문학사회학』」, 『작가세계』 45, 2000.
황현산, 「르네의 바다 - 불문학자」, 『문학과 사회』, 1990년 겨울호.
______, 「4·19와 김현의 문학 유토피아」, 최원식 · 임규찬 엮음, 『4월 혁명과 한국문학』, 창작과비평사, 2002.

3. 국외 논저

랑시에르, 『문학의 정치』, 유재홍 옮김, 인간사랑, 2009.
마르쿠제, 『일차원적 인간』, 박병진 옮김, 한마음사, 2009.
아도르노, 『미학이론』, 홍승용 옮김, 문학과지성사, 1994.

조영일은 문학평론가로 활동하고 있으며 현재 동덕여대에서 강의를 하고 있다. 저서 『가라타니 고진과 한국문학』, 『한국문학과 그 적들』, 『세계문학의 구조』가 있고 옮긴 책으로 『근대문학의 종언』, 『세계사의 구조』, 『철학의 기원』 등이 있다.

강소희는 전남대학교 국어국문학과 박사수료 중이며, 전공은 문학비평이다. 전남대학교에서 「김수영 시론의 정치성 연구」로 석사학위를 받았다. 지금은 '사건', '바깥', '공동체' 등 정치철학적 개념들을 바탕으로 오월문학을 읽어내는 논문을 준비 중이다. 대표 논문으로는 「1910년대 번안소설의 '국민' 만들기」, 「'반난민'적 정체성」, 「타자를 재현하는 영화의 윤리적 태도」 등이 있다.